勇于挑战，敬畏生命。

水果店的瓶子 著

小比利比偶见你

上 册

青岛出版集团 | 青岛出版社

图书在版编目（CIP）数据

此生刚好遇见你/水果店的瓶子著. —青岛：青岛出版社，2024.3
ISBN 978-7-5552-8781-0

Ⅰ.①此… Ⅱ.①水… Ⅲ.①长篇小说－中国－当代 Ⅳ.①I247.5

中国国家版本馆CIP数据核字（2024）第019684号

CISHENG GANGHAO YUJIAN NI

书　　名	此生刚好遇见你
作　　者	水果店的瓶子
出版发行	青岛出版社（青岛市崂山区海尔路182号）
本社网址	http://www.qdpub.com
邮购电话	18613853563
责任编辑	李文峰
特约编辑	王羽飞
校　　对	郭金乔
装帧设计	千　千
照　　排	梁　霞
印　　刷	三河市良远印务有限公司
出版日期	2024年3月第1版　2024年3月第1次印刷
开　　本	32开（880mm×1230mm）
印　　张	16
字　　数	522千
书　　号	ISBN 978-7-5552-8781-0
定　　价	69.80元（全2册）

编校印装质量、盗版监督服务电话　4006532017　0532-68068050

目录

上册

第一章
久别重逢
1

第二章
旧情复燃
55

第三章
情深不寿
120

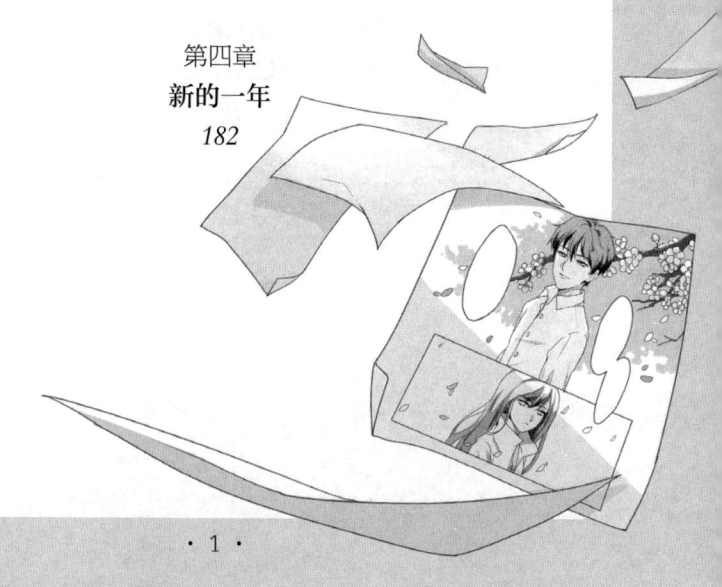

第四章
新的一年
182

目录

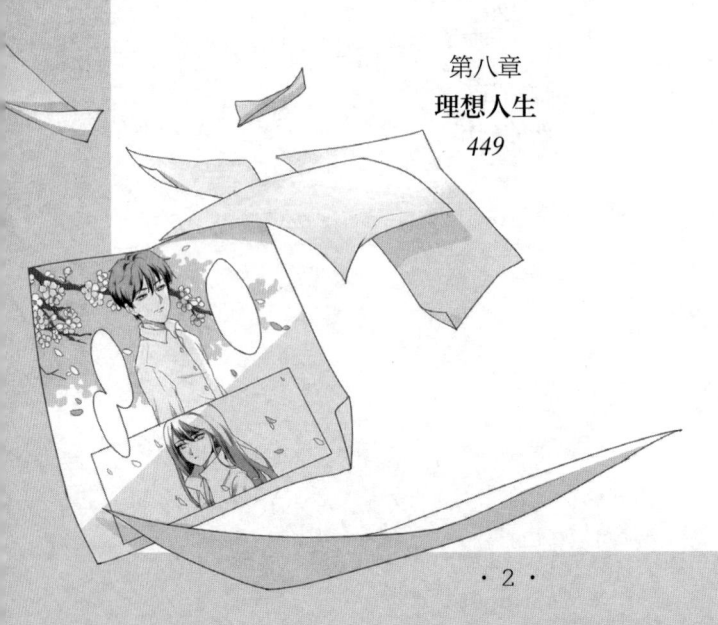

下册

第五章
春暖花开
253

第六章
身份曝光
324

第七章
七年前后
385

第八章
理想人生
449

第一章
久别重逢

寒风凛冽，冷得刺骨。

夜渐深，天空蓦地飘起了雪花，大朵大朵的。高架桥封路，有剧组正在拍戏，成堆的人挤在风雪夜色里，影影绰绰的。

桥头，人烟稀少。司笙坐在马扎上，裹着一件厚重的军大衣，无聊地等待着这场戏杀青。

她偶尔能听见别人的低声议论。

"司笙不是那个以美貌出名的演员吗？怎么跑来给程姐当助理了？"

"没演技，没人气，混不下去了呗。"

"据说她是程姐以前拍戏时认识的朋友，现在落魄了，程姐给她一个工作机会。"

"可惜长得那么漂亮。我瞅着她倒是比程姐还要艳几分。"

……

这天太冷了。

司笙紧了紧身上的军大衣，有些疲倦，无精打采地吃完最后一口冰棍儿，抬起眼睑，只见眼前漫天飞雪，状如鹅毛。

雪真大。

一辆黑色轿车靠近，在桥头路障处停了下来。

司机下车打听情况，没两分钟又回来了，向后座上的男人恭敬地询问："先生，前面封桥，有剧组正在拍戏。我们是去打声招呼直接过去，还是绕道？"

话音落下，司机迟迟没等到回应。

车窗降下，风卷着雪袭入车内，裹着刺骨的寒意。

后座上的男人面容冷峻，眉宇好像覆上了一层寒霜，眼神冷漠，他的视线透过层层雪花，落在桥头的女人身上。

虽然她穿着一件臃肿的军大衣，但遮掩不住她的气质。

雪花簌簌落下，染白了她的发丝、肩头，连睫毛都上了霜，结了薄薄的一层白碴儿。

她咬着一根冰棍儿签子，嘴里哈出白气，双手互搓着取暖。骨节分明的手指虽然漂亮，却被冻得皮肤泛红。

她发丝被风吹得凌乱，头微微低着，逆着光，男人看不清她的表情，却能看出她不耐烦的架势。

坐在副驾驶座上的鲁管家往外看了几眼，见到在桥头坐着的女人，神色掠过一抹讶然，迟疑地出声："三爷，那是……司小姐。"

司笙是演员，出道多年，却不温不火。前几年他们还能断断续续地在荧屏上见到她，关注一下她的动态，但这两年她几乎销声匿迹，完全没了消息。没承想，在这儿，他们却误打误撞地碰上了。

"去买杯奶茶。"男人出声，嗓音低沉，略带沙哑。

微顿，他又补充道："热的。"

"是。"鲁管家年过六十岁，岁月给他的脸添了不少的皱纹，但模样越发慈祥和善。

车窗依旧开着，寒风灌入，很冷，冰雪砸在男人的脸上、颈窝里。

然而，后座上眉目俊朗的男人却浑然不觉，视线远远地落在那道身影上，长街昏黄的灯光落在他的眼里，眸光浮动。

有电话打过来，司笙懒得动，跟对方比拼着耐性。奈何电话接连不断地响着，司笙最终放弃，慢腾腾地将蓝牙耳机塞到耳朵里，接起了电话。

秦凡张口就问:"司笙,你什么时候来一趟医院?你外公嘴上不说,心里其实挺想你的。"

司笙将冰棍儿签子拿下来,说:"我在工作,有空了就去看他。"

秦凡急了:"工作?不是,你答应我的,在你外公住院期间,你一定会乖乖地待在京城随叫随到,不满世界疯跑……"

"就在京城里,给人当助理。"司笙眉头一皱,赶紧打断他的话。

秦凡哑言好半晌,磨磨蹭蹭地道,"天仙,你要是缺钱就跟我讲。咱以前好歹也是一线演员,就算被埋没了,接不了戏,也不要纡尊降贵地做那种工作……"

"嗯,我过两天就辞职。"司笙爽快地打断他的话。

秦凡心说:这倒也不必。

司笙玩着冰棍儿签子,刚想说改天再聊,结果一抬眼,瞧见有人走来,微怔,把话咽了回去。

鲁管家走近,笑眯眯地打招呼:"司小姐。"

司笙低声跟秦凡说了声"稍等",摘下蓝牙耳机,起身,收敛了眉目间的懒散之色,喊道:"鲁爷爷。"

鲁管家打量着她,有欣喜,有担忧,亦有怅然。倘若这姑娘没跟他们家先生分手,可能他们的小孩儿都能开口叫他一声"爷爷"了。

收拾好心情,鲁管家和颜悦色地问道:"司小姐,你怎么在这儿啊?"

往后面忙碌的剧组看了一眼,司笙解释道:"工作。"

鲁管家闻言一怔,面露好奇地说:"拍戏吗?"

"不是。"

"那……"鲁管家本想追问,又觉得唐突,便没问,只将手中的东西递给她,叮嘱道,"这是奶茶和暖手贴,喝点儿暖和的,暖暖胃。暖手贴记得用,别冻着。"

"这……是谁的意思啊?"

司笙的视线落在鲁管家的后方。雪幕遮眼,越过空旷的长街,一辆黑色的轿车停在路边,低调奢华,一侧的车窗开着,她隐隐约约看见半抹身影,却看不清晰。

蓦然,一抹熟悉感袭上心头,司笙心里生出些微烦躁。

隐藏多年的记忆像被拨开一角，不受控制地往外冒，如洪水，似潮涌，铺天盖地压下来，搅得她有些不舒服。

鲁管家只是笑，眼角的皱纹加深了些，说道："只要你收下，谁的意思不重要。"

"谢谢。"司笙道了谢，把热奶茶和暖手贴都接了过来。

"好孩子，好好照顾自己，这大冷天的。"鲁管家笑容可掬，跟看自家孙女一样，轻叹了口气，又补充道，"不管别人，我们俩也有些交情，你要是有什么事可以随时找我。只要我能帮得上忙的，你尽管说。"

"行。"司笙笑着应下，并没有将他的交代当回事。

鲁管家心知肚明，叹息着，又交代几句才离开。

这突如其来的相遇和温情，让司笙有些愕然。她站在原地，一直目送鲁管家穿过风雪上了车，才慢慢将视线收回来。

车子远去，绕道而行。

司笙重新戴上耳机，轻声"喂"了一句。

"怎么了？"秦凡急切地问道，"你不会在剧组里被欺负了吧？我一想到你在剧组里会被呼来喝去的，就气！特别气！"

司笙忍不住失笑，眉眼染上的笑意能融化冰雪："没事，刚遇上前男友的管家。"

"管家？啥玩意儿？"秦凡下意识地吐槽，随后蒙了蒙，不可思议地道，"哎——不是，就你这注定孤独终生的臭脾气，还能有前任啊？"

司笙轻轻蹙眉，咬着吸管喝了口奶茶，微热的奶茶滑过喉间，灌入胃里，带来一阵温热。

她哂笑道："有意思，谁还没一两个前任？"

"行行行。你跟你前任在一起，是多久以前的事啊？"

司笙身子微顿，眼眸一抬，视线投向车辆远去的方向。

她的眼里只剩白茫茫的雪，以及孤寂萧条的街道。

半晌，她说道："忘了。"

多久？五六年了吧……

遇上凌西泽的时候，她才十九岁。

高架桥上，雪还在下。

司笙趁热喝完奶茶，随手一扔，将杯子抛向两米外的垃圾桶，一道抛物线划过，"哐"的一声杯子稳稳地砸入了垃圾桶里。

"那你怎么跟他分手的呀？"秦凡话锋一转，又将话题扯回来了。

这场戏拍完，导演忽然宣布收工，司笙捡起地上的马扎往人群中走去。

有雪花飘落在脸上，凉凉的，转眼融化成水。司笙的声音也染上了几分凉意："忘了。"

"忘了！忘了！你怎么没把自己忘了？"

司笙没答话。

秦凡不死心，又问道："谁提的分手？"

司笙去掏车钥匙，手指触碰到兜里的暖手贴，微怔，眼神意味深长。

她本以为他们分手的事已经久远得能被尘封，没承想有些记忆如烙印，轻轻拂开表面上的一层灰，便是清晰明了的存在。

她淡淡地说道："好像是我。"

"不是，天仙啊，咱除了长得好看点儿，也没啥值得嘚瑟的。你说说你，有什么想不开的……"

视线越过忙碌、嘈杂的人群，司笙寻见自己的雇主，懒懒地出声："挂了。"

她摘下耳机，放到兜里，抓着马扎，错开人群，走至裹着羽绒服瑟瑟发抖的雇主程悠然的身侧。

"好了？"司笙问道，声音微冷。

程悠然刚衣着单薄地拍完戏，浑身冰冷，小脸通红，此刻被包裹严实也难以缓解牙齿打战。她听到司笙的话，无精打采地"嗯"了一声。

"怪冷的，走吧。"

司笙说完想走，一偏头，瞥见程悠然被冻得直哆嗦的样子，顺势一抬手，将羽绒服的帽子掀起来，直接罩在程悠然的脑袋上。

程悠然咬着唇，乖乖地跟在司笙的身后。

两个人的相处模式，一点儿都不像雇主和助理的关系。

不多时，司笙、程悠然以及另一名助理，坐上保姆车离开了剧组。

殊不知，导演盯着显示器，拿着手机久久难以回神，喃喃自语："凌总亲自派人来电话，到底为了谁啊，非得提前收工……"

雪下了一夜，城市银装素裹，地面厚厚的一层积雪，天空阴沉沉的，乌云密布。

连接卧室的小书房里，司笙伏案画着漫画分镜稿，到了关键处，时而蹙眉，时而转笔，但多数时间灵感如泉涌，下笔一气呵成。

"叮咚——"

微信有新消息。

程悠然：下午四点开拍，你不用来接我了，我直接去片场就行。

司笙是武替出身的过气演员，兼职画漫画，偶尔还会凭借一身武功给人当私人保镖。在程悠然身边工作，她明面上是小助理，实际是私人保镖，确保程悠然在拍摄这部剧期间免受非理智粉丝的骚扰。

她看了眼程悠然的消息，回了一个"嗯"，然后看了一眼分镜稿，停笔，将分镜稿合上，准备先去图书馆查点儿资料。

临走前，她想到了什么，对着分镜稿拍了张照片，然后发到微博上。

Zero：准备新作。转发和评论，一周后抽100个人，送全套《死亡传说》以及To签（专属签名）。

博文下还附上了刚才拍的那张分镜稿的照片。

微博消息刚一发布，千万粉丝奋勇而上，迅速地占领她的微博评论区。

"有生之年竟然能看到Z神抽奖？"

"呵，一年前就说准备新作，现在还在准备阶段？江郎才尽的话就不要吊着读者。"

"Z神冲啊！这次是在微博发布还是找新的漫画平台合作？给个消息啊，你去哪儿我就去哪儿！"

"距离《死亡传说》完结两三年了，全套书市场上被炒到好几千元，Zero大手笔啊，直接送100套？！"

…………

下午，忙得晕头转向的司笙，手里捧着刚买的奶茶，拎着分镜稿走出图书馆。

一出门，一阵冷风伴随着细碎的雪花迎面袭来，雪花落到脸颊、脖颈、手背上，凉丝丝的，司笙冷得直皱眉。

手一摸空荡荡的脖颈，呃，她忘戴围巾了。

司笙三两口喝完奶茶，来到路边准备拦车，但因积雪深厚，马路上车辆少得可怜，半天都见不到一辆出租车。

司笙烦躁地皱着眉。

这时，一辆黑色迈巴赫朝她驶过来，然后放缓速度，正好停在路边。

这车碍眼，司笙垂眸，正巧看到副驾驶座的车窗降下，她对上一双漆黑深沉的眼眸，那双眼眸含着锐利的光，一眼就看得让人心悸。

凌西泽问道："冷吗？"

司笙如实回答："冷。"

司笙记忆中彬彬有礼、温文尔雅的青年，此刻却松了松衣领，凶狠地笑道："那就好，始乱终弃的报应。"

车子扬长而去。

司笙被喷了一脸汽车尾气，微微一怔，心想：他这几年究竟经历了什么？但刺骨的冷风让她没时间思考这些，她掏出手机，准备网上约车。

结果她刚下单，就看见熟悉的车绕了一圈，又以同样的姿态开了回来。

车窗开着，开车之人扔下简短的两个字："上车。"

司笙低头看着手机，上面显示她排在第十二位，按照这个速度，她估计得等小半个小时。

司笙呼出一口冷气，取消订单，走过去，将车门一拉就坐了进去。关上车门后她越想越不甘心，没好气地问道："谁始乱终弃了？"

"你。"凌西泽回答得果断又清晰。

怔了半响，司笙停下扣安全带的动作，难以置信地问道："分手的时候，我没跟你说清楚？"

凌西泽："没有。"

行，欲加之罪，何患无辞。这家伙还学会栽赃嫁祸了。

车上的氛围说不上尴尬，却也说不上融洽，只是非常安静。

车窗将一切声响隔绝在外，车内的呼吸声都能听到。司笙歪着头，盯着一侧的车窗，看见细碎的雪花在空中飞舞，有一片沾在车窗玻璃上，微微颤动几下后，又被风刮走了。

思绪收敛了些，司笙瞥了一眼沉默开车的某人，想开口说点儿什么，嘴唇翕动着却没话，索性也闭嘴，往后一靠，闭眼假寐。

剧组换了地点，在偏僻山野里拍摄，距离市中心一两个小时的车程。

车到了山脚时，司笙刚睡了一觉，睡眼惺忪，尚未彻底清醒。

司笙迷迷瞪瞪地解开安全带，伸手去开车门，想在下车前道个谢，没承想还未开口，就听到凌西泽嘲讽道："离开我以后，你就落魄到给三流演员当助理了？"

司笙侧头看过去。凌西泽眼里的冷意淡去："报应不爽。"

被凌西泽一噎，司笙深吸一口气，冷笑着问道："嘴么么毒，还单着吧？"不待他回应，司笙一把推开车门，扔下话，"活该。"

"砰"的一声，车门被甩上，司笙大步离开。

凌西泽抬眼，视野里的纤细身影远去，他缓缓收回视线，想到自己送她来剧组的行径，眼里闪过一抹自嘲之色，轻哂一声便踩下油门离开了。

道路两旁皆是风景，树木成林，白雪皑皑，偏僻又荒凉。

凌西泽的手机铃声响起，是助理打过来的。他戴上蓝牙耳机接听，助理焦急地询问他在哪里，下午的会议推迟半个小时了。

凌西泽刚想回答，余光瞥到副驾驶座上的东西。视线落在一张漫画分镜稿上，他微怔。

"凌总？"助理在问。

回过神，凌西泽敛了敛双眉，说道："我有点儿事，会议取消，再约时间。"

挂断电话后，凌西泽将车停在路边，长臂一伸，将那个分镜稿拿起来，封面干净得没有一点儿痕迹。他翻开一页，见到了基本信息。

《新世界》。

落款：Zero。

凌西泽的神情有一瞬间的恍惚，他想到和他交往时的司笙，跟他提过一句她在画漫画，但每每他问起来，她都不肯说自己的笔名叫什么。

结果现在他竟阴错阳差地知道了。

凌西泽弯了弯唇角，继续翻，看到潦草的分镜画面，台词一笔带过。他看不出画功，但剧情一目了然。从不接触漫画的凌西泽，竟一口气看到最新的一页，直至再翻页是一片空白才停下。

车在原地停留了约半个小时，再次离开，在前方的路口掉头。

剧组今天在山上拍摄，车开不上去，机器和道具都是人力搬运的。剧组的工作人员步行上山，下雪天在荒无人烟的林间吹冷风，这滋味可不好受。

司笙今天没带军大衣，呢大衣不保暖，戏刚开拍，她就抱着毛茸茸的热水袋坐在马扎上盯着现场，整个人处于入定状态。

夜幕降临，天气愈冷，寒风无孔不入，从衣袖、领口钻进去，掠夺着司笙周身的体温。

三场戏结束便到了饭点，导演宣布暂停拍摄，场务发饭，被冻得灵魂出窍的工作人员才算活过来，开始来回走动。

司笙站起身，跟着去排队领饭，这时她的余光瞥见一抹身影。她想都没想，紧跟着冲了上去。

"程悠然，我爱你！"

司笙听见一声疯狂的喊叫声，然后一个虎背熊腰的壮汉径直朝程悠然扑去，把程悠然直接吓蒙在原地，怔怔地看着那人扑上来。

在壮汉的手袭向程悠然时，一抹纤细的身影猛然靠近，抓住壮汉的手腕一拧，随后揪住壮汉的衣领往下一拉，在壮汉弯腰的时候，司笙的膝盖撞向壮汉的小腹，壮汉疼得惨叫一声，后退了两步。

按理来说，一般人在司笙这一套动作下，肯定血槽清空没有反抗的余地。奈何这人皮糙肉厚，血量高，很快他就握起拳头朝司笙砸过来。

司笙神色凛然，跟壮汉正面迎上，几招擒拿下来便将壮汉逼退，随即飞身一个横跃，两脚踩在壮汉的胸口上，将壮汉踢翻后落下。但在她落地的一瞬间，脚下踩到一颗石子，一滑，一阵刺痛从脚腕处袭来，这令她极轻地皱了下眉。

整个过程不到一分钟，剧组众人回过神时，事情已经解决。很快有人围上来制服倒地不起的壮汉，同时看司笙的眼神也捎带几分异色，皆是惊奇和感叹，还有"不愧是武替出身的"之类的感慨。

"司笙，你没事吧？"惊魂未定的程悠然冲上来，紧张地查看司笙的伤势。

"没——"

司笙刚想作答，话头就被人抢了过去："有。"

司笙抬眼一看，就见熟悉的身影走近，于是愣了一下。然而，凌西泽并没有看司笙，只是扭头跟程悠然说："她的脚扭到了，我先带她回去。"

"行。"程悠然一口答应。

待凌西泽扶着司笙离开，程悠然从恍惚中恢复了一点儿理智，想到了些什么，抬眸欲寻司笙、凌西泽的身影以求证她的疑惑，结果晚了一步，他们早走远了。

"吓到了吧？"助理送上一个保温杯，"先喝点儿水，压压惊。"

程悠然"嗯"了一声，拧开保温杯喝了口温水，脑海里还在想刚刚那个男人——天色昏暗她没看清楚，但那个男人怎么那么像某科技公司的凌总呢？

林间冷清，视野昏暗，得靠手电筒照明。

司笙不想被凌西泽抓着机会嘲笑，她不用凌西泽扶，硬着头皮把步子走得端正，可伴随而来的是一阵又一阵的剧痛，身体给了她最直接的惩罚。

他们走了一段路，凌西泽一把拉过她的手，将手电筒塞到她手里，又取下自己的围巾,一圈圈地绕在她的脖子上。在她疑惑之际,他向前跨了一步,来到她的身前,蹲下身。

"上来。"他的声音清晰,字字有力,那声音似有强制的命令,又夹着些微的无奈。

司笙站定,没吭声。

缠绕在司笙脖颈上的围巾还留存着他的余温,阻挡着冷冽寒风的侵袭。她微微垂下眼帘,在暗淡的手电筒边缘光圈里看着他的背,宽阔又结实。雪花簌簌落下,在朦胧光晕里飞舞,沾在他黑色的外套上,未融,像极了闪烁的星光。

"又不是没背过。"等了片刻,凌西泽扭过头,眉宇微微锁着,狐疑地问道,"重了?"

"狗嘴里吐不出象牙。"司笙气结,伸手按着他的后脑勺儿,将他的脑袋转回去,然后不顾别的,直接趴在他的背上,两只手越过他的肩膀向前收拢,虚虚地搂着他的脖子,同时调整了手电筒的方向,照亮下山的道路。

凌西泽没说话,只是唇角很轻地弯了一下,起身将她背起来。

凌西泽的肩膀很宽,他走路很稳,司笙感觉不到颠簸。风刮过,吹得司笙的脸颊微疼,她低头将脸埋在他的背上,竟感到他的温度透过衣服传递过来,微暖。

司笙晃了下手电筒,忽然想到一个问题,微微抬头:"你怎么来了?"

背上的重量很轻,凌西泽却适当地放慢脚步,低沉的嗓音透过风雪传到背后:"你有东西落下了。"

经凌西泽的提醒,司笙才想到被遗忘多时的分镜稿,"哦"了一声,又将脸埋在他的背上。

司笙鼻尖萦绕的味道清新好闻,伴着淡淡的烟草味。司笙轻轻嗅了两下,下意识地靠近他的脖颈,淡淡的气息喷洒在他的颈侧。

感知到她的气息,凌西泽头皮微微发麻,嘴上却说道:"你属狗的?"

司笙不明所以:"我属什么,你不知道?"

凌西泽闭嘴,低头继续赶路。

偏偏司笙不安静地待着,在他身上嗅来嗅去,偶尔拨弄一下他的头发，将多出的一截围巾覆盖在他的后颈上，像是在替他保暖。

二人分开那么长时间，见面又是巧合，实在没什么好聊的，几句话说得干巴巴的，索性一路都不怎么说话。

他们走到山下时，司笙终于开口："程悠然的保姆车里有医药箱。"

"去医院。"

"伤得不重。"

"医生看了才知道。"凌西泽的口吻不容置喙。

迟疑片刻，司笙没说话，微微低下头，隔着一层围巾，将下巴垫在他的肩膀上。她轻轻嗅着，又闻到了若有若无的烟草味。

她没多想，张口问道："你不是不抽烟吗？"

凌西泽走到车后座，将门一拉，把司笙塞进车里，然后站直身子，低头淡淡地扫了她一眼，也不知哪里来的火气，拧眉道："你是我女朋友吗，就瞎打听？"说完他就将车门甩上。

司笙心说：再瞎打听我就是狗！

车载空调的温度调得偏高，司笙身子刚一暖和就昏昏欲睡，后来干脆睡了过去，一直到医院才悠悠转醒。

司笙反应有点儿慢，解开安全带后，手指刚触到门把手，就见门被拉开，一袭黑衣的凌西泽站在门外，拧着眉头打量她片刻，最后转过身，蹲了下去。

冷风从车门灌入，吹得人瞬间清醒，司笙回过神，裹紧了围巾，望了一眼漆黑夜里的鹅毛大雪，雪花迅速地将男人宽厚的背染白。她轻抿着唇，倾身爬上他的背，任由他背着自己走进医院里。

她打了个哈欠，懒散地将下巴抵在他的肩上，她的发丝被风吹得有些凌乱，丝丝缕缕地贴在他的颈侧、耳郭上，触感若有若无，轻轻拨动、拂过，却在不经意间撩动某根平静已久的心弦，在一汪深潭里荡起阵阵涟漪。

凌西泽步伐沉稳地往前走，眸色渐渐深沉，瞳仁深处似凝聚起一团黑墨，浓得化不开。同时，他托着她的手臂，微微收紧。

"在这儿等着。"凌西泽将司笙放到椅子上，叮嘱一声，然后去排队领号。

司笙百无聊赖地拿出手机玩消消乐,时不时朝队伍看一眼,瞧瞧凌西泽的进度,结果连过三关再抬头时,突然发现本该排队的凌西泽不见了踪影。她一怔,茫然四顾,想拨电话却发现自己没有他的电话号码,索性思考他半路消失的可能性。

"给。"这时,伴随着男人的声音,一道身影出现在她的眼前,随即几片暖手贴被塞到她的手里。

司笙突然抬眸。

凌西泽被她黑亮的眼眸盯着,心头一软,只当她连暖手贴都懒得撕,便嫌弃地哼了一声,咬着后槽牙拿起两片暖手贴,撕开包装,分别塞进她的两只手里,然后把剩下的暖手贴放进她的兜里。一套动作下来,流畅又自然,像极了他以往将她当祖宗供着的时候。

凌西泽做完这一切后,欲直起身,却对上司笙的狭长黑眸,视线交会的一瞬间似有情绪涌起,凌西泽很快避开,站直,左右张望一圈,同时掩去眉眼中莫名其妙的情绪。

凌西泽喉结滚动了一下,说道:"号挂好了,得去四楼。"

"哦。"司笙答应一声,没有动,抬眼瞅他。

凌西泽等了片刻,见她没有反应,垂眼看着她,问:"不走?"

"嗯?"等着他有所动作的司笙回过神,"不是你背吗?"

他是堂堂凌家三少、科技公司总裁,家世显赫,却栽在这个女人手里,至今没爬起来过。

这是个妖精,跌落在俗世,专门来克他的。

凌西泽背着司笙来到四楼,他们等了约半个小时才见到医生。跟司笙预料的一样,脚腕伤得不重,喷点儿药后休养几日即可。

司笙一脸"果然如此"的表情,这让凌西泽觉得白费一番好心。凌西泽拿了单子后,扔下司笙独自一人取了药,回去时,只见司笙一瘸一拐地跟上来,神情坦然,丝毫没有意识到这个动作已经惹怒了凌家三少。

司笙没心没肺地问道:"你饿了吗?"

"不……"凌西泽面色微沉,张口就想拒绝,却在看到她那张漂亮的脸蛋儿后立刻改了口,"想吃什么?"

"医院外面有粢饭团卖，味道还不错。"司笙对这里还挺门熟路的，说完她打量了这个富家少爷一眼，补充道，"你吃得惯的话，我请客。"

她充满质疑的口吻让凌西泽颇为不爽。他轻轻一咬牙，强调道："吃得惯。"他想想还是觉得不甘心，又加了一句，"要两个。"

说完凌西泽自己都愣住了：他干吗要因这种小事跟司笙置气？

司笙只是略带惊讶地抬眼，似乎觉得奇怪，但一想又觉得挺正常的，只应了一声，然后转过身，一瘸一拐地往外走。

凌西泽盯着司笙的背影，几秒后，拧拧眉心，大步向前走去，来到她身侧，一只手拽过她的手臂，另一只手贴在她的肩上，扶着她往前走。

司笙长得实在漂亮，是素颜走在街上都有很高回头率的美女，这种天生的优势给她的生活带来诸多好处，比如买个粢饭团，老板都会手一抖，给她多加一点儿料。不过正因为人见人爱、人见人宠，司笙养成了骄纵恣意的性格，可又因那些无端的善意和温暖，让她潜意识里想以同样的善意和温暖回报他人。

司笙买了三个粢饭团，付了款，将其中两个递给凌西泽："一个加了油条，另一个加了鸡蛋和火腿肠，以你的口味应该能接受。"

凌西泽接过那两个粢饭团，看着站在风雪里眼睛澄澈、唇角含笑的女人，仿佛看到多年前笑容明媚、神采飞扬的少女，喉结滚动了两下。

他嗓音微哑地问道："去哪儿吃？"

店面很小，没放几张桌子，医院附近人流量又大，现在店里坐满了人，没有空位。

司笙思索了一下，很快做出决定："车上。"

车内开着照明灯，车载空调正在运行，舒适的温度跟窗外的寒冷形成鲜明的对比。

司笙缩在副驾驶座上，身上裹着毛毯，手里捧着热乎乎的粢饭团，吃了两口后，车门倏地被拉开，她抬眸时，一杯温热的奶茶贴在她的脸颊上。

刚将她带到车上，凌西泽就走了。司笙以为他吃不惯粢饭团，所以去找别的东西吃，没想到他去买奶茶了。

司笙并非嗜好奶茶，只是不爱喝热水，冬天又冷，所以常买奶茶喝。而且在诸多奶茶中,她常喝的是烧仙草奶茶。正好,凌西泽带回来的就是一杯烧仙草奶茶。

"谢谢。"司笙伸手去接,正好触到他撤开的手指,冰凉的骨节摩擦过她的手心,留下一片冰凉的触感,她怔了怔。

但下一刻,凌西泽就后退半步,将车门关上。司笙将吸管取出来往奶茶杯盖上一戳,吮吸着吸管喝着奶茶,视线却透过车玻璃看着凌西泽绕过车头,拉开车门坐进来。

司笙打量了凌西泽两眼,发现他手里拿着咖啡,心中疑惑,下意识地问道:"你不是……?"

话说到一半,她猛然想起凌西泽先前那句"你是我女朋友吗,就瞎打听",为了不自讨没趣,又把话咽了回去。

凌西泽听她开了个话头,等了片刻又没声了,轻皱眉头,目光扫过来,嘴还挺毒:"间歇性失语?"

司笙一眼瞪过去,想直接反驳,可想到她还喝着他买的烧仙草奶茶,今晚他还帮了自己不少忙,于是缓缓吸了口气,强行忍下,然后接上先前的话:"你不是不喝咖啡吗?"

凌西泽挺注重养生的,不抽烟,不喝咖啡,定期健身,早睡早起,刚大学毕业就活得像个退休已久的老头儿。反倒是司笙,因为学业、爱好和漫画,有很多事要做,经常熬夜,作息颠倒,忙起来时就靠咖啡续命。但她喝咖啡时,哪怕将咖啡递到凌西泽嘴边,凌西泽也不碰一下。

凌西泽拿咖啡杯的手一顿,睨了她一眼,随即收回视线,将咖啡杯递到唇边,仰头喝了一口,喉结明显滚动了一下。

他没回答司笙的问题。

她果然自讨没趣。司笙低下头,咬了一大口饭团。

司笙住在市内地段较好的小区里,环境和物业的服务都是拔尖的,当然房子的价格也高,但她是全款买下的。凌西泽听到小区名字时愣了一下,然后一言不发地将车开过去。

水云间,D栋,一单元1201。

凌西泽将司笙送到门口时,全程沉默的他终于绷不住了,舌尖一抵腮帮子:"你是故意的?"

"什么?"正在低头输门锁密码的司笙动作一顿,莫名其妙地抬眼看着凌西泽。

然后,凌西泽转身,走向隔壁的房间,单手插兜,在密码锁上迅速地输入几个数字,门一开,将门往里一推,扭头看过来:"我家。"

司笙眨了一下眼——你们有钱人不是住在独栋别墅里的吗?

司笙只知道凌西泽是有钱人家的少爷,对凌西泽的家庭背景没详细地了解过。所以她不知道凌家涉及房地产行业,水云间的开发商正是凌家。凌西泽喜欢水云间的环境,这里建成之后他就留了几套房,拿来送人或自己住,司笙家隔壁正是他留的房产之一。

当然,她不知道,凌西泽从未在隔壁住过,所以身为邻居,他们从未见过面。

凌西泽没在水云间住,送完司笙他就下楼了。上车系好安全带后,他忽然想到了什么,摸出手机拨通鲁管家的电话。

"江南城那边的别墅重新装修,我最近住水云间,离公司近。"

城川医院。

脚腕伤得不重,司笙休息一晚就可继续蹲剧组了。不过程悠然担心司笙,加上那个壮汉被拘留无须担心,所以程悠然给司笙放了两天假。司笙在家里画漫画无聊,索性就来了医院,探望见不到她心烦、见到她更心烦的外公易中正。

肿瘤科住院部,司笙找到病房,刚想敲门,门就被拉开了,眼前出现了一名少年。少年十六七岁,穿着第一附中的校服,身形颀长,比她高大半个头;凤眼狭长,含着些微锐利的锋芒,神情淡漠,看着有几分不近人情。

少年的稚气尚未褪去,但气质很独特。

见到司笙,少年有点儿意外,顿了顿,似乎挣扎好半晌,生硬又淡漠地喊道:"姐。"

司笙问:"来看老易?"

"嗯。"

"哦。"

姐弟俩生硬地客套完,司笙走进病房里,少年直接离开。

护工接过司笙买的水果和补品,床上正在挂吊针的老人张口就吐槽:"陌生人都比你们亲近。"

易中正最近一直在化疗,头发被剃光了,戴着帽子,骨瘦如柴,看着挺虚弱的,在司笙面前却总是有精神。

司笙将一把椅子拎到床边,坐下,漫不经心地道:"我一直以为你的锁店的继承人是我,结果忽然冒出个争家产的弟弟,总得给我个适应期。"

她这说话不着调的毛病又犯了,易中正懒得跟她争论,用一个白眼表达了他此刻的心情。

司笙剥着橘子,跟易中正闲话家常:"他常来看你?"

"每周一次。"

"还挺孝顺。"司笙觉得稀罕,说话夹枪带棒的,"你有什么我不知道的秘密金库吗?"

易中正没好气地道:"吃你的橘子!"

易中正面上似乎在生气,但他没真的批评司笙,甚至都没说过她一句不是。

司笙尚在襁褓时父母就离异了,她归母亲易诗词抚养,但易诗词扭头就将她扔给了易中正,再也没管过她。

她是跟着易中正长大的。

司笙对易诗词没什么记忆。听胡同里的人说,司笙五岁之前,易诗词偶尔会来看看她;五岁之后,易诗词再婚,就再也没回来过。

司笙再次见到易诗词,是半年前在易诗词的葬礼上。

刚刚那个少年叫萧逆,是易诗词的儿子,也是司笙同母异父的弟弟。他父母双亡,父亲那边没有亲戚,外公又重病住院,所以司笙就顺理成章地成了他的监护人。

不过说是监护人,其实就是挂个名。这半年来他都住校,司笙跟他见面的次数屈指可数,关系冷淡得很。

易中正问道:"听秦凡说,你找工作了?"

"嗯，"司笙张口就来，"底薪两千元，五险一金，提成看业绩。"

护工有点儿蒙。这姑娘光是给他开的工资就大几千元了，怎么会找一份这样的工作？她不会是在敷衍老爷子吧。

偏偏易中正还信了，点点头："好好工作，不要欺负同事。"

"知道。"司笙吊儿郎当地应着，往嘴里塞了两瓣橘子。

司笙的经历有些特殊。她自幼爱打架闹事，是个不安分的性子，易中正怕她没本事的话在外面会吃亏，所以在她十岁那年就送她去习武，学些拳脚功夫好防身。没想到这直接打开了司笙新世界的大门，她越来越野，跟脱缰野马似的拴不住。

中学时她没怎么正经读书，跑去当武替，后来以武打演员出道，演技一般，全靠美貌撑着。同时她还一边画漫画，一边满世界跑。直至高三那年，易中正将她揪回京城，她才安分地读了一年书，考上京城理工大学。结果读了两年，她就一声不吭地辍学了，继续满世界乱跑。

那时她十九岁，已经成年了，易中正便没有管她，任由她到处撒野。

两年前，易中正被查出患病了，司笙得知消息后，自觉地收了心，回来后很少再出去。易中正希望司笙过正常人的生活，却也不愿束缚她，所以从未对她有过任何期盼，可见她真的安分下来，易中正嘴上虽不说，心里还是高兴的。

于是易中正有意无意地问了很多司笙工作上的事，她都糊弄过去了。

他们聊到最后，司笙靠在椅背上跷着腿，一边玩手机一边开口："我要拿一百套书送给读者。"

易中正闻言一怔："你终于沦落到靠送书来留住读者了？"

司笙盯着微博数十万的转发量，抿了抿唇，决定让易中正继续待在"外孙女一事无成，出版漫画书只有他会买"的美好幻想里。

聊得有些久，易中正乏了，缓缓闭上眼，说："去拿吧，搁家里也没用。"

"嗯。"不知想到了什么，司笙垂下眼帘，情绪有些低落。

司笙回水云间时天色颇晚。司笙处于生理期，出门时忘了吃止痛药，整天都不舒服，结果一进电梯，小腹的绞痛一阵阵袭来，她倚在一侧，微微低下头，眉头拧在一起，额角上沁出细细的冷汗。

"叮——"

电梯停在了十二楼，门往两侧拉开。她走出电梯，没留神，猛然撞上一个人，来人稳稳地托住她的手肘。

"抱歉。"

他的声音略哑。司笙没抬头，侧身往自家门口走去，手腕却被攥住。

司笙又疼又无力，烦躁得很，冷着眉眼看去，反手就想给他来个过肩摔，可她眼皮一抬，视野里突然出现的是凌西泽的脸，于是动作一顿。

她问："干吗？"

凌西泽见司笙情况不对劲，才下意识地抓住她的手腕，没承想触到一片冰凉，他能感觉到她皮肤上沁出一层薄薄的细汗。

他再看司笙，她眉头紧皱，脸色苍白，汗水湿了绒发，明显极不舒服。

他拧眉问道："你怎么了？"

"没事。"司笙挣脱开他的手，想走，可下一刻手臂就被他抓住，她被强行拽了过去。

司笙没有防备，脚下不稳直接倒在他的怀中，下巴磕在他的肩膀处，突如其来的撞击，疼得她发蒙。她回过神时，凌西泽一只手攥着她的手臂，另一只手覆在她的肩膀上，稳稳地扶着她。

司笙一记眼刀剜过去："找死呢？"

凌西泽低头看着她，难得没跟她斗嘴，语气温和地说道："我扶你回去。"

"我能走。"

"我怕你摔在我家门口，挡道。"

司笙被他气得眉头一皱。

她腹部一阵阵地抽痛，浑身难受，实在没精力同凌西泽计较，任由他搀扶着往前走。他们刚走两步，司笙一顿，然后将覆在腰侧的手推开，往后退了半步。

凌西泽被她的动作弄得一愣，瞥见她身子一晃，于是偏头看去，就见她背抵着墙壁,顺着墙壁蹲了下去,一只手放在腹部,脸色苍白,头低下,埋入膝盖间,另一只胳膊紧紧环着双膝,手指紧握成拳。

她将自己蜷缩成一团,凌西泽看不到她的神情,但她的每个动作都透露着疼痛与虚弱。

凌西泽见她疼得厉害了,赶紧上前,弯腰去抓她的胳膊。可他刚碰到她,就被她猛地推开。

"别碰我。"司笙咬着牙把话说得挺有底气的,但凌西泽一听就知道她是在逞强。

凌西泽僵在原地。

司笙感觉到凌西泽一直站在她的身侧,她呼出一口气,皱着眉,微抬起头,看到逆光站着的凌西泽正在掏手机,似乎想打电话。

"你在干吗?"司笙的声音无力。

凌西泽垂眼看着她,语气果断地道:"叫救护车。"

"有病啊你……"司笙头一次见生理期叫救护车的,张口就骂,又气又无奈,"我缓一会儿就好了。"

凌西泽没搭理她,将手机放到耳侧。

司笙见他不听,松开环着胳膊的手,指着他,咬牙威胁:"打,使劲打。救护车要是来了,我准保你是第一个被抬上去的。"

她虚弱成这样,放狠话没有一点儿效果。

凌西泽垂下眼帘扫了她一眼,没理她:"喂,是120吗?"

她的脸都要被他丢尽了!

司笙猛地起身,一把抓过凌西泽的手机挂掉电话,没好气地道:"生理期,吃点儿药就行,家里有。"

凌西泽见她这般反应,没有强行跟她争执,紧盯她几秒,狐疑地问道:"真的?"

"嗯,"司笙把手机扔还给他,实在懒得多说,"扶我一下。"

凌西泽停顿一秒,然后将手机收起来,俯下身,一只手揽着她的肩膀,另一只手从她的膝盖下穿过,直接将她拦腰抱起。

客厅里,司笙裹着一床毛毯蜷缩在沙发上,接过凌西泽递来的药和水,把药往嘴里一扔,然后一口灌下半杯温水。

她将剩下的半杯水递给凌西泽。

凌西泽自然地接过,一顿动作后,才意识到自己在司笙跟前根深蒂固的奴性,暗自磨了磨牙。

凌西泽将杯子放到茶几上,随口问道:"吃饭了吗?"

"没有。"

"想吃什么?"

"阳春面。"司笙确实饿了,并不矫情,直接问道,"鲁爷爷在吗?"

"不在。"

"哦,他现在跟着你?"

"嗯。"

司笙错愕:"凌老夫人呢?"

凌西泽淡淡地道:"百年了。"

司笙闻言微微一惊,垂下眼帘,没有说话。

鲁管家从年轻时候起为凌家做事,跟了凌老爷子一辈子,凌老爷子去世后,他就专门伺候凌老夫人。司笙跟凌西泽交往那一阵子,见过鲁管家几次,当时她觉得鲁管家就是全能人才,还有武艺傍身,能跟她切磋,于是她跟鲁管家走得很近,有些私交。

当时她还跟凌西泽说过,能不能将鲁管家要过来。凌西泽说办不到,鲁管家和凌老夫人一生的主仆情,是什么都换不来的。

没承想现在鲁管家跟着凌西泽,是因为凌老夫人去世了。

过了片刻,司笙拿出手机,慢腾腾地说:"订个外卖吧,你想吃什么?"

话音刚落,她就见一只手从眼前晃过,回神时手机已经到凌西泽的手上了。她蹙眉想质问,却听到凌西泽淡声道:"我给你做。"

"你做的会——"声音一顿,然后司笙硬生生地将"要命吗"三个字咽了回去,随即改口问道,"能吃吗?"

凌西泽没说话,冷着脸去了厨房。

不过,他在厨房里只待了两分钟。冰箱里什么都没有,除了一堆垃圾食品,只剩满满一抽屉的雪糕。

凌西泽本就难看的脸色在他看到种类繁多的雪糕时彻底黑了。

凌西泽抽出那一屉雪糕,走进客厅里,直接一通教育:"年年冬天吃雪糕,整箱整箱地买,吃起来又不节制,你的坏习惯能不能改改?"

此时的司笙剥开糖纸,将一颗糖放在嘴里,没将凌西泽的批评教育当回事,漫不经心地道:"证明我长情。"

打算出门扔雪糕的凌西泽闻言一顿,然后又折了回来,将那一屉雪糕往茶几上一扔,"砰"的一声,震得杯子里的水都晃了出来。

他抽风了?

司笙看见凌西泽这样,火气上来了,结果刚抬眼就对上凌西泽阴沉愤怒的眼神。她一顿,下一刻就听到凌西泽带着怒火的声音:"司笙,你摸着你的良心,再说一遍你长情。"

司笙本是随口一说,没想到凌西泽会是这般反应,难免心里有一点点发虚。

"你们天蝎座的人真是太敏感了,心眼儿还小得跟针孔似的……"司笙嘀咕着,感觉凌西泽的眼神越发凌厉危险,及时改了口,无奈地道,"行行行,丢丢丢,随你丢总行了吧?"

凌西泽这反应搞得像司笙负了他似的,她待不住了,起身避开他的视线,扔下一句"我去洗个澡"就匆匆地走向卧室。

凌西泽站在原地,表情阴晴不定,烦躁不已。

半个小时后,凌西泽提着购物袋回来了,一眼就看到卷着毛毯躺在沙发上睡觉的司笙。

听到开门动静的司笙,刚有点儿睡意,强打起精神抬头,眯眼朝玄关处看了一眼,见到凌西泽后有点儿意外,狐疑地问道:"你没走?"

她洗完澡出来后没见到凌西泽,还当这小气男人跟她置气,一言不发地走了。

"你冰箱里没有人能吃的东西,我去买了点儿食材。"凌西泽说话带刺。

"哦。"司笙懒洋洋地应声,没精神跟他计较。

凌西泽走过来,翻着塑料袋,问道:"还疼吗?"

"还行。"止痛药起作用了,她就是有点儿困。

凌西泽找出一盒东西,递给司笙,"把这个贴上。"

司笙半睁开眼,见到写着"暖宫贴"的盒子,感到有些意外:"你买的?"

凌西泽蹙眉:"不然是捡的?"

司笙将手肘抵在沙发上,起身,掀开盖在身上的毛毯。

她刚洗过澡,穿着一件白色睡袍,真丝材质,柔软有质感,裙摆过膝,垂下来的两条腿纤细笔直,小腿匀称,很是惹眼。

司笙头上缠绕的干发帽松了,随着她的动作滑落,发丝也随之落下,几缕头发落在身前。

楚腰蛴领,冰肌玉骨。

凌西泽看了两眼,别开视线,又从购物袋里找出一个电热水袋,撕开包装,拿出充电线给电热水袋充电加热。

刚取出暖宫贴的司笙,将他的连番操作看在眼里,一愣一愣的。

"凌西泽。"

"怎么?"凌西泽插好插头,看了过来。

"你是不是有妇女之友的灵魂?"

凌西泽冷冷地看她一眼,开启毒舌模式:"刚活过来就开始损人,你也不嫌累得慌。"

司笙挑了下眉毛。

"到时候自己拿。"凌西泽叮嘱一声,就拎着购物袋进了厨房。

零碎的物品多,凌西泽一一归置好后,把阳春面所需的材料准备妥当。

所谓阳春面,在他看来,无非是清水煮面,食材就面条、鸡蛋、葱这三样,简单得很。

凌西泽摸出手机,点开鲁管家发来的教程,开工前再次浏览了一遍。

这时,拖鞋踩地的声响一路而来,在厨房门口消失,然后是司笙充满质疑的询问:"凌少爷,您真会做阳春面?"

"嗯。"凌西泽不着痕迹地将手机放回兜里。

贴好暖宫贴后,司笙又将毛毯披在身上,裹得紧紧的,发丝随意地散着,完全没把自个儿的形象放在心上,就这么大咧咧地进来了。

"加油。"司笙敷衍地扔下一句鼓励,拉开冰箱门,扫了一眼冷冻

· 23 ·

区，确认了一下所有抽屉都是空荡荡的，偏头问道："真的全丢了？"

凌西泽"嗯"了一声，补充道："冬天少吃点儿冰的。你万一倒在我家门口，我解释不清。"

本来有点儿烦躁的司笙，被他这一本正经的话逗笑了："我凭什么就倒在你家门口？"

"凭你半个小时前的状态。"

司笙寻思，这种时候她怎么着也得来一句：我，司笙，就算倒在路边，倒在电梯里，也绝不可能再倒在你家门口。

可她仔细一想，怎么都觉得幼稚，脾气也下去了。

看在他确实帮了忙的分儿上，司笙不再因为一抽屉的雪糕同他计较，心平气和地将冰箱门关上。

见她还算听话，凌西泽满意了，说道："我买了点儿水果，你可以洗了吃。"

将自己裹成粽子的司笙闻言挑了挑眉："我洗啊？"

凌西泽斜眼看她："你是半身不遂，还是四肢退化？"

司笙停顿了一秒。

正当她想反唇相讥时，凌西泽忽然走出两步，拿起刚买回来的车厘子、草莓、圣女果，全部倒进沥水篮里，然后拿去洗了。

这操作让司笙把一番讥讽的话咽了回去。

司笙裹紧了毛毯，走近几步，倚在一旁看着他，饶有兴致地问道："你说你，是不是口是心非？"

凌西泽将水龙头一关，疑惑地看过来："什么意思？"

"你不是让我洗吗？"

凌西泽一本正经地说道："你洗不干净还是得我来。"

司笙又不是不了解他，反正不管说什么，他都是嘴硬无疑了。

司笙是个被宠惯的人，心安理得地接受了凌西泽洗水果的服务。她在一旁看着时，还"指点"一下凌西泽，提醒他这个圣女果没洗干净，那个草莓上有脏东西。

原本几分钟就能洗好的水果，在司笙的挑剔和念叨下，凌西泽足足洗了一刻钟。

凌西泽被她说得半点儿脾气都没了。

凌西泽将最后一颗草莓扔在果盘里，关掉水龙头，憋着满肚子的火气，故意问司笙："要我帮你端到客厅里吗？"

司笙颔首："谢了啊。"

凌西泽无奈——祖宗听不懂人话，无法正常沟通，只能供着。

凌西泽按照鲁管家的教程做好两碗阳春面，端出来放到餐桌上，扭头看到裹着毛毯的司笙自觉地凑了上来，眉头一挑。

司笙站在他的身后，微微探出脑袋，侧着头打量着阳春面，好半晌，轻蹙眉心："话我先说在前头，我生理期肚子疼，吃一粒止痛药就能好，但要是食物中毒的话，我得去医院。"

"你什么意思？"

司笙觉得应该委婉一些，斟酌片刻后，说道："你对我的好，我可能无福消受。"

凌西泽压着火气，咬咬后槽牙，将手掌撑在餐桌上，问道："您……吃不吃？"

"吃吃吃。"司笙将餐椅往后一拉，自己在椅子上坐下了。

额角青筋蹦了两下，凌西泽将情绪压下，把一双筷子拍在她面前，然后在一旁坐下。

其实凌西泽做的面条卖相不错，汤水清澈，面条一根一根的，最上面放着鸡蛋，漂着一把葱花，看着让人挺有食欲的。

司笙拿着筷子夹起面条，吹了吹，送到嘴里咀嚼两下，脸色微变。她抬了抬眼皮，看见凌西泽目不转睛地注视着她，于是僵着表情将面条咽下。

凌西泽问道："怎么样？"

司笙顿了两秒，然后措辞很谨慎："那什么……我要不要……稍微……客气一下？"

凌西泽黑着脸："用不着。"

司笙在心里叹息，说道："还行，能吃。"

面条煮得太软了，味道说不上来，只能说可以下咽。但是，就冲凌西泽这个勇于挑战的精神，司笙也得认可一下。

凌西泽拿起了筷子。

司笙抬眼看着他，见他尝完一口后神情稍稍不对劲，主动开口："其实也还行。"

"叫外卖吧。"凌西泽语气冷硬地打断司笙的话。

司笙松了口气。

他们点完外卖后，凌西泽神情阴郁地坐在沙发上，一声不吭。他是没下过厨，但在他看来，做个阳春面而已，食材和步骤都没错，一步步按照教程来，味道应该不差，结果却出乎他的意料。

"唉。"凌西泽的身后乍然响起一道声音，软绵绵的，温热的气息喷在他的耳侧，灼得他的耳根发烫。

凌西泽一扭头，突然看到司笙的脸，一时心悸。她披着毛毯，两只手肘搭在沙发背上，微微倾身，发丝散着，正侧头看着他，眼睛微微眯着，唇角挑起淡淡的笑意，活脱脱像个妖精。

司笙伸出一根手指，戳了戳他的肩膀："你不用沮丧，反正我也没抱希望。"

凌西泽听完前半句心里还算舒坦，听完后半句彻底没了心情，忍不住黑着脸说她："你还不如闭嘴。"

司笙"啧"了一声，准备起身，忽然瞥见他搁在一旁的手机屏幕亮了，有微信消息。她别开视线，忽然问道："要不加个微信？"

司笙问时没多想，只是此刻气氛融洽，想起凌西泽作为她的邻居，他们彼此之间又没有联系方式，就将话问出了口。

但是司笙看到凌西泽微怔的神情后，才想起他们俩现在的关系不尴不尬的，要联系方式这种事可能不合适，甚至有那么点儿暧昧，一时脑子卡住了，思绪有点儿乱。

"没别的意思，"司笙轻咳一声，找理由补救，"看在你帮我的分儿上，改天请你吃饭。"

她越描越黑。

话一说完，司笙直接自闭，想死的心都有了。

谁料凌西泽坦然地往后一躺，拿起一旁的手机，极轻地勾了下唇，说道："行啊，什么时候？"

半个月后，程悠然的戏顺利地杀青，司笙也结束了保镖任务，领了尾款后继续当无业游民，成为家里蹲大军中的一员。

司笙趁着空闲，将一百个人的奖品陆续寄出，忙了几天才忙完。

司笙拿起手机，点开楚落发来的语音信息。

"自从 Zero 发微博宣布在准备新漫画后，全网编辑都跟疯了似的寻找 Zero 的联系方式，费尽心思地想把人挖到自家平台。你这个不做人事的，是打算继续在微博隐姓埋名，还是想找个平台？

"我不是签约了 CC 漫画吗，我觉得那里挺好的，虽然是个新平台，但发展前景不错。另外，CC 漫画主创团队都是你的粉丝，一群沉迷于漫画的有钱人家的孩子。他们就是在你离开咪哈漫画后一时愤然才创办了 CC 漫画，说是想给你提供一个尽情发挥的舞台。你要不要来试试？"

跟司笙一样，楚落也是个漫画家，而且是为数不多的知道司笙就是 Zero 的人。

司笙十七岁高中毕业，同年以 Zero 的笔名开始漫画创作。最初她是在微博上连载，随缘更新，凭借精彩的故事和出色的分镜积攒了一点儿名气。两年后她被一家名为咪哈漫画的线上漫画平台签走，凭借《死亡传说》一炮走红，奠定了 Zero 这个笔名在漫画圈里的地位。

那几年，咪哈漫画聚集了一批具有创造力、想象力、硬实力的年轻漫画家，打造出令无数读者追捧的经典漫画，在诸多线上漫画平台里风头一时无两。可很快咪哈漫画就因内部经营的问题，出现了拖欠稿费、擅自修改大纲等恶劣行为，逼走了大批漫画家，其中就包括 Zero。

当时出走的漫画家都另谋出路了，Zero 只在微博上断断续续地更新了一部短篇漫画，之后就再没动静。

然而，Zero 人气不降反升，微博粉丝数一路疯涨到两千万。同时，Zero 还是畅销的代名词，《死亡传说》最后一卷初版 180 万册，上市一周内脱销，之后一再加印，现在已累积成一个惊人的数字。Zero 俨然成为漫画圈的红人。

现在 Zero 沉寂一年归来，读者的期待值空前绝后，光是百万点赞和转发数就足以证明 Zero 有多受欢迎。各大漫画平台想签走 Zero 是意料之中的事。

司笙回楚洛："你是来当说客的？"

半分钟后，楚落给司笙打了电话。

"还真不是。"楚落笑了笑，声音温软悦耳，"你是过气演员兼当红漫画家，我可不敢随便暴露你的身份，免得给你惹麻烦。不过这个平台是真不错，我建议你来试试。"

司笙沉思半晌，说道："我考虑一下。"

"下个月 CC 漫画要在京城举办一场线下漫展，还有漫画签售会，我到时候也在，你要不要来玩玩，感受一下氛围？"

"行。"司笙答应得很痛快。

结束了跟楚落的通话，司笙刚想洗澡睡觉，就看到了凌西泽发来的消息。

凌西泽：你请我吃饭的事还作数吗？

司笙：嗯。

司笙：你想吃什么？

凌西泽：想吃你母校附近的火锅。

司笙：行。

凌西泽：你母校明天举办机器人展览，我想去看看，你要一起去吗？

司笙：好。

司笙的母校是京城理工大学，她读的是机械工程专业。偶尔几个学院会联合举办机器人展览，用学生的作品进行展示。

司笙和凌西泽的初次相遇，就是在京城理工大学的机器人展览上。

想到过往，司笙感到一阵唏嘘，将手机一扔，起身去洗澡。

今年雪多，入冬后，下了好几场雪。

司笙和凌西泽约好九点在门口见面，时间一到，凌西泽准时抵达，侧头一瞥隔壁紧闭的房门，低头看表，耐着性子等待。

约莫一刻钟后，门才被打开，一抹高挑的身影走了出来。

司笙穿着机车款的皮外套，搭配高腰紧身裤，脚踩马丁靴。细长的脖颈上是黑色的宽围巾，头发随意地绾起，脸颊两侧垂下两缕碎发，发梢沿着脸部线条垂至下颔。

扑面而来的炫酷感，惊艳了凌西泽的每一根神经。

凌西泽只看了一眼，所有的不耐烦都消失了："走。"

钥匙扣在指间转着，司笙冲凌西泽挑挑眉，然后拿出一副墨镜戴上，走在凌西泽前面。

跟在她身后的凌西泽心想：这架势真是像极了女王跟她的跟班小弟。

司笙不喜欢在城市里开车，尤其是在经常堵车的京城，不如坐公交、地铁方便。但这次请客的是她，没办法，她只能把在停车场里停了个把月的轿车开了出来，载着凌西泽前往京城理工大学。

凌西泽问道："你跟你以前的同学和老师还有联系吗？"

"没有。"

冷淡干脆的两个字，不知怎么就触怒了凌西泽，他轻哂："够绝情。"

司笙睨了他一眼："阴阳怪气的，你什么意思？"

凌西泽语气冷淡地说道："字面上的意思。"

平白无故地挨了一顿说，司笙莫名其妙地说："我连你都没联系，干吗跟他们联系？"

这话让凌西泽不知该怄气还是该感到荣幸？

司笙在大二即将结束时，独自一人办理了退学手续。那时她跟凌西泽分手不到一周。

从那之后，司笙就换了联系方式，彻底消失在凌西泽的世界里，过着凌西泽无法想象的生活。而凌西泽只能在网上看到关于司笙的零星新闻，两年前，司笙彻底在娱乐圈里销声匿迹，半点儿消息都查不到了。

在司笙这里，他们俩是好聚好散，但在凌西泽那里，完全不是这么回事。

司笙就是一个始乱终弃的人渣。

"也没必要，"司笙说，"我一离开学校，跟他们就是两个圈子里的人了。"

凌西泽额头青筋一跳，看向她，忍无可忍地问道："我呢？"

"你？"司笙侧首，视线掠过他愠怒的眉眼，嗓音低下来，语气淡淡地说道，"凌少爷，我们打根儿上就不在一个圈子里。"

　　原本还算融洽的氛围，因司笙的这句话直接降到了冰点。

　　凌西泽一路都未再开口说话。司笙几次想找话题，但每次都感觉到凌西泽低沉的气压，想想后就闭了嘴。

　　这个时候她跟凌西泽说话，等同于自讨没趣。

　　京城理工大学。

　　越靠近展览大楼，气氛越热闹。学生和游客络绎不绝，摩肩接踵。

　　司笙找到空位将车停好，和凌西泽跟着人群走进大楼里，随后入眼的壮观场面让她颇为惊讶，不由得挑了挑眉。

　　学校每年都会举办机器人展览，但六年前只是一个小场地，规模不大，展品不多，参加展览的基本是学生。可这次，光场地就占了一层楼，极其正式，学生团队只是小部分，还有兴趣爱好组织、专业研发团队、品牌公司参与其中。

　　展览的档次被提高好几个。

　　司笙将墨镜摘下，环顾全场，叹道："变化真大！什么时候变得这么正式的？"

　　"三年前，你们学校拉了不少赞助……"话说到一半，凌西泽才想起自己在生气，及时止住话头。他垂眼看着司笙，发现她有点儿想笑，偏偏为顾及他的颜面强忍着。

　　"好了，"司笙朝凌西泽摆摆手，然后走到一个展台前，找人要了一盘切好的水果，递到他面前，"喏，哄你的。"

　　很多展台会提供水果、零食。司笙要水果的那个展台展示的是两个智能机器人，一个机器人负责切水果，另一个负责搬运，井井有条，这会儿它们切好的水果都已经被摆满了展台。

　　凌西泽看着司笙的笑颜，怒气全消，将水果接过来。就在这时候，司笙不知看到了什么，"哎"了一声，忽然凑上前，扳过凌西泽的肩膀藏在他的身后。

　　凌西泽还没反应过来，就听到司笙凑到他耳边小声说："是高教授，你帮我挡挡。"

凌西泽视线一扫,果然看到一抹熟悉的身影。他回头看看挨着他后背的人,勾着唇问道:"你不是天不怕地不怕吗?"

司笙撇嘴:"我是背着他退学的,他说见我一次骂我一次。"

"怕挨骂?"

"怕唠叨。"

凌西泽微微偏头,嗅到她身上清淡的香味,沁人心脾,不由得心情大好。

司笙希望凌西泽帮忙打掩护好避开高教授,但凌西泽的视线在高教授身上定格一秒后,他张口就喊:"高教授。"

这人……司笙弄死凌西泽的心都有了。

高教授本来在跟学生聊天儿,听到叫喊声往这边扫了一眼,见到凌西泽后有点儿惊讶,然后见凌西泽将身后的人拽出来,高教授定睛看了一眼,怒从心起,黑着脸大步走过来。

司笙恨凌西泽恨得牙痒,但见到迎面而来的高教授,还是挺规矩地打招呼:"高老师。"

高教授虽年近六十岁,但精神好得很,此刻眼睛一瞪,炯炯有神。他像个爆竹一样一点就着,张口就朝司笙吼:"你还知道我是你老师?!"

"我才二十四岁。"司笙哭笑不得。

"所以……?"

"记忆力还行。"

高教授哑口无言。

司笙当年退学并非成绩不好,而是另有原因。相反,司笙的成绩很好,她是高教授的得意门生。那时高教授喜欢极了基础知识扎实、创意十足、古灵精怪的司笙,手里的研究项目都破例让司笙这个本科生参与,但当高教授想重点培养司笙时,司笙扭头就退学了,连个人影都找不到,可把高教授气得不轻。

高教授对司笙可谓又爱又恨。

如今五六年没见,高教授仍然一眼就将司笙认了出来。当然,他免不了对司笙一通批评教育,抓着司笙擅自退学的事说个不停,而且越说越生气。

凌西泽心情不错地在旁边听着,还殷勤地给高教授递水,行为举止别提多欠揍了。

司笙一把夺过刚给凌西泽的水果,送到高教授跟前,劝道:"气大伤身,您吃点儿水果消消气。"

高教授瞪她:"一见你我就来气!"

司笙笑着问道:"那我现在走?"

"走什么走?!"高教授拿过水果,用牙签戳了一小块苹果吃,没好气地道,"去看看你的学弟、学妹,他们今年按照你留下的图纸做了个机关桌。"

"是吗?"司笙有点儿惊讶,"行,我去看看。"

连吃了几块水果,高教授才把怒气压下去,打量了二人一眼:"我还以为你们俩早分了。这分分合合的,你们又在一起了吧。什么时候结婚啊?"

司笙挑眉:"我们俩像是又在一起的样子?"

暴躁的高教授扔给她一记白眼:"废话。"

凌西泽垂下眼帘,看着司笙憋屈的表情,笑了笑,没有说什么。

凌西泽不是京城理工大学的,而且他毕业那年才跟司笙认识。他跟高教授相识是因为他和司笙交往期间常来学校,时不时还陪司笙上课,久而久之他就在高教授面前混了个脸熟。凌西泽跟司笙分手后,创办了一家研究无人机的科技公司,偶尔会找高教授推荐人才,二人算是有点儿交情。

三个人边说边往机械工程专业的展台走去,高教授和凌西泽交流着技术,司笙听不懂,走马观花地看着,见到喜欢的零食就去要一些,纯粹像个来蹭吃蹭喝的吃货,没一点儿学术修养。

"高教授!"

前方忽然有学生喊了一声,三个人抬眼看去,看见前面有几个机械工程专业的学生。但是吸引司笙和凌西泽的不是学生,也不是他们拿来展示的机械手臂,而是他们的展台。

司笙勾勾唇:"有点儿意思。"

凌西泽微微眯起眼睛。

某一瞬间，六年前的场景似乎在凌西泽的眼前重现。

同样的机关桌、同样的喧闹场景，画面一幕幕回放。

六年前的一个冬日，十八岁的司笙，穿着单薄的卫衣，头上戴着一顶鸭舌帽，戴着墨镜，长发披散在背后。

她当时的气质已经非常惹眼。

虽然墨镜遮住了大半张脸，但通过秀鼻薄唇、白皙的肌肤、弧线优美的侧脸，照样能猜测出她的惊人美貌。

这样一个大美人，却倚在展台旁吃冰棍儿。

偶尔在展台前停留的人，皆是冲着她来的。调戏有之，搭讪有之，因而惹得她极不耐烦，一举一动都夹着烦躁，三言两语就开骂，生生把展台轰得没一个游客敢停留。

那么多游客中，凌西泽是唯一一个冲着她与众不同的木质展台来的。

"嘿，要不要看点儿新奇的？"美人儿用手指在桌面上轻轻一叩，嘴里叼着冰棍儿签子，问话时屈指摁着墨镜中间，往下一抵。

墨镜之下，那双狭长漂亮的眼睛带着笑意，眸似藏着星辰，耀眼明亮，仅一眼，即可勾魂夺魄。

两个人初次相遇，分明无比寻常，可凌西泽仔细地回想，一分一秒皆惊心动魄，司笙诱人步步向她靠近，他恍然回神时，才知万劫不复。

那一年，司笙独自揽下制作展览作品的任务，设计图纸、挑选木材，亲自动手做了一张复古的机关桌。桌子里藏有多处暗格，机关安排得极其巧妙，处处藏着惊喜。但从外面看那只是一张普通的桌子，平淡无奇，在诸多智能机械的展示里显得格格不入，无人问津。

唯有凌西泽一个识货的。

现在展台上有一张同样的桌子，学生们热情地招呼游客来参观，展示机关时引得众人连连尖叫，不少人都拿着手机拍个不停。

"我当时怎么就没有达到这种效果呢？"看看展台前热闹的场面，司笙百思不得其解。

高教授有事先去忙了，凌西泽刚一走近就听到司笙的嘀咕，凌西泽回想当年的场面，轻笑一声："你看他们，一个比一个嘴甜，你……"

司笙的视线冷冷地扫过来。

凌西泽一顿，然后识趣地改口："比较内敛。"

司笙被这种词形容，浑身都不自在，不由得打了个哆嗦，问道："你刚刚跟高老师在嘀嘀咕咕些什么？"

"他问我，你为什么退学。"她的身影映在凌西泽的眼里，他的声音轻了几分，"我说不知道。"

"嗯？"司笙一怔，随即抬了抬眼，笑道，"很简单，我不爱这个专业，觉得没意思，又想出去走走，就干脆退学了。"

轻描淡写的口吻、漫不经心的态度，就像这是她人生里微不足道的决定。

凌西泽愣住："就这样？"

"就这样。"司笙偏下了头，眼里笑意流淌，语气轻松又惬意地说道，"你不是说我离经叛道吗？这种事对我来说，还挺正常的。"

她率性又洒脱。

凌西泽险些忘了，司笙就是这个脾性，自由自在，落拓不羁，拴不住、绑不牢，一切都由着她的性子来，不被世俗的条条框框禁锢。一切不合常理的事，发生在她身上，就有种恰如其分的感觉。

正因如此，她才特别得无可取代。

正因如此，他至今对她念念不忘。

难得跟司笙、凌西泽碰上，高教授嘴上虽骂着司笙，但一到中午就叫住二人，推了原本的饭局，拉着二人在学校附近吃了顿饭。

在外闯荡好些年，司笙经历了不少事情，脾气随和了许多，跟高教授很聊得来。若不是下午另有安排，高教授非得跟司笙聊上几个小时不可。

他们送走高教授，司笙站在火锅店门口搓了搓手，刚想说送凌西泽回去，结果手机响了，她掏出手机一看就接了。

"你来医院一趟。"易中正的话简洁明了。

司笙不明所以："怎么了？"

· 34 ·

"你手上有事？"

"那倒没事。"

易中正立即说道："没事你还问那么多，让你来你就来。"

老爷子说完就挂断了电话，司笙低头看着手机屏幕，一时哭笑不得。

她这任性的毛病，绝对是遗传自易中正。

站在一侧的凌西泽忽然问道："怎么了？"

"我有点儿事，得去趟医院。"司笙将手机收起来，问他，"你是自己打车回去，还是跟我去一趟医院？"

凌西泽淡淡地打量她两眼，很快做出决定："医院。"

司笙怕易中正有急事，路上不敢耽搁，直接将车开到城川医院，然后轻车熟路地领着凌西泽往里走。

她对医院的布局了然于心，绝对是这里的常客。凌西泽拧拧眉，一言不发地跟着她。

"老易，什么事这么急？"司笙推开病房门的瞬间，司笙的话戛然而止，眉眼染上一层冷意。

病房里有两个人，护工不在，除了躺在床上的易中正，还有一个中年男人。

中年男人不到五十岁的年纪，岁月似乎未曾在他的脸上留下痕迹，既有年轻人的俊朗英气，又有中年男人内敛而沉稳的气质。他身着黑色西装，一丝不苟，腰杆子笔挺，颇有商业精英的气质。

但在他看到司笙的那一刻，所有外露的锋芒与锐气都尽数收敛。

"笙笙——"

"少套近乎。"司笙打断他的话，满眼都是烦躁，语气很冲地说道，"是你自己滚出去，还是我'请'你出去？"

中年男人被她凌厉的目光刺得一颤，然后嘴唇翕动，想张口又没出声，偏头朝易中正看去。

司笙见他这样，烦得不行，出声讥讽："你是没耳朵还是没嘴巴，还得找人帮你说话？"

"司笙，"易中正的声音不轻不重，稳住了司笙的情绪，随即他看了一眼中年男人，有些疲惫地往后一倒，"你们俩出去说，别扰了我的清静。"

司笙没心情跟某人"出去说"，想拒绝，但易中正眼皮一抬，警告的目光扫过来，她一顿，然后强行将情绪压了下去。

司笙冷冷地扫了中年男人一眼，转身走出去。她生起气来殃及无辜，连待在一边没说话的凌西泽都无故挨了她两记白眼。

中年男人紧跟着司笙出了门。

易中正似乎才注意到门口的凌西泽，打量一眼，声音懒懒地问道："你是……？"

"我叫凌西泽。"凌西泽自我介绍完，思绪一动，又特地补充一句，"司笙的前男朋友。"

易中正被凌西泽吓到了，咳嗽两声，咳完后抬眼扫向凌西泽，眼神顿时变得意味深长。半晌，他说道："司笙的外公——易中正。"

凌西泽走进病房里，给易中正倒了杯水，乖巧地喊道："外公。"

易中正心说：这小子不愧是能降得住司笙的人，脸皮够厚。

走廊尽头，窗户开了一半，有冷风灌进来，吹在人身上冷得很。

中年男人紧紧地跟在司笙后头。

在事业上作风狠辣、在家庭里说一不二的中年男人，在司笙这里，却小心谨慎，眉眼里全是担忧。

步伐一停，司笙转过身，不耐烦地道："有话快说。"

"笙笙，我征求了你外公的意见，想问问你，"中年男人见她情绪烦躁，不敢多说废话，稍作停顿后，小心翼翼地问道，"你要不要跟我回司家？"

走廊寂静，光线昏暗，似乎隔着一层纱，朦朦胧胧的。

中年男人站在司笙对面，阴影罩在她身上。一阵凉风掀起她的发丝，她眼皮往上一抬，光线落到她黝黑的眼眸里，却瞬间被冻成冰。

司笙嗤笑："你是谁啊？"

"笙笙，这些年是我不对，我没有尽到作为一个父亲的责任。"中年男人深吸一口气，让情绪稳定下来，继续说道，"你能不能给我一个弥补的机会?我现在有能力照顾你,不会让你受委屈的。只要你愿意,你就是司家名正言顺的大小姐。"

司笙看向他。

这个中年男人叫司尚山,据说是她的父亲。

两年前易中正住院时,司尚山前来探望,司笙第一次见到司尚山。

在此之前,司笙甭说见他一面,甚至连他姓甚名谁都不知道。他跟易诗词离婚后,就坦然地将司笙交给易诗词,一次都没来看过司笙。

小时候,每个人都说司笙是个没爹没妈的野孩子。时间久了,司笙自己都觉得,她就是个没爹没妈的野孩子。

司笙将他的真情实意看在眼里,却觉得恶心,冷笑一声:"你想认回我,我的后妈和弟弟、妹妹同意了吗?"

"你是我女儿,我带你回家是理所应当的,他们的意见无关紧要。"

"呵,"司笙的眉眼染上一丝讥讽之意,"没有你我照样过得很好,我凭什么要跟你回去受他们的气?"

司尚山一怔。

"我跟他们不可兼得。"司笙上前半步,唇角笑意加深,但眉眼更冷,又问,"还是说,你愿意为了我,把他们赶出家门?"

"我会做好他们的思想工作,他们不会欺负你的。"司尚山保证道,然后又放软语气,说道,"笙笙,你外公的病……他希望你有个家。你能不能考虑一下?"

司笙唇畔的冷笑突然消失。

她冷冷地吐出一个字:"滚。"

司笙独自一人回到病房,一进门,就看到凌西泽和易中正"祖慈孙孝"的聊天儿场景,愣了愣。

二人不知怎么聊到一起的,易中正靠在枕头上跟凌西泽说话,凌西泽坐在床头削苹果,回应着易中正,其乐融融,气氛好得很。

司笙颇为不爽,出言讥讽:"老易,你对别人家的孙子都这么和蔼可亲?"

易中正气得瞪她一眼。

凌西泽听出一股酸味，拿刀的手一抖，险些割到手指。

"你给我去楼下转两圈，吹吹冷风，冷静冷静。"易中正不愧是司笙的亲外公，对亲外孙女说起话来一点儿都不客气。

司笙咬咬牙，不好拿易中正出气，扭头瞪向凌西泽，火气全冲着凌西泽来了。

凌西泽早被她瞪惯了，神态自若，利索地将刚削好的苹果递过去："吃一口，缓缓，别气着。"

司笙生气地说道："用不着，我自己会削。"

"哦。"凌西泽不强求，将水果刀塞到她手里，然后拿着苹果咬了一口。

司笙在心里怒骂：臭男人活该到现在还没有对象。

凌西泽经商多年，好歹是个有眼色的人，不多时就以接电话为由出了病房。

司笙削了一个苹果，霸占了凌西泽先前坐的椅子，低头咬了一口，不爽地说道："我一个人能把日子过好，你干吗让他来硌硬我？"

易中正一针见血地说道："作息颠倒，三餐不规律，你这叫把日子过好？"

"我们年轻人都这样。"

"我看西泽就不这样。"易中正冷哼一声。

"你才第一次见他，就连'西泽'都叫上了，你怎么不认他当干孙子呢？"司笙没好气地道，话锋一转，又说，"他比我大好几岁，都奔三了，不属于'年轻人'的范畴。"

易中正鄙夷地道："萧逆也不这样。"

司笙说不过，憋了一肚子气，独自吃着苹果。

过了片刻，易中正才重回正题："他不来见你，是因为你妈不让……"

"我没妈。"司笙冷着脸打断他的话。

易中正朝她翻白眼："我们能不能正常沟通？"

二人僵持几秒，司笙垂下眼帘，视线定在苹果上，闷闷地开口："你说。"

"易诗词不准他见你。"易中正一向惯着她，顺着她的心意改口，"易诗词跟司尚山离婚不是因为没感情，而是司家眼光高，觉得门不当户不对，瞧不上她。自打她进门后司家人就针对她，可是司尚山当时得依赖家里，护不了她周全。生下你后司家对她变本加厉，她受不了才离婚的。"

司笙接话："能有什么感情，他扭头就娶了别人，还生了一双儿女。"

据司笙所知，司尚山现在有一儿一女，女儿叫司裳，就比司笙小两岁；儿子叫司风眠，十六七岁，跟萧逆差不多大。

按照时间来算，司尚山前脚刚跟易诗词离婚，后脚就娶了第二任妻子，还迅速地跟第二任妻子生儿育女，坐火箭都没有他快。

司笙还在气头上，说话很情绪化，再劝她只会起反作用。易中正静静地盯着她一会儿，轻叹一声，只是说道："总之我不强迫你，你自己决定。"

"我不……"

司笙刚一开口，易中正就沉声打断她的话："想好再做决定。"

司笙微微一怔，不再说话，继续埋头啃苹果。

许久之后，易中正才挑起下一个话题："你的生日打算怎么过？"

司笙将果核儿扔到垃圾桶里，看着他，很快就接过话："吃你做的长寿面。"

司笙明知他连下床都难，还在异想天开。

易中正轻哼一声，回道："自己做。"

司笙撇嘴："哦。"

生日怎么过都行，反正吃不到家里的长寿面。

司笙的生日往年她都是跟易中正一起过的。易中正是前一阵子病情才急转直下，前两年他被查出患病后动完手术就在家里休养，去年还有精神给司笙做长寿面，今年是不可能了。

司笙没想过生日，但一个个宠她惯她的人都惦记着，她刚跟凌西泽走出病房就接到了秦凡的电话。

"笙天仙，你明天过生日，要约吗？我和宋清明一起陪你。"秦凡兴致勃勃地道，"我列了一张清单，都是你从小到大的未了心愿。"

"不约。"

"免费陪玩都不要?"

"没心情。"司笙挂了电话。

凌西泽弯了弯唇,伸手勾走司笙手指缠着的车钥匙,她狐疑地看过来,他说:"待会儿交通高峰期,怕你怒路症发作,我帮你开。"

司笙一顿,然后回道:"哦。"

回到水云间,二人在门口告别。

凌西泽将车钥匙还给司笙,问道:"明天有空吗?"

司笙有些心不在焉:"怎么了?"

"礼尚往来,请你吃饭。"凌西泽说完不给司笙反驳的机会,很快问道,"想吃什么?"

"长寿面。"司笙脱口而出。

凌西泽愣了一下,瞥见司笙恍惚的神情,点头笑道:"行。"

第二天还是一个下雪天。

司笙有起床气,清早被电话吵醒后很暴躁:"谁啊?!"

"你外公。"易中正字正腔圆的声音让司笙瞬间清醒。

司笙一头扎回被窝里:"外公。"

"你又熬夜了吧,都这个点了还不起床?"

司笙眯着眼看着手机显示的时间,还差三分钟七点,叹了口气:"我们年轻人都喜欢睡懒觉。"

"别动不动就代表年轻人群体,别人乐意吗?你就跟人'我们''我们'的。"

易中正叮嘱:"记得吃长寿面。"

司笙彻底睁开眼,盯着雪白的墙,轻声问道:"老易,我的生日礼物呢?"

易中正顿了顿,然后语调微变,说道:"醒了吗你,就要礼物?"

"没有。"司笙有点儿鼻塞,声音闷闷的。

她翻身坐起,隔着被子揽着双膝,下巴抵在膝盖上,说:"你是不是说过,生日礼物要给我准备到三十岁的。"

"骗小孩儿的话你也信……"易中正声音一低,不忍心说完,然后淡淡地道,"礼物放你秦爷爷家了,你有空过去拿。"

"哦。"

"记得吃长寿面。"易中正完全不放心她,再次叮嘱。

"嗯。"又没人给做,她吃什么吃。

电话一挂断,司笙就将手机丢在一边,带着一股起床气,又躺倒在被窝里,继续睡。

不知睡了多久,司笙猛然睁开眼,翻起身,找到手机拨通凌西泽的电话,不待他说话,张口就问:"我的长寿面呢?"

那边沉吟了一下,然后响起懒懒的声音:"开门。"

司笙拉开门,见凌西泽斜倚着墙,一只手插兜,另一只手提着一个购物袋,购物袋上沾了雪。凌西泽听到动静后,掀了掀耷拉的眼皮,抬头看过来,唇角轻翘:"你这刚醒就知道要吃的?"

司笙挂了电话就来开门,此刻她穿着睡裙,头发散乱,睡眼惺忪,凌西泽一眼就能看出她才睡醒。

凌西泽从购物袋里掏出两个小蛋糕塞到她手里:"先垫垫肚子。"说完他错开身,轻车熟路地在玄关处换鞋,然后往里走。

司笙将门关上,扭头打量他:"你提的是什么?"

"长寿面食材。"

"你自己做?"

"嗯。"

司笙花了几秒接受现实,踱步走过去,抱臂打量着凌西泽:"是什么给了你'阳春面都做不好,还能尝试做长寿面'的勇气的?"

"前期准备。"凌西泽很有信心。

司笙回屋里洗漱完,换上一件长衬衫,她不放心,在茶几上拿了个苹果,假装来厨房洗苹果,余光却总往凌西泽的方向瞥。

凌西泽将面团揉好后放在一边醒着,然后去做其他的工作,有条不紊的模样像极了他做阳春面的时候。

司笙想到阳春面的味道,觉得胃疼,咬了口苹果凑过来:"要帮忙吗?"

"你去歇着就算帮忙了。"

司笙顿了顿,最后决定忍了:"什么时候能好?"

"好了我叫你。"

"行吧。"司笙又咬了口苹果,琢磨片刻,强调道,"要一根面。"

"我知道。"

"就一根,不能断。"

"嗯。"凌西泽耐着性子回应,把她往旁边推了推,"去吃蛋糕。"

"我一个人?"

凌西泽将滑下的衣袖挽起来,微垂着眼睑看着她,慢条斯理地说:"我能陪你吃,还能给你唱生日歌,问题是你能接受吗?"

司笙想到那违和感爆棚的场面,无法接受,咬着苹果走出厨房。

凌西泽看着她的背影,视线下移,落在她衬衫下两条笔直纤细的长腿上,喉结滚动了两下,抿着唇移开了视线。

司笙在客厅里看漫画,吃完两个小蛋糕后,眼神时不时地往厨房里瞥。最终她仍是不放心,又一次来厨房里巡视,在凌西泽跟前找存在感。

面团醒好了,凌西泽站在砧板前,往砧板上放了一张揉面垫,把面团铺展开来擀成薄薄的一张面皮,但——

"你手里拿的是什么?"司笙匪夷所思。

"剪刀。"

"咔嚓",剪刀在虚空中一剪。

"我看得到。"司笙花了两秒,接受了眼前诡异的场景,然后问道,"你在干吗?"

凌西泽将一根长面条拾起来,拧眉看着她,淡淡地道:"一根面。"

司笙实在不知道该用怎样的语言来形容眼前这滑稽的场面。

凌西泽衣冠楚楚,穿着一件白色毛衣和黑色长裤,肩宽腰窄,身材比例极佳,气质清俊矜贵。这样的他,出席任何酒席宴会都没有违和感。

此时此刻,他手上沾着面粉,一只手举着一把厨用小剪刀,另一只手拿着一根长面条,面条下面还连着面饼……

是的,这位爷,擀一根面条的方式,就是将面团铺展成薄片,然后沿着边缘剪成一根长面条。

司笙蒙了半晌,最后说道:"尺寸还挺一致。"

"有尺子。"凌西泽瞥了一眼放在一旁的尺子。

你们这些工科生,不仅动手能力强,做事还挺严谨!

少顷,司笙无语地问道:"你有几成把握?"

"九成。"凌西泽将那根长面条放下来,还补充了一句,"剩下一成算谦虚。"

司笙拱手告辞,离开厨房,在凌西泽将长寿面端出来之前,再未踏进厨房半步。

凌西泽做的长寿面跟上次的阳春面一样,外观没毛病,这次还多了浓郁的香味,色和香都有了,但司笙拿着筷子迟迟不敢动。

"今天是我生日。"司笙慢腾腾地说道。

"我知道。"

"我要是去医院了……"

凌西泽将手机拍在桌上,垂着眼皮看着她:"你要是食物中毒,我第一时间叫救护车。你要是因此留下后遗症,我照顾你一辈子。"

真省心,一辈子他都给她安排妥了。

司笙将筷子拿起来,拨开盖在面条上的肉片、水煮蛋、青菜,挑起那根长面条,不紧不慢地说:"那倒也不必。"

凌西泽屈着手指敲桌面,没好气地道:"吃你的。"

司笙抱着豁出去的心情尝了一口面条,一怔,然后又低头喝了口汤,仔细地品味后觉得挺惊奇的,难以置信地抬头:"真是你做的?"

"嗯,"凌西泽见她这反应就知道稳了,唇角轻轻挑起,"怎么样?"

"好吃。"司笙毫不吝啬地赞扬道。

凌西泽不禁唇角上翘,眼里都藏了笑:"那就吃完。晚上我带你去吃好吃的。"

他研究了一晚上,做废了无数次,才做出一碗合格的长寿面。不过,凌西泽看到司笙神情喜悦,眉宇舒展,笑意荡漾,觉得值了。

自从 Zero 在微博上宣布正在筹备新漫画后,数十家线上、线下漫画平台都想挖走 Zero。因司笙跟出版社签过保密协议，禁止出版社透露她的真实身份，加上圈内好友少且靠谱儿，这些平台的编辑找她的难度系数过大。不过，总有几个神通广大的能联系到司笙。

司笙一个都没搭理，但今天看到微信有一个备注了"CC 漫画主编乔一林"的好友申请，想到楚落对 CC 漫画的评价，司笙略一思索就同意了申请。

乔一林早就听说 Zero 拒绝了所有编辑的微信好友申请，并没抱什么希望。看到申请通过时乔一林愣了半晌，回过神后，欣喜若狂地跟偶像聊起天儿来。

但他只来得及跟偶像表达狂热的喜爱之情，正事还没开头，偶像就说"有事，下次聊"，令他懊悔不已，当场自闭。

司笙跟乔一林聊完，接通凌西泽的语音电话。

"晚上想吃什么？"凌西泽展开一份资料，上面全是他整理的京城饭店的名字和地点，种类囊括八大菜系，全是他找人推荐的，顾客对这些饭店的评价都极高。

不管她选什么，他都能找到。

司笙沉吟了下，说道："吃烧烤吧。"

他失策了。

"吃不惯？"

"吃得惯。"凌西泽将精心准备的资料按在桌上，感觉额头的青筋跳了跳。

"那行，有一家烧烤店我常去。六点过去？"

"嗯。"凌西泽脑壳疼。

烧烤店开在闹市里，店面不起眼，占地小，但胜在干净。今日虽下雪，天冷，街道里却依旧喧闹繁华，店铺服务员迎来送往，顾客络绎不绝。

司笙和凌西泽运气好，来的时候刚走两桌客人，他们得了空位无须等待。

"羊肉串、牛肉串、掌中宝、牛油……各来十串，外加两瓶啤酒。"

司笙不看菜单滔滔不绝地点完，然后问坐在对面的凌西泽，"你还有什么想点的吗？"

凌西泽迅速地计算完她点的量，叹息一声："就这样吧。"

"那行。"

服务员一走，司笙摘下鸭舌帽放在一旁，然后在包里找出一个发圈，将头发抓了两下绑起来，准备进入"战斗"模式。

凌西泽看了她一眼，忽然想到了什么，好奇地问道："你就点两瓶啤酒？"

"我酒量不好，意思一下就行……怎么了？"

凌西泽愣了一下，反应过来，又气又乐："谁跟我吹千杯不倒的？"

"是吗？"司笙讶然，沉思片刻后似乎想到了这一茬，轻笑一声解释道，"好像是有这么回事。早些年前，我挺喜欢逗人玩的。"

"所以……？"

"实话实说，二两酒的量，"司笙斟酌了一下，又补充道，"可能还有点儿多了。"

凌西泽的表情有点儿复杂，某些不愉快的记忆浮现在他的脑海里。

六年前，西北，大漠黄沙，戈壁露营，那是他们确定关系后第一次出远门。

入夜后，司笙跟变戏法似的拿出两瓶白酒、两个酒杯，邀请他把酒当歌。

白酒难以下咽，辣得嗓子疼，如同火烧，再有酒量的人都得悠着点儿喝，然而司笙一杯接一杯地灌，眼睛都不带眨一下的，自称"千杯不倒"。

她看起来也挺像那么回事。

两个人各自喝完一瓶酒，凌西泽醉得头昏脑涨、不省人事，而司笙清醒如初，不见丝毫醉意，酒量之大令人瞠目结舌。

凌西泽眸色一沉："所以那晚的酒……"

"两个酒瓶，"司笙往嘴里扔了颗花生米，慢悠悠地说，"一瓶白酒，你的；一瓶白开水，我的。"

凌西泽的脸色登时跟被泼了墨似的。

· 45 ·

司笙却没有察觉,微微歪了歪头,问道:"你不记仇吧?"

凌西泽冷笑:"我心眼儿小,你不是不知道。"

"事情都过去那么久了。"

"我被骗了那么久。"

司笙哑言片刻,最后选择妥协:"那这顿我请你,就当赔罪?"

凌西泽没有接话,招来服务员,又要了八瓶啤酒,凑了个整数。

十瓶酒摆了两排,往桌上一放,颇为壮观。

司笙看出了凌西泽的意思,伸出三根手指:"想灌醉我的话,三瓶就够。"

凌西泽开了一瓶啤酒,给司笙倒满一杯:"爷有钱,摆着高兴。"

凌西泽虽然要了十瓶啤酒,且有灌醉司笙的企图,但并未强求,倒了一杯就没再继续。反倒是司笙边吃烧烤边喝酒,非常尽兴,偶尔还会主动跟凌西泽碰杯。

最后两个人喝掉了五瓶。

司笙要开第六瓶时,凌西泽制止她:"别喝了。"

"哦。"司笙乖乖地将酒瓶搁在桌上。

凌西泽感到有点儿意外:"这么听话。"

司笙垂下脑袋,用手摁着太阳穴,脸颊微红,嘀咕道:"我感觉有点儿晕。"

估计是酒上头了。

凌西泽看桌上一片狼藉,问:"还吃吗?"

"饱了。"司笙皱皱眉,站起身,"我去趟洗手间。"

"嗯。"

司笙走得很稳,看上去没问题,但凌西泽盯了片刻后,还是起身跟了上去。

这可是个扭了脚依旧能把步子走得稳当的女人。

司笙没如凌西泽所想的那样倒在洗手间里,洗了把脸清醒一点儿后就走出来了。只是她头昏脑涨,一不留神就撞上了从隔壁出来的男人。

司笙皱着眉道了歉,然后想走,却被人抬手拦住去路。

"美女,道歉得有点儿诚意,陪哥哥喝一杯如何?"男人一身酒味,满嘴口臭。

司笙是个大美人儿，肤白个高，长相妖艳。现在她喝醉了，狭长的凤眼尽显媚态，一颦一笑都勾人心魂。

男人被她迷了心窍，起了色心。

"行啊。"司笙慢腾腾地抬头，几缕打湿的发丝粘在脸上，衬得她皮肤白皙，眼睛湿漉漉的，漆黑又明亮，让人看得胸口止不住地发烫。

男人喜上眉梢，伸手就去碰司笙，可没等他碰到，就见美人歪了下头，唇角挂着懒洋洋的笑："喝一杯怎么行，直接喝一壶吧。"

下一刻，狠劲十足的拳头就砸在他的下颌上。

凌西泽在拐角处等着，听到动静赶到时晚了一步，司笙将人撂倒在地上后又用高跟鞋踹了两脚，那凶狠彪悍的架势，唬得那人的两个朋友戳在原地不敢拉架。

"揍爽了吗？"凌西泽走过去拽住司笙的手，无奈地询问。

司笙动作一停，扭头看了他一眼，认出他是谁后，一头扎进他的怀里告状："他骚扰我，我正当防卫。"

凌西泽颔首附和："好，正当防卫。"

"我一年才过一次生日，不想去警局。"

凌西泽揽着她，哭笑不得，低声哄道："没事，不去警局。我解决。"

他的嗓音温润柔和，顺利地让司笙老实下来。

凌西泽跟在司笙身边处理这类事，可以说是轻车熟路。

司笙长得好看，时常会碰到前来要联系方式的人，被拒绝就走的还好，有时会遇上胡搅蛮缠的，司笙又没耐心，只能用拳头教他们做人。

凌西泽将司笙护在身后，看向那倒霉鬼的两个朋友，拿出一点儿现金递过去："这是医药费。"

二人面面相觑，看了一眼在地上"嗷嗷"惨叫的倒霉鬼，有点儿不甘。

凌西泽往斜上方一指，神色冷静，慢条斯理地说："上面有监控摄像头，你们看着办吧。"

这事是谁起的头，二人心里有数，二人瞥了一眼监控摄像头后不敢得寸进尺，乖乖地拿了钱，然后将倒霉鬼扶起来带走了。

事情了结，凌西泽收起钱包。

这时戳在后面的司笙往前倾，将脑袋抵在他的右肩上，没好气地咕哝："凌西泽，你个畜生。"

凌西泽无辜得不行："我怎么就成畜生了？"

"他骚扰我，你还给他钱。"

"我还揍了他。"司笙抬起脑袋，下颌抵着他的肩膀，用湿漉漉的眼睛盯着他，一眨不眨，"手疼。"

凌西泽被她勾魂的眼睛盯着，胸口滚烫，喉结上下滚动，眸里暗流涌动。良久，他轻轻叹息一声，转过身，扶着她的肩膀把她拽到跟前。

他说："哪只手疼，我揉揉。"

司笙眨了下眼，没说话，将右手递给他。

葱白的手指根根修长，骨节分明，衬着一截纤细的手腕，漂亮得如同艺术品。冷白的光落下来，照出骨节处泛着的一点儿浅红，她刚才应该下了狠手。

凌西泽抓着那只手，触感细腻冰凉，垂着眼，用指腹摩挲着她的手背，低声道："下次动手找我来就不疼了。"

"哦，"司笙皱皱眉，仔细地想了几秒，轻"啧"一声，由衷地道，"可是，让别人打起来不痛快。"

活该你单身到现在。

凌西泽喝了酒，无法开车，叫了司机过来。

凌西泽结了账，扶着司笙离开烧烤店。司机欲上前帮忙扶人，却遭到凌西泽一记冷眼，司机识趣地低头去拉车门，连人都不敢多看一眼。

司笙醉酒后还算规矩，往车上一倒，不吵不闹，两眼一闭就开始睡觉。

凌西泽翻出毛毯盖在她身上，给她披好，可她倒好，直接将毛毯往脑袋上一盖，蒙头就睡，连一根头发丝都不露。

凌西泽怕司笙捂着闷，捏着毛毯边缘，稍稍往下一拉，结果她忽然睁开眼睛，直接瞪过来："你是不是要造反？！"

凌西泽轻"啧"一声，垂眼看着司笙，然后抬起眼皮，猛地用力将毛毯往下拉到一半，之后在她难以置信的眼神里，他懒懒地反问："我就造反了怎么着？"

司笙没说话，安静地盯着他，眼神阴恻恻的。

凌西泽眉心微蹙，余光一扫扯她毛毯的手，心里生出一丝悔意。

"凌西泽！"司笙突然倾身凑上来，一字一顿地开口，"完了，你完了。"

司笙精致的五官凑到凌西泽的跟前占据了凌西泽的视野，狭长的眼睛澄澈黑亮，如藏着漫天星光。司笙淡淡的气息轻拂而过，扫动凌西泽汗毛时却如狂风大作，牵动着凌西泽浑身上下的每根神经，凌西泽如坐针毡，额角上渗出细密的汗珠。

短暂的几秒，却因她的靠近，被拉得异常漫长。

司笙一只手扣住他的手腕，另一只手的手肘横在他的脖颈处，将他往一侧的车门推去，紧随着她压上来。凌西泽抿着唇，心想：莫非她想暴力制裁？结果下一秒，他就看见司笙腾出一只手，先用一根手指戳戳他的脸颊，又捏了捏，满脸得意。

她挑眉："怕了吗？"

凌西泽妥协："怕了。"

你这个土匪，用这种法子来制裁人，真是够有出息的。

"你还敢不敢造反了？"

凌西泽忽然扯了扯嘴角："敢。"

凌西泽好歹将司笙哄好了，看着司笙用毛毯裹着全身，不再动手动脚，老实地在一旁待着，他唇角微动牵扯到脸颊，"嘶"了一声，抬手覆上右脸。

他的脸被司笙捏来捏去，一通蹂躏，不知破相了没有。

凌西泽揉了揉腮帮子，微微侧过头，看着被毛毯裹着的人，想到她方才张牙舞爪的模样，不知怎的笑了一声。

低低的笑声，很轻，转瞬即逝。

他跟司笙交往的时间只有短暂的几个月，对司笙的了解还是不够透彻。

她安静时像个女神，说起话来像个土匪，醉酒的时候……反倒像个小孩儿。

恍惚间，他又想起那一年。

漫天黄沙，沙粒飞扬，西北大漠的夜里，月明星稀，苍穹清冷，天地间仅剩望不见尽头的孤寂和荒凉。

她坐在沙堆之上，长腿一屈一伸，葱白的手指摩挲着酒杯，月光下，笑容张扬不羁。

她分明是美若天仙、绝色倾城的美人儿，在世俗里能迷倒众生，却偏有一身不拘泥于尘世的侠者风范，以及天下任我游的豪迈性情。

她像古时在江湖行走的侠女，在她的世界里，有刀光剑影，亦有快意恩仇。

如今，她洒脱有之，豪迈有之，更多了几分宁静淡然。

隐隐约约，她清朗带笑的声音，好似穿过岁月，从那个宁静空旷的夜晚传来，清晰明了——

"喝酒吗？两瓶烧酒，不醉不休。"

凌西泽看了旁边的人一眼。

她就是个小骗子。

"停车。"半路上，司笙忽然醒了，从毛毯里探出脑袋，趴在车窗上喊道。

司机知道司笙醉了，不敢贸然停车，征得了凌西泽的同意后才靠边停车。

"祖宗，你又想做什么？"凌西泽侧过身问道。

司笙回首看着他，眼里折射着细碎的光："今天是我生日。"

"嗯。"

"我的礼物呢？"司笙见他不说话，打开了车窗，冷风灌进来，夹带着雪粒子，打在皮肤上凉丝丝的。

司笙伸出手臂探向窗外，往街上的某处一指，控诉他："凌西泽，你抠得连根手绳都舍不得送给我吗？"

凌西泽被凉风吹得一个激灵，愣了下，视线顺着她所指的方向看去，见到街对面一家普通的精品店，想到什么，眼神忽然一黯。

这时旁边一辆车开过，险些擦到司笙的手，凌西泽眼皮一跳，伸手抓住司笙的肩膀往回拉，探身过去将车窗关好，同时好声好气地说：

"送送送。"

司笙睁大眼睛，眉心轻皱，伸出手指戳他的唇角，触感凉凉的。她不高兴地问："我的手绳呢？"

凌西泽抓住她的手，轻声哄她："回家给你。"

司笙打量了他几秒，明显不信，将手收回来，哂笑道："算了，抠死你。"

说完她又将毛毯一拉，遮住脑袋，倒头睡了过去。

她一下就没了动静，仿佛刚刚的闹腾只是幻觉，凌西泽却沉默了好半晌，悄悄探出手指捏着毛毯往下拉了拉，露出她的小半张脸。

她的发丝散乱，乱糟糟地搅在一起，她闭着眼睛，一动不动，细密的睫毛又长又翘，睡颜安静得很。

片刻后，凌西泽收回视线，让司机继续开车。

后半程司笙很安静，似乎真的睡着了，连凌西泽抱她上楼时都乖乖的，哼唧两声就安静地躺在他的怀里，没有挑三拣四。

司笙家门锁的密码就是她的生日，很好记。凌西泽直接将司笙抱进卧室里。

凌西泽将司笙放在床上，起身开了灯，一回头，发现司笙坐起身，微微一惊。他定睛看去，司笙半眯着眼掀开被子，正往里面钻。

她的外套和鞋子都没脱！

凌西泽头痛欲裂，赶紧走过去，一把拉住司笙的手臂。

司笙烦躁地甩开他："别碰我。"

凌西泽手一顿，站在旁边，手指一捏眉心，耐着性子道："脱一下鞋子和衣服。"

"知道。"司笙闭着眼，嘟囔道，"我自己来。"

她穿着高跟长靴，三两下就将靴子蹬了下来，一脚一只全被她甩到了门边。

凌西泽扭头看着东倒西歪的长靴，又看了一眼容色倾城的司笙，决定忘记刚刚那一幕。

司笙脱掉鞋袜，去脱外套，一如她豪放洒脱的性情，毛呢外套一脱下来，就被她扔在了地上。

凌西泽捡完长靴又捡外套，直起身，发现又一件衣服扔下来，他伸手抓住，一看是一件白色毛衣，还带着主人的体温。

他愣了一下，抬眼看去，突然看到司笙想脱贴身衬衣，视野里闪过一截白皙柔软的腰，登时头皮发麻，赶紧摁住她的手。

他的嗓音微哑："可以了，睡吧。"

"哦。"司笙没有强行脱贴身衬衣，听到他的声音后眼睛睁开一条缝，盯着他的脸几秒，像是把人认出来了。司笙把他的手扒拉开，然后迷迷瞪瞪地钻进被窝里。

凌西泽松了口气，转身将司笙的衣物都放在沙发上。

"凌西泽。"躺下后的司笙还不消停，声音乍然一响，吓得凌西泽心脏"突突"直跳。

"在。"

"你看我的手腕……"司笙忽然举起手，凌西泽下意识地看过去，没看出个所以然。

就在这时，司笙晃了晃手腕，睁开眼盯着凌西泽，说道："你看，它光秃秃的，什么都没有。"

凌西泽认命地走过去，抓着她的手往被窝里放："一觉醒来就有了。"

司笙甩开他的手，冷笑，摆明了不信他的话。

她的眼里映着凌西泽的身影，但凌西泽觉得，她的眼里写着"凌抠抠"三个字。这种潜意识的想法，气得凌西泽胃疼。

凌西泽按捺着脾气，不跟她计较，重新去抓她挥舞着的手，却在抓住她的手腕时，看到她的衣袖滑落，露出一截如藕的小手臂，雪白的皮肤上，突兀的文身吸引了凌西泽的目光。

那是一个淡青色的文身，是一个英文单词"End"，连成一笔，线条很细，左上角和右下角各有一只展翅飞翔的大雁，角度不同，但都是往外飞，乍一看很漂亮。

司笙似乎察觉到他的目光，扬起眉梢，问："好看吗？"

"嗯，"凌西泽敷衍地回应，又看了一眼文身，"什么意思？"

"纪念初恋啊。"司笙理所当然地说，"End，结束了。"

司笙将手挣开，自觉地放回被窝里，翻了个身，嘴里还嘀咕了句

"结束了",之后她安静下来,呼吸渐渐变得平缓。

凌西泽良久地愣在原地。

漆黑的夜幕下,点缀着万家灯火,隐隐约约可以看到夜空里飘扬的细碎雪花。

雪花斜飞、翻腾、乱舞。

凌西泽站在落地窗前,将遮光窗帘拉上,隔绝了外界的一切。

他走回来,看了一眼睡着的司笙,想关灯,却在触到开关时一顿,想到了什么。他又走至床边,动作极轻地拿起司笙的手腕,掀开衣袖,露出那一截手臂。

他拿出手机,对准文身拍了张照片。

这套房是四室两卫的格局,两间卧室,一间书房,还有一间被司笙改成衣帽间。主卧附带的衣帽间被改成小书房,以便司笙画漫画时用,进出卧室时,要经过小书房。

凌西泽瞥了一眼司笙的工作台,干净整洁,分为两个区域,左边是放一体机和数位板的区域,右边是放资料画稿等东西的区域。

想到司笙画风潦草的分镜稿,凌西泽弯了弯唇,走过去,视线却停在一个笔筒上。

笔筒里放着画笔和尺子,其中一支画笔上,挂着一根黑色手绳。很长的一根手绳,可绕手腕几圈,断过,被打了个难看的结,编织的纹路早就难以分辨,边缘处因磨损得厉害,起了毛边。

六年了。

凌西泽心口一窒,眸色一点点黯了下去。

六年前,凌西泽和司笙初识。

他们认识半年,其间交往两个月,然后迅速地分手。

时间太短,他什么都来不及送她。

唯一的一根手绳,是因为他们在旅游途中的一次意外,凌西泽才送给司笙的。

当时他们在一个旅游景点游玩,附近有摆摊卖编织小玩意儿的。

司笙长得好看，去哪里都引人注目，漫山遍野的游客都没能遮住她的光彩，她在一个摊位前等待凌西泽时，年轻的摊主主动送给她一根手绳。

她没推脱，便戴上了，结果给凌西泽看时，他醋意大发，转身就让她将手绳扔了。

旅游回来后，凌西泽花了三天时间，编了一根手绳。这根手绳粗糙且丑陋，仅凭外观，拿出去送人都会被嫌弃，但他已经尽力了。

司笙嘴上嫌弃着，转身就戴上了："太丑了，只有我这种天仙女朋友才敢戴，而且这种绳子不耐磨，戴不了多久。你以后每年送我一根吧，就在我过生日的时候，顺便锻炼一下你的手艺。男朋友，我是不是很省事？"

凌西泽回想过往的种种，嗓子发涩，涌到喉间的情绪被压制，他拿起那根断裂磨损的长绳，轻轻摩挲着，眼神渐渐变得坚定起来。

下半夜，万籁俱静，室内漆黑。

睡梦中的司笙忽然睁开眼睛，头痛欲裂，揉着太阳穴起身，打开床头灯，踩着放在床边的拖鞋出了卧室，半眯着眼去客厅里倒了杯水。

喝完水后，司笙清醒了不少，重新回到卧室里。

视线掠过床头，司笙顿了顿，神情微怔。

床头柜上，放着一杯水、一根手绳。

熟悉的、陌生的，短暂的几秒里，司笙有种时光交汇，难辨现实与虚幻的奇妙感。

相较于多年前的那根，这根手绳明显要精致、漂亮得多，但依旧没编织技巧可言，纹路样式都与之前的那条一样，只是有细微之处的改变。

这是她今年的生日礼物。

第二章
旧情复燃

市图书馆。

因连日下雪,天气寒冷,馆内颇为冷清,偶有几个人影。

没人抢位子,司笙一个人霸占角落里的空桌,看着书。

分镜稿和画笔放在桌面的角落里,她的面前叠放着一堆资料书,又重又厚,晦涩难懂,但她看得很认真,到关键处时会停下来,摊开本子做笔记。

司笙的手机振动了两下。

乔一林:Z 神,你考虑得怎么样了?

乔一林:除了我们谈的那些条件,别的只要你提出来,我们都会尽量满足你。

身为 CC 漫画主编,乔一林没有一点儿主编的架子,并且热情得过分。他一有空就给司笙发消息,聊天儿内容包括但不限于邀请司笙,他更像是个狂热的读者,各种花式赞美,着实让人哭笑不得。

司笙扫了一眼亮起的手机屏幕,拿起来回消息:下个月给你回复。

因为在咪哈漫画的遭遇,司笙对线上漫画平台没有好感。公司以赚钱为目的可以理解,毕竟公司不是公益组织,但公司该有最基本的道德标准。他们要不择手段地赚钱,她无法阻止,但她可以选择远离。

如果重新选择平台的话，司笙不想重蹈覆辙，需要好好考虑。

司笙放下手机，重新翻看书籍，几分钟后合上书本，拿起一张新的书单，起身走进书架区域里，挑选需要的书籍。

"风眠，你到了吗？"司裳一只手捏着包，另一只手拿着手机，抬头张望时不小心撞到了桌角，桌面上的物品被衣袖碰落，"啪"的一声掉在地上。

"我还在公交站，走过来要两三分钟。"少年干净清脆的声音传来，"姐，你要喝奶茶吗？我给你带。"

"行，"司裳笑了笑，"我在三楼，你到了给我发信息。"

结束通话后，司裳弯腰去捡掉在地上的物品，却发现是一本分镜稿，摔落后分镜稿摊开了，潦草的画稿映入眼帘，令她一怔。

她抿着唇，怀着几分好奇，翻开手中的分镜稿。

短短几秒钟，司裳脸上的血色就一点点地褪尽，一种奇异的感觉直逼心头，汗毛倒竖，每个毛孔跟炸开了似的，连头皮都在战抖。

本想随便看看的她，竟一口气将整本分镜稿翻完了，全程目不转睛，好像连呼吸都停止了。

这可真是太精彩了！

流畅的分镜画面、热血的故事情节、角色个性鲜明，哪怕只是随笔勾勒的草稿，都让人欲罢不能。

她一连看完五话分镜稿，直至翻到戛然而止的中间处，才从故事中回过神来，意犹未尽。

司裳合上分镜稿，舒出一口气，想翻到扉页看落款。

"姐，你站在这里做什么？"

司裳的手指刚触碰到纸张边缘，她就听到身后传来司风眠的询问，手下意识地一抖，近乎慌乱地将分镜稿按在桌面上。

她回过身，看向走来的少年。

虽然少年才十六七岁，但个子已蹿得很高，他穿着黑色长外套，身形颀长。眉目清俊，长相帅气，明亮的眼里带着笑意，温暖又明朗。他提着一杯奶茶走来时，惹得几个小姑娘频频偷看。

司裳定了定神,眉眼浮现出笑意,弯了弯唇角:"风眠,你来了。"

"嗯,"司风眠递过来一杯奶茶,往一侧的桌子上扫了一眼,"坐在这儿吗?"

司裳连忙说道:"不是,去别处吧。"

"行。"司风眠瞥过桌面,见到一堆厚重的书籍,然后视线在分镜稿上停顿了一秒。

姐弟俩在附近找了位子坐下。

"马上月考了吧,你准备得怎么样?"司裳将吸管插进奶茶杯里,喝了一口,"你明年就读高三了,虽然你的成绩一直很稳定,但你也不能掉以轻心。"

司风眠眉眼耷拉下来,无奈地说道:"姐,你怎么跟妈一样。我这不是没进步空间了嘛。"

司裳笑道:"行行行,你是年级第一。"

司风眠打小起就是"别人家的孩子",品学兼优,年级第一,不骄不躁。一般的孩子还有个叛逆期,他好像连这个过程都省了,从来不让人操心。

"你怎么约我来图书馆?我不是说周末回家吗?"司裳问。

她在京城大学读大三,离家近,学业不忙,周末随时都能回家。

司风眠用手指蹭了蹭鼻尖,犹豫了一下,收了眉眼的笑意,抬眼瞧着司裳,语调微微一沉,说道:"你下周再回家吧。妈这两天心情不好。"

司裳微怔:"怎么了?"

司风眠停顿半晌,然后沉声道:"姐,我跟你说件事。"

昨天周五,司风眠从学校回来,难得见到司尚山在家,司风眠感到有些意外。司尚山常年忙事业,满世界跑,回家的次数屈指可数,对他来说,家更像驿站。

章姿很高兴,亲自下厨准备了一桌饭菜,并让司风眠跟司尚山好好说会儿话。在章姿的有心维护下,气氛看起来挺好的。

司尚山却在餐桌上道出一个让章姿当场崩溃的事。

他要接司笙回家。

"司笙是谁?"司裳没反应过来,有点儿蒙,"他在外面的私生女?"

"是我们的姐姐。"司风眠垂着眼,"爸跟妈是二婚,爸以前有过妻子,因为爷爷不同意才离的。当时他们生了个女儿,那女孩儿叫司笙。他们离婚后司笙归她母亲抚养,后来她就没了消息。家里人从不提她们母女的事,所以我们都不知道。"

司裳皱起眉:"算起来她的年龄比我的年龄大,二十三四岁总该有了吧?她这时候回来做什么?"

"她妈半年前去世了,唯一的外公也得了病……应该没多长时间了。"司风眠平静地陈述道,心情一言难尽。

"因为就剩她一个人了,所以她就来破坏我们的家庭?!"

司裳将奶茶杯往桌上一放,力道微重,语气里带着不满和愠怒。

司风眠愣了一下,没想到她会有这么大的反应。

司尚山不顾家,一直忙着事业,不管家事。现在他忽然要将司笙带回来,让本就不和谐的家庭关系摇摇欲坠。昨晚得知此事的章姿勃然大怒,认定司笙是回来分财产的,跟司尚山争执不休,最后吵了一架。

司风眠本想跟司裳聊聊这事,没承想,司裳听完就怀疑司笙是来破坏他们家庭的。

其实司风眠觉得这事不能片面看待。司笙是司尚山的女儿,现在司笙一个人孤苦伶仃,司尚山想接她回来无可厚非。但司风眠知道家里的情况,司尚山和章姿感情并不好,若司笙是搬弄是非的性格,司笙回家后司家肯定不得安宁。

"我去跟爸说说。"司裳拿起包翻出手机,准备起身。

司风眠制止她:"没用的。他只是通知我们,不是跟我们商量。"

他的话好像给司裳泼了盆冷水,她怔了一下,坐回椅子上,加重了捏着手机的力道,垂眼看着桌面,半晌不知该说什么。

刚抱着几本书回来,兜里的手机就开始振动,司笙拿出来一看,是秦凡的电话,随手摁了接听。

"什么事?"

"吃烤肉,来吗?"秦凡的声音恹恹的。

司笙一顿,最终没有拒绝,问道:"在哪儿?"

"就在宋清明的公司附近,我把地址发给你。"

"行。"

天色将晚,司笙没有停留,整理了一下书籍,找出两本用得上的准备借走,收好自己的物品,然后把其余的书放回原位。

"不说这个了,"司风眠见司裳情绪不好,岔开话题,眼里多了一丝狡黠,"姐,你是在偷偷画漫画吧?"

司裳一惊,连忙说道:"什么漫画呀,你别乱猜。"

"姐,没关系的,我不会跟妈说的。"

想到家里严厉的母亲,司裳一时悚然,轻轻咬了咬唇角。

章姿对子女素来严苛。

司风眠从小就很优秀,做什么都能达到章姿的要求,处境还好。

司裳不一样,她资质一般,能歌善舞会弹钢琴但不拔尖,考上京城大学是超常发挥。章姿永远对她不满意,要求她按照自己的剧本走,严禁她碰漫画这种"不入流的东西"。

司裳从小就喜欢漫画,中学时背着章姿偷买漫画杂志,有一天被章姿发现了,章姿大发雷霆,将她的漫画杂志当着她的面烧光,关了她三天,还三个月不给她生活费。那段时间,是司风眠把自己的生活费分给司裳,才没让她在学校里过得太狼狈。

司裳上大学后自由了一些,两年前开始尝试自己画漫画,然后在网上发表,没想到反响还不错,跟 CC 漫画签约,漫画顺利地出版,这两年算是有点儿成绩了。

她想再努力一点儿,走到 Zero 这个层次再跟家里摊牌,没准儿章姿就会同意了。她没想到这事竟然被司风眠提前知道了。

"你是怎么发现的?"司裳手指攥着衣角,紧张地问道。

"我也看漫画啊。"司风眠唇角轻轻翘起,笑容温柔明朗,"你是新秀漫画家,CC 漫画给你做了专访,放了你的照片。"

"啊,你……"

司风眠眨眨眼:"我背着妈看的,现在看线上漫画很方便。对了,Zero 的抽奖,我还中奖了呢,奖品周一就能收到了。我记得你买过很多

Zero 的书,结果全被妈烧了。你要的话,我全给你。"

没想到在家最乖巧、最听话的弟弟会忤逆章姿,司裳怔了怔,同时也松了口气:"好。"

"我还有同学追你的漫画,你上一部漫画完结两个月了吧,有在准备新漫画吗?"司风眠打开话匣子,想让司裳心情好一点儿。

"嗯……"提到新漫画,司裳眉目微动,忽然想到刚才看到的精彩故事,一顿,然后倏地侧首朝某处角落看去,只看到一个年轻女人抱着书籍离开的背影。

司裳垂眸,若有所思。

玄方科技公司,总裁办公室。

凌西泽开完会回来后,接到乔一林的电话。

"三哥,帮我!"乔一林咋咋呼呼的。

凌西泽拧拧眉,拉开办公椅,坐下,手肘搭在扶手上,淡声问道:"你的漫画公司终于要倒闭了?"

"不至于,真不至于。"乔一林嘿嘿一笑,谄媚地道,"就是想签一个漫画家,缺点儿资金。三哥,求你了,这真是最后一次……"

"没戏。"

乔一林是凌西泽的表亲,他比凌西泽小两岁,以前是个不务正业的纨绔子弟。

三年前,乔一林和一帮富家子弟不知抽了哪门子风,非要注册一家漫画公司。前期公司赔钱,家里不支持,他们把积蓄都花光了,乔一林就打起了凌西泽的主意,找凌西泽要了一笔又一笔的投资。凌西泽心情好时会给点儿,反正给乔一林的钱也会加倍地从乔一林父母那里要回来。

后来乔一林的漫画公司走上正轨,终于开始盈利,他就很少找凌西泽帮忙了。去年凌西泽还从乔一林那里拿到了一点儿分红。

"三哥!我保证这是最后一次!我们这家公司就是为这个人开的,现在终于有机会勾搭上了,你就给我们一个圆梦的机会吧!"乔一林信誓旦旦地说道。

"值得吗？"

"我Z神值得拥有最好的！而且Z神绝对不会让我们失望的！"

凌西泽顿了一下，狐疑地问道："谁？"

"我没跟你说吗？Zero啊，漫画销量第一的《死亡传说》就是Z神的……"乔一林热情洋溢地跟凌西泽讲着自己的偶像。

凌西泽没有打断乔一林，抬手拿起助理刚泡的咖啡，喝了一口，捏着一支钢笔在手中把玩。他听得差不多时，弯了下唇角，忽然问："要多少？"

乔一林险些咬到舌头，语无伦次地道："三哥，我保证下辈子为你当牛做马！"

"这辈子就行。"

乔一林心说：他真的就是随口说说。

凌西泽挂断电话后，把玩着手机，想到乔一林对Zero的吹捧。

"漫画史上最神秘的漫画家，不求名不求利，不靠营销，仅凭借过硬的作品质量在圈子里杀出一片天下，创造奇迹。

"Z神偶尔会在微博里发点儿生活日常，一般只是打卡，这几年Z神走遍了全世界，还跟野外生存专家去过无人区。

"不过Z神个人信息挺神秘的。因为Z神微博里的生活内容都挺糙的，我们粉丝一致觉得Z神是四五十岁的大叔，还戏称Z神是'抠脚大汉'。Z神从来没有反驳过，我们就默认了。如果这次能跟Z神成功签约，我没准儿就能弄到一点儿真实信息呢……"

…………

真实信息还挺劲爆的。

凌西泽点开微博，搜了一下Zero的主页，2100万粉丝，看微博数据，粉丝活跃度极高，应该没掺什么水分。

他浏览片刻后，点了关注。

他的微博就关注了两个账号。

演员司笙，粉丝21万。

Zero，粉丝2100万。

凌西泽眉头一抽——他看中的人究竟是个怎样的奇女子？

宋清明、秦凡和司笙是一起在胡同里长大的。

司笙不务正业，满世界乱跑；秦凡擅长书画，却开了家文身店。只有宋清明潜心学业，在京城大学硕博连读，毕业后进了一家发展不错的科技公司，正在研究无人机。

秦凡将地址选在宋清明的公司附近，是因为约了宋清明一起聚餐，宋清明的时间没他们的时间自由。

司笙刚走到烤肉店附近，就看到了秦凡的身影。

他站在门口，穿着件黑大衣，兜帽扣在脑袋上，一只手插在裤兜里，另一只手有意无意地玩着打火机，若有所感地抬眼看向司笙时，闪烁的霓虹灯灯光照进他的眼里，折射出斑斓的光点。

他的眼里忽明忽暗，看不出情绪。

"这边。"他朝司笙招手，僵硬一瞬后，便神采飞扬，如同以往。

司笙走过去："宋哥呢？"

"他说公司里有点儿事，晚一些过来。"秦凡指了指摆在门外的一套空桌椅，说，"我们先吃。"

店面太窄，坐不了几桌，所以老板在外面搭了个棚子，棚子里放着桌椅。生意还不错，大冷天的还有客人愿意在外面受冻，一边烤肉一边吹风。

司笙不是个讲究的人，并没有抱怨秦凡选的店，安然坐下。

两个没节制的人拿着菜单一通乱点，全是各种各样的肉。

服务员走后，秦凡一本正经地说："让宋清明请客。"

"嗯。"司笙表示赞同。

只有宋清明是拿固定工资的人，她和秦凡都是"饥一顿饱一顿"，所以每次宋清明在场时他们都会让宋清明买单。

秦凡开了一瓶啤酒，倒了一杯，没有给司笙倒，忽然说道："我今天下午去了趟医院。"

"你又去看老易了？"司笙问。

"嗯，"秦凡微微一顿，然后迟疑地看了她一眼，拿起杯子一饮而尽，"说起来，你有没有想过让易爷爷回家？"

司笙一怔，抬了抬眼。

秦凡呼出一口气，又说："我觉得易爷爷挺想回家的。"

"他跟你说的？"司笙的声音忽然冷了下来。

"没有，"秦凡怕她生气，连忙说道，"这不是，我看他一天天治疗，消瘦下去……挺痛苦的。"他声音渐渐弱了下去，眼皮微微垂着，轻声说，"老人家看得挺开的。"

被病魔折磨了这么久，日复一日，再顽强的意志也会一点点被消磨殆尽。

司笙何尝不知道，易中正愿意配合治疗，归根结底，还是放不下她，舍不得把她一个人扔在世上，于是多活一日算一日，多熬一天算一天。

对于易中正来说，治疗可以延长寿命，但他也时刻承受着痛苦。

哪怕易中正强忍着不跟司笙说，甚至不愿司笙每日在跟前照顾他，每天都会跟医生和护工联系的司笙，对他的痛苦一清二楚。放弃治疗的话，易中正会轻松一点儿，还能回家享受一下跟外孙女的日常生活。

易中正宠着司笙，处处依着司笙。司笙希望他活着，他就继续治疗，但他心里对能活多久都无所谓，早一天离开，或许能少一点儿痛苦。

"易爷爷安排你和你爸……不，司尚山见面，其实是想让你有个家。司笙，你有没有想过……？"

司笙的脸色一点点地阴了下去。

"怕你了，你别不说话，我不劝你了，好吧。"秦凡及时打住，叹息，又给自己倒了杯啤酒，"对了，你安慰一下我吧，我打算把文身店关了。"

司笙从思绪中脱离出来，狐疑地皱眉："你不是说死也不关吗？"

修长的手指捏着杯子，秦凡仰头喝酒，喉结滚动两下，将啤酒喝得一点儿不剩，冲司笙笑了笑："年少轻狂时说的话也能作数？"

司笙不信，直接问道："遇到事了？"

秦凡比司笙大两岁，大学学的美术，还是个小有名气的国画画家，但他画国画是因为他爷爷是书画家，实际上他并不喜欢。毕业时他想疯狂一把，就不顾长辈阻拦，任性地开了一家文身店，豪气冲天地说要开到死，天塌了都不关门。

司笙小手臂上的文身就是找他文的。

她跟凌西泽分手的那天，秦凡的文身店开张。

当时秦凡不顾一切地开文身店,现在生意又不错,前段时间他还计划着开连锁店,忽然说要关门,肯定是有原因的。

　　"我这不是看易爷爷……"秦凡话头一顿,然后神情有些悲伤,正巧这时服务员将食材端上桌,他看了一眼,语气变得轻松起来,说道,"我就想着我爷爷、奶奶都老了,想抽时间多陪陪他们。创业的机会以后多着呢,不急于一时。"

　　"你咒谁呢?你爷爷、奶奶的身子骨硬,他们起码还有一二十年的活头。"司笙幽幽地道,"那会儿你都年过半百了。"

　　"也是。"秦凡露出恍然的表情。

　　司笙挑眉:"所以……?"

　　秦凡无所谓地说道:"店还是要关的,有什么事过完年再说吧。"

　　司笙盯着他。

　　秦凡视若无睹。

　　宋清明一直等司笙和秦凡吃完第一轮才来,而且他身后还跟着凌西泽。大风大雪的,他们身穿一袭黑大衣,从昏黄的灯光里走出来,被镀上一层淡淡的光晕,衣摆被风吹得飘动起来,二人身形颀长,气质斐然,惹来不少目光。

　　"怎么还捎了个人?"秦凡率先问道。

　　"我的老板——凌西泽。"宋清明是个性子冷淡的人,话不多,淡淡地介绍,"他没吃饭,就捎上一起了。"

　　原本他们是出公司时遇到的,凌西泽捎宋清明一程。后来停车时,凌西泽忽然说"我也没吃",这暗示过于明显,宋清明就将凌西泽叫上了。

　　"哦,快坐。"

　　秦凡刚想起身给凌西泽拉椅子,凌西泽却径直走向司笙,瞥了司笙一眼,坦然地拉开司笙旁边的椅子坐下了。

　　宋清明在秦凡旁边坐下。

　　秦凡凑近宋清明,悄悄说:"你们老板单身吗?好色吗?会不会对我们天仙见色起意?"

　　"他们俩应该认识。"宋清明打断了秦凡的猜测。

"嗯?"

"猜的。"宋清明说完就不再开口。

凌西泽先是看了一眼街边的烤肉店,然后才委婉地表示要蹭饭,自然是醉翁之意不在酒。

司笙这种直性子的人,若是遇到陌生人坐在旁边,或者看人不顺眼,这会儿没准儿连人带椅子都给踢翻了。但是,她没有。

这一点就侧面证明了宋清明的猜测。

秦凡都要好奇死了。

又一轮点菜结束后,气氛有点儿异样,凌西泽瞥了一眼桌上的几个啤酒杯,问司笙:"喝酒了吗?"

"没有。"

"开车来的?"

"地铁。"司笙态度冷淡,夹了一筷子烤肉放在盘里,低头吃着,看起来不怎么欢迎凌西泽。

凌西泽轻蹙眉心。

他们初次重逢时不是这样的,后来接触也很正常,怎么她死乞白赖地找他要过礼物后,反倒成这样了?

她就是个拿了礼物就过河拆桥的女人。

秦凡将二人眉来眼去的动作看在眼里,好奇心濒临顶点,忍不住了,终于开口询问:"笙天仙,你们认识啊?"

司笙吃完一口烤肉,抬起眼帘看着他:"嗯。"

虽然她给了回应,但那个眼神在警告秦凡:你要是再问会死。

秦凡委屈地闭上嘴。

抛开司笙忽然话少这一点,这顿烤肉下半场他们吃得还算和谐。秦凡本就是爽朗爱交际的性格,而且两杯啤酒往肚里一灌,就顺理成章地打开了话匣子,哪怕其他三个人不接茬儿,他一个人都能说半天,硬是没让气氛冷下来。

他们快吃完时,秦凡喝得有点儿多,过于兴奋,忘了司笙先前的死亡威胁,忽然问凌西泽:"凌总,你跟我们笙天仙是什么关系啊?"

正在擦嘴的司笙闻言一顿,然后拧拧眉,下意识地朝凌西泽看去。

凌西泽靠在椅背上,一侧首,视线跟司笙对上,瞳仁深沉漆黑,然后视线往回一收,看向秦凡,极平静地说:"前男女朋友。"

聒噪的秦凡一下失了声。

素来处变不惊的宋清明正在用手机付款,手一抖,点了退出,略微惊奇地往对面一瞥,定了定神后,继续扫码付款。

这还没完。

凌西泽坐直了,忽然想到了什么,又补充了一句:"现在是邻居。"

好半响,秦凡眨眨眼,迅速地瞄了一眼神情冷淡的司笙,有些尴尬地道:"这么巧啊?"

凌西泽扭头看向司笙,眉一挑,颇有深意地道:"看起来是的。"

这话听起来,就像司笙为了靠近他,故意当他的邻居一样。

司笙冷眼看过去,略带警告。

凌西泽却没理会,淡定地收回目光。

秦凡感觉到司笙身上的杀气,彻底不敢说话了,赶紧拉着宋清明结账走人。

四个人一同来到路边。

秦凡和宋清明都没开车,但他们俩都回各自爷爷家,顺路。在他们看来,司笙跟凌西泽是邻居,二人一同回去是理所当然的事。

没想到他们刚拦下一辆出租车,司笙就走过去拉开副驾驶座的车门:"我跟你们一起。"

秦凡喝得有点儿高,舌头都要打结了,靠在宋清明的肩膀上高声道:"这不是一起不一起的问题,这是顺不顺路的问题。"

"我去秦爷爷那里拿礼物。"

想到易中正将司笙的生日礼物放在秦爷爷家的事,秦凡表示可以理解,却开口道:"明天我给你送来不就行了……"

"砰——"

没等秦凡将话说完,司笙就弯腰坐上副驾驶座,一把将车门甩上了。

三个男人戳在路边,互相看了一眼。

凌西泽轻拧眉头,隔着车窗,看着司笙的身影,搞不清自己又怎么惹到她了？

"凌总，我们先走了。"宋清明将秦凡塞进车里，跟凌西泽告别。

"嗯。"凌西泽没有看宋清明，眼睛定定地盯着司笙。

出租车开走了，凌西泽的视线跟着车远去，直至车辆在拐角处消失，他才突然想到了什么，舌尖一抵腮帮，垂下眼帘笑了一下。

司笙太久没跟秦爷爷见面，多待了一会儿，拿着礼物回到水云间时差不多零点了。

司笙走出电梯后左拐，还在想事情，心不在焉，结果一抬眼就看到一道身影站在她家门口，登时止步，差点儿将手中的礼物当武器扔过去。

凌西泽还是几个小时前的装扮，此刻正倚在她家的门框上，左手插兜，眼皮困得耷拉着，无精打采地玩着手机。走廊里光线昏暗，阴影罩在他的脸上，影影绰绰的。

司笙定了定神，表情恢复淡然，微垂着眼睛避开他的视线，坦然淡定地走过去："大晚上的，吓鬼呢？"

凌西泽盯着她，直至她走到跟前了，他才开口："等你。"

"干吗？"司笙皱眉问着，见他挡住她家密码锁了，伸手去推他。

结果她刚一伸手，手腕就被凌西泽攥住了。

她抬眼，对上一双深不见底的眸子，神情晦暗不明。凌西泽轻舔唇角，悠然站着，前倾时微弓着身子，盯着她的眼睛一字一顿地问："为什么躲我？"

"我干吗躲你？"司笙有些心悸，声音却很平静。

"谁知道呢。"凌西泽轻轻勾唇，又靠近了些，近到呼吸轻洒下来，拂过她皮肤时痒痒的，他带着悠闲的调子说，"可能是某人死乞白赖地要了生日礼物后又抠抠搜搜地不想回报……"

"闭嘴！"

"有个词正好可以形容你现在的反应——"凌西泽突然往后一仰，笑得意味深长，眼里透着光亮，"恼羞成怒。"

凌西泽将她的手腕举高一些，捏着她的衣袖往下一拉，露出纤细白皙的一截手腕，他轻轻蹙眉："为了一根手绳撒半天娇，给你了又不肯戴上？"

"太丑。"他淡然的模样让司笙颇为恼火，她吸了口气，将手一把抽了回来，冷淡又嫌弃地说，"瞧不上。"

凌西泽轻笑："还挑上了。"

"没办法，眼光高。"司笙有点儿恼火。

凌西泽赞同地颔首："这一点是真的。"

凌西泽跟她交往时的憨憨形象是演的吧？他的本性竟然如此自恋！

"回家把手绳戴上，"凌西泽的手落在她的头上，揉了一把她散开的柔软的头发，"编了几个小时，我不想白费工夫。"

说完，他将手一收，走向隔壁的房门。

"哎，"司笙忽然转过身，喊了他一声，蹙眉问道，"你等我干什么？"

凌西泽将门打开，回头看着她，淡淡地说道："检查你有没有戴手绳。"

司笙打开台灯，暖黄色的光洒落成一个圈，两根黑色手绳卷成圈放在笔筒旁，一新一旧，形成鲜明的对比。

司笙拿起那根新的手绳，无意识地一圈圈将手绳绕上手指。她微微低下头，垂眼瞧着手绳，眉心轻轻拧紧，然后又缓缓松开。

她确实在躲凌西泽。不是因为别的，而是因为她觉得尴尬——她这辈子都没做过死皮赖脸地缠着人要生日礼物的羞耻事。

何况凌西泽的身份很尴尬，他是她的前男朋友。

她缠着他要生日礼物搞得好像她对他念念不忘一样。

"啧。"弯曲的手指舒展开，司笙伸出左手，挽起衣袖，将手绳搭在手腕上，绕了一圈又一圈，最后将两端绑上。黑绳衬得她白皙的肤色以及小手臂处的文身，美得很。

他让戴她就戴呗。

城川医院。

司笙提着水果来探望易中正，推开门就瞧见病床旁站着一道熟悉的身影，愣怔了一下。

她挑了下眉毛："你怎么在这儿？"

凌西泽正在摆弄一束鲜花，闻声斜眼看过去，淡淡地解释："我过来看朋友，顺便看看外公。"

"你看谁？"司笙一脸木然。

"朋友。"

"不是，后面看谁？"

凌西泽一字一顿地说道："外公。"

司笙停在他面前，难以置信地打量着他："脸呢？"

凌西泽气定神闲地道："喂狗了。"

司笙惊奇极了。

易中正听着他们俩的对话，格外淡定，跟聋了似的，等司笙吃了瘪后才看了她两眼，问道："你怎么又来了？"

司笙忽然就来了气："他能来，我不能？"

易中正懒得搭理她。

司笙将买来的水果往桌上一放，看到另外一堆，觉得熟悉："萧逆又来了？"

"昨天来的。"

司笙轻嗤一声："次次都是这几样水果，都不换一下，他是不是跟哪家水果店达成合作关系了？"

虽然司笙没怎么跟萧逆接触，但她总觉得萧逆是个特没意思的人，探望病人只买水果，买水果永远是老三样——香蕉、苹果、橘子。

易中正没管她乱撒气、乱指矛头，问道："你最近有跟他联系吗？"

"没有。"

"你还挺理直气壮？"易中正瞪着她。

司笙低头摸了摸鼻尖，从萧逆买的水果里挑了个橘子。虽然是老三样，但萧逆买的水果都很新鲜，橘子是她这个冬天吃过的最甜的。

凌西泽敏锐地察觉到不对劲，忽然问道："萧逆是……？"

易中正："她弟。"

司笙补充："同母异父。"

"哦。"凌西泽微微颔首，感到有些意外。

他只知道司笙跟着外公长大，从未听司笙提过其他家人。从司笙漠然的态度来看，他一直以为司笙父母双亡。

没想到她的家庭关系还挺复杂。

司笙吃完一个橘子后，给凌西泽一个眼神，凌西泽就主动出门接热水去了。

"老易。"司笙提着椅子走过来，往病床旁一放，坐下。

易中正躺着，没什么精神，闻声抬了抬眼："什么事？"

司笙斟酌片刻，又拿了个橘子，垂眸看着却没剥，慢腾腾地开口："问你个事。"

"问。"

"你……"司笙一顿，下一刻易中正不耐烦的眼神就扫了过来，她想自己的坏脾气肯定是遗传的，然后敛了敛情绪，犹豫地问道，"你想不想回去住？"

神情一怔，易中正明显感到有点儿意外。

司笙沉默好半晌，才继续开口："你知道，我工资不高，没什么积蓄……"

"胡扯。"易中正手边要有东西，肯定朝司笙砸过去了。

她非把一片孝心装成狼心狗肺，讨打。

于是司笙呼出一口气，抬眸，迎上易中正的目光："我觉得你可能想回家。"

易中正安静了。

谁都知道，易中正的病情恶化后，一切都已成定局，他离开是早晚的事。易中正对这事看得很开，两年前就没放在心上，半年前经历白发人送黑发人的事后，就越发随意了。

病情恶化那天，他被送进医院里。他睁眼看到司笙，这个坚韧又倔强的外孙女，在他的病床前强颜欢笑，可转身她就红了眼睛。

于是他积极地配合治疗。

事实上，他并不喜欢在病房里一天天等死，更愿意回到胡同里，在最后的时间里过一段熟悉、平静的日子。

司笙早知道他的心思，一直不肯松口，只是因为舍不得他离开。

现在，她准备好了。

良久，易中正淡声问道："什么时候？"

司笙剥完一个橘子后，回道："我这几天就回去收拾，稍微装修一下，差不多半个月吧。"

"嗯。"

"我会告诉萧逆，以后放假回胡同住……"

"你叫上他做什么？"易中正拧眉打断她的话，"你跟他熟还是我跟他熟？"

半年前，在易诗词的葬礼上，易中正和司笙都是第一次见到萧逆。后来易中正病重住院，萧逆来探望也不说几句话，待几分钟就走，像块木头。

司笙理所当然地说道："他可以干活儿啊。"

"你多给他做做思想工作，"司笙语重心长地说道，"姐姐娇生惯养，他得宠着让着；在家他得做一日三餐，不能让姐姐饿着；姐姐做什么都是对的，他不服就憋着……"

"这叫洗脑。"易中正连白眼都懒得给她翻了。

"那就洗吧。"司笙挑了挑眉，很随意地道，"我只想要个工具人弟弟。"

"良心呢？"

"喂狗了啊。"

易中正心想：你跟那位真是天生一对。

司笙不知怎么就对萧逆来了兴趣，拉着易中正站队，盘算着让萧逆做这做那的，不像是个善解人意、关怀弟弟的姐姐，反倒像个丧尽天良、苛刻长工的地主。

易中正全程没搭理她。

司笙说得正高兴，手机响了，她掏出来一看是个陌生号码。

"你好，我是第一附中高二（3）班的班主任——王琳。"电话里传来冷冰冰的女声，生硬地问，"请问你是萧逆的家长吗？"

司笙一听这就是找家长的节奏，眉头微皱，心想：这大概就是现世报吧。

司笙离开病房，站在走廊里，后背抵着墙，将一只手放在兜里，问道："萧逆怎么了？"

王琳一得到回应，就直接切入主题："萧逆在学校里跟同学打架，把人打到送医务室去了，学校希望家长过来一趟。"

"行。"司笙答应得爽快又随意。

她一没为萧逆的行为道歉,二没过问被打同学的情况。

"你是萧逆的……?"

"姐姐。"

王琳对司笙毫无愧疚的回应明显很不爽,提醒道:"我知道萧逆的家庭情况,无父无母没人管教。但是,他在校打架斗殴的后果很严重,希望你这个当姐姐的能上点儿心。"

"哦。"司笙淡淡地应道,然后挂了电话。

王琳心想:这真不愧是一家人。

司笙莫名其妙地被说了一通,心情不太好,将手机往兜里一放,想转身回病房,手腕却突然被抓住了,温热粗糙的指腹擦过她的皮肤,撩起她的衣袖。

她下意识地回头去看,看到提着热水瓶站在一侧的凌西泽,而她被抓住的手腕上,露出了那根缠绕了好几圈的手绳。

司笙拧眉,将手腕挣脱出来,愠怒地问道:"干吗?"

凌西泽笑笑:"看看我的心血有没有白费。"

"喊。"司笙丢给他一记白眼,转身往病房走去,脚步有些快。

视线从她的背影落到她的左耳上,凌西泽瞥见一抹浅粉,微怔,然后低声轻笑。他提着热水壶紧随其后。

"我有点儿事,先走了。"司笙给易中正掖好被子,说,"你好好休息,家里收拾好后我来接你。"

"嗯。"

易中正早就累了,没留她。

凌西泽走进病房里,将热水瓶放下,扭头看向司笙,问道:"开车来的?"

"没——"

司笙下意识地回答道,开口后一顿,然后见凌西泽唇角轻轻上翘,自然地接过话:"我送你。"

萧逆就读的第一附中,是司笙的母校。这里教学水平一流,培养学生全面发展,在京城是数一数二的重点中学。

王琳年近三十岁,穿着偏职业风,一丝不苟,戴着无框眼镜,眼神锐利,神情严肃,一副精明干练的模样。

司笙和凌西泽刚到办公室,就迎上王琳的冷眼,王琳凌厉的视线扫过来,搞得司笙莫名其妙。

王琳问:"你是萧逆的姐姐?"

"嗯。"

"你们先坐,他们放学就过来。"王琳指了指靠墙的长椅。

办公室里没别人,到处都是空位子。司笙一身的反感,刚来就遭到冷言冷语,心情不爽,她忽略王琳的动作,径直越过长椅,拉了一把椅子出来,坐下。

王琳脸色一黑。

凌西泽是局外人,没有坐,靠在墙边,悠闲地看着二人,觉得这场面挺新奇的。

根据他对司笙的了解,司笙从小到大肯定没少被请家长。就现在的情形来看,司笙恐怕是第一次被请过来。

王琳没在司笙身上见到半点儿配合的意思,她表情僵硬,冷着脸给二人倒了杯水,然后就开始讲事情的原委。

"萧逆把同学的书弄掉了,还踩脏了。同学让他道歉,他不肯,他们就打起来了。"王琳三言两语讲完,又说,"还好同学伤得不重。被打的同学可是年级第一的优等生,明天就要月考了,真伤到哪里影响考试,家长肯定会追责。"

司笙皱了一下眉。

或许萧逆确实做得不对。但是,王琳的偏见过于明显,恐怕她早对萧逆有意见了。司笙确实跟萧逆不熟,但她天生护犊子,听完王琳的话后只想帮萧逆,更别说配合王琳教训萧逆了。

王琳未曾察觉司笙的情绪,继续说道:"另外,同学的书是中奖得的一套漫画书,市面上价值几千元,加上签名的话得上万元了。"

司笙微顿,然后反应过来:"《死亡传说》?"

"是这套书。"王琳说道,"你知道的话,应该清楚一套绝版书的价值……"

司笙打断她的话:"老师想怎么解决?"

王琳一顿,然后心想:不愧是姐弟,一样没礼貌。

"这事要看那位同学想怎么解决。萧逆道歉是应该的,如果同学要求赔偿的话,希望你能配合。"王琳说道,"另外,萧逆打架闹事不是一两次了,他妈在世的时候还收敛一点儿,这学期变本加厉,跟同学不合、住校经常逃课不上早晚自习,听同学说他还跟校外不良青年混在一起……"

"传言,有证据吗?"司笙冷声打断她的话,眉目沾着薄薄的一层凉意。

原本还算沉静的司笙,此刻彻底冷下眉眼,一身的桀骜和猖狂,气势无声无息地压了王琳一筹,令王琳心头一颤。

王琳缓了缓心神,冷声道:"无风不起浪。萧逆没家长管教,我们老师管不过来。我只能说,如果他再继续下去,甭说考大学,就算走歪路,那也是迟早的事。"

"呵。"司笙发出低低的一声浅笑。

司笙饮尽半杯水,唇畔挂着冷冷的笑,往后懒散地靠在椅背上,调子又缓又慢,口吻却斩钉截铁:"我们家的人不一定有出息,但肯定歪不了。"

门外,一道身影晃了一下。

不羁、张扬的凤眼,原本平静如一泓潭水,似是被投下一颗石子,惊起一圈一圈涟漪,只是须臾便归于平静。

凌西泽若有所感,一直旁听的他忽然侧首,抬眼就看到在门口站着的少年。

少年生得一双漂亮凌厉的凤眼,锋芒外露,不懂收敛。他站在门口,逆着光,长长的影子被拉到室内,遮住了缕缕光线。

萧逆抬起左手,屈指在门上敲了三下,引来办公室里其余二人的注意。

王琳一见到他就面露不爽,带着厌恶的语气问道:"司风眠呢?"

司风眠?

司笙挑了一下眉。

同一时间，从萧逆身后走出来一个少年，校服穿得整整齐齐，长相俊俏，气质阳光，跟萧逆身高相差不大。在门口相遇时，两个少年视线相交，眼里尽是锐利的锋芒，有点儿针锋相对的意味。

他们脸上多少都带着点儿伤。

司风眠头往里一探，主动打招呼："王老师。"

王琳见到司风眠后，态度好了不少，颔首道："进来吧。"

两个少年一前一后地走进来。

萧逆快速地看了司笙一眼，又狐疑地打量了一眼凌西泽，然后淡淡地收回视线，神情平静、淡然，没有一点儿被老师请家长的心虚和歉疚。

司笙跷着腿，单手支颐，瞧着萧逆脸上的瘀青，说道："王老师没说萧逆也受伤了啊。"

王琳没好气地反驳："他是主动挑事……"

"很多学校都这样，成绩差的学生没人在意。"一直没开口说话的凌西泽忽然出声打断王琳的话，轻飘飘地道明了王琳对萧逆的偏见。

王琳面露尴尬——心知肚明是一回事，但被挑明又是另一回事。王琳表情僵硬，立马解释道："我们当老师的，都是一视同仁的。"

"这种话嘴上说说就行。"司笙不给面子地奚落道，也不管王琳青一阵白一阵的脸色，直接看向司风眠："这件事，司同学想怎么解决？"

司风眠前一秒还在惊叹这一男一女说话直接、太不给班主任面子了，下一秒就被问了，怔了怔，他很快调整过来，说道："我问过同学，书是别人碰掉的，萧逆路过才一脚踩上去，并不是故意的。我只想要个道歉。"

"呵。"萧逆斜眼看过去，嘴角往上一牵，奚落之意明显。

他的意思很明确：他不会道歉。

"行，一个有原则，另一个有个性。"司笙挑眉，静静地打量着他们俩，笑了笑，"那就是没得谈了。"

司风眠讶然地眨了眨眼。

一般学校请家长，家长都会尽力配合调解，道歉是最好的结果了。就算有护犊子的人，也不会在乎道歉这件事。

像这种"我知道我家的人错了，但他不想道歉，就不准强迫他"的态度，司风眠还真没见过。

王琳没见过这么不配合的家长,怒道:"萧逆姐姐,你这是什么态度?就算萧逆不是故意的,也是他有错在先。何况司风眠已经不打算追究赔偿责任了……"

"赔吧。"司笙懒洋洋地开口。

她无视王琳的话,直接问司风眠,"我那里有一套签名版的《死亡传说》,明天让萧逆带给你。怎么样?"

司笙无原则的偏心让萧逆和司风眠都愣住了。

凌西泽却觉得正常,想笑,又忍住了:"她第一次当姐姐,没经验。你们俩合计一下,赔一套书,了结这事,如何?"

司风眠对凌西泽口中的"第一次",觉得有些奇怪,不过他没好意思问。他想了想,妥协道:"算了,书只是脏了一点儿,没损失。"

若说来办公室前,他确实想讨个说法,但见到这二位的行事作风,他瞠目结舌,又觉得挺有意思的,倒没那么想萧逆道歉了。

何况他们说得没错,王琳的态度有失偏颇。他们明明都打了对方,王琳只叫萧逆的家长,转而安慰司风眠一定会给他个说法。司风眠虽是被偏袒的那一方,但他不太喜欢这种对待。

"收了吧,"凌西泽劝道,"不要白不要。"

"哦。"

在这次调解中,王琳并未派上什么用场,几个人你一句我一句就和平解决了。

王琳被气得不轻,四个人却和气地离开了办公室。

"你今晚跟我回去。"司笙在走廊里,忽然想到了什么,看了萧逆一眼,"你们明天月考,要带书吗?"

从不考前复习的萧逆顿了顿,然后忽然转了性,点头道:"嗯。"

"我们在楼下等你。"

"嗯。"

得到萧逆的同意后,司笙偏了下头,朝后面的司风眠看了一眼,少年低头挠着鼻子,不知在想些什么,神情有点儿古怪。

她勾了勾唇,跟凌西泽往楼梯走去。

萧逆从后门走进教室里。

司风眠心不在焉,一直跟在他们身后来到前门,回过神时,忽然听到了二人的谈话。

"你惯过头了吧?"男人笑着问道,磁性的声音里饱含宠溺。

"你不懂。"那个第一次当姐姐的美女正儿八经地说道,"我们这些不良学生,认死理,不服气就不肯道歉……"

"司笙。"

"啊?"

"认清现实吧,你已经不是学生了。"

二人的聊天儿实在有趣,他们的声音渐远,司风眠不自觉地乐了。但下一刻,翘起的唇角一僵,他仔细地回想着男人刚刚喊的名字。

司笙?

这时,只往背包里塞了两本书的萧逆正好从前门出来。

大脑不经思考,司风眠下意识地叫住他:"萧逆。"

萧逆脚下一顿,然后神情冷淡地看过来。

司风眠舔了舔唇角,斟酌了一下,问道:"你姐叫什么名字?"

萧逆上下打量着司风眠,想到司风眠的坚定在见到司笙后忽然妥协,又觉得司笙的长相让任何人崇拜都不奇怪,眼底闪过一抹戒备之色,顿了顿,然后平静地收回目光。

他转身往楼梯走去,同时扔下三个字:"不知道。"

教学楼,楼下。

司笙和凌西泽站在车旁,不知在聊些什么,一阵风吹过,司笙似乎无意地往旁边挪了挪,站在凌西泽身侧,借助凌西泽的身躯遮挡寒风。

凌西泽见状,刚想说她几句,就见萧逆走了过来。

少年身形笔直,背包搭在左肩上,校服不知被扔哪儿了,穿着件羽绒外套,衣襟敞开,将一只手插在兜里,路灯昏黄的光罩在他的身上,影影绰绰的。

他走近了。

司笙侧头瞧过去,说道:"今天带你认个路,你月考结束后去我那儿。过阵子搬去老易家，你以后周末就去那边。"

清风吹起萧逆额前的碎发，他止步，浅褐色的眸子里映着她的身影。

萧逆跟司笙见过几次，对他来说，她是个陌生的人。偏偏，他又能在她身上寻见熟悉的影子。

须臾的停顿后，他回道："哦。"

凌西泽摸出车钥匙，看了一眼司笙被冻红的耳朵，提醒道："上车。"

司笙习惯性地坐在副驾驶座上，系上安全带时才反应过来。但她一想又觉得没什么，干脆没去理会，坦然地坐着。

萧逆自觉地坐在后面。

车开出学校时，司笙后知后觉地意识到没给他们做介绍，于是扭头往后一看，指了指开车的凌西泽，说："他叫凌西泽。"

"哦，"萧逆应了一声，看在凌西泽维护过他的分儿上，抿了抿唇，纵然有些尴尬，但还是跟凌西泽打了声招呼，"姐夫。"

开车的手一僵，随即凌西泽低下眉眼，双眸里的笑意难以遮掩。

"我的邻居。"司笙眉头一拧，幽幽地道。

"哦。"萧逆一怔，眼皮耷拉下来。

车内的气氛忽然变得古怪。但是，凌西泽没有开口缓解，又没人挑起别的话题，于是三个人就彻底安静下来，谁都没再说话。

萧逆心绪不宁。

这是司笙第一次为萧逆来学校。

萧逆本以为司笙会摆长辈的架子，要么大发雷霆，要么耳提面命，要么……结果什么都没有。

关于学校的事，司笙一句话都没问。

车内没开灯，外面的光影忽明忽暗，萧逆思绪游离，视线偶尔落在坐副驾驶座上的那抹侧影上，定住，想到她在办公室里时对自己的偏袒。

"我们家的人，不一定有出息，但肯定歪不了。"

她说这话时，自信又嚣张，就像她真的了解他一样。

司笙家的次卧一直空着，没人用，她理所当然地让萧逆住了。

"以后这间房归你,自己看着布置。衣柜里有新的被褥,自己套……"司笙一顿,然后狐疑地瞧着萧逆,"会吗?"

"会。"萧逆被她质疑的眼神看得颇为郁闷。这种事,只要不缺手脚的人都会。

"行。"司笙没注意到萧逆的小情绪,又指了指隔壁书房,"书房,我不常用,使用权归你。《死亡传说》书房里就有,你明早带走。"

"嗯。"

司笙见他还算听话,微微颔首,将他晾在一边去做自己的事了。

萧逆洗了个澡,出来时看到司笙盘腿坐在沙发上,低头玩着手机。听到动静后,她微微抬头,视线扫了过去。

"哎,你喜欢什么植物?"司笙问,"我想在阳台上放几样盆栽。"

萧逆盯着她看了两秒,很肯定地说道:"仙人掌。"

"啊?"

"比较好养。"

"哦。"

萧逆没说,就他对司笙的初步了解,她任性又不靠谱儿,做事随心所欲的,养盆栽怕是一时兴起,不是仙人掌这种意志坚强的植物,抵挡不住她的摧残。

司笙是个典型的行动派,萧逆结束了两天的月考回来后,就见阳台上摆了一排的仙人掌,款式不一,高矮胖瘦皆有。

外面寒风凛冽,枯枝败叶,仙人掌却生机勃勃,一片翠绿。

他随口说了一句,她就当真了。萧逆感到有些意外,盯着仙人掌好一会儿,直至被厨房里的动静打断。

"司笙,我就放了点儿二锅头,锅为什么着火了?"这声音挺耳熟,似乎是隔壁邻居。

厨房里的流水声戛然而止,萧逆听到找锅盖一顿乱操作的声音。等到危险解除后,司笙才有精力骂道:"凌西泽,你想烧了我的厨房就直说。"

"我头发烧了。"

"活该！"

很快，司笙就咬着一个苹果，揪着凌西泽走出了厨房。

他们正好跟萧逆碰见。

二人皆是一愣。很快，司笙咬了口苹果，问道："回来了？"

"嗯。"

司笙说道："饭没做好，点外卖吧。"

萧逆往厨房里看了一眼，里面确实一片狼藉，但砧板上的食材都处理好了，鸡鸭鱼肉都有，非常丰富。

萧逆思考了一会儿，说："我来吧。"

凌西泽和司笙对视一眼。

毕竟是敢让凌西泽下厨的人，司笙觉得自己的心理素质足够强大，没什么不敢尝试的，摆摆手就让萧逆去了。

萧逆进了厨房，刚挽起袖子就听到二人在外面窃窃私语。

"不良少年会做饭？"

"我就说造谣吧。"司笙挺不忿的，"别让我再见到那个老师。"

"你想怎么样？"

"让她看看我的厉害。"

唇角蓦然上扬，但很快，萧逆轻抿着唇，又将唇抿成一条直线。

凌西泽放二锅头时没注意，火苗一下蹿得老高，将他额前的碎发烧了一点儿，不过烧得不严重，稍微修剪一下就行。

凌西泽没太在意，直至司笙翻出一把剪刀。

"有话好好说。"凌西泽如临大敌。

司笙心情不错，走过去，唇角上扬，兴致勃勃地道："我帮你剪啊。"

"您费心了，用不着。"

"不用这么客气。"

"司笙，我警告你，别过来！"

司笙正在兴头上，哪里会放过凌西泽，于是霸王硬上弓，硬是把凌西泽摁在沙发上，将他被火烧的头发"咔嚓咔嚓"地给剪了。

凌西泽心想：无妄之灾，莫过于此。

萧逆出来了一趟,见到司笙坐在凌西泽身边,歪着头,盯着被她祸害过面无表情的凌西泽,拧着眉,挺难以置信的样子。

她说:"我动手能力挺强的,按理来说不该是这种效果。"

狗啃碎发,都不如三流理发店理发师的手艺。

凌西泽心如死灰。

司笙思考半天,继续说:"要不我送你一顶帽子吧,遮一遮,过两天长出来就好了。"

她做出这种事,想靠一顶帽子哄人,未免太敷衍了点儿。

萧逆如此想着,但下一刻,就听到凌西泽问道:"帽子什么时候给我?"

"我明天去给你买。"

"哦。"凌西泽同意了。

萧逆心下惊讶:她竟然这样就把凌西泽给哄好了。

萧逆喝完水后,一言不发地重新回了厨房。

萧逆利用厨房里现有的食材,做了四菜一汤,红烧鱼、辣子鸡、辣椒炒肉,以及玉米排骨汤,色香味俱全,这令司笙和凌西泽刮目相看。

"你缺生活费吗?"司笙尝完味道后,忽然问萧逆,神情若有所思。

萧逆愣了一下,然后回答:"不缺。"

司笙虽然是他名义上的监护人,但没动过他一分钱,全是由他自己支配的。不过看司笙的状态,她怕是连萧逆卡上有多少钱都不知道。

她问这个做什么?

凌西泽看出萧逆的疑惑,帮忙解释:"她想问你,在家里能不能做饭?"

萧逆心想:这种言外之意都能领悟,他们还说只是邻居关系?

"可以,"萧逆思忖了一下,补充道,"但我有个条件。"

司笙挑眉:"你说。"

萧逆看了她两眼,正色道:"我做了你必须吃。"

司笙还有点儿犹豫,但在凌西泽一脸"你就知足吧"的暗示下,点了点头:"行。"

事情就这么定好了。

第二天是跨年。

萧逆放假,无须去学校,在家里如约做了三餐。司笙在小书房里忙了一天的漫画分镜稿,直至吃过晚餐,才想起给凌西泽买帽子的事。

"我晚上出去一趟。"司笙换了套衣服,来到厨房,跟正在洗碗的萧逆交代,"你要出去约会的话,给我发个消息。"

"哦。"

"你有女朋友吗?"司笙又瞧了这帅气挺拔的少年一眼。

萧逆当作没听到。

司笙"啧"了一声,心想:这脾气有女朋友才怪。

今日天气降温,虽未下雪,可这凛冽的寒风就够人喝上一壶的。

司笙走出楼门,一抬眼就看到停在外面的车,车旁站着两个人,一个是眼熟的司机,另一个是凌西泽。

凌西泽没戴帽子,狗啃额发被二次修剪过,有点儿短,不过视觉观感好了很多,何况他本就长得帅,影响不大。

司笙想打招呼,忽然听到了他们的谈话。

"先生,陆教授跟那姑娘约的是六点半,现在那姑娘怕是已经在等着了。"

"谁约的谁去。"

"陆教授说,那是陆教授同学的女儿,对您芳心暗许……很多年了。那姑娘刚从国外留学回来,人品好相貌佳、知书达理、秀外慧中,完全是按照您的标准选的。"

"先生,您就当哄陆教授开心嘛。而且那姑娘挺符合您的标准的,万一成就了一段好姻缘呢?"

凌西泽锁眉:"不——"

"去相亲呢?"略带调侃的声音悠悠地从后方传来。

来人身材高挑,穿着黑色长风衣,中间收腰,衬得腰肢盈盈一握,头戴一顶同色毡帽,帽檐下是墨镜和小半张脸,展露半抹绝色,往下的脖颈上绕着一条围巾。

司笙一路走来,直至凌西泽身侧,站住,把揣在兜里的手伸出来,两指捏着墨镜往下一拉,将墨镜松垮地搭在秀挺的鼻梁上,露出一双略带浅笑的眼睛。

"知书达理、秀外慧中。"司笙睨了他一眼,摇了摇头,嘴上戏谑地说道,"加油,万一成就了一段好姻缘呢?"

凌西泽唇角翕动,想开口,却被司笙漠然的一眼打断。司笙重新戴好墨镜,说了声"好运",就从他身边走了过去。

"先生。"司机试探性地喊道。

凌西泽冷淡地扫了司机一眼,下颌线条紧绷,视线从司笙背影上收回,似乎赌气般,拉开车门坐了进去。

跨年夜,商场里人满为患。

司笙没待多久,选好帽子就走了出来。她无事可做,想直接回家,却在这时接到了秦凡的视频电话。

"你看我在哪儿!"

司笙举起手机,看到了秦凡的帅脸,然后画面一转,出现了病床和易中正。易中正半躺在床上,听到秦凡咋咋呼呼的声音,掀了掀眼皮。

"你跨年不跟你爷爷、奶奶过,去骚扰老易做什么?"司笙挑挑眉。

"他们不兴跨年,我正好没事,过来陪易爷爷。"

司笙把手放在兜里,哈出一口冷气,一边走一边说:"你没事的时候不都挺爱玩的吗?"

"你又不来医院,我怕易爷爷无聊。"

"啧。"

"你在哪儿?"秦凡瞧着背景不对劲,问道。

"城中广场。"

"这大冷天的,你竟然有心思出门逛街,不会是在跟谁约会吧?"

司笙一顿,然后淡声道:"没有。"

"行吧。对了,今天有人约我去城中广场,说是江边有一场烟火晚会,就是跨年那个点。反正离得近,你要不要看看?顺便给我来一场线上直播……"

前几天还在因关店一事一蹶不振的秦凡,此刻兴致勃勃地聊着烟火晚会,就像什么事都没发生过一样。

司笙没有答应,也没有拒绝,一边跟秦凡和易中正聊着,一边漫无目的地走着,不知怎的,她忽然来到一家寿司店的外面。

视线不经意间扫过玻璃窗,然后她顿住了。

意外地,她的视野里出现了两道身影,很快,她将目光定格在其中一个人的身上。

他穿着一身休闲西装,看得出来,没有好好打扮,但他的身材是衣架子,模样养眼,高贵冷峻,气度非凡。

坐在他对面的女人妆容精致、温婉大方、巧笑嫣然,眉眼里尽是倾慕和爱恋,一举一动尽显优雅和教养。

店里张灯结彩,处处亮堂,客人们脱下厚重的外套,衣着单薄,在各自的席位上相谈甚欢,喜气洋洋。

一阵寒风吹过,卷着细碎的雪花砸入司笙的视野里,迎面扑来,落在脸上转瞬融化,带来冷冰冰的触感。

"司笙,我跟你说话你听到没有?"蓝牙耳机里传来秦凡的声音,将司笙的视线拉了回来。

"什么?"

"我问你什么时候搬家,我去帮你打扫。"

"哦,打扫的话就这两天吧……"司笙把帽檐往下一压,漫不经心地回应着,抬眸看了一眼突如其来的大雪,渐渐走远。

寿司店里。

"感谢凌总赏脸,能给我一个准确的答案,让我死了这条心。"女人优雅地放下刀叉,眉眼里的自信和光彩并未因被拒绝而黯淡,"不过,听说你一直单身,是没有合适的,还是心有所属?"

凌西泽的神情淡然,他回答:"心有所属。"

女人"啊"了一声,却不觉得意外,想着本该如此,弯唇笑了笑:"那肯定是个很好的姑娘。"

凌西泽眼睑微垂,随即抬起,余光瞥见玻璃窗外的漫天飞雪。

他的脑海里闪过高架桥上女人咬着冰棍儿签子的画面,晃着手拐弯抹角地讨要手绳的模样,玩心大起非要缠上来剪他头发的场景……

他轻描淡写地开口:"任性、倔强、自我,倒也算不上好。"

女人一怔。

随即,她看到男人唇角轻勾,眼神渐渐变得温柔。

他又说:"只是无可取代罢了。"

不会再有那样一段时光,满是她那一年青春张扬时的模样,最是年少轻狂时,最适行江湖侠义事。

不会再有那样一个女人,带着她的刀光剑影闯入他的世界里,一见倾心,成就他所有的心愿与未来。

她独一无二。

五年来,他遇到过很多人,没有一个人像她,哪怕一分一毫,更无人能取代。

夜更深了,飘落的雪花大团大团的,像飘着漫天的棉花。

凌西泽告别相亲对象,让司机先行离开,自己独自走在满是喜庆气氛的街道上。

来往的行人、街道上的灯光、光秃枝杈上的彩灯、沿街装饰的店面……无一不在提醒着人们,这是今年公历的最后一晚,新年的气氛弥漫在街头巷尾的每个角落里。

"嘿!"恍惚间,凌西泽在嘈杂的人声里,似乎听到了熟悉的声音。

他有过短暂的恍惚,那短促的声音,如同幻觉。

他抬眼寻觅,仅一眼,就看到站在人群中的那抹独特的身影。她一只手提着袋子,另一只手揣在兜里,抬眼看过来时,扬眉浅笑。

她身后的店铺有袅袅白烟,身前隔着重重人影,可一切都遮掩不了她的光彩。

凌西泽抬眸见到她的那一刻,眼里便只有她的身影。她摘下墨镜后的脸,落在明暗交织的光影里,笼罩着一层浅浅的光晕,笑容明媚,容色倾城。

万家灯火在这一瞬间全部恢复了光彩,有了明艳的颜色。

风声入耳,时隔多年,他仿佛听到她分手时的话——

"这不过是一段时光,于你的人生,微不足道。"

在他的生命长河里,这确实只是一段时光。

短暂的几个月,相较他几十年的人生而言,确实微不足道。

然而,这段时光足以让他二十余年的岁月与记忆黯然失色。

手掌覆上左手小手臂,隔着布料,凌西泽能感觉到未愈合的伤口的刺痛。

凌西泽望着前方站着的那道身影,紧绷的唇角一点点翘起,蔓延开来的笑意,仿佛能融化这一场辞旧迎新的大雪。

他们之间的距离,一步一步缩短,最终他越过所有障碍,站在她面前。

凌西泽垂下眼帘,看见她唇角的笑意,看见她眼底的光,看见她的生动与真切。

于是,他所有不好的情绪,转瞬荡然无存。

"没成?"司笙将发丝拨到耳后,随口问道。

"嗯。"

"跟我剪的头发没关系吧?"司笙瞧着他的碎发,在风中飘动,沾上了白雪。

"有点儿。"凌西泽正儿八经地说道,"她见面就问我头发在哪里理的,要把店拉黑。"

他满嘴跑火车,司笙就当听不见。她从袋子里拿出一顶帽子,凌西泽看了一眼,愣住了。

舌尖一扫后槽牙,凌西泽感觉牙疼,瞅着那顶深绿色的毡绒帽,感觉司笙就是存心来气自己的。

他被气笑了:"我前脚去相亲,你后脚送我绿帽子?"

"错了,这是给老易买的。"司笙面色微僵,将毡绒帽放回去,轻咳一声,又翻出另一顶,"虽然是鸭舌帽,但跟你的休闲西装挺配的……"

司笙话没说完,就见凌西泽微微前倾,将头凑过来,意思是让司笙帮忙戴上。

司笙盯着那头被风吹乱的头发,眨眨眼,将袋子塞到他手里,腾出手抓了抓他的短发,稍微整理一下,然后才将鸭舌帽扣在他的脑袋上。

她的手指冰凉,整理时擦过凌西泽的头皮,很凉,动作又极轻,牵引着他的发根,痒痒的。

凌西泽弯着唇。

"好了。"司笙检查了一下后,拍拍手,满意地点头,然后去拿她的袋子。

司笙的手指勾到绳子的那一瞬,凌西泽的手忽然往旁边一躲,司笙的手指蹭到了他的手背,司笙一怔。

"冻得我一哆嗦。"凌西泽故意说道,随后似乎是挺将就的样子,"我帮你提吧。"

司笙将手放到兜里,掀起眼皮,说道:"我不回去。"

凌西泽蹙眉:"你去哪儿?"

"零点有场烟火,秦凡在陪老易,非要线上看……就……顺便给老易看看喽。"司笙说着耸了耸肩,用随意的态度掩饰那份心意。

"那一起吧。"凌西泽果断地做了决定,没将袋子还给她,淡淡地说道,"算是对外公的一份心意。"

司笙越听越不对劲,磨牙:"你占谁便宜呢?"

凌西泽轻笑:"一个称呼而已,想得那么多。"

他的态度如此随意,司笙倒不好同他计较了。

附近有一条江,越往那边走,江风越大,席卷而来的凉风和雪花,能把人冻成半根冰棍儿。

今晚是跨年夜,往来的行人很多,大家都加入"冰棍儿"的行列,靠热情和喜悦驱逐严寒,冷得牙齿打战还能兴奋地撑着。

司笙买了糖炒栗子和烤玉米,让凌西泽提着糖炒栗子,将烤玉米掰成两段,将一段递给凌西泽。

烤玉米还冒着热气,风一吹,空气中飘着香味。凌西泽咬了一口玉米,玉米烤过后的独特香味弥漫了口腔,又糯又甜,味道不错。

"你还不到三十岁,家里这么快就催婚了吗?"司笙咬着玉米,贼兮兮地躲在凌西泽身侧,让凌西泽帮忙挡风,有一搭没一搭地跟他聊天儿。

"没催。"凌西泽侧首看她,故意走快一步。

"那……"司笙紧随其后。

凌西泽见她跟上来，勾勾唇，又放缓步伐："陆同学怀疑我的脑子有问题，一直在想办法证明。"

虽未见过面，但司笙知道陆同学是凌西泽的母亲，是国家音乐学院的教授。

司笙犹豫半晌，有点儿小担心："那你有没有……？"

"你不知道？"凌西泽打量着她。

"不是，我听说有人受了刺激，就有可能……"司笙用科学进行论证，同时举例，"你不是连择偶标准都变了吗？"

她还当真了。

凌西泽轻轻磨了磨牙，好奇又好笑："标准是我随口说的。"说完他又一本正经地继续说道，"改天我测试一下，要真出问题了，让陆同学找你兴师问罪。"

司笙带着一脑门儿的问号啃了口玉米，才把绕弯的神经理顺了，挑眉，一眼瞪过去："你唬我的吧？"

"嗯。"凌西泽挺淡定地应了。

"那你家里还愁你没对象？"司笙半疑惑半嘲讽，斜眼瞅着他，"人帅多金有上进心，就是脾气差一点儿。"

凌西泽将她不顾形象在风雪里啃玉米的样子看在眼里，深吸一口气，理所当然地问："你长得美若天仙，不一样是单身？"

司笙抬了抬眼，反驳："我比你年轻啊。"

司笙想了想，又说："我前男朋友特别优秀，搞得我现在眼光挺高的。"

突如其来的称赞令凌西泽心口一室，他瞧着司笙淡定从容的神情，一时琢磨不出什么，只能哑声开口："这是在调情吗？"

"咯咯，"司笙险些被玉米粒呛到，咳了两声，惊奇地瞅着他，连忙解释道，"我就是客观评价，你别多想。"

司笙是个坦诚又别扭的人。她可以坦然地在前任面前承认他的优秀，又不会承认因在乎易中正和秦凡而给他们直播看烟花。

她如此随意、自在、坦诚，是因为彻底放下了吗？

凌西泽一时吃不准。

心里藏着事，凌西泽心不在焉地在江边走着，忽然听到周围响起了惊呼声，侧首看去才发现附近好些人都在看司笙，原因是司笙将手中的玉米棒扔到了两米远的垃圾桶里。

"走。"司笙将帽檐往下微压，靠近凌西泽扯住他的衣袖，将他拽出人群。

凌西泽觉得好笑——耍酷的是她，溜走的也是她。

可是，凌西泽低头一看她拽着自己的手，便什么也没说，跟着她快步向前走去。

越靠近江边，节日氛围越浓。沿途有很多摆摊的，卖着小玩具、小宠物、小零食，都是些常见却总引人驻足的玩意儿。

司笙只觉得冷。

因为来逛商场，怕引人注目，司笙便没穿保暖军大衣。虽说她注意着保暖，但被凛冽的江风吹着，还真有点儿冷。

她再看身侧的男人……

凌西泽不愧是引领养生界时尚潮流的男人，穿得保暖又有风度，一件黑色长款外套，厚实保暖，让他无惧寒风侵袭，无畏冰雪洗礼，嚣张的步伐都比周围的人稳当一些。

司笙将围巾拢紧了些，凝眉问道："你冷吗？"

"还好。"

司笙盯着他的外套，把衣服牌子记在心里。

她刚想收回视线，就听到他拖着缓慢的调子，悠然地说道："衣服没有，兜可以给你一个。"

她的目光下移，落到他的衣兜上，停留两秒，然后移开。

"您留着自个儿用吧。"司笙说，"我们江湖人，抗冻。"

凌西泽瞄了她一眼："是靠一身正气，还是靠皮糙肉厚？"

司笙眉梢一扬，挑衅地睨着他："你这嘴要一会儿不欠，能自动缝起来吧？"

凌西泽："那有点儿不科学。"

司笙抬起眼睑，沉默地盯着他，竟找不到回击他的话。

又是一阵江风拂面，带着寒意的风如刺似刀，割在皮肤上，透过肌肤刺入骨髓，她被冻得一阵哆嗦。

司笙决定认输,思考着切入点,但没等她想好,一道阴影忽然落了下来。

凌西泽站在司笙跟前,她一怔,还未回过神,就感觉有什么东西盖在她的头上,软和、毛茸茸的,密不透风地遮挡着刺骨的寒风。

凌西泽挑开她那杂乱的发丝,将毡绒帽给她戴好,但越看越滑稽,忍俊不禁道:"就缺一件军大衣了。"

"滚。"司笙恼羞成怒,把他的手拍开。

她并没有去摘毡绒帽。毕竟是江湖人,能屈能伸,司笙都敢在剧组里穿军大衣,何况这一顶绿油油的毡绒帽。

相貌战胜一切。

"要换个地方吗?"凌西泽忽然说道,"有点儿冷。"

他说话时,瞳孔里有浅浅的笑意荡开,一圈一圈的,在霓虹灯灯光的折射下层次分明,深处却似旋涡,勾得人不能自拔。

司笙怔了两秒,才回过神,慢腾腾地说:"好吧。"

司笙和凌西泽晃荡半天,在将近零点时,找了个偏僻且清静的观赏点。

光线昏暗,阴影重叠,狭窄的缝隙里,只够让二人面对面站着,他们隔着几个拳头的距离,大眼瞪小眼。

此处是避风小巷的入口,江风从旁边吹过,偶尔斜斜地漏点儿风,但没有那么冷。

"还剩一点儿,吃了吧。"司笙将最后一把糖炒栗子分给凌西泽。

凌西泽惊奇地挑了挑眉,环顾一圈,逼仄的小巷虽干净,但有一股潮湿陈旧的味道,不远处有个垃圾桶,碍眼得很。

司笙朝他递了个"爱吃不吃"的眼神,然后就拉了拉衣摆,攥着袋子蹲下身,直接坐在通往住宅的青石台阶上。

凌西泽认命地在一旁坐下。

"你有没有觉得,这画面有点儿眼熟?"司笙屈着一条腿,将剥好的板栗扔进嘴里,神情若有所思。

凌西泽想了两秒,颔首:"跟你预备奔向违法犯罪的不归路的那天差不多。"

司笙牙酸地"喊"了一声:"说话这么欠,你怎么还没被打死?"

"命好。"

经凌西泽一提醒,司笙还真想起是有那么回事。

司笙跟凌西泽遇见的那年,秦凡被人揍进医院里,她得到消息后就去找那人算账。当时她在这种小巷里蹲到半夜,结果遇上加班回去的凌西泽。

凌西泽当时只在学校机器人展览上跟司笙见过一面,对司笙印象挺深的,一眼就把她认了出来。他见她蹲在小巷里怪可怜的,知晓原因后,不知出于什么心理,请她吃了夜宵喝了饮料,还充当免费陪聊。

当时寒风凛冽,两个人快冻成人形冰棍儿了,跟傻子似的喝着西北风,大眼瞪小眼。

后来司笙等得不耐烦,直接冲进那人工作的酒吧里,一问才知道那人闹肚子早走了。

司笙得知此事后,气得不行,要了人家里的地址,把那人从被窝里揪了出来。

她原本是想动手的,被凌西泽好说歹说拦住了,法律条文让她冷静了不少。

但她还是不解气,先让那人穿着睡衣在家门口冻了半个小时,然后把那人拎到警局去报案,说他找人把她的朋友打伤住院了。

警察把那人关了几天。

那人是个小混混儿,平时没少在法律边缘游走,一堆的把柄在别人手里,加上他被司笙威胁,不敢说司笙撬锁、擅闯民宅的事,老实地吃了哑巴亏。

"年少轻狂,是有点儿冲动!"回忆往昔,司笙有点儿感慨。

"何止。"若非对司笙有好感,凌西泽见到司笙冲去那人家里的那一刻,就要报警了。

他第一次见这么横的女生,而且,她竟然还有百般小技能。

他跟司笙交往期间,总觉得要是不看好她,随时都有可能要去警局里捞她。

或许,正因这种想法,他把司笙看得太紧,处处限制司笙,才导致司笙憋了一肚子气,最终落到分手的结局。

司笙吃完最后一个板栗后,拍拍手,笑得漫不经心:"搁现在,我就坐在家里享受暖气,捏着他的把柄,让他急得团团转,等他吹了一夜冷风后,跪在我跟前道歉。"

凌西泽刚升起的一点儿怅然情绪,因司笙这番话,顿时消失得无影无踪。

司笙提起装垃圾的袋子,往上一抛,袋子在空中划过一道流畅的抛物线,掉落到垃圾桶里。与此同时,她拿着手机站起身,催促凌西泽:"快到点了,走。"

她走在前面,给秦凡打视频电话:"老易睡了吗?"

"睡了一觉,刚醒。马上快到点了,你在哪儿?怎么黑乎乎的?"

"少废话,马上到。"司笙转换摄像头,"看着就好。"

他们刚出巷口,就听到了远处的喧哗声,二人微微抬头,见夜空升起一道道的光点,到顶端时轰然炸开。

姹紫嫣红的烟花,一束束地拥簇在一起,漫天炸开,绚丽多姿,又转瞬即逝。

风吹着,迷了眼。凌西泽微微偏头,视野里是司笙的侧脸,她的皮肤白皙细腻,被镀上一层虚幻朦胧的光边。色彩斑斓的光,忽明忽灭,照在她的眸子上,映出流光溢彩。

司笙似乎察觉到什么,漆黑的瞳仁微亮,倏地歪过头来。

二人视线相撞。

她的眼里有星辰大海,深不见底,又黑又亮,蕴藏着让人着魔的力量。

凌西泽没移开目光,唇角轻轻一勾,神色自若地说道:"新年快乐。"

被风吹过的嗓音有些沙哑。

"新年快乐。"司笙轻笑,洒脱又自然。

绚烂的光影里,她美得像一幅画,城市的夜景和灿烂的烟花,俨然成了她的陪衬。

书房里，萧逆刷完两套理综试卷，对完答案后暂时停笔。

他将静音的手机翻出来，想看一眼时间，却看到几条微信消息。他点开一看，都是朋友的新年问候，其中还有一张司笙发的图片。

司笙只发了一张图片，是烟花绽放时的场景，在城中广场附近。此外一句话都没有。她发图的时间是零点过后，萧逆估摸着这张图片等同于"新年快乐"。

但是，这可苦了萧逆。

萧逆从不回这类消息，可对方是司笙的话，不回不知她是否会生气。

萧逆憋了好半天，轻拧眉心，终于单手打字，慎重地回了一句：在外过夜吗？

司笙：马上回来。

萧逆：哦。

萧逆松了口气，退出对话框，看见了好友申请，点开后感到有点儿意外，申请人竟是司风眠。

司风眠是班长，品学兼优的三好学生、永远的年级第一。他有骄傲狂妄的资本却平易近人，性格阳光开朗、友善热情，学生和老师都喜欢他，堪称好学生的典范。

他跟萧逆截然相反。

他们除了打过一次架，萧逆同他没有交集。

萧逆想忽略，这时手机上方跳出几条短信消息，是未备注的陌生号码。

司风眠：哥们儿，加一下我微信。

司风眠：新年快乐。

司风眠：我是司风眠，没别的意思，就是想跟你交个朋友。

萧逆没有同意申请，直接回复短信：什么事？

司风眠：你没睡啊？

司风眠：有点儿事想问你。

萧逆犹豫半晌，重新打开微信，同意了司风眠的申请，然后发了个问号过去。

司风眠：你姐是不是叫司笙？我能问问她的情况吗？

萧逆：拉黑了。

没等司风眠后续的消息发来，萧逆就将司风眠的微信拖入了黑名单里，手机搁一边，又拿出一套英语试卷，继续刷题。

另一边。

司风眠看着对话框里的惊叹号，蒙了蒙，然后失望地"啊"了一声，仰头栽倒在床上。

他想确认一下司笙的身份怎么就这么难啊。

萧逆怎么跟防贼一样防着他？

他自闭了两分钟，手机忽然振动了一下，还以为是萧逆回心转意，拿起来一看，发现是司裳回复的新年问候。

他回了两句，又问司裳在干吗，这么晚还没睡。

司裳：在准备新漫画，马上就睡。你也早点儿睡，不要熬夜刷题。

司风眠看到"新漫画"三个字，来了点儿精神。

司风眠：新漫画什么时候连载？什么题材？

司裳：就这个月吧，废土题材。

废土题材？

司风眠有点儿惊讶。

司裳上一部作品是青春校园题材，现在一下子转到废土题材上，跨度有些大。不过司风眠不是漫画家，不懂这些，虽有疑惑也只表示期待，没有多过问。

因为司尚山提过让司笙回家，司尚山和章姿大吵一架，之后司尚山也没回过家。现在司家上下对"司笙"二字闭口不谈。

司风眠怕惹章姿生气，也避讳着，没问司笙的情况。

他本想通过萧逆证实一下司笙的身份，确认是不是同一个人。但萧逆不配合，一提就冷脸，微信直接拉黑司风眠，一个字都撬不出来，司风眠尝试无果后只得作罢。

没想到，意外来得如此突然，司风眠正当决定放弃时，却再次跟司笙相遇了。

司笙是在小四合院里长大的。

易中正是湘城人,在湘城没有亲戚,在外打拼时对司笙的外婆一见钟情,所以一路追到京城。而这处房产则是司笙的外婆家传下来的。

四合院比较宽敞,只有爷孙俩住,显得有点儿冷清。后来易中正将东西厢房租出去了,钱不多,就是图个人气。

两年前最后一批租客走后,就没有再出租了,东西厢房空了出来,很多家具都不能再用了。

这一次打扫,司笙搞了个大工程,干脆将东西厢房简单地翻修一下,又找秦凡帮忙换上新的家具,忙了好几天,马不停蹄,直至这天傍晚楚落打电话跟她说漫展的事。

"漫展?"司笙走在胡同里,戴上蓝牙耳机,一时没反应过来。

"我先前跟你说过的,CC漫画举办的漫展,就在明后两天。"楚落料到她忘了,解释道,"我的签售会在明天,你有时间来吗?"

"行。几点?"

"十点开始。"楚落说道,"你可以早点儿过来,我们可以先逛逛。"

司笙一口应了:"好。"

楚落跟司笙约了时间和地点,然后闲聊几句,忽然扯到漫画上来:"你的新漫画准备得怎么样了?"

"准备了两个,在犹豫选哪个。"

楚落一时无言,又问:"什么题材?"

"废土。"

"呵!"楚落吸了口凉气。

司笙疑惑地问道:"怎么了?"

"就今天,CC漫画有一部叫《第一废墟》的废土题材作品,刚公开第一话,就因为惊艳的反转火遍全网,现在还在话题榜上挂着呢。"楚落笑道,"你的新作未发先火,发布后热度肯定不低。这是要把废土题材带火吗?"

"《第一废墟》的作者是谁?"司笙眉梢一扬。

"她叫UU,是新锐漫画家,上一部作品是青春校园题材,成绩不错,叫《未来的你》。有意思的是,她的分镜和画风都有模仿你的迹象,也有人戏称她为'小 Zero'。没想到你们的新漫画竟然选择了同一个题材。"

楚落介绍完,又真心实意地感慨道:"不过,《第一废墟》质量是真高,开头惊艳得让人尖叫,有你的风范!"

司笙以 Zero 的笔名出道,至今七年。她的作品不多,但部部都是精品。而让读者称赞的不仅是她优秀的叙事能力,还有画风和分镜,她甚至被漫画圈冠以"分镜鬼才"的称号。

如今,模仿 Zero 画风和分镜的人,在圈里并不少见。

"哦。"视野里出现了一辆车,司笙被熟悉的车牌号吸引,回应楚落时有些心不在焉。

"对了,她明天也会来漫展签售,要我介绍你们认识吗?她年纪挺小的,好像是个大学生,跟我们差不了几岁。"

"行。"司笙应得很敷衍,走下车的宋清明出现在她的视野里。

她又说了两句,把电话挂了。

宋清明一下车就看到了司笙,感到有点儿意外,问:"准备回去?"

"嗯。"

"装修得怎么样了?"

"收尾了,最多再搞一周,就能搬进去。"

"哦。"宋清明点了点头。

这时,车窗被敲响,一只手肘懒懒地搭在窗沿上,凌西泽微微探出头,视线扫过去,问司笙:"回水云间,上车吗?"

"行。"司笙冲凌西泽颔首,然后看了宋清明一眼,小声问:"他特地送你回来的?"

"他说顺路。"

不过,凌西泽说的"顺路"跟宋清明说的"司笙今天在胡同里忙装修"的事有没有关系,宋清明就不好判断了。

反正这二人有过一段情缘,如今是否旧情复燃,不好说。

司笙"哦"了一声,然后就越过宋清明,走过去自然而然地拉开车门,坐了进去。

今天有司机，凌西泽坐在后座上，司笙跟他并排坐在一起。

凌西泽微微侧首，瞧着司笙熟稔地系上安全带，沉默片刻，问道："什么时候搬过来？"

"就这几天吧。"

"哦。"凌西泽微微拧眉。

元旦后司笙就一直在忙装修的事，凌西泽这几天都没见到她。他找不到合适的理由见她，连微信消息都不知该发什么。

下班时，凌西泽遇到宋清明，抱着试探的心理过来看看，没想到正巧碰见司笙。

凌西泽静默几秒，又问："要帮忙吗？"

"就缺打扫的了。"司笙睨了他一眼，皱皱眉，从里到外都透着"你不擅长"的意思。

凌西泽感觉遭到歧视，咬了咬后槽牙，开口："其实，当监工我还是挺擅长的。"

"其实，"司笙配合着他，语重心长地说，"胡同里那些毛都没长齐的小孩儿，监工的时候也能说得头头是道。"

凌西泽在心里吐槽：他忍了。

司笙睨了一眼凌西泽阴沉的脸色，估摸着自己可能说得过分了，心念一转，便给他一个证明自己能力的机会："我后天想购置点儿摆件，你有空的话，帮忙参考一下？"

"明天呢？"

"我要参加一个漫展。"

凌西泽从扶手箱里拿出一袋零食，递给司笙，随口问道："CC漫展上的签售会？"

他问完又觉得不对劲。

乔一林最近在忙两件事：一件是如何签下他的偶像Zero，也就是司笙；另一件就是筹备CC漫展。他们聊天儿时，乔一林不止一次地跟凌西泽吹嘘他们这次漫展的规模有多大，并且盛情邀请凌西泽参加，想跟凌西泽证明他这几年的成果。

如果司笙同意参加签售会，乔一林肯定第一时间跟他炫耀了。

"不，我就是游客，闲逛。"司笙接过零食，打开袋子翻了翻，发现都是她喜欢的，当即拿出一包撕开包装，"你也关注漫展？"

"嗯，"凌西泽轻轻地应了一声，一顿，然后斜眼看向司笙，压低声音别有深意地补充道，"我也去。"

司笙塞了一口零食，没能理解凌西泽的潜台词，漫不经心地回道："哦，那没准儿我们会遇上呢。"

这女人的心思全被零食霸占了吧？

黑夜笼罩着天空，城市沿街亮起了霓虹灯，色彩斑驳，如星光闪烁。

司笙喝了口矿泉水，将瓶子捏在手中，懒懒地抬眼，视线无意地往街上扫去，瞥见几道身影，顿住。

"凌西泽。"司笙看着外面，胳膊肘子碰了碰旁边的人。

凌西泽"嗯"了一声，朝这边看过来。

"穿校服那个，你是不是有点儿眼熟？"司笙问道。

凌西泽的目光落在街上，在灯光昏暗的巷口，隐约有几抹身影缠斗在一起，其中，一个穿着附中校服的身影尤为突出。

"跟萧逆打架的那个。"凌西泽一眼认了出来，又看穿了司笙的心思，"你想管？"

司笙犹豫了一下，嗓音极轻地应了一声："嗯。"

凌西泽朝前面看了一眼："停车。"

巷口的路灯坏了，黑漆漆的。

司风眠被逼到墙面一侧，刺痛感猛地从左侧肩膀席卷而来，疼得他"嘶"了一声，眉头直皱。

跟前几道身影逼近，司风眠呼吸间全是酒臭味，一个个醉醺醺的，露出凶神恶煞般的面孔。

"毛都没长齐，竟然学别人英雄救美？"

"小子，看你往哪儿跑！"

"今天爷爷就好好教教你，以后走在路上别多管闲事！"

……………

几个人你一句我一句,撸起袖子就冲了上来。

司风眠观察着他们的方位,保持着谨慎和冷静,不露慌乱之色。

在一个人的拳头砸上来时,他倏地一个俯身,手肘往上一抬,狠狠地顶住对方的腋窝。与此同时,他扯下书包将它往右侧迎上来的人的脑袋上一砸,厚重的书籍结实地砸在那人的脑门儿上,把那人砸得晕头转向的。

他趁着二人吃痛之际,已经找准几个人站位的空隙,直接钻出了他们的包围。

司风眠没有停留,拔腿就跑,可那几个人里已有人反应过来,几步就追上了他,一把抓住他的肩膀。

"往哪儿跑?!"

这一抓直接抓在司风眠的痛处,他疼得差点儿脚下一软直接跪在地上。他回过身,刚想甩开那人,没想到一回眸就看到身后那人倏地以一道流畅的抛物线飞了出去,像断线的风筝般重重地落在地上,同一时间,他肩上的力道也消失了。

司风眠一怔。

下一刻,他看到站在身前的一抹黑色身影,这人发丝被过堂风吹得凌乱,衣摆飞起,在暗夜里划出一道道凌厉的弧线,清冷的月光落下来,这一瞬的场景美若画卷。

这人身形纤细,分明是个女人。

微弱的光线照过来,打在司笙的身影上,她的神情隐在光影重叠处,模糊不清,嗓音清脆而果断:"站到一边去。"

同时,那几个人看到司笙,愣了片刻,嘴里骂了几句,然后都冲着司笙去了。

司风眠没有多想,第一时间想上去帮忙,好歹要帮司笙挡一两个人,可身子刚一往前,一只手就横了过来,挡住他前去的路。

司风眠看过去,发现是曾在办公室里见过的熟悉面孔,一怔。

他问:"不帮忙吗?"

凌西泽毫不担心地站在一旁看戏,轻描淡写地道:"交给她就行。"

99

哥，你这样追不到女生吧？

十分钟后，司风眠、司笙站在路边，凌西泽去药店买药了。

"怎么回事？"司笙倚在路灯旁，抬起眼睑，单手抱臂，紧了紧风衣外套。

司风眠站在一旁，手里提着背包，垂着头，思考半晌都不知该如何打破沉静，听到司笙开口问话，他才微微抬头。

暖黄的灯光落在她的身上，神情慵懒又模糊，夜风撩起她的发丝，朦胧的光晕衬托着她绝色的容颜，美得简直不像真人。

他的思绪又回到了几分钟前。

司笙依靠专业的武术功底，轻易就撂倒了那几个醉汉，吓得他们跪地求饶。就是这样美艳的人，让他们排队挨个儿鞠躬叫了声"奶奶"，才放他们离开。

这挺有意思的。

司风眠愣了几秒，回过神，简单地讲述了一下事情的经过。

无非是他闲逛时路过一家酒吧，见到这几个人在骚扰一个女中学生，他看不过去，见附近没什么人，报警又怕来不及，所以就出手帮了一把。结果女生是跑了，他却被这几个醉汉缠上了，接下来就是司笙和凌西泽撞见的那一幕了。

"见义勇为，不错啊。"司笙听完后肯定地点点头。

司风眠讶然地看向她。

现在都提倡"见义勇为要以保证自身安全为前提"的教育了，他平时虽然锻炼，但毕竟没有打架的经验。他刚刚反思了一下，觉得自己还是冲动了些。

司笙竟然夸他？

"不过，"司笙忽然话锋一转，慢悠悠地补充，"没能耐的话，做这种事，就是自讨苦吃，还给别人添麻烦。"

司风眠眼看着司笙一刀刀地往他的心窝上捅，竟无言以对。

这时凌西泽买药回来了，将一袋药全交给司风眠："看说明书用药。"

"谢谢。"司风眠道谢，下意识地掏出手机，想给凌西泽转钱，结果发现手机屏幕摔碎了,都开不了机了。

他的动作一僵。

凌西泽瞧见了,没当回事,问:"你有地方去吗?"

"啊。"司风眠眨了眨眼,成功地被问住了。

他放学后没有直接回家,是因为家里氛围不好,章姿板着脸,用人小心翼翼的,他为了调节气氛吃个饭都煞费苦心,往往还没有效果。他觉得最近家里的事情挺烦人的,就想在外散散心,晚些时候再回去。

但是,他现在受了伤,手机摔坏了,回去后章姿见了肯定得操心,还会猜测他是否在外面惹事,结识了一些不三不四的朋友。

去酒店的话,他没带身份证;去朋友家……一是他忽然到访挺不礼貌的,二是他不想被朋友见到他这样。

他们从司风眠的沉默中看出了一二,凌西泽和司笙不约而同地对视了一眼。

司笙踱步走过来,站在凌西泽身侧,打量了一眼司风眠,说道:"你。"

"啊?"司风眠抬眼,神情疑惑。

司笙没说废话,直截了当地问道:"我家就在附近,你要不要过去?"

司风眠怔了怔。

他前些日子还跟萧逆打架,今天司笙不仅不计前嫌地帮他,竟然还将他往家里带?

司风眠垂眸想了片刻,不知出于怎样的心理,最终决定接受这份好意:"好。谢谢。"

萧逆听到开门的动静时,刚炒完最后一盘菜。他端着菜盘走进客厅,一眼就瞅见玄关处的司笙、凌西泽以及司风眠。

司风眠抬眼一看,直接被惊得咳了一声,呛到了。

二人视线交会的一瞬,都从对方眼里解读出了惊讶。

萧逆一直揣测司风眠心怀鬼胎,对司风眠的套近乎爱搭不理,没想到司风眠竟然直接勾搭上了司笙,转眼的工夫司笙就把司风眠领回家了。

司风眠震惊萧逆这个在校时酷帅冷漠的大校草，在家里竟然会戴着围裙做饭，一副"家庭煮夫"的模样。

司风眠收拾好情绪，挺客气地说道："打扰了。"

萧逆给司风眠一记冷眼，冷漠地跟司笙说："我只准备了三个人的量。"

司笙趿拉着拖鞋进门，随口回应道："那你给他下碗面条吧。"

司风眠微微低头，手指轻轻一蹭鼻尖，有点儿想笑。

司笙从小就打架闹事，没少被请家长，但她神经大条，隔天就能跟人称兄道弟、勾肩搭背。所以，她并未将司风眠和萧逆的纠葛当回事，只当俩少年早就和好了。

于是，司笙让萧逆给司风眠下了面条后，又交代萧逆给司风眠上药。

萧逆忍无可忍。

萧逆咬了咬后槽牙，拧着眉，垂眼打量着被当少爷对待的司风眠，憋屈得很，嗓音里冒着火气："我是他老子吗？"

这句话尽显他的张扬和戾气。

司笙正在接水，闻声淡淡地往后看了一眼，轻描淡写地说道："你是他哥。"

司风眠微怔，眼光狐疑地扫向司笙，想探个究竟，但司笙已经踱步走向凌西泽，压根儿没搭理他们的意思。

司风眠一时分不清情况，心情颇为复杂，可看到萧逆那张阴沉的脸时，那根恶趣味的神经忽然被挑拨，司风眠很自然地喊了一声："哥。"

萧逆被气得说不出话——他摊上一个傻乎乎的姐姐，根本不知道自己把狼崽子引进窝里了。

萧逆在学校里是让人闻风丧胆的人物，高一时打过一次狠架，得了个校霸的名头。他性格孤僻冷漠，很少跟人亲近，独来独往。

司风眠没想到萧逆在家里竟然是个傲娇别扭的小受气包。

不过，很快司风眠就见识了小受气包的狠劲。

萧逆扯开药袋，待司风眠脱下上衣后，一只手粗暴地将药往司风眠的伤口处抹，另一只手往司风眠肩上的瘀青处摁下去，司风眠登时变了脸色，险些叫出声来。

司风眠从萧逆的眉眼里看出一抹狠劲，心里被不祥的预感包围，连忙说道："我自己来。"

萧逆跟没听到似的，一脸的冷漠无情，反而加重了手中的力道，司风眠疼得差点儿咬到舌头。

抹个药比打一架还难受，这一番折腾下来，司风眠出了一身冷汗。偏偏他还为了颜面，不想叫出声吸引他人的注意力，默默忍了。

"涂好了？"跟凌西泽约好去哪里买摆设的司笙优哉游哉地走过来，"萧逆，你去找一套睡衣给他，再给他一套被褥，他今晚睡在书房里。"

萧逆板着张脸，一言不发，跟司笙对视两秒，然后扭头走向卧室。

司笙感到莫名其妙，看了一眼萧逆的背影，狐疑地问司风眠："他这脾气，是不是在学校里没朋友？"

"啊？"司风眠刚缓过劲，闻言愣了一下，决定给萧逆留点儿颜面，含混地回应道，"有吧。"

司笙耸耸肩，不知道她信没信，转身就让凌西泽去厨房里洗水果了。

这里跟司风眠所想的不太一样。

司笙和萧逆都不是热情开朗的人，但他们俩的相处很自然，司笙仗着姐姐的身份指挥萧逆做这做那，但不是颐指气使。萧逆收敛了在学校里的锋芒和锐利，哪怕再不乐意，对司笙的吩咐仍然言听计从，就是个傲娇的弟弟。

这里和谐、融洽、舒适，不像他家，需要察言观色、调节气氛，担心随时可能爆发的口角，遭遇突如其来的冷暴力，更不用面对母亲时时刻刻施加的压力，以及在梦中因达不到母亲要求而惊醒的焦虑。

司家看似富丽堂皇，但就像被笼罩了一张无形的网，外表光鲜亮丽，内在却是永无止境的焦躁和不安。

父母貌合神离，儿女如履薄冰。

在这里，司风眠可以看到萧逆臭着脸将被褥搬到书房里，后来在路过厨房时萧逆听见司笙跟凌西泽吐槽萧逆没朋友,萧逆就故意进厨房里洗苹果,然后司笙对萧逆的吐槽戛然而止。

这里或看,或听,都有种日常的烟火味。

"要玩牌吗?"司笙将凌西泽洗好的水果端上茶几,透过玻璃茶几瞥见下一层放着的扑克。

"不玩,"凌西泽跟在她身后,一语破的,"你记牌,没意思。"

"你不说谁知道,"司笙往嘴里扔了一个圣女果,瞧了一眼明显听到的司风眠,并不尴尬,悠闲地问道:"萧逆呢?"

司风眠回答:"在书房里。"

"哦。"

司笙还以为萧逆是在给司风眠整理被褥,结果走过去,推门一看,却看到萧逆正坐在书桌前刷题。

司笙没有不打扰孩子学习的自觉,手指在门上敲了敲,问道:"聊天儿吗?帮你提升社交能力的那种。"

正在演算的萧逆笔一顿,然后奇怪地拧眉,视线笔直地扫向她。

"不聊,"萧逆坚定地拒绝,"我社交能力没问题。"

"是吗?"司笙挑眉,"说句好听的试试。"

因为"好听的"实在是说不出口,萧逆被司笙强行归为"不合群的孤独少年",她一把将萧逆从书房里拎了出来。

萧逆以为司笙会将话题搞得正式又尴尬,肯定是地狱级别的灾难现场。

没想到,司笙把他往沙发上一推,拿出一副扑克。

他们要玩斗地主。

四个人轮流玩斗地主。凌西泽和司风眠都知道司笙记牌的事,但没声张,就将萧逆蒙在鼓里。直至萧逆输到负责三个月的家务后,司笙满意地拍拍手走人,示意凌西泽代替她,萧逆才发觉有猫儿腻。

司笙是拐着弯地压榨劳动力。

司风眠会玩牌,但都是在网上玩的。在家里不会有人打牌,在学校里没人敢拉他打牌,他的形象跟"打牌"这项娱乐活动是绝缘的。

这次司笙毫无顾忌地拉他打牌,他玩得很尽兴,尤其是看萧逆输的时候，心情特别舒畅。

他们玩到晚上十点，司笙宣布散伙。

凌西泽回了隔壁，萧逆终于解放，回屋里继续刷题。

司风眠避开伤口冲了个澡。他跟萧逆体形差不多，换上萧逆的衣服正合身，擦拭了一下头发，就来到了书房。

书房里的折叠沙发床，平时可当沙发，睡觉时摊开即可。

司风眠盯着床上的被褥好半晌，最终，他转身离开了书房。

一分钟后，萧逆的房门被敲响了。

做道题都不顺心，萧逆扔了笔，拉开门时眉头拧着，尽是烦躁和不爽。

"干什么？"萧逆的嗓音带着火气。

司风眠挠挠鼻尖，犹豫了一下，在萧逆即将动手的前一秒，终于开口："你知道怎么把被芯放在被套里吗？"

萧逆给司风眠的是分开的被芯和被套，而非现成的被子。司风眠好歹是个少爷，从来没有学过生活技能……简而言之，他不会。

萧逆嘴角一抽。

司风眠给人的印象挺聪明伶俐的，原来在生活方面什么都不懂。

虽然萧逆一副"莫挨老子"的冷漠脸，但没真的不管司风眠。萧逆来到书房里，熟练地将被芯套进被套里，动作快得让司风眠直叹惊奇。

"厉害。你能教教我吗？"

"傻子都会。"

司风眠觉得司笙真是火眼金睛，一眼就看穿了萧逆的本质。就萧逆这臭脾气，他有朋友才是见了鬼呢。

不过司风眠是个好脾气，没跟萧逆计较，待萧逆整理好被褥后，还礼貌地说道："谢谢。"

萧逆没理他，转身出了门。

司风眠挠头，有点儿挫败感——这个同学软硬不吃啊。

萧逆一走，司风眠走到床边，捏着套好的被子端详片刻，勾了勾唇。他想去关灯，但视线扫过书桌，蓦地瞥见一摞试卷，顿住了。

语数外和理综，都是最近新出的试卷。

司风眠拿起一套翻看,看到密密麻麻的潦草字迹,龙飞凤舞,但笔锋锐利,极具风范。试题整体的正确率极高,错的题都有标注,有的甚至直接被剪下来,试卷东缺一块西缺一块的。

萧逆能叫校霸?

这次的月考成绩司风眠看了一眼,萧逆的成绩以前都是在下游,但这次前进了一百多名。不过,因为萧逆开始名次太低,没什么人关注。

司风眠仔细地想来,月考后他们班换了座位,萧逆换到司风眠前面,司风眠一次都没见过萧逆上课睡觉。

司风眠没有赖在司笙家,第二天蹭了一顿早餐后,就先回学校了。

司笙要去漫展,饭后回屋里收拾了一下,出门时没见到萧逆,转悠一圈后在书房里找到他。她瞥着伏案刷题的少年,感觉有点儿头痛。

"你不出门逛逛?"司笙问。

"嗯。"专注于习题海洋的萧逆,头也没抬地答道。

在把萧逆领回家之前,司笙看了一眼萧逆的成绩,从未想过萧逆是如此刻苦学习的少年。司笙顿了顿,决定开导一下他:"你知道我的辉煌经历吗?"

萧逆面无表情,他将"不想知道"四个字写在脸上。

"我高三用了一年的时间,从三本都考不上的成绩,轻松地考上京城理工大学。"

萧逆心想:要不要礼貌性地夸她两句?

下一刻,他就听到司笙颇为骄傲地说:"然后我大二就退学了。"

看着表情有了转变的萧逆,司笙继续开导:"人生的出路有很多,不擅长的话就趁早放弃吧。"

这一刻,萧逆终于意识到,他在司笙心中的形象就是一个"明明不擅长学习但是特别刻苦"的傻子。

是的,他明明这么刻苦,成绩还是垫底,可不就是个"傻子"吗?

萧逆懒得辩驳,说:"我还想再努力一下。"

"哦。"白费口舌的司笙,略微失望地离开了。

这是 CC 漫画第一次举办漫展,但办得有模有样的,漫展占地极大,该有的一样不缺。除了漫画家的签售会,还有花样繁多的娱乐游戏,各种各样的正版周边产品,以及知名的 coser(玩角色扮演的人)、业余歌手等,场面庞大,热闹非凡。

司笙虽然是漫画家,并且名气很大,但还是头一次参加线下的漫展。

司笙刷二维码进门,被一堆 coser 晃了眼。正巧此时,楚落的电话打过来。

"笙笙,你到了吗?"那边的背景音挺嘈杂的,楚落下意识地将声音拔高了些。

"嗯,刚进来。"

"那你在门口等我,我马上过来。"

"好。"

司笙挂了电话后,站在一边,百无聊赖地等待着,目光游离,被琳琅满目的展台和花里胡哨的衣服晃得眼花缭乱。

司笙无所事事地环顾着,突然视野里出现了一道熟悉的身影,视线蓦地一顿。

那人身材挺拔,一米八几的身高,很惹眼。他裹着一件黑色羽绒服,戴着鸭舌帽,甚至还做作地加了一个口罩,东张西望,鬼鬼祟祟,看着就不像好人。

他匆忙中将目光扫过来,因司笙模样、气质在人群中很出挑,顿了一秒,然后二人的视线迅速地在空中交会。

司笙眉头轻挑,司笙想开口唤他,可下一刻,他跟见到鬼似的,低头将鸭舌帽使劲地往下一压,然后弓着身子躲进了人群里。

半分钟后,不像好人的秦凡打了电话过来:"你怎么在这儿?!"

"就兴你来?"

"啊,不是,我没来!"秦凡语无伦次地说道。

"你把思路理顺了再编。"司笙无情地戳穿他,然后问道,"干吗呀?你怎么看个漫展跟做贼似的?"

秦凡静默少顷,半晌,妥协道:"我就来逛逛。你就当今天没看到我，行不行？"

司笙虽感到奇怪，但觉得无所谓："行啊。"

秦凡在忙，没及时回应，司笙在嘈杂的声音里断断续续地听到一点儿对话。

"帅哥，签售会在这边，你要买谁的书？"

"洛长河。"

"在这边排队。"

"好的，谢谢。"

过了片刻，秦凡的声音再度响起："就这样啊，挂了！改天我请你吃饭！"

司笙"哦"了一声，刚想说"洛长河我认识"，电话就被秦凡挂了。

这边电话刚一挂断，楚落就到了。

楚落穿着皮衣夹克，戴着鸭舌帽和口罩，露出漂亮的杏眼，一见到司笙眼睛就弯了起来，像星星在闪烁，亮晶晶的。

楚落只比司笙大一岁，性格爽朗。

她们俩是因为漫画在网上认识的，但真正见面是有一次她们发现俩人都在同一个地方旅游，遂约了见面，后来成了现实生活中的朋友。

"走，我们先去逛逛，然后去后台见UU。"楚落挽住司笙的手。这里人多，这样免得走散了。

"嗯。"司笙无所谓地答应了。

漫展的一大特色就是角色扮演，一般游客会选择热门的二次元人物来扮演。在这里，可以看到各种动漫角色扮演，花花绿绿，奇装异服。

出乎意料的是，司笙还看到扮演《死亡传说》中的角色的，并且不在少数。此外，还有《死亡传说》正版周边产品专卖店，以及以《死亡传说》为主题的场景屋。场景屋外的游客排成一条长龙，这足以看出其热度。

"我们CC漫画的主创团队真的都是你的粉丝，这个场景屋，拿到授权后就在线上预热宣传，很多细节都是他们亲自设计的，别提多用心了。"楚落跟司笙介绍着，眉眼间洋溢着喜悦，然后又忍不住地戏谑道，"不知道的还以为你早跟他们签了合约，要被他们挖走了呢。"

司笙勾了勾唇。

CC漫画团队的其他人，司笙没有接触过，不了解。但那个叫乔一林的，隔三岔五地给她加筹码，用各种条件诱惑她，就差没把公司拱手相让了。

司笙看到了他的热情和真诚，所以确实在认真地考虑。

"到处都要排队，我们随便逛逛吧。"司笙转移话题。

"行。"

楚落先到的，熟悉地形，加上她常来这种场合，拉着司笙闲逛，还尽心尽力地给司笙介绍项目。

奈何场地实在太大，她们逛了半圈，时间就差不多了，楚落只得先拉着司笙去后台。

主办方给签售会的作者在后台准备了休息室，虽然休息室不大，但只是休息的话足够了，这里还有一定的隐私空间。同时主办方还贴心地准备了茶果点心，给作者的待遇非常好。

楚落领着司笙来到UU的休息室，准备敲门时，正好门被拉开。

一个女人从里面走出来，踩着高跟鞋，妆容精致，一身名牌，眉眼间散发着淡淡的孤傲。

"洛长河。"女人语气淡漠地喊了楚落一声，侧首瞧了一眼司笙，觉得眼生，微微拧眉，"她是……？"

"我的朋友。"楚落语气算不上和善，淡声道，"来看UU。"

"哦，UU的粉丝？"女人面露几分轻蔑，"还是不要将什么人都往后台带，是粉丝就去排队等签售，什么人都往后台走，得乱成什么样子？"

楚落冷下脸："这就不劳你操心了。"

女人轻哼一声，傲慢地抬了抬下颌。

这时，休息室的主人闻声抵达，从女人身后探出头，看了二人一眼，问道："长河，这就是你说的漫画家朋友？"

这是个二十岁出头的女生，长得白净乖巧，惹人怜爱。腰肢纤细，身材玲珑，在女人身边站着，被衬得更年轻了些。

楚落颔首。

"你好，我叫 UU。"UU 挺有礼貌的，主动跟司笙打招呼。

司笙微微点头，不算热情。

这时，UU 旁边的女人问道："哪位漫画家啊？"

楚落听不得女人轻蔑的语气，皱了皱眉，想说司笙的身份，却被司笙抢先了一步："没名气。"

"哪个平台的？"

"没签约。"

"野生漫画家啊。"女人不遗余力地奚落，"现在这年头，会画两笔就敢自称漫画家了。不在家里把基础功练扎实，尽想着结交别的漫画家来炒作走捷径……"

"伊人。"UU 见女人越说越过分，尴尬地打断女人的话。

"裳裳，你年纪小，不知道人心险恶呢。"女人挽住 UU 的手，亲昵地道，"走吧，别在这里跟不相干的人浪费时间。正好主编也来了，我带你去见见他，谈谈《第一废墟》推广的事。"

UU 左右为难，看了一眼楚落、司笙二人，又看了一眼女人。

楚落轻笑一声："你去吧。"

UU 低声说了句"不好意思"，抬眼瞧了瞧神情冷淡的司笙，然后跟着那个女人一起离开了。

二人一走，司笙一只手揣兜，冲楚落挑眉："什么情况？"

"鬼知道。"楚落嘀咕一声，然后说道，"刚刚那女的，笔名叫倾伊人，是画少女漫画的，在平台上成绩还不错，人比较势利，爱跟有名的漫画家结交。原本她也不怎么搭理 UU，但 UU 的《第一废墟》一经发布就获得史无前例的火爆成绩，这不，勾搭上了。"

司笙片刻无言，想到倾伊人对 UU 的称呼："她叫 UU 裳裳？"

"裳裳应该是本名吧。"楚落道，"我记得 UU 叫什么裳……哦，司裳！听说家境挺好的，家里是开公司的。"

司笙轻拧眉心——不会这么巧吧？

"UU 不是模仿你的画风吗……她肯定没想到，错过了跟偶像结交的绝好机会。"楚落感慨了一句，"马上就到签售时间了，陪你继续逛有点儿赶，要不要先去我那里坐坐？"

110

"行。"

楚落喝完一杯咖啡后,就去前台签售了。

漫展场地大,很多项目都挺有意思的,司笙放弃了直接离开的想法,继续在漫展里闲逛,左瞧瞧,右看看。她在路过一家零食店的时候,还因长相优势,被工作人员热情地赠送了一串冰糖葫芦。

"马上就要进行下一轮答题活动了,大家准备好了吗?"

"三——"

"二——"

"一!"

路过游戏区时,司笙听到主持人响亮的声音,低头咬了一口冰糖葫芦,停下脚步,抬眼朝展台看去。

司笙还没有看清,一个类似绣球的物体就径直朝她砸了过来,周围的人顿时蜂拥而上,而她条件反射地伸出手,凭借敏锐的反应能力和不错的身高,轻松地将那绣球抓在手里。

司笙抓住绣球的那一刻,小脸被冰糖葫芦酸得皱了起来。

司笙咀嚼了两下,最终一口吞下,看着那看似甜美实则酸涩的冰糖葫芦,心情一言难尽。

"这位幸运的游客,恭喜你成为这一轮的答题嘉宾,请问你做好准备了没有?"展台上穿着女仆装的主持人举着话筒热情地询问道。

与此同时,围在司笙身边的人,自觉地让开,给司笙空出一条直往展台的路。

"什么答题?"司笙偏了一下头,抛了抛手中的绣球,莫名其妙地问道。

灯光照在她的身上,投下一层浅浅的光边,她身材高挑、气质优雅、皮肤白皙,站着就可跟他人区别开来。

主持人一怔,然后笑道:"看来是凑热闹的游客啊,那就由我解释一下。"

"整点的时候,我们都会举行一次猜题活动,抛绣球选游客。五道题,都是跟漫画、动漫相关的,只要你全部答出来,即可得到我们的特别奖励。此外,答错三道题以上,要接受喝苦瓜汁的惩罚。"

司笙听完介绍后，看着右手的冰糖葫芦和左手的绣球，犹豫半晌，缓缓开口："行。"

嘴里的味道又酸又涩，司笙在众人的注视下，慢条斯理地走上展台。

台上，主持人拿出卡片，问了第一个问题："请问，Zero 的《死亡传说》里，主角乔希一共将萌宠二巴当过几次挡箭牌？"

"A.8 次，B.9 次，C.10 次。"

"十秒倒计时，请作答。"主持人朝司笙笑着询问，同时朝展台下的围观群众做了个嘘声的手势，眨了眨眼："大家不要提示哟。"

司笙都是激情创作，很少会总结整理漫画的内容，突然听到这种问题，一时有点儿蒙。

司笙沉吟半晌，踩着倒计时最后一秒，硬着头皮答道："A。"

主持人讶然一惊，对司笙连如此简单的问题都答不出来感到意外。

围观群众也难以置信，纷纷热议起来：

"送分题啊！"

"十次啊！十个副本，每次都拿二巴当挡箭牌了！"

"完了，完了，这种常识问题都答不出，小妹妹，在场多数是 Zero 的粉丝，你这苦瓜汁不喝，不足以平民愤啊。"

…………

被他们这么一闹，司笙反倒释然了，笑笑，淡定地看着主持人："下一题。"

主持人怜悯地看了她一眼，低头继续念题："《死亡传说》最后一册里，有一个分镜技巧被评价为惊为天人，请问是哪个场景？"

"A.夏城十连杀，B.二巴黑化，C.黑王之死。"

主持人轻咳一声，提示道："这个分镜很出名，在圈内广为流传，网友疯狂地玩梗，就算没看过《死亡传说》的也知道。据说这是 Zero 耗时三天，修改数十个方案后的成果哟。"

不，这么用心的漫画家，绝对不是她。

主持人的提示毫无作用，司笙仔细地回忆了这三个场面，最终选择了最喜欢的一个，说："C，黑王之死。"

得！敢情这就是个凑热闹的门外汉。

主持人僵硬几秒，皮笑肉不笑地道："看来小姐姐不太爱看漫画啊，这道题的答案是 A，夏城十连杀。'一页一招，连杀十人'，没想到这么出名的梗小姐姐都不知道。"

司笙拧眉轻叹，无奈地问道："怎么全是跟 Zero 的《死亡传说》相关的题？"

因为《死亡传说》的火爆和普及程度，前两轮的游客都巴不得被问与其相关的问题，这位小姐姐却还嫌弃上了。

主持人看了一眼第三题，默默地换了一张卡片："那我们就尊重小姐姐的想法，换一道题。"

"第三题，请问，《求生游戏》的作者 White 在拟定反派之一红鬼时，做了多少个设定才确定了最终版本？"

"A.6 个，B.9 个，C.11 个。"

主持人刚问完，围观群众就先一步闹腾起来。

"White 的题？这也太难了吧。"

"知识盲区啊，这就第三题了，再答不出来，小姐姐的苦瓜汁喝定了。"

"往少了选吧，一般怎么会做 9 个、11 个，能做 6 个就很用心了。"

………

司笙挑了挑眉，唇角缓缓上扬，她答得肯定又自信："C，11 个。"

她正好跟 White 认识。红鬼这个角色，White 在设定的时候，特地跟她讨论过，她几乎是全程看着这个角色诞生的，设定多少个，自然是印象深刻。

"恭喜你，"主持人表情一言难尽，怀着复杂的心情宣布，"回答正确！"

原来这个小姐姐不是不看漫画，而是不看 Zero 的漫画！

"小妹妹啊，你下来，我们好好谈谈。我绝对不动手，就想知道你对我们家魅力无限的'抠脚大汉'有什么意见。"有个膀大腰圆的东北大汉，顶着满脸的络腮胡子，双手叉腰地冲司笙喊道。

他看着凶巴巴的，但没有一点儿恶意。台下的围观群众见状，哈哈大笑，乐成一团。

"各有各的喜好，大家就不要为难小姐姐了。"主持人见气氛融洽，渐渐放下心，笑着问道，"可以问一下吗？小姐姐是不是 White 的粉丝？"

话筒举到司笙的跟前。

司笙用眼光一扫在场的 Zero 的粉丝，拿出从容不迫的架势，一弯唇："是。"

"老妹啊，考虑一下喜欢我们 Zero 呗！"

"只要你说喜欢 Zero，苦瓜汁我们帮你喝！"

…………

场面再度沸腾。

"主持人，继续问她跟 Zero 有关的问题！问问问！"

场面一时难以掌控，主持人还想着如何把话题拉回来，趁有人这么一喊，一瞥问题卡，赶紧说道："小姐姐，你运气不大好哟，接下来这一道真的又是和 Zero 相关的问题。这题若是没答对，你就要喝苦瓜汁了哟。"

"这题，你还答吗？"主持人问道。

司笙面不改色，淡定地开口："答。"

她不信邪，身为正主，能一道题都答不上来？

"那好，请听题。"主持人呼出一口气，"Zero 在离开老东家咪哈漫画时，曾说过一句话，被诸多漫画家奉为经典格言。请问，这句话是什么？"

这是填空题，而非选择题。

然而，在场围观的人，多数人在听到这题时，自觉地安静下来，他们眼里闪着光，充满希冀地看着司笙。

司笙愣了愣，眸光黯淡了几分，沉默须臾，最后做出决定："我喝苦瓜汁。"

主持人神情错愕，一顿，然后问道："你这是放弃了吗？"

"嗯。"

"要我公开答案吗？"主持人问道。

"不用……"

司笙刚一张口，就听到展台下的游客异口同声地大喊——

"好看的漫画永远不会过时！"

好看的漫画永远不会过时。

那一年，因为咪哈漫画公司高层的操作，诸多优秀漫画被腰斩、烂尾，漫画市场持续低迷，很多漫画家都选择退圈、转行。

当时 Zero 这句话，激励了不少圈内人士，打退堂鼓的漫画家决定咬牙坚持，怀有梦想的新人漫画家也热血沸腾地往这行里钻。正因为他们持续不断地给市场输送作品，才令如今的漫画圈有复苏的迹象。

这句话，一字一字地往耳里砸，司笙神情未变，然而，抓着冰糖葫芦签子的手指，缓缓收紧，骨节渐渐发白。

她侧过身，面朝情绪激动的游客，嗓音平静又淡漠地说道："她又不是神，别什么话都往心里去。"

司笙轻描淡写的一句话，瞬间败了在场的游客对她的所有好感。

"你懂什么？！"

"Zero 不是神，你是？"

"听说喜欢 White 的人，十个人里有八个讨厌 Zero 的，果然没错。我跟你们这种人没什么好说的！"

司笙冒犯他们的偶像，有几个人愤怒了，恶言相向。

主持人见形势不妙，赶紧让工作人员将苦瓜汁端上来，决定尽快走完这个流程。

可当苦瓜汁被端上来的那一刻，主持人不由得蒙了蒙。

估计司笙的话犯了众怒，工作人员里有 Zero 的粉丝，所以有人在苦瓜汁上动了手脚。原本只是一小杯的苦瓜汁，端上来的却是一大杯。

司笙并不介意那些人的指责，不过，一瞥见那杯苦瓜汁，眉头都要打结了。

她不仅不爱吃苦瓜，而且，讨厌极了。

"我替她喝。"身后忽然传来一道声音，递到司笙跟前的那杯苦瓜汁被拿走了。

司笙回眸，没有一点儿防备，视野里撞入了熟悉的脸。

光线柔和得近乎朦胧，洒落在那人的脸上。那人眉目俊朗，棱角分明，微扬着下颌，把装满苦瓜汁的玻璃杯递到唇畔，动作从容淡定，一点点地喝了下去。

他吞咽时，喉结滚动，线条流畅。

转眼的工夫，苦瓜汁已经见底，他一饮而尽，然后把空杯放回工作人员端着的托盘上。

"走。"凌西泽伸出手，一把攥住司笙的手腕，拉着她走下展台。

司笙没有挣扎，任由他拉着。她微抬眼睑，视野里映着他宽阔的背和英俊的侧脸，眉眼微微动了一下。

他们走出一段距离，有个年轻人走过来，二十五六岁的年纪，穿着偏向年轻化，戴着一顶黑色鸭舌帽，很开朗热情的模样。

"三哥。"乔一林跟凌西泽打招呼，然后别有深意地看着司笙，"这位……？"

本来拒绝来漫展的凌西泽忽然跟乔一林说要过来，乔一林赶紧过来接凌西泽。结果乔一林刚一接到凌西泽，凌西泽就走向某个游戏展台，喝了杯苦瓜汁，又带了个绝世美女回来。

乔一林预感他离有嫂子不远了。

"表弟，乔一林。"凌西泽先是跟司笙介绍，然后才跟乔一林说："司笙。"

"你好，你好。"乔一林连忙打招呼。

司笙感到颇为意外地打量着乔一林："你就是CC漫画的主编？"

"是，"乔一林连忙点头，"嫂子……不是，司小姐也关注漫画？"

司笙顿了顿，最终没有直接说破自己的身份，而是含混地"嗯"了一声。

"是读者还是漫画家？"

"都算。"

"啊，那……"缘于对漫画的热情，乔一林一旦谈到漫画，话题就源源不断，有时候还挺烦人的。

凌西泽直接打断他的话："你不忙？"

乔一林眨眨眼："不忙啊。我这会儿没什么事做。"

"司小姐，你知道Zero吗？"情商降为负数的乔一林兴致勃勃地给司笙介绍，"我们有专门为《死亡传说》制作的主题场景屋，你要不要去看看？"

司笙想起这事，蹙眉道："人很多。"

"没关系，我们有后台。"

司笙一怔，笑了："那行。"

凌西泽来漫展，无非是因为司笙。没想到，他是跟司笙"偶遇"了，却被乔一林这碍事的给搅和了，他们一路讨论着漫画，全是他不懂的话题。

漫画是他完全陌生的领域。

"吃吗？"司笙并未冷落凌西泽，将冰糖葫芦送到他的唇边。

她拿着冰糖葫芦的竹签，手指纤细而修长，冷白的灯光照下来，白皙的皮肤衬着鲜艳的冰糖葫芦，好看极了。

凌西泽看得一怔。

司笙见他没反应，解释道："有点儿酸，我吃不下，不过你应该能接受。"

合着她是将他当垃圾桶了。

心里颇有怨气地想着，可凌西泽没有拒绝，而是沉默地接过了那串冰糖葫芦。他咬了一个，果肉破开的那一刻，酸涩感袭来，不过混着融化的糖衣，又甜又酸，他确实可以接受。

还在孜孜不倦地给司笙介绍 Zero 的乔一林回头见到这一幕，愣了愣，恍然想到了什么，情商顿时上线："啊，我忽然想到还有事要忙。要不这样，三哥，你陪司小姐去场景屋吧，我跟工作人员打好招呼了，你们俩直接进去就行。"

"嗯。"凌西泽巴不得乔一林赶快走，眉头一松，不假思索地答应了。

乔一林立马遁走。

司笙瞧着乔一林的背影，玩味地勾唇："他这么喜欢我啊？"

凌西泽睨着她："少自恋。"

司笙耸肩。

"不过你……"声音一顿，然后凌西泽改了口，"Zero 的《死亡传说》，拯救过他。从某个角度来说，你是他的偶像和明灯。"

"嗯？"

"他说你的漫画有股魔力，热血、开阔、自由，让人看了积极向上。他患过抑郁症，严重的时候，靠着你的更新续命，直到你离开咪哈漫画，他才下定决心找医生治疗。之后，他又找了志同道合的人创办了CC漫画。"

司笙愣了一下："这样啊。"

虽然他们走后门进了主题场景屋里，但游客众多，司笙和凌西泽没有多停留，只拍了几张照片就离开了。

临近中午，二人逛得有点儿饿。

漫展有一条小吃街，专门卖吃的，除了关东煮、章鱼丸子、寿司等食物，还有各地特色小吃，如包子、馒头、馄饨、驴打滚、豆腐脑、春卷、酱猪蹄……让人看得眼花缭乱。

但是，游客众多，一些热门小吃都要排队。

"我想吃章鱼丸子、驴打滚、豆腐脑、酱猪蹄……"司笙点完餐，然后沉默地看着凌西泽，一双绝美的眼睛里像藏了星星，但这一刻凌西泽不太想跟她对视。

僵持几秒，凌西泽终究妥协了："电话联系。"

"行。"司笙的眼睛弯了弯。

她没什么耐心，在家里不爱做家务，在外面不爱排队，喜欢坐享其成。凌西泽早就摸透了她的性格，知晓她宁愿不吃也不想排队，干脆就不拉上她了，任由她闲逛。

人虽多，但小吃做起来容易，摊主动作麻利速度快，排起队来无须等待多久。

凌西泽将司笙点的小吃都买了一点儿，选了个空位坐下，想拿手机给司笙打电话，结果一把折扇忽然伸到跟前。

"买好了？"独特的嗓音响起，然后司笙晃了晃折扇，"辛苦了，送你的。"

事后给颗糖，是司笙惯常的做法。无论她做得多过分，稍微对你好一点儿，你就会毫无原则地原谅她。

他就是欠她的。凌西泽心里嘀咕着，却还是将折扇接过来，唇角微弯。

司笙一直握着折扇,手柄处还留有余温。凌西泽摊开折扇,见到占据视野的二巴——黑化后的二巴,体形庞大,脚踩焰火。画面简单,可寥寥几笔,视觉冲击感爆棚,二巴仿佛随时能破纸而出。

"你画的?"凌西泽问道。

"嗯,"司笙在一侧坐下,"路过DIY(自己动手制作)区,可以自己画,我就要了一把折扇。"

"哦。"凌西泽将折扇合拢,搁在桌面上。但他瞥见油腻的桌面,轻蹙着眉,又将折扇拿起,将它放在自己的衣兜里,妥帖地保管好。

漫展上都是些年轻人,司笙和凌西泽年龄偏大,融入不了氛围,填饱肚子后就打道回府了。

司笙回去就补觉,直至天黑时才浑浑噩噩地醒来,隐约地听到厨房里有动静,趿拉着拖鞋去看了一眼,看到萧逆忙碌的身影后才反应过来。

她打了个哈欠:"吃什么?"

萧逆一回头,就见到如天仙般的司笙毁形象的一幕,嘴角微抽。他报出几个菜名,然后说:"马上就做好了,你可以准备了。"

"哦。"司笙转身回卧室里洗漱。

司笙洗漱完,又将头发绑起,才觉得头脑清醒了一点儿。她拿着手机想去客厅,屏幕一亮,乔一林发来几十条消息,都是漫展的图片。

司笙随意地翻看了一遍,点开对话框,打字。

Zero:什么时候签合同?

第三章
情深不寿

吃过饭回到小书房里，司笙再次拿起手机，发现微信消息都要炸了，全部来自乔一林。

她去吃饭前，跟乔一林聊了合同的事，顺便将《新世界》的漫画分镜稿发给了乔一林，让乔一林先看看。

本以为乔一林是在评价漫画，司笙扫了一眼，却瞥见出乎意料的消息。

乔一林：Z神，您的分镜稿是不是遗失过？

乔一林：我们网站有一部废土题材的新作，叫《第一废墟》，人物形象和故事走向都跟您的很像。

乔一林：要不您看看？

乔一林发来了《第一废墟》的链接。

司笙点开链接，页面跳转到漫画主页，《第一废墟》和 UU 的名字映入眼帘，司笙微微拧眉。思索片刻后，她将椅子拉开，坐下，然后开始浏览《第一废墟》的内容。

《第一废墟》更新了两话。

故事以末日为背景，幸存下来的人建立了新的文明，但科技文明在长年累月的末日战争里遗失了，保留下来的寥寥无几。新文明的高层保留了部分科技,而且组建了一支保护人类的队伍,故事就是以主角队伍展开的……

可以说,《第一废墟》跟司笙的《新世界》,故事重合率达百分之八十以上。

人物形象则百分之百重合。

脑洞撞成这样,就算是双胞胎,都没这个可能。

从创意到构思,再到落实,司笙都确定自己没有抄袭,那么,出现这样的重合情况,只能问 UU 是什么情况了。

Zero:才两话,不知道具体情况。

乔一林:您发给我的有七话。我刚找 UU 的责任编辑要了她的后续稿件,现在完成到第四话的草稿了,剧情走向跟您的基本一致。我完全相信您才是原创。您看这件事怎么处理?

Zero:不用处理。

Zero 轻描淡写的四个字,体现了她淡定从容的大家风范。

乔一林急得像热锅上的蚂蚁,看到这个回复后,险些一头栽倒在桌子上。

但是下一刻,他又看到来自 Zero 的消息。

司笙传给乔一林一个文件。

Zero:你看看这个。

乔一林傻眼了。

他分明什么都不知道,可在看到文件的那一刻,心猛地悬在了嗓子眼儿里,紧张而激动的心情令他两手发颤、口干舌燥。

这就像事情在悬而未决之前,忽然看到了希望和转机,源源不断的安全感令他心潮澎湃。

这个文件名为《九号基地》。

司笙趁着乔一林浏览《九号基地》的空当,去客厅里溜达了一圈,给自己倒了杯水,回来后又在桌面上找到一本新的分镜稿。

司笙喝了口水,靠在椅子上,右腿搭在左腿上,神情懒散,不紧不慢地将分镜稿翻开。

这个故事，从最开始，就设定了两条线，一条是以守卫者为主的正义线，另一条是以反叛者为主的反抗线。

因为一直没有确定下来，所以司笙做了两手准备。

她先前拟定《新世界》这条线，但分镜稿越到后面越不满意，所以又抽空从《九号基地》这条线重新画了一份分镜稿。

司笙原本还摇摆不定，不过，《第一废墟》的出现，帮她做了决定。

约莫半个小时后，乔一林再次发来消息。

乔一林：太燃了！比《死亡传说》更惊艳！

乔一林：这跟《新世界》是同一个框架吧，您现在是决定画《九号基地》吗？

乔一林：还有《第一废墟》怎么办？您真的不追责吗？抄袭是不能容忍的。可能您不在乎这一两个构思，但纵容抄袭，会败坏行业风气啊。

司笙看了一眼，将分镜稿往桌上一扔。

Zero：没有证据。

乔一林愣住，想说"还可以想别的办法"，但下一瞬，最新消息映入眼帘，乔一林手一动，控制不住地激动。

他盯着那行字，良久，深深地吐出一口气。

Zero：漫画上的事，就让漫画来解决。

乔一林很在乎 Zero 新作被抄袭一事，虽然有 Zero 的淡定为定心丸，但还是通知 UU 的责任编辑，让责任编辑关注 UU 漫画的更新，并且暂停《第一废墟》的宣传事宜。

乔一林想想还是不甘心，又给凌西泽打了通电话，愤愤地说了这件事，然后又对 Zero 的淡定和从容大肆夸赞。

Zero 在他心里俨然成神了。

"我跟 Zero 约了两天后见面签约，终于能见到我的偶像了！"乔一林陷入幻想中，"不知道 Zero 是文质彬彬的中年人，还是一身肥肉的大叔？"

凌西泽心想：Zero 让你失望了。

凌西泽没跟乔一林多说，挂断了电话，随后将电话打给了司笙。

"听说你的漫画被抄袭了？"凌西泽没有半句客套就直接进入了主题。

"乔一林跟你说的？"

"嗯。"

"可能吧。"司笙含混地说道，"还没想明白司裳是怎么看到我的画稿的。"

凌西泽却很淡定："你经常丢三落四，倒也正常。"

司笙想到曾把分镜稿落在凌西泽的车上一事，一时无言以对。

"你平时会带画稿去哪儿？"凌西泽又问道。

"图书馆。"司笙被一语点醒，"只有图书馆。"

"你回忆一下近期去图书馆的日子，我找人查一查监控。"

"哦。"

书房里。

凌西泽挂断电话，看着随手记录的几个日期，很快就联系了朋友，让人帮忙调一下图书馆的监控，办事费用由他出。

朋友爽快地答应了。

凌西泽打完电话后，发现多了条微信消息。

司笙：明天去北城那边看摆设，约几点？

凌西泽：由你。

司笙：明天九点，我来敲门。

凌西泽微微眯起眼，回了个"好"字。

漫画被抄袭的事，司笙有解决方案，所以远没有乔一林上心。一觉过后，她就将此事抛在脑后，准备今日的采购事宜。

萧逆准备的早餐是一碗面条，司笙将香菜一一挑出来，说："我待会儿出门，要晚上才回来，你不需要做午饭。"

萧逆一怔，寻思着他是否做午饭，跟他是否要吃饭有一定关系。

然后，他就听到司笙问道："你不出去走走？"

萧逆想到还有几套卷子没刷完,皱起眉头,非常坚定地回答:"不出去。"

"你知道吗?"司笙语重心长地劝道,"努力学习,成绩好的才叫书呆子。"

萧逆低头吃面条,拒绝跟她交流。

易诗词关注萧逆的学习,见到排名和成绩时总是恨铁不成钢,教育起萧逆来特别狠,严重时甚至会动手。但是,那些在萧逆看来,都是不痛不痒的。

萧逆从未想过,遇到一个不看重你的成绩、希望你健康成长的人,拐弯抹角地开导的杀伤力竟要比易诗词的杀伤力重千万倍。

这太气人了。

问题是,他还不能反驳。

司笙要买不少东西,找朋友借了一辆SUV,空间大,能装很多东西。

司笙是真不喜欢在城市里开车,一见到车,就理所当然地将车钥匙交给凌西泽:"你来开。"

凌西泽沉默地捏着车钥匙,表情一言难尽。

司笙事先跟凌西泽做过调查,将要买的东西做成清单,只需要到地方挑选满意的就行。但是,场地比想象中的大,司笙又不爱逛街,买到一半就有点儿暴躁。

司笙扫了一眼琳琅满目的商品,皱了皱眉:"还不如网购。"

"来都来了。"凌西泽将一杯烧仙草奶茶递给她,"先去吃点儿东西?"

"嗯。"司笙喝着奶茶,低头瞥了一眼手机上的时间,不知不觉已经中午了。

这里是大型批发市场,卖什么的都有,但地段较偏,房屋建筑颇为老旧,同行业的店家扎堆,有时一条街只卖一种商品。

他们要走出这个区域,找到一家能吃饭的地方,需要走二十分钟左右。

开车比较快，但这里地形复杂，停车位难找，两个人商量了一番，决定步行。

殊不知，二人在商量着路线时，一个贼眉鼠眼的人在后面偷瞄良久，然后暗中拍了张照，扔到了某个群里。

司笙和凌西泽对地形不熟，按照手机地图提示走，路过一条偏僻的巷子，地面坑坑洼洼的，因积雪融化，满地泥泞。

司笙低头看手机，没注意脚下，高跟鞋踩到了石子上，身体一歪。

一直盘算着司笙是否会摔倒的凌西泽见状，眉头一挑，赶紧伸手扶住她，结果她往前倾，直接倒进他的怀里。

司笙低骂一声。

凌西泽扶正她，提醒她注意言辞。这时，他们忽然听到身后一声暴喝"在这儿"，然后一群人举着棍棒冲了过来。

棍棒是朝司笙后背砸过来的，在司笙的视觉盲区，司笙一时也没反应过来，凌西泽想都没想，直接抬手一挡。

棍棒闷声打在凌西泽的手肘上，他疼得皱了一下眉。

这时候，司笙也反应过来了，看了一眼凌西泽的表情，当即冷下脸。紧随而至的一个人，被司笙侧身一脚踢翻。

来了六七个人，都带着棍棒。

这一次，凌西泽没让司笙独自解决，自己也动手了，人头平分，速度也快，一会儿的工夫，他们就揍得那些人跪地求饶。

"滚。"司笙将夺过来的棍棒扔在地上，拧眉扫视着这一圈人，眼神里带着狠劲。

那些人见形势已定，落荒而逃。

凌西泽将地上的一根棍棒踢开，抬眼看向司笙，疑惑地问："怎么回事？"

"大概是以前我在这里得罪过人，现在被寻仇了。"司笙轻描淡写地说着，显然对这类事习以为常。她转动了一下脖子，然后瞧着凌西泽的左手手肘，"手怎么样？"

凌西泽活动着手肘，微顿，然后很快就放了下来，平静地说道："没事。"

司笙又看了一眼他的手肘，收回视线，然后摸出手机看了一眼："先去吃饭吧，再走几分钟就到了。"

凌西泽"嗯"了一声，跟上司笙的步伐。

他们将清单上的东西买完已是下午三点多了，整辆车都被塞满了，最后只剩下两个前座。

凌西泽摸出车钥匙往驾驶座走去。

但是，他刚到车门旁，手中的车钥匙就被司笙拿走了。

司笙勾着车钥匙转圈，冲他挑了挑眉："我来吧。"

凌西泽沉默两秒，没有跟司笙僵持，同意了，转身走向副驾驶座。

回程的路较远，这个季节天又黑得早，等司笙将车开到四合院外时，天幕已经浸染了一层淡灰色，眼看天就要黑下来了。

"笙笙，什么时候搬回来住啊？"他们一下车，就碰到了一个大婶，热情洋溢地跟司笙打招呼。

司笙随口说道："再过两天。"

"哎，在这里过年吧？"

"嗯。"

"下个月就要过年了，你跟秦凡提前说一声，我们家先预约新春对联。"

"好。"

大婶见司笙一口答应，喜笑颜开。大婶跟司笙寒暄了两句后，瞥见从副驾驶座下来的凌西泽，眼神顿时变得暧昧起来："男朋友啊？"

"不……"

"挺好的。"不等司笙回答，大婶就一边打量着凌西泽，一边点头，同时跟司笙感慨道，"你这个年纪也该谈恋爱了！"

素来伶牙俐齿的天仙，碰到一厢情愿的大婶，一时无言以对。

凌西泽看着想乐。

司笙好不容易打发走大婶，终于领着凌西泽进了四合院里。

四合院装了暖气。因为司笙时常过来，加上怕冷，懒得等暖气加热，所以装修好后就一直开着，屋里很暖和。

司笙把围巾取下，大衣一脱，随手扔在沙发上。

"随便坐。"司笙交代了凌西泽一句，然后步入易中正的卧室里。

客厅里的陈设很简单，唯一有生活气息的大抵就是墙上挂着的几张司笙和易中正的照片，但照片上司笙的年龄最大也就十四五岁。

凌西泽环顾一圈后，坦然地坐下。只是他坐下时手肘蹭了沙发的扶手一下，轻轻地"嘶"了一声，下意识地皱了皱眉。

那一棍下手狠，血肉之躯迎上，骨头没断算万幸。

"你把外套脱了。"司笙忽然说道。

她走出卧室，手里还提着一个医药箱。

凌西泽微怔。

很快，司笙走过来，见凌西泽没有动作，将医药箱往茶几上一放，眉毛一扬，问："怎么着？还得我伺候？"

凌西泽本就顾虑手肘的伤，但听她这么一说，干脆往后一倒，靠在沙发背上，两手摊开。

他跟个大爷似的，说："来吧。"

司笙沉默地盯了他片刻，没想到他竟真的得寸进尺，咬咬牙，嘴角扯出僵硬的笑容，点头说"行"。

司笙走近两步，将衣袖往上一撸，露出白净纤细的小手臂，朝他伸出手，手指一抬一捏，钩住他外套的拉链，往下用力。

"刺——"

拉链从头拉到尾，声音有些刺耳。

短暂的一秒，落在凌西泽的耳里却格外漫长，声音被大脑无限放大，一阵一阵地回响，令他头皮发麻。

他回过神时，摁住司笙的手，嗓音略微低哑地说道："我自己来。"

他的手是温热的，不同于司笙的冰冷，他们两只手紧贴在一起时，司笙微微一怔，没有多说，将手收了回来。

凌西泽悄然松了口气，脱掉外套和毛衣，就剩白衬衫，他解开衬衫袖口，再慢慢挽起。

司笙将医药箱打开，拿了药品看向凌西泽，突然愣住。

他的小手臂露了出来，肌肉结实有力，线条清晰，但是，偏白的皮肤上，露出一块瘀青，以及一个青色的文身。

司笙觉得熟悉感扑面而来。

那是跟司笙小手臂上的文身相似的图案。

不同的是，两只大雁往回飞，刺的单词是 Begin。

司笙的是 End，他的是 Begin。

个中含义，不言而喻。

那一瞬，司笙的心像是被牵着往下扯，沉了沉，然后顿住，她回过神，无法视而不见，遂问道："这是什么意思？"

凌西泽没有遮掩，大方地展示给她看，挑眉："智商下线了？"

司笙不跟他打哑谜，照旧直来直往："说清楚。"

"男未婚，女未嫁。"凌西泽站起身，身形挺立，高了司笙半个头，气势上占据了优势，他垂眸看着司笙，一字一句地说道，"我觉得我们俩还可以凑合一下。"

他的嗓音低沉又有磁性，司笙的心跳漏掉一拍。

但下一刻，司笙就定了定神，冷静地回应："没戏，我不吃回头草。"

凌西泽本想慢慢来，没想到这么快文身就暴露了，所以对司笙的回应并不感到意外。他没失落，只是问："再想想？"

"不想。"

"那我过两天再问你。"凌西泽迅速地接话。

"你……"司笙气结，暗自磨牙——这铁憨憨何时变得这般不要脸了？

她看着凌西泽，凌西泽回看着她，两个人就这么干瞪眼。

最终，还是凌西泽无奈地一挑眉毛，主动开口："先上药？"

"自己上。"司笙烦躁地皱眉，把药瓶扔给他。

凌西泽用右手接住，却展开掌心，将药瓶递回去，看着司笙说："疼。"

凌西泽这个"疼"字说得非常淡定，听起来像没有感情的机器。

"表演欲太过旺盛了吧你？"司笙一个冷眼扫过去。

话虽这么说，但司笙还是将药瓶抓过来，拧开了瓶盖，没好气地命令:"手。"

凌西泽垂下眼帘,勾唇轻笑,听话地将手肘伸过去。

他的小手臂瘀青,微肿。药水洒在皮肤上,凌西泽感觉手臂那里冰冰凉凉的。

司笙的手指覆上来,跟药水一样凉,司笙用指腹将药水揉匀,力道不轻不重,凌西泽的伤口被刺激得有点儿疼。

凌西泽却盯着她,有时候看她低垂的眉眼,有时候看她揉药的手指,视野里满满都是她,她的一举一动,他真是怎么都看不腻。

司笙察觉到凌西泽的视线,轻轻蹙眉,赶紧将药水抹匀,然后将药瓶瓶盖一拧,直接把药瓶塞到他的手里:"拿回去按照说明书涂抹。"

"哦,"凌西泽捏着那瓶玻璃瓶装的药水,眼睛里映着她的身影,嗓音微沉地说道,"考虑一下吧。"

司笙似乎没听到:"我出去有点儿事,医药箱里有冰袋,你自己拿着冰敷。"

说完她也不看凌西泽的表情,拿了围巾和外套,急匆匆地往外面走。

门被拉开,有冷风吹进来。

凌西泽抬头,看着她的背影,眼神里意味不明。

秦家。

长辈串门未归,家里只有秦凡一个人。

"就这,人家上门开价一百万元,爷爷硬是没卖。"秦凡捧着几幅画出来,往茶几上一放,拿起一幅一边打开展示一边指控司笙,"你一句话,爷爷就给了。他对我这个亲孙子都没这么痛快过。"

秦爷爷叫秦融,是当代书画名家,退休前担任国画院的院长,他的作品可谓千金难求。但司笙是个例外。

司笙是在秦融眼皮子底下长大的,他一直将司笙当亲孙女看待,宠着惯着。平时司笙找他要书画作品,无论是送人还是挂在家里,他从不多问一句,一向都是"喜欢啊?那就拿走"的态度,简直将司笙宠上了天。

相反，秦凡这个继承了秦融画画天分的亲孙子，反倒像捡来的，平时秦融对秦凡不是打就是骂。

两个人的待遇甬提多不一样了。

司笙坐在沙发上，单手支颐，嗑着瓜子，理所当然地回答："我长得好看啊。"

这叫恃"色"自傲。

"对了，昨天的漫展……"

"什么漫展啊，我不知道！"没等司笙将话说完，秦凡就打断了她的话。

司笙决定放弃跟他说自己认识洛长河的事。

秦凡将画轴卷好，用一块布包住，又放在袋子里装好，然后才说道："你不是说搬过来后再拿的吗？怎么现在就急着要？"

"都一样。"司笙含混地道。

她只是跟凌西泽待着有点儿尴尬，就随口找了个理由出门了，闲逛到秦家门口，顺道敲门进来了，说来拿画不过是敷衍秦凡。

"你那个前男朋友，"秦凡在司笙旁边坐下，"是不是还在追你？"

司笙斜眼看着他。

"我前几天去医院看易爷爷，碰上他了。我试探了一下易爷爷的意思，瞧着易爷爷对他还挺满意。"

秦凡将一个苹果抛了抛，又咬了一口，继续说："他这种精英人士，有事业、有背景、有才华、有能力，长得俊俏又会说话，特别讨长辈欢心。虽然我觉得你不好这口，但……说起来，你当初为什么要跟他分手？"

司笙张口就来："忘了。"

秦凡压根儿不想听她说下去，挑眉问道："这都能忘，你觉得我会信？"

"爱信不信。"司笙才不管他，也不想继续这个话题，顿了顿，然后问道，"你跟你女朋友怎么样了？过年带回来见长辈吗？"

朋友感情上的事，司笙没怎么关注。

她只知秦凡两年前看中一个姑娘，一见钟情，之后就一直追，终于在两个月前把人追到手了。姑娘答应他那天,他激动过头,巴不得宣告天下,半夜打电话让司笙起来发红包,要不是隔着电话,司笙能让他原地暴毙。

知道秦凡心想事成,司笙也挺为他高兴的。不过,直到现在,她都没见过跟秦凡交往的姑娘。

秦凡被她问得沉默了。

司笙忽然想到了什么:"说起来,跨年那一晚,你不跟女朋友过,干吗跑去找老易?"

"啊,她没空。"秦凡敷衍着,跟方才的司笙如出一辙。

他忽然关了文身店,遮遮掩掩地跑去漫展,现在提起女朋友还这般含糊……真是奇奇怪怪的。

她问了问,秦凡不说,索性作罢。

司笙在秦家待了一个小时。

司笙除了过来拿画,还让秦凡体验了一把御用厨师的角色。秦凡做了三道菜,煮了一锅饭,用两个保温饭盒将饭菜打包装好。

"搞得这么麻烦,让他直接来吃饭不行吗?你非得打包带回去,享受二人世界也不需要抓紧这点儿时间吧……"

秦凡一边收拾一边抱怨。

司笙没搭理他,拿了饭菜和画就出门了。因为两只手都拿了东西,司笙连门都没带上。秦凡见状,叹息着跟在她身后关门。

"路上小心点儿!"秦凡探出头交代她。

"知道了。"司笙随口敷衍的三个字飘来,很快就被寒风吹散。

秦凡被凉风一吹,缩了缩脖子,回了屋。

司笙回到四合院时,凌西泽刚搬完最后两个花瓶。

她一进门,就看到满屋的还没有整理的摆设堆积在一起,看起来颇为壮观。

"你的手没事?"司笙下意识地寻觅着某道身影,问话时微微皱了皱眉。

凌西泽将花瓶放下,直起身,看了她一眼:"没怎么使劲。"

司笙沉吟片刻,没有继续这个话题,说了句"去洗手",然后就提着保温饭盒走向餐桌。

凌西泽没把自己当客人，去厨房里洗完手，又顺便拿了两副碗筷。

这顿饭他们吃得很沉默。

谁都没再提文身和复合的事。两个人之间的交流仅限于饭菜的好坏和分量，两个人寥寥几句，不尴不尬地结束了这顿饭。

水云间。

从电梯里走出来，司笙将围巾扯松了些，垂眼瞥见手中提着的袋子，然后一顿，抬手将袋子递给凌西泽。

"这是送给你的。"司笙说，"今天的谢礼。"

司笙是想把从秦家拿的画挂在四合院的书房里，但走之前，忽然又单独拿出一幅包好。

凌西泽没有接，脸色以肉眼可见的速度黑了下来——对待亲朋好友，司笙是不会在乎谢礼的。

眸色一寒，凌西泽逼近一步，低下头，嗓音微冷地问道："你是不是又想躲着我？"

司笙迎上他的视线，下颌微抬，蹙眉反问："我至于吗？"

"玩消失，不是你惯用的伎俩吗？"凌西泽扯了扯嘴角，眉眼冷意渐浓，"今晚过后，你又想去哪里？"

"蛮不讲理是吧，谁跟你玩消失？"司笙忽然来气了，"我找你谈过，和平分手，又办好了退学手续，光明正大走的。"

"我……"凌西泽想起这事就牙根痒痒的。

司笙说分手时，凌西泽只当她在闹脾气，想各自冷静一阵后再好好谈谈。结果他冷静了几天，司笙直接"查无此人"。

她换了联系方式，又办了退学，直接从他的生活圈里消失了。

那时他们交往不久，还没融入各自的朋友圈里，凌西泽连一个可以问司笙去处的人都找不到。他有时恍然想起司笙这个人，都觉得不真切，仿佛他们之间的交往只是一场梦。

而在司笙的观念里，她明确地跟凌西泽提了分手，说起这事来理直气壮，毫无愧疚之心。

她这个没有心的人渣。

二人僵持片刻,司笙被凌西泽那双黑眸盯得颇为不自在,消了气,皱起眉心:"不要就算了。"

她想走。

只是,她刚跟凌西泽拉开距离,手腕就被他攥住了,整个人被往后一拽。

她想挣脱,可念头刚一浮现,就记起了他手肘上的伤,迟疑了。

就这几秒的工夫,凌西泽占据了上风。

她回过神时,身后紧贴着墙,前方是逼近的凌西泽,一抬眼就撞进他如墨的瞳仁里,深不见底的黑,里面却翻滚着说不清道不明的情绪。

那双眼似乎带着魔力,司笙看一眼,就感觉胸腔的血液开始沸腾。

"你是不是忘了,你提分手后,我一直没同意?"凌西泽一字一顿地说道,神情正经。

司笙怔住。

她努力地回想那天的事,然而,因过去得太久,只隐约记得个大概,具体细节记不起来了。她只记得全程都是她在说话,凌西泽并没怎么说话。

她当他默认了。

"要我帮你回忆一下吗?"凌西泽低声问道,他贴近了司笙一些。他的影子罩下来,司笙呼吸间,全是他的气息。

司笙微微抿唇。

"你约我见面,开口就说分手,我问原因,你陈述原因,说完你就走了。从头到尾,我都没有同意。"

如此勉强的理由。

司笙眼睛稍稍睁大,一口闷气憋在胸腔里。她难以相信他会搬出这般鬼扯的理由,颇为恼怒地责问:"你要无赖吧?!"

凌西泽情绪外露:"你用你的驴脑子想想,我们当初又不是感情淡了、倦了,我要是把你的分手当真,能一句挽留的话都没有?"

"我想什么?我以前谈过恋爱吗?我就知道这些?!"司笙说完还不甘心,又补了一句,"你才驴脑子!"

凌西泽被气笑了："我要不是驴脑子，怎么会把你的分手当闹脾气？"

司笙被他这话反驳得无话可说。

司笙沉默须臾，冷静不少，将分手的事拎出来换位思考一下，觉得凌西泽的逻辑还挺合理的，回想起他们再次相遇时凌西泽那句充满怨气的"始乱终弃的报应"，一时头大。

坦荡多年的司笙，心里生出几分心虚，气势一寸寸地弱下来。

她抬眸瞧着凌西泽，尴尬又僵硬地问："你说真的啊？"

"呵。"凌西泽回之以冷笑。

司笙眼皮跳了跳，心虚更甚，顿了顿，然后斟酌着开口："以你的角度来看，我的行为确实有点儿不厚道。但这事都过去那么久了……"

凌西泽舔了舔唇角，没耐心听她狡辩："你还记得我的承诺吗？"

"嗯？"

"我会对你负责的。"他的声音低哑浑厚，字字清晰。

司笙的右手垂落，手背贴着冰凉的墙壁，手腕被他温热的手掌攥着，手指无意识地微动。混乱的场面在她的脑海里浮现，不受控制。

司笙轻轻吸了口气，别开视线，淡声道："你情我愿的事，没人让你负责。"

"我不像你，我说话算话。"

司笙呼吸一窒。

"司笙。"凌西泽蓦地喊她一声，语调加重。

他又压近一寸，攥着她的手腕的力道一紧，她能感觉到他的手指粗糙又温暖。他轻语："既然事情都挑明了，以你做事讲原则的风格，我们俩的关系……现在算冷战吧？"

司笙被这一套理论惊住了："冷战五年？"

"时间是有点儿长，"脸皮厚如城墙的凌西泽思考半秒后又摆出一副大度的态度，"不过我不介意。"

"我还有个问题。"凌西泽眯了眯眼，仔细地打量着她，"我一直很好奇，当年让你提出分手的出发点是什么？"

"鲁管家后来跟我说，那几天我奶奶跟你见过面。"凌西泽条分缕析,"她跟你说了什么?"

"什么乱七八糟的。"司笙忽然不耐烦了,呼出一口气,挣脱他的手,同时把画扔给他,"看出来你对我念念不忘了,但别对我死皮赖脸的,这招不管用。"

凌西泽瞥了一眼她手腕上缠着的黑绳,幽幽地开口:"不知道谁死皮赖脸地缠着我要手绳。"

"以后不用借酒撒娇,光明正大一点儿也可以。"

杯子里没有水了,萧逆拿起水杯出书房接水。

他走到一半,听到开门的动静,回首看去,门被打开,司笙走进来,踢掉鞋子趿拉着拖鞋就往里走,换鞋的动作非常霸气。

萧逆隐约地感觉到司笙的情绪不大好,顿了一下才开口:"今天我去看外公了。"

"哦。"

"他说你喜欢吃橘子,我回来时买了些。"

司笙终于正眼瞧他了,问道:"你常买的那种?"

萧逆愣了一下,回道:"不是。"

他往日去医院带的水果,是在学校外一家水果店里买的。这次从水云间到医院,不经过学校,就随便在路上买了些。

没想到司笙还挺挑,她硬邦邦地说了句"不吃",就径直走向了卧室。

萧逆一时莫名其妙。

她跟男朋友吵架了?

萧逆没跟司笙置气,走到饮水机前,接了一杯水。他刚想喝,就看见卧室门被拉开,司笙又走了出来。

"明天就搬家,你今晚把行李整理出来,我明天一起带过去。"司笙还有情绪,说话时语气颇为僵硬。

萧逆看着她:"地址。"

"什么?"

"我还不知道外公家的地址。"

司笙尴尬了一下，说了句"待会儿发给你"，然后转身回房了。

萧逆喝了半杯水，又接满，回到书房里继续刷题。

他本以为司笙不会再出来，结果两个小时后，他再一次到客厅里接水，忽地瞥见阳台上的那一排仙人掌，全被她浇了水。

萧逆叹了一口气——看来他们真吵架了，而且应该吵得还挺厉害。

第二天一大早，司笙简单地收拾了东西，捎上萧逆的行李，直接搬到了四合院。

秦凡站在院门外等她，哈欠连天，见到她从车上走下来，张口就开始抱怨："不是说过两天再搬吗？怎么忽然就要搬过来了？"

"高兴。"司笙随手甩了个包给他。

行吧，她长得好看，她说了算。

秦凡一大清早被司笙的电话吵醒，被司笙叫过来当苦力。

不过秦凡自幼被长辈灌输"要对司笙妹妹好"的思想，早已习惯了，一句怨言都没有，认命地帮她搬行李。

秦凡提着俩箱子跟司笙走进四合院里，问："就我们俩打扫吗？"

"就你，没有我。"司笙跟在秦凡的后面，"我下午约了人，要出门。"

"就我一个人？"

司笙说道："我还请了俩阿姨。"

"不是，你这个主人，就不意思意思一下吗？"秦凡将箱子放在门口，难以置信地问道。

司笙看了他一眼："谈工作。"

秦凡立即噤声。

好吧，笙天仙的正事要紧。

跟以前一样，司笙和易中正住在正房里，左右各一间，中间是客厅。东厢房改成两间卧室，西厢房则改成厨房、餐厅，外加一间储藏室。

秦凡倒是无须亲自打扫卫生，但是得将司笙那一堆摆设放好。这项任务关乎体力和审美，加上司笙又挑，可不是件轻松的差事。

秦凡盯着堆积如山的摆设发蒙。

"今年写新春对联吗？"司笙给秦凡倒了杯白开水。

"写啊。"秦凡接过水，喝了一口，继续说道，"自打我学成之日起，哪年的对联不是我承包的？"

这话倒没错。

秦凡擅长模仿秦融的书画，自中学起，就能模仿得惟妙惟肖。

以前胡同里的新春对联都是秦融承包的，后来秦凡蒙骗胡同里的街坊邻居，自己模仿秦融的书法写了一堆对联，挨家挨户地送，没一个人发现端倪。

后来被戳穿了，秦凡被秦融追得满胡同乱跑，被揍得"嗷嗷"叫。但是，街坊邻居都挺喜欢秦凡的，自此之后，都主动地找秦凡写新春对联。

"哦，"司笙领首，想了几秒，又说，"今年就在这里搭场地吧。"

"为什么？"秦凡疑惑地问道。

临近年关时，秦凡都会空出两天时间。他在院子里摆一张桌子，放一堆纸。街坊邻居过来要对联，有的拿现成的，有的要求现写，秦凡都尽可能地满足他们的要求。

这项活动往年都是在秦家院子里进行的。

"我家人少，"司笙理所当然地道，"热闹一点儿。"

易中正时日无多，她心里有数，所以，她想今年过年热热闹闹的。

秦凡愣怔了一下，明白了司笙的意思，点头答应了。

下午两点，CC漫画公司对面的咖啡厅里。

乔一林拿着合同到了，进门时整理了一下领带，深吸一口气，做好充分的心理准备，然后才抬腿步入咖啡厅里。

他跟 Zero 约在角落靠窗的位子见面，他视线扫过去，讶然见到那桌已经坐了人，怔了怔。

女人将长发绾起，穿着件白色毛衣，风衣外套搁在旁边，双腿交叠，坐姿慵懒悠闲，桌上放着一杯咖啡。柔和的灯光罩在她身上，衬托出她娴静优雅的气质。

这跟乔一林设想中的"大叔"大相径庭。

何况,这个美女他很眼熟。

乔一林走过去,有点儿尴尬,主动打招呼:"司小姐。"

司笙将眼皮一抬。

乔一林抬手摸了摸鼻尖,心里在打鼓,说道:"好巧啊,你在等人吗?"

"嗯。"司笙应了一声。

乔一林顿了顿,然后不知该说什么才好,气氛陷入诡异的沉默中。

位子被人占了,乔一林现在有两个选择:一是请司笙离开,让司笙换个位子;二是跟 Zero 协商,他们换个位子。

如果他选择前者就太没礼貌了。

于是,乔一林跟司笙客气两句,然后摸出手机,给 Zero 发消息。

然而,消息刚发出去一秒,他就听到桌面上"叮咚"一声,是司笙的手机响了。

乔一林愕然低头,瞧着司笙的手机亮起的屏幕,赫然发现是他刚刚发的消息。

乔一林:Z 神,你到了吗?

二人对视片刻。

"我到了。"司笙拿起咖啡杯,轻抿了口咖啡,又将杯子放下,然后在乔一林不可思议的注视下,淡淡地开口,"坐吧。"

脑子化作一团糨糊,乔一林糊里糊涂的,乖乖地在司笙对面坐下。

他的坐姿如同小学生,两腿并拢,背脊笔直,他把合同放在腿上,目视前方,眼睛一眨不眨地盯着司笙。

他实在过于震惊、拘谨,司笙无奈地失笑:"我是 Zero 这件事,很难以接受?"

乔一林点点头,随即一顿,然后又摇了摇头。

"就是……"乔一林瞬间卡壳,仔细地想后,颇为尴尬地道,"是完全没想到。网上说你是'抠脚大汉''肌肉猛男',你也没反驳,我们对你的'大叔'印象已根深蒂固,完全没想过你是女生,而且这么……年轻。"

乔一林觉得"年轻"二字都不足以形容司笙。

司笙的年龄比他的年龄还小,但她在漫画圈里出道有七八年了,这么算来,她还没有成年就开始画漫画了,并且那时她的画功、构思等都很成熟,非常优秀。

这是何等的天分。

乔一林暗想:被业界一致认可的"分镜鬼才"是个二十四五岁的美女,如果这个消息传出去,整个漫画圈估计都得爆炸。

乔一林沉默良久,缓了缓情绪,然后问道:"我三哥知道这事吗?"

司笙挑眉:"知道。"

难怪三哥听到 Zero 后给钱给得那么痛快,敢情这是醉翁之意不在酒啊。

心目中的抠脚大汉变成绝世美女,乔一林受到的冲击太大,内心混乱。直至司笙看完合同,签了名后,他才缓过神。

他的表情忽然转变成激动。

Zero 的新作《九号基地》将在他们公司的平台上发布,创作团队多年的夙愿得以实现。若不是在偶像面前顾及形象,他现在可以围着公司裸奔三圈。

乔一林接过合同的那一刻,激动之情难以言表。

"您的新作想什么时候发布?"乔一林问道。

司笙喝了口咖啡,不紧不慢地问道:"《第一废墟》现在的更新时间是……?"

"每周五晚八点,一周一更。"

"那就定这周五晚八点。"司笙随意地做出决定,"我们也一周一更。"

"好。"乔一林不假思索地点头。

司笙搬回四合院后,就没再回水云间,第二天就给易中正办理了出院手续,带着易中正回了胡同。一起回胡同的还有专门照顾易中正的护工。

"秦凡和宋清明晚上会过来看你,"司笙推着易中正往院里走,有一搭没一搭地说着,"萧逆周末会过来住。"

"嗯。"

风有点儿大，将易中正的毡绒帽吹歪了一些，司笙停下来，把他的帽子扶正，推着轮椅进了客厅里。

经过秦凡和两个阿姨一天的忙活，整个四合院焕然一新，角落缝隙都被清理干净了。各种各样的摆设和花草，给家里增添了温馨感。

易中正将一切变化都看在眼里。

"我就住在以前的房间里。"司笙顿了顿，然后思考片刻，又说，"还有，你的房间装了呼救铃，有什么事都可以按，我能听到。"

司笙把房间做了不少调整，怕易中正不习惯，想起什么就跟易中正说，一路上都没闲着。

相反，易中正倒是没怎么说话。

等司笙说得差不多了，他才打量司笙两眼，说："你让西泽过来一趟，我有点儿事想跟他说。"

司笙突然听到"西泽"二字，愣了好一会儿。

她问："谁？"

"凌西泽。"易中正盯着她，随后别有深意地补充道，"你的前男朋友。"

"秦凡跟你说的？"司笙头都大了。

易中正没说话，摆出一副"你管谁说的"的强硬架势。

司笙知道再问也没用，抿了抿唇，对易中正的要求感到莫名其妙："你找他说什么？有事的话，我帮你转告。"

易中正不说，只是说道："你让他过来一趟。"

碰上这样一个倔强老头儿，司笙实在无话可说。

夜色浸染了天幕。

卧室里，司笙将压感笔搁在桌面上，浏览着电脑屏幕上刚画好的漫画，心不在焉，全程看下来漫画都没进脑子里。

她顿住了。

片刻后她打开右侧的抽屉，拿出手机，找到凌西泽的电话号码，拨了过去。

电话很快就通了。铃声响了两下，戛然而止。

紧接着，是冰冷的机械女声："您好，您拨打的电话正在通话中，请稍后再拨……"

她的电话被他挂了。

司笙眯了眯眼。

手机在司笙的手里翻转两圈，司笙稍一思索，带着隐隐的怒火，又继续拨电话。

这次她的电话没再被挂断，而是有人接听："喂，您好。"

那头传来一个女人的声音，温柔礼貌，嗓音好听，但是夹杂着些紧张。

司笙往后倚在椅背上，微微一扬眉，直入主题："我找凌西泽。"

"凌总在开会，他让我转告您……"女人停顿了一下，生怕说错一个字，复述道，"冷战期间，暂停联系。希望您心情愉快。"

助理完成总裁交代的任务后，赶紧挂断电话。

司笙眉头一拧，看着显示通话结束的手机，几秒后，将其扔回抽屉里。

他们都分手这么久了，他还要耍无赖。这个臭男人。

司笙烦躁地拿起压感笔，将数位板移过来继续画漫画，但不在状态画出来的东西，连草稿都不如。五分钟后，她皱着眉将刚画的漫画都删了，再次翻出手机。

她给凌西泽发微信。

司笙：老易想见你。

司笙：你什么时候有空过来一趟？

直到深夜凌西泽才回消息。

他惜字如金，就回了一个字：忙。

司笙刚画完第一话漫画稿，看到回复后气得呕血，恨不能通过网络钻到凌西泽跟前，将这不要脸的人捶一顿。

他能不能要点儿脸？！

司笙低骂一声，将手机扔在一边。

翌日醒来，司笙发现凌西泽又回了一条消息。

凌西泽：我有空再联系你。

司笙盯着消息片刻，神情阴暗，暗自磨了磨牙。

再给他发消息她就是小狗！

司笙干脆不再看消息，趿拉着拖鞋去洗漱。

昨天司笙赶画稿睡得有点儿晚，临近中午才起来，去厨房里烧了点儿热水来泡面，吃完后又去隔壁看易中正，想跟易中正聊天儿。

易中正是个很沉得住气的人。

按理说，见凌西泽的事，易中正最起码得下周才会提起，可这次才过了一天，他就重新提及凌西泽的事："西泽什么时候过来？"

司笙正在削苹果，闻声皱了皱眉，颇为不爽地道："你这么惦记他，怎么没认他做干孙子？"

易中正瞧着她。

司笙被他不发一言地盯着，心里有点儿发虚，停顿片刻后才不情愿地说："他忙。"

易中正气定神闲地说道："是他忙，还是你不肯？"

都怪司笙骄纵任性的形象在易中正心里已根深蒂固，而凌西泽只是见面几次就在易中正这里树立了稳重成熟的形象，对比之下司笙的实话简直没有任何说服力。

易中正直接将锅扔给司笙背了。

司笙觉得自己这次是真冤。

最后，司笙只得保证："我会再联系他，让他给个准确的时间。"

"嗯。"易中正满意了。

"还有件事，"司笙咬了口苹果，咀嚼两下后咽了下去，然后抬起眼帘看向易中正，轻声说道，"我跟司尚山说了，这个周末会过去一趟。"

易中正有点儿意外地看着她。

司笙却避开他的打量，低头啃着苹果，不紧不慢地说："听说他挺有钱的，我自力更生那么久，当个养尊处优的大小姐也不错。"

这种糊弄人的理由，看着她长大的易中正怎么会信。

她答应司尚山回司家，认司尚山这个父亲，不过是想让易中正放心罢了。

易中正想回家度过最后一段时光,想他走后司笙还有别的亲人。以前司笙也知道这些,但她不愿意接受现实,所以装作不知道、不懂事。现在她做好准备了,将易中正接回来,顺便如了易中正的愿,接受司尚山这个父亲。

好半晌,易中正嘴唇翕动,沉声开口:"如果他对你不好……"

"我会把他家闹得鸡犬不宁。"司笙理所当然地接过话,眉眼间尽是张扬的神采。

易中正便没了话,看着她,眼神渐渐变得柔和起来。

如果司笙能有一个待她好的父亲,那自然好。但如果她融入不了新的家庭,还会受委屈……她大可不必勉强自己。

这一点,司笙心里有数。

因为易中正的催促,司笙犹豫了半天,最后还是拉下脸,在天黑之前又给凌西泽发了消息,问他何时有空。

这次凌西泽消息回得很快。

凌西泽发来一个定位和一张图片。

凌西泽:现在过来。

定位显示的是京城大剧院,图片是话剧入场的二维码。

司笙看得一愣。

司笙:什么意思?

凌西泽:面谈。

凌西泽:七点开场,别迟到。

司笙瞥见消息后,看了一眼时间,发现已经快六点了。这会儿正值下班高峰期,她赶过去肯定不止一个小时。

她去还是不去?

司笙拧着眉,内心天人交战。

两分钟后,司笙呼出一口气,下定决心站起身,伸手拿起外套。

这时秦凡推门进来,提着保温饭盒,跟司笙招呼:"爷爷让我给你送两个菜过来。"

司笙将外套往身上套,看了秦凡一眼:"我得出趟门。"

"现在？"秦凡看向外面的天色。

现在天黑得早，这会儿外面已经黑透了。

"嗯。"

"晚饭不吃了？"

"不吃了。"

话音刚落，司笙就走出了门。

"等等！"秦凡叫住她，扯了一条围巾，走到门口扔给她，"把围巾戴上，晚上可能会下雪，你早点儿回来。"

"好。"司笙接过围巾就往院子里走，三两下就将围巾绕在脖子上，匆匆地出门了。

秦凡在门口站了几秒，看着司笙急忙离开的背影，觉得奇怪，再低头一看手中的保温饭盒，不由得叹息一声。

他只能犒劳自己的胃了。

路上堵车，加上安检、取票等一系列流程，司笙赶到时，甫说七点了，险些过了禁止入场的时间。

话剧开场，要求观众将手机关机或静音，她联系不到凌西泽。

里面近乎满座，司笙放眼看去，黑压压的全是人，而且除了表演台，都是黑漆漆的，视线一扫，大家都一个模样，笼罩着一层黑暗，隐约能分辨出轮廓，却分不清谁是谁。

司笙进门后，站了两秒，然后根据票上的座位信息找到她的座位。

第二排，位置居中，就留了她这一个空位。

她找到空位坐下，随即微偏一下头，望向坐在右侧的男人。

凌西泽被微弱的光线笼罩着，影影绰绰的，面部硬朗的线条柔和了许多，棱棱角角都变得柔软起来。他坐姿悠闲，目不斜视，漆黑的瞳仁里映着碎光，抬眼看着表演台，仿佛没注意到旁边的动静。

"哎。"她低低地出声，足以让凌西泽听到。

凌西泽没吭声，但终于转移注意力，将视线瞥向司笙。下一瞬，他将手从兜里拿出来，放在司笙的手上。

司笙一怔，有个温暖的物品落入她的手中。

凌西泽的手收回，司笙低头一看，是一个天蓝色的暖手宝，小巧玲珑，散发着热量。司笙冰冷的手指挨上去，感觉骨头都被暖酥了。

她将暖手宝捧在手心里。

凌西泽靠近她的耳侧，温热的呼吸撩过她的耳尖，轻声道："看完再说。"

他低沉的嗓音极其撩人，司笙下意识地回头，但因为他们距离太近，司笙侧首时耳郭划过他温软的唇，如羽毛轻拂，这一瞬间的触碰令二人一愣。

舞台灯光昏暗，台下视野更是模糊。二人面面相觑，大眼瞪小眼，近到呼吸交缠的距离，连空气都弥漫着暧昧的味道。

良久，司笙终于回过神，往后一靠，拉开了跟凌西泽的距离。有那么一刻，司笙不知该把视线放到哪里，但她好歹心理素质强，很快就稳了下来，只是声音有些飘忽："什么时候结束？"

凌西泽盯着她，喉结滚动两下，低声回答："九点。"

"哦。"司笙将视线收回，抬眼看向舞台。

二人没有再说话。

然而，足足过了一刻钟，司笙才慢慢缓过神，将脑子里跟凌西泽相关的画面挤出去，渐渐将注意力放到话剧上来。

以前为打磨演技，司笙也时常出入剧院，研究话剧。不过没人敢用她，她只能在台下观看学习。结果几年下来，她的演技没什么长进，对各大热门话剧的剧情她倒是了然于心。

这是一部经典话剧，司笙看过很多遍，剧情再熟悉不过，所以就算中途观赏，也不耽误她迅速地代入剧情，充当一个合格的观众。

九点整，话剧谢幕，观众陆续离席。

"你怎么忽然想看话剧了？"司笙随着人群往外走，把渐渐冷掉的暖手宝放在衣兜里，颇为奇怪地询问凌西泽。

"陆同学刚刚在台上客串，"凌西泽解释，"我过来捧场。"

"啊？"司笙愣了一下，"她不是教音乐的教授吗？"

"只是客串。她喜欢话剧，正好演得不错，就演着玩玩。"

司笙曾潜心研究过演戏，却依旧没有话剧社肯给她机会，她忽然有点儿自卑。

司笙停顿了一下，然后决定不妄自菲薄，转移话题："要等她吗？"

"不用，她还要跟她的小姐妹吃夜宵。"

"哦。"

"吃晚饭了吗？"

"我倒是想吃，"司笙嗤笑一声，奚落道，"不过晚饭刚端上桌，某人就蛮不讲理地扔了个地址，还不能迟到……"

她分明是在控诉，凌西泽却听出了点儿撒娇的意味。他弯唇笑了笑，说："那我请你一顿当作补偿。"

"不吃。"司笙想都没想地答道。

不让她吃饭的是他，想请客补偿她的也是他，怎么就非得由着他的心情来呢？她还不伺候了。

"别闹。"凌西泽笑着哄她。说话间他们走出了剧院，夜间的风很冷，天空又开始飘雪，凌西泽动作自然地将司笙羽绒服的帽子一掀，扣在司笙的头上，然后问道，"想吃什么？"

司笙幽幽地看了凌西泽一眼。

好半天后，她吐出两个字："贵的。"

她要吃穷他。

作为科技公司的总裁，凌西泽最不缺的就是钱，还真的挺想请司笙吃"贵的"。不过这个点可选择的地方不多，他报出的几家店，司笙要么嫌太远，要么嫌不合口味，最后被他问烦了，她干脆说了一家口碑不错的烤鸭店。

凌西泽虽然是开车来的，但陆同学有专门的司机接送，无须他费心，一离开剧院，母子二人就分道扬镳。

凌西泽带着司笙去停车场的路上，收到陆同学的微信消息。

陆同学：儿子，我刚在台上看到那姑娘了，长得可真漂亮。

陆同学还转账了十万元过来。

陆同学：约会资金。你争点儿气，把人拿下。

"干吗呢？"司笙见他一直盯着手机，凑过来，抬手在他和手机中间晃了一下。

"陆同学给我转了一笔约会资金。"凌西泽垂眸看着她,表情有点儿一言难尽,"我大概可以请你吃一年的饭。"

司笙蒙了蒙:"想靠长期饭票来绑定我?"

睫毛上细碎的雪花融化,凌西泽忽然失笑,配合地道:"你的长期饭票随时有效。"

司笙扔给他一个白眼。

他们到的时候烤鸭店都要关门了,司笙和凌西泽成为最后一桌客人,圆满地吃了一顿味道不错的烤鸭。

他们心满意足地吃完,凌西泽开车送司笙回家。

小巷里不好倒车,在司笙的建议下,凌西泽将车停在胡同口。

司笙把安全带解开,拿出手机看时间:"这会儿老易都歇下了。"

"我明天晚上再过来。"

司笙想到凌西泽这两日的做作行为,心里没来由地生气,哂笑一声,带着怒气问了一句:"大忙人有空?"

凌西泽不仅不尴尬、不羞愧,反而气定神闲地接过话:"你都这么主动了,我总该有点儿空。"

司笙一噎,一记冷眼扫过去:"要点儿脸!"

"不要。"凌西泽将充好电的暖手宝塞给司笙,然后解开安全带,跟司笙一起下了车。

司笙刚下车就想走,听到开关门动静后微怔,回头一看,发现凌西泽绕过车头走过来。她莫名其妙地说:"还有事?"

凌西泽走到她跟前,懒懒地答道:"送你。"

"只有几分钟的路程……"

"闭嘴吧,少说扫兴的话。"凌西泽压根儿不想听,说完就越过司笙往前走。

司笙莫名其妙,捏着暖手宝跟在他的后面。风很大,"呼呼"而来,伴着雪粒子,司笙依旧落后半步,跟在凌西泽的后面,让凌西泽为她遮风挡雪。

他们走过一段路,风小了一些,凌西泽忽然停下来,手往后一伸,攥住司笙的帽子,把人往前拽了两步,让她走到自己身侧。

"遮风挡雪、体贴周到、免费饭票……"凌西泽百思不得其解，仔细地瞧着司笙，诚心诚意地问道，"是什么让你觉得我这回头草不够香的？"

司笙听着凌西泽自卖自夸，眨了眨眼，满脸都写着不可思议。

"几杯酒啊，喝成这样？"司笙奚落着，朝他伸出手，手指触到他的耳朵，捏了捏，难以置信地道，"不得了，士别三日，当刮目相待，你现在都不会脸红了。"

凌西泽黑着脸把司笙的手挪开。

"啧。"司笙打量了凌西泽两眼，仿佛重新认识他一样，感慨地摇了摇头，然后抬腿往前走。

凌西泽在原地顿了几秒。

凌西泽的耳郭通红，他看着司笙的背影，片刻后，喉结滚动了一下，垂眸跟上司笙的步伐。

此刻接近零点，胡同里没有行人，偏僻又萧条。路灯零散地亮起，偶有大户人家门前亮着红灯笼，衬出几分喜庆。

二人并肩走着，速度不急不缓。

凌西泽忽然问道："想好回司家了吗？"

"嗯，"司笙将围巾往上一拉，遮住下颌，饶有兴致地道，"从此以后，我飞上枝头变凤凰，是你高攀不起的前任。"

"我寻思着你是不是对我们家有什么误解？"凌西泽失笑道。

司笙挑眉："不就普普通通一豪门？"

"怎么着也是身份显赫一名门。"

司笙步伐一顿，然后抬眸，盯着这个"世家公子"半晌，最后也没有瞧出什么门道来，只得说道："你说什么就是什么。"

凌西泽笑了一下，然后问道："什么时候回去？"

"这个周末。"

"哦，"凌西泽颔首，叮嘱道，"有什么事你可以跟我说。"

"嗯？"司笙斜眼看着他。

凌西泽得知司笙的家事后，他对司家有一定的了解。司尚山现在脱离司家自己创业，但他的夫人章姿不是个善茬儿。司笙忽然以大小姐的身份回司家，章姿肯定是不满的，没准儿会给司笙添堵。

这种事凌西泽若一一跟司笙分析，司笙定然不屑一顾，且不放在心上。凌西泽想了想，只得说道："我给你撑腰。"

"哦。"司笙随口应了一声，竟没有奚落他。

她决定回司家，这边的人担心她。不过，司家那边的人，应该也没好到哪儿去。

她见机行事吧，没准儿真有让凌西泽帮忙的时候。

二人走到大门外。

"走了。"司笙跟他一摆手，转身拾级而上。

凌西泽站在原地，望着她的背影，风雪迷了眼，不知怎的就喊道："司笙。"

司笙闻声停下，疑惑地看过来。

门外挂着红灯笼，是秦凡买的，此刻亮着灯，染着红晕的光线落下，她的脸不真切。她的身影映在台阶下的男人的眼睛里，凌西泽的眸光浮动，风一吹，冰凉彻骨，连带着吹散了浓烈的情绪。

凌西泽将几分不舍压下，停顿了一下，然后似乎随意地问道："明天我过来要不要给你带点儿杜记的点心？"

"你要去那边？"

"嗯。"

"再带点儿隔壁家的鸭脖吧。"

好好的一个美人儿，竟然是个吃货。

凌西泽有点儿想笑，唇角轻勾，应了："行。"

"路上注意安全。"司笙交代一声，将大门推开，走了进去。

下了一整天的雪，天色灰蒙蒙的，天空像是笼上了一层灰色的薄纱。

司笙从卧室里出来，透过客厅的窗玻璃，往外看了一眼，看到院子里刚被铲过积雪的路，又落上了薄薄的一层雪。

司笙收回目光，拿着个小巧的蓝牙音箱去易中正的卧室。易中正喜欢听书，以前爱去场馆里听，现在用手机听。她买的蓝牙音箱音质好，声音大，连接后听起来更方便些。

司笙给易中正安装好，将蓝牙音箱放在床头。

易中正却问："西泽什么时候过来？"

"他刚发来消息，说马上就到。"

易中正淡淡地瞥了她一眼，吩咐道："去接他。"

司笙没将他的吩咐放在心上，随口答道："他知道路。"

"下雪，路不好走。"

司笙惊讶地看向易中正。

"老易，"司笙理了理衣袖，站直身子，一本正经地问，"我还是不是你最疼爱的孙女了？"

"我想把你养成知书达理的淑女，是你自己活成走南闯北的糙汉。"易中正早就看穿了孙女的本质，没一点儿怜惜，"去接个人，能比你把人打残要费劲？"

司笙万万没想到，就连萧逆都没挤走她在易中正心里的地位，跟易中正见过几次面的凌西泽竟然办到了。

这男人真是人才。

五分钟后，司笙穿上厚外套，将围巾一圈一圈地绕在脖颈上，推开客厅的门，走进院子里。

风卷着雪花砸在脸上，凉丝丝的，司笙呼出一口凉气，把围巾往上拉了拉，遮住下颌和唇。

她掏出手机，给凌西泽打了个电话。

"在哪儿？"

"胡同口。"凌西泽的声音伴着呼啸的寒风，一起传到听筒里，"呼呼"地灌入司笙的耳中。

司笙踩在薄薄的积雪上，有轻微"嘎吱"的声音。

司笙仰头看天，走向大门，说道："我来接你。"

"好。"

司笙惊讶于他理所当然的态度，说了一句："你不客气一下？"

"不，"凌西泽极轻的笑声通过听筒传过来，"我很期待。"

司笙把电话挂了。

太冷了,她走得急,没戴手套,拿了一会儿手机,手的骨头就被冻得生疼,她赶紧将手放在衣兜里,低着头走进胡同里。

道路不算宽敞,地面的积雪被铲到两侧,又落下了一层雪,上面留下大大小小的脚印,脚印凌乱。

她没走出多远。

前方是个拐弯,说话声断断续续地传来。

"哥哥,你也住在这里吗?"

"不是,哥哥来看女朋友。"

"那哥哥的女朋友漂亮吗?"

"漂亮。"

"有多漂亮?"

"她像仙女一样。"

稚嫩童真的声音和成熟低沉的声音,在风雪里一起一落,互相交织着。

司笙走到拐角处,驻足,侧头看去,看到一大一小两抹身影。

凌西泽一只手提着几个袋子,另一只手牵着一个小女孩儿。

小女孩儿五六岁的模样,纯真可爱,穿得粉粉嫩嫩的,像个小公主。她估计摔了一跤,膝盖和衣服上都有泥,漂亮的脸蛋儿上还挂着两道泪痕。她的手里捧着几枝玫瑰,玫瑰绑成一束,有的花瓣掉落了一些,绽放得不太完美。

小女孩儿停下,指着前方的一扇门,仰头跟凌西泽说:"哥哥,我家就在前面。"

"嗯,"凌西泽松开她的手,将她的小帽子戴好,叮嘱道,"注意安全,别又摔着了。"

"知道啦。哥哥再见。"小女孩儿笑得天真烂漫,挥手跟凌西泽告别,"噔噔噔"地迈着小短腿往前跑。但是,跑了两步后,她又停下来,转身跑到凌西泽跟前,选了那枝开得最好的玫瑰递给凌西泽。

"哥哥,这一枝送给仙女姐姐。"小女孩儿的声音奶声奶气的,眼睛却像在发光,闪亮如星。

凌西泽倾下身,将玫瑰接过来,余光瞥见拐角处的身影,轻笑,又低头看小女孩儿:"不是送给妈妈的生日礼物吗?"

"没关系的,妈妈不会介意的。"小女孩儿摆了摆手,再次告别,"哥哥再见。"

小女孩儿扭头跑回家,进门之前,还回过头跟凌西泽摆手。

直至小女孩儿的身影消失,凌西泽才捏着那枝玫瑰,走向插着兜等在拐角处的司笙。

"送给仙女姐姐。"凌西泽将那枝玫瑰递到司笙面前。

司笙接过玫瑰,低笑,揶揄道:"哥哥?"

凌西泽这年龄,被小女孩儿喊"叔叔",那都是客气的。没礼貌的,都能叫凌西泽一声"伯伯"了。

凌西泽听出了司笙的嘲讽,依旧厚颜无耻,面不改色地接过话:"长得年轻也是一个优势。"

司笙看着他那张棱角分明、成熟俊朗的脸,一时无语。

凌西泽买了很多东西,除了给司笙的点心、鸭脖等零食,还给易中正买了些吃的用的,大袋小袋好几个,回家后往茶几上一放,占了茶几一半的位置。

司笙在袋子里挑挑拣拣,拿出一小包鸭脖,撕开,一边吃一边问凌西泽:"在这里吃饭吗?"

凌西泽将脱下的外套挂在门口,理所当然地反问:"你不觉得我就是踩着饭点来的吗?"

司笙险些被鸭脖噎住。

"司小姐,"护工走出来,"易爷爷让凌先生进去谈事。"

"哦。"司笙应了一声,看着凌西泽从跟前走过,抬手抓住凌西泽的衣袖,悄悄靠近,压低声音问道:"什么事?"

凌西泽垂眼看着她的手:"不知道。"

司笙叮嘱:"你好好说话。"

"我总比你会说话。"凌西泽气定神闲地说道。

司笙努了努嘴,咬牙,将这个仇记下了。

凌西泽唇角上翘,将她的手推开,走向易中正的卧室。

他进门没半分钟,护工走了出来,还将门关上了,神神秘秘的。

· 152 ·

司笙啃完一根鸭脖后,心里好奇,犹豫片刻后来到门口,悄悄转动门把手,把门推开一条缝隙,随后将脑袋探进去。

结果她刚窥见卧室全貌,易中正就看了过来,抬手一摆,示意她出去。

"我还是亲生的吗?"司笙"啾"了一声,觉得牙疼。

"现在不是。"易中正冷酷无情地答道。

司笙心里不爽,瞪了凌西泽一眼,然后才"砰"的一声关上门。

凌西泽无辜得很,哭笑不得。

易中正躺在床上,有些虚弱,盯着凌西泽的目光却炯炯有神,像在发光,他声音低哑地说道:"这件事就拜托你了。"

凌西泽眉眼微动,神情有几分凝重。

门的隔音效果不错,里面的对话,司笙听不到一言半语。

她没事可做,索然无味地在客厅里闲逛两圈,晃悠到厨房里,看着秦凡买来的还未清洗的水果,眼眸微动,一撇嘴,然后慢条斯理地挽起衣袖。

几分钟后,司笙端着一盆洗好的水果,敲响了易中正卧室的门。

"咚咚咚——"

没有人马上来开门,她百无聊赖地持续敲着,一直等到门被凌西泽拉开。

凌西泽只将门拉开一点儿,身体遮住了门缝,司笙的视线都没法儿往里探,司笙满眼都是凌西泽的身影。

凌西泽见她跟小贼似的到处张望,好笑地勾唇:"什么事?"

"送点儿水果。"司笙倚着门,手指轻敲着玻璃盆,敲出"丁零"的清脆声响。

"太客气了。"凌西泽自然而然地接过她手中的玻璃盆。

司笙的眼皮往上一掀。

凌西泽将门挡得死死的,唇畔的笑意更浓:"您去歇着吧。这门呢,待会儿再进。"

司笙扭头就走。搞得她多稀罕似的!

凌西泽将她赌气离开的背影看在眼里,不由得失笑,这模样还挺可爱的。

易中正和凌西泽的串通让司笙不大高兴,她又傲娇得很,连客厅都不乐意待了,直接回了自己的卧室,把门甩上。

她在桌前坐下,打开电脑,想继续画漫画。

秦凡的电话打了过来。

"笙天仙,在家吗?"

"在。"

"我晚些时候过来一趟,有个礼物想送给你。"秦凡的声音极其做作,"你肯定特别喜欢!"

"无事献殷勤。"司笙直接答道,"你自己留着吧。"

"哥送你礼物,你怎么这样?!"秦凡还演起来了,"孤单一个人的夜里,空虚吗?寂寞吗?想不想有个伴儿……?"

司笙打断他的话:"你是不是遇到财政危机了?"

"啥?"

"要钱就说,别整这些花里胡哨的。"

秦凡沉默半响,语重心长地提醒:"你知道我随便偷几幅我爷爷的画作出去卖了就能在京城买一套房吗?"

好吧,他说的是这么个理。

司笙排除这个猜测,说道:"那你不是被绑架就是被传销洗脑了。需要我帮你报警吗?"

"你脑洞能不能别这么大?!"秦凡绝望地控诉。

笑话,她可是个漫画家。

"反正你在家就行,我吃了晚饭就过去。"秦凡兴致勃勃地道,"保证给你一个惊喜!"

秦凡平时做事就挺不着四六的,司笙没将他的"惊喜"当回事,电话一挂就把这事抛在了脑后,拿起数位板和压感笔继续画漫画。

凌西泽和易中正不知在聊什么,整整聊了两个小时。

天色从昏暗到漆黑。

凌西泽走出卧室,在客厅里环顾一圈,没有见到人影。司笙的卧室门敞开着，里面空荡荡的，倒是西边的厨房里隐约有动静。

她在厨房里？

凌西泽略微诧异，走出客厅，循声来到厨房。果不其然，刚到门口，他就看到了司笙的身影。

她将头发扎起来，露出光洁的额头，清爽利落，脸被衬得精致小巧，脖颈纤细修长。淡淡的光照下来，光与影被分隔开，光里的皮肤白得近乎透明。

她在白色毛衣外系着浅褐色围裙，身材高挑，此刻的她少了疏离冷漠的气息。

灶上放着煮锅，冒着热气，她站在旁边，手拿着酱油瓶，正在往两个调料盘里倒。

烟火气在厨房里缭绕着，在其中忙碌的身影，像是下凡的天仙，轻灵又美妙，美好得让人移不开眼。

这个画面让凌西泽的一颗心足以化作一摊水。

司笙察觉到他的到来，侧首看过来，随口问道："谈什么了？"

"你的嫁妆。"凌西泽的嗓音低低的，他抬脚走进厨房里。

司笙一怔："老易还给我准备了嫁妆？"

凌西泽在她的身侧站住，没说话，眼角眉梢染上笑意，把头微微一低，眼神很温柔。

司笙被他笑得颇不自在，皱了皱眉："你笑什么？"

"外公把你的嫁妆给我了，你觉得这代表什么？"凌西泽的嗓音低哑暧昧，捎带着调笑的意味。

司笙心如明镜，不给他可乘之机，冷笑着反问："他认下你这个孙子了？"

凌西泽的神情一秒恢复正常："我跟外公说，我们本来到谈婚论嫁的地步了，就是不知道你抽了哪门子风，非要浪迹天涯，让我痴痴地等待五六年……"

司笙一记冷眼扫过去，没好气地道："你嘴里能不能有一句真话？"

"谈婚论嫁是假的？你抽风分手、退学是假的？我对你念念不忘是假的？"

司笙忽然遭遇灵魂三问，发现无法反驳，倒是愣住了，眨眨眼不知该怎么反驳他。

她深吸一口气："对我念念不忘这种话说出来你不害臊吗？"

凌西泽思考两秒，理直气壮地回答："我们这种铁憨憨说起实话来从不觉得害臊。"

"你少给铁憨憨们抹黑。"司笙冲他翻了个白眼，把人推开了一些，讽刺道，"你这种黑心的人，配得上他们吗？"

凌西泽低笑。

他垂下眼帘，眼睛里映着她小巧的左耳、白瓷般的肌肤、纤细的长颈，他的喉结轻轻滚动两下，心软得一塌糊涂。

于是他伸手，从她的身后环住她，明显感到她的身子一僵，他却搂得更紧了些，把下颌抵在她的肩上，他的鼻尖萦绕着她清甜好闻的气息。

"我们这种人都很直接，"凌西泽贴在她的耳侧，嗓音沙哑而充满磁性，一字一顿地道，"那我直接问了，为什么分手？"

司笙被他揽在怀里，结实的臂膀和宽厚的胸膛，属于他的气息和温度从四面八方而来，无孔不入，一点点地渗透她的肌肤。

她没动，眼睫轻轻一颤，阴影洒落眼底，眼睑微微垂下。

"我知道在你提分手之前，你跟我奶奶见过面，但她很开明，不是会让我们分手的人。鲁管家很喜欢你，时常会提及你。

"但你决定分手，肯定跟奶奶有关，是不是？

"是什么原因？"

拿着酱油瓶的手一抖，酱油倒多了，司笙把酱油瓶往桌上一扔，拧着眉回头："你烦不烦啊？"

她看起来有些愤怒、烦躁，但是，垂下来的手指蜷缩起来，微微颤抖着。

凌西泽没有松开她，继续控诉："别人吵架能和好，分手都有挽回的机会，你倒好，吵完一次就提分手，一分完，连人都消失了，我想和好都找不到人。"

司笙轻轻抿唇。

下一刻，她听到他的声音低下来，哑哑的，像羽毛一样拂过她的耳畔："司笙，没有你这样的。"

司笙的手指动了动，一层一层的情绪在胸腔叠加，搅和在一起，让她无力动弹。

他的气息喷洒在她的颈窝，席卷而来的是一片滚烫。

司笙白似雪的皮肤上，泛起粉嫩的颜色，对比鲜明。

良久，司笙开口："我……"

"笙天仙，你在吗？我给你送礼物来了！"

伴随着门被推开的动静，秦凡扯着嗓子的声音随之传来。

凌西泽先一步走出厨房。

这时，一抹白影从秦凡的怀里挣脱出来，"喵呜"叫了一声，然后闪电似的跑到凌西泽脚边，上蹿下跳。

那是一只通体雪白的猫。

白猫围着凌西泽转了几圈，趴在他的脚边，伸出两只前爪，扒拉着他的裤腿。

凌西泽顺势弯下腰，手一伸，猫咪立即往前一跃，跳到凌西泽的手上。

然后，它钻进了凌西泽的怀里。

随后走出厨房的司笙顿住，然后看了一眼凌西泽怀中的白猫，凝眉，奇怪地问道："谁的猫？"

"我的，"秦凡惊讶地看着白猫一连串的反应，慢一拍地举起手，吸引了司笙的目光，解释道，"准确地说，是我朋友的。他这两个月不在家，没人照顾它，我看你跟易爷爷在家可能有点儿无聊，就把他的猫要来了。"

说完，他又挠挠头发，满脸疑惑："朋友明明说这猫养不熟……"

司笙挑了挑眉："你让我养猫？"

"不用你费心的。逗猫棒、玩具球、猫抓板、猫零食什么的，我都准备齐了，你只要给它按时喂点儿吃的就行。"

话虽这么说，但秦凡把他说的那些伺候猫主子的东西往里搬的时候,还是一一跟司笙介绍其用途,生怕司笙乱喂食把猫给喂死了。

司笙听得心不在焉,敷衍地听到一半,想起了什么,问道:"它叫什么?"

"霜眉。"

站在一侧的凌西泽,闻言,眉毛一扬,他感觉肩膀一重,侧首一看,霜眉已经爬上了他的肩。

"霜眉……怎么有点儿耳熟?"司笙疑惑地说道。

秦凡疑惑地说道:"是吗?"

凌西泽解释:"明朝的嘉靖皇帝是个资深猫奴,养了很多猫。他最喜爱的一只猫,就叫霜眉,后来封其为'虬龙'。据说霜眉死后,嘉靖皇帝悲恸不已,下令将其葬于万岁山北侧,命名'虬龙冢',并立碑祭祀。"

"喵呜——"

霜眉亲昵地蹭着凌西泽的颈窝,凌西泽阴着脸,把它拎到怀里。

司笙看得想乐。

因为不需要自己太费心,加上只是养一两个月,司笙没太抗拒,将霜眉留下了。

秦凡去客厅里帮忙收拾猫窝。

司笙晚上准备的是速冻水饺,简单方便,刚刚煮好,她让凌西泽盛了两盘拿到客厅里,自己把蘸料和筷子拿上桌。

"你平时在家里就吃这些?"

凌西泽吃了一个速冻水饺,味同嚼蜡,心情一言难尽。

"不一定。"司笙歪头一想,"街坊邻居家我都能蹭得到饭。"

吃百家饭你还挺得意。

其实司笙有条件请阿姨做饭,只是不习惯。护工负责照顾易中正的饮食起居。司笙自己作息不规律,三餐不准时,萧逆回家可以做饭,秦凡和邻居时常来给司笙送吃的,司笙感觉自己还是活得挺好的。

"自己动手,丰衣足食。"凌西泽给司笙夹了两个水饺,语重心长地说道,"放过邻居吧。"

司笙睨了他一眼,夹起一个水饺,一口塞进嘴里,咬得很用力,跟表达不爽似的。

凌西泽笑了一下。

因为是司笙亲自煮的水饺,哪怕再不合自己的胃口,凌西泽也将一盘水饺吃完了。

凌西泽没有久留,帮司笙洗了碗筷后,就回客厅里拿了外套,准备离开。

司笙叫住他:"你等一下。"

凌西泽回眸,司笙已经走进卧室里。不多时,她披了一件外套,又加了一条围巾,走了出来。

司笙微抬眼睑,看向凌西泽,说:"我送你。"

外面还在飘雪,雪花越来越大,他们没走几步,肩上就被染白了。

胡同里狭窄的窗口,亮起橘黄色的灯光,在寂静的雪夜里,透出丝丝暖意。

司笙呵出一口气,化作白雾,转眼被寒风吹散。

两个人往前走,一言不发。

司笙将手放到兜里,触碰到凌西泽出门前给她的暖手贴,微顿,然后侧首看向并肩而行的凌西泽。路边微弱的灯光斜斜地打在他身上,朦朦胧胧的光边笼罩着他。

他走在稍靠前的地方,给她挡着凛冽的寒风。

司笙忽然开口:"还记得我们那次吵架吗?"

"嗯。"

凌西泽轻轻应声,偏头看着她,说:"你说我管得太多,妨碍你的人生自由。"

他印象深刻。

他们都不是说话好听的人,经常说几句就斗嘴,不过无所谓,两个人说完都不当回事。

那一次,是他们交往期间唯一一次真正意义上的吵架。

当时他们的意见产生了分歧。

凌西泽不想看到司笙受伤，不希望司笙去冒险，会管到她的一日三餐、生活细节，方方面面。他希望她能够好好的，不受到一丝伤害，可是，那些细心的保护，并不是她想要的。

他们大吵了一架。

在吵架到她提分手的那段时间，他都在思考如何协调这种矛盾，她却直接提了分手，爽快又干脆。

他被气得一周都没联系她。

结果等他冷静下来，想好好同她聊聊时，却得到气人的答案：她退学了，消失了。

兜里的暖手贴开始发烫，手指感到持续传来的温暖，司笙眯了眯眼。

她说："如果我当时告诉你，我要退学，你会同意吗？"

凌西泽驻足，眼睑低垂的那一瞬，有雪花飘落在他的睫毛上，睫毛沾着些微白。

他如实回答："不会。"

"对，你会劝我，给我做思想工作，分析利弊，找论据来说服我。"司笙轻轻扯了扯嘴角，随即嘴唇又抿成一条直线，"你说我提分手，跟你奶奶有关，确实也没错。"

她没再停留，抬腿向前，越过他，声音飘过来："你可能不知道，你奶奶同意了。"

她止步，回过身，风掀起她的墨发，丝丝缕缕地飘着，黝黑明亮的眼睛微微弯起，透着笑意。

她又说："她理解我的想法，并且支持我退学。"

凌西泽微微一怔，眉头轻蹙，略微惊讶，却又觉得理应如此。

他奶奶就是一个不按套路出牌的人。

他奶奶出身于名门世家，不爱琴棋书画，不学礼仪规范，却有着一身江湖气。在那个战乱的年代，她出国留学、上街游行、去过战场……该做的事，不该做的事，她都做过。

她喜欢上了爷爷，在那个年代果敢又大胆，没有一点儿矜持地去追求爷爷，不顾两家家长的阻挠，义无反顾地和爷爷在一起。

于是他们幸福快乐地过了一辈子。

在不知道奶奶跟司笙见过面之前，凌西泽就想过，以她们俩任性恣意的性格，如果见面，肯定合得来。

"你们俩聊了什么？"凌西泽问道。

"时间有点儿久，记不太清了。"司笙说，"我们从下午聊到凌晨，跟她告别后，我就决定退学。"

司笙一步步往前走，凌西泽一步步地跟上。

"她说，如果有想做的事情，就趁早去做，甭管对与错。时间确实会给出答案，但如果等待是错的，这一段人生走过，那就永远是错的。

"她说服我了。

"大学文凭对我没有意义，我为什么要为了一张纸，再浪费两年时间？

"事实也是如此。我去过很多地方，认识很多人，经历过很多有趣的事……"

说到这里，司笙低笑一声，嗓音里隐含着笑意："它们于我，都比那张纸重要。"

凌西泽停在她身侧。

他哑声问道："那我呢？"

司笙一顿，然后捕捉到他一闪而过的情绪，笑意淡了几分。

"她问我：'你才十九岁，那么年轻，未来那么长，现在就做好跟他共度余生的准备了吗？'"司笙怕刺到他，声音轻柔地说道，"她告诉我，如果我跟你在一起，她会很开心。但是，如果我选择离开你，她也很支持。"

在司笙遇到的那些有趣的人里，凌老夫人，绝对算得上一个。

凌老夫人睿智、洒脱、豁达。

凌老夫人亲切温暖，会站在别人的角度思考问题。

司笙没有说，在她在跟凌西泽争吵后，从未想过分手一事。

直至凌老夫人找到她，聊天儿中提及他们俩的问题，问她有没有考虑过跟凌西泽分手。

"你的成长环境跟他的不一样。他从小到大受的教育都告诉他，考虑问题要全面，走一步就要想到前面的十步、百步。

"你不一样，我看得出来，你是闭着眼走的，走一步是一步。路越惊险刺激，你越喜欢，你骨子里就爱未知和挑战。

"你们俩的矛盾是注定的。你们想安稳度日,就得有人妥协。但你很好,他也很好,你们俩若各自发展,都会有精彩的人生,任何一个人为对方妥协,都会丢掉些自己的特色。

"不论是你还是他,都太年轻了。你们的人生刚开始,你们不先为自己走一段路,就把两段人生捆绑在一起,你甘心吗?"

…………

这些话,司笙现在回想起来,依旧很清晰。

那是很通透的一段话。

不是为司笙和凌西泽考虑的,而是单纯地为司笙自己考虑的。

慧极必伤,情深不寿,她跟凌西泽的问题就在于此。

司笙对上凌西泽沉默打量着她的视线,仔细地想了想,继续说:"我不喜欢被安排好的人生。"

隔着风雪,凌西泽的眼睛里映入她的眉眼:"我不会安排你的人生。"

"你是不会。你做事周到沉稳,所有我想做的事,你会一一给我安排好,放到你的人生规划里。"

司笙眼帘一掀,有雪花落到她的眼里,融化成水。

她一字一顿地说道:"可我的未来不需要规划。"

凌西泽没说话。

他清楚司笙的情况。

她十岁被易中正送去习武。接下来的六年,她几乎没好好上过学,隔三岔五地就去"闯荡",年纪轻轻,独闯江湖。

十六岁,她学武出师,转学回京城读书,仅凭一年的努力,就从被断言难上本科的成绩,以超出录取分数线近三十分的成绩,顺利地考上京城理工大学。

她从小就不走寻常路。

他跟她在一起的那段时间,见过她跟形形色色的人打交道。

有对她点头哈腰的商界大鳄,有寻求她帮助的刑警,有一遇上就拿起棍棒朝她打来的地痞流氓……

她的世界跟常人的世界不一样。

一个人、一份喜欢,留不住她。

司笙耸肩，摊开了说："凌西泽，我们在一起，会永远吵下去的。"

凌西泽沉默。

片刻，凌西泽稍稍调整了下情绪，侧过身，站在她跟前，同她面对面，问："你不试试怎么知道？"

司笙低下头，视线左右飘着，倏地，轻抬右脚，踢走了碍事的石子。

她近乎任性地说："我不想试。"

凌西泽轻轻地吐出一口气，拽住司笙的手臂，在她没准备时，猛地将她往前一拉，她下意识地往前走了一步，定住，愕然抬头，他低下头来。

二人的额头轻轻地碰在一起。

风太大，雪太凉，夜的寒凉浸透了皮肤，周围只剩下一片冰凉。可是他们额头轻贴的时候，依旧是有温度的，或冷或热，透过细微的毛孔，一点点地交融、蔓延。

"你就不能看在我等你五年的分儿上答应我试试，嗯？"

凌西泽低声开口，最后一个鼻音上扬时，略带几分强势、几分撒娇，它们诡异地混合在一起，却一点儿都不显得突兀。

司笙没吭声。

他近在咫尺，她甚至能看清他的毛孔。

她心里乱成一团，说不出好，也说不出不好，就这么盯着他，视线从下颌移到唇、鼻、眼上，最终停在他的眼睫上，细长浓密的睫毛，偶有几根尖端，还沾上了融化的水珠，晶莹剔透。

她记得那睫毛在手心上的触感，极轻，颤动时，痒痒的，像轻柔的羽毛。

她不说话，凌西泽心里没底，浑然不觉她已经走神了。

凌西泽便加重语调，几乎是在控诉："司笙，你是走得干净，忘得痛快，在外面潇洒快活，那我呢？"

"嗯……我想想。"

司笙眼睛一眨，注意力总算从他的睫毛上移开。

他加重攥着她手臂的力道，问道："想多久？"

司笙视线落到别处，忽然觉得别扭，不答反问："你能等多久？"

他的头又低了几分。

他们的鼻尖挨在一起,彼此呼出的气息混杂着。

他轻启薄唇,虔诚而真挚地说道:"一辈子。"

刚飘向远处的视线,瞬间被拉了回来,司笙紧盯着他,却在撞入他瞳仁的一瞬,看到决不动摇的决心。

司笙回到四合院里,正好撞上出门的秦凡。

"东西我都收拾好了,有不懂的电话联系我。"秦凡冻得直哆嗦,将外套往身上套,"爷爷找我,我先回去了。"

"好。"

秦凡摆手,匆匆地离开。

司笙走进客厅里,暖气扑面而来,驱散了周身的寒意。

司笙将围巾和外套脱下,径直往卧室走,路过茶几时,却不禁停了下来。

茶几上,多了一个细颈玻璃花瓶,瓶子里装了近一半的水,一枝盛开的玫瑰插入其中,红得灿烂,鲜艳欲滴。霜眉坐在旁边,懒洋洋地伸着爪子,"喵呜"了一声,像极了跟凌西泽撒娇时的模样。

周五晚,八点整。

Zero 的微博账号、CC 漫画官方微博公开宣布《九号基地》在 CC 漫画平台上连载的消息,随后 CC 漫画平台的主编、CC 漫画诸多签约作者,纷纷转发微博,扩大了消息的影响力。

同一时间,《九号基地》第一话在 CC 漫画平台上上线。

十几分钟后,第一批看完更新的读者,开始在评论区里热烈地讨论起来。

"新作主角是反派设定?这人怎么比反派还心狠手辣?"

"一直不喜欢废土题材……看完我要收回之前我说的话!"

"人物、构思、画风都比《死亡传说》的要好,大叔的巅峰水平吧。"

"今年的神作无疑了。"

"我怎么觉得故事跟 UU 的《第一废墟》有一点点相似?我先看看后

续更新再说。"

……………

在急剧上升的热度下,微博衍生了多个话题,在短短的时间内就占据了话题榜,而且以恐怖的增长速度向上攀升。

同时,读者、粉丝、同行纷纷出来发声,向路人推荐,引得无数路人转为粉丝。

跟《第一废墟》发布的盛况相比,Zero 的《九号基地》有过之而无不及。

最近漫画圈里出现了两部热门作品,一部是新锐漫画家 UU 的《第一废墟》,另一部是当红漫画家 Zero 的《九号基地》。两部作品都是废土题材,画风相似,热度又高,读者将它们拎出来对比、引起争议也在情理之中。

果不其然,还没过去一个小时,微博、论坛、贴吧等平台就将这两部作品扯在一起,关于二者比较的话题层出不穷。

某论坛上有人问:大叔的《九号基地》一出来,对 UU 的《第一废墟》有什么影响?

答:在《九号基地》出来之前,《第一废墟》是一部神作。在《九号基地》出来之后,《第一废墟》沦为精品。

答:两部作品我都看完了更新。大叔还是大叔,技巧越来越高明了,第一话惊艳得我现在还头皮发麻。UU……刚刚更新的第三话看得出很用心,但被大叔碾压了。

答:他们俩不是一个水平。

答:只能说 UU 时运不济,还没有大火,就被大叔的《九号基地》踩下去了。

《第一废墟》正在连载的关键时刻,司裳的休息时间基本花在赶漫画上了,周末她本来是不想回家的,但司尚山一通电话打过来,她不得不回去。

家里的气氛跟以往一样,死气沉沉的。

司尚山沉默,章姿板着脸,平时活跃气氛的司风眠,话也比往常要少。

饭桌上,司尚山说:"司笙明天会回来。"

他早已给他们打了预防针,甚至找章姿、司裳、司风眠单独聊过,但除了司风眠,章姿和司裳都表露出明显的抗拒。

谁都知道会有这么一天,只是当它真正来临时,抗拒的人,心情顿时跌入谷底。

"吃饱了。"章姿将碗筷一放,冷着脸起身,径自上了楼。

司裳担心漫画的事,心烦意乱,实在没胃口,随便吃了两口也放下碗筷,回房了。

司裳本来是想赶稿的,但回房后想到今晚《第一废墟》第三话更新,想看看反馈,就用手机刷了刷评论,结果意外地看到了《九号基地》铺天盖地的推广。

Zero 的新作,《九号基地》,废土题材。

最近没有优秀的漫画作品,司裳想凭借《第一废墟》留住一批读者,为《第一废墟》成为神作打下基础,没想到 Zero 的《九号基地》忽然冒出,在同一个题材上抢了她的热度,并且两部作品的质量存在一定的差距,《九号基地》将她卡死在成神的路上。

司裳看完评论后,有些绝望,犹豫再三后给责任编辑发消息,询问是否可以调整更新时间。

《第一废墟》和《九号基地》的更新时间撞上了,又是同一个题材,《第一废墟》的关注度被《九号基地》夺走,同一段时间的话题热度下降了很多,现在《第一废墟》的读者基础不稳定,不是硬碰硬的时候。

责任编辑木木:《第一废墟》跟《九号基地》的更新时间撞在一起确实不大好,我已经找主编反映过了,但主编不同意调整时间。

责任编辑木木:他说有冲突才有竞争,而且能互带热度。跟 Zero 这样的大神捆绑在一起,也可以带动你的话题热度。

责任编辑木木:UU 你放宽心,不要在乎网上那些言论,安心画画。

司裳看到责任编辑回复的消息后,略微心惊。

这是主编故意安排的,还互带热度?

她明明是在被单方面碾压好吧!

司裳跌坐在椅子上,心烦意乱,看什么都不顺眼。

三楼,卧室里。

章姿坐在沙发上,化着淡妆却难掩憔悴,垂着眼,眼圈泛红,两只手搭在双膝上揉搓着,绝望和崩溃将她笼罩着,一点点地击溃她的理智。

满地都是化妆品和各种摆件,一片狼藉,见证着她刚刚的疯狂行径。

落地窗敞开着,司尚山站在窗前,面朝院落,留给章姿的背影稳重又决绝,还有几分不近人情。

章姿怔怔地看着他的背影,肩膀宽厚结实,却生冷疏离。

就在刚才,他面无表情地看着她发疯,不制止,不吭声,就像在看猴子演戏一样,麻木冷漠。

章姿发泄完冷静了不少,低头将脸埋入手里,揉了揉,又抬头,呼出一口气,声音沙哑无力地说道:"你强行把她带回来,知道其他人会怎么想吗?"

司尚山终于回过身,神情依旧冷漠:"我不管别人怎么想,这是我欠她的。"

"那我呢?裳裳和风眠呢?你让那些人又怎么看我们?!"章姿的眼泪夺眶而出,"就算当年……裳裳和风眠又做错了什么?他们还不够给你争气吗?!"

她哭得楚楚可怜,司尚山眼里却没有丝毫波动。

他冷声道:"他们是怎么来的,你自己心里清楚。"

章姿一怔,轻咬唇角,紧握双手,刚做好的指甲,狠狠地陷入掌心里。

这是她的伤痛。

她倾慕司尚山多年,在司尚山和易诗词离婚后,她不顾一切地嫁给司尚山,心甘情愿。然而,司尚山虽然在司家的逼迫下同她结婚,却从未碰过她。

她别无他法,只得用点儿手段才怀上孕。

司裳也好，司风眠也罢，都不是司尚山心甘情愿的，每一次司尚山神志不清的时候，叫的都是"易诗词"。

章姿忆及此，心如刀割，一下一下，像是把她的肉都剜下来，难受得连呼吸都变得极其困难，一呼一吸都撕扯着血肉。

下一刻，章姿猛地站起身，纤弱的身子瑟瑟发抖，泪水如断线的珠子往下掉，声音激动地说道："不管他们是怎么来的，他们都是你的亲生骨肉！他们跟司笙一样，都是你的亲生骨肉！"

"这些年我也没亏待过他们。"司尚山冷漠地看着她，依旧冷静、不为所动，开诚布公地说道，"司笙才是名正言顺的司家大小姐，这一点毋庸置疑。我是她爸，把她接回来，用不着谁批准。你最好对笙笙做好表面功夫，尽职尽责地当个后妈，这样对裳裳和风眠也好。你要是明里暗里地找笙笙碴儿，那我们只能离婚，裳裳和风眠都可以跟你走。"

司尚山冷漠无情的一番话，让章姿脸上的血色褪尽，脸色转眼苍白如纸。

司尚山完全没有同她商量的意思。

他直接撂话，你若对司笙好，那我便对司裳、司风眠好；你若对司笙不好，那我们就离婚，司裳和司风眠归你。

她选择前者，尚且能保住些颜面；选择后者，那章姿将会成为他们这个圈子里的笑话。

以司尚山如今的能耐，章姿在他面前，完全强硬不起来。

早些年司尚山依附司家，得听司家的话行事，现在，司尚山事业有成，章家和司家的生意反倒呈现出颓势，两家在司尚山面前都没有足够的底气，更不用说对司尚山的家事指手画脚了。

这个男人……二十年来，一点儿一点儿地发展事业、积累财力，目的纯粹，为的只是想给他亏欠的女儿一个容身之所。

当他付诸行动时，谁也无法阻拦。

"两个选择，你好好想想。"司尚山扔下最后一句话后，余光冷冷地瞥了她一眼，又立即收回，大步走出了卧室。

门被"砰"的一声甩上。

章姿身子一震，少顷，哭泣着抱住肩膀缓缓蹲下，身子控制不住地发抖。

周末，司笙一觉睡到自然醒，发现手机里全是司尚山打来的电话和微信消息。

他在问她几点回司家。

司笙回了"下午"，然后就爬起来洗漱，出门时看到在客厅里整理垃圾的萧逆，愣了一下。

哦，昨天一放假，萧逆就回来了。

司笙打了个哈欠，大咧咧地说："饿了。"

萧逆无语地看着她，须臾后，问道："想吃什么？"

司笙眼珠一转，想报菜名，萧逆及时制止了她："再过两个小时就要吃午饭了。"

"哦，"司笙点点头，把菜名咽了下去，"那你做碗面条吧，分量少一点儿。"

"哦。"萧逆换好垃圾袋后，拎着垃圾往外走。

司笙叫住他："马上期末考试了吧？"

萧逆奇怪地看了她一眼，"嗯"了一声。

"什么时候？"

"两周后。"

司笙踱步到茶几旁，拿起一个苹果，咬了一口后随口叮嘱："不用太紧张，适当地放松一下。"

不知道他从哪里给了司笙"他很紧张"的错觉？

司风眠受不了家里低压沉闷的氛围，大清早就去了图书馆，直至快天黑时才被司机接回来。

回家的路上，司风眠将手机翻出无数次，但一次都未曾使用过。

"少爷，到了。"司机的声音将司风眠飘忽不定的神志拉了回来。

"哦。"司风眠解开安全带，往窗外看了一眼，看到院落里精心设计的园林美景，推开车门，在迎面扑来的朔风里，走下车。

他一进门，阿姨就迎上来，唤他："少爷。"

司凤眠将背包交给她，扫了一眼空荡荡的客厅，心下迟疑，问道："家里来人了吗？"

阿姨会意，往一楼书房看了一眼，张了张口，欲言又止。

司凤眠见状，立即朝书房的方向看去，恰巧门被打开，里头有人走出来。

那是一个二十四五岁的女人。

她穿着白色毛衣和牛仔裤，身材高挑又纤细，头发松垮地挽起，怀里抱着两本书，颇具视觉冲击的独特容貌里，又带有几分知性优雅。

客厅里，冷白的光打在她的身上，她被一层淡淡的光晕笼罩着，美得不似真人。

她顿住，然后两道视线直直地扫向司凤眠，不见意外，唇角勾着若有若无的浅笑，嗓音慵懒地说道："回来了？"

果然是她。

司凤眠忽然想到这两年网上很流行的一句话："我是来加入这个家的，不是来破坏这个家的。"这句话或许有些不合适，但不可否认，司凤眠看到司笙后，脑海里就一直循环播放着这句话。

他坐在沙发上，一口一口地咬着苹果，心不在焉，余光偶尔扫过，看了几眼单人沙发上叠着腿看书的司笙。

"想问什么？"司笙忽然出声。

司凤眠一时不防，咳了两声，差点儿被苹果噎到。他缓了缓，扭头打量着司笙："你……"

"嗯？"司笙抬眼看过来。

司凤眠迟疑了一下，问："跟其他人见面了吗？"

他指的是章姿和司裳。

司笙淡淡地说道："跟你一样，避而不见。"

司凤眠被戳穿了心思，有点儿心虚，继续低头吃苹果，神情颇不自然。

"抱歉，她们……"司凤眠低下头，诚恳地说道，"需要一点儿时间才能接受。"

司笙斜眼看过去："你呢？"

司风眠停顿片刻，然后用手指挠挠鼻尖，说道："还好吧。"

司风眠得到消息后做了半个月的心理准备，加上跟司笙见过两次面，对她的印象不错。先前他不确定的时候，还想着如果此司笙和彼司笙就是一个人的话，接受起来似乎没有那么难。

所以他见到司笙时，并没有那么抗拒，只是心情有点儿复杂。

"哦，"司笙翻了一页书，忽然想到了什么，"萧逆在学校里也没日没夜地刷题吗？"

"什么？"司风眠震惊地抬眼，差点儿又被苹果呛到。

司笙以为他没有听清，将话重复了一遍。

司风眠顿了半刻，然后说道："还……还好吧。"

以前的萧逆上课睡觉开小差，基本不听课。自从上次老师请家长后，萧逆开始听课了，但没有司笙说得那么夸张。

不过，司风眠想到萧逆家里的那摞试卷，司风眠觉得司笙这么想，不是没有道理的。

萧逆的刷题量确实有点儿大。

司笙问："课业重吗？"

"有点儿。"并没有感觉的司风眠，想到怨声载道的学生，代入普通学生群体，回答道，"学校进度很赶，马上要期末考试了，赶进度、复习、写作业，压力挺大的。"

"哦。"司笙听着就皱了皱眉，想再问点儿别的，抬眼瞧见司尚山从楼上走下来，说道："这两本书我明天带走。"

她一说完，司尚山和司风眠皆朝她手中的书看去。

司笙下午过来后，司尚山就领着她在别墅里逛了一圈。但是，司笙进了司尚山的书房里就停下了，让司尚山去做自己的事，她在书房里看看。

司笙画的是废土题材，世界观庞大，前期要做很多准备，她经常泡在图书馆里。刚刚她在司尚山的书房里选了两本书，内容是关于经济和军事方面的。

司风眠对司笙看书的种类感到惊讶。

司尚山在意的是别的："你明天就走？"

"嗯，老易那边需要人照顾。"

这是一个无可辩驳的理由。

司尚山虽有不舍，但陪伴老人要紧，只得点点头。

司风眠轻抿着唇，心想：或许他们对司笙回司家的意图，一开始就想歪了。

"你们俩认识了吗？"司尚山有点儿惊讶，指了指司风眠，"他叫司风眠，是我的小儿子。司裳和她妈出门了，要晚点儿才回来。"

司笙看了一眼司风眠，说："以前见过。"

司尚山愣了一下。

"萧逆跟他是同学。"司笙解释道。

"萧逆……哦，他啊。"司尚山卡了卡脑壳才反应过来，跟司风眠交代，"在学校里多照顾一下弟弟……是弟弟还是哥哥？"

司风眠叹道："哥哥。"

司尚山便改口："照顾一下哥哥。"

司笙点了点头："让他少做点儿题。"

司风眠心想：好学生遇上这么个家长也是挺为难的。

司尚山欲言又止——他说的照顾不是这个意思。

章姿和司裳到饭点才回来。

章姿一进门，就端着家里女主人的姿态，笑容满面地跟司笙打招呼："笙笙来了。我是章姿，你以后叫我章阿姨就行。"

说着她又拉上司裳："这是裳裳，你的妹妹。她现在在京城大学历史系读书，读大三。"

章姿特地补上一句司裳的大学，是因为她打听到司笙只有高中学历，连大学都没有上完就退学了，也不知上的是哪个三流大学。

司裳强行挤出一抹笑容，跟司笙点点头，但越看司笙越觉得眼熟，拧眉想了片刻，问道："我们是不是在哪儿见过？"

"漫展。"司笙淡淡地提醒。

听到这两个字，司尚山、司风眠、章姿顿时一起看过来，司裳心一惊，脸色白了几分，笑容都快挂不住了。

章姿一秒变脸："裳裳，你……"

"吃饭。"司尚山放话，打断章姿后面的话。

"行，吃饭，吃饭。"章姿连忙点头，笑容满面地跟司笙打招呼，似乎很欢迎司笙的样子。

但是，一转身她就拉住司裳，冷眼瞧着司裳，低声警告："我不是让你少接触漫画吗？你怎么不听劝，还去漫展那种不入流的地方？！"

"妈，对不起。"司裳低下头，怯怯的，小声回道，"我以后不会去了。"

得到司裳的保证，章姿才满意了些，剜了司裳一眼后，又一副端庄优雅的仪态，拉上司裳走向餐桌。

饭桌上，章姿主动给司笙夹菜，但司笙手一抬，就将章姿的筷子挡了回去。

章姿尴尬地顿住。

司笙淡淡地道："我不习惯别人给我夹菜。"

"没事，"章姿一笑，将筷子收回，主动找话题，"对了，笙笙应该工作了吧？现在做什么？"

"漫画家。"司笙夹了一块鱼肉，正在挑鱼刺，神情颇为专注。

司裳正在喝汤，低着头，用小勺舀着汤，低眉敛目。她听到司笙的话，拿汤匙的手轻微地颤抖着，汤匙里的汤水一圈圈地荡着波纹。

司风眠下意识地瞧了一眼司裳，又惊奇地看向司笙。

"漫画？小孩儿看的那种？"章姿皱起眉，语气里尽是轻蔑。

她打心底瞧不起这个职业，低俗、幼稚、无聊。

她甚至不准司风眠和司裳看漫画。

"画漫画好啊，高端有品位，"司尚山持截然相反的态度，神情激动，满是肯定，"我们家就缺一个搞艺术的！"

曾制止司裳碰漫画的章姿："……"

瞒着家里偷画漫画的司裳："……"

章姿握着筷子的手指紧了紧，随后又缓缓松开，她笑得脸都僵了："笙笙现在有什么作品吗？"

"保密。"司笙扔下两个字，看了一眼司裳后，继续吃饭。

章姿心里嗤笑：司笙定然是没有作品，或者拿不出手，所以才这般藏着掖着。若是司笙真有大红大紫的作品，巴不得拿出来炫耀呢。

司尚山不一样，根本不在乎司笙的成绩如何，当即肯定司笙的职业，闭眼一通夸，仿佛司笙就是漫画界的未来。

章姿和司裳吃得味同嚼蜡，听着司尚山对司笙的赞扬，心里极其难受，只觉得一分一秒都非常难熬。

"爸，你支持姐姐当漫画家吗？"司风眠忽然问道。

他说的是"姐姐"，看似指司笙，实则看了司裳一眼。

司裳的心一紧。

章姿紧紧皱眉。

"做自己喜欢的事，为什么不支持？"司尚山反问道。

司风眠没说话。

他瞥了一眼章姿和司裳，没再说话，低下头，继续吃饭，心中滋味难以言表。

司尚山没有职业歧视，支持司笙追求梦想，做自己喜欢的事，并且给足了司笙信心。但是，他不知道，他的一双儿女被他的第二任妻子控制得死死的，逼迫他们放弃梦想，为的就是打造出完美的傀儡，得到他的注意。

章姿自己留不住司尚山，所以将主意打到儿女身上。

可司尚山从未真心关注过他们。

司风眠一时都不知该说谁不公。

司笙感觉到了餐桌上压抑的气氛，皱了皱眉，扫视着这圈人，若有所思。

别墅加上地下室共四层，司尚山和章姿的卧室在三楼，司笙、司裳、司风眠的卧室在二楼。司风眠和司裳饭后就上楼了，司笙在司尚山的陪同下在庭院里闲逛了一圈，约莫九点才回卧室。

她刚到门口，就听到隔壁开门的动静。她回头看过去，司风眠正好走出来，眉头轻拧着，似乎很苦恼的样子。司风眠抬头撞见司笙，愣了一下。

"司……"司风眠想叫名字，又觉得不大合适，有点儿尴尬地打招呼,"是你啊。"

"嗯。"司笙收回视线,将门推开。

忽然,司风眠"哎"了一声。

司笙动作一顿,看过去。

司风眠一低头,挠了挠头发,又抬起头来:"你真的是漫画家吗?"

"嗯。"

"我妈……"司风眠犹豫了一下,"不喜欢我们接触漫画,可能还有点儿职业偏见。"

司笙理所当然地反问:"关我什么事?"

司风眠呼吸一窒,眨眨眼,不知该说些什么。

倒是司笙反应过来,"所以你妈不知道司裳画漫画的事?"

"你怎么知道?!"司风眠脱口而出,听到自己的声音时才醒悟,下意识地左右环顾一圈,确认没有人后才松了口气。

"我在漫展见过她。"

司笙还不知道在哪里,司裳抄走了司笙的新漫画构思,甚至从司笙两次跟司裳的接触来看,司裳自己都不知抄的是司笙的作品。

"啊,"司风眠点点头,蹙眉纠结了一下,然后轻声恳求,"这个事……你能不能帮忙保密?"

他刚刚跟司裳聊了半个小时。

司裳心思敏感,想得多,不忿于司尚山对两个女儿的区别对待,烦恼于章姿仍然禁止她接触漫画。她们俩分明都是司尚山的女儿,司笙可以光明正大地画漫画,司裳却要偷偷摸摸地画,哪怕有点儿成绩都不敢让人知晓。

司风眠一直在安慰司裳。

有一点不可否认,司笙的到来,或许会成为这个家僵局状态的突破口,只是是好是坏就说不清楚了,或许能借助司笙让章姿接纳司裳当漫画家的事,或许司尚山的偏心会让这个本就摇摇欲坠的家就此分崩离析……

只是在司风眠的设想里,并没有料到司笙和司裳早在不知不觉中结下了恩怨。

"可以。"司笙无所谓地答应了,抬手推开卧室的门,走了进去。

司风眠的视线顺着她看去,余光瞥见她的背影,他张了张口,看到门被关上,卡在喉间的"姐"没有叫出口。

时间还早,司笙洗了个澡,换上一件真丝睡袍,拿起两本书来到靠近阳台的摇椅旁,坐下看书。

五分钟后,手机的振动惊扰了司笙的阅读。

司笙起身,找到被扔在软被上的手机,发现是凌西泽的视频来电。她往回走,点了接听键,手机往前一举,把不施粉黛的脸对准了镜头。

屏幕上,跳出凌西泽的俊脸。

他的背景是书房,干净、整洁。

隔着屏幕,二人对视无言。

好半晌,司笙打破了沉默:"什么事?"

唇角弯起微妙的弧度,凌西泽不紧不慢地开口:"找到监控证据了。在图书馆里,司裳碰掉了你的分镜稿,捡起来后就看了。当时你不在。视频我有备份,现在发给你?"

"不急。"司笙思忖了一下,说道,"再过两周。"

凌西泽问:"你打算怎么解决?"

他压根儿没有考虑"司笙会拿着监控证据跟司裳私下协商解决"的可能。

尽管这是最合理的、最不伤和气的办法。或许司笙还能借此机会,树立宽容大气的姐姐形象,跟司裳搞好关系。

但是,司笙并非怕事之辈,更不在乎跟司裳的关系。这种触犯原则的事,司笙绝不会容忍,只是最后给司裳的惩罚有轻重之分罢了。

司笙"哦"了一声,沉默两秒后,给出答案:"看她后续表现。"

"那行,"凌西泽说道,"需要的时候跟我说。"

"哦。"司笙将手机放在一边,拿起书,等待凌西泽主动结束话题。

凌西泽却没有结束的意思:"跟司家的人都见面了?"

"嗯。"司笙一想,补充道,"吃了顿饭。"

凌西泽问:"感觉怎么样?"

司笙停顿半刻,然后回答道:"怪怪的。"

"怎么？"

司笙单手支颐，想了想，才挑了个重点："章姿不知道司裳是漫画家，但司尚山还挺支持我当漫画家的。"

凌西泽是个聪明人，一琢磨就大致猜出了司家的情况。

"章姿是司家强行让司尚山娶的，当年司家生意出现问题，是章家帮忙才解决的。"凌西泽将打探到的消息一一告知，"之后司尚山自己创业，现在他基本脱离了司家。"

"你还知道这种八卦消息？"司笙感到有点儿意外。

凌西泽一噎："不是秘密，随便问问就知道了。"

"传说中的豪门秘辛？"

从司笙的眼里看到了趣味和好奇，凌西泽一时无语，不知该哭还是该笑。

她知不知道现在自己就身处"豪门"之中？

不过就现在的情形来看，司家的情况还是挺简单的。司尚山确实想认司笙这个女儿；司裳有把柄被抓在司笙手里；司风眠谦逊有礼还有点儿单纯，对司笙并没有明显的抗拒；只有章姿是非常不欢迎司笙的……

但以司笙的脾气，她在司家的日子，应该不会难过。

难得跟司笙视频一次，凌西泽没有主动挂断，一直有一搭没一搭地跟她聊着天儿。

门被轻叩了一下，凌西泽随即听到门锁"咔"的一声。

凌西泽一抬眼，就看到端庄优雅的陆沁同学端着一盘水果，缓缓走入书房。

司笙回了司家，他也就没有去水云间住了，加上很久没回凌家了，今日就回来了，看看陆沁和凌宏光。

凌西泽下意识地看了一眼放在斜侧的手机。

"你爸下午去摘的草莓，给他个面子……"陆沁话还未说完，就注意到了凌西泽的小动作，便顺着他的视线看了过去。

手机屏幕里是一个叠腿坐在摇椅上的美女侧影，身材纤细，气质恬静优雅，绾起的发丝垂落一缕，遮挡了侧脸，但轮廓隐约可见。她一只手拿着书，另一只手抵着下颌，低头，神情十分专注。

那是一抹绝色！

陆沁把水果盘往桌面上一放，笑得眉开眼笑："我儿媳妇啊？"

凌西泽喊陆沁："妈。"

"妈？"

这时，视频那边在看书的司笙听到了，心不在焉地重复一声，偏头垂眸看过来。

她看到手机屏幕上出现了两个人，愣了一下，几秒后才想起自己刚刚重复了什么，一向心理素质好的她竟不知该说什么了。

陆沁脸上笑意渐浓："唉，是笙笙吧？"

司笙迅速地冷静下来，喊道："阿姨。"

视频里，凌西泽明显扭过头，抬手遮着唇，笑得很欢。

有人来了他也不提前说一声。

"你们聊，你们聊……"陆沁嘴上这么说着，下一秒却问道，"笙笙什么时候有空来家里坐坐？"

司笙应付了好一会儿，陆沁才恋恋不舍地离开。

凌西泽笑够了，不仅没帮忙打圆场，还跟哑巴似的在一旁瞧着。陆沁一走，他瞥见司笙的神情，就知道司笙有点儿不爽，他"唉"了一声，想说点儿好听的，结果司笙直接关了视频。

凌西泽自作自受。

司笙确实只在司家待了一天。

第二天，她吃过午饭，就离开了。

正好周日，宋清明放假，秦凡闲在家里没事做，得知司笙去了司家又回来的事，晚上他们就结伴过来凑热闹。

秦凡："感觉怎么样啊？后妈有没有刁难你？你的弟弟妹妹如何？昨晚有没有上演狗血的豪门钩心斗角的大戏？"

宋清明："说吧，我们听着。"

秦凡和宋清明都算出身不凡。

秦凡不用说，有秦融这般身份地位的爷爷，但他父母双亡，秦家就他一根独苗，秦融虽然家教严，可还是打心底里疼爱秦凡的。

宋清明祖上就是搞学术的，爷爷是文物修复师，父母移民国外搞科研，家里就他一个小辈。

没有兄弟姐妹跟他们争夺家产、钩心斗角，他们俩跟司笙一样，都没见识过豪门的狗血大戏，并且都古怪地对这些事情持有一定的好奇心。

萧逆将切好的水果端出来，司笙用牙签挑了一块苹果，边吃边回答："没有故事。"

"怎么会？！"秦凡显然不信，"他们都喜笑颜开地接纳你了？"

司笙想了一秒："那倒没有。"

"就是嘛！"秦凡往司笙的方向靠近了些，摩拳擦掌，"来，说说。"

司笙不想搭理他，咽下苹果，瞥见准备离开的萧逆，忽然问："忽然多了个姐姐，你怎么想？"

"嗯？"萧逆忽然被点名，愣了愣，凝眉看过来。

然后，他发现司笙、秦凡、宋清明三个人的视线都落在他的身上。

他莫名其妙，思考几秒后，老实地回答："没感觉。"

司笙匪夷所思："哪怕我长得这么好看？"

秦凡附和地点头："对，忽然冒出个天仙姐姐，你一点儿感觉都没有？"

萧逆一直很纳闷儿司笙为何对自己的美貌有如此清晰的认知，这一刻，他明白了——大概是此人一无是处，所以她身边的人最爱吹嘘她的美貌。

萧逆顿了顿，认真地回想着感受，然后如实回答他们："我第一次见她，是在葬礼上；第二次见她，是在那之后的两个月后。"

司笙仔细地想了想，发现她也没什么感觉。直至她将萧逆带回水云间，发现萧逆还会做饭后，才觉得有个弟弟真方便。

"弟弟啊，"秦凡走过去，拍着萧逆的肩膀，语重心长地道，"我们家天仙第一次当姐姐，你理解一下她。男子汉嘛，她做什么你都让着她就行。"

萧逆难以置信地瞧了秦凡一眼。

合着司笙就是被他们惯得这般骄纵的？

萧逆看向司笙，发现司笙还挺认同秦凡的说法，一副理所当然的模样。

萧逆心想：这个姐姐的本性是真不错，被外公疼、发小儿惯、男朋友宠，三观没长歪，抛去一些小毛病，简直是个心地善良的小仙女。

又一个周五。

晚上八点，Zero 的《九号基地》和 UU 的《第一废墟》同时更新。

两部作品现在热度极高，CC 漫画上的数据显示总追更人数已达到百万，不过《九号基地》的读者占据多数。

而且，《九号基地》的热度正在不断攀升。

两部作品同时更新，CC 漫画的服务器都瘫痪了，卡了几分钟才恢复正常。

没多久，《九号基地》和《第一废墟》的评论区就吵翻了天，同一时间两部作品都上了话题榜，各大论坛亦是遍地的分析帖、八卦贴。

究其原因，是《九号基地》的第二话公开了世界观，跟《第一废墟》前四话所展露的世界观相似，很多梗都撞上了。因为《第一废墟》是提前一周发布的，《九号基地》直接被打上抄袭的标签，双方读者在网上吵得沸沸扬扬，乱成一锅粥。

网上渐渐分为三派：一派是绝对不信 Zero 抄袭的，誓死维护；一派是保持中立或者看戏的，持观望态度；一派是借此机会不遗余力地抹黑 Zero 的。

司笙看到乔一林来电时，正在跟凌西泽组队玩战术射击游戏。马上就要跳伞了，她跟凌西泽说了一声，点了跟随跳伞就接了电话。

"Z 神，现在网上出现大批读者说你抄袭，等热度持续一周，很多路人都可能觉得你抄袭，会不会玩脱啊？"

乔一林心急火燎。

暖气一直开着，室内空气干燥闷热。司笙从书桌前起身，来到窗前，将窗户推开，外面寒风吹入，迎面拂过，撩起一缕青丝。

司笙神情未变，淡声道："不会。"

"万一……"

"没有万一。"

乔一林很想相信司笙,但这种在刀尖上跳舞的事他做得少,跟司笙比,他缺少冒险精神,实在不得不考虑最坏的结果。

窗外有一棵梧桐树,入秋后落了叶,枝干光秃秃的,在昏黄的灯光里轻轻摇晃,割裂了一窗的光影。

司笙从电话里的静默探知了乔一林的心思,扬唇轻笑,一字一顿地道:"只要下周的热度比这周的热度更高,就不会出现你担心的后果。"

她淡定自信的声音,让乔一林微怔,完全说不出否定的话。

"你不用担心,"司笙的嗓音淡淡的,"这会儿最担心的,是另一个人。"

司笙跟乔一林打完电话后,抱着忽然闯入卧室里的霜眉坐回椅子上,重新进入游戏中。

她的游戏角色还活得好好的。

她的游戏角色站在大街上,被凌西泽的游戏角色保护着,一个枪子儿都没挨。

"乔一林找你?"凌西泽一看到司笙上线,就问了一句,简直料事如神。

"嗯,他担心我玩脱了。"

"瞎操心。"

司笙捡着凌西泽的游戏角色在她的游戏角色脚边扔的一堆装备,勾了勾唇,有些得意:"是吧。"

"你玩脱了还有我。"

这个男人真是自恋得没话说。

一分钟后,满配的司笙的游戏角色在提着手榴弹攻击别人时,一时失手,手榴弹扔到自己脚边,跟凌西泽的游戏角色同归于尽。

良久,凌西泽斟酌着评价:"你这操作……"

"嗯?"司笙眯了眯眼,声音里夹带着一点儿危险的意味。

凌西泽一秒接过话:"厉害!"

第四章
新的一年

隔日下午,司风眠正在家里刷题,忽然接到司裳的电话。

"姐?"

"风眠,你在家吗?"

司风眠将笔搁下,起身开窗,说:"在。"

司裳静默两秒,轻声问道:"妈那边是什么情况?"她的声音有点儿紧张。

"嗯?"司风眠愣住,一时没反应过来,"妈怎么了?"

司裳斟酌了一下,说出自己的顾虑:"她打电话催我回家,我在想,她是不是知道我在画漫画……"

"姐,你先别担心,我在家里没听到动静。"司风眠侧耳听着动静,确认一切如常后,安抚道,"你什么时候到家?你快到的时候跟我说一声,我到时候下楼。没事,有我呢。"

"行。"司裳稍稍放下心。

自打 Zero 的《九号基地》发布以来,《第一废墟》和《九号基地》轮番上话题榜,现在闹得圈外人都知道了。

司裳参加过 CC 漫画的专访,当时想着身边没有看漫画的人,所以编辑要她的照片时,她就没有顾虑地给了。现在热度一上来,网上一搜就可以看到她的照片,光是昨晚,就有好些同学、朋友联系她,询问UU是不是她。

所以,章姿极有可能知道了。

想到章姿平时提及漫画时轻视的模样,司裳就没来由地心惊胆战。

司裳即将到家时,跟司风眠说了一声,然后紧张地进了家门。

"回来了?"章姿坐在客厅的沙发上,听到动静后瞧了一眼司裳,神情淡淡的,看不出喜怒。

这时,司风眠走下楼,跟司裳对视一眼后,故作轻松地笑了笑:"姐回来了啊。"

"嗯。"

司裳朝司风眠点点头,拘谨地走向章姿,隔着一两米时停下,轻声喊道:"妈。"

章姿将手中的茶杯一放,瞥向她:"你是不是在背着我画漫画?"

章姿的声音里蕴藏着怒气。

司裳身体一震,紧张地抿了抿唇,下意识地低头,不跟章姿对视。

司风眠见状,三两步走过来,帮忙说话:"妈,姐只是有点儿爱好而已……"

话说到一半,司风眠就被章姿瞪了一眼,只得偃旗息鼓。

章姿的脸上看不出愤怒,口吻倒是有几分失望:"如果不是你陈阿姨今天打电话问我,我还真不知道你竟然敢瞒着我在画漫画!"

"妈,对不起。"司裳轻咬唇角,小声辩解,"我是真的喜欢漫画,就利用课余时间画画。"

"喜欢就喜欢吧,想当漫画家就当漫画家吧。"看司裳这可怜又紧张的模样,章姿的神态缓和了不少,说,"你要是好好地跟我谈,我也不见得会阻止你。"

"真的?!"

"真的?!"

司裳和司风眠异口同声,都露出了欣喜之色。

章姿偏头看了司风眠一眼,佯怒道:"没你什么事。"

司风眠赶紧低头降低存在感。

司裳欣喜若狂，激动之余，直接扑到章姿的怀里："谢谢妈！"

"在做什么？"楼上忽然传来司尚山的询问。

"爸。"司裳赶紧松开章姿，坐到一边，脸上笑意未减。

章姿回过身，朝楼上望去，笑着说："裳裳瞒着我们画漫画呢，成绩还不错，网上很多人喜欢她，有好几百万的粉丝。"

"是吗？"司尚山愣了一下，倒也没太大的反应，只是点点头，"有点儿兴趣爱好也不错。"

司裳的心"咯噔"一下，欢喜被浇灭一截。

不错？

她有作品、有成绩，司笙连作品都拿不出来，凭什么对司笙是"我们家就缺一个搞艺术的"，对她就只是"有点儿兴趣爱好也不错"？

本想让司裳的成绩引起司尚山的注意，见司尚山这般态度，章姿表情也变了，方才的轻松和喜悦渐渐变为阴沉。

司风眠也轻轻皱眉。

因司尚山这番区别对待，司裳心惊胆战后的欢喜雀跃，登时消失在清凉的空气里。

司尚山本人却毫无察觉，说完就出了门。

章姿的脾气一向不好，此次她竟没有发作，也没将怒火发泄在司裳和司风眠的身上。

她让司风眠回房间里复习，然后拉着司裳聊漫画的事，热情得让人颇为意外。

司风眠往楼上走时，隐隐听到章姿在说什么"采访"，心里感觉怪怪的。不过，章姿只要支持司裳画漫画就是好事，他没有多想。

司风眠回到房间里，发现微信有新消息，是萧逆发来的。

萧逆发来一张图片。

萧逆：这道题做了吗？

图片上是一道数学附加题，老师留的作业，是给那批拔尖学生做的。

萧逆解到一半卡住了。

哪怕萧逆没做出来，司风眠也不觉得意外。毕竟萧逆上次考试成绩确实很一般，还没到可以接触这种附加题的程度。

司风眠将解答过程拍下来，想发给他，但心思一转，又停了下来。

司风眠：没有。

司风眠：不过我看了一下，挺简单的。

司风眠：反正都要期末复习，要不我明天去找你，你要是有问题我们可以一起讨论。

萧逆看到第二行字时，就想把司风眠拉黑，见到第三行字后萧逆额角一抽，直接忽略，当没看到。

萧逆不知司风眠安的什么心，总是有意无意地打探司笙的事。现在司风眠想方设法地往司笙家里跑，恐怕醉翁之意不在酒。

可萧逆不知道，司风眠发完消息后扭头就联系了司笙，跟司笙说了明天找萧逆一起复习的事。司笙没觉得这事有什么不好，爽快地答应了，挂了电话后就将地址发给了司风眠。

第二天上午，萧逆听到敲门声去开门，看到拎着点心、背着背包站在大门外的司风眠，萧逆沉默两秒后，面无表情地想要关门。

"哎！"司风眠一伸手，挡住门，朝萧逆笑了笑，"我是经过姐同意的。"

萧逆拧眉。

司风眠看出萧逆的质疑，连忙解释道："你家的地址就是她给我的。"

"你有她的联系方式？"萧逆眉头皱得更紧了。

"有。"司风眠僵硬地点点头。

司风眠在心里琢磨着，该如何跟萧逆解释"司笙跟自己是同父异母的姐弟""萧逆和自己是异父异母的兄弟"的事。

但是，没等司风眠组织好语言，他就听到从里面传来司笙的询问："来了？"

"来了。"司风眠答应一声。

司风眠抬眸看去,便看到司笙隔着庭院站在屋檐下,肩上披着外套,脚下趿拉着拖鞋,怀里抱着一只白猫,猫咪"喵呜"地叫着。

她的眉目淡然,气质优雅,如同一幅丹青画卷。

司风眠一瞬间被惊艳了。

萧逆将司风眠的神情看在眼里,越发怀疑司风眠对司笙心怀不轨。

司笙什么都没察觉,直接问道:"在客厅里学习,还是去萧逆的房间?"

"房间。"萧逆冷着眉眼,抢在司风眠前面开口,"清静。"

"哦,"司笙说,"秦凡早上送来了水果和蛋糕,你待会儿拿过去。"

这一刻,萧逆看司笙的眼神,像极了在看一个"傻白甜"。她知不知道自己"引狼入室"了?

"正好,我也带了一些点心过来。"司风眠举起带过来的点心,说,"可以一起吃。"

"行。"司笙看了一眼,点头,抱着霜眉回屋了。

因为司笙这一打岔,司风眠忘了跟萧逆解释自己和司笙的关系,直接拎着东西进门,还勤快地做一些洗水果之类的活儿。

司风眠完全没注意到,萧逆偶尔瞥过来的眼神冷冷的。

司笙的房门敞开着,司风眠端着刚切好的水果来到门口。

"咚咚咚。"司风眠敲了三下门。

"有事?"司笙刚将电脑打开准备工作,闻声回过头,怀中的霜眉舒服地窝在她的怀里伸懒腰。

她的气质过于宁静安逸,司风眠看得有点儿恍惚,没有细想,直接喊道:"姐。"

他喊完后,二人都愣了,视线有一瞬的交会。

司风眠有点儿尴尬地低下头,很快又抬起来,佯装镇定地道:"我给你送点儿水果。"

"哦。"司笙将霜眉放在书桌上,然后站起身,将椅子往旁一提,径直走过来,接过司风眠手中那盘水果。

"对了,"司风眠莫名其妙地有些紧张,不知该说什么,脑子里转悠着无数话题,最终拎出一个,"我妈知道我姐……哦,就是二姐,知道她画漫画的事了，没有骂她。"

素来说话办事条理清晰的司风眠也不知这次是怎么了，好端端的说什么不好，偏要跟司笙说章姿、司裳的事。

章姿和司裳算是最不欢迎司笙回去的人了。

他的想法很单纯，他只是想告诉司笙，章姿态度的转变可能跟司笙有关，司笙的到来在某种程度上改变了司家，并且这样的改变不是坏事。

他是打心底里不希望司笙抗拒司家的。

"好事。"司笙轻描淡写地接过话。不过，内在逻辑一理清，恐怕就不是"好事"了。

章姿接受司裳画漫画，大概是因为司裳的《第一废墟》很火，相较于毫无名气的司笙，是一个可以在司尚山面前炫耀的资本。

对比之下，两个女儿的成绩高下立判。

可若是司裳马上因所做的错事身败名裂，而且导致这一切的幕后推手是司笙呢？

这对母女怕是想将司笙剥皮抽筋。

司风眠抿了抿唇，还想跟司笙说两句，但是还没有开口，就被一个声音打断了。

"你戳在这里做什么？"萧逆冷冷的声音从司风眠的身后响起。

"我……"

司风眠一扭头，对上萧逆警告的眼神，一怔，随即问道："怎么了？"

"我有道题想问你。"萧逆根本没给司风眠说话的机会，抬手抓住司风眠的后衣领，不由分说地将司风眠拎走了。

不明所以的司笙见二人消失在门口，耸了耸肩。

室内温暖如春，室外冰天雪地。

萧逆和司风眠学到下午，司笙不知从哪儿弄来一台游戏机，让他们到客厅里玩游戏，加上一堆点心、瓜果、零食为伴，日子过得悠闲自在。

气氛过于惬意、安乐，时间似乎都过得缓慢了。

对于司风眠而言，这是在家里从未有过的体验。

章姿对子女严厉，有强烈的控制欲，总是束缚他的一举一动；司尚山不管家事，不擅长沟通，所到之处气压都很低。

司裳上大学前时常在家，跟司风眠关系亲近一些，不过上大学后就鲜少回家，跟司风眠的共同话题也慢慢减少了。

这些都是司风眠不愿待在家里的原因。

司风眠在这里，哪怕是跟萧逆斗斗嘴，同司笙玩玩游戏，再逗逗那只叫霜眉的猫咪，都觉得轻松自在，连呼吸都变得顺畅起来。

只是，一天再漫长，也有过完的时候。

"我得走了。"天色渐黑，司风眠看着外面的院子，眉眼的神采淡了一些。

萧逆收拾好游戏机，头都没抬一下："不送。"

"送送吧，"正在剥橘子的司笙似乎被萧逆提醒了，抬眼跟萧逆说，"胡同的路不好走，送他出胡同口。"

萧逆心说：他就不该接这句话。

司风眠看着司笙理所当然、萧逆憋屈不已的模样，一乐，神采又回来了，扭头忍不住笑起来。

纵然萧逆万般不愿，却没和司笙闹脾气，看了一眼司笙那张脸，平复了一下心情，然后老实地换上外套，板着一张脸拎着司风眠出门了。

司风眠被一路拽出院子才被松开，他隐约猜到萧逆想歪了，有点儿想笑，低头摸摸鼻尖，示好地喊道："哥。"

萧逆眉眼瞬间冷了个彻底："好好说话。"

司风眠哑了两秒，失笑："我跟姐……"

没等司风眠说完，萧逆转身就走。

司风眠眨眨眼，抬手挠挠头发，哭笑不得地跟在萧逆的身后。

萧逆全程冷着脸，拒绝跟司风眠交流。

不过司笙的话萧逆倒是放在了心上，带着司风眠走出胡同后，还主动给司风眠拦了一辆车。

司风眠拉开后座的车门，本想弯腰上车，倏地想到了什么，把手搭在车门上,然后露出灿烂的笑容,跟萧逆摆了摆手:"哥,再见!"

说完他就钻进了车里。车门被关上,车子快速驶离。

萧逆看着逐渐远去的车子,心想:这小子有病。

从四合院到家里有点儿远,司风眠将近七点才到家。

司风眠进门前,特地看了一眼手机,确定没有章姿的夺命连环电话,还有点儿意外,只当章姿应该不在家,没注意他这么晚才回来。不承想,他刚进客厅,就听到热闹喧哗的声音。

"UU……不,司小姐,非常感谢你的配合。"是一个青年的声音。

司风眠抬眼看去,看到好几个陌生人,有扛摄影机的,有拿话筒的,有拿稿纸的……看这架势,这些人应该是记者。

除了记者,章姿和司裳都在。

司裳妆容精致,笑得甜美可人:"麻烦你们了。"

这是怎么了?

正值司风眠纳闷儿之际,阿姨从前方走过,他拉住阿姨询问情况。

"他们是《南城日报》的记者,来采访司裳小姐的。"阿姨解释,"听说司裳小姐的漫画特别火,出了名,他们想给司裳小姐做人物专访。"

"哦。"司风眠皱了皱眉。

"慢走啊。"等司风眠回过神时,章姿已经将几个记者送到了门口。

司风眠让开几步,几个记者打量了一下他,他同他们点点头,算是打了招呼。

"没想到家里这么有钱。"

"是啊,家教好,长得漂亮,学习还好,简直是人生赢家。"

"条件都备齐了,这样的人,就算没有才华,放到娱乐圈里一样能火。Zero可惜了,人都联系不到。"

…………

司风眠隐约听到他们的议论声。

司风眠一抬眼,看到章姿、司裳脸上喜悦的笑容,抿了抿唇,感觉有些疲惫。

几天后，网上有关"《第一废墟》和《九号基地》撞梗"的热度刚退，《南城日报》冷不防发出的一则人物专访，再次将热度提了上来。

人物专访以文字的形式发表在日报上，同时以视频的形式发表在网上。

专访视频一经发布就获得网友的大量转发与热议。

视频里，司裳坐在宽敞明亮的客厅里，长得娇俏可爱，穿着简约大方，举止优雅得体，面对镜头时不紧张，不露怯，自信又有礼貌。

八分钟的视频，讲述了她成为漫画家的经历，以及成为漫画家后的心路历程。

对于《第一废墟》和《九号基地》的争议，她也做出了正面回应。

"我个人是非常喜欢 Zero 的，读高中时我经常躲着家里人偷看 Zero 的漫画。读者都看得出来，我早期作品的画风确实有模仿 Zero 的作品的画风的痕迹，这是不可否认的。

"这次跟 Zero 选择同样的题材，说实话，我很紧张，怕被 Zero 衬托得一文不值。不过，我也很兴奋。

"世界观相似这个问题，我相信这只是巧合。退一万步，对于我们这些萌新漫画家来说，Zero 能看得上我们的构思，不也是我们的荣幸嘛。嗯，我还是希望读者们能更理智地看待这个问题。"

…………

一番回应，不卑不亢，乖巧礼貌，落落大方，顿时博得万千网友的好感。

"看不出来，本人竟然这么可爱。"

"本人京城大学大三学生，看到视频惊了。UU 是我们京城大学历史系的学生，本人超级好，年年拿奖学金，还多才多艺……总之，是超级女神的存在了。"

"她在回答撞梗那件事上好棒，还大方地承认自己模仿了 Zero 的作品的画风，看得出她坦坦荡荡的。Z 神再不正面回应，我就要翻墙了。"

…………

在诸多称赞里，也有人看完视频后觉得不对劲，专门开帖讨论此事。

UU确实很优秀，不过没人发现，她说"Zero能看得上我们的构思，不也是我们的荣幸嘛"，这是以退为进、暗指抄袭的意思吗？
…………

有了这段视频，全网舆论都往UU那边倾斜，Zero依旧没有出面表态，被有心人士视作心虚。

周五，网上舆论持续发酵，读者和路人大清早就开始等待晚上八点的更新。

宿舍内，室友都不在，非常安静。司裳放下压感笔，仔细地检查今晚要更新的《第一废墟》第五话。

司裳看完两遍后，接到编辑木木的电话。

"UU，《第一废墟》第五话你画好了吗？"

司裳看了一眼电脑屏幕，说道："刚完成，我待会儿发给你。"

"行。"木木问，"是按照最初的分镜稿来的，还是你修改过的？"

司裳沉吟了下，说道："最初的。"

《第一废墟》的构思来源于哪里，司裳心里再清楚不过。她看到Zero的《九号基地》撞梗后，就隐约有些担心。

只是，她在图书馆里见到的是个年轻的女人，而Zero是公认的"抠脚大汉"，显然不可能是同一个人。

她本想着谨慎为上，改一下第五话的画稿，但是无论如何构思，她都觉得初始版本是最完美的，也是这部作品最重要的转折点，哪怕稍微修改一个情节，观感都会直线下降，很有可能会影响到后期口碑。

眼下她的热度这么高，《第一废墟》的成绩又有反超《九号基地》的趋势，这是最关键的时候，她必须保证质量，以最好的版本应对。

"我就说嘛，"木木笑了笑，调侃道，"这个版本已经是最好的了，你要是能再想一个更好的，我对你五体投地。"

"嗯。"司裳抿了抿唇。

电话里，木木让司裳保持心态好好发挥，以司裳现在的热度，今后必定前途无量，夸得司裳嘴角止不住地上扬。

司裳放下手机的那一瞬，手指微微颤抖。

她很兴奋,也很激动,但更多的是期待。

她将成为漫画圈的新一代传奇。

是夜。

八点未到,司笙刚吃过晚餐,就接到了楚落的电话。

"我紧张。"楚落没头没脑地冒出一句。

"怎么了?"

"我夜观天象,预感今晚有大事发生。"

司笙瞥了一眼手机屏幕,确定备注是"楚落"两个字,而非别的什么坑蒙拐骗的算命先生。

"你干脆提前告诉我今晚的更新是不是要搞大事?!"楚落直截了当地问道。

"啊。"司笙将椅子往后一拖,坐下来,懒洋洋地回应了楚落。

"我就知道!你故意跟《第一废墟》同一时间更新,任由抄袭言论发酵,绝对有计谋!"楚落磨了磨牙,"《第一废墟》跟《九号基地》撞梗,但比《九号基地》提前发布,你是不是又丢三落四地将分镜稿放在哪儿了?"

司笙沉默了一秒,然后转移话题:"你前几天说要去逛街买衣服,什么时候去?"

楚落没搭理她,笃定地说道:"果然丢了。"

"八点了,我倒要看看你想怎么对付 UU。"时间一到,楚落扔下话,然后就没了声。

司笙没有挂电话,将手机开了免提,放在电脑旁,漫不经心地打开网页。

几分钟后。

萧逆敲了敲门,端着洗好的水果走进来。

他刚将果盘放在书桌上,就听到一道声音从手机里传来——

"司笙!你敢不敢做个人?!"

萧逆被这猝不及防的声音吓得一惊,眉头轻扬,扭头看去,突然见到司笙眯了眯眼,唇角适时地弯了弯。

这看得他毛骨悚然。

司笙轻笑。

不好意思，今晚，她不做人了。

八点整。

CC漫画的官方微博发布了《第一废墟》和《九号基地》的更新，吸引了所有关注这两部作品的读者和网友前来观看，想验证《九号基地》是否真的抄袭了《第一废墟》。

但是，等他们看完后，一个接一个地石化了。

"Zero不做人，最强反派。"

"大叔！你玩得这么大，也不怕天被你玩塌了！"

"狠，Z神太狠了，什么仇什么恨，就算UU抄了你的……好吧，Z神威武，Z神牛！"

…………

八点一刻，各个论坛上同一个帖子被推上了热门。

标题：今晚大叔不做人，《九号基地》最新出场的反派是《第一废墟》的男主人公！

内容：《九号基地》第三话和《第一废墟》第五话同一时间更新，《九号基地》和《第一废墟》揭露了同样的"异人"设定，从外形到设定一模一样。此外，《九号基地》里最新出现的反派角色，跟《第一废墟》的男主角长得一模一样，甚至连名字都一样，一个字都没改。

跟帖的人一片惨叫。

大叔不愧是大叔，直接用漫画内容正面对抗！还有，直接用人家主角算什么，就算是你借鉴的，好歹也稍微改一下好嘛！

楼主分析得不全面，《九号基地》第三话展露出来的世界观明显要比《第一废墟》成熟，构建宏大，包揽了《第一废墟》至今为止透露的所有世界观不说，还展现了更完善的设定。谁抄谁，不言而喻。

Zero这一顿操作太狠了。第一周，《九号基地》跟《第一废墟》同时更新，引导读者将两部作品进行对比；第二周，《九号基地》透露世界观，跟《第一废墟》撞上，让网友抨击Zero抄袭；第三周，将UU捧到云端，又让她狠狠摔下来。

…………

《九号基地》第三话一面世，不用 Zero 亲自开口，就澄清了抄袭传言，并且成了《第一废墟》抄袭的铁证。

不过，因为 Zero 这一番操作着实歹毒，将 UU 的退路堵得死死的，加之 UU 又有女神的标签，软妹子的形象很得颜控的心，所以网上抨击谩骂 UU 的少，多数竟然是可怜她的。

其中 Zero 的读者居多。

"太可怜了，安慰一下 UU 妹子，以后离 Zero 这个魔鬼远点儿。"

"能拿到 Zero 的构思应该是私下认识吧？UU，Zero 对你下手这么狠，你就不想爆料一下 Zero 姓甚名谁吗？"

"求 UU 的心理阴影面积。"

…………

没见过读者不帮正主说话，反倒主动去同情抄袭者的，评论区一片和谐欢乐的氛围，尽显人世间的真善美。

相较于 Zero 本人，Zero 的读者俨然是天使。

就在舆论还没有彻底消退时，CC 漫画平台又来推波助澜。

CC 漫画团队做了两件事。

第一，在 CC 漫画下架《第一废墟》，官方微博删除所有与《第一废墟》相关的微博。

第二，官方微博宣布跟 UU 解约。

同一时间，京城市图书馆的官方微博公开了一段监控录像。

视频一共八分钟，是司裳在图书馆里捡到分镜稿的全过程，全程只有她一个人出镜，保护了 Zero 的隐私。之后视频又通过几个镜头放大了分镜稿页面，几个分镜图俨然跟《第一废墟》一模一样。

这无疑是铁证如山。

倘若漫画的说服力不够，那么，官方表态和监控视频的出现，就让司裳彻底没有翻身的机会了，连狡辩的机会都没有。

网友们后知后觉地想起司裳接受采访时那一番"Zero 能看得上我们

的构思,不也是我们的荣幸嘛"的言论,当即冷汗涔涔,从司裳身上感觉到了恶意,再去看这个恬静温软的小姑娘时,只觉得毛骨悚然。

自此,司裳的口碑彻底崩盘。

司风眠是在做完一套试卷后,随手刷微博时,才知道《第一废墟》抄袭《九号基地》的事。他神情凝重地看完了所有的证据,眉头拧得越来越紧。

"妈——"

隔壁房间里的惨叫声入耳,司风眠登时站起身,没有多想就冲出了门。

"养你这么大,你就是这么给我丢脸的?!

"我前几天还在亲朋好友面前夸你,你做了什么?你让我成了一个笑话!

"我不是让你别碰漫画,别碰漫画!你听进去过吗?!"

司裳的房间里,传来章姿崩溃的怒吼。

司裳低声啜泣。

隔着一扇门,司风眠光是想象里面的场景,就不由得毛骨悚然。

他没有再犹豫,猛地用身子撞门,连续撞击数下,门才"砰"的一声被撞开,整个人也随着力道冲了进去。

"啪!"

耳光清脆的声响,清晰明了地响起。

司风眠愣了一秒。

司裳穿着睡衣,缩在角落里,头发凌乱,双眼通红,狼狈不堪,脸上是鲜明的手掌印,又红又肿。

章姿站在司裳跟前,状态也好不到哪儿去,近乎癫狂,怒目圆睁,表情扭曲,毫无司风眠印象中"端庄贤淑"的模样。

"妈!"司风眠眼看章姿又一巴掌要挥下去,他一个箭步冲上去,直接抓住章姿的手。

他难以置信地看着章姿:"妈,你在做什么?"

章姿的手腕倏地被抓住,这一巴掌没落下去,她僵硬地转过头,面色惨白,双目无神,那一瞬像极了行尸走肉。

她怔怔地盯着司风眠,似乎过了几秒才想起司风眠是谁,她双唇颤抖着,声音嘶吼地责问:"眠儿,你也不听我的话了,是吗?"

"妈,你知道自己在做什么吗?"司风眠紧盯着章姿,"就算姐做错了事,你也不该打她。"

"我跟她好好说话管用吗?我尽心尽力地培养她,花了多少时间、心血,她回报给我的是什么?!"

章姿被气疯了,甩开司风眠的手,指着司裳,怒声指控:"让她别碰漫画,她听过我的话吗?偷画漫画就算了,还抄袭!现在好了!脸也不要了,我们家陪着她一起丢脸,让全国的人看笑话!我培养出一个什么东西来?!"

章姿濒临崩溃,字字句句都离不开"颜面"。

子女活在章姿的严厉管教下,如同她操控的木偶,是她维护颜面、获得司尚山的关注的工具,被迫剥离所有自主的想法。

司风眠深吸一口气,平复了一下心情,没有给这一团糟的现状添火,而是安抚道:"妈,有什么事明天再说。你们都冷静一下。"

章姿情绪不稳定,如同一颗定时炸弹,司风眠花了点儿时间哄她,总算让她的情绪平稳下来了,最终成功地将她送回房里休息。

折腾一番后,司风眠回到二楼,路过司裳的卧室时,停了下来。

门还开着,房间里没有开灯,里面传来低声啜泣的声音。

他往里一看,司裳坐在角落里,抱着双膝,双目通红。

司风眠静默片刻,然后走进去,来到司裳跟前,伸手去拉她:"姐……"

"出去!"伴随着司裳的尖叫声,司风眠的手被挥开。

司风眠动作僵了一瞬,担忧地看着她,轻声道:"姐,你需要好好休息。有什么事可以跟我说。"

"你懂什么?!你做什么都轻轻松松的,无论得到什么都不费吹灰之力,你知道我得到这一切有多难吗?!"司裳仰起头,布满血丝的眼睛里只有绝望和憎恨,她泪迹未干,怒声道,"我不需要你管,你给我出去!"

司风眠愣在原地。

司裳的情绪如此激动、负面，一时间，他不知该说什么好。

他知道，司裳在学习能力方面不如他，但她又被章姿寄予厚望，所以她日复一日地逼迫自己，从小到大，为了让章姿满意，她努力地学习所有该学的东西。

成绩永远要得第一，所以她每晚都得熬到凌晨三四点；章姿逼她学好舞蹈，她连摔伤了都得忍着疼痛练习；受挫了她不敢跟章姿诉苦，会被骂，只能偷偷躲在被子里哭，哭完还得爬起来继续学习……

只是，曾经的痛苦并非她走捷径的理由。

可看着这样的司裳，他又说不出半句苛责的话。

半晌，他低声道："姐，你好好休息。无论什么事，都会过去的。"

他转身，走出卧室，轻轻地关上门。

自从《九号基地》发布以来，连续三周都有话题，一次比一次劲爆，导致事情持续发酵，关注此事的人数之多堪称恐怖。

《第一废墟》下架后，除了小部分苛责 UU 恶行的，很多人将注意力转移到《九号基地》的作者 Zero 的身上。

曾经的 Zero 只在漫画圈里火，经此一事，Zero 直接火出圈外，让不看漫画的路人，都对 Zero 产生了好奇，控制不住地在网上搜索 Zero 的消息。

然而，网上关于 Zero 的个人信息少得可怜，他们一扒，发现"Zero 是大叔"的事压根儿没有证据，简直就是空穴来风。

路人糊里糊涂的，在论坛上发问。

有人回答：Zero 出道七年，最起码三十岁吧，Zero 的热血漫，偏向男性化，情节少有儿女情长，而且思维方式比较直，所以推测作者是男人。读者叫 Zero 大叔，Zero 也没有否认，所以就一直叫下来了。

答：这题我会！读者是通过 Zero 微博寥寥无几的日常动态推测的。Zero 曾在微博上发过一些在无人区的照片，是 Zero 拍的，所以大家都猜测 Zero 是个热爱冒险、体格健硕的男人。

答：叫 Zero "抠脚大汉""肌肉猛男"都是调侃啦，但是叫"大叔"

肯定没有错的。

  答：你们就没有想过，Zero 有可能是个年轻漂亮的女人吗？

  答：楼上醒醒吧，不可能的。

  答：楼上醒醒吧，不可能的。

  …………

  就这样，Zero 的大叔形象，在路人和新读者的眼里，彻底定型。

  周末，网上的热度尚未平息，对 Zero 的猜测众说纷纭。

  话题中心的人却没当回事。

  下午两点，凌西泽拎着一堆吃的来串门，萧逆开了门。

  凌西泽问："她呢？"

  萧逆估摸着说道："在房间里吧。"说完萧逆就回自己的房间里了。

  在萧逆心里，凌西泽和司笙就是情侣关系，萧逆压根儿没多想。

  凌西泽进了客厅里，把东西一放，先是跟易中正打了声招呼，然后来到司笙卧室门口。门没关紧，开了一条缝，他侧耳去听，没听到丝毫动静。

  "咚咚。"

  他屈指轻轻敲了两下，没有等到回应。

  凌西泽一顿，然后干脆将门推开。

  午后天气明朗了些，阳光透过干净明亮的窗户射进来，室内光线充足。

  窗户下是一张书桌，摆着一台电脑和琐碎的文具，司笙正趴在桌上睡觉，侧着头，枕着一只胳膊，另一只手搭在桌面上。

  透射进来的阳光罩在她的身上，洒落下明亮的光和一道道阴影，她静静地趴着，眼睛微闭，在细碎跳跃的飞尘里，美得好似一幅画。

  窗户开了一点儿，有清凉的风从缝隙漏进来，吹开了书的一页，像是翻开时光的篇章。

  凌西泽在门口站着，不知过了多久，才缓过神来。

  他走进卧室，随后拿起一条毛毯抖开，走至司笙身后。

  他微微倾身，动作轻缓地摊开毛毯，将毛毯轻轻地搭在司笙的肩上。

他的动作再轻,司笙也感觉到了。司笙肩膀微动,没起身,只是眼睛睁开一条细缝,隐约看到站在阴影里的身影,辨认出他的身份后,眼睛又缓缓闭上了。

"来了?"司笙张了张口,声音轻飘飘的,一听就是没睡醒。

凌西泽放缓了音调,问道:"嗯,再睡会儿?"

"嗯。"她的鼻音极轻,轻得跟风拂过耳侧似的,之后,再没了声响。

凌西泽静静地看着她恬静美好的睡颜,此刻,有足够的时间,让他把这一刻的画面一点点地镌刻在记忆里,无人惊扰。

他的唇角不知不觉地弯了起来。

良久,他转过身,欲要出门,忽然见到被扔在被子上的手机。

那是司笙的手机。

鬼使神差地,凌西泽走过去拿起她的手机。

屏幕亮起,需要解锁。

然而,凌西泽看到屏保的那一刻,心倏地一缩,他微微一怔。

那是一只手,司笙的左手,纤细的手腕上,是一根绕成几圈的黑绳,手工编织,算不上精致,甚至还挺粗糙的。

那是他送的手绳,他拍的照片。

"你花了三天,就织了这么一个玩意儿?搁外面两块钱都没人买。你惨了,以后要是落魄了,去卖手工艺品都没人要……算了,给我戴上,拍个照吧,留作纪念。"

司笙说这话时嫌弃的语气、无语的神态,还有刻意克制的喜悦,都在他的脑海里闪现。

她还留着这张照片?

片刻,凌西泽侧首一看趴在桌上的司笙,弯唇轻笑。

他抱着试探的心思,摁下屏保密码:六个零。

他顺利地解锁。

凌西泽惊得挑了一下眉毛。

凌西泽不知想到了什么,眉眼微动,没有就此放下司笙的手机。

他摸出自己的手机，通过微信将一张照片发到司笙的手机里。

几分钟后，一条微博出现在 Zero 的微博首页。

Zero：她不是大叔。

博文下面还附了一张照片。

一条微博、一张照片，让认定 Zero 就是大叔的网友们炸开了锅。

照片是一个女生的背影。

女生扎着丸子头，清爽干净，露出细长的脖颈，穿着浅绿色的长款针织圆领毛衣，衣服是宽松的款式，松松垮垮的，下身穿着牛仔短裤，她盘腿坐在地毯上，露出了一截又长又细的美腿。

她背对着镜头，举起右手，微微倾斜向上，手臂修长纤细，宽松的袖口滑落下来，手腕处有几圈黑色的长绳随意地缠绕着，跟白皙的皮肤形成鲜明的对比。

而她的手里，抓住游戏机手柄。

这个形象清纯、阳光、活泼。

照片整体干净，色调柔和，女生青春活跃的气息，从屏幕里呼之欲出，令人为之心动。

世间所有美好的词汇，都不足以形容她的美好，哪怕是一个背影。

一开始，网友是不信的，只当 Zero 在开玩笑。

直至有人通过照片中女生手上的黑绳扒出蛛丝马迹，网友这才后知后觉——Zero 可能真是女人，年龄还不大！

"你们试试保存照片，这张照片在手机相册里显示的时间是六年前拍的。不过 Zero 出道七年，看照片，她三十岁都不到……"

"发现她手腕上的黑绳了吗？好几年前，大叔发过一个登山包的图片，这根黑绳就绑在背包上，跟大叔去过很多地方。我是一点点看着这根黑绳变旧的。"

"那么问题来了，以后是要叫大叔，还是叫小姐姐？"

"所以发微博的是小姐夫？我忽然感觉吃到了糖。"

…………

凌西泽偷偷摸摸地拿着司笙的手机干坏事,她一觉醒来看到楚落的询问消息后才知道这事。

她蒙了两秒。

五分钟后,她走出卧室。

她视线一扫,忽然见到罪魁祸首坐在沙发上,悠然自得地削着苹果。

他对面的电视机开着,正在播放农业节目,教观众如何科学种植。

"醒了?"凌西泽看了她一眼,毫无做贼心虚之色。

司笙眼睛一眯,大步走过去,绕到沙发后面,压低的嗓音杀气腾腾:"你动我的手机了?"

她伸出手,刚想从凌西泽的身后对凌西泽扼喉,结果她的手刚到沙发后面,她微微俯身,凌西泽的手忽地往后一抬,手中的水果刀戳着一块苹果,将苹果送到了她的嘴边。

"嗯。"凌西泽坦白承认。

司笙顿了顿,睨了一眼雪白水嫩的苹果,一张口,将苹果咬住。

清甜爽口的苹果肉一到嘴里,司笙顿时就没了怒气。

她咽下苹果,佯怒地瞪了凌西泽一眼:"手贱不贱?"

"帮你稳固一下你的支持者群体。"

"我靠的是才华。"

"是是是,才华。"

哪怕司笙说得没错,凌西泽瞥见司笙那张漂亮的脸蛋儿后,都对这个说法忍俊不禁。

她明明长得这么美,偏要说自己靠才华,太过分了。

司笙拿着手机在一旁坐下,点开微博上的那张背影照片,端详片刻后,眼睑一抬,忽然问道:"你怎么还留着这张照片?"

"嗯,"凌西泽的声音一顿,然后他蓦地侧首看着她,微微靠近,压低的嗓音带着几分磁性,"跟你的手机屏保一样。"

司笙玩手机的动作一僵,眼皮一跳。

半晌,司笙恢复淡定的神态,说道:"别误会,单纯是你拍得好看。"

"嗯。"眼底有抹笑意闪过,凌西泽坐正了,没再继续这个话题。

司笙心不在焉地玩了几秒手机,用余光偷偷瞥着凌西泽,见他继续削苹果,不由得撇了撇嘴。

她真是窝火,又给了他嘚瑟的理由。

凌西泽陪着易中正聊了会儿天儿,晚上留下来吃饭。

晚饭是萧逆做的。

因为下午吃了点儿零食,司笙胃口不怎么好,饭只吃几口就放在一边了。因为这个举动,她生生被萧逆冷着脸睖了半个小时。

司笙几次跟他搭话,他都回应得挺冷淡的。

司笙将袖子一撸,扭头跟凌西泽吐槽:"这小孩儿哪儿来的毛病?"

凌西泽睨了她一眼,慢条斯理地提醒:"他答应给你做饭,唯一的要求就是——他做了你必须吃。"

司笙眼睛一眨,想起这茬儿,这才反应过来。

"萧逆。"司笙瞥见萧逆从厨房里走出来,喊了他一声。

萧逆没说话,视线直直地扫过去。

司笙说道:"你睡前将饭菜再热一下,我晚一点儿再吃。"

萧逆静静地盯了她三秒,"哦"了一声,但先前笼罩在眉眼间的冷意淡了几分。

他走到门口,忽然想到什么,顿住,然后偏头同司笙说道:"周一有家长会,你要去……"

"几点?"司笙随口问道。

萧逆微怔,轻抿着唇,然后说道:"十点,大概两个小时。"

"行。"司笙爽快地答应了。

萧逆走后,凌西泽瞧了一眼司笙,发现她在低头玩手机,他视线偷偷一扫,意外地瞥见"家长会"三个字,他一愣,随即回过味来,乐不可支。

"不用紧张,家长会而已。"凌西泽开解道。

司笙将屏幕摁掉,一记冷眼扫过去:"谁紧张了?"

"我。"凌西泽求生欲极强地接过话。

司笙轻哼一声。

不过，凌西泽就老实了一秒，很快老毛病又犯了，闲闲地问道："家长实习生，要我陪你一起去吗？"

"有这个必要？"司笙冷眼瞧着他。

凌西泽不紧不慢地道："想清楚了再说。"

沉默半晌后，司笙咬着牙："那你周一来接我。"

司笙的脾气不好，她第一次参加家长会，又没经验，如果没有人看着点儿，万一闹出点儿什么事，对萧逆在学校里的生活有影响。

凌西泽笑了："好。"

司笙抿了抿唇，又摁亮手机，想继续搜参加家长会的注意事项，这时手机忽然振动起来，是司风眠打的电话。

"姐。"

"什么事？"

司风眠本想客套几句，听到司笙问得如此直接，蒙了蒙，然后老实地开口："你周一有时间吗？我们学校要开家长会。"

"我得给萧逆开家长会。"

"哦。"司风眠有点儿失望。

司笙察觉出端倪，眼睛眯了眯："你爸呢？"

司风眠来找她，就证明他家里没有能参加家长会的人。

因为《第一废墟》抄袭的事，司裳恐怕得自闭一段时间，不可能参加家长会。章姿不去开家长会也能理解，她是个爱面子的人，这种时候是不会去学校任人嘲笑的，但还有司尚山。

司风眠沉吟了一下，平淡地道："他从来没去开过家长会。"

"他在家？"司笙问道。

司风眠犹豫了一下，"嗯"了一声。

从小到大，司尚山从未参加过家长会，无论是司风眠的，还是司裳的。

"哦，"司笙眯了眯眼，口吻笃定地道，"他会去的。"

司风眠实在没法儿向司尚山开口，但又不知该如何跟司笙解释。

他不知道的是，司笙前脚刚挂了他的电话，后脚就给司尚山打了电话。

所以,在司风眠为家长会苦闷时,他忽然收到司尚山的微信消息。

司尚山:周一有家长会?

司风眠:嗯。

司尚山:哦,别找你妈和你姐了,我去。

司风眠感动了一秒。

然后,他又看到司尚山发来的消息。

司尚山:你是怎么跟笙笙搞好关系的?

司风眠觉得自己在司尚山的心里,大概等同于拉近司尚山和大女儿关系的工具人了。

第一附中。

刚晴了两天,又开始变天,一大清早乌云密布,黑压压的云层笼罩在城市上空。空气干燥,天气预报说今晚有雪。

司笙和凌西泽提前一刻钟到了学校,发现校园里人头攒动,尽是家长的身影。

期末考试成绩今日公布,张贴在一楼的公告栏上,往来的学生和家长都可以自由观看。就是这样简单的一张纸,导致学生和家长的情绪呈现两极化。

二人路过时,凌西泽问道:"去看吗?"

"去。"司笙点了点头。

高二的成绩排行榜上,司风眠的名字排在第一。司风眠班级第一、年级第一,分数远超第二名二十多分,非常厉害。

司笙挑了挑眉:"司风眠这么厉害?"

她只是感慨一下,但周围几个学生听到了,又因为她长得漂亮,忍不住搭腔。

"必须的,他可是打不倒的人!"

"永远的第一。"

"姐姐,他还是我们学校的'校草',德智体美劳全面发展的大帅哥!"

司笙闻声失笑："那萧逆呢？"

她这一问，那几个学生脸色微变，欢乐轻松的氛围顿时古怪起来，他们打着哈哈说"不了解"，然后勾肩搭背地离开了。

司笙还隐约听到他们在说"萧逆这次作弊了吧""成绩怎么可能进步得那么快""那个姐姐是萧逆的家长吗"。司笙看了一眼他们的背影，微微蹙眉。

司笙收回视线，看向凌西泽，问："你看到萧逆的成绩了吗？"

凌西泽说道："班级第五，年级第十。"

司笙怔了一下。

萧逆上次被请家长时，她稍微了解了一下萧逆的成绩，不算吊车尾，中等偏下。他的成绩，努力一把可以考上二本。

现在这个成绩，确实有点儿颠覆他在别人心中的印象。

不过，司笙想到萧逆这一个月来的努力，以及每次他想辩解又无奈的神情，心里大概明白了。

这小子藏得够深的。

司笙手指抵着下颌，若有所思地问："你说奖励他什么好？"

凌西泽斜眼看着她，语重心长地说："你少吃零食多吃饭。"

司风眠是高二（3）班的班长。开家长会之前，他先去老师办公室里拿了一沓资料。他回来时，看到走廊里人满为患，门口和窗前都围着外班的学生。

视线扫过去，司风眠只觉得莫名其妙，忽然瞥见人群中有道熟悉的身影，伸手揪住那男生的后衣领，把男生拉了出来。

"哪个缺德冒烟的……？"男生骂着回头，一见到司风眠，立即噤声。

"怎么回事？"

"萧逆的姐姐来参加家长会了，听说长得特好看，所以大家都来围观……"男生兴致勃勃地说着。

司风眠的脸色一点点垮掉，他将男生推开，抱着资料从前门走进教室里。

家长会一开始，学生都被赶出了教室，家长一人一座，坐在学生的位子上。

凌西泽没有进去，站在走廊里等着，遇见司风眠后，两个无所事事的人就凑在一起闲聊。

教室里。

家长会都是千篇一律。

别的家长对子女关心、紧张，听得聚精会神，坐姿一个比一个端正，积极跟老师互动，司笙听了两分钟就犯困，拿出手机，在课桌下玩消消乐，活像一个上课开小差的学生。

司尚山就坐在后面，没管班主任王琳对司风眠如何大肆夸赞，注意力全在司笙的身上。他将司笙的小动作看在眼里，不禁有种见到中学时代司笙的感觉，好像弥补着曾经缺失的陪伴岁月，内心满足。

"听说萧逆前进了两百多名？"司尚山往前靠近了些，低声跟司笙找话题。

"嗯。"

"这小子厉害啊！"司尚山感慨着。

那架势，好像他不是全校第一的父亲，而是全校倒数第一的父亲。

司笙像个家长一样客气："还行。"

司尚山轻叹："就司风眠现在这情况，怕是没有进步空间了！"

此时的司尚山，俨然是一个对优秀儿子的成绩内心毫无波动的老父亲。

"让他发挥失常一次就好了。"

"上学期的期中考试，听说他发挥失常，我还以为成绩会很差，没想到，成绩一出来，还是超了第二名两分。听说平时都是相差十分打底。"

说起这件事，司尚山倒是挺惋惜的，评价道："这小子，老是拿第一，容易骄傲。"

旁边俩家长心想：这位家长能不能说点儿人话？

司笙有一搭没一搭地跟司尚山闲聊。

这一幕落在王琳的眼里，分明是不尊重老师的行为，联想到先前司笙的表现，王琳内心郁结，极其憋屈。

走廊里，凌西泽跟司风眠闲聊了一阵，忽然想到司笙另一个弟弟，问："萧逆呢？"

"不知道。"司风眠答道，仔细地想想又觉得奇怪，"说起来，我一早上都没看到他。"

这时，司风眠看到先前被他揪住的男生趴在窗前偷窥，叫了男生一声，问了一句萧逆的情况。

"他这会儿应该在办公室里吧。"男生消息灵通，很快给了答案。

"去办公室做什么？"司风眠狐疑地问道。

男生左右环顾一圈，凑近一步，小声跟司风眠说："你看成绩榜单了吗？萧逆这次成绩进步神速，老师集体怀疑他作弊。"

"我听说，老师们想在各科B卷上挑几道题，让他做一下以证明实力，现在他应该在做题。"男生的声音越来越低，最后他跟司风眠附耳道，"你说他有没有可能真的……？"

"你可能他爸没可能。"司风眠打断他的话，警告地看了他一眼。

"你什么意思？我是那样的人吗？"男生不满地控诉。

"那你怎么知道他就是那样的人？"司风眠反问。

男生挠挠头，想不出反驳的理由，于是不说话了。

男生走后，司风眠想看看凌西泽的意思，结果一偏头，就看到凌西泽在打电话。凌西泽用余光瞥了他一眼，没说两句就挂了电话。

凌西泽说："走吧，去你们宿舍楼。"

司风眠愣住："做什么？"

凌西泽转身往楼梯方向走，淡淡地说道："帮萧逆澄清作弊传言。"

家长会的流程一个接一个地往下进行，最终到了尾声，这时已经过了两个小时。

司笙松了口气，想着就此解放，结果王琳却叫住她，说要跟她说点儿萧逆的事，希望她能去办公室一趟。

司笙皱皱眉，跟上。

办公室里。

司筝和王琳到的时候，只有萧逆和教导主任在。

"萧逆的家长？"教导主任的脸圆乎乎的，体形偏胖。此刻他因萧逆的不配合憋了一肚子火，问司筝话时表情不善。

"嗯。"司筝应了一声，视线扫向萧逆。

萧逆迎上她的视线，没什么表情，有点儿跩，看不出心虚和慌乱。

教导主任轻哼一声，将手中的保温杯放下，沉声道："想必萧逆的成绩你已经知道了。"

"进步神速，值得表扬。"司筝给予肯定。

教导主任一噎。

教导主任还没说话，王琳已经憋不住了，说话夹枪带棒："你知道萧逆在一个月的时间里，从年级第二百一十名跳到年级第十名，是什么概念吗？"

"刺啦——"

挡道的椅子被拖开，室内几道视线扫过去。

萧逆将一只手揣在兜里，往前走了几步，冷着脸，抬眸的一瞬，两道冰冷的视线刺向王琳。那种不加遮掩的寒意，让王琳心里倏地发虚。

教导主任刚要发火。

萧逆冷冷地看着他们，一字一句都带着嚣张："跳两百名罢了，我高兴了还可以拿个第一名，有问题吗？"

教导主任和王琳都被萧逆的嚣张气势惊住了。

"你好大的口气！"王琳气得脸都扭曲了。

教导主任被萧逆气得怒火中烧，沉下脸，直接转身走向办公桌，从一个文件夹里抽出一沓试卷，往桌面上一拍。

"萧逆，有本事就别嘴上说，这是你们期末考试的B卷，比A卷要简单很多！"教导主任气得又拍了一下桌子，语气激动地对萧逆说道，"上面画出来的题，只要你能做对七成，我就承认你的成绩！"

萧逆眉心轻拧。

他看了试卷一眼，眉眼间尽是张扬："我凭什么需要你来承认我的成绩？"

王琳怒不可遏，深吸一口气，几乎吼着说："就凭你的考试成绩超出了你的能力范围！"

她的声音太大，办公室又不宽敞，司笙被她吼得偏了偏头，然后抬手揉着耳朵。

司笙问："瞧两位的意思，是认定萧逆抄袭了？"

"我们学校的年级前十，全国的高校都随便挑！"王琳对司笙的态度极其不满，抬手指向萧逆，怒声道，"你问问萧逆，他有这个能耐吗？"

相较于王琳的怒目圆睁，司笙显得气定神闲，她懒懒地抬起眼睑，问萧逆："有吗？"

"有。"萧逆不假思索地回道。

司笙得到他的回应，又看向王琳，神情慵懒："老师，你听清楚了，他说'有'。"

这种不切实际的话，只要脸皮够厚，嘴巴一张一合，谁不会说啊？

"因为萧逆的成绩进步得太快，就想让他重考一次，证明实力是吧？可是……"司笙哂笑，眼神里渐渐有了锐气，一字一顿地道，"他凭什么要因为你们的欲加之罪，就要向你们证明他的实力？"

萧逆愕然地看了她一眼。

教导主任和王琳一怔。站在他们的角度来看，司笙简直就是蛮不讲理。

"拿出证据来。"司笙抬脚将前方的椅子踹开，缓缓地走到二人跟前，与生俱来的气场也在扩散。

"据我所知，第一附中对期末联考一向重视。考前安检、信号屏蔽，禁止携带电子设备入考场，监考老师抓得多严，你们心里有数，另外还有教室监控……"司笙冷冷的视线扫向他们，"这么严格的考试，你们拿不出萧逆作弊的证据吗？"

"哼，"王琳咬了咬唇，瞪向萧逆，"巧就巧在，萧逆所在的考场，监控正好坏了。"

她的言外之意就是他们怀疑监控是萧逆弄坏的。

司笙冷笑："附中的考试座位是按成绩排的。我再问一句，萧逆所在的考场，可有比他成绩更好的？"

教导主任和王琳哑口无言——成绩飞涨的，只有萧逆一个。

"不能用电子设备，不能现场作弊。年级第十的水平也不是一两张小抄能达到的……"司笙一顿，逻辑清晰地问道，"所以，萧逆是用什么方法作弊的，你们考虑过吗？"

二人被问得面面相觑。

他们并没有考虑那么多，因为萧逆素来不听管教，时常惹事，他们早就看不惯了，如今萧逆的成绩进步得过快，他们只觉得不正常，理所当然地怀疑萧逆作弊。

哪怕没有证据，王琳依旧不信自己的判断有误，嘴硬地说道："现在这些学生，作弊的手法让人防不胜防。"

司笙嗤笑："没有证据，你就想认定萧逆抄袭，就跟我没有证据，指控你杀人，有什么区别？"

"你这是强盗逻辑！"王琳气急败坏地指着那堆试卷，"他要是没作弊，为什么不做题？！还不是因为心虚，做不出来！"

司笙看了王琳两秒，蓦然笑了。

司笙走到办公桌旁，将B卷拿起来，然后当着三个人的面，直接将B卷撕了。

她抬手一扬，纸片如雪花纷飞，乱了眼。

她神情坚定、冷傲，态度坚决："不可能！教书育人，你们该教他刚正不阿、实事求是，而不是不分是非、不问缘由。他凭什么因为自己没做过的事，向你们服软？！"

王琳呼吸一窒，想张口，却发现自己突然失声，难以说话。

"报告！"这时，门外忽然响起少年爽朗的声音。

门没有关，此刻两道人影出现在门口，一个是先一步进来的司风眠，另一个是紧随其后的凌西泽。

"我这里有一份证据，"司风眠举起一沓卷成筒的试卷，眼含笑意，神采飞扬，一字一顿地道，"可以证明萧逆的清白！"

"什么证据？！"教导主任问道。

素来只有证明"抄袭"的，哪有证明"没抄袭"的？

"这些是在萧逆的宿舍里找到的,全是萧逆往期考试的试卷和答题卡。"司风眠将试卷打开,分成三份,交给教导主任、王琳和司笙,"时间不够,我们只找到这学期的。"

"这有什么用?"王琳莫名其妙地说,"他以前的分数摆在那里,还能有假不成?"

凌西泽看了一眼表情酷酷的萧逆,低笑一声:"这就是个很有意思的事了。"

萧逆撇了撇嘴。

司风眠看了看萧逆,也很无奈,挠挠头,解释道:"萧逆考试的时候,容易的题他基本没做。他做的都是难度中等偏上的题,而且正确率高达百分之八九十。"

办公室瞬间陷入一片死寂中。

教导主任和王琳赶紧翻看手中的试卷和答题卡,果不其然,简单的题目萧逆基本不碰,而萧逆作答的题十有八九都是对的。

他们断定萧逆抄袭,是因为萧逆进步得太快,不合常理。可是,如果萧逆的成绩本来就不错呢?

他们的质疑就没了落脚之地。

教导主任震惊了好半响,双手颤抖地捧着试卷,难以置信地问萧逆:"简单的题你怎么都不做啊?"

萧逆一掀眼皮,淡淡地说道:"题目太简单,不想做。"

教导主任呼吸一窒。

王琳脸色惨白。

司笙手腕一抖,将试卷和答题卡扔到桌面上:"所以说,能不能先跟萧逆道个歉?"

凌西泽失笑——司笙这护犊子的本性真是到哪儿都一样。

萧逆抄袭事件最终以"教导主任和王琳向萧逆道歉"结束。

世上没有不透风的墙。

事情刚一了结,就在学校里传播开来。不只本班的群,全校的班级群都在讨论萧逆,萧逆一时成了校园里的风云人物。

他们都是学生,把成绩放在第一位。对于成绩好的,他们天生有好感。

何况，萧逆不仅长得帅，还有个美若天仙的姐姐。

学校今天开始放寒假了，不过学生下午才能走。

现在正值午饭时间，司笙是第一附中毕业的，重游母校多少有点儿怀念，她决定拉上凌西泽在食堂里解决午饭。

司风眠和萧逆跟着一起往外走。

"你可以走了。"他们刚出教学楼，萧逆就板着脸对司风眠说道。

司风眠不明所以："一起去吃饭啊。"

"你不会自己去？"萧逆蹙眉。

"你会不会太冷血了一点儿？"司风眠震惊地道，"我刚帮了你一个大忙。"

萧逆淡漠地扫了司风眠一眼，然后抬眸，看着前方并肩而行的司笙和凌西泽，淡淡地说道："我姐有男朋友了。"

司风眠秒懂萧逆的暗示，故意没戳穿，伸手勾住萧逆的肩膀，笑着说道："我知道啊，不是还没结婚吗？"

萧逆冷眼剜向司风眠。

司风眠笑得更欢了。

就在这时，一直在楼下的司尚山见到一行四人，松了口气，快步走过来。

"笙笙！"司尚山担忧地打量着司笙，见她状态不错才放下心，"没什么事吧，事情都解决了？"

司尚山要走的时候才听别的家长说，司笙被叫去办公室了，极有可能是因"萧逆成绩突飞猛进被质疑作弊"的事。

他当时就想去办公室，但在路上碰到了凌西泽和司风眠，他们俩说马上就能解决，所以才在教学楼下耐心地等着。

司笙颔首："嗯。"

"那就好，那就好。"司尚山点点头，往后一看，看到萧逆和司风眠二人，笑着问萧逆："这个就是萧逆吧？长得真俊，一看就是个优秀、实诚的孩子。"

萧逆心想：这个叔叔脑子有问题？

下一刻，司尚山就叮嘱司风眠："好好照顾你哥，在生活和学习方面多帮帮他，兄弟俩互相帮助，别被人欺负了。"

司风眠面对偏心的司尚山，难得没有在意，而是看了一眼萧逆僵硬的表情，"哦"了一声，然后直接趴在萧逆的肩上乐个不停。

萧逆顿了半晌，终于厘清了这复杂的人际关系，趁三个人走远了，转身给了司风眠一拳。

萧逆把司风眠推开："离我远点儿。"

司风眠捂着小腹，抬眼，看到萧逆恼羞成怒的表情，又有点儿想笑。

卧室的窗户是老式的推拉窗，窗户打开后，风一吹，就"嘎吱嘎吱"作响。

司风眠拉开背包拉链，拿出刚买的资料书，放到萧逆的书桌上："这是老师推荐的复习资料，我扫了一遍，觉得挺有用的，就买了两份，你寒假的时候可以做一做。"

"哦。"萧逆表情不太爽。

"别生气了，"司风眠一看萧逆就想乐，但还是忍住了，"我上次来的时候就想跟你说的，但你没给我机会。"

这还成他的错了？

萧逆不跟司风眠死揪这个话题，将复习资料收起来，开始赶人："你什么时候回去？"

"姐留我吃饭。她跟我爸说了，只要我想，还可以留宿。"司风眠笑眯眯地说道，"我发现我爸特别听她的话。"

萧逆暗自磨牙。

关系没挑明之前，司风眠来这里还会找借口，现在关系一挑明，司风眠连借口都不用找了。

俩兄弟聊着天儿，听到外面有人走过，抬目看去，是个青年。

"谁啊？"司风眠好奇地问道。

"姐的朋友。"萧逆认出来那人是秦凡，随口说道，"不用管。"

213

司笙拿着杯子去接水,刚进客厅,一团白毛蹿过来,在她的身边转圈,"喵呜喵呜"地叫个不停。

司笙低头,见霜眉跑个不停,想到它将凌西泽折磨得不轻的模样,弯了弯唇角,俯身将霜眉抱起来。

霜眉"喵呜"一声,脑袋往她的手心里钻,痒痒的。

司笙随手捡起地上一个玩具球逗它玩。

窗口忽然传来大惊小怪的声音。

司笙回过身,看到秦凡将双手比成喇叭状,非常做作地喊道:"笙天仙,你不觉得你美得有点儿过分吗?"

司笙得此夸赞,不仅没觉得开心,反而给了他一记冷眼。

不过,秦凡并未说错。

司笙穿着一件白色宽袖长裙,薄款,偏宽松,款式简单,袖口和裙摆的纹路设计清新又自然,衬着她高挑的身材,仙气十足,稍长的头发凌乱地披散着,脸上没化妆,肌肤白皙,天生丽质。

客厅里没开灯,一片昏暗,室外昏黄的光线透过窗户斜斜地照在她的身上,给她笼罩上一层淡淡的光晕,她怀中的白猫慵懒地晃动着脑袋。

画面恬静而美好。

秦凡称赞完,自觉地跑进客厅里,将手中一堆吃的放下,先去跟易中正打了招呼,然后出来逗猫、闲聊,一刻都停不下来,像个精力旺盛的陀螺。

"说吧,"司笙将秦凡刻意找存在感的做作行为看在眼里,眯了眯眼睛,一边剥着橘子一边懒懒地开口,"找我什么事?"

"这个……"秦凡犹豫着。

司笙盯着他。

于是,秦凡上前两步,真诚且恳切地说:"天仙,帮我分个手呗。"

"滚。"司笙一点儿都没迟疑,撂下话,起身想走。

"哎哎哎——"秦凡连忙拦住她,"一回生二回熟,又不是第一次了,你就行行好嘛。"

"你上次是怎么说的？"司笙冷眼剜他，"追了人家两年，还玩这一套？"

秦凡从小就爱拈花惹草，交的女朋友是以"打"为单位计算的。分手时，碰上死缠烂打的，他就找司笙帮忙。

他找司笙帮忙的理由有两个：一是司笙长得漂亮，让秦凡"移情别恋"的信服度更高；二是司笙不好惹，前任搁她跟前，都不敢跟她"撕"，人身安全有保障。

以前就算了，现在秦凡洗心革面地追了人家两年，刚交往没多久又犯老毛病要分手，司笙简直怀疑他脑子有坑。

"我……"秦凡耷拉着脑袋，笑容收敛，声音极轻地说道，"这不是没办法嘛。"

司笙冷笑道："你追人家的时候不是有很多办法吗？"

"那不一样！伤害她们的事情，我能做得出来吗？"秦凡目光坚定，义正词严。

司笙眯了眯眼："所以让我做？"

秦凡讪笑："您这心狠手辣的，伤一两个，肯定不往心里去。"

"门在那边，不送。"司笙扔下话，抱着霜眉走向猫窝。

"最后一次！"秦凡不依不饶，"真的，最后一次！看在二十多年交情的分儿上！"

秦凡死皮赖脸地站在司笙跟前，神情认真，他伸出两根指头，斩钉截铁地道："我发誓！"

司笙静静地盯着他。

他表情严肃，眼睛在发光，眸中的情绪炙热又浓烈，却意味不明。

好半晌，司笙才问："什么时候？"

"就这两天，我到时候来接你。"秦凡立刻接过话头。

司笙剜了他一眼。

"嘿嘿，"秦凡的脸上又添笑容，"你跟霜眉玩，我去看易爷爷。"

"秦凡。"他刚走两步，就被司笙叫住了。

"啊？"秦凡回过身。

司笙蹲下身，将霜眉放到猫窝里，拿起一旁装猫粮的碗，没抬头，淡声提醒道:"缺德的事别做得太多,会遭报应的。"

"哦。"秦凡似乎敷衍地回应,微微垂下的眼眸里,却有一闪即逝的落寞。

秦凡进了易中正的卧室里,看了一眼躺在床上的老人,让护工先离开。

"易爷爷,我过来看看你。"秦凡一如既往地嬉皮笑脸,"你看,你又瘦了。"

易中正眼珠微动,看着秦凡,没说话。

秦凡拿过来一张凳子,放在病床旁边,坐了上去:"我来找你聊聊天儿。没事,就我说,你别费劲。早上听我爷爷说,他们要带你出去放风,他们那把老骨头哪儿够用,我说了他两句,他还耍脾气了,联合奶奶一起教育我……"

秦凡一打开话匣子,就停不下来,跟话痨附体一样,滔滔不绝。

易中正不觉得他烦,静静地听他说着。

易中正听他说了许久,见他慢慢没了话题,末了,才问道:"有心事?"

刚才还说个不停的秦凡顿时失声,话全咽了回去。

半响,秦凡不自觉地摸了摸后脖颈,眼睑往下一垂,又抬起来,嗓音轻松地道:"还是您神机妙算,什么都瞒不过您的眼睛。"

夜色渐黑,气温骤降,天空中飘起了雪花。

两天后的下午,某商场三楼,一家饮品店里。

饮料里放了冰块,杯壁外凝聚着细细的水珠,司笙咬着吸管喝了一口,顿时凉得直皱眉。

她把饮料放在桌上。

秦凡坐在旁边,给她递过来一张纸巾,说道:"冷得脑袋疼吧?都说让你别加冰块了。这大冷天吃冰,你不嫌冷啊?"

司笙没接他的话,用纸巾擦拭着杯壁外的水珠,擦过一遍纸巾就湿透了。

司笙将纸巾丢到一边,又喝了一口饮料,才问:"今天是什么剧本？"

"自由发挥吧，你看着来。"秦凡对司笙表现出十足的信任。

"她的性格怎么样？"

"脾气挺烈的，不太好惹。"

"会掀桌子吗？"

"应该……"秦凡踌躇了一下，估摸着回答，"不至于吧。"

司笙听他迟疑的语气，只想冷笑。

"我就看她跟人起过一次争执。"秦凡很快地勾了下唇，一瞬后，唇角的弧度恢复正常，"她家是重组家庭，但她跟家里关系不好，很早以前就搬出来住了，可她同父异母的妹妹还是找事。好家伙，那次把她给惹怒了，大冬天的，一盆冷水浇了下去，差点儿把人冻成冰棍儿。"

秦凡说完后，恳切地对司笙说道："你到时候注意一下我的人身安全好吧？"

司笙甩了他一记白眼。

不过，浇同父异母的妹妹一盆冷水的事，她在哪儿听说过来着？

没等想出结果，一阵冷风忽地袭来，司笙下意识地往后躲了躲，余光瞥见有个东西飞过来，然后就听见"砰"的一声。

原来是个包。

然后，头顶砸下来一道裹着怒火的声音："她就是你跟我分手的理由？"

二人抬眼看去，映入眼帘的是个气场外露的女人，身材高挑纤细，穿着一件长风衣，短发飞扬，模样漂亮精致，杏眼里迸射出凌厉的光，可微微勾起的唇角，却有点儿耐人寻味。

司笙一看，有点儿想乐。

这次是真的巧了。

秦凡看了一眼来人，心里犯嘀咕，还想着怎么接话，司笙却勾唇轻笑，点头道："对。"

"多久了？"来人问道。

"就这两天吧。"

"你看上他什么？"

"脑子不好使。"

司笙拿起桌上的冷饮,又喝了一口,淡淡地说道:"分了吧,他不值得。"

"嗯。"楚落轻轻点头,这才侧首看向秦凡。

秦凡纵然不明所以,也察觉到空气中暗流涌动,四道视线扫过来时,他只觉得头皮发麻。

下一刻,楚落伸出手,拿起秦凡跟前的果汁,让人猝不及防地将果汁泼到秦凡的脸上。

一时间,果汁四溅,原本的大帅哥转眼的工夫成了狼狈不堪的落汤鸡。

在果汁扑面而来的那一刻,秦凡就下意识地闭上双眼,两秒后,他没有动弹,只是睁开左眼,无辜又无奈地盯着楚落:"至于吗?"

楚落哂笑:"你点的果汁不是给我准备的吗?"

"按照剧本来,是该有这么一幕。"司笙起身,懒散的口吻里,尽是对楚落做法的赞同。

"秦凡,我找你要分手的理由,只想知道答案,没想对你死缠烂打。既然你不愿意说,那就算了,分就分吧。"

楚落拎起包,转身走了。

秦凡瞧了一眼楚落的背影,用纸巾擦了把脸,问司笙:"你们俩认识啊?"

"嗯。"司笙应了一声,拿起自己的物品,跟上楚落的同时回头对秦凡说,"你自己回去吧。"

楚落就在店外等着司笙。

司笙出来了,楚落瞧了一眼司笙衣服上被溅到的果汁,递过去一包纸巾,问:"逛街吗?"

"好。"司笙随意地擦了擦衣领。

两个人边逛边聊。

"你跟他是怎么认识的?"楚落从兜里掏出两颗奶糖,一颗递给司笙,另一颗扔进自己的嘴里。

司笙接过奶糖，剥开，回答道："发小儿。"

楚落愕然。

司笙吃了糖，问道："你们俩呢？怎么回事？"

"不知道，刚交往的时候挺好的，最近他不知犯什么毛病，约不到人、玩消失，后来又说分手。"楚落皱了皱眉，语气淡淡地说道，"他说移情别恋时，我还以为是真的，没想到……"

楚落看了司笙一眼。

"他是有点儿不对劲，"司笙仔细地想了想，又想不出所以然，"但说不上来。"

楚落吃完一颗糖后，轻轻呼出一口气，笑了笑："不聊他了。你上次不是想买衣服吗，我一路看到很多店上新了，去看看吧。"

"嗯。"司笙点点头。

店里的衣服，各式各样，司笙的视线扫过那些女装，最终却在一件男款外套上停了下来。

这是凌西泽常穿的牌子，看款式，跟凌西泽挺搭的。

她顿住了。

楚落给她选了一件外套，递过来："你今年跟外公、弟弟一起过年吗？"

"嗯，"司笙听楚落话里有话，问了句，"怎么了？"

"本来想过年找你出去旅游的。"

司笙微怔，然后问道："你又不回家？"

楚落说道："不回，没意思。"

司笙对楚落的情况略知一二。

楚父婚后出轨，在外和别的女人有了孩子，楚落的母亲受不了，离婚改嫁，楚落就跟着楚父。后来，楚父堂而皇之地将外面的女人娶进门，孩子也带回家来，楚父对楚落同父异母的妹妹宠爱至极，对楚落却视而不见。

这种偏心的环境，加上楚落脾气暴躁，跟家里的关系一直都不好。成年后，因继母和妹妹紧逼，楚落一气之下，就搬了出来。

她不主动招惹她们，但她的妹妹时不时找点儿事，着实惹人烦。

先前秦凡说"浇了同父异母的妹妹一盆冷水"的事,司笙细想起来,确实听楚落提过。

"要来我家过年吗?"司笙忽然问道,"在胡同里,大家都熟,过年的时候还挺有意思的。"

"好啊。"楚落几乎没多想,就爽快地应了。

"不过秦凡也住在附近。"司笙话锋一转,说道,"他父母双亡,是被爷爷奶奶一手带大的,每年过年一定会回家。"

楚落一怔,撇了撇嘴:"无所谓了。"

"嗯。"司笙让导购将那件男款外套包起来。

这时,楚落凑过来,手指一勾她的衣袖,低声问道:"他父母双亡?"

司笙疑惑地问道:"他没跟你说过?"

"没有。"

"哦。"

司笙只是点了点头,并未多说。

楚落沉默了几秒,用手指戳了戳她的手背,试探着问道:"他爸妈……"

司笙轻笑一声,挑眉问道:"你刚刚那股洒脱劲呢?"

楚落抿着唇,神情有一瞬的局促。

"二十年前的事了。他父母出了车祸,他还有个三岁的妹妹,全没了。"司笙淡淡地说道,"也没什么,那时他年纪小,对家人都没什么印象。"

她也好,秦凡也罢,都不爱提父母。

因为他们对父母都没什么记忆。

如果一种现象长时间存在,人是会习以为常的。

习惯有父母,习惯没父母,其实都是一种习惯。

久而久之,习惯了父母不在身旁的人,连偶尔念及父母,都成了意外之举。

临近年关,胡同里越发热闹。

220

秦家和宋家送来了年货,在客厅里摆了一堆,连买年货的事都给司笙省了。司笙没别的事,安心地在家里画漫画。

这一日,司笙在画最新一话的漫画,将压感笔一放,往椅背上一倒,舒展着僵硬的手臂,伸了个懒腰。

她的视线落在窗外。

时间过得很快,外面的天色不知何时已经暗了下来。

后方传来"吱呀"一声,未闭紧的门被推开,司笙没回头,只是疑惑地出声:"霜眉?"

门口安静一秒。

"喵——"

一声模仿的猫叫乍然在空中响起。

司笙讶然回头。

凌西泽站在门口,单手揣兜,霜眉踩着他的右肩,这一刻的画面色调偏冷,然而这一幕又透着丝丝缕缕的暖意,如同一幅彩铅画。

司笙一怔。

他轻笑,气定神闲地看着她:"需要我扑过来吗?"

他的语调轻松又自然。

他说完,并没有动,肩上的霜眉忽然一跃,从他的肩头跳落到地面上,再灵巧地爬上床,闪电般越过,一瞬间就扑入了司笙的怀里。

猫的身体又软又暖,窝在司笙的怀里"喵呜喵呜"地撒娇,司笙微怔,将双手收回,一只手放在霜眉的猫背上,另一只手去逗它的下巴,逗得它叫个不停。

然后,她又回首看向门口,如同挑衅般扬眉:"你试试。"

凌西泽做霜眉这般动作,自是不可能。

凌西泽一笑,踱步进门,缓缓绕过床尾,在司笙逗霜眉的恍神间,站在了司笙的身后。

他唇角上勾,说:"你说的。"

"啊?"

低沉性感的嗓音从司笙的头顶飘落,司笙在逗霜眉的空隙一顿,然后下意识地仰头去看。

她什么都没来得及看清，就见一道黑影压了下来。

他张开双手从后方抱住她，怀抱温暖又结实，她的两只手被压在下方，连拿出来的机会都没有。

"你——"司笙咬牙回头。

她的右肩倏地一沉，凌西泽将下颔抵在她的右肩上，微侧着脸瞧着她，她回头的一瞬，耳尖拂过他的脸，轻轻触碰，又瞬间弹开，若有若无的触感，却令一颗心漏跳一拍。

她骂人的话在这未达一秒的心悸里又悉数咽了下去。

她静了下来，眼睛一眨，瞳仁里映着他的脸。他黑眸深沉明亮，睫毛很长，覆下淡淡的一层阴影，鼻梁高挺，双唇薄削，看似冷漠，却因轻翘的弧度，莫名其妙地吸人眼球。

他们靠得很近，处于气息能互相感知的距离，彼此的温度和呼吸，相互传递、交织。

凌西泽眼里浮现笑意，眸子亮了几分，嗓音低沉地说道："扑过来了，猫得摸。"

他的声音直往司笙的耳朵里钻，有点儿撩人，她的耳朵酥酥麻麻的，连听觉都被弱化了。

司笙觉得别扭，故作凶狠："要不要脸？"

"不要。"

司笙肩膀一动，想甩开他："太重了，起开。"

凌西泽并未继续缠着她，摸了一把霜眉的脑袋，忽然松开双臂。他起身时，他的手穿过她的发丝，发丝细腻柔顺，手感极好，不由得将手覆在她的头上揉了揉。

司笙一把拍开他的手。

得逞的凌西泽不恼不怒，反而颇为哀怨地说道："配合你还遭嫌弃。"

司笙无语地看着这个厚颜无耻的男人。

"被嫌弃了，"凌西泽朝司笙怀里的猫伸出手，"霜眉，我们走。"

霜眉跟凌西泽亲，每次见他都死缠烂打，如今他主动伸出手，霜眉果断地抛弃了天仙的怀抱，毫不犹豫地抓住他的手，一蹦一蹿，扑到他的怀里。

凌西泽一只手搂着霜眉,它一下就老实了。

他抱着霜眉走了,只是没多大一会儿就出现在了窗外。他戳在外面敲了敲开了一条缝的窗户,问道:"出去吗?"

司笙闻声,抬眼一看,看到站在外面的凌西泽,清俊挺拔,唇畔含笑,冷淡禁欲感因怀中的霜眉悉数散尽,暖如春风。

"去哪儿?"她下意识地问道。

"听说附近人家有爆米花机,今天免费给居民爆爆米花。"

"所以……?"

"看爆米花机爆爆米花。"

司笙感觉耳朵聋了,说道:"你再说一遍。"

凌西泽极有耐心地重复:"你没听错,就是,看爆米花机爆爆米花。"

司笙脑壳卡了一下,跟看神经病一样看着他:"你特地跑过来一趟,就为了看爆米花?"

"是看爆米花机……"

"打住!"不待凌西泽再重复绕口令,司笙就头皮发麻地打断了他的话。

凌西泽真的打住了。

他稍稍一顿,然后垂下眉眼,绕口令化作直白的话:"主要是来看你。"

猝不及防的转折让司笙蓦地一怔。

青灰色的夜幕沉了下来,空气是凉的,此方天地清冷、沉静,站在院子里的颀长身影也沾染上了属于这里的独有的韵味。唯一不同的是,他是有温度的,眉目缱绻深情,笑得生动俊雅。

"走吗?"凌西泽又问道。

"哦。"司笙鬼使神差地答应了。

凌西泽要看的爆米花机,以及爆米花机的主人,司笙挺熟的。

那是个八十多岁的老头儿,身体硬朗,以前靠爆爆米花讨生计。现在他老了，儿孙满堂，本可搬出去在儿孙的陪伴下安享晚年，但他在这里住了一辈子，不愿离开。

每年过年前夕，他都会拿出爆米花机，架上火，自备玉米，用机器爆爆米花，见者有份儿，就好像这是过年时必走的流程，跟家家户户必须找秦家要春联一样。

对住在胡同里的人来说，他们走完这些流程，才叫真正过年。

司笙领着凌西泽过去，刚到门口，就听到"砰"的一声巨响。

"哇——爆米花！爆米花！"

"我要吃，我要吃！"

"别蹦得那么高，像什么样子。"

顺着嘈杂的声音往里看，司笙看到一处院落里聚满了人，里三层外三层的，囊括男女老少各个年龄段，热闹喧哗。

有人看到司笙，笑容满面地跟她打招呼。

"笙笙来了啊。"

"仙女姐姐！"

"笙笙啊，快来快来。"

…………

凌西泽感到有些意外："你这么受欢迎？"

司笙理所当然地道："长得好看啊。"

这理由，从她嘴里说出来很能服众。

因为围在院里的人很多，一锅爆米花出炉，转眼就被瓜分完了，司笙和凌西泽晚到一步，连最后一点儿热乎的爆米花都没分到。

大家自觉地等下一轮。

宋清明也在，见到司笙，自觉地将分到手的爆米花匀给司笙一点儿。

"他呢？"司笙看了一眼凌西泽，低声问宋清明。

宋清明坦坦荡荡地回答："没了。"

他拿得不多，匀到的一点儿要给家中二老，能分给司笙一点儿，就很讲义气了。现在是下班时间，凌西泽这个老板不在他的考虑范围内。

"哦。"司笙撇嘴。

司笙匀了一半的爆米花到另一只手上，然后手往旁边伸过去，手半握成拳，食指微微伸出，勾了勾某人的衣袖。

看着人群的凌西泽倏地感觉到衣袖被轻轻牵扯了一下，正当奇怪之际，手背忽然被刮了两下。

司笙嫩滑的手指像猫爪似的挠了一下他的手背，轻轻的，带着微凉柔软的触感，然后，还带着热气的爆米花，被悄悄地塞进他的手里。

"你先尝尝味道。"司笙低声说了一句，然后将手撤回，之后好似什么都没发生过一般，镇定自若地同宋清明聊天儿。

凌西泽分明注意到，司笙在散落发丝间隐约可见的耳尖，泛着一点点的浅红。

他垂眸看着手里的爆米花，蓦地轻笑出声。

"今年不在这里过年？"司笙往嘴里扔了一颗爆米花，好奇地问了宋清明一句。

宋清明的父母都在国外搞研究，平时鲜有相聚的机会。一般寒暑假的时候，宋清明会出国跟他们团聚。

宋清明跟司笙一样，很久没在这里过年了。

"嗯，秦凡说……"话一顿，宋清明眨了眨眼睛，说，"算了，今年我在这里陪爷爷过年。"

"秦凡怎么了？"司笙敏锐地察觉到不对劲。

"他说以后这样相聚的机会不多了，让我今年留下。"宋清明不紧不慢地说道。

司笙打量了宋清明片刻，确定没有发现异常后，没有深想。

宋清明说得没错。

老一辈的人一个接一个地离开，今年过年在一起，明年就不一定了。晚辈都长大了，各忙各的，现在也不流行在家里过年，能回来的，没几个。

等易中正……她估计也不会回来了。

天色渐渐黑了下来，围观的人里，有离开的，有新来的，一拨接一拨。

宋清明拿到了一点儿爆米花，无意继续等待，跟司笙聊了片刻，也离开了。

司笙被邻居家的小姑娘拉着说话。

忽然，凌西泽挤到司笙身后，嗓音低缓地喊她："司笙。"

"嗯？"

司笙想回头，可下一秒，就感觉有人凑到她的耳畔，低低地开口道："开始了。"

什么开始了？

司笙还没理解他在说什么，耳朵就被两只手捂上。

一只手掌的厚度，竟将周围的嘈杂声隔绝在外，司笙的耳边蓦然安静下来，被风吹得没有知觉的耳朵，一瞬间感受到灼热的温度，烫得她心往下一陷。

与此同时，人群的中心处，传来"砰"的一声，随着众人的欢呼声，最新一锅爆米花出炉了。

小孩儿一拥而上。

司笙怔了片刻，后知后觉："没声了，你松开。"

"嗯，"凌西泽的掌心移开，手指却贴着她的耳朵，轻轻搓了搓，凌西泽笑着说，"你的耳朵太凉，给你暖暖。"

他的力道不重，指腹摩擦着司笙的耳朵，她感觉痒痒的。

司笙双耳的温度持续上升。

司笙错开一步，直接伸手打开他的手，愠怒道："快去抢爆米花。"

"行。"凌西泽低声笑开，真的老实地去排队领爆米花了。

司笙看着他的身影，抿了抿唇。半晌，她抬起手，将发丝拨弄到耳后，往后退开几步，站在风口的地方，任由凉风吹拂。

司笙和凌西泽顺利地领到爆米花，打道回府，萧逆已经做好了饭菜。

凌西泽理所当然地留下来吃了晚餐。

吃饱喝足后，凌西泽该回去了。司笙瞥见他穿外套的动作，微微一顿，忽然问道："要带点儿爆米花回去吗？虽然味道跟外面买的味道差不多，但可以给你家里人尝尝。"

"好。"

司笙见他同意,找了个密封袋,装了满满一袋。之后,她又回到卧室里,将购物袋拎出来,一并给了凌西泽。

她说道:"还有给你的新年礼物。"

凌西泽接过,挑开袋口一看,是一件黑色的外套。

他再抬眼,司笙早已不在原地,走向卧室的背影急匆匆的,有点儿慌。凌西泽勾起唇角,弯起的弧度看起来很柔和。

清晨,司笙还在舒适温暖的被窝里赖着,就被院子里吵闹的声音吵醒了。

"凡哥,我来领一下我们家的春联!辛苦了啊!"

"易爷爷家要贴春联吧,我匀一点儿胶水给你们。"

"凡凡,你这书法越来越有秦爷爷书法的风范了,好好练,今后肯定大有作为。"

…………

这房子的隔音效果太差。

司笙忍无可忍,一蹬被子,翻身从床上坐了起来。

司笙趿拉着拖鞋,来到客厅,径自走到窗前,把窗帘一拉,然后推开一扇窗户。外面的冷风一股脑儿地扑过来,将她的睡意瞬间吹走了大半,她的脑子越发清醒。

她侧身避开风口,一抬眼,目光落在院子里。

院子里放着一张红木八仙桌,桌上摆满了喜庆的红色春联,厚厚的一沓"福"字,以及写春联必备的文房四宝。

街坊邻居来来往往,打声招呼,要了春联,送点儿东西或者道个谢,聊几句就离开了。

"才几点啊,就开始了?"司笙被扰了睡眠,心情颇为不爽。

"是你让我早点儿来的。"秦凡极其无辜,耸了耸肩,"现在都快九点了,你还想睡到什么时候?"

司笙想反驳秦凡两句,但冷风往里一灌,穿着单薄的她打了个冷战,抱着双臂,不跟他计较,把窗户一关就去洗漱了。

约莫十分钟后，司笙穿上外套出门了。

没事嗑瓜子的秦凡抬眼看见司笙，然后招呼道："你们家大门口的对联，按照你说的写的，已经让萧逆贴好了。你要看看吗？"

"哦。"司笙往外面走。

果然，院子的大门口，左右都贴好了春联，红艳艳的，连倒"福"都贴好了。

就是这字……

司笙朝院里喊："秦凡。"

"什么？"秦凡蹦跶两下，就从门里跳了出来。

司笙朝春联一指，挑挑眉："这字，怎么回事啊？"

"啊？"

"你没睡醒写的？"司笙讥诮地问道。

秦凡挠挠头发，不满地反驳道："怎么可能？"

"那你解释一下你现在的水平。"

其他人或许看不出来，但司笙跟秦凡相识多年，他的作品她看过无数，水平如何她心里有数。秦凡的作品质量素来很高，从来没有出现过"有失水准"的时候。

秦凡轻咳一声："可能太久没练，就稍微下滑了那么一些……吧。"

司笙眯了眯眼，狐疑地盯着他："一些？"

"要不，"秦凡好脾气地跟她商量道，"我重新写？"

司笙盯着他片刻，心里萦绕着种种疑惑，却理不出个所以然来，最终松了口："算了。"

秦凡在易中正家里发春联的事，前几天就传出去了，街坊邻居来来往往，院子里热闹非凡。

司笙吃了萧逆做的早餐，去陪易中正聊了会儿天儿，收到楚落的信息后往外走，一推开客厅的门，就瞧见楚落进了院子里。

楚落背着双肩包，提着一个小箱子，清清爽爽的，眉眼带笑，但看到院里的秦凡后，面色微僵，笑意淡了几分。

"来了。"司笙招呼着。

司笙走进院子里,从秦凡跟前路过时,秦凡拉住她的衣袖,低声道:"你怎么没说她要来。"

司笙睨了他一眼,淡淡地答道:"有必要吗?"

他们说话间,楚落已经走了过来,没正眼看秦凡,视线却被满桌的春联吸引了,讶然道:"这么多春联?"

司笙随口道:"嗯,他承包全胡同的春联。"

楚落微怔,然后惊奇地看了一眼秦凡,随即细细地打量着春联上的字。

那字写得苍劲有力,铁画银钩,一撇一捺,尽显风骨。

秦凡见楚落端详着春联,不知怎的局促起来,视线无处可放,左右乱瞟。

司笙说:"进屋吧。"

楚落点点头:"哦。"

二人进门。

秦凡听到门被关上的声音,微微低下头,手指挠了挠鼻尖,一只手揣进兜里,无聊地踢了踢地面上的石子。

明天就是除夕,楚落反正在家里闲着,司笙就让楚落提前一天过来了。

楚落带了些礼物来,有给老人的,她先去看了看易中正,聊了几句,然后才回到客厅里。她走向沙发时,视线下意识地往外瞥,看到坐在庭院里嗑瓜子、吹冷风的秦凡,抿了抿唇。

"他负责整个胡同的春联啊?"楚落收回视线,坐了下来。

"嗯。"司笙将剥好的橘子掰开,分了一半给楚落。

楚落轻蹙眉心:"得写多久?"

"不知道,得忙活一天吧。"

"哦。"楚落点点头。

他忙活一天倒是没什么,但戳在这么冷的院子里……

司笙看出来了,问道:"心疼了?"

楚落低下头,没说话。

"他晚上会留下来吃饭,"司笙单手支颐,"酒量稍微比我的酒量好一点儿,你要不要试试?"

楚落明白了这是想让秦凡酒后吐真言,但她有点儿紧张:"能行吗?"

司笙吃了一瓣橘子,淡淡地说道:"行不行再说。"

下午的时候,司笙在网上订购了一箱啤酒,之后就带着楚落在胡同里转悠。

巷口一家有放电影的设备,放的片子都很有年代感,过年这几天循环播放,怀旧的人都喜欢过去坐一坐,瓜果点心随便吃。

司笙和楚落看完一部老电影,直至夜幕降临才回来。

大门外灯笼亮着,秦凡在院子里收拾东西,宋清明在一旁帮忙,二人挺有默契的样子。

司笙忽略秦凡,想将楚落介绍给宋清明认识,却发现二人互相看了一眼,各自点点头,似乎早就认识。

"认识?"司笙扭头问楚落。

"嗯,"楚落颔首,"见过。"

秦凡跟楚落交往后,就巴不得昭告天下,当时带楚落见过很多朋友,包括宋清明。楚落没见过司笙,是因为司笙太忙了,而且秦凡不想过早地让楚落知道他有个天仙发小儿,怕楚落不高兴,所以一直没介绍她们俩认识。

她们进客厅里后,司笙接到了凌西泽的电话。

她没聊几句,就听到推门声,抬眼一看,是宋清明。

"有人搬了一箱啤酒来,是你订的吗?"宋清明站在门口,没有进来。

"嗯,"司笙说,"先放在院子里冰镇一下,饭前再拿进来。"

"哦。"宋清明关上门。

电话一直没有挂断,凌西泽将二人的对话收入耳中,顿了顿,忽然问道:"司二两,你要喝酒?"

"小酌怡情。"

"你还没'怡'就倒了吧?"凌西泽讽刺道。

"你会不会说话?"

"不会。"

司笙撇嘴:"又没跟你喝。"

凌西泽停顿一秒,问道:"什么时候开饭?我路过。"

司笙心想:她家是免费饭店吗?

饭菜很快端上了桌,凌西泽没有赶上饭点,司笙并没有特地等凌西泽,只是让萧逆先匀出一份饭菜,让凌西泽过来时不至于饿着。

"今天是什么日子?"秦凡一上桌,被一排啤酒吓了一跳。

"快过年了,一起喝点儿。"司笙开着啤酒瓶盖,"晚上另有安排?"

秦凡想了想:"那倒没有。"

"那就喝。"司笙将一瓶开了盖的啤酒"哐当"一声放在他的面前。

秦凡顿了顿,然后瞄了一眼默不作声坐下的楚落,轻轻抿了一下唇,又侧首看向宋清明,眼神隐约带着求助的意思。

兄弟,帮帮忙。

然而,宋清明刚接收到秦凡的暗示,一瓶啤酒就落在了自己的面前。他一抬眼,就见司笙挑眉:"你的。"

宋清明和秦凡哪怕再迟钝,这会儿都领会了——这顿饭有坑,是冲着秦凡来的。

二人坐在一起,对视一眼。最终,他们叹息着拿起面前的啤酒。

他们见机行事吧。

"我们酒量不好,用杯。"司笙又开了一瓶啤酒,给自己和楚落满上,"你们俩就用瓶吧。"

可以,笙天仙的逻辑听起来没问题。

萧逆最后端上一盘辣子鸡,正犹豫着是否要喝酒,结果司笙忽然将手伸过来,递给他一瓶 AD 钙奶:"你喝这个。"

萧逆一言不发地将 AD 钙奶接过去。

萧逆坐下时,看了一眼左侧的宋清明和秦凡,又看了一眼右侧的楚落和司笙,忽然感觉到了鸿门宴的紧张气氛。

他喝了口 AD 钙奶,低头扒拉饭,将自己的存在感降到最低。

"干杯。"话不多说,司笙举起玻璃杯,主动要求碰杯。

她长得好看，她说了算。

众人纷纷举杯、举瓶，杯瓶碰撞在一起，"哐当"作响，声音清脆又好听。

在院子里冰镇过的啤酒，带着丝丝的凉爽，他们一股脑儿地往嘴里灌，从口腔滑过喉咙、食道，再进入胃里，从里冷到外，那痛快的感觉，堪称透心凉。

喝酒的四个人精神一振。

餐桌上围坐着五个人，但开饭后，气氛并没有被炒起来，冷冷清清的，平时像话痨一样的秦凡，说的话都不超过十句。

"砰——"

一个空的啤酒瓶被搁在桌上。

四双眼睛看过去。

楚落灌了一杯又一杯，转眼的工夫，一瓶啤酒见底了。许是她喝得有点儿猛，眼睛湿润泛红，眉眼一抬，视线笔直地朝坐在对面的秦凡扫过去。

秦凡被她的目光看得心发凉，视线一飘，不跟她对视。

"还要吗？"司笙问楚落。

楚落很轻地"嗯"了一声。

于是，司笙从桌子下面又拿出一瓶啤酒。

"哎，"秦凡忽然看过来，抬手蹭了蹭鼻尖，闷声开口，"意思一下就行了，酒量都不好，没必要喝这么多吧？"

司笙看向楚落："你问她。"

楚落定定地看着秦凡。

秦凡发怔，视线在楚落的身上扫过，唇角翕动，想说点儿什么，但最终还是选择了沉默。

楚落低头，轻嗤一声，一把拿过司笙手中的啤酒瓶，给自己的杯子满上。

餐桌上一片寂静，只有喝酒的动静，连筷子都动得少。

不多时，桌下的空酒瓶就摆了一列，四个人都在喝，喝得最猛的是楚落和秦凡，四分之三的酒都是他们俩喝掉的。

最后还是司笙放弃了,不想看楚落一直喝下去,给宋清明递了个眼色。

宋清明叹了口气,叫停:"今天先到这儿吧,秦爷爷晚上还有事交代他,见他烂醉如泥地回去肯定一顿骂。"

"行。"司笙点了点头。

秦凡将一个空酒瓶放下,神情有点儿恍惚,酒劲这会儿上来了,耳朵被酒精烧得通红,眼睛又黑又亮,像是被洗过一般。

楚落的脑子还算清醒,她抿着唇,眼睛一眨不眨地盯着秦凡,却没吭声。

她眼睁睁地看着秦凡被宋清明搀扶着离开了。

楚落保持着静坐的姿势,一动不动地坐着,视线落在前方空荡荡的椅子上,神情迷离,不知在想些什么。

蓦地,她咬了一下唇角,站起身,推开椅子。

"我出去一下。"楚落跟司笙交代了一句后,大步往外面走去。

她没有停留,没有换鞋,没有穿外套,就这么推开门,冲进寒风呼啸的院子里。

司笙喝得有点儿上头,随后起身时,脚下有些虚浮,但没有多想,准备去追楚落。

"衣服。"萧逆见了,赶紧拿起楚落和司笙的外套,一并扔给司笙。

司笙拿了外套就匆匆地离开了。

直至走出大门,司笙才后知后觉地意识到,自己没有换鞋,正穿着一双露脚后跟的拖鞋。

胡同里的道路偏窄,沿街的路灯洒下橘黄色的光。

宋清明扶着秦凡沿着下坡路往前走。

风太大,夜太冷,空荡荡的道路上,见不到一个人影。

"有点儿晕,歇会儿。"秦凡反拍了一下宋清明,吐字清晰,嗓音又低又沉。

被寒风一吹,秦凡的醉意被吹散不少,他脑子也清醒了一些。

宋清明松开秦凡,秦凡脚步有些发虚,轻飘飘地向前走了两步,然后扶住旁边的路灯杆。

秦凡倚在灯杆上,手往兜里一摸,摸出一个烟盒,里面没有一根烟,被他一顿揉捏。

"有烟吗?"秦凡问宋清明。

宋清明平静地看着他,说:"我不抽烟。"

"哦,"秦凡垂下脑袋,伸手抓了抓被风吹乱的短发,嘀咕了一句,"忘了。"

"你少抽点儿。"宋清明提醒道。

秦凡冲他一乐,眉眼弯弯:"又是对身体不好那套说辞啊?"

宋清明眸光闪了闪,默然。

半晌,宋清明若有若无地往后瞥了一眼,突然问道:"你先前不是说一辈子就认定她了吗?"

烟盒被扔回兜里,秦凡摸出打火机,把玩着,火苗一蹿,就被风吹灭了,反反复复,玩上瘾了。

秦凡一撇嘴,拖着懒洋洋的调子,随口答道:"腻了呗。"

宋清明微微蹙眉:"追了两年都没腻。"

秦凡睨他一眼,一副玩世不恭的模样:"你又没追过,你懂什么?"

宋清明没说话,也没反驳他。

随着一声轻响,打火机又蹿起一缕火苗,这次火苗坚持了两秒,又一次被风吹灭了。

火苗一闪即逝,好像从未出现过。

秦凡有些扫兴,把打火机放回兜里,偏头看着宋清明,不疾不徐地说道:"就是习惯对她好,忽然有一天发现,习惯又不是喜欢。懂了吗?"

"不懂。"

"算了。"秦凡低低地笑了一下,站直身子,头顶的灯光将他的影子投在脚下,很小的一团影子,却黑得深沉。

宋清明扶着他离开,二人消失在拐角处。

斜坡的最上方,过堂风呼啸而来,似刀锋,无情地盘剥着体温,寒凉一点点地侵入体内，冻得骨头生疼。

楚落呼出一口气，这口气在寒风里化作白雾，消散在清冷的夜空里。

她浑身僵硬，冷得胸口有些刺痛。

"楚落。"伴随着司笙的声音，一件外套披在楚落的身上，裹着楚落纤细的身躯，抵御着外界的严寒。

短发被吹到脑后，楚落冷得微微战抖，扭过头，看着站在身后的司笙，低声说道："谢谢。"

司笙问："回去吗？"

楚落穿好羽绒服外套，然后望了一眼宋清明和秦凡离开的方向，说："我想一个人走走。"

"别迷路了。"司笙没有劝。

"嗯。"楚落低下头，把羽绒服的帽子扣在头上，往前走去。

楚落缓缓走下斜坡。

司笙站在原地，目光跟着楚落，前方这一条道路弯弯曲曲，只能短暂地窥见楚落前进的方向，但再往前，就拐入了弯道里，被周遭的建筑挡住了。

酒劲上来了，脑袋晕乎乎的，司笙拖着冰冷疲惫的身子，转身往回走，可刚跨出一步，脚下就有些发软，勉强站住。

蓦地，一只手拽住她的胳膊。

同时，一道声音落了下来："喝酒喝到这儿来了？"

原来是姗姗来迟的凌西泽。

余光一瞥见他，司笙身体一晃，将话说得字正腔圆："散步。"

"穿着拖鞋散步？"凌西泽低头看见她露在外面的精致脚踝，眉头拧得紧紧的，声音微冷地说道，"审美还挺独特。"

司笙甩开他的手，往前走，但刚走一步，又被他拽住。

凌西泽倾身过来："我背你。"

"我走得好好的，用得着你背？"

凌西泽笑了，腔调慢条斯理的，似挑衅，似威胁："你要是不让我背，我就看着你在沟里睡一夜，还拍视频发到网上，你信不信？"

235

你才醉得在沟里睡一夜呢!

司笙想着该如何反驳,但脑子昏昏沉沉的,根本就思考不了。

这时,凌西泽已经半蹲到她身前,催促道:"快点儿。"

"哦。"反正他又不是第一次背自己了,司笙应了一声,直接趴在他的背上。

凌西泽起身,司笙自然而然地伸手环着他的脖子,将沉重的脑袋埋在他的颈窝里,因为醉酒,她的体温有点儿高。

外面是冷风,凌西泽的颈窝却是烫的,一冷一热,这令凌西泽有点儿心不在焉。

凌西泽找话题:"喝了多少?"

"忘了。"

"知道自己二两的酒量还没分寸。"凌西泽说道。

"知足吧,我喝得很克制了。"司笙的声音越来越低,很明显她困了。

凌西泽没再打扰她。

忽然,司笙将头抬了起来,收回一只手,拨弄着凌西泽的碎发,喊他:"凌西泽。"

"嗯?"

"我脚冷。"

话音刚落,她晃动了一下脚,左脚的拖鞋直直地飞了出去。

"啪"的一声,拖鞋落在前方的地面上。

凌西泽停下脚步,深吸一口气,压着火气,扭头看着她:"现在知道冷了?"

司笙歪头一想,摇摇头:"一直挺冷的。"

凌西泽决定不跟醉鬼置气。

视线在周围一扫,凌西泽走到一旁的电线杆旁,弯腰将司笙放下。

他叮嘱:"靠着电线杆,别摔着了。"

司笙咕哝了一句:"我又不傻。"

闻声,凌西泽暂且信了两分,可一偏头,就见她没穿拖鞋的那只脚,直接踩在了地面上,他郁闷至极,赶紧抓着她的脚踝,提醒道:"脚别放在地上!"

倚着电线杆的司笙顺着他往上推的力道，把脚抬了起来。

她瞧着凌西泽，却说道："大惊小怪。"

他要是跟醉鬼计较，那他就是傻子了！

凌西泽给自己洗完脑后，起身给她捡拖鞋。他回来时，见她没作妖，暗自松了口气，又在她跟前蹲下，握着她冰冷的脚踝，先把拖鞋给她穿上。

随后，凌西泽又将随身准备的暖手贴拿出来，熟稔地撕开包装，贴在司笙的脚踝上。

左右两只脚，他都没放过。

贴好后，凌西泽仰头看着她，问道："还冷吗？"

"哦，"司笙想了想，感受了一下，才说道，"好点儿了。"

"那行。"凌西泽放心地起身。

这时，司笙蓦地伸出手，拽住他的衣领，将衣领往前一拉。

他一不留神，倾身向前，手抵着司笙身后的电线杆，才险险稳住身体，没跌在她的身上。

"又怎么……？"凌西泽头痛地低头看着她，但他的话被打断了。

司笙微仰着头，眯了眯眼，端详着他，一字一顿地问："凌西泽，你想当我家的压寨夫人吗？"

突如其来的劲爆询问，让凌西泽一时反应不及。

压寨夫人？这可真是衬极了她这一身的土匪气。

司笙等了几秒，见凌西泽没说话，又补充道："有我罩着，你能横着走的那种。"

她知道自己在说什么吗？

凌西泽的喉结滚动了两下，他直直地盯着强势的司笙，稳住声调，说道："司笙，你喝醉了。"

"嗯？"司笙眯了眯眼，视线拂过他的眉眼、鼻梁、唇……定住。

她轻哼一声："不乐意就算了。"

凌西泽轻轻磨牙："我……"

凌西泽的话没有说完，司笙拽着他的衣领往下一拉，手臂勾着他的脖子："我们江湖人，都不爱讲道理的。"

下一秒,她倾身向前。

凌西泽愕然地睁大了眼睛。

空旷的巷子里,狂风送来的刺骨严寒,悉数被隔绝在外。

司笙做了个梦。

在梦里,所有的画面都很清晰、鲜活,真实感将她包围,她仿佛重新经历了一遍。

京城理工大学,眼花缭乱的展览会上,拥挤的人群中,她一眼看中的那道挺拔清俊的身影;北方被积雪覆盖的村庄,他们被迫挤在一个炕上同眠,他半夜在灶前生火时的灰头土脸;悠闲惬意的午后,她在阳台上画下一幅素描,被他撞见时的温柔缱绻,顺其自然的情动;告别的那一刻,她说完话转身时,瞥见他如画的眉目中藏着的隐忍、落寞……

时光重塑。

雪夜的高架桥,隔着漫天飘飞的雪花,她抬头,望见他坐在车里的身影。漆黑的夜幕里,空旷的街道上,寒风穿透发丝,她踮起脚轻吻着他,温柔的眉眼、暖和的手心、宽厚的胸膛……

司笙在霜眉"喵呜"的叫声里醒来。

她的眼睛眯成一条缝,微微睁开,昏暗的光线落到她的瞳仁上,她看到在枕边闹腾的霜眉,雪白的毛色、幽蓝的眼睛,凑上前来用爪子扒拉着她的头发。

"醒了?"

门口传来的声音,突然吸引了她的注意力,她抬眸看去。

霜眉听到动静后,顿时抛下司笙朝门口的人奔去。凌西泽一伸手,将扑腾的霜眉往怀里搂。

他往里走,来到窗前,将窗帘拉开,外面的光线透射进来。他转过身,逆着光,身形轮廓柔和又朦胧。

司笙坐起身,用手指揉着太阳穴,迷糊地问道:"你怎么在这里?"

"昨晚你拉着我,死活不让我走。"凌西泽唇角弯了弯,嗓音磁性又低沉,"我能怎么办,只能如你的意了。"

胡说，她顶多就是……

想到昨晚的一幕幕，司笙顿住，然后眨眨眼，耳根忽然被烧得通红。

凌西泽没有以此逗她，将窗户推开一条缝，说："萧逆和楚落去买食材了，你想吃点儿什么？"

司笙摸了摸腹部，感觉饿得厉害："几点了？"

"下午一点。"

司笙轻轻叹息："你会做什么？"

"白粥。"

司笙的眉头皱了皱。

凌西泽转身往外走，司笙忽然叫住他："哎。"

凌西泽止步。

司笙说："我有没有跟你说，其实我挺会做饭的。"

眉头微动，凌西泽回过身，端详着她，真诚地问道："是'炸厨房'的那种'会'吗？"

司笙让凌西泽滚了。

一直以来，司笙都觉得做家务、下厨浪费时间，在亲朋好友面前立的是"好吃懒做"的形象，没人想过她真的会做饭。

以前的司笙确实不会，不过，易中正生病这两年，司笙在家里闲着没事，偶尔会下厨，只是没跟人说过罢了。

凌西泽不信，司笙也没有强求。

今天毕竟是除夕，凌西泽还是要回家的。他伺候司笙喝完白粥后就离开了。

凌西泽前脚刚走，司尚山后脚就到了。

因为司笙明确地表示要在四合院过年，司尚山劝不动，只能过来探望。不过他来时准备了一堆礼物，车子后备厢里装得满满当当的，和萧逆搬了两趟才搬完。本来就堆满礼物的客厅，顿时变得更拥挤了。

"风眠不是说要跟你一起来的吗？"司笙问道。

"是吗？"司尚山怔了怔，"我走的时候问他了，他说要在家里复习。"

司笙轻轻皱眉。

几天前，司风眠还兴致勃勃地跟司笙说，除夕那天司尚山要过去，到时候自己跟司尚山一起去，还叮嘱她留点儿爆米花。

司笙见司尚山不明就里，没有多问，等司尚山去见易中正时，她将萧逆叫了过来。

萧逆还真知晓其中的内情："他被章姿关在家里了。"

"怎么了？"

"他来这里被发现了，章姿不高兴。"萧逆说，"另外，他想参加暑假的中学生机甲大赛，章姿不支持，跟他吵了一架。"

司笙朝易中正的卧室门口看了一眼，问："他没跟司尚山说？"

萧逆"嗯"了一声："没有，他怕引起家庭矛盾。"

司笙垂下眼帘，若有所思。

司家，书房里。

司风眠写完两张试卷后，放下笔，拿起桌上的水杯，准备去客厅里接水。

他拉开门，听到客厅里的动静，忽然止步。

"你想半死不活到什么时候？"章姿恨铁不成钢地质问。

司裳坐在沙发上，眉眼低垂着，一声不吭。

"事到如今，你消极有什么用？！以前让你别碰漫画，你又不听！"章姿深吸一口气，态度强硬地说道，"从今以后，你别再碰漫画了，就当这件事没发生过，等寒假一过，没几个人会记得这件事。"

"可是我……"司裳欲言又止。

抄袭事件就如同耻辱柱，她被死死地钉在上面，成了她抹不去的黑暗历史。

章姿皱眉，训斥她："可是什么，你还有什么想争辩的？！你瞒着家里一意孤行地画漫画，你有了成绩，好，我支持你。但你做了什么？你让我们全家陪着你一起丢脸！全成了笑话！我有说你什么吗？你就这么个死样子。"

司裳不甘地抿唇。

"少给我装无辜、装可怜！要不是司笙回来了，你爸隔三岔五地就往她那边跑，我才懒得管你！"章姿没好气地说完，看到司裳眼含热泪，顿了顿，语气缓和了一些，说道，"总之你好好听话，哄你爸开心，别让司笙太得意。"

书房门口。

静静地听着二人谈话的司风眠，踌躇片刻，最终还是没去客厅，紧握着空水杯，转身回了书房。

司风眠将水杯搁在桌上，听到抽屉里的手机振动了两下，将抽屉打开。

萧逆发来了微信消息。

萧逆：年夜饭少吃一点儿。

萧逆：姐让我晚上接你过来吃火锅。

司风眠愣住了。

夜幕降临时，秦爷爷和宋爷爷过来接易中正，带着易中正去过年。而秦凡和宋清明则被两个爷爷当累赘一样扔了过来。

"你们年轻人过年，我们老年人过年，互不干扰。"秦融如此说道。

司笙轻笑，看着秦爷爷和宋爷爷推着坐在轮椅上的易中正离开。

在司笙的概念里，过年吃火锅、看春晚，再加上守岁，就算走完了全部流程。但秦凡和宋清明跟个小孩儿似的，还带来了一堆彩灯、地灯、爆竹。

"买都买了，不用白不用。"秦凡手里拿着一串彩灯，跟司笙说，"萧逆在厨房里吗？火锅不急，先让他过来帮忙布置一下。"

"他出门了。"司笙说。

秦凡听到厨房里那边有动静，莫名其妙地说："厨房里的是谁？"

"楚落。"

秦凡瞬间没声了。

他悻悻地低下头，摸了摸鼻子，拿着彩灯去了院子。

司笙朝厨房看了一眼，瞥见楚落系着围裙忙碌的身影，轻轻蹙眉，神情意味不明。

自昨晚之后,司笙再次见到楚落时已是下午,楚落和萧逆采购回来。楚落一切如常,仿佛什么事都没发生过。

入夜后气温有点儿低,天空不知何时开始飘起了雪花。

空旷的院子里,秦凡和宋清明摆弄着一堆色彩斑斓的彩灯,以及一捆捆烟花绽开样式的地灯,忙得不亦乐乎。

楚落手脚利落地准备好火锅食材,就等萧逆带着司风眠回来。

楚落和司笙闲着没事,在客厅里翻出一堆气球,将气球充了气,然后粘在客厅的天花板和墙面上做装饰。

"秦哥!宋哥!"将近九点,外面传来司风眠清越的声音。

司笙和楚落对视一眼。

外面两拨人互相打了声招呼,然后客厅门被推开,司风眠探头进来,眉飞色舞,眼里尽是笑意。

"姐。"司风眠一顿,见到眼生的楚落,依旧爽快地喊道:"姐姐好。"

楚落朝司风眠点点头,招呼他进来。同时她侧首看向司笙,低声感慨道:"你这两个弟弟的性格反差有点儿大啊!"

"毕竟不是一个爹妈生的。"司笙不在意地说道。

司风眠记忆中的过年,一向是枯燥无味的,仅有一顿丰盛的年夜饭,连一家人聚在一起看春晚的环节都没有。

来到这里,他看到烟花、爆竹、彩灯、气球、春联……满满的年味,一切都让他觉得新奇和兴奋,情绪高涨,冷静不下来。

他蹲在楚落和司笙身边,帮忙给气球充气,眼里闪烁着光:"姐,我真的能在这里守岁吗?"

"嗯,"司笙将封好的气球递给萧逆,"我跟你爸说了,早上会给你打掩护,明天晚点儿回去也没关系。"

"好。"司风眠笑得眉眼都弯了起来。

萧逆将气球往墙上粘,听到二人的对话后,回头看了一眼,素来淡漠疏离的神情,此刻一点点地被暖意取代。

六个人布置好,已经过了十点,都饿得饥肠辘辘的。

火锅端上桌,是鸳鸯锅,满桌的食材,荤的、素的、主食,应有尽有。锅一沸腾,一整盘肥牛下锅,热气腾腾的,你一筷子我一筷子,转眼的工夫,所有的肥牛就被清扫一空。

有人不满地嚷嚷他们是土匪,有人冷静地倒入新食材,有人满足地大快朵颐。

屋内渐渐喧哗起来。

院子里积雪未融,又被新雪盖上厚厚的一层。在一排排闪亮的地灯、彩灯的装饰下,雪花被渲染成各种颜色,如迷幻的梦,飘荡着落到地面上。

他们实在是太饿了,都化作饕餮,一顿火锅吃完,餐桌上的食材所剩无几。

他们吃完后,满足感遍布全身,六个人集体瘫坐在椅子上,面面相觑,谁也没动。

"还有点儿时间,我们一起看春晚吧。"司风眠精神亢奋,积极提议。

没人提反对意见。

他们都是计划守岁的,看完春晚后就放烟花、玩扑克,节目安排得满满的。

几个人都清楚秦凡和楚落的关系,虽然没有在明面上讲,但都默契地让他们减少接触,连他们的座位都排在两端,细心又体贴。

楚落看在眼里,默不作声,抱着昏昏欲睡的霜眉看春晚,时不时跟司笙聊几句。

忽然,"嗡嗡嗡"的来电振动声响起,是从沙发的缝隙里传来的。

秦凡将手机摸出来,探头问道:"谁的手机?"

"我的。"司笙看了一眼,将手机接过来。

奈何秦凡把手机举得太高,每个人都看到了手机屏幕上"凌西泽"的备注,于是看着司笙起身离开的背影时,大家都心照不宣。

司笙走到窗户前,一只手插兜,另一只手接通了电话。

"什么事?"

"我迷路了,要来接我吗?"凌西泽低沉有力的声音入耳,伴随着"呼呼"的风声。

司笙愕然,随即嘲讽道:"骗谁呢?"

两个小时前，凌西泽还给司笙发消息，说是在家里吃年夜饭。除夕夜，阖家团圆的时刻，他怎么可能单独跑出来？

凌西泽低笑："那就让我迷路好了。"

"你——"司笙张口想说他。

然而，凌西泽压根儿没给她机会，直接挂断电话。

司笙吸了口气。

司笙压下火气，强迫自己冷静，将电话回拨过去，可这次，凌西泽直接关机。

大过年的，他耍她呢？

司笙不想理会，转身想坐回沙发上继续看春晚，可走了两步，忽然回头，视线落到庭院里飞舞的雪花上。她抿了抿唇，捏着手机的力道加大，最终她转身回卧室加了件外套。

她走出卧室时，五双眼睛都看了过来。

宋清明问："他来了？"

"不知道。"司笙将手机放在衣兜里，来到玄关处换鞋，淡淡地说道，"出去走走。"

众人心想：谁信啊？

院落里，花灯遍布，看得人眼花缭乱，雪花随风飘落，打在脸上，转瞬融化，凉丝丝的。

司笙将双手放进兜里，抬眼张望了一圈，随即走过院子，拉开了大门。

她一步跨出门。

下一刻，身侧飘来带着笑意的声音："这么担心我？"

司笙偏头看去。

凌西泽倚靠在墙边，穿着她送的那件外套，一只手玩着关机的手机。他侧首看过来，瞳仁如墨，清俊的眉目染着笑意，唇角轻轻上翘，似乎心情很好的样子。

司笙眯了眯眼，朝他走了两步："迷路了？"

"嗯。"凌西泽气定神闲地点头。

司笙轻轻磨牙，被他气笑了："要点儿脸行吗？"

"不要。"凌西泽身子站得笔直，偏了偏头，眉毛一扬，"走走？"

"嗯。"司笙一顿，随即答应了。

凌西泽看到飘舞的雪花，打着旋儿落到她的发间、耳侧、颈窝、肩头，有的一瞬融化，有的就此停留，雪花为本就精致绝美的她添了点缀，甚是惹眼。

凌西泽没有走，伸出手，抓住他戴的围巾。

黑白相间的围巾，宽大又厚重，他取下来，一步走至司笙跟前，将围巾戴在她的脖子上。

司笙微微一怔。

他的手指扫过她颈后的皮肤，微凉，激起他一阵战抖。

凌西泽将围巾一圈一圈地绕好，遮住她裸露在外的脖颈，稍微遮挡着她的下颌、耳朵。他整理好围巾后，手往她的脑后伸，他的指腹沿着贴着她发根的皮肤一路划过，将压在围巾下的发丝一并掀起。

墨发飘飞，然后又缓缓落下。

凌西泽满意地看着司笙，勾唇，然后说道："行了。"

司笙安静地看了他两秒，朝他伸出手。

她刚想说"暖手贴"，手就被凌西泽握住，顺势牵起放到自己的衣兜里。凌西泽厚颜无耻地说："没带暖手贴，将就一下吧。"

在这个阖家团圆的节日，胡同里的人都在家里庆祝新年，夜深了，更是没人出门。他们沿着道路往前走，地面覆上一层薄薄的积雪，路上一个人影都看不到。

司笙的手还放在凌西泽的衣兜里，反正没人，加上衣兜里又暖和，她就没强行拿出来。

"你不是在家里吗？怎么来了？"司笙问道。

凌西泽说："陆同学让我来看看你。"

司笙讶然："啊？"

随后，凌西泽又慢条斯理地补充道："正好我也想来。"

家里有暖气和零食，还有任自己使唤的弟弟和发小儿，司笙说不清自己为何会答应凌西泽出来走走，但在除夕夜闲逛的愚蠢行径，因为有凌西泽,她并没觉得不妥。

两个人一边聊一边走,说的都是些琐碎日常的话题:如秦凡和宋清明过来一起过年,还买了一堆乱七八糟的东西;如司笙跟司尚山串通,让司尚山给司风眠开后门,让司风眠神不知鬼不觉地溜出门,然后被萧逆带回来了;如他们到很晚才吃火锅,饿极了,一上桌都变成土匪,菜没烫熟就被瓜分了……

司笙难得说这么多话,凌西泽听得异常认真。

风雪渐大,二人经过一户人家时,司笙忽然停下脚步。

这户人家的院落格局跟司笙家差不多,门外挂着两个红灯笼,左右贴着春联,一看就是秦凡的字——他们今晚在胡同里所见的春联大都是秦凡写的。

凌西泽奇怪地看了司笙一眼。

司笙往门口指了指,说:"秦爷爷家。"

通往院落的大门没关紧,漏了风,里面传出嘈杂的声音,都是老头儿的声音。

"你们胡同里老年人的过年活动也这么多?"凌西泽狐疑地问道。

"不知道。"司笙耸了耸肩。

两个人对视一眼,不约而同地往后退了一步,透过门缝往里看,可以看见院落里的一方景色。

"老王,糨糊在哪儿?给我来一点儿,我这边没粘牢。"

"被嫂子拿回去了吧,我去客厅里找找。"

"老秦,你给我的孔明灯,上面要画一座山,长白山。我出生在那附近。"

"把炭炉拿过来一些,老秦这边刚研的墨都冻硬了。"

…………

院子里,好一番热闹的光景。

五六个老头儿,以宋爷爷、秦爷爷、王爷爷为主力,满地都是制作孔明灯的材料,他们忙得不亦乐乎。易中正坐在轮椅上,身上盖着厚厚的毛毯,两侧都有暖炉,看得出他很疲倦,昏昏欲睡,却强行打起精神看他们忙活。

"孔明灯。"凌西泽觉得惊奇,"挺会玩。"

院里的几个老头儿各忙各的,快活又潇洒,热闹精彩的程度,跟年轻人的活动比有过之而无不及。

司笙的唇角弯了弯。

这时,秦融拿起一个刚做好的孔明灯,问坐在轮椅上的易中正:"老易,你要画什么?"

易中正闭着眼,想了片刻,最后抬了抬眼睑,说:"画司笙吧。"

"你个外孙女控!"

"年年都画笙笙,没一点儿新意。"

"画外孙不行吗?"

…………

易中正没理会几个老头儿的调侃,理直气壮地道:"她长得好看。"

他们跟外孙女控没什么好说的。

最后,秦融大笔一挥,爽快地说道:"行,笙笙一年一个样,今年画个二十四岁的笙笙。"

众老头儿闻言,又乐了。

院内欢声笑语,外面的司笙和凌西泽静静地站着,都没有吭声。

老头们没有闲着,讨论完在孔明灯上画什么后,又开始说起别的。

"不服老是真不行了,这才忙活多久啊,就这么点儿活儿,还累得腰酸背痛的!"王爷爷感慨道。

"你身体还算硬朗,看看老易,光坐着就扛不住了。"

"老宋,你也真是的,这能比吗?"

"有什么不能比的,你们又差不了几岁。"

…………

庭院里的几个老人完全没有忌讳,光明正大地将易中正的病拿出来讲。或许,他们打心里早就看清了结局,而年复一年的生活,一个又一个老朋友的离开,让他们也为自己的结局做好了心理准备。

司笙听在耳里,眉眼低垂,看起来很安静。

老人们在讨论死亡,轻松而释然,他们的墓地都准备好了,买在一起,今后一个个离开,也会一个个团聚。

"唯一舍不得的还是那些孩子。按理说,他们这么大个人了,都能照顾好自己,可总觉得他们跟小时候一样,长不大。现在的年轻人,毛病一个比一个多,不按时吃饭、不按时睡觉,这大冷天的,衣服都不知道多穿一件……"有个老人絮絮叨叨地说着。

提到晚辈,这些开朗乐观的老头儿,仿佛又没那么释然了。

司笙没再听下去,跟凌西泽说:"走吧。"

"嗯。"凌西泽静静地看着她。

来的路上,留有他们二人的脚印,可这才一会儿的工夫,越下越大的雪就盖住了脚印,只余下浅浅的痕迹。

谁也没说话。

老人都已经接受离开,他们这些年轻人无法强行挽留。

这些老人,活得一个比一个通透、豁达、乐观,反倒是他们这些年轻人,面对生老病死,难以轻易地说出"释然"二字。

回去的路不算远,不过,两个人走了很久。

风雪太大,地面上的积雪越来越厚,他们深一脚浅一脚地往下踩。

他们回到了四合院。

院子里没他们想象中的平静,本来该在看春晚的五个人都出来了,离开室内温暖的环境,他们全部裹成"粽子",在院子里放烟花。

"姐、姐夫!你们回来啦!"司风眠第一个发现了他们。

他举着两根冒着冷光的仙女棒,朝他们俩挥着手,随着他的臂膀摆动,烟花在空中绽放,划出漂亮的弧线。

司笙惊醒,迅速地将放在凌西泽兜里的手拿出来。

众人心照不宣。

"接着。"楚落的声音乍然响起,伴随而来的是一盒未开封的烟花。

司笙接过来,低头看了一眼,就将烟花交给凌西泽:"给,你玩吧。"

"你不玩?"凌西泽凝眉。

"嗯。"司笙走过庭院,去了客厅。

手中的烟花是凉的,凌西泽站在原地,回想起司笙在秦家门口时的神情,心中微微刺痛,他捏着烟花包装的力道加大,包装被他捏扁了。

他回过神。

这时,客厅的门又被拉开,司笙搬来一个马扎,往门口一放,跟门神似的坐了下来。

她的怀里是热水袋,她的手里是小零食。

"又不玩啊?"秦凡举着烟花冲司笙挥手。

司笙嫌弃地道:"幼稚。"

秦凡等烟花燃尽,跑过来,冲她笑道:"才艺笙,露一手呗。"

司笙思考片刻:"二胡?"

秦凡"扑哧"一乐:"没有!"

司笙学二胡时,十岁左右。据说她看到学武的小师姐被迫学钢琴,觉得可怜,就想学一门乐器陪人家。

她挑来挑去,结果挑了适合老年人休闲娱乐的二胡。

那段时间,胡同里的人经常能看到司笙大清早就坐在门口拉二胡,街坊邻居不仅不埋怨不发牢骚,还感慨小姑娘有点儿兴趣爱好不容易,私下里经常给她送吃的补身体。

司笙将坚果扔到嘴里,闲闲地说道:"敲锣打鼓吹唢呐,我都会一点儿。"

秦凡问:"就不能来点儿年轻的?"

"用这个吧。"宋清明忽然递来一片树叶。

刚生长出来的绿叶,手指那么长,翠绿翠绿的,只是在彩灯光线的笼罩下,隐约被镀了点儿别的颜色。

司笙接过树叶,确认了手感,挑了挑眉,奇怪地问道:"现在就有树叶了?"

宋清明"嗯"了一声,解释:"春天到了。"

春天到了。

新的一年,周而复始。

烟花一根一根地被点燃。院子里,司风眠不知怎么招惹了萧逆,被萧逆追得满院子上蹿下跳;楚落懒得一根一根地点,直接点燃了一大把烟花;凌西泽用打火机点燃两根仙女棒;秦凡和宋清明拿了新的烟花往院子里走……

司笙将树叶放在唇边,唇畔感受着树叶的清凉,瞳仁里映着院子里的人与物,唇角轻轻一勾,吹气,奏响。

树叶奏出的音乐,有着独特的韵味,悠长回荡,脱离于自然,又归属于自然。

乐声一响,满院的闹腾,一瞬归于平静。

烟花在静静地绽放,属于民间的曲子,在除夕寂静的院子里悠悠响起,飘向寂静的远方。

一曲终了。

司笙将树叶从唇边移开,手指拈着树叶的一端,轻轻一揉,树叶旋转了几圈。

笑意从她的眉眼间荡漾开来,慢慢覆盖她的脸庞,在绚烂的灯光的照耀下,这一瞬的笑容,惊艳了每一个人。

七个人一直闹腾到天明。

作息正常的司风眠扛不住了,天色刚蒙蒙亮,他就缴械投降,霸占萧逆的卧室补觉去了。

秦凡、宋清明二人相继离开。

萧逆和楚落稍微收拾了院子,都累了,各自回去睡觉。

新的一年,悄无声息地来临,热闹喧哗过后,一切都跟往常一样。

司笙还算精神,给霜眉喂了猫粮,又去热了两杯牛奶。回到客厅里时,她将一杯牛奶递给凌西泽,问:"饿了吗?"

凌西泽接过牛奶杯,犹豫了一下,想说他的厨艺并没有长进。

司笙却忽然说:"我想下一碗面条,你要不要吃一点儿?"

凌西泽讶然:"你做?"

"嗯。"司笙给了他肯定的答案,走进了厨房。

凌西泽怔了怔,等了片刻,做足心理准备,抬腿走向厨房,却止步于厨房门口。

两个炉灶都开着火,一个锅在烧开水,一个煎锅刚放入油,她单手拿着鸡蛋,轻轻一敲,手指一弄,蛋白就包裹着蛋黄落入锅里,动作熟稔又流畅,一看就是会做饭的人。

司笙察觉到凌西泽站在身后,侧首看过来,张扬地挑眉:"早跟你说过了，我会做。"

不多时，两碗面条端上桌，热气腾腾的，香味扑鼻。

司笙递给凌西泽一双筷子："试试。"

凌西泽带着疑惑的心情，夹起一筷子面条，软硬适中，调味满分。

新年头一天，司笙就以短暂的几分钟，重新刷新了凌西泽对她的认知。

面条吃到一半，司笙忽然问道："什么时候走？"

"吃完就走。"凌西泽看了她一眼，"中午要聚餐。"

"哦。"司笙点点头，没有挽留。

一整晚没有休息，司笙又跟一群人处于喧闹的环境中，忽然安静下来，疲惫感渐渐席卷全身，吃完面条后，忽然困得睁不开眼。

凌西泽眼看着司笙的脑袋要垂到汤碗里了，抬手扶住她的下巴，无奈地轻笑："去睡觉。"

"哦。"司笙努力地睁开眼，感觉脑袋很重，站起身想走，忽然想到了什么又停住脚步，交代凌西泽，"你走之前洗一下碗。"

"行。"凌西泽颔首，见司笙从身侧走过，突然抓住她的手腕，"新年快乐。"

"新年快乐。"司笙下意识地回了一句。

下一刻，司笙的手里被塞了样东西，像纸片，却有点儿硬。她微怔，低头一看，是一个红包。

她捏了捏，神情古怪地抬头："这么薄？"

凌西泽嘴角微抽，垂下眼帘，松开她的手腕，顺势拍了下她的后脑勺儿："财迷，去睡觉。"

"再见。"司笙打了个哈欠，眼泪都快流下来了，捏着红包跟他摆摆手，回了卧室。

卧室里，没拉窗帘，阳光照射进来。

司笙坐在床沿上，垂着头，盯着手中的红包，仔细地打量着。

片刻后，她打开红包，抽出里面的东西——一张电音节的门票。

水果店的瓶子 著

此生刚好遇见你

下 册

青岛出版集团 | 青岛出版社

第五章
春暖花开

春节过后,四合院恢复了往日的平静。

楚落住了两天就离开了。楚爷爷住院半年有余,最近身体状况愈来愈差,楚落跟爷爷感情好,得去医院陪床照顾他。

秦凡和宋清明忙着拜年走亲戚,没空来。易中正这边没有亲戚,司笙和萧逆不用出门拜年,也不会有人上门。

凌西泽偶尔会过来一趟,给家里添点儿人气。

转眼的工夫假期就结束了。

萧逆回了学校,家里只剩司笙和易中正二人,一个卧病在床,另一个无所事事,四合院里越发冷清。

元宵节的前一天,司笙在司尚山的再三邀请下,回了一趟司家。

"笙笙回来啦。"

司笙刚一进门,章姿就热情洋溢地迎上来,就跟见了亲女儿似的。

司笙淡漠地瞥了章姿一眼。

章姿视而不见,招呼道:"正好,伯母也在,我介绍你们认识一下。"

"司尚山呢?"司笙淡声问道。

司笙对司尚山直呼其名，令章姿愣了一下，随即章姿笑道："他公司有事，要晚一点儿才能回来。"

"哦。"司笙的反应极其冷淡。

这时，会客厅里有一个雍容华贵的女人走出来："这就是笙笙？长得挺好看，比你妈还要艳几分。"

她说话阴阳怪气的。

"笙笙，来。"章姿热情地给司笙介绍，"这是伯母。你过来，我们一起聊聊天儿。正好啊，我们刚聊到你呢。"

司笙看了二人一眼。

她们摆明了是另有所图。司笙如了她们的愿，没吭声，跟着章姿和伯母进了会客厅里。

司笙不爱接话，章姿和伯母扯了几个话题，实在聊不下去。

章姿和伯母对视一眼。

伯母笑笑，亲切地看着司笙，问："笙笙以前是演员吧？"

"嗯。"

"我前几天跟人聚餐，有个朋友的儿子特别喜欢你的戏。"

司笙扬眉。

"我那个朋友的儿子比你稍微大一点儿，三十岁出头。家里是做房地产生意的，很有钱，他是独子，以后肯定会继承家产。"伯母满眼笑意，"他很想认识你，要不你加下他的微信，交个朋友？"

伯母的意思表达得如此直白，司笙心里有了底。

司笙顿了顿，刚想开口，就听见司尚山在问阿姨："笙笙回来了吗？"

"回来了，"阿姨说，"在会客厅里。"

很快，脚步声愈来愈近。

章姿和伯母有些局促地交换了一下眼神。

她们俩知道司尚山公司有急事，一时半会儿回不来，才拦下司笙的，没想到这才说了几句，司尚山就赶回来了。

"笙笙……"司尚山刚进会客厅里就喊，可视线一扫，注意到章姿和伯母，当即露出几分防备："你们俩怎么也在？"

章姿表情僵硬了一瞬，继而笑道："嫂子来家里做客，我跟嫂子聊着天儿呢，笙笙正好回来，就拉着她坐了一会儿。"

"顺便给我相亲。"司笙冷不防补充道。

章姿和伯母皆面露尴尬之色。

司尚山立即拉下脸："相什么亲？"

他刚把司笙接回来，她们就想着将司笙嫁出去，安的什么心？

"程家的独苗。"伯母眼瞅着司尚山要发火，及时解释道，"人家挺喜欢笙笙的，看看能不能让他们俩认识一下。"

"程家那个风流成性、三天换一个女朋友的败家子？"司尚山猛然怒喝道。

伯母的表情有点儿难看："那些都是玩玩而已，他对司笙是真心的。何况司笙学历不高，还妄想当什么漫画家，哪家的人能看得上她？长得好看是她唯一的优势了，她被程家看上是福气，我也是为了她好……"

"滚！"司尚山气急攻心，暴喝一声，抬手指向门口。

伯母尴尬了一瞬，不高兴了："司尚山，你什么意思？我有逼着司笙嫁给程家少爷吗？我就是让他们认识一下而已，司笙还吃亏了不成？"

"砰——"司尚山随手抄起一个杯子，砸在伯母的脚边。

杯子碎裂的那一刻，伯母惊得直接跳了起来，惊魂未定地盯着司尚山："司尚山，你想干吗？！"

章姿亦是一惊，没想到素来冷静沉稳的司尚山，因这么一点儿小事大发雷霆，她站起身想替伯母说好话："尚山……"

"笙笙的事用不着你操心。我家不欢迎你，你以后少来串门。"司尚山没理会章姿，两道冰冷的视线打在伯母的身上，"你是现在自己走，还是我找人来架着你走？"

"司尚山，你够狠！"伯母气得浑身颤抖，红着眼撂下狠话，"以后你要是遇到什么麻烦，别来求司家！"

她瞪了司尚山和司笙一眼，抓起包就往外走。

然而，她路过司尚山时，司尚山忽然冷声戳穿了她的威胁："让大哥解决好自己公司的财务危机再说吧。"

伯母听了此话，脚下一歪，险些摔倒。

她狠狠地稳住身体，咬咬牙，恨恨地离开。

会客厅里，章姿脸色发白，不知是被气的还是被吓的，抑或是两者都有。

司尚山冷眼剜向她，沉声问道："是你把欧阳秋叫来的？"

"不是，"章姿心一惊，想到司尚山的警告，赶忙撇清关系，"她说路过，想来聚聚，我不知道她是为笙笙……"

司尚山不想听下去，轻哼一声。

章姿赶紧住嘴。

"这次就算了，我不想再看到第二次。"司尚山下了最后通牒。

章姿意识到这事真的触到司尚山的底线了，心虚不已，不敢多言，匆匆地找借口离开了。

司笙静坐着看完这场戏。

待章姿走后，司尚山走上前来，一秒卸下强硬的外壳，换上慈父亲切的笑容："笙笙，她们俩没有为难你吧？"

"没有。"

司尚山松了口气，连忙说道："你不用把她们的话放在心上，爸有钱，罩得住你，你想做什么我都有能力支持你。"

司笙没说话，看了他一眼。

司尚山踌躇片刻，想到欧阳秋来的目的，怕司笙介怀，认真地说道："你找对象就找自己喜欢的，家里不会强迫你找那些不三不四的花花公子。"

"哦。"司笙应了一声，站起身。

司尚山的视线紧随着她。

司笙绕过茶几，走出来，侧身看了司尚山一眼，说："我没放在心上。"

司尚山怔了怔，然后放心了，连忙点头道："那就好，那就好，不用跟她们置气。"

司笙打量他几秒，然后淡淡地"嗯"了一声，随便找了个借口回房了。

司尚山看着她上楼的背影，张了张口，想问她晚上想吃什么，但忍住了。然后，他将阿姨招呼过来，说了一堆司笙喜欢吃的菜。

司笙回到房间里,将手提包扔到沙发上,拿起手机一看,果然有凌西泽的未接来电。

她将电话拨过去。

"到司家了?"凌西泽很快接了电话。

"嗯,"司笙往后一倒,叠着腿,坐姿慵懒放松,"还看了一场戏。"

"什么?"

司笙三言两语将在会客厅里发生的事告诉了凌西泽。

说到最后,她忽然想起司尚山对欧阳秋的警告,微微眯起眼:"欧阳秋给我相亲,不会是想把我当人情,让程家帮他们家一把吧?"

"上道。"凌西泽轻笑。

"既然司尚山是维护你的,你就不用操心这些事了。"

"我不操心,"司笙单手支颐,饶有兴致地说道,"但我对司家的事挺感兴趣的。"

凌西泽从她的口吻里听出一股想打听八卦消息的味道,轻叹一声,满足她的好奇心,说道:"关系挺简单的,司家上一辈就俩兄弟。你爸跟司家脱离关系时,自愿放弃继承权,所以司家的家业都由你伯伯家继承。"

司笙挑眉:"现在家道中落?"

"差不多。"凌西泽说道,"风水轮流转,现在怕是你伯伯那边要求着你爸了。"

"哦。"

在司笙看来,虽然司尚山就是个憨大叔,但看了司尚山对章姿、欧阳秋的态度,司笙大概能想象司尚山工作时的作风。

司笙来司家时,章姿和司裳都在家。

但是,晚饭时只有司笙和司尚山,以及放假回来的司风眠。

据说章姿要带着司裳回章家过元宵节,临时决定提前一天过去。至于这个"临时决定"是不是因为司笙,就只有她们俩知道了。

司笙没有在司家过元宵节,第二天清早,吃了早餐后就回了四合院。

秦凡闲来没事，中午过来串门。

秦凡拎着点心，晃悠到餐厅门口，见萧逆正在收拾碗筷，挑眉问道："吃完啦？"

萧逆睨着他："嗯。"

"弟，给我煮碗面，加个鸡蛋。"秦凡笑容可掬地说道。

萧逆没说话。

在秦凡这里，沉默就代表答应了。他靠在门口，笑眯眯地说道："你姐呢？"

萧逆眼皮一抬："在客厅里。"

"哦。"秦凡点点头，转身去了客厅。

他刚将门推开，就见到司笙正在摆弄着两个款式不一的花瓶，手里拿着一枝含苞待放的梅花。

"哪儿来的梅花？"秦凡讶然。

司笙随口道："宋爷爷出去'放风'，看到了，就折了一枝送来，说想给老易看看春天。"

秦凡震惊地问道："梅花能代表春天吗？"

"有花就是春天。"司笙挑了个细颈花瓶，回房里接了水，插好梅花，将花瓶放到易中正的房间里。跟易中聊了几句后，她才出来搭理秦凡。

秦凡此刻正跟个大爷似的坐在沙发上嗑瓜子。

他手里拿着一根逗猫棒，霜眉被他勾得绕着茶几转来转去，茫然无措。

司笙看了一眼，问："元宵节快过去了，你还没新的计划？"

"不是还没过吗？"秦凡厚着脸皮反问。

司笙没再说话，走过去，夺过他手中的逗猫棒，将霜眉引到一边，以防霜眉上蹿下跳地碰倒茶几上的玻璃制品。

秦凡倚在沙发上，盯着司笙半晌，说："我想出去走走。"

"去啊。"司笙眼皮都没抬一下。

秦凡微微一顿，乐了："不愧是常年在外混的天仙，心态果然不一样。"

晃着逗猫棒的动作一顿，司笙斜眼看着他："去哪儿？"

"还不知道。"

"哦，"司笙微微颔首，继而问，"跟你爷爷和奶奶说了吗？"

"还没。"秦凡叹了一口气,"你知道我有个毛病,孝顺……"

司笙一记白眼甩过去:"好好说话。"

"好吧。"秦凡轻咳一声,一秒收起做作的模样,连坐姿都直了些,"我不是哪儿都不敢去嘛,他们也没想过我会出去。这么一个聪明、乖巧、孝顺的孙子要出门闯荡,他们一时半会儿肯定接受不了,所以我还没想好怎么说。"

"或许你有点儿高估他们对你的感情。"司笙嘴角微抽,忍不住出言奚落。

"你不懂,"秦凡摆了摆手,信心十足,"我爷爷对我,那叫'打是疼,骂是爱'。"

司笙心想:愿你在梦里不要醒来。

司笙和秦凡扯了会儿嘴皮子,萧逆将面条做好了,过来叫秦凡去餐厅吃饭。

秦凡问:"不能端到客厅来吗?"

萧逆态度坚决地说道:"不能。"

"天仙,你弟这么不懂变通……"秦凡扭头就跟司笙吐槽。

司笙嗑着瓜子,漫不经心地道:"在我家,跟'吃'有关的事,都听他的。"

"天仙,你堕落了!"秦凡一脸震惊,"以前的你,是唯我独尊,从不服软的!天王老子都不能压你一头!"

"不然你过来帮忙做饭?"司笙哂笑。

秦凡立即闭嘴,一秒屈服,笑嘻嘻地拍着萧逆的肩,老实地去了餐厅吃面条。

秦凡去了餐厅,萧逆回了卧室。

司笙去了易中正的卧室跟他聊了会儿天儿,等他休息时出来,发现放在茶几上的手机在振动,定睛一看是楚落的电话。

她走过去,没拿起手机,只是摁了接听,点开免提。

"老爷子怎么样了?"司笙问。

"不太清楚。"楚落的声音低低的,没了往日的活力,"我三天前就被他们赶回来了。我上午接到主治医生的电话,情况不容乐观。"

楚落的话信息量太大，司笙不由得愣了一下。

司笙拧眉："什么情况？"

电话那边静默片刻，然后楚落才收拾好心情，跟司笙说了这几日的事。

自打楚爷爷住院以来，都是楚落在照顾。楚爷爷是老一代的漫画家，画的连环画曾经风靡一时，是漫画圈里德高望重的老前辈了。受楚爷爷的影响，楚落自幼喜欢漫画，成天缠着楚爷爷要漫画看，跟楚爷爷关系极好。

楚爷爷一辈子过得清贫，住着简陋的老小区，没有车，能省则省，平日里经常捡废品卖。

晚辈都嫌弃他。

自打他住院后，晚辈们纷纷对他避之不及，甭说来医院看他了，就算打电话慰问一句都怕沾染一身病气。

几天前，他们不知从何得知楚爷爷名下有多处房产和不少的积蓄，顿时态度大变，不停地往医院跑，对楚爷爷嘘寒问暖。

楚落被他们的势利寒了心，跟他们大吵一架，却被他们合伙诬蔑，说她是想独占楚爷爷的遗产，强行将她赶出了医院。

楚爷爷现在意识模糊，不知道这些糟心事，只要他们能看在利益的分儿上好好照顾楚爷爷，楚落便无所谓，所以没跟他们在医院里争执不休，如他们的愿，离开了。

"我爸刚给我打电话，"楚落声音沉沉的，语气里有她都难以察觉的失望，"他问我爷爷有没有立遗嘱，我守在爷爷病床前那么久，是不是会多分一点儿，然后我大伯母听到了，破口大骂，吵得不可开交……呵，爷爷还没走，他们就开始争遗产了。"

平日里他们避楚爷爷如避洪水猛兽，可到争遗产的时候，一个比一个勤快，病床前虚伪做作的面孔，看得令人作呕。

"你要去医院吗？"

静默片刻，楚落"嗯"了一声，说道："收拾一下就过去。"

"我陪你。"

楚落一顿，然后说道："不用，他们还不至于将我生吞活剥。"

"我去看看你爷爷。"

楚落被司笙堵得没了话,答应了:"那……好吧。"

司笙跟楚落约好时间,挂断电话。

同时,司笙抬起眼,瞥见在门口晃荡的身影,微顿,然后慵懒地问道:"都听到了?"

门被推动了一下。

秦凡站在门口,微微低下头,手指摸了摸鼻子:"怎么啦?你在说什么……?"

司笙挑挑眉,打断他的话:"看着我。"

秦凡坚持了两秒,最终妥协,抬眼看过来,神情颇不自在。

"上次你去漫展,是为了她吧?"司笙静静地看着他,问道。

秦凡轻拧眉心,没说话。

"我不问你们俩的事,就问一句,"司笙一字一顿地道,"这个事,你帮不帮?"

秦凡顿了顿,舒展了一下筋骨,吊儿郎当地开口:"既然天仙都发话了……"

司笙瞪了他一眼。

秦凡一秒改口:"帮。"

"滚吧。"

"得嘞。"秦凡笑笑,领命离开。

今天是元宵节,萧逆上午做了元宵,准备晚上吃。但这顿元宵,司笙是吃不成了。

她简单地收拾一番,就开车去了医院。

最近天气好转,虽然春寒料峭,却多了些阳光,少了些寒意。

司笙跟楚落约好在医院门口碰面。司笙刚将车停好,就给楚落打电话。电话通了,但没人接听。

司笙看着手机,皱了皱眉,最后给楚落发了条信息,凭借着记忆中的病房号,来到住院部三楼。

女生尖锐愤怒的声音在走廊里回荡,清晰入耳:"楚落,你别跟我装不知情！毅哥前脚跟你男朋友见完面，后脚就跟我提了分手，你还敢说不是你搞的鬼？！"

司笙循声看过去。

只见楚爷爷的病房门外站着不少人，除了楚落和一个姑娘，还有几个中年人，多数是看戏的神态。

司笙见过那个姑娘，正是楚落同父异母的妹妹——楚湘。

楚湘比楚落小两岁，性格讨人厌，跟母亲进门后就对楚落抱有莫大的敌意。哪怕后来楚落搬出去住了，楚湘只要见到楚落日子过得好一点儿，就会想方设法地找楚落麻烦。楚落一直很烦她。

前段时间，楚湘跟一个富家子弟交往。她做梦都想飞上枝头变凤凰，有朝一日能当豪门太太。她若是自己嘚瑟倒也罢了，还拉着她男朋友来楚落面前炫耀，楚落为此事跟司笙吐槽了好几次。

"我跟他已经分手了。"楚落烦躁地皱眉，没心思跟楚湘说这个，"你要觉得是他拆散了你们，你大可去找他算账。"

"谁信啊？"楚湘拔高嗓门儿，"他追了你两年，刚跟你在一起，就跟你分手？！"

楚落冷下眉眼："我管你信不信，让开。"

楚湘高高地扬起下巴，张开双手挡在门前："我不！"她气势汹汹地说道，"这件事你要不说清楚，你就甭想见爷爷最后一面！"

楚落看着这个恃宠而骄的妹妹，神情很不耐烦。

这时，倚在门口、站在走廊里看戏的亲戚，开始接二连三地说风凉话。

"落落，这事你做得过分了点儿，你跟湘湘就算有再大的仇怨，也不该破坏妹妹的婚姻大事啊。"

"听说落落的男朋友是个文身师，跟湘湘的男朋友比确实差了一截，有点儿不满是正常的。但毕竟是姐妹，没必要闹得这么难看。"

"落落，我是看着你长大的，没想到你会变成这样。做错了事就承认，好好跟妹妹道个歉。"

…………

亲戚们都是事不关己高高挂起的态度，这戏看得乐和了，就站出来当和事佬。楚落和楚湘的话里有几分真、几分假都无所谓，他们只是凑个热闹。

楚落看了一眼病房，红着眼睛，深吸一口气，难以置信地看着这群似乎没心的人："你们非得在爷爷的病房门口谈这个？"

亲戚们经楚落这么一提醒，对视几眼，倒也闭上了嘴。

楚湘却不肯善罢甘休，怒道："别把爷爷搬出来当救兵，咱们就事论事。要不是你得了红眼病，想方设法地破坏我跟毅哥的感情，我至于在这里堵着你？！"

"行，就是我破坏的，怎么着吧？"楚落冷冷地看着楚湘，彻底放弃跟她正常交流，"以后你找一个，我拆一个，你就等着孤独终老吧。"

"你——"楚湘没想到楚落这般强硬，气急了，抬手就朝楚落的脸上扇去。

楚湘的爸妈都上班去了，不在。亲戚们都是看戏的，没有人惯着她。

楚落自然也不惯着。

在那一巴掌落下来之前，楚落先给了楚湘一耳光。

"啪"的一声，清脆又响亮，楚湘的脸往旁边一偏，她愣了好半晌，才后知后觉地反应过来，怒骂一声，猛然冲向前跟楚落纠缠在一起。

场面顿时乱作一团。

亲戚们虽然上前拉架，但有个别人不会说话，一开口就是火上浇油，一时吵得不可开交，连医生、护士和其他病人家属都被吸引过来了。

司笙看着这一切，没有上前帮忙。

楚落是有一定身手的，不会在楚湘的纠缠中处于下风。此外，这种家族混战的场面，司笙这个外人掺和，不合适。

司笙只是给秦凡打了一通电话："办好了吗？"

"马上。"秦凡回道，顿了顿，然后似乎听到了那边嘈杂的动静，问道，"那边怎么了？"

"没什么事，"司笙往混战的方向看了一眼，轻描淡写地说道，"楚湘将她和男朋友分手的锅扔给了楚落，现在正在跟楚落打架。"

秦凡瞬间哑巴了。

司笙眯起眼："你干的？"

"嗯，"秦凡承认了，然后解释道，"我就是看不惯楚湘那股炫耀劲。那个人本来就是想找她玩玩，迟早得分。"

"你们俩都分手了，你还管那么多闲事？"司笙走到窗前，没好气地问道。

秦凡理直气壮地说道："我这不是小心眼儿，记仇吗？"

他说得倒也没错，司笙一时摸不准他的意图。

须臾，司笙说了句"就这样"，然后挂断了电话。

这时，在医生、护士、路人的协调之下，混乱的场面终于控制住了。

楚落还好，毫发无伤。

楚湘就惨了，狼狈不堪，脸上有掌痕，头发凌乱地披散着，红着眼瞪着楚落，像一只处于战斗状态的小公鸡。

楚湘冲着楚落恶声恶气地道："你想见爷爷，门儿都没有！这件事，你要是不给我个交代，我死都不会让你进门！"

楚落咬了咬后槽牙。

如果只有楚湘一个人，楚落倒是不用顾虑。

但是，楚湘和继母近日将楚落抹黑成"知晓楚爷爷有巨额遗产，才会对楚爷爷这么孝顺的心机用尽的女人"，让这些亲戚处处防着楚落。楚落来探望楚爷爷，本来就要过亲戚这一关，但亲戚们碍于颜面不会做得太过分。

没想到冒出一个楚湘，死活要拦着楚落不让楚落进病房，正好如了这群亲戚的愿。亲戚们不管事情真相如何，只要假惺惺地站在楚湘身后，利用楚湘牵制楚落即可。

这群人文化水平不高，但一个比一个精。

可楚落没有跟楚湘僵持太久。

一个奇怪的现象出现在楚落面前。

病房内外的楚家人，在短时间内，纷纷接到了电话。

"不是已经确定好了吗？项目怎么会出错？我马上过去。"

"去学校？不不不，没有不情愿，我们家长肯定好好教育他。去去去，肯定去。"

"开车撞到人了？行，你就在那里等警察，我赶紧过去……"

……………

每个人都遇到了事，迫在眉睫。

就连楚湘都接到了她妈打来的电话，说是外婆家遇到急事，家里人因为上班脱不开身，让她赶紧过去一趟。

楚落将这些看在眼里，有点儿蒙。她再看那些人，有人点头哈腰，有人眉头紧锁，有人怒不可遏。

不多时，这些围堵在病房门口的亲戚都焦头烂额地离开了。

没人顾及病房里老人的生死。

"楚落，这事我跟你没完！"楚湘接完电话，心急火燎，但不忘指着楚落放狠话，"爷爷的遗产，你想都别想！"

楚湘撂下话后，匆匆地跑了。

楚落还在状况之外，抬眼张望时，瞥见走来的司笙，顿时想到了什么："你安排的？"

"不是。"司笙说，"朋友帮忙。"

楚落一怔，似乎想到了某个名字，没问，抿了抿唇，低声道："谢谢。"

司笙往病房里看了一眼："你先进去看老人吧。"

"嗯。"楚落点点头，没再停留，走进病房里。

司笙没跟进去，将时间都留给了楚落和楚爷爷，自己在走廊里找到一条长椅，坐下。

没几分钟，秦凡又打来电话。

"怎么样？她进病房里了吗？"秦凡张口问道。

"嗯。"

"那就好。"秦凡松了口气。

"剩下这段时间，都别给他们来医院的机会。"司笙交代道。

"我知道。"

"嗯。"

有了他的承诺，司笙便没有再管。

秦凡并非只手遮天的人，相反，他是个遵纪守法的良好公民。只是，他跟司笙一起长大，定然不是什么规矩人，知道对付什么样的人该用什么样的手段。正好他手上有点儿人脉和资源，可以对付这群利欲熏心的楚家亲戚。

司笙相信秦凡能处理妥当。

楚落一直待在病房里没出来，司笙坐在长椅上等待。司笙双手抱臂，往后靠着，闭眼小憩，不知不觉天色就暗了下来。

司笙的身前站了人。

她警觉性强，忽然睁开眼，抬眸望去，眼帘映入一道挺拔的身影，她一顿，感到有些意外。

她讶然问道："你怎么来了？"

凌西泽提着两个保温饭盒，淡然地道："给你送元宵。"

司笙扫了一眼，认出是家里的保温饭盒，愣了一下，然后问道："你去我家了？"

"嗯。"凌西泽在她的身侧坐下来。

他说道："我问了秦凡，秦凡说你在这儿。萧逆正好做了元宵，就一起带过来了。"

司笙"哦"了一声，因为刚睡过，还有点儿乏。

保温饭盒有三层：一层是元宵，一层是米饭，还有一层是菜。两个保温饭盒里的东西一模一样。

凌西泽随便打开一个，将三层一一取出，放到长椅中间，然后递给司笙一双筷子。

司笙接过筷子，看了一眼另一个饭盒，说道："你把另一份给楚落送去。"

"她不一定有胃口。"凌西泽说，"你先吃。"

司笙盯着他。

三秒后，凌西泽妥协，拿起另一个保温饭盒，站起身："我现在去。"

病房里，楚落接过保温饭盒，道了谢，转身就将它放到桌上了。

凌西泽没多说，走出病房。

他抬眼看向长椅，司笙没有动元宵和饭菜，手里捏着两根筷子，微微低着头，灯光投下一片阴影，她神情晦暗。

病房里，楚爷爷气若游丝。而她家里，易中正的情况也不容乐观。

楚落现在要面对的，是司笙迟早要面对的。

凌西泽眸色沉了沉，走过去。

他站在司笙跟前，倾下身，把手按在她的头上，揉了揉："不好吃？"

司笙抬眼，情绪不好："没胃口。"

"那就等饿了再吃。"凌西泽没有强求她，拿起保温饭盒，想将饭菜一样一样地放回去。

突然，他的手腕被摁住。司笙看过去，抿了抿唇，说："我先吃一点儿吧。"然后她又问，"你也一起吃吗？"

凌西泽回看她一眼，"嗯"了一声，在她的身边坐下。

"萧逆的手艺真是越来越差了。"司笙尝了一口辣椒炒肉，皱起眉头吐槽，"都没味。"

凌西泽知道她心情不好时就爱挑刺，顺着她的话往下说："嗯，回去好好说他。"

"你又没吃，怎么知道我说得对？"司笙忽然将矛头对准了他。

为了避免挨训，他选择不说话。

司笙挑挑拣拣，吃了几口就将饭菜放到一边，然后拿起元宵："口味有几种？"

"没问。"凌西泽头皮一紧。

司笙幽幽地盯着他。

凌西泽连忙说道："我现在就发消息问他。"

司笙轻哼一声，视线微抬，让他去问。

凌西泽哭笑不得，真的掏出手机给萧逆发消息，问到"三种"的答案后，如实告诉司笙。

"哪三种？"司笙又问了。

这真是个难伺候的祖宗。

凌西泽继续给萧逆发消息，不过，等萧逆给凌西泽答案的时候，司笙已经捧着汤碗吃起元宵来了,看不出一点儿对元宵是什么口味的求知欲。

凌西泽抬手摁了摁太阳穴。

凌西泽不知道的是,萧逆今早准备做元宵时,司笙就跟萧逆说了一堆要求:比如大小,要一口能吞下的;比如馅料,是她亲自盯着萧逆做好的;比如颜色,不同馅料不同颜色,这样好区分。

总之,司笙这般行径,就是故意刁难罢了。

她每种口味尝了一个,剩下的都给了凌西泽。凌西泽也不嫌弃,都吃了。

他们吃了饭,凌西泽将保温饭盒收拾好,中间离开了一会儿,回来时买了几瓶水和一点儿零食,零食都是司笙平时喜欢吃的。司笙喝了一点儿水,但没有碰零食。

夜色渐深,气温降了下来。

走廊里往来的人随之减少。

凌西泽坐在司笙身边,话很少,动作也少,就这样安静地陪着她。

"凌西泽。"司笙忽然偏过头,声音极轻地喊他。

凌西泽侧首,对上她的视线,神情慎重地回应她:"嗯。"

一瞬间,让司笙有些恐慌的言语到了嘴边,又被她咽了下去。她摇了摇头,说:"没什么。"

最后一个字落下,司笙放在膝盖上的手忽然被抓住,凌西泽厚实温暖的手掌将其包裹,传递过来的除了温暖还有别的。

司笙愕然抬眼,瞳仁里落下凌西泽的模样。

没有煽情和开导,凌西泽只是说:"饿了就说,困了就睡。"

静默片刻后,司笙问道:"冷呢?"

凌西泽弯了弯唇角,拿起她的手,放在自己的膝盖上:"那就坐过来一点儿。"

司笙微微一怔,看了看他,又看了看他的手,稍作迟疑,往他的方向挪了挪。

等待是一件很无聊的事。

有凌西泽在身边陪着,司笙坚持到了凌晨一点,最终耐不住瞌睡虫的折磨，靠在凌西泽的肩上闭眼睡了过去。

某一刻，司笙在梦中若有所感，忽然睁开眼。

秦凡说到做到，没让一个人来骚扰楚落。

这一天，凌晨两点左右，楚落独自一人待在病房里，送走了饱受病痛折磨的楚爷爷。

半个小时后，楚落走出病房，眼睛通红。

凌西泽和司笙早看到医生进去了，知道结果，一直在门口等待，见到楚落走出来，不约而同地朝楚落看去。

"让你们久等了。"楚落嗓音微哑，抬眼，瞳仁上好像镀了层光，"我们走吧。"

"现在？"司笙问。

"通知楚家人了，他们马上就到。"楚落呼出一口气，将眼眶里的热气往下压了压，轻声说，"爷爷走之前清醒了几分钟，我跟他说，他的葬礼，我就不去了。他说'好'。"

"嗯。"司笙微微颔首，没有多说。

司笙陪着楚落往外走，凌西泽原本跟在司笙的身后，然后注意到外面的闪电，找司笙要了车钥匙，先去开车。

他们走出医院时，迎来了这个春天的第一场雨。

大雨倾盆而下，地面溅起灰尘，转眼又被冲刷干净。

三月的春雨，裹着寒意，如针如刺，打在身上时，又冷又疼。

在充斥着寒凉的倾盆大雨里，有一道身影从漆黑如墨的暗夜里冲出，沿街的路灯照亮雨水下落的弧线，在他的身上划过一道又一道的光影，那道身影被朦胧的光晕笼罩着，成了这静谧得只剩灯光、雨水的城市夜色里唯一的一抹亮色。

他撞进大门，带着势不可当的存在感。

仅一小段路，就将他淋得狼狈不堪，素来张扬的短发被打湿了，软趴趴地垂落下来，黑色的外套在雨水的浸染下暗得越发深沉。

他冲进门后，目光一扫，见到司笙和楚落二人，漆黑的眼眸一亮，松了口气，三两步走上前来。

"赶上了。"他举起手，拿出两把折叠伞，递给她们。

楚落轻抿着唇，静静地看着他这狼狈样，压着眼睛的酸涩，不冷不热地问道："你怎么来了？"

"我让他来送伞，顺便接人。"司笙解释着，拿过秦凡递过来的一把伞，然后跟他交代，"你送她回去。"

"嗯。"秦凡一点头，才试探性地看向楚落，视线有些飘忽。

静默几秒后，楚落点头说："谢了。"

"没事。"秦凡往旁边退了一步，让开身，"走吧。"

楚落冲司笙点点头，然后回过身，往前走。

秦凡撑开伞。

二人步入雨中。

折叠伞并不大，伞身有明显的倾斜，罩着楚落纤细的身影，雨水全浇在秦凡一侧的肩膀上。

一辆车驶过来，在大楼前停下，车灯闪了两下。

司笙撑开伞走向雨中，豆大的雨点砸在伞面上，密密麻麻的，发出清脆的声响，雨声从四面八方传来，像整个世界都被雨水淹没了。

大楼外有一个花坛，她余光瞥见一抹绿色，倏地停下脚步。

秃了整个冬日的树木，不知不觉间，抽出了新芽，嫩绿清新的颜色，在死气沉沉的天幕下，绽放出一抹生机。

春天来了。

他们回到胡同时，已几近天明。

凌西泽撑着伞，陪着司笙在冷清的夜里走过一段路，路灯落下昏黄的光，青石地面被雨水冲洗得干净明亮。

四合院的大门虚掩着，凌西泽推开，院里一片漆黑，没有一点儿光亮。

司笙止步，侧首同凌西泽说："吃了早餐再回去吧。"

"嗯。"

二人一起穿过庭院。

"喵呜——"

霜眉正在窝前伸懒腰，听到开门的动静后，猛地蹿了过来。原本它是冲着司笙去的,但冲到凌西泽脚边时认出了他,围着他打转。

凌西泽将雨伞折叠好放进伞桶里,一弯腰,将霜眉一把拎起,顺势抱在怀里。

这时,易中正卧室的门开了,有光漏出,照顾易中正的年轻护工走了出来,轻声转告:"司小姐,易爷爷让你进去一下。"

"他醒了?"

"嗯。"护工微微点头,退到一边。

司笙看了凌西泽一眼,没有耽搁,走进易中正的卧室里。

卧室里,易中正坐起身,靠在枕头上,他一日比一日消瘦,司笙看了两眼,微垂下眼睑,避开他的视线。

司笙问:"没睡,还是刚醒?"

"刚醒。"易中正声音低哑,顿了顿,然后偏头看着她,慢腾腾地问道,"人怎么样?"

"走了。"

"哦。"易中正点头,停顿须臾后,又问,"西泽陪你回来的?"

"嗯。"

"留他吃个饭。"易中正打量她两眼,叮嘱,"你去洗个热水澡,好好休息一下。"

"知道。"司笙转身欲走,又一顿,然后同他说道,"春天来了,等天气好点儿,我陪你出去走走。"

"好。"易中正闭上眼,点头。

秦凡一路无话,将车开到单元楼外,停下来。

楚落的手指轻抠着安全带,她微抿着唇,看着车窗上蜿蜒流下的雨水,没有动。

静默半晌,秦凡目视前方,没去看她:"你回去好好休息,他们最近没空找你。"

楚落没说话。

秦凡没有催她。

车内陷入寂静中,外面是被雨水冲刷的冰冷城市,而车里狭窄的空间似乎处于另一方天地,安静得连呼吸声都清晰可闻。

良久,楚落深吸一口气,终于问出口:"秦凡,你有没有什么话想跟我说?"

秦凡的一只手无意识地在兜里摸着,摸到一包烟,他没掏出来,只是捏了几下。

他的另一只手搭在方向盘上,扭头看了她一眼,似乎不明所以:"说什么?"

"你……"楚落一开口,就红了眼睛,手指紧紧地攥着安全带,声音里带了些怨气,"要断就断个干净,动不动就出来找存在感,很好玩吗?"

秦凡微怔,视线停留在她的侧颜上。

车内没开灯,路边光线昏暗,楚落的脸隐在阴影里。通过隐约的轮廓,秦凡能依稀地看到她轻蹙的眉,她眼中的愤怒和哀伤通过空气传来,令他呼吸一窒。

半响,秦凡出声:"哦。"

楚落怔怔地看着他,一呼一吸间,有种酸涩感被带到嗓子眼儿里,张口时有几分颤抖:"'哦'什么?"

她的视线如烈火般灼热,秦凡避开她的注视,抬眸望向前方,目光落到被雨水洗涤的灌木上。

他说:"抱歉,以后不会了。"

以后不会了。

楚落终于绝望,在几秒的愣神儿后,猛地解开安全带,打开车门往下走。

"哎,伞——"秦凡倏地回头,欲叫住她。

然而回应他的只有关门声,然后,便是楚落走向单元楼的背影。

车里,秦凡一动未动,望着楚落离开的背影。

他没走。

不知坐了多久,他将兜里的那包烟拿出来,挑出一根叼上,点燃,青烟缕缕。打火机的火一灭,昏暗的车里,就只剩下零星的烟的火光。

烟雾顿时缭绕,他把车窗打开一条缝,有冰凉的风吹进来,将烟驱散。

他一根接一根地抽着。

漆黑的天幕，渐渐泛起青白，天快要亮了。

烟盒里只剩最后一根烟了，烟盒被他攥成一团，他愣愣地盯了很久，最后摸出手机拨通宋清明的电话。

"怎么了？"宋清明的嗓音还带着清晨的困倦。

"有点儿舍不得你们。"刺骨的晨风迎面吹来，掌心里是被攥烂的烟盒，秦凡微微侧首，低声说，"楚落爷爷走了，以后她就没有亲人了。司笙心情也不好，人都是说走就走的。她跟易爷爷感情那么好，再给她多长时间，都做不好这个心理准备。"

宋清明一直没开口，静静地听着秦凡说话。

秦凡的声音越来越低。

末了，秦凡说："我还有好多事想做。"

他的声音很无力，被风一吹，就这么散了。

宋清明终于出声，很轻，却很沉重："嗯，去做吧。"

那一刻，秦凡眼睛一眨，眼角像是被烫了一下，恍惚间，好像有什么东西掉了下来。

这一场雨，持续下了几日。

春雨绵绵，整座城市都被雨水浸润了，气温不升反降，寒意渗透到每个角落里，无声无息。

深夜，寂静无声，司笙猛地惊醒，在睁开眼的那一瞬，忽然坐起身。

入眼尽是黑暗，司笙茫然地环顾着卧室，几秒后，陡然掀开被子，踩着拖鞋走出卧室，径直穿过客厅来到易中正的卧室。

她推开卧室门的刹那，昏昏欲睡的护工一惊，差点儿从躺椅上蹿起来。护工怔怔地看着鬼魅般出现在门口的司笙。

屋里没有开灯，司笙径直走到床边，看着躺在床上的身影，手指轻轻颤抖着，送到老人的鼻尖。

呼吸的动静，极其轻缓。

高悬的心在这一刻落回原地。

"没死呢。"易中正没有动弹，却缓缓掀开眼睑，低沉缓慢的声音里带着叹息和无奈。

"哦。"司笙将手收回去，下意识地放在身后，像个做错事被抓个正着的小孩儿。

护工停顿片刻，似乎意识到什么，起身，悄无声息地走出了卧室。

室内没有开灯，依旧漆黑。

司笙戳在床边，一团黑影，又高又瘦。她拨弄了下头发，垂下眼睑，在昏暗的房间里盯着易中正，说："我梦到你走了。"

"这是早晚的事，你早该接受了。"易中正并不避讳这个问题，"回去睡觉。"

司笙没动，说："睡不着。"

易中正蹙眉："多大的人了，半夜还得找人陪你聊天儿。"

十岁以前，司笙偶尔会在梦中惊醒，不管多晚都会来敲易中正的门，把人吵醒后也不说话，易中正困得不行，会把她拎起坐下，然后有一搭没一搭地跟她聊天儿，直至她有了睡意，才把她送去睡觉。

十多年了，易中正用来安抚司笙的话，她早不记得了。

但是，记忆里那昏黄的灯光，照得室内并不亮堂，易中正说话的声音缓慢又悠长，令人昏昏欲睡。

司笙不理会他的嫌弃，不体谅他的身体，像个任性的孩子，执拗地说："我想跟你说说话。"

宠她早就成了习惯，易中正并未苛责她，掀掀眼睑："去搬凳子。"

"哦。"司笙搬来一张凳子，搁在床边，然后坐下。

易中正问她："你想聊什么？"

司笙想了想，脑海里跳出某个人影，微微一怔，然后说道："凌西泽说你把我的嫁妆给他了。"

"嗯。"

原本司笙没把凌西泽的话当真，跟易中正说这事，本意是想告凌西泽的状，没想到易中正轻描淡写地应下了。

司笙哑了片刻，问："你喜欢他吗？"

"喜欢。"

"我不嫁给他怎么办？"

"那你就孤独终老吧。"

一开始他们是你来我往地聊着天儿,渐渐地,易中正精神不济,就变成司笙一个人在说了,仿佛曾经某一个画面再次重现,只是说话的人换了角色。

"前几天家里的水管坏了,我本来想叫人来修的,结果有事一耽搁,萧逆就把水管修好了。

"春天到了,你要身体好一点儿,院里又可以种菜了。我最近在看书,可以自己种,等萧逆周末回家,就让他当苦力。

"我前天回了趟司家,又听司尚山说了不少易诗词的事。他让我别恨易诗词,易诗词跟他的时候过得不容易,离婚后过得更不容易,她把我扔给你是有苦衷的……

"可是,你对我那么好……把我扔给你,大概是她对我做的最好的一件事了,我怎么会恨她呢。"

…………

黎明时分,某一时刻,睡梦中的萧逆忽然清醒,睡意全无。

他揉了揉头发,翻身坐起,透过没拉上窗帘的窗户看到院落里洒落的一抹亮光,怔了怔,然后起身,趿拉着拖鞋来到窗边。

他的视线透过玻璃窗,越过院落,停在开着灯的客厅里。

客厅窗明几净,萧逆看见客厅一隅,司笙坐在沙发上,怀里躺着安静的霜眉,这个时刻的司笙安静又淡然,不知在那里静坐了多久。

他忽地想起护工昨晚委婉的提醒:"你这几天还是住在家里吧。"

言外之意就是易中正的病情急转直下。

萧逆侧身靠着墙,头微微偏着,视线落到庭院里。

他跟易中正相处的时间不长,在家里也是打声招呼,偶尔在司笙的示意下陪易中正说话,半天也挤不出一个话题。

但他能看出易中正和司笙的感情很深。

易中正是宠司笙的,但不是毫无原则的。司笙确实骄纵任性,但分寸拿捏得当。此外,她潇洒自由、自信张扬、冷静体贴……

她有着落拓不羁的灵魂,这跟易中正对她的教育分不开。由此,对于易中正的人格魅力,他可窥见一二。

天色渐明。

萧逆听到客厅开门的动静,抬眼看去,见司笙站在屋檐下,怀里抱着霜眉,抬眸去看雨歇后的天空。

那一瞬,清晨的第一缕阳光突破云层洒下一地金光,带着久违的温暖,笼罩在一人一猫的身上,画面静谧而美好。

这两天,天气彻底放晴了,司笙找出放置已久的轮椅,在阳光下晒了两个小时,然后用它载着易中正出门。

司笙推着易中正来到胡同,问道:"要去锁店看看吗?"

阳光正好,落在身上,暖洋洋的。

"嗯。"

"锁店要卖了吗?"

"随你。"

司笙想了片刻,慢悠悠地说:"别卖了吧,以后我穷困潦倒了,还可以靠开锁为生。"

易中正眼皮都懒得掀一下:"你小时候学开锁,不是立志溜门撬锁吗?"

司笙撇撇嘴:"小时候觉得很酷,长大后发现做这事犯法。"

打小起,司笙的兴趣爱好极有可能走向违法犯罪的。司笙在外闯荡江湖的那几年,易中正总觉得,下次见司笙,定然就是在监狱里了。

没想到这么多年,不知是司笙运气好,还是真没走歪,反正没让他去过监狱。

"不过这一手,在外还挺有用的。要没这技能……"话说到一半,司笙忽然噤声。

易中正冷眼瞧着她:"怎么?"

"就……"司笙清了清嗓子,正儿八经地说道,"少很多乐趣吧。"

从四合院到锁店有点儿远,平时走路半个小时左右,如今司笙推着易中正,边走边聊,约莫花了一个小时。

一路上，大都是司笙在说话，易中正偶尔回应几句。

不知不觉，他们走到了锁店门前。

听秦融说，易中正以前是工程师，出差的时间多，经常不在家。司笙来了之后，他忽然决定改行，在四合院附近买了个门面开锁店，一开就是二十几年。

锁店关门期间，司笙不定期找人来打理，可是，仍旧遮不住时光在门面上留下的痕迹。

招牌褪了色、缺了一角，墙面斑驳，门面掉漆，抬眼看去，像个迟暮老人。

司笙将轮椅推到门口，掏出钥匙，将锁打开，掀起卷帘门。

里面久未通风，腐朽沉闷的空气扑面而来，还夹带着灰尘，司笙往后退了一步，里面的陈设跟记忆中如出一辙——一直以来，都没变过。

司笙收起钥匙，将一只手揣在兜里，朝易中正笑了笑："老易，你开锁店，是为了我吗？"

昏昏欲睡的易中正闻声，抬了抬眼皮，嫌弃地看了她一眼："你年龄越大，脸皮越厚。"

"承认又没什么，"司笙勾唇轻笑，走到他的身后，"我可听说，你出差的时候，把我扔到邻居家，邻居没照顾好我，让我在鬼门关走了一遭，你才决定在家附近开锁店的。"

易中正没理她。

司笙给他正了正头上的针织帽，忽然问道："我拖累了你，你不后悔吗？"

针织帽是司笙闲在家里没事时织的，很丑，她本来想丢了，后来凌西泽拿给易中正看了，易中正说还行，然后勉强收下了。

"司笙，你不要老想着，跟人的羁绊深了，别人为你牺牲点儿什么，你就跟欠了人似的。"易中正说得很慢，可每一个字都很清晰，"这么多年，你做过什么让我失望的事吗？"

司笙垂下眼帘："没有吗？"

"不是所有的选择都分对错。"易中正沉静地看着她，一字一顿地说，"你足够勇敢、独立、坚强，一直在做自己想做的事。这世上，没几个人能做到你这样。"

"哦,"司笙低头,看了一眼锁店,阳光照射进去,灰尘在空中跳跃,她又问,"那你会骄傲吗?"

"嗯。"易中正简简单单的一个字,肯定了司笙的一切。

她任意妄为的童年、年少轻狂的少年、四处游荡的青年……没有人一辈子都在做正确的事,而她,一直在做她想做的事。这就足够他骄傲了。

鼻翼微动,司笙眨了眨酸涩的眼睛,抬起头,将易中正往锁店里推。

"司笙。"在进门的那一瞬,易中正忽然叫住她。

"嗯?"司笙的动作一顿。

易中正微微抬头,在明亮的阳光里,看到逆着光、低头看过来的司笙,慢条斯理地开口:"你这辈子会遇到很多事,所以,不要被一件事困住。"

清风吹拂,司笙散落的长发被吹起,在阳光下轻轻晃动。

"我知道。"轻轻的三个字随着掀起的一阵风吹过易中正的耳侧,吹过破败的锁店,吹向阳光璀璨的天空。

司笙推着易中正走了很远的路。

他们离开锁店,她推着易中正去公园晒太阳,绿植冒出了新芽,早春的花含苞待放。之后,她又绕路从宋爷爷、秦爷爷家门口路过,闲聊几句,直至下午一点,才推着易中正重新回到院子里。

难得在外面逛了那么久易中正都能保持清醒,而且,他看起来精神尚可。

司笙将他推进卧室里,然后把他扶到床上躺好。

"有胃口吗?想吃点儿什么?我可以给你做。"司笙问道。

"你做?"易中正丢给她一个质疑的眼神。

面对这样的疑惑,司笙愣了一下,才恍然大悟——她从来没给易中正做过吃的。

司笙微微一顿,有点儿心虚地说:"我做的,味道还行。"

"把米饭煮成稀饭的那种'还行'吗?"易中正问道。

司笙小时候帮易中正做饭,次次将米饭煮成稀饭,后来易中正再也不让她帮忙了。

易中正又扫了她一眼,淡淡地说道:"去倒杯水。"

"哦。"司笙撇嘴,拿起床头柜上的水杯,转身走出了门。

不多时,司笙将杯子冲洗干净,倒了大半杯水回来。

"老易——"司笙推开门的一瞬间,声音戛然而止。

敞开的窗户,风徐徐地吹进来,掀起窗帘的一角。

易中正躺在床上,闭着眼,看起来很安详。

司尚山已经两天没回家了。

今天是司老爷子的生日,按理子孙后辈都要去给司老爷子庆生。章姿让司裳、司风眠请假,到时候一家人一起过去。

但章姿一直联系不上司尚山。

司风眠早起背单词时,章姿忽然来敲门:"你给你爸打个电话,问问他什么时候回来,几点去给爷爷贺寿。"

"好。"司风眠答应了,回到卧室给司尚山打电话。

章姿站在门口,紧紧地盯着他,看得他颇不自在。

这一次,司尚山接了电话。

"怎么了?"司尚山的声音有点儿疲惫。

司风眠察觉到不对劲,抿了抿唇,问:"爸,今天是爷爷的生日,你什么时候过去?从家里出发吗?"说完他一顿,又问道,"大姐跟你一起去吗?"

"不去,"司尚山不假思索地回答,"没时间。你大姐也没空。"

司风眠怔了怔。

在司风眠的印象里,司尚山是很重视司老爷子这次寿宴的。

今天是司老爷子七十大寿,请了很多人。司尚山想借此机会公开司笙的身份,让司笙在司家站稳脚跟,同时也能给司笙拓展人脉,以便她今后的发展。

眼下司尚山为何忽然改了主意?

"你们三个去吧。"司尚山最后扔下一句话,把电话挂了。

司风眠叹息一声,回头看到一直站在门口表情阴沉的章姿,眼皮跳了跳,他吸了口气,将司尚山的话如实转告。

"知道了。"章姿黑着脸,"你收拾一下,我们九点过去。"

"好。"

章姿走后,司风眠关好门。

他背靠着门,想到司尚山的话,察觉到不正常,想到病入膏肓的易爷爷,眼睫忽然一抬,想到整个周末都没跟他联系的萧逆,赶紧拨通萧逆的电话。

"哥。"

"什么事?"萧逆的声音一如既往地冷淡。

"哦,就是……"司风眠犹豫半响,扯了个借口,"我今天有点儿事,脱不开身,你能不能帮我向老师请个假?"

萧逆淡淡地说道:"我上午请假,下午才去学校。"

司风眠赶紧问道:"发生了什么事吗?"

"外公去世了。"

司风眠的心一惊。

"哦,"司风眠想到那个慈祥冷静的老人,心情有些压抑,片刻后才问,"姐的情况怎样?"

"没事。"

"哦。"司风眠便没话了。

静默片刻,萧逆主动开口了:"我们过两天搬家,回水云间。你要是有空的话,可以过去玩。"

"好。"司风眠赶紧答应。

易中正的葬礼一切从简,三天就走完了所有的流程。

来客在陵园散场。

一把黑伞撑在头顶,遮着连绵如针的细雨,雨水敲在伞面上,声音密集。

伞下是一道高挑的身影,黑色长衣,胸前戴着白花,如画的眉目里,冷静又淡漠,不掺一丝一毫的情绪。在她的身侧,站着一个挺拔的男人,手持伞柄,浓眉紧锁,棱角分明的脸上,透露着几分担忧。

司笙忙了三天，凌西泽全程伴其左右，寸步不离。

"笙笙。"司尚山撑着伞，疾步走来，"你忙了好几天，这几天你都没怎么合眼，早点儿回去歇着吧。"

司尚山担忧地看着司笙，瞥了一眼旁边的凌西泽，小心地试探着："让西泽送你回去？"

"嗯。"

凌西泽朝司尚山点点头："我们先走了。"

司尚山说道："麻烦了。"

两个人撑着伞并肩离开，司尚山看在眼里，心里有些感慨：他们俩若是能成一对，易中正或许会放心一些。

这时，司尚山的手机乍然响起，电话是他哥打来的。

今天是司老爷子七十大寿，直至下午司尚山这个儿子还没现身，司老爷子大发雷霆，威胁他若是不去，就甭想让司家公开承认司笙是他的女儿。

司尚山来气了："不去！司家不承认，我的女儿就不是我的女儿了？大不了我开个发布会，向全国的人公开……"

一通发泄后，司尚山挂了电话。

凌西泽送司笙到胡同口时，天空又下起了蒙蒙细雨。

车内很安静。

司笙坐在车窗旁，开了点儿窗缝，清凉的风吹进来，夹带着些微雨水，吹打在她的发梢、脸颊、脖颈、耳侧处。

车停了。

旁边响起"窸窣"声，是凌西泽在解安全带，司笙看了一眼，说："我自己回去就行。"

凌西泽停下了解安全带的动作，问道："萧逆晚上回来吗？"

"不回。"

"我明天来接你。"

"嗯。"司笙将车门推开。

凉风把细雨吹了进来，她微微眯眼。

这时，凌西泽拉住她的手腕，将一把折叠伞塞到她的手里。

司笙收了，下车，撑伞离开。

她的衣摆被风掀起，在身后飘荡着，她又高又瘦，走起路来自带傲然风骨。

护工三天前就走了，萧逆去了学校，司笙让他今晚别回来，就连霜眉都因家里没人照顾被秦凡抱走了。

此刻四合院里一片冷清。

司笙站在大门口，收了伞，没进去，看着空旷安静的院子，忽然有些恍惚。

炎热的夏天，易中正会搬张板凳坐在门前，悠闲自在地摇着蒲扇；夜幕降临时，易中正会在厨房里忙前忙后，小司笙在窗前作怪；冬日大雪后，易中正会拉着小司笙堆雪人，因雪人太丑而遭到小司笙的嫌弃……

这里承载着她童年时所有的记忆。

如今她细想起来，都是舒适惬意的时光。

易中正从未因她闯祸而苛责过她，也从未因她成绩不好而批评她。对于她的事，易中正素来很少插手，一切全凭她做主。

这样的家庭氛围，让她对这里的记忆，只剩下放松、安逸、自在。

她的童年，从来没有不开心和焦虑，没有望不到头的功课。

夜幕将至。

有脚步声传来，司笙的身后响起秦凡的声音，"回来了？"

"嗯。"司笙轻轻应了一声，转过身来。

秦凡双手揣在兜里，见她视线扫过来，停下脚步，眉一扬，问："要搬走了吗？"

"明天搬。"她住在这里的意义，已经没有了。

司笙往前走，走过两级台阶，在避雨的屋檐下坐下来。

秦凡在她的身边坐下，手肘搭在膝盖上，抬眼看着小巷里飘飞的细雨，忽然说："我也要走了。"

"决定了？"

"嗯。"

"去哪儿？"

秦凡随手扯下一根台阶缝隙里长出来的草，说："偷了一份清单，打算按照清单上的地点走一圈。具体的地方，到时候再说吧。"

"哦。"

秦凡侧首看着她，笑了一下，神情正经了几分："替我照顾一下老秦。"

司笙没应下，轻描淡写地将话扔回去："自己照顾。"

秦凡笑了："你在外闯荡的时候，我可没少照顾易爷爷。"

"你易爷爷用得着你照顾？"司笙也斜着他，"不是你隔三岔五地来蹭饭吗？"

"那你……"秦凡微微一顿，将目光放远，低声说，"你经常去老秦家蹭饭呗。他的书画，你还能随便拿，送人贼有面子。"

"嗯。"司笙应了一声，有一滴水落在她的手背上，清凉，她微怔，说，"早点儿回来。"

秦凡垂首盯着自己的脚尖，问："你会想我吗？"

"会。"

"真的？"

"嗯。"

秦凡哑然失笑。

司笙起身，走上台阶，推开大门，然后一顿，回头问他："要留下吃晚饭吗？"

在秦凡的印象里，司笙十八般武艺样样精通，安静时能当天仙，动手时能当侠女，但是，秦凡从未将"下厨"和"司笙"画上过等号。

司笙说要留秦凡吃晚饭时，秦凡想：司笙肯定是想让他做饭。

但是，司笙明确表示，她下厨。

"你真的会做饭啊？"秦凡站在厨房门口，满脸震惊，第 N 次问出一模一样的话。

他一遍又一遍地问，问得没完没了。

司笙拿出食材，将冰箱柜门一甩，说道："吃不吃？"

"吃吃吃！"秦凡立即点点头。

司笙没让他闲着，叫他过来打下手，但洗了菜、切好菜后，司笙就让他离开了厨房。

秦凡将信将疑，在门口戳了片刻，然后偷偷拍了照片，去餐厅里等待。

刚到餐厅，秦凡就迫不及待地将照片传给了宋清明。

秦凡：世界奇观！仙女竟然会做饭，你敢信吗？！

宋清明：不敢。

宋清明：能吃吗？

秦凡：她还在做。

宋清明：做好心理准备吧。

正当秦凡揣测司笙能做出什么难吃的饭时，手机一振动，宋清明又发来了消息。

宋清明：好好吃吧，难得一次，以后说不定没机会了。

秦凡眨巴了一下眼睛，身体往后微仰，抻着脖子往后看，瞥见司笙干脆利落的剁肉动作，愣了几秒，又将脑袋偷偷收回来。

秦凡：赌吧。

秦凡：笙天仙做的饭要是能吃，这世上什么事都有可能发生。

几分钟后，新消息来了。

宋清明：等你的结果。

司笙忙活了约莫一个小时，做了红烧肉、麻辣干锅、土豆丝、鸡蛋羹四样菜。

秦凡凑近观察，既惊奇又震撼，满眼尽是不可思议。

"你什么时候学的？"秦凡过于吃惊，声音都是飘的。

"一看就懂，一学就会，祖传天分。"司笙将最后一盘菜放在桌上，吩咐道，"去盛饭。"

秦凡听话地跑去盛饭。

两碗热腾腾的白米饭，配着几样色香俱全的家常菜，格外勾人食欲。

秦凡不急着吃饭，举着手机拍照，"咔嚓咔嚓"地拍个不停，嘴里还感慨："早知能见到这一幕，应该带个相机过来，好好留念！"

司笙给了他一记白眼，将筷子扔给他。

秦凡咬了块红烧肉，震惊得眼珠子都要掉出来了："真的能吃！你什么时候学的？"

"你一直藏着掖着，是想理直气壮地偷懒吧？"秦凡扒拉了一口米饭，咽下，又问道，"易爷爷吃过你做的饭吗？"

司笙拿筷子的动作僵住。

气氛忽然冷下来，秦凡意识到了什么，垂下眼帘，然后又抬眸，给司笙夹了两筷子菜："吃，先吃，不然就凉了。"

"嗯。"司笙低下头。

秦凡没让气氛继续僵着，有一搭没一搭地跟司笙聊天儿，嘴里说个不停。他的眉眼里带着笑意，难得生动明朗。

司笙煮的米饭有点儿多，四五个人的分量，但秦凡吃得很积极，最后米饭见底，四样菜都吃完了。只是他吃得太撑，吃完后倒在躺椅上不再动弹。

司笙将碗筷收拾完，拿进厨房里，然后找出一盒健胃消食片扔给他。

她说："吃了。"

"唉。"秦凡笑得眉眼弯弯，接过健胃消食片，想称赞司笙两句。

司笙却赏他一记白眼："待会儿把厨房收拾了。"

算了，他还是不夸她了。

秦凡吃了一顿饱饭，非常惬意，瘫坐半个小时，就勤快地去厨房里收拾了。

不多时，司笙出现在厨房门口："你把冰箱里的食材带回去，明天我就走了，放在这里会坏掉。"

"好。"秦凡打开冰箱，将里面的食材一一拿出来，用袋子装好。

等他收拾妥当，秦融打电话催他回家，他才发现快九点了。

"老秦在催，我得回去了。"秦凡挂断电话，"厨房都收拾好了，没乱动你的东西。"

"嗯。"司笙应了一声。

秦凡提着食材往外走，走进院子里时，司笙忽然跟上来，问："什么时候走？"

秦凡顿住，然后回过身，冲她笑："明天，不用送。"

司笙眸光闪了一下，平静地送上祝福："一路顺风。"

"唉。"秦凡笑着点头，又说，"走了啊。"

"嗯。"司笙轻轻出声。

秦凡转身往大门走去，一只手提着那堆食材，另一只手抬起来，在清凉的夜里摆了摆，做出告别的手势，却没有再回头。

雨不知何时停了，夜色静谧，被雨水冲刷过的空气有些潮湿，却别样清新、干净，好像整个世界都焕然一新。

秦凡走后，原本还有点儿人气的四合院再次陷入寂静中。

司笙关了厨房和餐厅的灯，回到客厅。进门时，她瞥向易中正的卧室，停顿良久，然后收回视线。

三月底，暖气已经停了。司笙去洗了个澡，穿着薄款睡裙出了浴室，有点儿冷，于是加了件长款外套。她睡不着，晃荡一圈跑来客厅看电视，频道一个接一个地换，电视、新闻、综艺节目轮流转换，但没一个节目能入她的眼。

夜色越来越沉，时间一点点流逝。

凌晨两点，司笙蜷缩在沙发上，打了个哈欠，总算有了点儿睡意。

"当当当——"

夜深人静，忽然响起敲门声。

大门没有关紧，闲人可以随意出入，敲门声是从玄关处传来的。

谁？

司笙走过去，拧开门锁，将门往里一拉，吹进来的凉风令她一哆嗦，她眯了眯眼，随即抬眸，一道高大挺拔的身影映入眼帘。

凌西泽还是分别时的装扮，外穿黑色长风衣，碎发凌乱，上面沾了细细的雨滴，一缕缕地贴在额前，周身散发着清凉的气息，黝黑的眼眸里，却掺杂着丝丝缕缕的暖意。

有那么一瞬，司笙还以为自己出现了幻觉。

听到外面的雨声，司笙回过神，从他身上感受到潮湿的气息，微微拧眉："你怎么来了？"

"路过，讨杯茶喝。"凌西泽勾唇，慢条斯理地问道，"给吗？"

"滚进来。"司笙没好气地说着，给他扔了一双拖鞋。

她烧了水,给凌西泽倒了杯热茶,之后又翻出毛巾和外套,一股脑儿地扔给凌西泽。

"把头发擦干,"司笙说,"外套是萧逆的,偏大,你应该能穿。"

凌西泽将毛巾罩在脑袋上,擦拭两下,忽然得寸进尺:"我饿了。"

沉默两秒,司笙吸了口气:"只有蛋炒饭。"

菜都被秦凡吃光了,米饭还剩下一点儿。冰箱里本来还剩几样食材,但司笙全让秦凡带走了,就剩两个鸡蛋。

"行。"凌西泽一点儿都不挑。

司笙让他好好待着,然后去了厨房。

凌西泽抬眸,看着司笙的背影,恍惚觉得,这一刻的她,温柔到似乎没有脾气。

司笙没问凌西泽为何而来。

凌西泽没说在门外站了多久。

司笙从未想过自己会在凌晨两点给人下厨,并且做好后还主动地端到客厅的茶几上。

金灿灿的蛋炒饭粒粒分明,一把葱花撒在上面,衬着腾腾热气,非常勾人食欲。

司笙将勺子搁下:"吃吧。"

不知为何,这种特殊待遇让凌西泽有点儿受宠若惊。他拿起勺子,舀了一勺蛋炒饭,吃了一口,细细品味。

他抬眸时,发现司笙正盯着他。他看过去,司笙迅速地移开目光,一副对他的反应毫不在意的模样。

凌西泽弯唇:"咸了。"

"怎么会?"司笙顿时看过来,眉头轻轻一拧。

凌西泽又舀了一勺蛋炒饭,将勺子横放在盘子上,掉转方向,对准她:"你尝一口。"

司笙狐疑地拿起勺子,尝了一口,几秒后,神情冷了下来:"您这是味觉失灵了,还是故意找碴儿呢?"

"我觉得很好吃,"凌西泽轻笑,一本正经地说着肉麻的话,"想跟你一起分享。"

司笙抿了下唇，竟不知该如何顶他。

好半晌，她嘟囔道："那我吃一点儿吧。"

凌西泽一怔，眉眼里尽是笑意："好。"

一盘蛋炒饭，二人分着吃，一点儿都没剩下。连带茶几上的一壶热茶也被他们俩喝完了。

司笙吃饱喝足后，郁积在胸腔里的情绪散了些。司笙裹着毛毯，接过凌西泽递来的热水袋，往怀里一塞，然后抬起眼睑瞅着他。

"有点儿帅？"凌西泽张口就来。

司笙指了指自己的下颌，提醒他："长胡子了。"

凌西泽有点儿洁癖，司笙从未见过他留胡子。这次他陪伴司笙三天没合眼，没空收拾自己，所以长了一点儿胡楂。

硬朗的俊脸衬着点儿胡楂，有点儿野性、痞气，褪去点儿矜贵、禁欲感。

凌西泽闻声一摸下颌，指腹确实有粗糙感，他笑了笑："有刮胡刀吗？"

"留一晚吧，"司笙举起手机，朝他招手，"你坐过来。"

司笙似乎很喜欢凌西泽的新形象，拉着凌西泽拍了好些照片，有凌西泽单独的照片，也有他们的合照，凌西泽成了彻头彻尾的免费模特。

拍够了后，司笙才罢手。

她给凌西泽发了几张照片，然后拿起遥控器换台，实在没好看的节目，便问凌西泽："玩游戏吗？"

"嗯。"凌西泽点头。

司笙将毛毯扔给他，趿拉着拖鞋去找游戏机。

凌西泽抓着毛毯，柔软的毯子上还残留着她的体温，香软、温暖。

距离天亮就剩几个小时了，但谁也没有说去睡觉。

二人对此心照不宣。

撇开所有的话题，二人专注于游戏，熬过了这寒冷、潮湿的漫长夜晚，直至天明。

天色蒙蒙亮。

凌西泽轻手轻脚地将司笙手中的游戏手柄拿开,替她盖好身上随意卷着的毛毯。

她侧躺在沙发上,睡得安静。

她侧脸精致,皮肤细腻如白瓷,在朦胧的晨光里,从眉眼到发梢,皆是柔软的。

看她一眼,就像羽毛拂过心尖,轻飘飘的,可微痒轻麻的触感,令人心都化了。

司笙没有继续待在四合院里,那天下午,她简单地收拾了一下,搬回了水云间。

天黑时分,她在忙碌的某一刻,忽然想起秦凡,给秦凡发微信消息,秦凡没回。几分钟后,她拨通秦凡的电话,关机。

她便问了宋清明。

宋清明说:"秦凡乘坐下午的航班,已经走了。"

司笙似有所感,没有再问。

两天后,她接到楚落的电话。

司笙头天晚上熬夜赶稿,直至天明才睡下,九点左右接到楚落的电话时,迷迷瞪瞪的,好半天都没有反应过来。

"司笙,你能联系到秦凡吗?"楚落的声音焦急而迫切,让司笙迅速地清醒。

司笙微微眯着眼,从床上翻身坐起,用手指轻轻摁着太阳穴,问道:"怎么了?"

"他的电话打不通,所有社交软件都联系不上……我有点儿担心。"楚落急切地说完,沉默了几秒,渐渐冷静下来,"我还有点儿事想问他。"

"什么事?"

"我爷爷把所有的遗产都留给我了,秦凡可能做了什么……"楚落有些语无伦次地说道。

"慢慢说。"司笙冷静地说道。

楚落沉默片刻,将思路理顺了,才跟司笙说明了前因后果。

自楚爷爷百年后,楚落就一直待在家里,前几天她接到律师的电话，说楚爷爷立了遗嘱，将所有的遗产都留给了她。

这阵子楚落忙得焦头烂额，忙着遗产交接、忙着应付亲戚找碴儿。

不过她隐约察觉到端倪——一切都太顺利了。

爷爷找的律师，是京城鼎鼎有名的金牌律师。视财如命的亲戚来找碴儿，神色总有些畏惧，不敢贸然硬来。

直至昨日，楚落终于有空了，才就着这些疑点深入挖掘。

她不查不知道，一查吓一跳。

这个金牌律师是秦凡的好友，是受秦凡所托才帮忙的；早在楚爷爷住院那段时间，秦凡就跟这个金牌律师往来频繁；楚家亲戚之所以不敢跟楚落来硬的，只逞嘴上功夫，也是因为惧怕秦凡……

秦凡将一切都给她安排妥当了。

楚爷爷留给她的遗产，够她一生无忧。

讲述完，楚落说道："我各种办法都用过了，就是联系不到他。"

"你稍等。"司笙挂了楚落的电话后，马上打电话给宋清明，但连续打了几个电话都没人接。

片刻后，司笙联系楚落："去玄方科技。"

三月底的京城依旧很冷，连续下了几日春雨，气温持续下降，空气阴冷潮湿。

司笙抵达玄方科技楼下时，楚落已经到了。楚落站在门口，轻蹙着眉，手指无意识地抠着包，冷风将她的手指吹得冰冷苍白，她却没有察觉。

"司笙！"楚落见到司笙后，紧绷的脸总算舒展了些。

楚落往大楼里面看了一眼，问司笙："这是宋清明工作的地方吧？"

司笙微微一愣，才想起自己没跟楚落解释，"嗯"了一声，说："进去吧。"

"好。"楚落跟在司笙的后面。

这是司笙第一次来玄方科技，不熟，确定宋清明的电话拨不通后，她直接来到前台。

"你好，"前台小姐露出礼貌而温柔的笑容，"请问有什么事吗？"

司笙说明来意:"我找研发部经理宋清明。"

前台小姐问道:"请问有预约吗?"

"没有。"

公司的部门经理自然不是想见就能见的。前台小姐可以联系研发部告知此事,但是看司笙和楚落的架势,隐约猜到她们俩不是为公事来的,所以联系研发部时不太积极,只说有人找宋清明,之后就挂了电话。

前台小姐露出极其标准的笑容,和和气气地说:"两位小姐,宋经理现在在忙,有空了会下来的。二位现在可以去休息区等候。"

司笙从前台小姐的一举一动中看出了敷衍,但没有苛责,淡淡地"哦"了一声,就拉着楚落去了休息区。

她们俩前脚刚走,后脚就有个小姑娘凑上来,满眼八卦地问前台小姐:"那两位美女来找研发部的宋大神,是什么事啊?"

前台小姐脸上的笑容消失了:"没说公事,应该是为了私事。"

"私事可以打私人电话啊。"小姑娘分析着,脑子里尽是冒着粉红泡泡的幻想,"不会是追爱追到公司里来了吧?长得那么好看,无论哪一个,宋大神都不亏。"

前台小姐朝休息区瞥了一眼,说话有些刻薄:"宋经理才不会搭理她们呢。"

十分钟后,前台小姐口中"不会搭理她们"的宋经理,跟着公司总裁凌西泽来到一楼,路过前台,径直走向休息区。

因为联系不到宋清明,司笙想到她还认识玄方科技的老板,干脆给凌西泽打了一个电话,没想到凌西泽和宋清明一起下来了。

宋清明原本还觉得奇怪,司笙怎么会来公司找他,不过在看到楚落后,就全明白了。

他走近,问道:"问秦凡的事?"

"嗯。"

"他出去旅游了。"

"这话你留着跟秦爷爷说。"司笙压着烦躁的心情,抬起眼皮看着宋清明,直言道,"人都走了,你是不是该说实话了?"

宋清明沉默了。

司笙继续说道:"要么跟我们开诚布公,要么找秦爷爷说联系不到秦凡的事。秦凡失踪,是报警还是怎么办,再做决断。"

宋清明抿了抿唇,眉头一松,服软了。

这时,凌西泽扫了一眼时而朝这边观望的员工,提醒宋清明:"坐下说。"

于是,凌西泽和宋清明坐下。

有员工主动将茶水端上来。

"他去旅游的事,没假。"宋清明一顿,看了楚落一眼,然后补充,"不过,他可能不回来了。"

楚落神色闪过一抹惊慌,急忙问道:"不回来了是什么意思?"

宋清明淡声道:"字面上的意思。"

一股悲怆的情绪直蹿心喉,夹带着几分恼火,楚落急得欲要起身,却被司笙拽住手腕,拉住了。

"别打哑谜了,什么情况?"司笙直截了当地问道。

停顿须臾,宋清明开口:"他生病了。"

楚落怔住。

司笙蹙眉:"什么病?"

"渐冻症。"

"什么?"楚落一惊,轻轻抽着气,满脸的难以置信。

凌西泽皱了皱眉。

司笙表情微变。

大家蓦然沉默下来。

良久,司笙终于开口,嗓音里带着点儿烦躁:"他不好好治疗,想往哪儿跑?"

"到处走走。秦家就他一根独苗,这些年,他怕爷爷奶奶担心,不敢出事,不敢走远,索性……"宋清明说得慢条斯理,"趁这段时间,出去看看。"

司笙不语。

秦凡虽然做事挺不着四六的,但小错误不断,大错误不犯,从不干

292

危险的事。小时候哪怕打群架,他也只是嘴上嚷嚷,真打起来的时候,司笙一马当先,宋清明第二个扛着,他则是在旁边喊"天仙加油""宋哥加油"。

他从小就怕出事。

要说"珍爱生命",秦凡在司笙认识的人里,也是能数得上的。

因为家里就他一根独苗,自父母、妹妹去世后,爷爷奶奶将他看得比自己的命更重要,一旦他出了事,二老任何仰仗都没有了。

他原本是浪荡不羁、无拘无束的性子,可这二十余年里,他在老人的眼皮子底下都循规蹈矩的,唯一做的一件离经叛道之事,就是开了一家文身店。

楚落的手紧握成拳,然后松开,她眼睛微微湿润,声音控制不住地颤抖:"他去哪儿了?"

"不知道。"宋清明微顿,瞥见楚落眼眶那一圈浅红,想了想,很实在地补充,"他没有告诉我,也不会告诉我。"

楚落怔怔地问道:"那天晚上,你送他回家,说的话都是串通好的,是吗?"

"是。"

"他因为生病跟我分的手?"

"是。"

"他早就计划好了,帮我争家产、摆平楚家人?"

"是。"

"他是什么时候确诊的?"

"跟你交往后没多久。"

对于楚落的问题,宋清明一一作答,可是楚落问着问着,鼻子蓦地一酸,问不下去了。

楚落没有久待,问完后就说要走,司笙开车送她回去。

二人一路无话。

司笙未开口,楚落没吭声。

车里的气氛静谧、沉默,分明有风吹进来,可这一方的空气像凝固了似的,连呼吸都有点儿沉重。

司笙将车开到楚落家楼下。

此时正值中午，持续多日的阴雨天终于宣告结束，风和日丽，阳光明媚，天边白云舒卷，一片碧蓝。阳光洒落一地金黄，照在皮肤上，温度正好，暖融融的。

楚落解开安全带，轻声说："我今天就不请你上楼了。"

"嗯。"

"再见。"

"再见。"

楚落推开车门，走进单元楼里。

楚落的身影在司笙的视野里消失，司笙往后一倒，抬手摁了摁眉心。须臾后，司笙吐出一口气，掏出手机给宋清明打了一通电话。

"送她回去了？"宋清明问道。

"嗯。"

"问吧。"宋清明说得简单明了。

"他除了想趁着最后这段时间到处转转……"司笙话一顿，眼睑微微垂下来，片刻后，一字一顿地问，"他还想做什么？"

清风徐徐，撩起司笙鬓边的青丝。

半晌，司笙听到宋清明低语："他想找个地方去死。"

"他……"司笙喉咙发涩，声音低低的，"他就这么走了？"

"嗯。"

"行吧。"司笙侧首，视线落到窗外，神情黯然。

以现在的医疗水平，渐冻症仍是一种无法治愈的疾病，尽管有针对这种病的治疗措施，可以尽可能地延长生存期，但这个期限毕竟是有限的。

渐冻症患者发病后的平均寿命为二至五年，大多数活不过五年，极少数可活十年以上。

对于一个二十几岁的年轻人来说，两年、五年、十年……都是那么短暂。

一个身体健康的人眼睁睁地看着自己的身体失去控制，肌肉萎缩、无力、呼吸衰竭……痛苦缓慢而持久，偏偏又无能为力。没有什么比看着自己一点点死去更让人难过了。

世事无常,这人世间的事,真是说不明、看不透。

热爱生命之人,想方设法地活着,却总有飞来的横祸;颓废厌世之人,煞费苦心地想死,往往却也难以如愿。

"他给楚落留什么话了吗?"司笙又问。

"没有,唯一要说的话……"宋清明说,"他很后悔招惹她。"

至今,宋清明还记得那天雪夜,秦凡喝得微醺,摇摇晃晃地走在满是积雪的路上,一边冲宋清明笑,一边流泪。

"你说,我好端端的,干吗招惹人家小姑娘?这不是给人找事嘛。

"司笙说,缺德的事做多了,会遭报应的。报应我就算了,怎么还报应别人呢?人家又没做伤天害理的事。"

末了,宋清明又说:"他还说,你知道后,不要往心里去。我们来自大地和山川,总有一天要回归的。他要用余生,找一处最称他心意的风景,风风光光地离开。"

司笙很晚才回家。

这一天,她开着车,从城南到城北,又从城北到城西,整座城市逛了一圈,直至天黑,去秦融家蹭了一顿饭。

抵达水云间时,她看了一眼手机,已经过零点了。

从电梯里出来,她路过隔壁,忽然听到门锁有动静,顿了顿,侧首看去,只见门被拉开,眼帘里映入凌西泽的身影。

他的衣着休闲宽松,款式居家,气质平易近人。

司笙打量他一眼,狐疑地问:"这么晚了,你去哪儿?"

凌西泽侧倚着门,不紧不慢地说:"想拉一位天仙来家里吃夜宵。"

司笙迟疑了一下,然后问道:"有酒吗?"

"管够。"凌西泽笑道。

"你让让。"司笙说。

凌西泽便将门推开,给她找了一双拖鞋。

他们做邻居有一段时日了,但一般都是凌西泽去司笙家。这是司笙第一次来凌西泽家。

司笙换好鞋走进去，视线一扫，立即被一面墙吸引过去。凌西泽特地弄了个吧台用来调酒，后面一面墙上全都是酒，各种各样的酒，琳琅满目，看得人眼花缭乱。

凌西泽喜欢品酒。

他们交往期间，司笙去过凌西泽独居的别墅，那时她就见识过凌西泽的"酒墙"，他甚至用一间地下室来藏酒。

凌西泽走到吧台前，问她："喝什么？"

"随便。"司笙走到餐桌旁，随口回答，"我又不懂酒。"

她喝得最多的酒，只有三种：甜酒、啤酒、二锅头。何况她的酒量摆在那里，一喝就倒，所以她能不碰就不碰。

凌西泽笑了笑，没有再问她，选了两款红酒，走过来。

"夜宵在哪儿买的？"司笙斜眼看着他，将一盘无骨鸡爪拖到跟前。

"鲁管家做了送来的。"

"哦，"司笙点点头，"鲁爷爷的厨艺还是那么好。"

因为不知司笙何时才回来，凌西泽怕菜凉了，所以准备的是火锅，同时交代鲁管家多做几道凉菜，如鸡爪、鸭脖、花生等，可以当下酒菜。

司笙没有跟凌西泽说任何事，就顾着吃喝，凌西泽没挑起任何话题，陪着她吃，陪着她喝。

良久，不知喝完第几杯红酒，司笙忽然将红酒杯重重一放，然后直接趴在桌上，嘟囔着："饱了。"

凌西泽起身，走到她身边，弯腰将她从桌上扶起来，见她满脸绯红，醉醺醺的，说道："你醉了。"

司笙蹙眉，挥开他，强调道："我饱了。"

"是，你饱了。"凌西泽改口，不跟她计较。

司笙轻噢一声，忽然一头扎进凌西泽的怀里，用手攥着凌西泽的衣服，喊他："凌西泽。"

"我在。"

"凌西泽。"

"嗯。"凌西泽轻抚着她的头，低声回应她。

司笙仰起头，搂着凌西泽的腰，不知是因为醉酒还是因为别的，眼圈微微泛红，漆黑的瞳仁里泛着细碎湿润的光。

"这是什么破人生……"司笙怒骂一声，将脸埋进凌西泽的怀里，轻声低喃，"他才二十六岁。"

他才二十六岁，人生才刚刚开始。

凌西泽没说话，抱着她，任由她无声地在自己的怀里发泄。

夜色越发深了，客厅里调了柔光，司笙侧躺在沙发上，睡得并不安稳，黛眉时而蹙起，眉心轻轻拧着。

凌西泽将提前准备好的醒酒汤端过来，放到茶几上，俯身轻声哄她："笙笙，喝点儿醒酒汤再睡。"

司笙没睡踏实，被吵醒了，眼睛眯起一条缝，她看清了凌西泽，迷迷瞪瞪地朝他伸出手："拉我一把。"

凌西泽抓住她的手腕，同时扶住她的肩膀，将她拉起来。

他将醒酒汤递给司笙。

这一次司笙没有任性，安分地接过醒酒汤，低头喝了一口，细细品了一下，尝出味道还不错，便将一整碗醒酒汤都喝了。

凌西泽拿过空碗，将碗放在茶几上。

一只手忽然伸过来，拽住他的手腕。他一怔，回过头，司笙跪坐着凑上前，抬手搂住他的脖子，同时松开抓着他手腕的手，轻轻覆上他的脸。

她靠得太近，他一呼一吸间，尽是她的气息。

凌西泽呼吸一窒。

司笙的手指戳了戳他的脸颊，随后摩挲着他的眉毛，她拧着眉，面露困惑之色，喃喃自语："我怎么梦到你了？"

凌西泽喉结滚动一下，故作沉稳，贱兮兮地接过话："知道你梦到我很高兴，能不能先放开我？"

"不放。"司笙手一用力，将他搂得更紧了。

她脑袋昏沉，低下头，额头磕上他的额头，没动。二人睁着眼，四目相对，彼此的呼吸轻轻拂过毛孔，带着酒气，让人不自觉就醉了。

司笙得寸进尺："耳朵都红了。"

她的手指触碰到他的耳尖，她轻笑，清澈黝黑的眸子闪着光，盯着

297

凌西泽的眼睛："凌西泽，你想亲我吗？"

最后一个字尚未说完，凌西泽就覆上她的唇。他反客为主，扣住她的后脑勺儿，细细地索取着她的清甜和柔软，撬开她的唇齿，每一分深入都带着醉人的香气，令人沉迷。

触碰的肌肤、激烈的缠绵，如星星之火，一寸寸地燃烧了凌西泽的理智。

她是一个能让人一碰就沉沦的妖精。

"凌西泽……"司笙轻轻地喊了一声，凌西泽蓦然清醒。

他停下动作，怔怔地看着她，看到她殷红的唇、娇艳的脸、迷离的眼，罪恶感袭上心头。半晌，他轻吻着她的唇，缱绻又温柔，将心中的躁动和欲望平息。

司笙却在他的怀里安然入睡，毫无戒心。

凌西泽将她的衣服整理好，垂下眼帘，看着她睡得香甜而浑然不觉的模样，暗骂一声，认命地抱起她，走向卧室。

翌日清晨，司笙睁开眼，望着陌生的卧室，蒙了片刻，然后闭上眼，翻了个身。

司笙的手脚随意地舒展着，手指摸到细软的东西，她微顿，手指缠上去，摸了摸，忽然意识到这是头发，猛地睁开眼，瞬间清醒。

凌西泽躺在一侧，睡姿端正，清晨朦胧的光线透射进来，清晰地照出他的眉眼的轮廓、硬挺的鼻梁。司笙察觉到自己的手依旧抓着他的头发，抿抿唇，跟做贼心虚似的，一点点地往旁边移。

然而，凌西泽似乎睡得不安稳，这点儿动静惊扰了他，他拧着眉心睁开眼，随后微微侧过头，睡眼惺忪地跟她的视线对上，二人面面相觑，一动不动。

好半天后，司笙张了张口，嗓音微哑地说道："睡了？"

"嗯。"凌西泽懒懒地回了她一个字。

司笙当即骂了一声："凌西泽，你乘人之危！"

凌西泽咬咬牙，抓起抱枕摁在她的脸上，没好气地道："睡没睡你自己心里没点儿数？！"

"哦……"司笙将抱枕扒拉下来，后知后觉，眨眨眼安静下来。没两秒，她又想到一茬："那你干吗跟我睡在一起？你家没客房？"

凌西泽轻叹了一口气，忽然撑起身，然后猛地朝她压过去，二人之间隔着一个抱枕。他盯着她，舔舔唇，嗓音沙哑地说道，"昨晚做了什么，你没一点儿印象？"

司笙茫然地看着他。

渐渐地，一些混乱的记忆支离破碎地呈现在她的脑海里。

她主动拉着凌西泽索吻，意乱情迷险些擦枪走火，拽着凌西泽的衣服不准他走……

于是，在跟凌西泽的对视里，她渐渐丧失了底气，最后倔强地嘀咕："不就是亲一下嘛，又不是第一次了……"

凌西泽被她这套人渣言论惊到了，"啦"了一声："你还'渣'上瘾了是吧？"

"谁知道我酒量不好还请我喝酒的？"司笙反驳。

凌西泽被她噎住。

见他没话，司笙眯了眯眼："你故意灌我酒的是吧？"

他昨晚就该当个畜生，不然白背这黑锅了！

"那什么……"司笙渐渐冷静下来，轻咳一声，慢条斯理地说，"反正你没吃亏，我没损失，这件事就当……"

凌西泽眯了眯眼睛，接过她的话："没发生过？"

"嗯。"司笙点头。

凌西泽气急，想发火，忽然视线一顿，瞥见司笙从容淡定的神态以及悄悄红了的耳根。这女人，明明窘得不行，还要强装镇定。

不知怎的，凌西泽心里那股无名怒火顿时消失得无影无踪。

他不怒了，反而轻笑："我还在追你呢，凭什么当没发生过？"

凌西泽几乎将半个身子的重量都压上来，靠得更近了一些，一字一顿地道："给个交代吧。"

司笙彻底没话了。

凌西泽看到她越发鲜红的耳根，并且有蔓延的趋势，勾了勾唇，打算给她一个台阶。

就在这时，司笙脱口而出："电音节门票。"

"嗯？"凌西泽微愣，没反应过来。

"你的新年红包里，"司笙迅速地开口，"为什么只有一张门票？"

"我也有一张。"

"哦。"

这没头没脑的话题让凌西泽蒙了一下，片刻后反应过来："强行转移话题是吧？"

司笙不理他，又问："你去吗？"

凌西泽反问："你去吗？"

"电音节在安城，正好我过阵子要去……"司笙死守着自己的颜面，"反正在一个地方，那就去看看好了。"

凌西泽笑了一下，不再逗她："好。"

那一天，司笙趁凌西泽洗漱的工夫，没打声招呼就走了。

之后她有意无意地避着凌西泽。

凌西泽做事讲究循序渐进，没有强行在司笙的面前刷存在感。

转眼到了周五晚上，司笙正在阳台上给仙人掌浇水，听到开门的动静回头看去，萧逆和司风眠一起走了进来。

"姐！"司风眠笑着跟司笙打招呼，同时解释，"哥说让我辅导他功课，我过来住两天。"

萧逆冷冷地剜了司风眠一眼。

司风眠笑如春风。

司笙"哦"了一声，没太在意，继续给仙人掌浇水。

萧逆将背包放下，走到阳台，看着仙人掌盆里湿润的土壤，表情一言难尽："你一周浇几次水？"

"一次。"司笙斜眼看着他，"我看起来像这么没常识的人？"

萧逆深吸一口气："冬天两个月一次就可以了。"

这时，司风眠轻咳一声，出来解围："这是春天，不是冬天了。"

"春秋两周浇一次。"萧逆一本正经地说。

司风眠扒拉了一下萧逆的肩，直接把人拽进客厅里，在萧逆耳边嘀咕:"你怎么这么轴呢?姐想浇几次浇几次,她说了算!"

萧逆皱眉:"可是……"

"没有可是!"司风眠打断他的话,"姐说什么都是对的!错的是真理!"

司风眠不愧是在母亲和姐姐的夹缝中间求生的人。

晚上,萧逆在厨房里做饭,司笙和司风眠坐在客厅里聊天儿。

每周五回来时,萧逆都会去一趟超市,除了买食材,还会捎上一点儿水果。不过,他依旧买那老三样,不带变的。

司笙剥开一个橘子:"萧逆在学校里人缘很差吧?"

司风眠斟酌了一下:"还好。"

司笙看了他一眼,慢悠悠地说:"不用这么客气。"

"我说真的,"司风眠正了正神色,"自从上学期期末考试以后,萧逆在学校里人气暴涨,上到高三,下到高一,所有学生都知道他。这学期开始第一周,他课桌里的小卡片、零食、情书都堆得满满的。"

司笙掰开橘子,扔给他一半:"学校里小女生塞的?"

司风眠沉吟片刻,说:"也有男生。"

司笙将一瓣橘子递到唇边,然后动作僵住了。

发现司笙的眼神越发古怪,司风眠纳闷儿几秒后反应过来,哭笑不得地解释:"不是,你上次不是参加家长会嘛,就……挺多人喜欢你的。那是他们想托萧逆带给你的,一般都是零食。"

司笙莫名其妙地说:"那我的零食呢?"

这都开学个把月了,也没见萧逆把零食带回家。

司风眠挠挠头:"被他扔了。"

姐弟俩对视片刻,最终,不约而同地叹了口气。

"浪费。"二人异口同声地道。

与此同时,端着菜走出厨房的萧逆听到声音后奇怪地看了二人一眼。二人被他盯上,自觉地移开视线,并且转移话题。

萧逆皱眉——他们俩在背后议论他呢吧?

整个周末,司风眠都待在水云间。

司风眠说是来给萧逆辅导的,但真实原因司笙心知肚明,只是没有戳穿。平时萧逆在家里半天憋不出一句话来,无聊得很,现在有司风眠时不时调节一下气氛,确实给家里添了不少人气,司笙还挺喜欢司风眠过来的。

转眼到了周一。

萧逆做了早餐,先跟司风眠吃完才叫司笙起来,之后就跟司风眠一起上学了。

司笙吃过早餐,又去睡了个回笼觉,临近中午才被楚落的电话惊醒。

"司笙。"

"嗯?"司笙一时没反应过来。

"还在睡?"楚落的嗓音里透着笑意。

"嗯。"司笙翻了个身,抓了抓乱糟糟的头发,将整个人埋入被子里。

楚落的声音很轻松:"我要走了,现在在机场,想跟你道个别。"

司笙睁开眼:"去哪儿?"

"不知道……"楚落一顿,"我不知道他在哪儿,随便选了个地点。"

"你想找他?"

"说实话,我不清楚,就觉得空落落的,没什么事可做。"楚落说道,"最近事情有点儿多,权当散散心了。"

她没什么朋友,家人也等于没有,一个人待着如行尸走肉一般,索性出门走走,蹭蹭外面的人气,给自己找点儿事做。

"嗯。"司笙没劝她。

楚落忽然一笑,又说道:"对了,你还记得我以前给你看过的旅行清单吗?我一直安排着,每年都说要去,结果到现在还没去过呢。要不,我就按照这个清单,天南地北地到处走一走,没准儿……有一天会在哪里遇上他。"

清单……

"偷了一份清单,打算按照清单上的地点走一圈。"

脑海里忽然闪现这样一句话,司笙顿了顿,望了一眼落地窗外的明媚阳光,说道:"楚落。"

"嗯？"

"就按照清单走吧，你可能真的会遇上他。"

似乎察觉到什么，楚落恍然大悟，舒了口气："好。"

"祝你好运。"

"你也是，及时行乐，一切顺利。"手机里传来广播的声音，楚落稍作停顿，说，"我登机了。"

"嗯。"电话挂断后，司笙盯着窗外的阳光，不知多久，忽然翻身坐起。她穿上一件外套，去洗了把脸，重新回到卧室里，拿起手机。

她拨通了凌西泽的电话。

"笙笙——"

凌西泽的话还没说完，就被司笙打断了："我想请你吃个饭，你什么时候有时间？"

"什么？"

仔细地挑选过后，司笙选了一家烤肉店。

店面不算高档，藏在略显偏僻的街道上，但店内装修别致，干净整洁，两层楼的店，被打理得颇有情调。

入夜后，店里客人不少，司笙去了二楼包间。

包间的窗户临街，推拉窗敞开着，夜风伴着丝丝凉意吹入，却不冷，倒有几分舒适。沿街的喧哗声、鸣笛声，稀疏入耳，也不觉烦躁。

坐下后，司笙给凌西泽发消息。

司笙：到哪儿了？

凌西泽：马上到。

司笙：哦。

平日里只有别人等司笙，司笙很少等人。所以，她以为凌西泽的"马上到"充其量就十分钟左右，没想到这一等，直接等了半个小时。

等到最后，司笙以为自己被"放鸽子"了，想打电话给凌西泽怒骂他一通，结果忽然听到楼下传来车辆行驶的声音。她偏头往街上一看，突然看到一辆黑色轿车开过来，车牌号她非常熟悉。

紧皱的眉头松了松，司笙吐出一口气，决定暂时原谅他。

可没想到，下一刻，她就看到走下车的凌西泽绕到后座，拉开车门，然后从车座上抱出一个三四岁的娃娃。

凌西泽，你完了，你的女朋友没了。

几分钟后，凌西泽抱着小男孩儿来到包间里，进门后想解释，结果司笙一记冷眼扫过来，直接问道："你儿子？"

"捡的。"凌西泽哭笑不得。

司笙语气硬邦邦的："那还回去啊。"

"马上还，家长过来接。"凌西泽抱着怯生生的小男孩儿走到司笙的对面，坐下，然后哄着小男孩儿，"叫姐姐。"

小男孩儿哭得眼睛通红，抬头看了司笙一眼，奶声奶气地喊："阿姨。"

司笙心想：你不安分守己当霸道总裁，偏要当热情助人的五好市民……连损失了"一场天仙精心筹划的表白"都不知道，真不愧是个单身到现在的铁憨憨。

喝完一杯水后，司笙压了压火气，然后才问："哪儿来的？"

"路上捡的，"凌西泽解释，"被患有老年性痴呆的奶奶带出来，走丢了，他一个人在街上边哭边走。不过他能说出家长的电话号码，我联系上家长了。我怕你久等，就让他们来店里接人。"

"哦。"毕竟他是在做好人好事，司笙没法说他，只是计划被硬生生掐断，心里多少有点儿憋屈。

而且，这个男人连她精心打扮了一番都没发现。

小男孩儿性格内向，不怎么爱说话，而且很黏凌西泽。

于是，连女朋友都没有的凌西泽不得已化身成奶爸，给小男孩儿喂吃的、喂喝的，说话轻声细语的，全程都在伺候小男孩儿。

司笙看在眼里，用生菜包了一块肉，挑眉问道："你自己不吃啊？"

"吃。"凌西泽接过话，但还在给小男孩儿擦嘴边的酱汁。

司笙不耐烦地说道："张嘴。"

凌西泽疑惑地抬眼，这时司笙将包好的烤肉递到他的嘴边。他一怔，张开嘴，烤肉被送入口中，她的指腹擦着他的下唇而过，轻轻触碰，很快移开。

凌西泽看着她。

司笙被盯了几秒，有些不自在，抬眼瞪过去："干吗？不好吃？"

天仙别扭起来是真的可爱。

凌西泽吃着烤肉，笑了："好吃。"

司笙满意了，轻哼一声，别过头，将肉放在炉子上继续烤。接下来烤好的食物，没一样少了凌西泽的。

这一顿烤肉，凌西泽喂小男孩儿，司笙喂凌西泽，勉强算是吃好了。

吃完后，司笙结了账，跟凌西泽一起在门口等小男孩儿的家长。几分钟后，小男孩儿的家长终于赶到了，年轻的母亲走过来抱住小男孩儿，喜极而泣，而她的丈夫激动地跟凌西泽握手，再三道谢。

司笙站在一旁，静静地看着这个场面，憋了一顿饭的不爽，随之散去。

小男孩儿有玩具落在了车上，父亲去拿。母亲总算缓过劲来，拉着小男孩儿再三跟凌西泽道谢，说什么都要好好感谢凌西泽，请吃饭或给点儿钱之类的，凌西泽客客气气地拒绝了，连个联系方式都没留。

送走一家三口后，司笙跟着凌西泽往停车场走，说道："当代活雷锋啊。"

凌西泽弯唇，瞥见司笙在路灯下的精致妆容，他断掉的某根筋终于接上，后知后觉地说："你今天约我吃饭，是不是有什么事想跟我说？"

"嗯。"

凌西泽心中微动："什么？"

司笙快步越过他，声音懒懒地说道："去安城的机票订好了，不跟你一起走。"

他们找到车，司笙拉开副驾驶座的车门，突然一顿，弯腰从里面拿出一个信封，向对面的凌西泽挑眉："活雷锋，人家早把钱准备好了。"

信封是小男孩儿的父亲来拿玩具时放下的，里面装着现金两千元。

对凌西泽来说，两千元不算什么，但对那对夫妻而言，这是他们的一份心意。

305

"今天哥哥天降横财。"凌西泽往车里一坐,捏着那个信封晃了晃,一副暴发户的架势,"带你逛街,随便买。"

司笙无语地拆台:"这是两千元,少了两个零。"

凌西泽笑问:"逛不逛?"

司笙翻了个白眼,慢悠悠地接话:"随便。"

二人系好安全带后,凌西泽将信封塞到她的手里,那姿态,如同塞给她一张黑卡似的。司笙拿着那个信封,实在是一言难尽。

他们进了商场里后,司笙问凌西泽想买什么,凌西泽随便报了几个,司笙确定是两千元承担不起的,叹了口气:"算了,你跟我来。"

她摆摆手,领着凌西泽直奔五楼。

凌西泽跟在后面,低眉轻笑,笑得像只狐狸。

难得出来逛一次街,司笙没有急着花钱,先去五楼的电影院买了两张电影票,然后买了可乐和爆米花。

"走。"将一桶爆米花和一杯可乐塞到凌西泽的手里,司笙扬了扬手中的电影票,跟凌西泽排队进影厅。

司笙选的是春节档很热门的一部电影,此时热度已经过了,他们俩进去的时候,影厅里没几个人。

他们选了位子坐下,司笙将墨镜摘下,换上工作人员给的3D眼镜。

"你还拍戏吗?"凌西泽戴上眼镜,忽然问道。

"拍,"司笙推了推眼镜,"最近有个剧本在谈,如果签了合同的话,暑假就能进组拍戏。"

"龙套吗?"

司笙不想理他。

不过,凌西泽的猜测不是没理由的。

司笙出道时间长,小火过一阵,但娱乐圈更新换代太快,她早就被遗忘了。何况她一演技不行,没有过硬的实力;二没签约公司,没有资源找上门;三要照顾易中正,不去主动争取机会。如今两年没有一个通告,说她彻底失去人气了都没错。

这次是有个司笙认识的导演要拍一部新戏,觉得有个配角很适合她,所以才联系她,愿意给她这个机会。

司笙还在考虑。

她的理由很戏剧性。

电影即将开始，凌西泽又问了一句："什么剧？"

"《0808》。"

"有点儿耳熟，"凌西泽想了想，继而恍然大悟道，"跟你的一部漫画作品同名啊。"

司笙余光透过眼镜缝隙睨他一眼，幽幽地开口："就是根据我的漫画改编的。"

凌西泽沉默了三秒，然后问道："剧组知道吗？"

司笙往后一倒，说："不知道。"

作为一名优秀的斜杠青年，司笙没有将各项工作混为一谈的习惯。

许是因为此事过于戏剧性，许是因为春节档的热门电影确实好看，总之凌西泽接下来都没怎么说话，安安静静地看完了一部电影。

他们走出电影院，司笙带着凌西泽买了奶茶和小蛋糕，拉着凌西泽夹娃娃，之后又去三楼书店里买了几本书……

两个小时后，他们还剩一半的现金。

"你还想买什么？"司笙晃着手中的信封，主动地询问凌西泽的想法。

凌西泽四处张望一圈，视线落到一家珠宝店里，抬了抬下颌："那边。"说着他没等司笙有所反应，就大步走向店门。

司笙几步追上他，轻拽了他一下，轻踮脚，附到他耳边说道："帅哥，钱不够。"

"钱不够咱们就明抢。"凌西泽侧头看着她，用比她还低的音量悄声说，"待会儿听我的口令行事。"

凌西泽马上有模有样地说："你先看看有什么喜欢的，看准了再商量作战计划。"

司笙无语极了，默不作声地瞪着他。

凌西泽捏了捏司笙的手腕，从容不迫地叫来店员领着她看看。

因为凌西泽和司笙穿着得体，气质优雅，一看就是店里的目标客人，店员非常热情，完全不知他俩是只有一千元预算的"穷光蛋"。

司笙对珠宝首饰不太感兴趣,但很想知道凌西泽的葫芦里卖的什么药,于是走马观花地逛着,跟着店员随便试了几样。

待她回过神时,发现凌西泽没了踪影。

找地方坐了片刻,还是没见到凌西泽的身影,她刚想打电话,这人又神不知鬼不觉地现身了。

"你去哪儿……?"

她站起身,话还没说完,就被凌西泽往前一拉,险些跟他撞在一起。

凌西泽的手朝她一伸,展开紧握的拳头,露出掌心里黑绳穿着的一枚戒指。

戒指的款式非常简单,纯黑色,外面刻了花纹,里面有字母。司笙不喜欢花里胡哨的东西,但这枚简单到单调的戒指,很入她的眼。

"喜欢吗?"凌西泽在她的耳侧低声询问,神秘兮兮的。

"还行。"司笙评价。

司笙刚想问价格是不是在一千元以内,就听到凌西泽鬼鬼祟祟地说:"那……准备好了。"

她要准备什么?

司笙有种不祥的预感,下一刻,她的手忽然被拽住,不由自主地跟着凌西泽往店门跑去。

高跟鞋敲击地板的声音,清脆响亮,同时,又颇为急促,引得店员和顾客纷纷看过去,皆是一脸的困惑。

他们一口气跑出几十米,司笙后知后觉地反应过来,硬拽着凌西泽停下:"你幼不幼稚啊?"

"幼稚。"凌西泽眉开眼笑,笑得明朗生动。

看到他笑,司笙怒气消散了不少,但还是怀揣着一点儿余怒继续吐槽:"你这么会自导自演,怎么不去拍戏?"

"去抢你的饭碗吗?"凌西泽反问。

凌西泽低眉轻笑:"怎么样?刺激吗?"

"你要是真白拿就刺激了。"司笙感觉额角的青筋在跳,"我肯定买最贵的窝窝头去牢里看你。"

"下次一定。"凌西泽眉眼里的笑意更浓,他拿出那枚戒指,"戴上试试？"

司笙的视线停在戒指的黑绳上，疑惑地问道："戴在脖子上？"

凌西泽说："你想戴在中指上也行。"

凌西泽松开拽她的手，微微倾身，两只手贴着她的颈侧往后掀开她垂落的发丝。

他轻轻地贴过来，靠在她右侧的肩上，黑色的绳子挂着戒指落下来，轻贴在她的皮肤上，随着他扣黑绳的动作，细绳在她的皮肤上轻轻摩擦着，微痒。

他的气息罩着她的全身，她呼吸时全是他的气息。

"好了。"

末了，低沉的两个字音落下来，让司笙瞬间安静。她抬眼去瞧跟前的男人，抿抿唇，抬手去摸那枚戒指，垂眼时，唇角蓦地勾了勾。

凌西泽问："还去逛吗？"

唇角弧线立即抿直，司笙抬眼，绷着脸正色道："很晚了，回家。"

"行。"凌西泽笑着应道。

回到车上，凌西泽忽然想起什么，侧首看向刚刚坐下的司笙："你约我吃饭，真的没有话想说？"

"有啊。"司笙懒懒地接话。

"那……"

司笙将安全带"啪"的一声扣好，抬眸，冲他一笑："被搅黄了，不想说了。"

他总觉得损失了什么。

司笙确实没想跟凌西泽一同去安城，提前订好机票才跟凌西泽说，结果在机场休息区等待时，跟凌西泽碰了个正着。

"好巧啊。"凌西泽拖着箱子走到司笙跟前。

司笙抬头，无奈地跟他对视，嘴角微抽："你问我航班，就是为了这个？"

"碰巧，"凌西泽将小行李箱往旁一推，随即在司笙的旁边坐下，不紧不慢地说，"我去安城出差，机票是助理订的。"

司笙满脸写着"你看我信不信"几个字。

"而且,"凌西泽一顿,然后拿出机票,跟司笙手中的放在一起对比,"我的是头等舱。"

司笙深呼吸两次,才没让处于经济舱的自己,将仇富的拳头落到坐头等舱的凌西泽的脸上。

好半晌,司笙冷静下来,皮笑肉不笑地看着他:"您不好好地在贵宾休息室里待着,怎么跑这儿来沾平民气了?"

"主要是,"凌西泽往后一靠,手肘往后搭在椅背上,勾唇一笑,"想看看你。"

司笙没忍住,踹了凌西泽一脚。

最终,订了头等舱的凌西泽带着一个印在裤子上的鞋印,狼狈地登了机。

司笙出门一切从简,没有带行李箱,只有一个背包。她下飞机后跟凌西泽碰面,凌西泽打量了她两眼,又瞧了一眼他的小行李箱,觉得自己过于隆重。

两个人并肩往外走,司笙问:"你住在哪儿?"

"酒店。"

"有人接吗?"

凌西泽沉吟了一下,说:"没有。"

司笙狐疑地盯着他:"你真的是来出差的?"

凌西泽面不改色地说道:"是。"

"有人来接我,一起吧。"司笙将一只手放在兜里,不疾不徐地说,"你要是不急的话,可以一起去趟我的店。"

凌西泽讶然:"什么店?"

他们走出室内,迎面吹来的风如冷刀子般,带着西北独特的干燥和锋利,掀起司笙垂落的发丝。

她回头看了凌西泽一眼,眉头轻扬:"豆腐铺。"

凌西泽愣在原地。

十九岁的司笙偏爱甜味豆腐脑,随口跟凌西泽提及,以后要开一家豆腐铺。

他当玩笑话,没想到她真的开了。

岁月绵长,好像什么都在改变,人和物,抓不住又摸不着,转瞬间熟悉的就没了踪迹。不过,也有不变的,不动声色地站在那里,浮浮沉沉,若隐若现。

前来接机的是个男人,三十来岁。四月初,安城十几摄氏度的气温,他脱下外套搭在手肘上,上身穿了一件白色T恤,胳膊以下全部展露,麦色皮肤,肌肉线条分明,富有力量感。

他的长相不精致,但很耐看,面部轮廓偏硬朗,浓眉大眼,五官端正,额角有一道疤,平时被遮住,因头发有些乱,疤痕露出来一点儿。乍一看,是个很爷们儿的形象。

司笙带着凌西泽找到他时,他靠着车门叼着烟,见到司笙的那一瞬,自觉地将烟拿下来掐灭。他冷淡地瞧了凌西泽一眼,却冲司笙笑道:"来了。"

"嗯。"司笙颔首,指了指凌西泽,"我朋友,凌西泽。"

然后她又向凌西泽介绍男人:"我家大厨,郑永丰。"

凌西泽朝郑永丰点点头,态度冷淡疏离。郑永丰只是扫了凌西泽一眼,没打招呼,将车门一拉,让司笙坐进车里后坐上驾驶座。

凌西泽眯了眯眼,将行李箱在后备厢里放好,回来坐在司笙的身侧。

然后,他听到一段匪夷所思的对话。

司笙问郑永丰:"郑哥,现在店里有几个人?"

"两个,"郑永丰说,"我和长工。"

"生意好吗?"

"还行。"

"哦,"司笙淡定地问道:"一个月赔多少?"

郑永丰慢条斯理地说:"对门一天的营业额。"

凌西泽听得稀里糊涂的,好在司笙跟郑永丰打听完事情后,主动跟凌西泽解释了一下。

司笙开豆腐铺属于玩耍性质,她不缺钱,开店不是想赚钱,只是为了完成心愿罢了。

豆腐铺只有两个固定员工,一个是免费大厨郑永丰,另一个是免费长工段长延,平时豆腐铺就让他们俩管。他们俩任性得很,按照心情开店不说,连服务态度都是按心情来,所以豆腐铺一直处于亏损状态。三个人轮流往铺子里扔钱。

郑永丰有别的工作,闲着的时候才会来豆腐铺当厨子。段长延是富家子弟,家里开连锁饭馆的,其中一家店就开在豆腐铺对面。有时豆腐铺忙不过来,段长延会从对面店里要一两个员工来帮忙,尽量用家里的资源以减少豆腐铺的开支。

原本听到司笙开豆腐铺的事,凌西泽还有点儿诧异,眼下听司笙这一通解释,忽然觉得正常了。

不愧是能轻易放弃优质男朋友和优质大学的女人,果然不会本本分分地开店。

此外,作为一个纯粹的商人,凌西泽对他们的作风嗤之以鼻。

对于他的"嗤之以鼻",司笙表示不屑。有钱任性。

豆腐铺开在一处繁华地段,这条街是游客旅游打卡常来之地,保留着复古的建筑,沿街有客栈、小吃、特产,各种各样的店铺,货物琳琅满目,客流量极大。但是,游客路过不起眼的豆腐铺时,基本不会停留,所以客人少得可怜。

免费长工段长延这两天不在安城,郑永丰一个人看店,在店时挂上"今日营业"的牌子,离店时将牌子翻转,露出"暂停营业"的字样,不关门,不怕客人觊觎店里的那几块豆腐。

"想吃什么?"将车开到店外停好后,郑永丰扭头问了司笙一句。

"豆腐脑,"司笙想了想,"还有拉面。"

"嗯。"郑永丰点头。

"你——"司笙想问凌西泽吃什么。

不过,她刚一开口,就见郑永丰解开安全带下了车,关门的动静让她把到嘴边的话咽了回去。

司笙透过车窗玻璃扫了一眼郑永丰的身影,心下奇怪,微微靠近凌西泽,疑惑地问道:"我刚睡觉的时候,你招惹他了?"

凌西泽心如明镜:"是我们。"

司笙莫名其妙,关她什么事?

虽然郑永丰对凌西泽有敌意,但并没有真的晾着凌西泽,在给司笙准备食物的时候,顺带给凌西泽准备了一份。

这人待人接物有两套不同的标准。

他将豆腐脑和拉面给司笙时是轻拿轻放的,但是给凌西泽时基本是扔的。

司笙刚拿起筷子,就听到凌西泽开口:"我们换一换。"

司笙不明所以:"干吗?"

凌西泽一本正经地说:"你的看起来比较好吃。"

"哦。"没怎么犹豫,司笙将自己的拉面往前一推,然后将凌西泽面前的拉面拿过来。

凌西泽和司笙吃饭的时候,凌西泽小动作不断,一会儿要司笙拿调料,一会儿跟司笙换配料,司笙神经大条没察觉,事事都依着他。倒是郑永丰这个老爷们儿看着烦,干脆眼不见为净,跑门口抽烟去了。

凌西泽的唇角弯起微妙的弧度。

"你今天的事怎么这么多?"吃到一半时,司笙忍不住问了一句。

"出门在外,"凌西泽想了想,说,"比较娇气。"

司笙差点儿没把豆腐脑扣在他的脑门上。

他有毛病!

郑永丰被气跑后,凌西泽就收敛了,没有再作妖,安分地吃完食物。

"钥匙。"郑永丰回到店内,将一串钥匙递给司笙,上面分别挂着车钥匙和门钥匙,"门口那辆车给你开。住所给你安排的是段长延在附近小区里买的房子,你住过的。"

"行。"司笙接过钥匙,利索地点头。

她看了凌西泽一眼:"走吧,先送你去酒店。"

凌西泽慢腾腾地起身,将椅子提回去,说:"先去你住的地方。"

"怎么？"

"串门。"凌西泽眯了眯眼，"熟悉一下。"

司笙没觉得哪里不对，点点头："行。"

郑永丰心想：这男人是真的让人硌硬，难怪第一眼看着就不顺眼。

司笙闯荡江湖的时候，在西北这一带待的时间最长，对安城熟悉得很，没让郑永丰送，拿了钥匙就跟凌西泽走了。

郑永丰站在门口，看到司笙上车时，随手帮凌西泽打开车门，凌西泽这个臭男人没觉得不好意思，理所当然地上了车，于是郑永丰不自觉地咬了咬后槽牙，连抡凌西泽一拳的心思都有了。

这时，段长延打电话过来。

"师叔到了吗？"

"嗯。"

段长延口中的"师叔"指的就是司笙。司笙十岁学武，有两个师姐，大师姐比她大二十多岁，早年四处收徒，其中就包括段长延。

"哦，就她一个人吗？"

"带了一个男人。"

"啊，什么样的？"段长延震惊了。

郑永丰看着司笙将车开走，微微眯起眼，声音里裹着一股凉意："浑蛋样的。"

段长延："啊？"

段长延作为有钱人家的少爷，买的住宅自然不会差。住宅在高档小区里，离豆腐铺很近，开车几分钟就到。

司笙载着凌西泽进入小区里，顺便带他上楼坐坐，结果他一待就待到了天黑。

二人干脆一起出门吃了顿晚餐。

吃过饭，司笙摸出车钥匙，问："要我送你吗？"

凌西泽笑了笑："有人来接。"

"行。"

"两天后，电音节，我来接你。"凌西泽说道。

"好。"司笙没有拒绝。

很少人知道,司笙喜欢电子音乐。凌西泽是那少数人之一。

这次在安城举办的电音节比较盛大,来了不少国外知名电子音乐领域的歌手。如果不是要陪易中正,司笙肯定会提前买票。现在她有时间,凌西泽又将票准备好了,她自然不会错过。

两天后,下午。

熬夜赶画稿,一直到上午九点才睡觉的司笙,在睡梦中被门铃声吵醒。

她迷迷瞪瞪地去开门,看到凌西泽后莫名其妙地说:"天都没亮,你来干吗?"

凌西泽愣了一下,然后失笑,捧起司笙的脑袋,将她的头发一顿蹂躏,揉得乱糟糟的。

"天仙,你清醒一点儿,现在是下午五点半,不是天没亮,是天黑了。"

司笙眨了眨眼。

"电音节晚上七点开始,你现在收拾一下出发还来得及,"凌西泽拍拍她的脑门儿,"要我帮你刷牙、洗脸、梳头吗?"

"哦,"司笙终于反应过来,清醒了,拍开凌西泽的手,"用不着。"

她转身进屋里,趿拉着拖鞋去洗漱,可没一会儿,她冒火的声音就响起:"凌西泽!"

此时的凌西泽刚换好鞋,闻声眼皮一跳,犹豫了一下,还是老实地来到卧室。

司笙在洗手间里,门敞开着,她站在镜子前面,嘴里叼着牙刷,一只手拿着梳子在梳头发,不讲究方法,暴力地往下拉,而颇乱的头发下端已经打结,牵扯的疼痛让她一肚子怒火。

她一记冷眼扫过去。

"是我的错,"没等司笙发火,凌西泽就赶紧认错,走过来拿走她的梳子,"我帮你梳。"

司笙手一空,抬眼瞅他,片刻后把牙刷取下来,威胁道:"下次再动我的头发,我剁了你的手。"

"行。"凌西泽好脾气地点头,给她梳头。

他拾起她的一缕发丝,攥住靠发根的部分,慢条斯理地梳理着打结的发丝。他的动作很轻,极具耐心,司笙的头皮只感觉到轻微的牵扯感,毫无痛感。

司笙将牙刷塞回嘴里,刷了几下,忽然抬眼,通过正前方的镜子,看到站在她身后的男人。

他低着头,眼睑微垂,细长的睫毛在眼底覆下淡淡的一层阴影,神情专注认真。替她梳头的手很好看,手指修长,骨节分明,在洗手间冷白的光线下,镀上一层清凉又柔软的质感,每一条轮廓线都是柔和的。

司笙愣愣地看了一会儿,忽然冷静下来,怒火全无。

她垂下眼,安安静静地刷牙,偶尔,余光通过镜子看一眼身后的人。

"好了。"几分钟后,凌西泽用手指梳理着她柔顺的发丝,轻轻弯了弯唇。

她的头发顺滑黑亮,触感极佳,他的手指穿过她的发丝,秀发掀起又飘落,似是上好的绸缎在空中翻腾。

他的指腹无意地擦过司笙的发根,有温热的触感,令她头皮忽然一紧。

司笙将他的手推开,过河拆桥:"退下吧。"

见她如此绝情,凌西泽一时没忍住,揉了一把她的头发,在她要发火前又赶紧说好听的:"您忙,小的退了。"

从小区赶去音乐节的现场要一个小时左右,不过因为此时是下班高峰期,所以时间要久一点儿。

凌西泽下午就开始约司笙,但司笙睡觉关机,电话一直打不通,联系不到。后来天快黑了他才赶过来,时间已经晚了。

凌西泽对电音节不感兴趣,迟到也没关系,不过司笙不一样,洗漱完后连饭都没吃,就拽着凌西泽匆匆地上车。

"不吃点儿东西?"凌西泽担心她的胃。

司笙满不在乎地道:"场地外面应该有卖吃的,随便买一点儿。"

凌西泽拧了拧眉,停顿半晌,终究没说什么。

不出所料,路上堵车,他们到的时候快七点了。

电音节在广场举行,越靠近人越多,熙熙攘攘,摩肩接踵。凌西泽和司笙一人拿着一个烤玉米,一边吃一边跟着人群往里面走。

有一对情侣走过,两个人在嬉闹,险些撞到司笙的身上。男生道歉后,两个人又黏在一起,手牵着手,一并往里面走。

凌西泽的手突然递到司笙的面前:"给我一只手。"

"嗯?"正在吃玉米的司笙抬起眼。

"人太多了,你心不在焉的,容易走丢。"

司笙盯了他两秒,嘟囔着:"有毛病。"

只是,没一会儿,她就慢腾腾地将手从兜里拿出来,递到凌西泽的面前,他眉眼轻笑,将她的手抓在手里,紧紧地牵着。

司笙低着头,一门心思地啃玉米,没有去看他。

四周都是拥挤的人群和喧闹的声音。

忽然有个女生举着荧光棒冲到二人面前,笑容灿烂地跟司笙挥手:"嘿,你是司笙吗?"

"嗯。"司笙咬着玉米,抬眸瞧着女生,确定那是一张陌生的面孔。

"啊,我看过你的电影!"女生惊奇地打量着司笙,"你长得真好看!比电视上还好看!"

早几年的时候,司笙走在路上还会被认出来,出门戴墨镜就是那时养成的习惯。但这两年这样的情况少了,司笙感觉有些陌生,不过还是跟女生道了声谢。

女生性格开朗,问司笙是不是还在拍戏,表示期待她重回娱乐圈。后来女生瞥见一侧的凌西泽,随口问了句:"这是你男朋友啊?"

"嗯。"司笙垂眼瞄向被牵着的手,没有迟疑和辩解,大方地承认了。

她气定神闲,但旁边的凌西泽足足愣了三秒,一切都在他的意料之外,让他猝不及防。

随即,原本平稳跳动的心不规则地乱动起来,他眉梢微动,下意识地一捏司笙的手,手指在她的手心上轻轻一刮。

司笙偏头,用余光看着凌西泽,入眼的是他喜上眉梢的神情。素来稳如泰山的他,那点儿小喜悦、小激动,全部展露出来,没有任何隐藏。

"哇！恭喜啊！"女生眉飞色舞地送上祝福。

快到点了，女生的朋友在喊她，她应了一声，想走，忽然想到什么，又转过身，从包里翻出一件一次性雨衣。

"今晚可能会下雨，我这里多了一件，送你们啦。拜拜！"

女生将雨衣往司笙的手里一塞，挥手跟二人告别，然后跟朋友走进人群里，转眼消失不见。

司笙拿着那件雨衣，看起来心情不错。

这时，旁边佯装淡定的凌西泽凑过来，贴在她的耳边询问："男朋友，什么意思？"

司笙眼皮一掀，唇畔带笑，轻踮着脚吻了一下凌西泽的唇，撤开时笑容明艳，拉着他往前面走："男朋友，走啊。"

触碰如幻觉，声音如幻听，凌西泽有些恍惚，如同身处梦中。

广场是露天的，没有座位，凌西泽和司笙验了票就入场了。

在外面还行，不过他们走进广场，就到了大型人挤人、人踩人的拥挤现场，没有舒展的地方，空间狭窄，放眼看去，尽是人山人海的壮观场面。此外，还有各种各样的应援灯牌和荧光棒。

"啊啊啊——"

台上电音设备一响，全场尖叫，气氛瞬间就被炒了起来，人们手舞足蹈、尽情喊叫、释放。

所有人的注意力都集中在台上，凌西泽的眼里却只有司笙。他瞧着司笙的一举一动，回想着她入场前的话，总有种不真切的感觉。

音乐节开始，舞台上的升降台上有一个黑衣少年现身，炫酷的造型、帅气的脸庞，刚一亮相就被舞台上的各色灯光和人群的尖叫声包裹。

司笙打开手机相机，递给凌西泽，怕他听不清便凑到他的耳边："拍张照，打个卡。"

声音入耳，带着温热的气息。

凌西泽心尖像掠过一阵风，被吹得微微拂动，当即心猿意马。

凌西泽下意识地接过手机，下一刻，司笙举起牵着凌西泽的手伸向空中，十指紧扣。凌西泽将镜头稍稍往上一抬，迅速地按下快门，将这一画面定格。

少年的开场表演非常成功,现场气氛热烈高涨。

接下来出场的都是国外非常有名的歌手,一场比一场精彩,不到二十分钟,司笙就发现周围好几个姑娘嗓子都喊哑了。

只是老天作妖,气氛正好时,忽然下起了细雨。

雨不大,"淅淅沥沥"的,但很冷,顿时将火热的氛围浇灭不少。

好在不少人都有先见之明,准备了雨衣或雨伞,没两分钟,就纷纷掏出装备,要么穿雨衣,要么撑伞,冰凉的雨水并未浇灭他们享受电子音乐的热情。

司笙想到女生给的那件雨衣,本想跟凌西泽共享,可刚打开就被凌西泽强行套在她的身上,同时将雨帽给她拉得紧紧的。

"你怎么办?"司笙看到如针的细雨落在凌西泽的头上,把他的短发一缕缕地浇湿。

"没事。"凌西泽淡然地说着,随后,倾身向前,"担心我的话,就……"

他黑眸一转,看向周围人群。

司笙顺着他的视线看去,随即愣了愣。

电音节现场似乎有一种魔力,这些被音乐点燃的人,在雨中尖叫、欢呼,情侣们拥抱、亲吻……场面疯狂又恣意。

"凌西泽。"司笙脑海里忽然蹿出个念头,从脑海扩散到头皮,激起一身鸡皮疙瘩。

凌西泽垂眼看着她。

司笙踮起脚,倾身向前。

雨"淅淅沥沥"地下着,敲击在伞面、雨衣上,溅起零星的水花。

雨衣的帽子滑落,雨水落在她的头顶上,浇软了蓬松的发丝,成股落下,滑过额头、脸颊、下颌、脖颈,连着发梢的雨水一同浸入衣襟,冰冷的水刺激着皮肤,这场景是那么忘我、迷乱而疯狂。

他们在雨中接吻。

夜色静谧,场地喧闹,所有的一切都被淹没在尖叫声里。

九点，电音节结束，情绪尚未消散。

夜幕中的雨越来越大，人群却有条不紊地退场。

从头到尾，凌西泽一直都牵着司笙的手，没有松开过。

"饿了吗？"走出广场后，凌西泽问道。

司笙伸出手指，捏了捏他的外套，稍稍用力，还能挤出点儿水来。她再看凌西泽的头发，湿漉漉的，软趴趴地贴在头皮上。

司笙轻拧眉头，说道："先回去。"

凌西泽将头贴过去，隔着雨衣薄薄的一层塑料膜跟她的发丝相贴，嗓音略低地问道："回酒店，还是去你住的小区？"

司笙将他的脑袋推开，没好气地道："各回各家。"

凌西泽笑了笑。

细雨迎面飘来，微凉，司笙蓦地想起什么，盯着凌西泽狐疑地拧起眉："凌西泽，你是不是没正儿八经地追过我？"

凌西泽微微一怔，回顾了一下过往，然后问道："先前不是吗？"

"那也算？"司笙不屑，"你天天赖在我家里，知道的是你在追我，不知道的还以为你破产了成天想着来前女朋友家里蹭吃蹭喝呢。"

"上次也是……"司笙微微眯眼，开始算旧账，"你就追了三天。"

凌西泽轻咳一声，给她拉了拉雨衣，不紧不慢地说："上次是你追的我。"

司笙难以置信："什么？"

"是你让我追的你。"凌西泽说，"像你这样的天仙，我都做好追三年的准备了，结果你太爽快，追了三天就答应了。"

凌西泽一句又一句话抛出来，司笙的脸色一变再变。她说道："我劝你，你要是不想再……"

凌西泽一秒改口："我记错了，是我主动追的你。"

他说得一套一套的，司笙被他彻底噎住。

片刻后，她不甘地问："等等，不是你先喜欢我的吗？"

"是。"凌西泽坦然承认。

司笙眉头一挑，释然了。

七年前，司笙察觉到凌西泽喜欢她，但那时的凌西泽内敛含蓄，偷偷对她好，就是不肯跟她表白。

司笙都替他着急。

毕竟追她的人一大把，一不留神，她没准儿就被谁抢走了。

有一次，司笙忽然想去看雪。那时已经春天了，只有北边的边境还有积雪，她安排好行程后灵机一动，觉得可以给凌西泽一个机会，就跟他透露了这次行程。

果不其然，他们在机场"偶遇"了。

他们去的是一个小村庄，一年里三个季度都能见到大雪，难见莺飞草长、绿树成荫的景色。

当时的司笙挺爱惹事的，刚到的第二天，就招惹了当地的几个小混混儿，虽然他们将小混混儿解决了，但迷了路，夜幕降临时，他们意外地在一处偏僻的地方找到一户人家。

那户人家住着一对老夫妻，愿意收留他们一晚。

北方农村用的是炕，需要在隔壁的灶里烧火炕才能热，给他们住的房间常年空着，基本一直处于冰冻状态，直接睡会死人的，所以他们缩在灶旁待了半宿，就为了把隔壁的火炕给烧热。

他们谈天说地，聊了很久，到了半夜实在扛不住，才去隔壁睡了。

老夫妻以为他们是情侣，只给了他们一床被子。

两个人面面相觑。

凌西泽："你盖吧。"

司笙："一起吧。"

良久对视后，他们不约而同地出声。

房间里没有电，寂静的山林里没有灯光，唯有头顶一轮弯月，投下浅浅的一层银光。

当时的凌西泽脸红没红不知道，但气氛挺尴尬的。

末了，为了两个人的身体健康着想，还是免不了同床共枕外加同盖一床被子，只是以防万一，他们都是和衣而睡的。

可是两个人躺了小半个小时，浑身僵着不动，一点儿睡意都没有。

"睡了吗？"在沉默、尴尬、静谧的气氛折磨下，司笙忍无可忍地开了口。

"没有。"凌西泽很快回答，声音微哑，很轻。

司笙翻了个身，面朝凌西泽。

她比较放松，凌西泽却截然相反，浑身只有眼珠子能动。

司笙手肘支在枕头上，手掌托着脑袋，在昏暗的视野里，视线从凌西泽平躺的脸上扫过，眉眼鼻唇，皆是模糊的轮廓，可正因这种朦胧感，什么都变了味。

他长得很帅，在朦胧的夜色里，帅得让人看一眼……心花怒放。

司笙看了就觉得开心，于是语气里也沾了几分轻快："聊会儿天儿？"

"聊什么？"凌西泽的眼珠终于转向司笙。

他的瞳仁像是被水洗过似的，又黑又亮，清澈得很，司笙扫过一眼，他的目光直接往她的心里照去，能让她的心都灼烧起来。

聊你喜欢我的事啊。

司笙想这么说，又忍住了。

她干脆趴在一侧，双手捧着脸，如瀑布般的长发掉下一缕，从肩膀落到身前，她微微歪着头，狭长的凤眼一眯，活像一只狡黠灵动的狐狸。

"你有过女朋友吗？"她问道。

凌西泽喉结滚动两下，哑声回答："没有。"

"哦。"司笙微微点头，很快又问，"你有择偶标准吗？"

他的视线落在她绝美无瑕的侧脸上，那是一幅赏心悦目的画面，目光未曾移动，他就这么盯着她。

好半晌，凌西泽才说："长得好看的。"

"你……"看我怎么样？

司笙食指轻戳着脸颊，思考了一下，还是觉得要含蓄一点儿，于是改口说："有点儿肤浅。"

"是有点儿。"凌西泽被她这张脸迷了心智，不假思索地附和着。

似乎觉得这个回答挺有趣的，司笙"扑哧"一笑。她低头，双手交叠搭在枕头上，下巴抵着手肘，趴了下来，笑得眉眼微弯，更像一只狐狸了,能把人的心魂都给勾走。

"聊点儿别的吧,"司笙心情愉快地转移话题,"比如你的无人机什么的……"

两个人似乎有聊不完的话题。

长夜漫漫,时间缓缓流逝,在一个又一个的话题过后,司笙不知不觉地闭上眼,声音越来越低,直至再也没了声响。

凌西泽却毫无睡意。

他偏头盯着睡得安静的司笙,疯狂的想法占据着他的脑海。

在漫长而煎熬的纠结过后,所有修养和克制统统见了鬼。他终究没有克制住,偷偷吻了她。

十九岁的司笙骨子里还有点儿率真。

二十三岁的凌西泽是真的没开窍。

司笙半夜醒来过一次。

她没见到凌西泽,还当他去起夜,最初没在意,后来半睡半醒之间,意识到他迟迟没回来,她猛然惊醒,掀开被子下了炕。

她以为凌西泽在外出了事,没承想,凌西泽坐在隔壁的土灶旁,灰头土脸地添着柴火。

火烧得很旺,火舌从炉子里伸出来,火光照亮了他俊朗的眉眼。

他的身上沾了灰尘,脸上有黑色的炭痕,跟平日衣冠整洁的模样不一样,有些狼狈,但是,莫名其妙地很接地气。

"怎么醒了?"凌西泽听到脚步声抬头,见到司笙后,因心虚,视线只在她的身上停留了一秒。

司笙没说话,走到凌西泽身边,微微低着头,端详着他。

凌西泽紧张得手都不知该往哪儿放。

忽然,司笙弯下腰,双手抵在膝盖上,黑长的头发从肩头落下来,她歪着头,在火光照耀下,美得像下凡的仙子。

她盯着他的眼睛,认真地问他:"凌西泽,我长得那么好看,你要不要追我?"

第六章
身份曝光

这天晚上，漫画圈因为 Zero 的一条微博，小小地躁动了一下。

Zero：交往七年，冷战五年。

配图是在安城电音节现场，背景是密密麻麻的人和舞台上刚露面暖场的歌手，镜头聚焦的是画面中心两只十指紧扣的手。

那明显是一男一女的手，女生的衣袖滑落，手腕处露出几圈黑色长绳，跟曾被网友扒出来的那根黑绳相似又不一样。

"交往七年，冷战五年。这是想笑死我？"

"还做梦想成为 Z 神背后的女人或男人的醒醒吧，人家都官宣了。"

"不是吧，Zero 真的是女生？光是看手的皮肤状态，感觉她好年轻，年纪绝对不会超过三十岁。"

"两只手都好漂亮。感觉 Z 神是个大美女。"

…………

自从 Zero 揭露 UU 抄袭事件后，Zero 这个人就成功地在各个网络平台上火了，因手段和个性被不少路人知晓，连非漫画圈的人都关注了她。

众所周知，Zero 从不在公开场合露面，自带神秘感。

原本大众对她的印象都是个彻头彻尾的男人，大众对 Zero 本人的兴趣不如对其作品的兴趣高，可前段时间她那张背影图实在是太惊艳，导致他们对 Zero 本人产生了强烈的兴趣,诸如性别、年龄、长相等,任何一个点都能引起讨论和话题。

现在这条微博,又让大众对 Zero 的感情生活产生了强烈的好奇。

媒体迅速地对这条微博进行二次改编和传播,吸引了诸多路人的兴趣,竟让这条微博上了话题榜。"交往七年,冷战五年"这句话被网友玩得火热,一时间竟然成为热门梗。

酒店房间里,司裳洗完澡出来时,倾伊人正躺在沙发上刷手机。

"伊人,我洗好了。"司裳细声细气地开口。

"好,我待会儿去。"倾伊人的视线从手机上移开,"刚刚 Zero 发微博了,秀恩爱上了话题榜,她好像也在安城。"

"哦。"司裳垂着头,情绪顿时低落下来。

倾伊人反应过来,连忙说道:"抱歉啊,我不是故意的。"说着她便自我检讨,"你看我,说话也不注意着点儿。"

"没事,"司裳淡淡地说道,"是我神经过敏了。"

"裳裳,你真的没见到 Zero 吗?"前一秒才道歉的倾伊人又忍不住将话题拉到 Zero 身上。

司裳拧了拧眉,回想起在图书馆里的那一幕,说道:"没有,我只看到个背影,是个年轻女人。"

倾伊人讶然:"她真的是女人?"

司裳轻轻点头,"嗯"了一声。

"优秀的女漫画家形象,稍微长得好看一点儿,其实很吃香的。"倾伊人放下手机,轻轻一笑,"怕是长得不怎么样,所以才一直藏着掖着,不肯露面吧。微博上发照片,也只发个背影和手。网上很多人说她营销厉害呢。"

司裳微微蹙眉,实在不想谈论与 Zero 有关的话题,转而问道:"我们明天去哪儿玩?"

"去城墙附近吧。"倾伊人找到平板电脑,递给司裳,"攻略我都做好了,你看一下。虽然明天下雨,但肯定让你玩得开心。"

司裳将平板电脑接过来。

倾伊人按着司裳的肩膀,让她在一旁坐下:"不用想得那么多,好好散心。出来旅游嘛,就把那些不开心的全抛掉好了。"

"谢谢。"司裳温声道谢。

没有人知道,自从抄袭事件爆出来后,她的日子过得有多难受。

因为爆出来的前几天,她还接受采访公开了身份信息、暗讽 Zero 抄袭,结果 Zero 一反转,不仅让她被全网群嘲,还影响了她的正常生活。

章姿觉得她丢脸,在家里不再给她好脸色看;朋友们都知晓这事,暗地里奚落她;她在学校里日子更不好过,明着议论的都不在少数⋯⋯

她俨然成了一个笑话。

她时时刻刻都觉得窒息,压力无处不在,压得她喘不过气来。

一周前,倾伊人忽然邀请她来安城游玩,她想都没想就答应了。她想逃离那个令人窒息的环境,迫不及待。

司笙坐在副驾驶座上发完微博后,将手机放下,看了一眼开车的凌西泽,把车载空调的温度调高了几度:"你冷吗?"

凌西泽将雨衣给了她,几乎在雨里淋了一个多小时,外套湿透,一上车就脱了外套扔在后座上。现在他穿着一件白衬衫,看起来很薄。

凌西泽答道:"不冷。"

司笙不信,担心他的衬衫被浸湿了,伸出手指戳了戳他的肩膀、手臂、衣袖等位置,看看他的衣服有没有被淋湿,欲往他的衣摆探的时候,被他腾出的手一把按住。

凌西泽压低嗓音,警告她:"别乱戳。"

隔着衬衫布料,他的体温传递到她的指尖上。而她又软又细的手指拂过,他感到一种滚烫的触觉。

"哦。"司笙后知后觉,把被他按住的手抽了出来。

她想了想,从后面翻出一条毛毯,搭在凌西泽的身上,同时叮嘱:"你好好开车,别太开心了,容易出车祸。"

前面是红灯,凌西泽踩了刹车,伸手去捏司笙的脸:"咱能不那么嘚瑟吗?"

"是你追的我。"司笙强调了一句,拍开他的手,"倒也不用不好意思。"

凌西泽"哐"了一声:"我怎么感觉像是你把我追到手了呢?"

司笙认真地说道:"错觉吧。"

看在女朋友长得好看的分儿上,凌西泽决定不跟她计较。

司笙在路上订了外卖,是送到酒店里的,由前台服务员代收。二人抵达酒店后,直接拿了外卖上楼,外卖还是热乎乎的。

走进门,司笙将外卖放到茶几上:"洗完澡再来吃饭。"

凌西泽将被淋湿的外套往椅子上一扔,解开两个衬衫纽扣,淡淡地说道:"你先去。"

司笙坐在沙发上,睨了他一眼:"我淋得没你严重。"

凌西泽走过来,伸手在她濡湿的发丝上抓了抓,问:"一起吗?"

"滚。"司笙瞪他。

"你先去,速度快点儿,衣柜里有衣服。"凌西泽拍拍她的脑袋,"我去打个电话。"

说完他就拿着手机走到一边,真的去打电话了。

司笙没跟他矫情,拍拍手,起身去套房卧室里找他的衣服,从一堆款式差不多的衣服里,找到一件外套。

司笙顿了顿,又拿了一件衬衫。

她没有泡澡,只是简单地冲了个澡,然后换了衣服走出来。

她身材又高又瘦,但体形跟凌西泽的体形比还是差了一截,凌西泽的衣服套在她的身上显得宽松、肥大,不过,她没让自己看着太狼狈。

衬衫下摆她干脆不扣,直接在腰前打了个结,盈盈一握的细腰,走动时若隐若现。她将衣袖挽起,一直到手肘处,再用回形针将袖口收紧一些,以防掉下来。衣领处的两个纽扣她没有扣,往两侧散开,露出精致漂亮的锁骨。

本来是一件款式简单的男士衬衫,经她这么一摆弄,完全不显得死板,宽宽松松的,反而随意又时尚,穿在她的身上颇有美感。

至于宽大的外套,她则是干脆披在肩上,又美又飒。

凌西泽刚挂断电话,听到动静后回过身,看了一眼后微顿,眼睛明显地亮了一下。

不过,他就惊艳了一秒。

因为下一刻,天仙就大咧咧地坐在沙发上,催促他:"我饿了,你赶紧去。"

凌西泽失笑,拿了衣服去洗澡。

祖宗急着吃饭,凌西泽不敢耽搁,十来分钟就出了浴室。只是他出来后,视线在套房里一扫,却没看见司笙的身影。

突然一怔,凌西泽见到沙发上露出的毛毯一角时,猛然悬起的心才落下来。

他走近一些,司笙侧躺在沙发上,身上裹着毛毯,黑色外套叠起,搭在抱枕上,枕在她的脑后。她左手横在胸前,揽着另一个抱枕,大半张脸都藏在抱枕后面。

她的头发散落在衣服上,未擦干,从发梢滴出的水,一滴滴浸入衣服布料里,湿了大片。

沉默了两秒,凌西泽回浴室里拿了吹风机,找到距离沙发最近的插孔,插好插头,然后缓步来到沙发扶手旁,斜倚着坐下。

"困了?"凌西泽伸手理着她凌乱微湿的发丝。

"有点儿。"司笙动了动,将抱枕往下拉了一点儿,没睁眼,声音有些倦意,"洗完了?"

"嗯。"凌西泽的手背轻贴着她的额头,温度正常,没有发烧。

司笙眯着眼,想坐起身:"那吃饭吧。"

凌西泽按住她的肩膀,说:"先把头发吹干。"

"哦。"司笙一想,半坐起身来,把压在脑袋下的抱枕和衣服都挪开,给凌西泽腾出位置。

凌西泽在她的旁边坐下,她很快靠过来,枕着他的腿,方便他给自己吹头发。

凌西泽垂下眼帘,眉眼中透着几分温柔。他将按钮往上一推,吹风机开始"轰隆"作响,有热风吹出来,吹过他的手指,吹动她的发丝。

十九岁的司笙,有一头及腰的长发,柔顺、漂亮,摸着柔软,一点儿都不毛躁。但是,她不爱吹头发,每次洗完头发都要晾很久才能干,凌西泽说她时,她总是理所当然地将吹风机扔给他。

"看不惯,你来呀。"

凌西泽对她的小任性永远无力招架。

他清楚自己被她迷得神魂颠倒、丧失理智，哪怕她说要摘天上的星星，他都会毫不犹豫地答应。

头发快吹干时，凌西泽换了风挡，噪声小了些。

司笙闭着眼，惬意地享受着他的伺候，不紧不慢地说："凌西泽，其实你亏了。"

凌西泽感到有些意外。

他还以为司笙要说些她好吃懒做、脾气恶劣之类自嘲的话，还想着说"大可不必这样"，没想到，她又自顾自地开口："本来上次在烤肉店里，我就想跟你表白的。"

吹风机的声音戛然而止。

"你？表白？"凌西泽怔住，感觉在听天方夜谭。

"嗯。"漂亮纤细的手抬起来遮住眼睛，冷白的光线从指缝里漏进来，司笙眯着眼，轻"啧"一声，"你说你是不是损失很大？"

凌西泽缓了缓情绪，礼貌地问："请问，您当时计划怎么表白？"

司笙将手移开，坐起身，饶有兴致地说："在环境别致的店里，有美女，有美食，喝点儿小酒……"

凌西泽打断她的话："就着烤肉？"

司笙哑了。

凌西泽又补充一句："还是烤煳了的那种？"

仔细地回忆了下当时的场面，司笙抿了抿唇，觉得按照计划来看或许算不上美好的回忆。但她不高兴被凌西泽拆台，恼羞成怒，瞪了凌西泽一眼："有我还不够吗？"

"够。"凌西泽急忙点点头，努力地憋着笑，"这将会成为我有生以来最遗憾的错过。"

司笙冷着眉眼："你是不是在心里笑我？"

"不敢。"

"凌西泽，你完了。"

司笙撂下狠话，伸手揪住凌西泽的耳朵，倾身压过去，直接将他压在沙发背上。凌西泽顺势揽住她的腰，手掌扣着她的肩膀，将她往下一拉，让她跌入自己的怀中。

他顿时反客为主。

二人对视一秒。

凌西泽低下头，吻住她的红唇，吮着她的气息，缠绵而热烈，清醒而理智，每一瞬的接触都裹着温柔和珍惜。

气息变得紊乱起来，一时的冲动成了导火索，让事情濒临失控。

窗外，雨"淅淅沥沥"地下着。

沙发上，司笙轻"嘤"一声，眼里闪过一抹慌乱之色，蓦地清醒几分，不由得拽住凌西泽的手。

她说："外卖凉了。"

凌西泽眼神迷离，闻声微顿，瞳仁渐渐清明，克制住了。他轻叹一声，将她松垮凌乱的衬衫一拢："吃饭吧。"

吃了饭，时间已过午夜零点了，司笙提出要回去，凌西泽没有强行留她，只说送她回去。

司笙将外套穿上，拧了拧眉："就十来分钟的路。"

不知是巧合还是故意，总之凌西泽住的酒店离司笙住的小区很近，走路十来分钟就能到，比到豆腐铺还近。

"我想送你。"凌西泽拿起一件新外套，打量司笙一眼，很嘴欠地补充一句，"虽然你能以一敌十，走夜路比我还安全。"

现在她把他的嘴缝起来还来得及吗？

外面还飘着毛毛细雨，街道上，偶尔能见到几个行人，但走进小区里后，基本没有人影。

凌西泽撑着伞，将司笙罩在里面。

伞面发出轻微的雨水"滴答"声，密集错杂，听着竟有几分舒畅。

路程实在太短，不多时，二人就步行到了单元楼门外。

"走了。"司笙很爽快，看了一眼门就跟凌西泽道别，只是她刚走到雨伞外面，手腕就被拽住，整个人被往回一拉，一侧身，又回到雨伞下。

她站定，微仰起头。凌西泽上前半步，低头，逼近她。

"司笙。"他轻声喊着她的名字，沙哑的嗓音衬着"淅沥"的雨声，听得人耳朵发麻。

司笙抬了抬眼,视野里只有他。他的脸隐在阴影里,轮廓朦胧柔和。

凌西泽垂眼盯着她,犹豫着找话题:"明天约会吗?"

司笙想说明天天气可能不大好,转念一想,只是问道:"你想去哪儿?"

"这座城市你比我熟,你决定。"

"好,"司笙答应了,"我醒了给你打电话。"

"嗯。"

二人没话了,一动不动。

牵着她的力道收紧,凌西泽将她往前拉了拉,说话像是要赖:"我不想走。"

"哦。"

"哦?"凌西泽眉梢轻扬,低哑的声音里裹着些不满。

司笙无语地道:"我总不能请你上楼喝茶吧?"

凌西泽蹙起眉心,理所当然地反问:"为什么不能?"

司笙抿了抿唇。

随即她主动搂住他,抬起头,轻轻吻他,轻柔安抚的吻,渐渐随情感而激烈,却又适可而止。

最后,她在他的耳侧轻声低喃:"给我点儿时间。"

她声音轻轻的,语速却很快,一瞬间凌西泽感觉像出现了幻觉。

凌西泽还未回过神,司笙就松开了他,转身往楼里走去。

夜风掀起她的发梢,发梢在她的身后飘扬,拂过凌西泽的鼻尖,凌西泽轻嗅着,闻到淡淡的发乳香味,令人心悸。

第二天上午,司笙一觉睡到自然醒,洗漱完又点了份外卖,等外卖小哥将外卖送到后,她才想起跟凌西泽的约会,犹豫片刻后才拿起手机给凌西泽打电话。

凌西泽很快接了电话:"醒了?"

"嗯,"司笙瞧着满桌的早餐,"吃早餐了吗?"

"吃了。"

司笙"哦"了一声,斟酌着问:"或许你还想再吃一点儿?"

凌西泽沉默了一秒,然后无奈地轻笑:"等着,我马上过来。"

司笙挂了电话。

十分钟后，凌西泽出现在门外，按响了门铃。

司笙开门让他进来。

"下午再去吧，"她扔了一双拖鞋给他，随意地说道，"反正附近都是景点。"

她起得晚，给凌西泽打电话时已经十一点了，现在叫凌西泽过来吃饭，正好可以当午餐。他们吃饱后，再出发也不迟。

而且，逛不逛景点没什么，主要是约会。

凌西泽没有意见："你安排。"

往客厅走时，司笙瞥了一眼他手中的雨伞，问："外面还下雨吗？"

"半路停了。"

"哦。"

司笙让凌西泽去洗手吃饭。

下午一点，司笙稍微打扮了一番，跟凌西泽一起出门了。

景点人多，不好停车，加上离得挺近的，所以司笙没让凌西泽开车，而是走路过去。他们的住处位于市中心，附近繁华热闹，有充满当地特色的建筑，有弘扬当地文化的表演，还有当地特有的小吃……要什么有什么。

司笙选了离得最近的一条街，带着凌西泽逛了一圈，买了些吃的，然后和凌西泽去附近的城墙散步。

只是，天公不作美，他们来城墙没几分钟，天空忽然砸下豆大的雨点。凌西泽只带了一把伞，赶紧撑开，二人还是被浇了一身雨水。

司笙低骂一声。

凌西泽伸手揽着她的肩，将她的身体罩在雨伞下："从下一个出口出去吧。"

"嗯。"司笙皱了皱眉。

倾盆大雨转眼落下来，哪怕凌西泽反应再快，司笙也被雨水淋得很惨，额前的几缕碎发湿漉漉地垂下来，肩上湿了一片，高跟鞋踩到松动的砖块，溅得裤腿和风衣衣摆上尽是泥点子。哪怕她真的是个仙女，此刻也显得有些狼狈。

凌西泽更是好不到哪儿去。

他将雨伞的大半部分都让给了司笙，没两分钟，左侧的衣服就被浇得湿透了，成绺的短发贴在皮肤上，软趴趴的。

司笙将凌西泽的头发拨开一点儿，然后向他靠得更近一些，让他顾着一点儿自己。凌西泽嘴上说着"好"，但一切还是以她为先。

"还不如在家里玩游戏。"司笙抬眼，看着模糊了视线的雨幕，有点儿惆怅。

"有点儿情趣。"凌西泽的心情倒是完全没被影响，"雨中漫步，多浪漫。"

司笙惊了惊，又朝伞外被暴雨洗礼的世界看了一眼："指着这样的雨说'浪漫'……你的公司离破产也没几天了吧？"

凌西泽看着这场倾盆大雨，滤镜瞬间消失，嘴角忍不住抽了一下："不愧是你。"

"什么？"

凌西泽叹了口气："我现在觉得一点儿情趣都没有了。"

不知他在抽哪门子风，毫无情趣的司笙推了他一下："赶紧走，找个地方避雨。"

"你慢点儿。"凌西泽紧跟着她，拉起她的手。

手被牵住的那一刻，司笙侧首看了看他，慢慢地放缓了脚步。

四月初的气温有些低，加上被浇了一身雨水，寒意从四面八方袭进骨头里。

凌西泽将司笙带到一家咖啡厅躲雨，自己却没进去："你先在这里待着，我去对面买两件衣服。"

"哦。"司笙抬眼看向街对面的服装店，点了点头，完全没一点儿跟着去的意思，而且连半句好听的话都没有。

凌西泽心想：他真是在跟一个不解风情的女人谈恋爱。

他停了几秒。

司笙奇怪地看着他："你还不走吗？"

算了，司笙已经无可救药了。

他撑着伞走进雨里，司笙看了两眼，瞧见他背上浇湿的一片印记，抿了抿唇，站在原地过了好半响才走进咖啡厅里。

咖啡厅里开着空调，温度偏高，司笙将风衣外套脱下搭在手肘上，寻找靠近窗户的空位子,结果空位没有看到,却见到两个眼熟的人,司裳和倾伊人。

"千算万算,没算到会下这么大的雨。"倾伊人喝了一口咖啡,蹙起眉,"等雨小一点儿,我带你去吃当地的小吃。"

"好——"司裳心不在焉地抬头,声音戛然而止。

倾伊人瞧司裳神色不对劲,问了句"怎么了",然后顺着司裳的视线看去,突然瞧见了缓步走过来的司笙,倾伊人愣了一下。

微顿,倾伊人朝前倾身,靠近司裳,低声说道:"她不是那个想巴结你的漫画家吗?"

听到倾伊人的声音,司裳从愣怔中回过神,神情局促地看了司笙一眼,赶紧收回视线,一时间目光都不知该停在哪儿。

倾伊人仍旧自顾自地说道:"她过来了,是还想缠着你吗?"

司裳垂下头,声若蚊蝇:"不是——"

司裳话刚说出来,司笙径直从司裳的身侧走过,掀起一阵风,吹起司裳耳侧的碎发。司裳抬起眼帘,见到司笙的背影,恍惚间觉得有几分熟悉,心跳突然停了半秒。

司笙选了她们后面的一桌坐下,没跟她们打招呼,连多余的眼神都没给。

"这个女人太过分了吧,"倾伊人忽然怒了,"有求于你的时候,跑到漫展上卑躬屈膝;现在你没落了,她竟然视你为空气,连声招呼都不打。"

司裳轻抿着唇,一时不知该说什么。

倾伊人说着就要起身:"我去帮你出口气……"

司裳一急,赶紧按住倾伊人的手:"她……她是我的姐姐。"

"姐姐?"倾伊人怔住了,"不是,上次你没说啊……而且如果她是你的姐姐的话,她干吗来漫展找你……?我都被你搞糊涂了。"

"参加漫展的时候我也不知道,她是那之后回来的。"司裳解释道,"她是我同父异母的姐姐。"

"鹊巢鸠占是吧?"倾伊人嘲笑了一句,看着司裳心惊胆战的模样,兀自猜测道,"她是不是还欺负你?"

司裳仔细地想想，自己还没跟司笙私下相处过，但是，司裳却因司笙的出现，在章姿那里受了不少委屈。

司裳嗫嚅道："没……"

司裳的话没说完，倾伊人就抽回了手，站起身，径自走到司笙那一桌。

服务员将咖啡端上桌，刚走，倾伊人就走过来了，气势汹汹。倾伊人居高临下地俯视司笙："能聊聊吗？"

司笙端起冰咖啡，慢条斯理地喝了一口，然后将咖啡杯放下，抬眸瞧着倾伊人。

倾伊人冷笑一声，在司笙的对面坐下。

司笙往后靠着椅背，跷着腿，懒洋洋地说道："聊什么？"

倾伊人问："我们在漫展上见过。你还记得吗？"

"记得。"

"我叫倾伊人，你可以在网上搜到我的信息。我虽然不是很出名，但在漫画圈里还是有点儿人气的。"倾伊人的神情里流露出些许得意和骄傲。

"哦。"司笙兴致索然，明显不感兴趣。

倾伊人不依不饶，又问："你跟平台签约了吗？"

"签了。"

"我们 CC 漫画？"

"嗯。"

"看来洛长河没少帮你嘛。"倾伊人哂笑，"再过几天，CC 漫画会在安城举办一场年会，有面向读者的集体签售会，有庆典晚会和各种活动，都是颇有名气的漫画家。我跟主编很熟，没准儿帮你说两句话，就可以让你破例参加。"

司笙似乎没看出倾伊人的炫耀和下马威，抬眼朝窗外看了一眼，神情淡淡地拒绝："不用。"

"呵，"倾伊人面色微僵，表情冷了下来，"过了这个村，就没这个店了。你自己想清楚。"

司笙冷静地盯着倾伊人，不紧不慢地说："你可能主次颠倒了。"

"什么?"倾伊人皱眉。

"我画漫画,只是因为喜欢,而不是因为想认识你们。"司笙瞥了一眼外面的街道,看到某个人影,抓着外套起身,路过倾伊人时,步伐微顿。

司笙勾了勾唇,说:"我叫司笙,我建议你先在网上搜一下我的名字。"

"你!"倾伊人气得牙痒。

然而,司笙已经大步离开。走到司裳身边时,司笙看了一眼,淡淡地收回视线,然后走远了。

倾伊人咒骂一声,重新走到司裳的对面,一边拿出手机一边皱眉抱怨:"真是不知天高地厚,给脸不要脸。她先前还眼巴巴地来漫展求你,现在有底气了,趾高气扬,简直没眼看。裳裳,我都有点儿同情你了,忽然蹦出这样一个姐姐……"

倾伊人盯着手机屏幕上搜出来的消息,顿住了。

司裳低头喝着饮料,不知该如何回应倾伊人的话。

刚刚司笙那一眼,看得司裳浑身不舒服。

"裳裳,司笙是个演员?"倾伊人愕然抬头,举起手机,指着上面的网页信息。

司裳怔了怔,回过神来:"好像听我妈说过,但她不火,而且很久没演戏了,应该是退出娱乐圈了吧。"

具体的司裳没有打听,只是章姿提及的时候听过一两句。

"十七岁娱乐圈出道,拍过的戏挺多,还有她挑大梁的戏……"看到司笙的履历,倾伊人抿了抿唇,忽然觉得自己刚刚向司笙的提议有多愚蠢。

哪怕司笙是过气的演员,有这样的过去,什么大场面没见过,根本不可能会在乎他们漫画界的一场年会。

倾伊人有点儿后悔了。

如果她跟司笙搞好关系,没准儿对双方来说都有利。

翻了片刻,倾伊人看到一则最新的新闻,惊讶地抬了抬眼:"裳裳,她没有退出娱乐圈。她好像要接《0808》这部剧的女三号。"

"《0808》?"司裳愣住了。

"对，就是 Zero 早期的一部漫画，现在改编成电视剧了，制作团队靠谱，网上的呼声挺高的。"倾伊人说，"司笙要是真的接这部戏，那她……"

想到司笙方才嚣张的模样，倾伊人压制着内心的愤怒和忌妒，看了一眼情绪低落的司裳，漫不经心地说："裳裳，以后你在家里的日子，可能会很难过。"

司裳垂下眼帘，没再说话。

凌西泽撑着伞，刚来到咖啡厅门口，就见到司笙走了出来。

他愣了一下，下意识地问："很冷吗？"

"没有。"司笙将手中的外套扔给他，接过他递来的新外套穿上，"遇到两个碍眼的人，不想再看到她们。"

凌西泽微微颔首，等她换好衣服后，递给她一把新买的伞。

暴雨就下了一会儿，现在的雨已经很小了，但为了避免再被淋湿，凌西泽还是买了一把新伞。反正就算二人共撑一把伞，没有浪漫神经的司笙也只会觉得狭窄。

"我要离开安城两天，去见一个朋友。"司笙撑着伞跟凌西泽并肩走在街道上，随意地找着话题，"你要在安城待多久？"

"一周左右。"

"哦，"司笙点头，"那我们应该能一起回去。"

伞面向一侧倾斜，凌西泽看着走在身侧的人，问道："你要去哪儿？"

司笙一只手揣兜，优哉游哉地往前走："隔壁市的一个镇，没多远。"

凌西泽收回目光："嗯。"

"雨快停了，"司笙将雨伞移开一些，抬眼去看头顶灰色的天空，有细雨落到眼里，她眯了眯眼睛，然后笑着回头，"走，带你去景点打卡。"

司笙一口气带着凌西泽逛了好几个地方，夜幕降临时，她和凌西泽在附近一家网红餐馆里吃了饭。吃完后，二人又很有默契地花了十分钟吐槽，之后司笙又拉着凌西泽看了一场大型特色文化表演，差不多九点凌西泽才送司笙回去。

他将司笙送到门口："早点儿睡。"

"知道。"司笙拿着自己的外套，开了门，然后想到什么，回身跟凌西泽说,"我买的是汽车票,你明天……"

"几点的票?我送你。"

司笙狐疑地问:"你明天有空?"

凌西泽沉吟了一下:"上午都有空。"

司笙将手机翻出来,看了下自己订的票,然后才说:"我九点的票。"

凌西泽"嗯"了一声:"我八点过来接你。"

"不用那么早……"

没等她说完,凌西泽就打断她的话:"你还要吃早餐。"

司笙眨了下眼,妥协道:"好吧。"

"进去吧。"凌西泽朝门内看了一眼,视线停留在她的身上,轻声告别,"晚安。"

"晚安。"司笙道完别,走进门里。

门合上,落锁。司笙停下来,看了一眼紧闭的门,然后低头换鞋,走进客厅里。

这时手机持续振动,乔一林的电话打了过来,司笙垂眼一看,按了接听。

"嫂子!"乔一林一开口就热情地喊道。

司笙将被淋湿的外套扔到椅子上,拿了个空杯子去接水:"乱喊谁呢?"

"你呀!"乔一林"嘿嘿"一笑,解释道,"昨天看到你发的那条微博,我就怀疑你是不是跟三哥在一起了。晚上看到三哥在朋友圈里发的打卡景点,有你的手绳和背影,我一眼就认出来了。"

司笙接了一杯水,唇角微勾,没有否认,只是问道:"找我有什么事?"

"哦,"乔一林立即进入工作状态中,"有好几家公司联系我,想买你的《九号基地》的影视和动漫版权。我们事先约好的,版权都在你的手上,我们做不了主。你想跟他们谈吗?我把联系方式给你,你可以跟他们直接对接。如果你有什么想了解的,可以随时找我。"

司笙喝完半杯水,凝眉想了想,然后在沙发上坐下来:"CC漫画过几天在安城有一场年会活动,是吧?"

"对。"

"你在场吗？"

"在的。你要过来吗？"乔一林有些糊涂，"因为你说不露面，不参加任何活动，所以我才没有邀请你。"

"我想将部分版权委托给 CC 漫画。"司笙说，"你先拟一份合同，我们见个面，到时候再细谈。"

乔一林惊得半天没说话，好半响才找回自己的声音："好……好的。"

"嗯。"司笙喝完剩下的水，想到下午偶遇的两个人，忽然问，"对了，你跟倾伊人很熟吗？"

"倾伊人？"乔一林想了想，"有点儿印象，我们公司签约的漫画家。不怎么熟，怎么了？"

司笙微微眯眼，懒懒地开口："没事，问问。"

第二天早上八点整，还在睡梦中的司笙被门铃声吵醒。

司笙有点儿起床气，憋着一腔怒火爬起来开门，但见到门口拎着早餐帅气挺拔的凌西泽后，怒火消了一大半。

司笙将门拉开，打着哈欠往卧室走："让我再睡十分钟。"

凌西泽随后走进来，一把拽住她的手，将人往怀里一拉。司笙皱眉，想挣扎一下，结果一抬头，凌西泽就俯下身吻住了她的唇。

司笙的眼睛猛地睁大了些。

几分钟后，凌西泽松开她，用手梳理了下她乱糟糟的头发，问道："清醒了吗？"

"嗯。"司笙迷迷瞪瞪的，反应慢了半拍，任他扒拉了会儿自己的头发，才后知后觉地道，"我还没洗漱。"

凌西泽微怔，然后失笑，拍了拍她的脸蛋儿："不嫌弃你。"

司笙瞪他："你倒是敢。"

"不敢。"凌西泽笑着接话，将她扳过身往卧室的方向推，"你先去洗漱，准备吃早餐。"

"嗯。"司笙走进卧室里，停下，抬手拍拍脸，感受着滚烫的温度，轻叹，恨自己不争气，然后走进洗手间里。

一刻钟后,司笙走出卧室,被凌西泽伺候着吃了早餐,然后又被他塞到车里送去车站。

从小区到汽车站,开车需要半个小时,凌西泽本来担心司笙赶不上车,结果司笙压根儿没去车站,而是让他将车停在大巴从车站驶出的路上,她就在路边等着。

旁边还有好几个人。

将车停好后,凌西泽拎着司笙的背包,跟着司笙来到路边的人群里,略微惊讶地问道:"这也行?"

司笙冲他扬眉:"长见识了吧?"

"嗯。"凌西泽笑了笑,"车上补票?"

"不是,"司笙从衣兜里掏出一张车票,"我昨天让老郑取的,程序正规,合理合法。"

说话间大巴开过来了,正是司笙要坐的那趟。凌西泽将司笙送到车门口,把背包递给她,交代道:"到了给我打电话。"

"嗯。"

"多联系我。"

"哦。"司笙将背包甩在肩上,琢磨一秒后觉得不对劲,"你不会主动联系我吗?"

凌西泽清了清嗓子,一本正经地道:"我们俩刚结束'马拉松冷战'不到两天,你就弃我而去。我得端着,不然很掉价。"

"演戏上瘾。"司笙扔了一记白眼。

凌西泽自己也笑了,一秒后,他收敛了笑意,说:"我怕你烦。"

这句话,不知道触动到司笙哪根神经,她呆愣了一下,下意识地偏过头,避开凌西泽的视线。

"哦。"好半晌,司笙低头看脚尖,含混地应了一声。

她给凌西泽分手的理由就是——管得太多,很烦。

七年前,这确实是理由,足够司笙经过深思熟虑后提出分手;七年后,这依旧是理由,可是看到凌西泽如此重视,她只觉得心里有些发涩。

半路上车的乘客都陆续上去了,售票员站在车门口催促。

"上去吧。"凌西泽叮嘱,"路上小心。"

"嗯。"司笙转身上车。

凌西泽垂下眼帘。

下一秒,司笙忽然折回,轻拽了他一下,以极快的速度轻贴了一下他的唇,然后在他未反应过来之际松开他,迅速地上车。

凌西泽愕然地抬眼,只看到司笙一抹残影。车门合上那一刻,他蓦地勾唇一笑,满足了。

从安城到镇上要三四个小时的车程,司笙懒得开车才选择坐大巴。在大巴上睡了一觉,她睁眼时已经抵达小镇了。

没有人来接她,她离开车站时叫了一辆出租车,报了个地址,半个小时后出租车抵达镇上一个比较破败的居民区。

"姑娘,到了。"将车停在小区门外,司机友好地提醒司笙。

司笙"嗯"了一声,付了钱后下车。

天空阴沉沉的,乌云密布,裹着凉意的狂风袭来,路边的梧桐树叶被吹得"簌簌"作响。老旧的居民区,六层楼的老式房屋,有些年头了,小区房屋拥挤又破败,墙面脱落陈旧,像是暮年老人,在萧瑟的风里摇摇欲坠。

司笙走到一栋楼前,见到一个七八岁的小姑娘站在楼下。小姑娘扎着马尾,穿着一件红色外套,天气冷,她冻得直搓手,小脸蛋儿红扑扑的。

小姑娘抬头见到司笙,立即喜笑颜开,赶紧张开手跑过去,脆生生地喊道:"笙姐姐!"

司笙摸着小姑娘的脑袋:"怎么下来了?"

"妈妈说你可能快到了,让我来接你。"小姑娘主动牵起司笙的手,"笙姐姐饿了吗?妈妈做了很多好吃的,都是你爱吃的。"

司笙弯唇:"嗯。"

楼里没安装电梯,她们步行上楼。小姑娘性格开朗,一路"叽叽喳喳"地说个不停,看得出对司笙的到来非常开心。

三楼一户的门开着,门上贴满了小广告。

进门左拐就是厨房,忙碌的女主人听到脚步声,一瘸一拐地走了出来。

女主人三十来岁,长发绾起,面色苍白,身材清瘦,她看到司笙,局促地用围裙擦了擦手,露出含蓄、温柔的笑容。

"来了。"女主人跟司笙打招呼,往后退了一步,说,"进来吧。"

司笙朝女主人点了点头。

小姑娘在玄关处给司笙选了双拖鞋,然后跑到客厅里开始忙活,一会儿给司笙腾位置,一会儿帮司笙倒茶水,一会儿去厨房里帮女主人做事,忙里忙外,一刻都闲不下来,聪明又懂事。

不多时,饭菜端了出来,摆了满满一桌。

女主人给司笙夹菜,温声细语地问:"你这次待几天?"

"一两天。"司笙拿起筷子,将盘里的大鸡腿夹到小姑娘的碗里,见小姑娘笑了才跟女主人说,"我下午去看看诚哥,明天就走。"

女主人点点头:"在这儿歇一晚吗?"

"不用费心,我住酒店。"司笙说道。

闻声,女主人环顾了一下逼仄的空间,为自己刚说的话而害臊,不好意思地低下头,抓着筷子的手紧了紧:"那行。"

司笙察觉出些端倪,没有继续这个话题,问道:"工作怎么样?"

"挺好的,老板和员工都是好人。"女主人吸了口气,眼睛微微泛红,抬眼看着司笙,"笙笙,谢谢。帮我找工作,还让糖糖上学……"

"没什么。"司笙将一块糖醋排骨放到女主人的碗里,淡淡地打断她的话,"吃饭吧。"

女主人盯着糖醋排骨看了两秒,轻轻"嗯"了一声,然后低头吃饭。

这家的男主人是个漫画家,司笙跟他认识有三年了,他们俩是在旅游途中认识的,他一直不知道司笙就是Zero。

一年前,男主人意外地猝死。

两个月后,女主人遭遇车祸,左腿残疾。

本来就生计艰难的家庭,因连续的意外陷入绝境中,母女俩相依为命,日子过得实在困苦。司笙知道情况后,帮女主人找了份她现在的身体能胜任的工作,又帮小姑娘找了一所好的小学,主动出钱资助小姑娘上学。

司笙很久没来了,这次过来,是因为男主人的忌日到了,她来扫墓,顺便看看这对母女过得如何。

她们过得比司笙想象中的要艰辛。

吃了饭,司笙在女主人的挽留下没急着走,而是陪着小姑娘玩了会儿,差不多天黑时司笙才起身。

"笙姐姐,你这就要走了吗?"小姑娘拉着司笙的手,依依不舍地望着司笙。

司笙站起身,笑着拍了拍小姑娘的脑袋,又看了一眼站在旁边的女主人,然后低头跟小姑娘说:"好好读书,姐姐有空再来看你。"

小姑娘眉眼笑得弯弯的:"好。"

女主人行动不便,小姑娘送司笙下楼,在楼下告别。直至司笙走远后,小姑娘才跑回家,亲昵地喊了一声"妈妈",然后勤快地收拾客厅。

两分钟后,小姑娘的声音变得焦急起来:"妈妈!"

女主人闻声从卧室里走出来,正好撞见迎面跑来的小姑娘。

女主人扶稳小姑娘,眼里闪过一抹厌烦之色,但很快恢复正常,温声询问:"什么事啊?这么急。"

"妈妈,你看!"小姑娘举起一个信封,"我刚刚在沙发抱枕下找到的,是不是笙姐姐留下的啊?"

女主人看了一眼,接过信封,打开,看到里面是厚厚的一沓现金。

离开小区时天色将晚,司笙没有直接去酒店,而是在附近买了一束花,然后叫了辆车去了镇上的陵园。

从陵园回到酒店,已经晚上十点了,司笙洗了个澡准备睡觉,往床上一躺闭上眼,迷迷糊糊中脑海里闪现出某人的话。

"多联系我。"

"我怕你烦。"

司笙蓦地在某一秒清醒,猛然睁开眼,顿了两秒,深吸一口气,摸索到手机后钻进被窝里,闭着眼给凌西泽打电话。

铃声响了三下后,凌西泽接了电话。

"忙完了?"凌西泽低缓而充满磁性的声音入耳。

"嗯,"司笙惬意地翻了个身,"准备睡了。你呢?"

"还有点儿事。"凌西泽顿了顿,问,"你住在哪儿?"

司笙报了酒店的地址。凌西泽说不放心,多问了两句,司笙就笑着连门牌号都跟他说了。

两个人聊了会儿,司笙忽然喊他:"凌西泽。"

"嗯?"

"其实,"司笙停了须臾,轻抿着唇,轻声说,"我现在不觉得你烦。"

电话那头的凌西泽怔了一下,然后嗓音里带着笑意:"好。"

司笙莫名其妙地说:"好什么?"

凌西泽很快接话:"那我就心安理得地骚扰你。"

司笙"扑哧"一笑,过了片刻,打了个哈欠:"我困了。"

"你睡吧。"凌西泽善解人意,并没有拉着她瞎扯,而是说道,"等你睡着了,我再挂断电话。"

司笙一愣:"你不是有事吗?"

"也没什么事。"

"哦。"司笙实在是太困了,没有精力继续打探他的事。司笙将一天的心结打开,彻底放松下来,哪怕电话真没挂断,也在短时间内睡着了。

"叮咚——"

"叮咚——"

"叮咚——"

接连响起的门铃声,硬生生地将司笙从睡梦中吵醒了。

司笙猛地一下坐起身,眼睛都没睁开,微微抬高的嗓音里透着烦躁和狠劲:"找死啊?"

"客房服务。"门外传来低沉浑厚的声音,仅仅四个字,让司笙的暴躁和怒火消减大半。

她在做梦?

司笙抓了抓头发,没吭声,三秒后,又躺回床上,顺势将被子一盖。

"叮咚——"

"叮咚——"

"叮咚——"

又是一阵持续不断的门铃噪声。

与之一同响起的是司笙的手机，手机被卷在被子里，"嗡嗡嗡"地响个不停，吵得她十分烦躁。

跟噪声对抗了半分钟，司笙忍无可忍，在被窝里摸索到手机，接通电话，颇为暴躁地问："你就不能学会破门而入？！"

电话那头的凌西泽哑然片刻，最终，真心实意地发问："你下次教教我？"

司笙咬着牙："我在梦里教你行不行？"

"你舍得让我在门外守一夜？"

"我舍得让你在楼下守一年！"暴躁的司笙一下挂了电话。

十秒后，司笙阴沉着脸，将门一把拉开。

她眯了眯眼睛，确认站在门外的是一声不吭就赶来的凌西泽后，用充满杀气的眼神瞪了他一眼，转身就往里走。

她连拖鞋都来不及穿，脚冷，还困，没心思跟他你侬我侬。

凌西泽侧身进门，刚一进来就将门合上，然后一把拽过往回走的司笙，将人往怀里一搂。

"抱一下。"男人的身上有夜风的清冽，亦有淡淡的烟草味，混杂在一起，并不令人反感。

司笙没动，任由他抱了会儿，然后嘀咕着："我要醒了。"

这话听起来像在撒娇。

"那就醒了。"

司笙吸了口气，微怔，睁了睁眼，在他的肩头轻嗅几下，问："你抽烟了？"

"醒神。"

司笙含混地"嗯"了一声，随口叮嘱："少抽点儿。"

"好。"凌西泽老实地应道。

"我现在是你的女朋友了，"司笙忽然想到什么，"是不是可以问一下，你是什么时候学会抽烟的？"

凌西泽在她的鬓角摩挲着，嗅着她身上的清香，轻声说："想你的时候。"

司笙睁开眼，彻底醒了。

房间里没有开灯，窗帘拉着，黑漆漆的。

司笙脚底贴着地面，有凉意蹿上来，凉冰冰的。

司笙主动环上凌西泽的脖颈，将脚踩在他的鞋子上，把全身的重量都交给他，笑道："你想我的方式就这么颓废？"

"还笑？"凌西泽把脸埋在她的颈间，低声道，"没心没肺。"

"我就比较正能量了……"

"嗯？"

"我每次想你时都很高兴。"司笙的手指穿过他的碎发，她轻轻揉了两把，声音轻快，语气里裹着笑意，"你就像光一样。"

凌西泽愣住了。

然后，他抱着司笙一步步往里面走，来到床沿时，他忽然将司笙往下一压，司笙猛地往后仰倒，而他也随之一起压了上去。

"有点儿良心啊！"凌西泽压在她的身上，嗓音低哑地说道，"说说你都是什么时候想我的？"

"说什么说，"司笙推了他一把，没推开，"重死了，你让开。"

"不。"凌西泽坚定地吐出一个字。

他摸到她的腰，隔着一层布料，细腰软韧，触感极佳。别的美人儿冰肌玉骨，总有几分娇媚，但她的身上多了几分韧性。

凌西泽一碰就不想放手。

他抱着她，躺在她的身侧，手指缠绕上她的发丝："我看网上八卦Zero的帖子，有一段时间，你常在战乱地区和无人区里到处跑？"

"嗯。"

"胆儿真肥。"

"我可是司笙。"司笙躺在他的怀里，唇角控制不住地上扬，"光脚的不怕穿鞋的，我们赤条条地降生于世，什么都不曾拥有，这一辈子，当然要活得自由自在、无所畏惧。"

她走的路，每踩一脚，都是新的人生；她遇到的坎，每次跨越，都等同于重生。

"嗯。"

凌西泽总是被她新奇的理论折服，以前是，现在也是。停顿少顷，他吻了吻她的发丝，问："危机和困境，给你带来了什么？"

"大概，"司笙顿了顿，"是敬畏生命吧。"

她跟他讲她的冒险经历。

那是冰川地带，她与几个经验丰富的冒险者同行，有一个人被掩埋在雪崩中，连尸体都没找到；有一个人坠入冰缝里，却凭借着意志撑到他们来救他。

人类与大自然对抗，危机无处不在。

希望与死亡，如影随形。

人在社会中可以被打倒，可以消沉、颓废、堕落，可在真正的死亡危机前，哪怕一秒的放弃，这一生也就到了尽头。

人可以渺小无助，亦可以坚韧顽强。

"你什么眼神？"

昏暗的视野里，司笙看到凌西泽漆黑的瞳仁里，意味不明，有着浓烈的情绪，看得她心头一惊。

凌西泽低声说："震惊。"

司笙轻抿了下唇。

凌西泽又说："难过。"

司笙微怔。

他拥着她，轻声叹息："我要费多少心思、花多少时间，才能取代这些让你印象深刻的记忆？"

司笙跟普通人不一样，她的生活过于精彩。她随便一段经历拎出来，都能让人惊叹连连，足以当一生的谈资。

可是，这样惊心动魄的经历，全没有他的参与。

"不用费心思。"司笙牵起他的手，十指扣着，不紧不慢地说，"你救过我很多次。"

"嗯？"凌西泽不明所以。

"在野外，最怕的就是没有求生欲……"话说到这里，司笙的声音有点儿低，她抬起眼睑，飞快地看了凌西泽一眼，然后用极快极轻的语调说，"我一直戴着你送给我的那根手绳，你就是我的求生欲。"

他一直与她相伴。

在某些危急时刻,他纵然没在她的身边,却是她活下去的动力。

将她的话听在耳里,凌西泽心头一热,脑子里似有什么东西轰然炸开,"噼啪"作响,难以言明的情绪在四肢百骸中飞快地流窜,连搂着她的指尖都轻轻颤抖着。

余光悄悄看他一眼,司笙慢腾腾地补充:"你不要太自作多情了,我只是觉得,你好歹是我的初恋……我要是死了,都看不到你娶的媳妇有多丑……"

本来一颗心胀胀的、酸酸的,可听到她的补充,凌西泽忍不住笑道:"这么要面子?"

"嗯。"

"面子都是你的。"凌西泽低声哄她,"追你的是我,想你的是我,满意了?"

司笙眯了眯眼:"满意了。"

凌西泽弯着唇:"你都是怎么想我的?"

司笙眨了眨眼睛,嗤笑:"如果不是凌西泽这个浑蛋,我肯定早死了。"

"过分了啊。"

司笙扬眉,理直气壮地反问:"不然呢?"

凌西泽轻轻磨了磨牙,抱怨:"都不念着我一点儿好?"

"也念的,"司笙宽慰他,"肚子饿的时候,我会想到鲁爷爷做的饭。"

凌西泽被她逗笑了,把脸埋在她的鬓发间轻笑,肩膀一耸一耸的。

于是,司笙也笑了。

在某一瞬间,笑声戛然而止,二人四目相对,气氛忽然变了味,连任何细微的接触都变得旖旎暧昧,呼吸都是甜的。

司笙在某个临界点回过神,把手掌抵在凌西泽的胸口:"回你的房间里睡觉去。"

凌西泽顿了顿,然后死皮赖脸地说道:"我没开房。"

"这么抠?"司笙惊了。

凌西泽叹息:"能省则省,钱都得省出来养媳妇。"

骂他油腔滑调的话在舌尖打了个滚,又咽了回去,司笙没好气地道："洗完澡才准躺下。"

"马上去。"话音落下，凌西泽恋恋不舍地亲了亲她，才撤身离开。

凌西泽洗完澡回来，司笙已经有了睡意。

他在司笙的身边躺下时，她感觉到一阵寒气，登时睁开眼，来了几分精神。

司笙摸到凌西泽的手，碰到他冰凉的肌肤，疑惑地问："洗的冷水澡？"

"嗯。"凌西泽将手抽开，免得凉到她。

司笙却没管，再次握住他的手，嘴里嘀咕："让你舍不得开房的钱。"

"心疼吗？愧疚吗？"凌西泽顺杆往上爬，得寸进尺。

"不，你自作自受。"司笙一本正经地说，"毕竟你的女朋友美若天仙，是个人都知道该离得远点儿……"

她的话没说完，凌西泽就用手指戳着她的脸颊，语重心长地说："乖，咱要点儿脸。"

司笙将他的手拍开。

凌西泽不长记性，手又覆上她的脸，认真地跟她讨论："我反思过了，技术上的问题，咱们不能一次就……"

哪壶不开提哪壶！

司笙头都大了，咬牙切齿："我踢了啊。"

"睡觉。"凌西泽果断地答道。

他提起这么一茬儿，司笙忽然就气不顺了，转过身去，将被子卷走大半，只留给他一个角。

凌西泽靠过去，哄她："生气了？我以后不提了。其实我一直想问……"

"闭嘴！"司笙一脑门子官司，翻过身就去捂他的嘴。

"你要是不想被灭口，就少跟我提这件事。"司笙咬牙威胁，然后盯着他的眼睛，"同意就眨两下眼。"

凌西泽配合地眨了两下眼。

司笙冷哼一声，松开手，欲要再转身，却被凌西泽一把揽住，连同被子搂在怀里。

司笙瞪他："你——"

凌西泽用商量的口吻跟她说道："祖宗，赏点儿被子？我挺冷的。"

"让开点儿。"终归是心软，司笙没好气地说着，将被子抖开，刚想匀给他一点儿的时候，他就借着空隙钻了进来，重新将她揽入怀中。

他低声说："暖和了。"

司笙无语："你这人……"

"嗯？"

司笙干脆不说话了，闭眼睡觉，良久，半睡半醒间，她忽然问："你怎么来了？"

"想你了。"轻飘飘的三个字，裹着滚烫的气息，传入司笙的耳中。

司笙彻底睡了过去。

翌日。

跟昨日一样，司笙睡到日上三竿，才缓缓清醒。

"唰"的一声，紧闭的窗帘被拉开，上午的阳光照进来，正巧照在司笙的身上，刺得她下意识地紧闭眼睛，然而，温暖的阳光照射在皮肤上，又无比舒适。

她一点儿都不想动弹。

蓦地，有抹阴影笼罩下来，挡住了阳光。

她不适地皱皱眉，没睁眼。

这时，一只手落下来，温热的指腹拂过她的脸颊，将她凌乱的发丝往后拨去。

男人倾下身，吻了吻她的脸颊，问："要赖床吗？"

"嗯。"司笙胡乱一伸手，抓住他的手指，没松开。

"不饿？"凌西泽低声问道，耐心又温柔，还透着轻松的笑意。

"饿。"沉默三秒后，司笙给出答案。

凌西泽又问："再睡十分钟？"

"嗯。"司笙应了一声，感觉到他要起身，晃了一下拉他的手，"你别动，给我挡挡光。"

"嗯。"被当工具人使用的凌西泽重新坐了回去。

几秒后，司笙又说："别全挡住了，晒会儿太阳。"

凌西泽嘴角微抽，无奈地轻笑。

她真是他的祖宗。

牵着她的手,将她的手臂放到阳光下,他又调整了下坐姿和角度,正好只让阴影挡住她的脸。

司笙赖足了十分钟,总算清醒了。

她坐在床上,指挥着凌西泽从背包里将她今天要穿的衣服拿出来,放到她能够到的地方,然后才一摆手,示意凌西泽他没用了,可以避开。

凌西泽忍无可忍,伸手将小祖宗的头发揉得一团糟:"祖宗下次能不这么多事吗?"

司笙将他的手推开,一抬眼睑:"这就伺候烦了?"

"不敢。"凌西泽一秒改变态度。

司笙半眯着眼,朝他勾勾手指。

凌西泽倾身上前。

司笙抬起纤细的手臂搂着他,亲了亲他的唇:"奖励你的。"

凌西泽眉一扬,勾勾唇:"这可不够。"

于是,刚坐起身两分钟的司笙,又硬生生地被凌西泽按了回去。

闹腾了几分钟,司笙才如愿换好衣服,洗漱完之后,又被凌西泽伺候着梳顺头发。

司笙抹着水乳,问给她梳头的凌西泽:"你急着回去吗?"

"不急。"凌西泽将梳子放好,手指穿过她的发丝,"今晚或明早走都行。"

司笙思忖了一下,说:"那今晚走吧,白天在镇上逛逛,当地有几样特色美食,评价还挺高的。"

"嗯,"凌西泽答应得很爽快。

今天天气好转,司笙抹了点儿防晒霜,还从背包里找出一副墨镜戴上。凌西泽闲来无事,翻看着她的背包,感觉背包里没几样物品,但换洗衣物、必需品都有,简单又实用。

不过凌西泽敏锐地察觉到了不对劲,狐疑地问司笙:"你来安城后换了好几套衣服了吧?"

"嗯。"司笙不明所以,"怎么了?"

"但你来时只带了个这样的包。"凌西泽拎了拎手中的背包。

"段长延那套住宅里有给我准备的衣帽间。"司笙说,"衣服鞋袜什么的,全都有。"

"走了。"司笙拿起房卡,笑着冲他招手。

凌西泽自觉地抓着她的背包,跟在她的身后。

因为晚上就走,司笙没有续住,直接去前台退房,然后坐上凌西泽的车,指挥着凌西泽在镇上转悠。

镇上开发了旅游景点,这两年有了点儿起色,这个季节是旅游旺季,所以镇上的游客还挺多的,路过有特色的建筑或街道,总能看到拍照打卡的游客。

凌西泽全程听从司笙的指挥,见她熟悉得很,忍不住问了句:"你对这个镇子很熟?"

"还好。"司笙低头玩着手机,随口答道,"有个朋友住在这里,他带我玩过几天。镇子本来就不大,转两圈就熟了。"

"见过朋友了吗?"

"嗯。"司笙眼皮一抬,"前面左拐,就那家羊肉泡馍店。"

"好。"

两分钟后,凌西泽将车停在一家羊肉泡馍店外面。

店刚开张,没有客人,一个穿着制服的女人正在前台忙活,女人左腿不便,走路时一瘸一拐的,行动有些艰难。

有个当服务员的阿姨凑过来,神秘兮兮地问:"她又给你家送钱来了?"

女人停顿了一下:"嗯。"

"真幸运啊,能遇上这样的慈善家。"阿姨感慨着,语气里尽是酸味,"不过,我看她不是真的对你们母女俩好。如果她真想你们好的话,就不该给你介绍这种工作,而是让你在家里好好养着。你这工作,能赚几个钱啊,一个月的工资,抵不过人家一件衣服的钱。"

"刘姐,别说了。"女人皱了皱眉,"人家一番好意。"

阿姨"啧"了一声:"你太天真了。他们这种人啊,就是有钱没处花,帮人不过图个心理满足而已。好意?无非是想看你对她感激涕零的样子。她哪次来见你们不是住酒店，你家虽然又小又破，但收拾得干净啊，她怎么就住不下？不就是瞧不上吗？"

女人不接话茬儿了，低头忙活自己的事，但凝重的神情出卖了她。

阿姨看在眼里，嗤笑一声，干脆靠在前台跟女人闲聊起来："你要改嫁，想将女儿给乡下爷爷看管的事，跟她说了吗？"

"没必要。"女人表情有点儿僵硬，不太想继续聊，但又不知该如何回绝。

阿姨又说了："人家可是你们的大恩人，给钱给工作，还帮忙联系学校，这事你都不跟她汇报啊？"

听阿姨这么说，女人皱起眉头："她是谁啊，什么事都得跟她汇报？"

"哟，还生气了！"阿姨神色夸张地往后退了一步，"人家可是看你们孤儿寡母的才可怜你们，你要是改嫁了，她可不一定对你们那么好了！"

"你不是说，你老公跟她关系好吗？"阿姨忽然靠近女人，得寸进尺地说，"她对你们母女俩那么好，是不是因为跟你老公有一腿，现在见你们落魄了，心里愧疚——啊！"

阿姨脑袋上忽然被扔了样东西，她抓起来一看，是一块湿漉漉的脏抹布，当即大发雷霆："谁啊！"

"我。"回应她的是一道懒洋洋的声音，来自店门口。

阿姨和女人皆抬眼看去，瞧见来人，顿时一惊。女人心虚地低下头，阿姨赶紧闭上嘴，毫无刚才的强势。

女人紧张又局促，张了张口："笙笙——"

"我给钱，是因为心疼孩子。"司笙视线落在女人的身上，司笙没理会那个阿姨，嗓音冷淡，不紧不慢地说道，"我不管大人的选择。"

说完，司笙没有停留，转身走出店门。

女人再一次张口，想叫住司笙，但跟在司笙身侧的凌西泽忽然看了女人一眼，女人不知怎的感觉心一紧，下意识地住了嘴，眼睁睁看着二人离开。

阿姨见他们俩走了，立马往门口挪了几步，好奇地抻着脖子张望，

353

看到他们上的那辆车，当即神色又变了。

她嘴碎地嘀咕："开几百万的豪车，就给你两万块，太抠了吧。"

女人低着头，没再说话。

手机接二连三地响起，司笙都没有接，之后又收到一连串的微信消息，她淡淡地扫了一眼，没有回复，将手机静音了。

突然，凌西泽一脚踩了刹车。

司笙狐疑地偏头："怎么了？"

"来，"凌西泽解开她的安全带，揽着她的肩膀往他的怀里带，"男朋友抱抱。"

原本心里还有气的司笙，被凌西泽这么一哄，微微仰头瞧着他的脸，"扑哧"一声笑了出来："羊肉泡馍是吃不成了，你换一样吧。"

把她的毛捋顺了，凌西泽笑着看向她，说："都听你的。"

想了想，司笙说道："那去吃葫芦鸡，我正好知道一家店。"

"好。"凌西泽没有意见。

司笙坐回去，启动人形导航功能，熟稔地给凌西泽指路。几分钟后，她往椅背上一倒，将车窗打开一条缝，有凉风吹进来，吹在脸上凉飕飕的。

温暖的阳光洒落在手臂上，她往后仰了仰，眼睛闭了两秒，然后睁开。

她忽然开口："我说的那个朋友，就是她的老公。"

"嗯。"凌西泽猜到了，不觉得意外。

司笙又说："一个漫画家，去年赶稿时猝死了。"

凌西泽怔了怔。

"我跟他的关系没好到帮他照顾妻女的分儿上。"司笙不疾不徐地说道，眼皮抬起，有光落入眼底，洒下一层暖意，驱散了眉眼里的冰凉。

她轻轻吐出口气，释然了："这种不改变环境的帮助，造成被埋怨的结果，确实有我的问题。"

"跟你没关系。"凌西泽侧首看了她一眼，"任何情况下，对别人施以援手，都没有问题。"

司笙略微讶然。

凌西泽继续说:"有问题的是贪婪的心和自卑的灵魂。"

"你说得对。"

顿了片刻,司笙莞尔一笑。

有凌西泽在,羊肉泡馍店的插曲并未影响到司笙的心情,一顿葫芦鸡吃完,司笙就将不愉快的事抛在脑后了。

她跟凌西泽玩到天黑,吃了晚餐后,由凌西泽开车,他们回了安城。

刚开始司笙还怕凌西泽一个人开车无聊,想做一个体贴温柔的女朋友,所以打起精神跟凌西泽聊天儿,但聊了半个小时她就睡着了,睁眼时凌西泽已经将车开到小区楼下。

司笙没急着走,将车窗打开,让冷风吹了片刻,清醒不少。

司笙打了个哈欠,将散乱的发丝拨到脑后:"明天有空吗?"

"上午有空。"

司笙点点头,说:"店里的长工回安城了,我明早带你过去见一面,认识一下。"

对于司笙的这个提议,凌西泽有点儿惊讶。

七年前,他们认识半年,交往三个月,但都没有融入对方的交际圈,以至司笙换了联系方式后,凌西泽就再也找不到她。现在司笙主动将朋友介绍给凌西泽认识,这让凌西泽心里蓦然生起一种安全感,先前没着没落的感觉消失了。

她跟七年前比,似乎没什么改变,但又处处透露着改变。

凌西泽眉眼染笑:"好。"

司笙解开安全带,交代道:"明天来接我。"

"嗯。"凌西泽乐意之至。

早晨七点半,豆腐铺。

铺子开着门,郑永丰刚走进门,就看到前台坐着一个青年。

此人生得一副好相貌,面如冠玉,俊逸挺拔。此刻,他坐姿豪放不羁,大咧咧地踩着旁边的椅子,外套拉链敞开,衣袖挽到手肘处,露出结实硬朗的肌肉线条，手里拿着手机，正紧锁着眉头玩游戏。

听到动静后，青年抽空看了一眼，看到是郑永丰后，随口转告："师叔说早上要带那个浑蛋样的男人来店里吃早餐。"

说着他又低头玩游戏了。

"吃什么？"郑永丰蹙眉。

段长延在游戏里开了两枪，角色被一枪爆头，他轻"啧"一声，将手机扔到桌上。

"吃什么不重要，重要的是，"段长延翻了翻眼睑，意味深长地看了郑永丰一眼，手指微微弯曲在桌面上敲了敲，斩钉截铁地说，"整他！"

郑永丰挑眉。

段长延嗤笑一声："我美若天仙的师叔，是随随便便一个浑蛋就能妄想的吗？"

郑永丰评价段长延的想法："幼稚。"

半个小时后，郑永丰在后厨准备臊子面时，手一抖，往其中一碗臊子面里加了大把辣椒。

八点左右，司笙和凌西泽来到豆腐铺。

段长延正在前台玩游戏，两个女生站在前台点单。

其中一个女生盯着菜单半天，说："两个肉夹馍……"

"没有。"段长延头都没抬地打断她的话。

"那……两根油条。"

"没有。"

女生傻眼了，指了指前台上方的菜单，奇怪地问道："上面不是都有吗？"

"菜单就是挂着看的，我们店里卖的东西都挺随机的，"段长延在这一局游戏里早早就被淘汰了，于是将手机放下，抬头时眉眼带笑，"现在只有白粥和馒头，你们要吃吗？"

两个女生面面相觑半天，惋惜地看了一眼段长延那张俊脸，然后结伴离开了。

在门口她们遇见司笙和凌西泽，一个女生冲二人摇了摇头："你们还是换一家店吃吧,这家店一看就要倒闭了。"

司笙心想:谢谢你的祝福。

凌西泽唇角噙着笑。

两个女生离开后,司笙径自走向前台,冷眼剜向段长延:"你就是这么给我赚钱的?"

"师叔,"段长延先是礼貌地跟她打招呼,然后揉了揉鼻子,弱弱地提醒道,"您清醒一点儿,我们店还没赚过钱。"

司笙赏了他一记白眼。

毕竟段长延说的是实话,司笙没有跟段长延计较,指了指身边的凌西泽,介绍道:"凌西泽,我跟你说过的。"

"哦,你好。"段长延顿时变得热情起来,从前台走出来,非常积极地招呼着凌西泽,"来来来,这边坐。"

二人走过来后,他又说道:"我去给你们倒茶。"

司笙将他殷勤的反应看在眼里,微微拧眉,觉得有些奇怪。

作为名副其实的富家子弟,段长延真是个少爷,只有别人伺候他的份儿。他死乞白赖地在店里当免费长工,但从不干长工的活儿,在客人面前他自己倒像个大爷。若不是他压不住司笙和郑永丰二人,他在店里怕是得恣意妄为了。

他什么时候伺候过人?

果不其然,段长延刚将茶水端上桌就开始作妖了。他将茶水递给司笙时毕恭毕敬的,但放在凌西泽面前时手一抖,直接洒了凌西泽一身。

洒完后,他故作惊讶地说道:"啊呀,不好意思。"然后赶紧拿起邻桌上的一块抹布,就要在凌西泽的白衬衫上擦拭。

抹布距离衣服还有一厘米的时候,凌西泽忽然攥住段长延的手腕,动作很轻,却让段长延的手僵在空中。段长延怔了一下,手腕欲要使劲,却分毫动弹不得。

段长延舌尖轻抵后槽牙,垂眼跟凌西泽对视,唇角勾起几分饶有兴致的笑容。

凌西泽弯着唇,神情轻松自在。

这时,对面的司笙发话了:"把你的爪子拿开。"

"哦。"段长延赶紧应道。

他将手腕抽出来，但撤回时手指张开，抹布就此掉落。他得意地扬眉，可下一瞬，凌西泽就接住了那块抹布，没让油腻腻的抹布碰到身上。

段长延心想：他碰上个有身手的浑蛋！

"老郑呢？"司笙问。

"在后厨忙呢，臊子面和豆腐脑应该快做好了。"段长延揉了揉自己的手腕，跟司笙汇报完后，往后厨看了一眼，"我去催催。"

"嗯。"司笙将纸巾递给凌西泽，不想看这个碍事的在跟前晃悠。

段长延感受到司笙的嫌弃，撇撇嘴，暗地里瞪了凌西泽一眼，才慢腾腾地走向后厨。

凌西泽把抹布放到一边，用纸巾擦了擦手，又擦了擦衣服上的水渍，慢条斯理地评价："你们店的厨子和长工都挺有个性的。"

"他们看你不顺眼。"司笙幽幽地道破真相。

凌西泽很赞同："看出来了。"

"给你们一个私下交流的机会？"司笙给他出主意，"大概多聊一聊就好了。"

凌西泽将纸巾揉成团，扔到垃圾桶里，然后抬了抬眼："你忍心看着我被他俩欺负？"

"什么？"司笙被凌西泽这句问话弄得起了一身鸡皮疙瘩。

她怎么感觉怪怪的？

"你得护着我。"凌西泽将衣袖折了两折，一本正经地说，"我是你的压寨夫人。"

司笙认真地看着凌西泽，好半天后，在他的脑门儿上找到"娇柔软弱"四个字，默默地将吐槽的话咽了回去。

没几分钟，段长延和郑永丰将做好的早餐端上了桌。

早餐是豆腐脑和臊子面。

臊子面是司笙点的，豆腐脑因为她喜欢吃，不用她说郑永丰都会给她准备，每次都有。

"哥们儿，老郑的手艺可是一流的，你可得好好尝尝，别浪费。"

段长延将臊子面和豆腐脑放在凌西泽面前,笑眯眯地叮嘱了一句,同时抬手拍了拍凌西泽的肩膀。

凌西泽跟段长延对视一眼,气定神闲地拿起筷子,搅拌了一下碗里的面条,然后夹起一筷子面条,低头吃了一口。

段长延紧紧地看着凌西泽的表情,想看好戏,结果凌西泽面不改色地将面条咽下,从头到尾连眉头都没皱一下。

吃完一口后,凌西泽还挺认真地评价:"味道不错。"

这是怎么回事?

段长延赶紧朝郑永丰使眼色。

郑永丰蹙了蹙眉,仔细地瞧了凌西泽两眼,然后用口型跟段长延示意:装的。

段长延看懂了,在心里舒了口气,随即得意地挑眉,叉着腰站在一边,想看凌西泽能装到什么时候。

然而,他们显然不了解,凌西泽不是个坐以待毙的人。而且,当凌西泽决定不要脸的时候,脸这种玩意儿,搁他这里就是空气。

凌西泽没有再动筷子,而是跟对面神经大条的司笙说:"笙笙,我们交换一下。"

"哦。"司笙想都没想,将面碗朝凌西泽的方向一推,直接跟凌西泽换了。

拿到司笙的面碗,凌西泽还不肯低调,抬起眼,笑着看了二人一眼,颇有炫耀的意味。

段长延在心里怒骂凌西泽,这时司笙已经准备开吃了,段长延心虚,连忙朝司笙的面碗伸出手:"师叔,他动过的就不要吃了,咱们换一碗……"

话音未落,司笙拿筷子的手一动,筷子打在段长延的手背上,段长延立即缩回了手。

司笙不是傻子,瞧一眼段长延的反应就明白过来,警告的视线扫过去:"玩他呢吧?"

"没……没有!"段长延心虚却嘴硬。

司笙轻哼一声,夹起一筷子面条,低头吃了。面条刚入口她就感觉口腔火辣辣的,眉头越皱越紧,虽然咽下去了,但很快就将桌上的一杯水一饮而尽。

段长延和郑永丰对视一眼。

司笙将水杯扔在桌上,把筷子一放,缓缓吸了口气,揪着段长延开始指责:"段长延,你幼不幼稚?"

"我……"段长延一顿,忽地瞥见没有被这场战火烧到的郑永丰,决定将郑永丰拉下水,"师叔,你可不能揪着我一个人……"

没等他说完,司笙就维护道:"没你唆使,老郑会加料?!"

蒙了三秒,段长延炸了:"你这是偏袒!"

"我就这样。"司笙接受了他的指控,将面碗朝桌边一推,警告他,"把面给我吃了,不然这事没完。"

段长延要被司笙气死了。但是下一秒,他看到凌西泽看戏的神情,又感觉自己被气活了。

两分钟后,段长延坐在远离司笙、凌西泽的一桌,埋头吃着地狱辣的臊子面。

郑永丰拎着一大瓶矿泉水走过来,往桌上一放,同情地说道:"多喝点儿。"

"喀喀!"段长延险些被呛到。

郑永丰真是他的好兄弟,他要去死的时候,兄弟还体贴地给他递了一把锋利的刀。

郑永丰在段长延的对面坐下。

"这个浑蛋的段位有点儿高,怎么办?"段长延将矿泉水瓶盖拧开,低声询问郑永丰。

郑永丰淡淡地说道:"不知道。"

他能怎么办?

他又没有教训浑蛋的本事。

这时,司笙朝这边看了一眼,忽然开口了:"我重新介绍一下。"

段长延和郑永丰闻声,都朝这边看过来。

"他是我的男朋友。"司笙指了指对面的凌西泽,顿了顿,又补充了一句,"交往七年了。"

"噗——"段长延一口水全喷了出来。

整个气氛瞬间变了味,段长延和郑永丰对视着,感觉整个豆腐铺的空气都凝固了,连呼吸都静悄悄的。

"不是,"段长延静默半晌,然后用衣袖擦了擦嘴,说话仍有些磕巴,"这几年你不是单身吗?你从来没提过这个浑……不,这个人。"

"哦,"司笙眨了眨眼,回答道,"冷战五年。"

凌西泽靠在椅背上,回头看了二人一眼,拖着散漫的调子重复司笙的话:"嗯,冷战五年。"

段长延和郑永丰哑巴了。

你们俩这是什么爱情?你们既然冷战五年了,为何不一口气冷战五十年?

不管怎样,这两个人的爱情惊住了段长延和郑永丰二人,他们俩在接下来的时间里,自觉地保持沉默,不再开口,省得又自讨没趣地炸出什么让他们无法接受的震撼消息。

郑永丰重新给司笙做了一碗臊子面。这时凌西泽已经吃完了,司笙怕凌西泽无聊,主动帮他们仨连线,让他们一起玩个游戏什么的。

男人嘛,打上一架,玩个游戏,关系自然而然就缓和了。

殊不知玩个游戏,郑永丰和段长延创建房间,跟凌西泽玩二对一,结果还被凌西泽完虐,几局过后战火越烧越旺。

段长延无数次觉得手痒痒。

这浑蛋,有点儿本事。

段长延的手指疯狂地在屏幕上操作,他睨了一眼坐在对面的凌西泽,咬牙开始攻击凌西泽:"让女人为你出头,你好意思吗?"

"嗯。"凌西泽没抬头,悠闲地玩着游戏。

段长延莫名其妙地说:"'嗯'什么'嗯'?!"

于是凌西泽拖长声音:"好意思。"

郑永丰揉了揉腮帮子,眼睛意味不明地盯着凌西泽。

段长延被凌西泽气得咬牙切齿:"你要不要脸?!"

"我都让女朋友为我出头了,还要什么脸?"凌西泽理直气壮地反问。

连输三局后，郑永丰不玩了，拿了一盒烟去门口抽烟。段长延越挫越勇，袖子一撸，欲要跟凌西泽战斗到底，结果一败再败，没有一点儿反击的机会。

段长延又一次受挫，吸了口气，将手机往桌上一扔，冲凌西泽扬了扬下颔："你干吗的？"

"开公司。"

似乎有点儿意外，段长延仔仔细细地打量凌西泽一圈，手指在桌面上敲了敲，饶有兴致地问道："游戏公司吧？"

凌西泽将发烫的手机放下来，喝了一口茶："无人机。"

段长延眼睛一亮："什么牌子？"

"玄方科技。"

段长延是这个品牌的忠实粉丝！

他玩了好几年无人机了，自打玄方科技第一批无人机问世后，他就一直在用，每一次的新款无人机都会入手。

现在得知凌西泽的身份后，段长延再看凌西泽的时候，凌西泽不是浑蛋了，甚至还带上一层滤镜，觉得司笙有眼光。

抽完烟回来的郑永丰，看着忽然变得热络的凌西泽和段长延，心生奇怪。

司笙不管过程如何，反正看到凌西泽和段长延、郑永丰相处和睦了，她就满意了，甚至还主动拉着他们仨打射击游戏，然后连累三个人早早就被其他玩家淘汰了。

三个人互相对视一眼，决定改天再约。

两天后，司笙和乔一林见面，商讨《九号基地》版权委托的事。

地点是乔一林住的酒店。

同一时间，CC漫画的年会活动正在有条不紊地进行，被邀请的漫画家们陆续到来，个别漫画家下午还预约了记者采访。

倾伊人是昨晚过来的。

因为司裳不想跟同行见面，所以倾伊人和司裳一开始就没选这家酒店，等时间差不多了，倾伊人从另一家酒店搬到这里，倒也不算麻烦。

下午有个记者采访，倾伊人早就收拾打扮了一番，下午准时抵达约好的餐厅，跟记者见面。

记者公事公办，按照程序问完问题、做好记录就准备收工。记者准备跟倾伊人告辞，但抬眼时注意到一道身影走过，因那人气质过于突出，记者多看了两眼，结果愣住了。

那人走到一张餐桌前，跟等候多时的主编乔一林点点头，然后在乔一林热情的招待下坐下，二人就此攀谈起来。

"那不是演员司笙嘛，"记者以前是混演艺圈的，比较熟悉演员群体，认出了司笙，然后好奇地问倾伊人，"这是你们年会活动请来的演员？"

倾伊人看到司笙和乔一林见面，整个人都傻了，听到记者的询问，眉心轻皱，闷闷地道："不是吧，没得到消息。"

记者敏锐地察觉出不对劲，继续追问："那是跟你们有合作？"

"司笙似乎想当漫画家，应该是想走后门吧。"倾伊人撇了撇嘴，语气一下就变了味，"明星效应向来挺吃香的。演员转行当漫画家，应该是史无前例吧？"

确实没有先例。

正因如此，才能抓人眼球。

记者举起相机，镜头对准司笙和乔一林的方向，"咔嚓"一下摁下快门，将二人谈笑风生的画面定格。那一瞬，司笙右手玩着手机，左手举起咖啡杯，露出一截白皙的手腕，上面还有绕成几圈的黑色手绳。

跟倾伊人告别后，记者离开酒店，还没有上车就拨了前同事的电话。

她笑道："我这里有一个料，搞不好还挺有意思的，你要不要？"

跟上一份合同一样，新的合同还是以司笙的权益为主。司笙大致浏览了一遍，确定没有什么问题，便当场签了名。

乔一林笑得合不拢嘴。

不过这次他从容很多，还笑着说："嫂子，不急着回去的话，留在这里吃晚饭吧，还可以跟同行见一面，认识一下。"

· 363 ·

Zero虽然在漫画圈里待了七年,但她很少主动认识圈内人,一般也就因互相欣赏在网上聊一聊,像楚落这种私下交往的少之又少。

这也是Zero在圈内如此神秘的原因。

"不了,同行乍然见到我大概不适应。"司笙淡声回绝。

"怎么会?"

司笙正儿八经地说:"毕竟我长得太好看了。"

乔一林盯着她那张精致漂亮的脸瞧了片刻,然后摸了摸腮帮子,竟然觉得她说的话有几分道理。

大众给Zero贴的是"大叔""糙汉"的标签,虽然近日因两张照片而有所改观,但先前的标签在大众心目中根深蒂固,只要司笙一日不公开亮相,大众对她的印象就很难改变。

停顿须臾,乔一林怀揣着一颗好奇心,真心诚意地说:"其实我有个疑问。"

"什么?"

"你就没想过公开你的身份吗?"乔一林想想就有点儿激动,"漫画家、演员,多优秀一斜杠青年啊!这对你在演艺道路上的发展也有帮助吧。"

司笙悠然地反问:"我脸上写着'想红'两个字吗?"

是他不长眼,忘了Zero的低调作风了。

"再说吧。"司笙站起身,慢悠悠地说,"暂时不考虑。"

以她的长相和出道时的热度,稍微签一家好一点儿的经纪公司,就不是现在这般几乎没什么人气的结果。但她选择当演员,不图名利,只是对演戏感兴趣罢了。演技不行,不够专心,司笙混到现在没什么成绩是理所当然的事。

Zero在漫画圈里能有现在的成绩,靠的不是炒作和运气,而是一部又一部口碑爆棚的作品。

司笙一心一意地当娱乐圈里无人问津的小演员,但没想到,当天晚上就有好事者将她送上了热搜,她成了舆论八卦的焦点人物。

起因是一则娱乐新闻。

发布新闻的是一家小媒体,没有什么流量,报道的标题是"惊!过气演员司笙跟CC漫画主编见面，疑似转行当漫画家"，内容对标题进行了详细的说明，并且公开了二人见面的照片。

新闻刚发出来的时候并没有热度，点击量少得可怜，但半个小时后，点击量瞬间飙升，转眼突破十万，这则新闻获得了难以想象的关注。

写新闻的记者都一脸蒙，点进评论区里一看，彻底傻眼了。

这则新闻获得如此高的关注度，是因为有一个读者敏锐地发现——照片里司笙戴的手绳跟Zero在电音节上秀恩爱照片里的手绳一模一样。

因接连的热门事件，Zero的真实身份本就是个热点，现在司笙连带着"Zero同款手绳""漫画家""CC漫画主编"三个关键词，顿时有人猜测"司笙就是Zero本人"。哪怕大部分群众不相信，也无法避免这则新闻被广泛地传播。

"仔细对比的话，那张背影图确实跟司笙很像！"

"不是说CC漫画团队都是Zero的粉丝吗，怎么可能让一个演员借助Zero炒作？如果司笙真的是Zero，那就好玩了。"

"我宁愿相信Zero的男朋友是人渣，同款手绳送给N个女朋友，都不愿意相信司笙是Zero。司笙是谁我网上查过才知道，如果坐拥千万粉丝，能不公开自己的身份吗？当红漫画家的标签一贴上，她在娱乐圈里肯定能混得顺风顺水！"

"我也倾向于Zero的男朋友是人渣的说法。'交往七年，冷战五年'，意思是中间分开很久，最近破镜重圆吧？五年还不准男方发展新的恋情？不过同款手绳送给不同的女朋友，确实够渣的。"

"说不通啊。那司笙跟CC漫画主编见面是怎么回事？"

"鬼知道是怎么回事。反正Zero在漫画圈里独自美好，跟什么娱乐圈毫无关系。"

"希望Zero能站出来撇清跟司笙的关系，不然对她的好感真的大打折扣。不要再装神秘了，这样真的很败好感。"

…………

晚上，倾伊人跟几个漫画家聚餐结束后，回到酒店房间里，本来想打发时间刷刷微博,结果首页满屏都是与"Zero"和"司笙"相关的微博消息。

"Zero 的才华,配上司笙的脸,难道不香吗?"

"当红漫画家同时是十八线演员……咦,这种设定还挺有意思的!"

…………

倾伊人翻看着首页,脸色愈来愈黑,眼神渐渐变得阴暗,眸色深沉。

新闻里的照片,她知道是记者拍的。但她没想到,自己一时多嘴,竟然给司笙制造了如此大的热度,从一个被遗忘的小演员,顿时变成话题中心的焦点人物。

司笙凭什么?

倾伊人气得咬牙。

手机振动了一下,是司裳的电话,倾伊人看了一眼,烦躁地皱眉,但接电话时换了表情:"裳裳,什么事啊?"

"伊人,网上在猜'司笙是 Zero'的事,你看到了吗?"司裳的声音很轻,说话犹犹豫豫的。

"看到了。"倾伊人想到自己为司笙做嫁衣的事就恼火,不甘心地补充道,"蹭 Zero 的热度,她胆量够大的。现在网友觉得 Zero 的才华配上她的相貌很有意思,等风头一过,有她翻船的时候。"

"其实,"司裳停顿了一下,才慢慢地开口,"我这里有一段视频。"

"什么?"

"一段可以证明司笙不是 Zero 的视频。"司裳说,"是漫展那天我在读者群里看到的。一个参加签售会的读者拍了一段视频,我当时顺手就保存下来了。"

倾伊人讶然:"你发给我看看。"

"好。"司裳挂了电话。

两分钟后,倾伊人收到司裳发来的视频,正是司笙在漫展时被邀请上台答题的过程。

所有跟 Zero 相关的问题司笙都回答不上来,她怎么可能是 Zero?这个视频若是公开了,准保堵住那群将司笙和 Zero 捆绑在一起的网友的嘴。

倾伊人忽然笑了。

倾伊人：裳裳，这段视频，我能公开吗？

司裳：你打算怎么做？

倾伊人：明天CC漫画给我们安排了一场直播，你等着看好了。

第二天上午，CC漫画举办了一场大型漫画签售会，下午安排了漫画家和读者的互动，每个作者都安排了直播。

这样的直播很难吸引到路人，但是对于无法到场的粉丝而言，却是一次难得的机会。直播间里人数虽然不多，但观众都是读者，积极性很高。

这样一场圈内的活动，应该中规中矩地结束，不会出现热门事件。

偏偏，本该按照流程顺利地结束的直播，却被一条突如其来的微信消息打乱了，几分钟后，原本冷门的直播间瞬间暴涨几十万粉丝，同时引起了无数网友的热议。

后来有网友放出剪辑后的直播录屏，做成短视频方便传播。

视频里，少女漫代表画家倾伊人正在跟读者交流，忽然收到一条微信消息，她笑着跟读者说了声"抱歉，我看一下消息"，然后点开消息。当时手机就放在桌上，离得很近，观众在直播间里能看到，微信消息里播的是什么观众看得一清二楚。

倾伊人是看到一半时才反应过来，看到直播间里线上观众暴涨后，有些惊讶，之后又在观众的热切呼唤下，举着手机对准镜头重新播了一遍。

那个视频中的司笙，对Zero的问题一问三不知。

原本调侃Zero是司笙的人里有不少Zero的粉丝，粉丝心里知道Zero不可能是司笙，但是"Zero的才华和司笙的相貌"的搭配很有趣，他们不介意讨论这个，顺便给司笙一波热度。

可是现在司笙对Zero的作品一无所知，甚至还疑似是喜欢跟Zero对立的漫画家的人，无疑败坏了Zero粉丝对她的所有好感。

没多久，又有完整的现场视频流出来，其中包括凌西泽帮司笙喝苦瓜汁的小插曲，网友们立即用放大镜扒出凌西泽的身份，不少人认定凌西泽就是同时勾搭司笙和 Zero 的人渣，甚至跑到玄方科技的官博下面留言。

"司笙不喜欢 Zero 还来蹭 Zero 的热度？"

"Z 神看到凌西泽护着司笙了吗？如果你的男朋友真是凌西泽，麻烦早点儿看清人渣分手吧，这个男人不配。"

"网上搜司笙，可以搜到她要接 Zero 的作品《0808》女三号的新闻，就司笙对 Zero 的态度，我不信她会认真地研究作品和角色。"

"让一个没看过作品、不尊重作者的演员参演，不知道剧组是怎么想的。"

…………

Zero 的热度最近很高，加上倾伊人公开的视频败坏了司笙的名声，粉丝和路人得知司笙要参演《0808》之后，直接闹到《0808》的导演和制片人的微博去了。

剧组和司笙还没有签合同，提前放出消息是想试探一下网友的反应，本来网友接受度还可以，没有反对的声音，结果忽然来了这么一出，司笙直接成了剧组的烫手山芋。

司笙晚上接到了导演的电话。

"笙笙啊，网上的事你知道了吗？"毕竟他们有点儿交情，导演磨蹭半天才开始谈正事。

"刚知道。"今天是周五，司笙赶了一天的漫画稿，晚上才有空看新闻。只不过，令她没想到的是，自己是新闻的主角。

导演挺客气地问："我记得你没有团队，最近签了新的公司？"

"没有。"

"那你……"怎么整那么大一个麻烦出来？

司笙没等导演斟酌出合适的话，直截了当地说道："我就是 Zero。"

导演沉默须臾，最后叹了口气："这种时候就不要开玩笑了。"

"没开玩笑。"司笙挑了挑眉。

电话那头忽然安静下来。

良久，导演在心里衡量过后，确定司笙没有疯，选择相信她的话，于是咽了咽口水:"那你怎么不早说?"

司笙直白地说道:"Zero画漫画,司笙拍戏,没必要扯上关系。"

"那你现在打算怎么办?"

"明天直播吧。"司笙没有多想,随口给出了解决方案,"公开身份就行。"

"那好。"导演点点头,现在他的心态完全转变了,于是他又扯到了工作上来,委婉地开口,"那这个角色的事……?"

"等我回京城就签合同。"司笙爽快地给了他答案。

"行!"导演一喜,赶紧应了。

原本是想告知合作泡汤一事的导演,怎么也没想到,这一通电话竟是以答应跟司笙合作结束的。

挂了导演的电话后,司笙玩了会儿手机,看了一会儿"我碰瓷我自己"的新闻后,叹了口气,然后给凌西泽打电话。

司笙眯了眯眼,喊道:"人渣。"

凌西泽显然也是看到关于自己的新闻了,沉默了一会儿,咬了咬后槽牙,哭笑不得地吐槽:"毁我清誉你还挺高兴?"

"我还碰瓷我自己呢。"司笙心挺大的,眼下这种局面,她还能以此为乐。

想到网上那些"帮Zero喷司笙"的评论,凌西泽忍不住笑了一下,然后问司笙:"怎么?要不要公开亮相?"

"嗯,只能公开了。"司笙应了一声,然后交代,"计划明晚直播,你帮我准备一下直播设备。"

"行。"凌西泽不假思索地答应了。

在网友就Zero和司笙的话题讨论得热火朝天之际,Zero的一条最新微博,又给这个热门事件添了一把火。

Zero:明晚八点,酷岚直播。

消息一出,全网哗然。

"这波不亏!一个司笙竟然炸出了一场Zero的直播!所以说漫画圈里十大未解之谜之一——Zero的真实面貌是要有答案了吗?"

"有生之年系列!我竟然能看到叔的直播!"

……………

司笙扫了一眼评论区，轻轻一磨牙，然后退出了微博。

她不知道的是，仅仅一条微博，就让粉丝热情高涨，怀着前所未有的期待，热切地盼望着明天的到来。

第二天早上，司笙跟往常一样，溜达着去豆腐铺里白吃白喝。

"师叔！"段长延照样在前台浑水摸鱼，见到司笙后赶忙冲她招手，满是好奇地问，"我在网上看到你和Zero的新闻了，我怎么感觉她的感情经历跟你的感情经历很像啊？"

司笙一言不发地看着他。

"凌西泽不会同时跟你们俩一起交往吧？"段长延想到这里，脸色顿时变了，严肃地劝告司笙，"我跟你说，这种事得搞清楚才行，万一被骗了，吃亏的只能是你。"

面对智商下线的段长延，司笙将一只手放在兜里，嘴角强行挤出一抹笑，一字一顿地问道："你怎么就没想过，我就是Zero？"

"你开玩笑的吧？"段长延想都没想就否决，"这可是国漫之光Zero。"

说着，段长延可能意识到自己说得有些过分，瞧了一眼司笙，然后嬉皮笑脸地讨好道："师叔，你还是当美若天仙的花瓶比较合适。"

司笙没有说话，抬腿往店里走。

后知后觉的段长延感觉到有些不对劲，忽然扭头，拔高声音询问："不是真的吧？！"

"不是。"司笙头也没回地扔下两个字。

段长延当即松了口气，拍了拍胸口，暗想：就说嘛，我家师叔怎么可能是国漫之光？何况，有哪个漫画家连自己作品的问题都回答不出来？

晚上六点，凌西泽带着直播设备和晚餐过来了，陪司笙吃了晚餐，然后在书房里将直播设备一一组装好。

司笙化了个淡妆，清爽自然的日常装扮，没有因要出镜就对造型特别上心。

凌西泽安装好直播设备，调试过后，冲在门口旁观的司笙招手："好了，你来看一下。"

"开始了吗？"没有直播经验的司笙好奇地走过来。

"没有，"凌西泽让司笙坐下，帮她调整镜头，同时解释，"八点开始。"

司笙将他的动作看在眼里，调侃道："凌哥哥，你很熟练嘛。"

凌西泽不愧是厚颜无耻一妖孽，面对女朋友的称赞，他心安理得地接过话："嗯，什么都懂一点儿。"

司笙无语地看了一眼他的脸，微微停顿，将要吐槽的话强行忍住了。

反正他是一个不要脸的人，说他什么都没有用。

八点整，凌西泽站在屏幕外，问司笙："准备好了吗？"

"嗯。"司笙手指把玩着压感笔，眯了眯眼，淡定地应道。

下一刻，守着直播间的网友，终于见到一抹人影出现在屏幕里，同一时间，他们的心齐刷刷地跳到了嗓子眼儿里。

酒店里。

房间里亮着灯，几个漫画家围坐在沙发上，以倾伊人为首。本来大家都在聊天儿，聊得热火朝天，不知是谁说了声"快到时间了"，众人纷纷停止了话题，视线不约而同地落到电脑上。

距离八点还差一分钟，他们目不转睛地盯着屏幕。

"真想不到，有朝一日，能看到Z神的真容。"

"归根结底还是多亏了司笙。"

"哈哈，今天Z神的粉丝谢了司笙一天了，司笙这两天过得应该跟坐过山车一样吧，太刺激了。"

…………

倾伊人坐在他们中间，没有说话，神情淡定，心里却在冷笑。要不是因为自己，这件引起全网轰动的事根本不会发生，Zero更不可能直播。

这全都是因为她。

不过，哪怕没人知道，倾伊人对结果还是满意的。

作为漫画圈里的作者，没有人不好奇 Zero 的真实身份，她自然也是。她既可以一睹 Zero 的真容，又可以让司笙名誉扫地、万人唾骂，可谓一举两得，岂不乐哉？

"八点了！"忽然有人喊了一声。

顿时，所有的议论声戛然而止，每一道视线都落在屏幕上，看着忽然出现在屏幕上的人影。

鸦雀无声，落针可闻。

梳洗过后的司裳，坐在床头，背后靠着枕头。

马上就到八点了。

司裳缓缓吐出一口气，将两条腿屈起来，一只手揽着双腿，下颌抵在膝盖上，用手机打开酷岚 App（应用程序），将复制的房间号粘贴搜索 Zero。

没想到，Zero 竟然会因为司笙公开露面。

她点进去。

正好，八点整，直播开始，屏幕里闪现出一抹人影。

那一瞬，司裳如同被扼住喉咙，一盆冷水从头浇下来，令她呼吸不畅，浑身冰凉。

怎么会……？

怎么会？！

豆腐铺里，沉迷于游戏的段长延并没有急着回家，而是拉着郑永丰赖在店里玩游戏。

忽然，事先调好的闹铃响了。

段长延摁掉闹铃，退出了游戏，一屁股坐在前台的椅子上："先不玩了。"

"怎么？"

"看一下直播。"段长延打开网页，兴致勃勃地说，"国漫之光 Zero 第一次公开直播，让我看看 Zero 到底长什么样……？"

段长延忽然没了声。

郑永丰对什么国漫之光没兴趣，将手机一扔，准备去后厨收拾一下。

但是，郑永丰刚站起身，就被段长延叫了过去："老郑，你来看看。"

段长延的声音里带着明显的颤抖。

他看个直播怎么这个反应？

郑永丰莫名其妙，在段长延的呼唤下，他拧着眉，狐疑地走过去。

段长延往后一倒，颤巍巍地举起手机，指着屏幕："老郑，我可能眼睛出问题了。你帮我看看，这个人，长得像不像师叔？"

郑永丰看了两秒，又瞧了一眼被吓傻的段长延，给了肯定的答案："不是像，而是就是她。"

段长延手中的手机"啪嚓"一声掉在地上。

直播间的弹幕一片混乱。

"美女，你是谁啊！"

"这不是真的！"

"幻觉！这是幻觉，我肯定在梦里！"

…………

视频里，女人长发披散，淡妆点缀，穿着一件黑白相间的镂空针织衫，慵懒随意，打扮非常居家。

柔和的灯光下，她唇红齿白，眉目如画，冰肌玉骨，一颦一笑间尽显张扬美艳，一举一动间尽显强势气场，美得令人移不开眼。

那个人正是司笙。

此刻，司笙将手搭在桌面上，指间一根数位板的压感笔旋转着，头一偏，瞥见满屏弹幕，嗓音清脆地说道："自我介绍一下，我叫司笙，十八线小演员，二流漫画家。"

她指腹一抵压感笔，笔一停，悠然地说道："听说我被自己碰瓷了，出来澄清一下。"

网友们炸窝了。

"姐姐要怎么澄清？只是开直播证明一下身份吗？"

"美人儿，你直播露面说句话我们可不一定完全相信的哟。"

"按照 Zero 的做法肯定会有更直截了当的证据证明的，请问你能拿得出来吗？"

…………

"怎么个澄清法……？"司笙看到跳出来的弹幕，朝镜头之外的凌西泽问了一句，"可以了吗？"

"嗯。"凌西泽回应一个字。

轻描淡写的一个字，浑厚而有磁性，又引来网友们一通"嗷嗷"叫喊。

随后，直播屏幕倏地一闪，两个画面交叠。

一个画面是电脑屏幕，占据了整个直播间的直播画面；另一个画面是司笙，缩到右下角。

电脑屏幕显示的是 PS 界面，《九号基地》最新一话，应该是开篇的一页，追更的读者们对此都非常熟悉，一时间看得热血沸腾。

"谁能想到，我竟然在线追漫画更新？"

"Z 神直播画漫画？新人漫画家们赶紧录屏！绝无仅有的教学案例！"

"这架势看来像是真的啊，司笙是 Zero……妈呀，真的不敢相信！"

"男朋友的声音好好听！能不能露个面啊！"

…………

直播间里的观众转眼飙升至百万人。

观看人数飞速增长，极速变化的数字，看得人眼花缭乱。

同一时间，还有人各种截图、录屏，去各大网站鬼哭狼嚎，宣传"司笙就是 Zero 本人"的事情，转眼间这件事就像病毒一样在全网扩散开来。

至于直播间，观众都在目瞪口呆地欣赏司笙在线画漫画。

"画得又快又好，这大概就是传说中的天才吧。"

视频里，司笙坐在椅子上，微微低着头，以极快的手速，捏着压感笔在数位板上绘画。

同时，软件里的漫画也逐渐成型，从最初的草稿，到后面越发清晰、流畅的线条，一点点成型后，画面呈现出强烈的冲击感……
　　她一言未发，以实际行动证明她的身份。
　　"年度乌龙事件。Zero：我碰瓷我自己。"
　　"哈哈哈，世界之大，无奇不有，斜杠青年，无处不在。谁也不知道，你鄙视唾骂的小演员是不是漫画圈里的顶级大佬。"
　　"那么问题来了，司笙为何回答不出跟Zero的作品相关的问题？"
　　…………

　　书房里，司笙画到一半时，桌面忽然振动起来，是手机来了电话，她扫了一眼，拿起来就接了。
　　"什么事？"
　　"师叔，是你吗，师叔？"段长延在电话那边殷切地问道。
　　"嗯。"
　　"真不是双胞胎或者整容什么的？"
　　司笙额角的青筋一跳，对他的智商忍无可忍："你傻吗？"
　　她一开口，镜头外刚想喝水的凌西泽手一抖，险些把水洒了一身。
　　直播间的弹幕登时因这一通电话变了味道。
　　"绝对就是Zero无疑！"
　　"能听到一点儿，哈哈，小师侄不知道师叔就是Zero吗？忽然心理平衡了！"
　　"天仙，你注意一下形象！"
　　…………
　　被司笙骂过之后，段长延不仅没有跟司笙计较，反而抬高声音喊道："打广告！你直播间里的观众好几百万了，快给我们家豆腐铺打广告！"
　　司笙一怔，下意识地瞥向直播间的弹幕。
　　"全听到了！"
　　"商业鬼才！"
　　"什么豆腐铺？快报地址！我马上打飞的过去！"

…………

司笙嘴角微抽,把电话给挂了,然后把手机扔给凌西泽。

司笙扫了一眼电脑上的漫画进度,轻描淡写地开口:"就画到这儿。"说着她就去收数位板和压感笔。

直播间又炸了。

"不要啊!叔,你要有始有终!把这一页画完吧!"

"再聊会儿!不,再看会儿!叔,我手机内存大,再截图三个小时都不成问题!"

"这才多久?叔,再直播一会儿吧,跟我们聊聊天儿也好。"

…………

看到观众的反应,凌西泽也在旁边劝了一句:"画完吧。"

司笙侧首看着他,眉头微微一挑。

凌西泽笑了笑,压着嗓音里的笑意,说道:"难得直播一次。"

短暂思考过后,司笙做了决定,"嗯"了一声,然后又拿起压感笔。

直播间顿时被"谢谢美人儿老公!""谢谢大叔夫人!""谢谢 Z 神男朋友!"的言论刷屏。

司笙接着画,速度竟更快了些,她低头在数位板上飞速画图,偶尔抬抬眼睑去看电脑上的成果,看起来画得毫不费劲,但成品的质量依旧令人惊叹。

"不愧是漫画圈里的神。"

"从来没想过,除了被 Z 神的漫画折服,还有一天,我能被她的颜值迷倒。"

"只要美人儿不说话,每一帧都能当壁纸。"

…………

画完最后一笔,司笙说了声"好了",然后抬眼看向弹幕。

观看人数即将破千万,观众反应越发激烈,见她这一页漫画稿完成,他们生怕她就此结束直播,一直在弹幕中嚷嚷着"聊聊吧"。

司笙见状,勾了勾唇:"那就聊聊吧。你们想聊什么?"

为了留住司笙,网友们无所不用其极,什么问题都抛出来了,情感八卦、工作事业、家庭关系等,有什么问什么。

司笙挑选着感兴趣的问题回答。

问：身边的人是男朋友吗？

司笙答："是。"

问：手绳是男朋友送的吗？

司笙答："嗯，最近换了一根新的。"她举起手腕露出手绳，让观众看得更清楚一点儿，"手艺比以前好很多。"

问：男朋友是凌西泽吗？

司笙看到这个问题时，凌西泽刚好将一杯温牛奶放到桌上。司笙抬眼看向他，他注意到了，奇怪地问："怎么了？"

司笙唇角轻轻上翘，忽然伸手，拉着凌西泽出现在镜头前。

她冲镜头挑眉，略带得意地炫耀："我的男朋友，帅吗？"

网友：我们被秀恩爱呛到了，谢谢。

凌西泽怔了两秒，回过神来，垂眼轻笑，语气里带了几分温柔："女朋友有点儿任性，各位见谅。"

这个男人长得帅，声音好听，加上名门出身的教养，令他举手投足间尽显气质，开口时的宠溺和爱意又极其浓厚，一秒戳中不少观众的心。

直播间再一次被"啊啊啊"的弹幕刷屏。

凌西泽能温柔、能傲娇、能腹黑、能无耻，司笙早就见识过，如今瞧他开始蛊惑观众了，司笙暗暗地瞪了他一眼，很快就将他推出镜头外了。

小插曲一过，司笙继续回答问题。

司笙是个矛盾集合体——一方面，她想让全世界都知道她有一个优秀的男朋友；另一方面，又不喜欢有人看到凌西泽的优秀后芳心暗许。

所以，除了开始的几个问题，司笙没再挑选跟凌西泽有关的问题回答。

半个小时后，司笙喝了口水润润嗓子，想关掉直播，忽然看到弹幕区被同一句话刷屏。

"为什么跟 Zero 的作品有关的问题都答不上来？"

司笙怔了怔。

她知道这些人说的是昨天全网疯传的那个视频。

正是因为那个视频,事情才会闹得这么大。在大众看来,读者烂熟于心的知识点,作者肯定更熟悉。

"等会儿。"司笙先是跟直播间里的观众说了一声,然后朝凌西泽伸出手,"把手机给我。"

凌西泽将她的手机递过来。

"我再看一遍,回顾一下问题。"司笙在网上搜索着视频,不紧不慢地开口,"我再一一回答。"

视频时间不长,分成两个部分。

第一个部分,主持人连续问了两个跟 Zero 的《死亡传说》有关的问题。第一题是主角将萌宠二巴当过几次挡箭牌,第二题是哪个场景的分镜技巧被评价为惊为天人。这些都是非常简单的题目,对《死亡传说》稍有了解的人就能回答出来,但司笙一道题都没有答出来,引得底下观众一片戏谑,说她这样会被打的。

第二个部分,司笙将 White 的《求生游戏》的问题答了出来,并且主动承认是 White 的粉丝。台下 Zero 的粉丝们纷纷调侃,让她爬墙。最后一题是 Zero 离开咪哈漫画时说的格言。

视频播放完,观众陪着司笙重温了一遍。

司笙放下手机,面对镜头。

"第一题和第二题,我确实不知道。两三年前的作品,我不一定比你们熟。"司笙坦然地回应,然后眉尖轻轻蹙起,"澄清一下,'夏城十连杀'不是我精心设计的,只是随手画的。那道题的答案里'黑王之死'的分镜,才是我喜欢的。"

"另外,"司笙继续说道,"听说我跟 White 不合,表面的交情,我借这个机会澄清一下……"

她一顿,然后笑了一下:"我们俩关系挺好,用不着你们操心。"

"真相大白了。两家正主关系好得很。"

"所以你真的是 White 的粉丝吗?"

"重新看了一遍视频,Zero 回答自己的作品的问题时:这是什么?Zero 回答 White 的作品的问题时:小意思,我知道!他们的交情是真的好吧。"

"至于最后一道题……"司笙说话慢条斯理的,停顿了一下,然后收敛了眉眼间的情绪,神情严肃了几分。

"好看的漫画永远不会过时。我至今坚信这句话。但是,并不是每个人都会成为 Zero。不是所有的坚持与努力都能回赠给你相应的成果。不要因为这句话,盲目地进入一个行业。你消耗的,是你的信仰和热爱。"

司笙关闭直播间后的半个小时里,最后那番话,传遍了整个网络。

好看的漫画永远不会过时。

不是每个人都会成为 Zero。

不是所有的坚持与努力,都能回赠给你相应的成果。

你消耗的,是你的信仰和热爱。

倘若两年前 Zero 的那句"好看的漫画永远不会过时"是一种热血和冲动,充满无限的激情和力量,让年轻人义无反顾地钻进这个行业里,前仆后继,不顾后果。那么,现在这番话,则是一鼎警钟,现实的警钟。

进入这个行业,你或许会一无所有,还会消耗你的信仰、热爱,你准备好了吗?

前者让人热血沸腾,后者让人去思考。

任何因热爱而进入一个行业的人,在听完这样一番话后,无不热泪盈眶。

外面乌云遮月。

司笙倚在客厅阳台的栏杆处,斜斜地站着,面朝小区,外面是人造湖和绿植,远一些,是同样的高楼,万家灯火,明灭交错。

她微微垂眼,披散的长发被夜风吹起一缕,拂过肩头,在身后轻扬。

"很晚了。"凌西泽站在阳台落地窗旁,悄无声息。他逆着光,身影被拉得很长,浅浅的影子,落在司笙的手侧。

"嗯,"司笙转过身,背后靠着栏杆,打量他一眼后,朝他伸出手,"给我一根烟。"

凌西泽下意识地侧身,想将一侧的裤袋遮住。

"别藏了,"司笙唇角上扬,慵懒的嗓音里透着笑意,"我早看到了。"

凌西泽眉头轻拧,往前走了两步,理直气壮地问:"上次劝我少抽点儿的是谁?"

"就一根。"

"不行。"

司笙不跟他扯,直接问:"给不给?"

"不给。"凌西泽直截了当地拒绝。

司笙似乎早料到他的答案,下一刻倾身向前,一只手揽住他劲瘦有力的腰,撞入他的怀里,在他猝不及防的时候,另一只手已然摸入他的裤兜。

司笙纤细嫩滑的手指伸进凌西泽的裤兜里,隔着一层布料,触感当即令凌西泽头皮发麻,轻抽了一口冷气。

偏偏,司笙浑然不觉,将那包烟摸出来时,还略微得意地朝他扬起眉毛:"我们江湖人,都喜欢强来的。"

凌西泽眉头抽了两下,轻轻咬牙,头一低,抵着她的额头,哑声问:"要不要把我强了?"

"省省吧,"司笙松开他的腰,抬手覆上他的脸,轻轻拍了拍,悠然地说道,"违法乱纪的事,我们不做。"

司笙后退一步,又走到栏杆旁,手指挑起一根烟:"你还记得我前几天去见的那个朋友吗?"

"嗯,"凌西泽微微点头,"画漫画猝死的。"

司笙乜斜着他。

下一刻,司笙从自己兜里摸出打火机,熟稔地点燃一根烟,然后,她将那包烟扔给凌西泽。

"不是每个人都能为自己的选择负责。"司笙抽了一口烟,眼里的光芒黯了几分,语调微冷地说道,"我可以做到,别人不一定。"

凌西泽走到她的身侧。

他拿出一根烟，叼在嘴里，没用打火机点燃，侧身靠近司笙。

夜色寂静冷清，客厅的光笼罩着他的身体，光影中的轮廓越发朦胧。他凑近司笙，挺立的鼻梁映在司笙的眼里，细长的睫毛微微垂着，在他的眼下洒落一片阴影。

两根烟在空气中轻轻接触，一点微弱的光燃成两点，香烟的味道在唇齿间扩散，一呼一吸都混杂着别样的气息。

烟点着了，凌西泽撤开一步，牵起了她的手。

她的手很小，手指细长漂亮，皮肤细腻，他抓在手里时，粗糙的指腹摩挲着她的皮肤，生怕碰疼了她。

凌西泽微微偏着头，看着她的眉眼，说："选择都是自己做的，跟你有什么关系？"

"他离开的前一晚还在跟我说，两年前，他本打算改行的。"司笙的眼睫颤了颤，随即抬起，司笙眸如泼墨，晕着一团化不开的暗沉，"因为一句话，他觉得他可以再试试。"

他是职业漫画家，跟一家不出名的漫画机构签约，但没日没夜画出来的作品，根本没人看，收入微薄。

亲戚朋友都劝他，放弃漫画吧，无论转行做什么，他的工资都比画漫画多。

他不同意。

但在生活的重压下，他慢慢燃尽了自己的热爱和追求，在家庭的压力、现实的压迫中选择妥协。可是，就在他选择放弃的那天，Zero 发了一条微博。

"好看的漫画永远不会过时。"

他说，他看到这句话后，鬼使神差地又坚持了下来。

可是，热情和坚持并未给他带来幸运，家里的日子越来越难，而他，也因长时间伏案工作，在夜深人静时猝死。

讲述完，司笙稍作停顿，指间夹着的烟燃到尽头，烫得她手指一抖。

她回过神，继续说："我帮他的妻女，跟这件事有点儿关系。"

凌西泽拿过她手中的烟蒂，掐灭了，然后低声说："你没错。"

"我没觉得我说错了,就是……毕竟跟我有点儿关系。"

"嗯。"

"所以,我激励他们,也得敲一敲他们。"司笙靠在栏杆上,微微抬起头,看着漆黑的夜空,声音沾上几分冷静,"盲目的热情会带来什么呢?人生又不是热血动漫。人在做选择之前,考虑一下现实的后果,很重要。"

凌西泽没说话,但牵着她手的力度大了些。

司笙缓缓吐出一口气,歪了歪头,问:"明明知道热爱不能当饭吃,怎么还有那么多人前仆后继?"

"可能,热爱比生活重要。"凌西泽眼眸低垂,唇角轻轻翘起,"有的人活完一辈子,都不知道自己想要什么。"

司笙不置可否。

怎么都是一辈子。

碌碌无为、甘于平庸是一辈子,奋勇向前、努力拼搏亦是一辈子;明确目的、认真生活是一辈子,自由自在、潇洒快活亦是一辈子……

正因为人有那么多选择,所以才造就出形形色色的人生。

"我很庆幸,"司笙勾着凌西泽的手指,缓缓抬眸,靠在凌西泽的怀里,"老易在我小的时候就告诉我,去做自己想做的事。"

她是自由的。

她的人生、她的灵魂,都是自由的。

正因如此,她才活得这般与众不同,她的存在独一无二。

漆黑的夜里,乌云不知何时散开了,一轮弯月悬挂在高空中,在城市的夜里洒落一层淡淡的月光。

司笙的一场直播,让网友们亢奋了很久。

一夜过后,他们才后知后觉地意识到,这件事有些不正常,像有一只手在操控着这一切,幕后主使不知道司笙就是 Zero,想借着 Zero 来打压司笙。

于是有人重新扒出倾伊人的直播录屏,一帧一帧地分析倾伊人的反应,连心理学家都出面了,专业、客观地分析倾伊人当时的心理状态。

结论是倾伊人收到视频时的表现太假了，很多细节是事先安排好的。

舆论顿时转向倾伊人。CC漫画的年会还未结束，倾伊人为了避风头中途离开了，成了漫画圈里的笑柄。

几天后，京城。

司裳拖着行李箱，身心疲惫地回到家里，可等待她的，是憋了几天怒火一脸阴沉的章姿。

章姿从楼梯上缓步走下来，面若冰霜，眉眼里尽是怒意，冷冷地盯着司裳，如同在看一个敌人："你还有脸回来？！"

"妈。"司裳的一颗心提到了嗓子眼儿，身子下意识地瑟瑟发抖，哪怕她不知章姿为何如此。

章姿走近了。

司裳紧张得不敢动弹。

"啪"的一声，章姿一巴掌狠狠地扇过来，扇得司裳的头猛地一偏。司裳怔住，愣了半天后，感觉到脸上火辣辣的疼痛，才后知后觉地意识到什么。

司裳茫然地抬起头："妈……"

"别叫我妈！"章姿厉声打断司裳的话。

司裳身体颤了一下，抿着唇，红着眼，恐惧地看着章姿。

"司笙能当顶级漫画家，为什么你不行？！"章姿怒目圆睁，看司裳的眼神像看废物一般，"你不仅不行，还抄袭她！"

司裳呼吸一窒。

亲妈的冷嘲热讽如同当众扒了她的皮，她僵在原地，感觉周身的力气被一点点抽走，就连支撑站立都困难，身体摇摇晃晃。

司裳不作声，章姿看到司裳这样甚是厌烦。章姿提了口气，又是一巴掌朝司裳扇过去，司裳这次没有支撑住，整个人被扇倒，连带行李箱一起倒地。

家里的阿姨闻声赶来，被这一幕惊得愣住了，无措地搓着手，不敢上前半步。

"你这个废物！把你养这么大有什么用？！"章姿跟疯了似的朝司裳喊道，"好吃好喝地供着你，要什么给你什么，你连一个被扔在外面放养的都不如！还想当漫画家？都抄到人家头上去了！是嫌不够丢脸是吧？！"

一字一字，一句一句，都如刀子般割在司裳的身上，宛若凌迟。

章姿骂完打完还嫌不够，又踢了司裳两脚，司裳哭着叫"妈"，但章姿跟听不到一样，沉浸在自己的愤怒里。

这时，三楼的司尚山听到动静，心有疑惑地走下来，看到这样的场面，登时脸色大变。

"你在干什么！"司尚山直接冲过来，一把抓住章姿的手腕，将章姿往后一推，把她推倒在地上，怒声道，"章姿，你疯了吗？她是你的亲生女儿！"

"我疯了？你才疯了！"章姿眼含热泪，半撑起身体，指着司尚山控诉，"你不是疼司笙吗，司裳抄司笙的漫画，我帮你教训司裳啊！哈哈哈……司尚山，我在帮你教训司裳，你不高兴吗？！"

章姿一副癫狂的模样。

司尚山的脸色沉了沉。

司尚山没有搭理章姿，转身走向司裳，把司裳从地上扶起来。

他想将司裳扶到客厅的沙发上，结果章姿直接冲上来，仰着头冲司尚山喊："司尚山，你现在知道心疼了？裳裳被司笙公开揭露抄袭，名誉扫地的时候，你怎么不知道心疼？你有为裳裳说半句话吗？司笙明明知道 UU 是裳裳，明明知道裳裳是她的妹妹，她竟然还对裳裳下此狠手……"

司尚山冷着脸，不想听章姿继续嚷嚷下去，抬手将缠上来的章姿推开，冷冷地说道："你给我回章家好好冷静冷静！"

第七章
七年前后

连续下了几日的雨,空气都变得黏糊糊的。雨水滋润,校内的绿植生长茂密,枝叶舒展,四处扩张,遮天蔽日。

细雨停歇。

早自习,教室里响起读书声,凉风从敞开的门窗里吹进来,清新自然,拂过皮肤时凉飕飕的。

司风眠单手支着下巴,左手搭在桌面上,无意识地转着一支钢笔。他微微歪着头看向窗外,清风拂面,看到上方阴暗的天空,看到被雨水洗涤后的树叶,看到操场上被教导主任训斥的学生。

桌面被敲了一下。

司风眠收回视线,抬目看去,坐在前面的萧逆拿着一张卷子侧过身,正狐疑地打量着他。

看出司风眠情绪不对劲,萧逆轻轻拧眉,问:"你怎么了?"

"没事。"司风眠回过神,目光在萧逆的试卷上顿了一秒,"问问题?"

"看一下你的试卷。"

"哦。"司风眠扫了一眼萧逆手中的试卷,低下头,在课桌里翻出同科试卷,把手伸过去,递给萧逆。

萧逆接过试卷,没有及时转身,而是忽然冒出一句:"马上要期中考试了。"

"啊,"司风眠想起了这件事,"是明天吧。"

"嗯。"

司风眠想到萧逆近日突飞猛进的成绩,说:"你加油。"

萧逆淡漠地瞥了司风眠一眼,说道:"我要拿第一。"

司风眠被萧逆的话噎了一下——这是宣战?

司风眠不知怎的,在萧逆淡定傲然的注视下,蓦地紧张了一瞬。

他有点儿危机感。

萧逆又说:"你小心一点儿。"

司风眠顿了一秒,眨眨眼:"哦。"

萧逆拿着卷子转过身。司风眠耷拉着眼皮,抽出单词本打算背单词,但刚背了一页手机就"嗡嗡"地振动起来。

他拧着眉将手机掏出来。

妈:风眠,你帮我跟你爸说几句好话好不好?我当时真的是一时情急,不是有心的。裳裳是我的女儿,我怎么会伤害她?

妈:马上就要期中考试了吧?你好好复习考试,不要被家里的事情影响。

妈:让你爸知道你永远是最棒的。

…………

章姿打骂司裳后就被司尚山送回了章家,之后司风眠每天都会收到章姿的消息。

她说的永远都是"帮她说话"和"好好学习"。

司风眠没有看完,将手机关机,扔回了课桌里。手机撞在桌板上,"砰"的一声,坐在前面的萧逆听到了,一顿,狐疑地回头看了司风眠一眼。

这时司风眠往桌上一趴,随便抓了张卷子盖在脑袋上,装死。

"喂。"萧逆将手肘搭在司风眠的桌面上,忽然喊司风眠。

司风眠挣扎了两秒,抬起头,神情疑惑。正当司风眠以为萧逆又要下战帖的时候,萧逆却问道:"姐这周回来了,你周末过去吗?"

"我……"司风眠稍作犹豫,抬眸看着萧逆看似平静却藏着担忧的眼神,改口道,"我去。"

"哦。"萧逆酷酷地应声。

司风眠又说:"我想吃糖醋小排。"

萧逆一声不吭地转了回去。

司风眠见状,笑了一下,拿起一支笔,往前戳了戳萧逆的肩胛骨。

萧逆拧着眉回头。

司风眠笑笑,眉眼弯起来:"糖醋小排,谢谢哥。"

"哦。"萧逆冷着一张脸答应了,没有再搭理司风眠。

于是,司风眠长吁口气,抬手搓了搓脸,让自己振作起来,继续拿着单词本背单词。

司笙的直播在网上热闹了几天。

直播结束之前,司笙那几句话令她彻底爆火,网友尽是褒奖,Zero这个微博账号的粉丝量疯涨。

至于司笙,则是在直播结束后跟凌西泽回了京城。

凌西泽要上班,萧逆在学校,司笙连个要照顾的人都没有。司笙跟《0808》剧组签约后,就在家里专心地画漫画,竟创造了一周两更的新纪录。

这天晚上,司笙上传完漫画后,去洗了个澡,回到小书房里时看到一个未接电话,是宋清明打来的。

司笙回拨过去。

"宋哥,怎么了?"

"你在家里吗?"宋清明问得简洁明了,呼吸声有些重。

"在。"

宋清明说道:"那你出来一趟,把你的男朋友接走。"

说着他就挂了电话。

司笙虽然不明所以,但还是走出门。

走廊里亮着灯,她疑惑地张望着,听到电梯的方向传来动静,不多时,就看到宋清明扶着凌西泽走了过来。

她微愣，连忙走过去："怎么回事？"

"应酬，"宋清明说，"喝多了。"

司笙抓着凌西泽的一条手臂，帮忙扶着，然后瞧了一眼神志清醒、未沾酒味的宋清明，忽然就来了气："你怎么没喝多？"

宋清明莫名其妙地说："我是技术人员，喝什么酒？"

"那你不会帮他挡一挡？"司笙不爽地责问。

忽然被扣下一口黑锅的宋清明心里无奈：他送凌西泽回来还有错了？

想到司笙的臭脾气，宋清明识趣地不跟她计较，说道："他胃不大好，你照顾着点儿。我晚上还得回家，爷爷在催。"

"哦。"司笙点点头，随口道，"替我向宋爷爷问好。"

"自己问。"宋清明扔下一句话，就走了。

司笙习武出身，扛凌西泽还是可以的，用不着宋清明帮忙。

事实正如宋清明所料，司笙扶着凌西泽并不费力。因为不知道凌西泽家的门锁密码，司笙将他带回了自己家。

来到卧室，司笙掀开被子，让他躺下。

结果，司笙刚拽着被子的一角，想给他披好，他强劲有力的手臂就揽上了她的腰，将她往前一拉。司笙一不留神，直接倒在他的怀里。

她的下巴磕在他的肩上，她有点儿疼。

司笙"嘶"了一声，伸手去拧他的胳膊，没好气地咬牙问道："装的吧？"

"真醉了。"凌西泽强劲有力的手臂搂着她，嗓音略微沙哑，气息微醺撩人。

司笙嘀咕："一身酒臭味。"

她把头埋在他的颈侧，鼻翼翕动，嗅到的全是酒味。

凌西泽偏过头，靠得近一些，蹭了蹭她的额头："嫌弃啊？"

"有点儿，"司笙答着，稍作停顿，然后声音低了几个分贝，"不过，可以将就一下。"

凌西泽揽着她轻笑。

司笙微微仰起头，抬起手掌，覆在他的额头、脸颊上，感觉温度比平时高，问："头痛吗？"

"嗯。"

"我去给你弄点儿醒酒的。"司笙说着就要起身。

结果，放在司笙腰上的手臂一用力，又将她给拉了回去。

"不急，"凌西泽侧身，埋在她的发间，轻声低喃，"陪我躺会儿。"

他摸到她的手，摊开她的掌心，与她的手指相扣，情人间的小动作，满是温柔缱绻，稍微碰一碰，连心都化作一摊水，软得一塌糊涂。

他总想跟她待着，哪怕什么都不说，什么都不做。

他看她一眼，心都是满的。

"哎。"司笙倚在他的怀里，一只手由他牵着，另一只手挠着他的下巴。

凌西泽微微一动，被她挠得有点儿痒。

"嗯？"他出声，仅一个鼻音，醉酒令他有点儿乏，脑子昏沉。

"明天还上班吗？"司笙问。

凌西泽将指腹放在她的手背上摩挲着，低着嗓音说："上午有个会。"

"必须去？"

"嗯。"凌西泽应了一声，随后戏谑地问道，"心疼了？"

他本是随意一问，司笙却坦诚地回答："嗯。"

凌西泽怔了须臾，感觉一颗心似被蜜糖浸泡着，甜丝丝的。他将人搂得更紧了些，觉得不够，吻了吻她的额头，还觉得不够，又亲了亲她的脸颊和唇，气息忽然变得滚烫，连呼吸都有几分醉人。

司笙的耳尖添上一抹红色，她伸手抵着他的肩，跟他拉开一定的距离："我警告你啊……"话说到这，她瞧见凌西泽深情缱绻的眼神，底气又弱了几分，弱弱地威胁，"你要是乱来，我会动手的。"

"我醉了，"凌西泽一秒变脸，开始卖惨，"还胃疼。"

"你说你，"司笙明知他在卖惨还是止不住地心疼，咬咬牙，气不过，拧着他的耳朵一顿蹂躏，"好好的大男人，你撒什么娇？"

"好了好了，"凌西泽抓着她的手，哄她，"我耳朵敏感，你再碰下去，我就当你调戏我了。"

司笙瞠目结舌:"不要脸。"

凌西泽立马附和:"是是是,我的脸论斤卖的。"

司笙一下没忍住,被他逗笑了:"还没完了是吧?"

"就亲一下。"凌西泽又凑过来,低沉浑厚的嗓音裹着醉意,带着蛊惑人心的气息,"就一下。"

司笙酒量不好,光是听着他的声音就醉了,毫无原则地被他牵着走,理智全失,任由他摆弄。

几分钟后。

"凌!西!泽!"司笙跳下床,抬手摸着被咬破的唇,咬牙切齿地瞪着凌西泽。

罪魁祸首安然地躺着,一副饱食餍足的模样,眉眼染上满足的笑意,偏因醉酒,还带着几分冷淡禁欲的气息。他的眼睛很亮,两道视线一扫过来,司笙天大的火气都被压制住了。

凌西泽拉住她的手:"疼吗?"

司笙怒极,反问道:"我咬你一口疼不疼?"

"来啊。"酒劲上头,凌西泽节操什么的统统都不要了,就差张开双手,摆出一副"躺平任你蹂躏"的架势了。

司笙无奈了。

她穿着衬衫和牛仔裤,此刻,衬衫皱皱巴巴的,衣扣被解开几颗,露出精致漂亮的锁骨,白皙的皮肤跟红印形成鲜明的对比。内衣背扣松开,她不得不腾出一只手捏着。

原本扎着的头发,不知何时被凌西泽扯松了,她披头散发,头发蓬松且凌乱地垂落下来,一副容易被误解的模样。

本来只是逗逗她的凌西泽将她这般模样看在眼里,喉结不由得滚动了一下。

从他的眼里看到某种难以自拔的欲望,司笙心生警惕,视线往下一瞥,随即恼羞成怒,耳根蓦地红了。

"把你的眼睛闭上!"司笙抬手将被子一掀,把他整个人都遮住了。

然后她背过身子,快速地整理好自己。

司笙呼出两口气,摸了摸自己滚烫的脸颊,又摸了摸胸口,心情一阵纠结。回身后,她瞥见凌西泽还在被子下,一动不动,登时脾气又下去了。

"不闷?"司笙走过去,轻轻一扯被子。

"闷。"从被子下透出来的声音都闷闷的。

司笙咬牙。

这男人,撒娇耍赖装可怜一套齐活儿!

司笙抓紧被子一角,没好气地将盖在他脑袋上的被子往下一拽:"你自己没手?"

结果,他的脑袋刚露出来,司笙的手还没来得及松开,就被他抓住了。

凌西泽抬起眼睑,呼吸到新鲜空气后,又是那般厚颜无耻的样子。他不要脸起来,总是让人又爱又恨,纠结得不行。

他勾唇,嘴唇上留了点儿红印:"不敢。"

司笙一脑门子官司:"还有你不敢的?"

吐槽过后,司笙消了点儿气,有点儿担心他的胃:"你好好歇着,我去给你做点儿吃的。"

说完她没再管他,将手抽离,匆匆地出了卧室。

凌西泽躺在床上,看着她的背影,眸色沉沉的,晦暗不明。他抿了抿唇,想着温软在怀的触感,"啙"了一声,有点儿懊悔。

他自作自受。

司笙上网研究了几分钟,在诸多醒酒汤里挑选了一款中意的,但苦于家里食材不够,找了半天都没凑齐,最后只能求助于萧逆。

半夜刷题的萧逆看到消息后,直接一通电话打了过来。

"不用那么麻烦,让他多喝一点儿水。如果他没有睡的话,你还可以给他做一点儿吃的。"萧逆不疾不徐地说,"他胃不好就弄点儿温和的食物,不要刺激的、油炸的。"

"哦。"司笙走进厨房,重新打开冰箱,想看看仅剩的食材可以做点儿什么。

电话那边静默片刻,萧逆喊她:"姐。"

"怎么了？"司笙专心地翻找着食材，心不在焉地应道。

"司家最近的情况，你知道吗？"萧逆问道。

"没跟司尚山联系。"司笙如实回答，顿了顿，察觉到不对劲，"怎么了？"

"不清楚。"

"哦，我明天问一问。"司笙找到一包麦片，撕开包装，抓了一点儿放到嘴里尝了尝味道，"你明天期中考试吧？"

"嗯。"

感觉这包麦片味道不错，司笙将麦片往旁边一放，又在冰箱里找到一盒牛奶："你随便考考就行，学生这么晚不睡觉，会变成傻子的。风眠不这样吧？"

"他比我还晚。"

"是吗？"司笙淡淡地说道，"什么时候把光环摘了就轻松了。"

萧逆被噎住了，一时不知该说什么。

有时候他不得不承认，司笙说的话看似无厘头，但细细一想，还是有那么几分道理的。

司笙："挂了。早点儿睡。"

萧逆："嗯。"

司笙端着一碗牛奶麦片回到卧室里，乍然一看却没看到人，微微一惊，然后听到浴室里有动静，抬眼一看，看到映在浴室门上的影子。她暗自松了一口气。

司笙站在原地，犹豫着是要在卧室里等待，还是先出去，但没等她做出决定，浴室门忽然被打开。

司笙下意识地抬眼去看，凌西泽的身影映入眼帘，视线愕然顿住。

他就在腰间系着一条浴巾，赤裸着上身，水尚未擦干，水珠顺着脸颊滚落，滑过喉结和锁骨，一路蜿蜒往下。结实有力的胸膛、肌理分明的腹部，每一块肌肉里都蕴藏着力量，线条流畅，禁欲又性感，看得司笙背脊发麻。

凌西泽站在门口，瞧见司笙在床边戳着，狐疑地问道："这么快？"

"嗯。"

司笙站着没动。

凌西泽走出来，垂眼看到司笙手中端着的牛奶麦片，舌尖抵了抵后槽牙，哂笑："你喂猫呢？"

司笙给他一个白眼："吃不吃？"

"吃。"凌西泽笑着将她手中的牛奶麦片接过来。

落地窗旁有一张软椅，凌西泽走过去，坐下，随手开了落地灯。灯光落下一圈暖黄，越远越淡。

他收敛了棱角和锋芒，司笙的心一软。

"你就这样吃？"司笙打量着他，视线停在他身上那条浴巾上。

凌西泽舀了一勺牛奶麦片，然后抬了抬眼睑，疑惑不解地问道："不然怎么吃？"

司笙磨牙："穿衣服！"

"影响到你了？"凌西泽手指一松，将勺子放回碗里，腾出一只手，整理了一下浴巾，极其不要脸地跟司笙说，"抱歉，我的诱惑确实有点儿大。"

美不死他。

司笙缓缓吸了一口气，看到他湿漉漉的头发，轻抿了一下唇，然后转身去了浴室，拿了一条毛巾出来。她走到凌西泽的身边，将毛巾搭在他的头上，隔着毛巾轻轻擦拭着他的湿发。

凌西泽抬眼，与她对视。

司笙凶他："吃你的。"

"哦。"凌西泽竟没插科打诨，应了一声，随后乖乖地低下头，安静地继续吃。

司笙垂眼瞧着他。

洗过澡后，他整个人都柔和了许多，原本锋利的线条都软和了。她的手指碰到他的头发，他的头发出乎意料地细软，摸起来很舒服。

他一勺一勺地吃着牛奶麦片，司笙看得有些愣神，某一刻，勺子碰到碗沿发出清脆的声响，她猛然回过神。

司笙眼睛一眨，忽然有点儿心虚，左右看了几眼后镇定下来。

她清了清嗓子，没话找话："你不醉了吗？"

凌西泽一顿，抬眼看她，薄唇轻轻弯起微妙的弧度："你的意思是让我给你一个喂我的机会吗？"

这个油腔滑调的男人。

凌西泽又吃了一勺，笑道："我现在还好，没那么难受了。"

"让你喝那么多。"

"说实在的，"凌西泽眉眼扬起一抹笑，漆黑的瞳仁湿润闪亮，低哑的嗓音也染上了笑意，"把我灌得最狠的，是你。"

司笙纳闷儿地拧眉，随即想到七年前她吹嘘自己千杯不倒，给凌西泽一瓶白酒的事，略微一顿，有点儿心虚。

然后，她睁眼说瞎话："你自己猛灌，拦都拦不住。"

凌西泽听到这话，惊奇地抬眸，调侃道："你的良心不痛？"

"没这玩意儿。"

"我当初想着，"凌西泽回忆往事，无奈地说道，"再怎么着，也不能输给你。"

司笙看着他。

凌西泽将牛奶麦片吃完，把碗递给她，故作惊叹道："谁知道论酒量，打一开始，你就倒在了起跑线上。"

司笙被挤对得无话可说。

她天生的酒量是一两就倒，二两酒的量还是她练过的成果。

半晌，司笙决定不跟醉鬼计较，问他："你那么注重养生，怎么会得胃病？"

"有段时间……"话语一顿，凌西泽定定地看了她两秒，才淡淡地说道，"不是太注重养生。"

司笙离开后的一段时间，凌西泽抽烟喝酒，时常忘记吃饭，一心投入工作，经常参加各种酒局，久而久之就得了胃病。

他的停顿让司笙意识到什么，于是她又冷不防心虚起来。

素来在任何人、任何事前都理直气壮的司笙，只有在凌西泽的面前频频没有底气。

"哦，"司笙没有继续这个话题，催促他，"你赶紧睡，好好休息。"

她想走。

凌西泽伸手拽住她，眼睛微抬，眼里醉意浮现，眸光碎成星星点点："你去哪儿？"

司笙一时不忍，拿过他手里的空碗："去洗碗。"随即她一顿，然后又说，"再给你找条裤子。"

说着她将手抽离，转身离去。

这时她的身后传来低低的一声"哦"，声音很轻，乖得很。

在厨房里洗了碗，司笙到萧逆的房间找到一条新裤子。

可她没去卧室。

司笙坐在客厅的沙发上，呆呆地坐着，微微锁着眉，心不在焉地看着前方。

时间在流逝，夜色越发浓郁。

她忽然想到灌醉凌西泽的那一次。

七年前，她跟凌西泽交往后，二人去大西北自驾游。在野外露营时，她忽然萌生恶作剧的想法，入夜拿出两个酒瓶，一瓶白酒，另一瓶白开水。

那里荒无人烟，只有两顶帐篷。

人说，喝醉酒的人死沉死沉的。

这话不假。

白酒配了两碟下酒菜，司笙将凌西泽灌得很猛，扶他去帐篷里休息时，把司笙累出一身汗。

"进帐篷里后，套上睡袋，知道吗？"

将帐篷拉开后，司笙蹲在地上，看着对面的凌西泽，颇为发愁地叮嘱他。

荒漠地带昼夜温差大，那时纵然是四月底，但夜间最低气温可达零下。那晚也就四摄氏度左右，冲锋衣压根儿不保暖。

凌西泽摁了摁眉心，头昏脑涨，拉着司笙问："你怎么没醉？"

"我千杯不倒。"司笙撒谎不打草稿，回答完后意识到被拐跑话题，教训他，"我说的话你听到没有？"

"嗯，进帐篷里后，套上睡袋。"凌西泽乖乖地点头。

见他听话，司笙摸了摸他被冻红的耳朵，说："去吧。"

"不去。"凌西泽拽着她，不让她走，"我想跟你在一起。"

"冷啊。"司笙抱怨着，将他往帐篷里推。

结果他进去半个身子后，就揽住司笙的腰，手臂一使劲，将她也拉入了帐篷。

"不冷。"他的手从她的额角上摸过，手指糙糙的，磨得她有些疼。

他将擦拭过她脸颊的手给她看："你出汗了。"

还不是搬你累的！

司笙自作自受，被冷风一吹，哆嗦了一下，窝在他的怀里哄他："凌西泽，你听不听我的话？"

"听。"

"那你套上睡袋，好好睡觉。"司笙崩溃地跟他掰扯。

"睡不着。"

"你要怎么才能睡得着？"

"亲一下。"他的气息很清冽，又有点儿酒味。

司笙犹豫半晌，闻着他的气息，小声说："说好的，就一下啊。"

"嗯。"

喝酒是司笙的弱项，离他太近她都觉得自己要醉了，把他安顿好后钻出帐篷时，她的脸颊又烧又烫，光是用手指感知温度，都能想象得到皮肤已经红得能滴血。

钻回自己的帐篷里，司笙翻来覆去好一会儿，才冷静下来。

她缩在睡袋里，毫无睡意。

手指无意识地覆上唇，司笙有种被吃豆腐的不甘和不爽，但是，心脏"怦怦"直跳，又提醒她好像不是那么回事。

她睁眼闭眼，满脑子都是他。

后半夜，司笙渐渐有了睡意，耳边却响起手指刮动布料的摩擦声。

月朗星稀，纵然是夜里，月光落下来，视野亦是清晰的。

恍惚间，司笙烦躁地睁开眼，见到投在帐篷上的阴影，一怔，将上半个身子探出睡袋，然后把帐篷拉开。

她探出头，突然见到倾身制造噪声的凌西泽蹲下来，跟她保持着一致的高度。

"干吗？"外面温度挺低的，司笙被搅了睡眠，有点儿烦闷。

柔和的月光落在凌西泽的身上，为他镀上一层银光，他的眉眼被笼罩在阴影里，带着几分醉意、几分缱绻，看一眼，人都要醉上几分。

一瞬间，司笙情绪全无，心头小鹿乱撞。

殊不知，忽然从帐篷里冒出头的她，在如水的银光里，美艳得像个暗夜妖精，看得凌西泽呼吸一窒。

本来浑浑噩噩地来到她帐篷外的凌西泽登时清醒几分，恍惚几秒后，终于意识到自己身处何地。

他却不想走。

他静静地盯着司笙，然后，视线落到她略微红肿的唇上，嗓音微哑地说道："睡不着。"

"哦。"司笙换了个姿势，半蹲着，两只手交叠放在膝盖上，却不知道该说什么。

停顿好半晌，凌西泽又说："想你了。"

眼睛微亮，随后又故作淡定，司笙没将那点儿小欢喜表露得过于明显，而是淡淡地"哦"了一声。

她有点儿小紧张，小局促。

她避开凌西泽的视线，乱瞥着，意外地看到凌西泽只套了件冲锋衣，衣襟还是敞开的，看着就浑身冰凉。

她眼珠一转，问："不冷吗？"

她想伸手给他拉上拉链，不过思来想去，又忍住了。

"冷。"凌西泽如实回答。

司笙一皱眉，瞪他："那你不拉上拉链？"

凌西泽有点儿想笑。

她生气的样子别提多好看了，一点点小情绪，能把人的心魂一下都勾没了。

"太冷了，手不利索。"凌西泽紧盯着她，试探地问道，"你帮我？"

司笙还有点儿小傲娇："就一次啊。"

"嗯。"凌西泽当即点头。

司笙打量他一眼:"那你起来。"

凌西泽依言站起身。

司笙钻出帐篷,冷风吹得她也冷。她不愿意走出去穿鞋,只得招呼他:"过来点儿。"

于是,凌西泽走过去了,跟她挨得极近。她低头给他拉拉链时,风从斜侧吹过来,吹乱了她一头如墨的长发。

凌西泽稍微低头,下颌就能碰到她的头发,又软又细,每根发丝都裹着银光,似拂过柔软的心尖,令人心悸。

拉链很快就拉好了。

"可以了。"司笙呼出一口气,气息化作白雾,转眼被风吹散。她抬眸看他,叮嘱道,"你去睡吧。"

当时两个人都傻了,智商降为负数——回帐篷里睡觉,跟拉不拉冲锋衣的拉链,有什么关系?他们真是多此一举。

偏偏,那时候,他们俩都没意识到。

"睡不着。"他又是这话。

司笙想到几个小时前的经历,又恼又羞,弯腰就钻回了帐篷里。

可是,两秒后,她又探出头,对凌西泽命令道:"快去睡!"

凌西泽没往回走,而是顺势在帐篷外坐下来,隔着敞开的帐篷门帘,瞳仁漆黑却透着亮光。

他问:"聊天儿吗?"

司笙坐在帐篷里,一只手环着膝盖,下巴轻轻抵在膝盖上,偏头看着坐在外面的他:"聊什么?"

什么话题都能聊。

他们永远有说不尽的话题。

聊了十来分钟,司笙被冻得浑身冰凉,又心疼在外面坐着的他,不知怎的就把他请了进来。

单人帐篷,二人待着有些拥挤,司笙本想等凌西泽睡着后去隔壁的,可这人醉酒后是真睡不着,好不容易等他睡着了,她稍微一有动静,他又醒了。

司笙被他折腾得不行,干脆什么矜持都不要了,哈欠连天地从他的帐篷里找出睡袋，跟他挤在一个帐篷里，凑合了一个晚上。

除了最开始醉得糊涂的时候，后半夜，凌西泽都非常谨慎地没有碰她。

二十三岁的纯情青年一去不复返。现在的凌西泽褪去青涩，就只剩"老流氓"的本质了。

司笙长长地叹息一声，抓起手边的裤子，起身走向卧室。

在客厅里待得有点儿久，司笙进卧室里时以为凌西泽睡了，蹑手蹑脚地走进去，结果刚摸到床边想看看情况，"啪"的一声，床头灯亮了。

司笙被突如其来的光线刺得闭了闭眼。

下一秒，她听到凌西泽慢条斯理地说："就算想半夜爬床也不用这么偷偷摸摸的。"

司笙沉默了片刻，然后将手中的裤子往凌西泽的身上一扔。

她背过身："快穿上。"

她的身后传来"窸窣"的声音，不多时，凌西泽的声音响起："好了。"

司笙松了口气，回过身，凌西泽半躺在床上，露出半个精壮的身子，正饶有兴致地看着她。

司笙说："我走了。"

稍顿，凌西泽认真地盯着她，开口："我睡不着，缺个专业陪聊。"

司笙犹豫片刻，终于妥协了："不准乱来。"

"嗯。"凌西泽眉眼染笑，自觉地将旁边的被子掀开，给她腾出位置。

司笙钻到被窝里，侧身一躺，裹好被子，凌西泽也躺了下来。

她问："聊什么？"

凌西泽手臂一抬，关掉床头灯，室内登时陷入黑暗中。

凌西泽自然而然地搂住她："困了吗？"

"还好。"

"那就随便聊聊。"

"哦。"

七年前，他们谈人生、谈梦想、谈爱好，可以聊很久很久。七年后，他们的人生经过沉淀，越发成熟、丰富，而他们不仅没有变得生疏，反而话题越来越多。

你的人生、我的人生，这互相缺失的五年，不是一朝一夕能聊完的。

聊着聊着，司笙昏昏沉沉地睡了过去。

凌西泽确实易醒，身体越沉重，脑袋越清醒。

找不见她时，他醉过一周，浑浑噩噩的，只要有意识，满脑子都是她。

而现在，她在他的怀里。

于是，后半夜数次惊醒的凌西泽，看看她，又安心地睡了过去。

司笙在清晨温暖的阳光里睁开眼。

"我要睡懒觉。"司笙将被子一拉，挡住刺眼的光线，咕哝的声音像是在撒娇。

将窗帘拉开的凌西泽，闻声回首："那就再睡会儿。"

司笙顿了顿，将被子往下一拉，眯着眼："你要去上班了吗？"

"嗯。"凌西泽走过来，微微点头，"我待会儿把你的早餐放到桌上。"

司笙纠结片刻，说："你帮我拿一下拖鞋。"

凌西泽轻笑一声，将她乱扔的拖鞋找来，半蹲下身，放在床边，方便她穿。

他做这一切时司笙坐起身，见他蹲在床边忙活，她凑过去，伸手捧起他的脸，微倾下身，对他的脸一阵揉搓。

她颇为不甘心地说道："你宿醉，又睡不好，大清早怎么还神清气爽的？"

凌西泽任由她蹂躏，抬眸看着她，唇角上翘："有你这剂良药。"

阳光里尘埃起伏，一缕光线斜斜地落在他的眉眼上，衬着那一抹勾唇浅笑……怪好看的。

司笙微怔，下手力道轻了些。

"大清早的笑得像个傻子。"司笙伸出两根食指，抵着他的嘴角，强行往下扯了点儿。

周五,第一附中。

下课铃声一响,学生就跟脱缰的野马一样奔出教室,迫不及待地往外面跑,原本空荡安静的走廊立即被学生侵占,拥堵又喧哗。

司风眠和萧逆一起走出教学楼。

路上,司风眠说着他惦记已久的糖醋小排,说得萧逆十分烦,只想用胶布将司风眠的嘴巴封上。

他们走出校门,司风眠听到背包里的手机在振动,心里有种不祥的预感,顿了顿,将背包取下来,拉开拉链跟萧逆道:"我接个电话。"

萧逆站在一侧等司风眠。

司风眠拿出手机,看到来电显示后表情变了变,然后拿着手机走到一边,低低地喊了一声:"妈。"

水云间。

萧逆一如既往地提着食材和水果回来了。

司笙正在阳台上看《0808》的剧本,听到动静后懒懒地抬起眼帘,看到只有萧逆一个人后,微怔,出声询问:"风眠呢?"

两天前他们期中考试考完,司风眠给司笙打了一通电话,说这个周末会过来,希望司笙提前帮他跟司尚山说一声。

萧逆的视线扫过来:"他被他妈叫去章家了。"

司笙早就打电话问过司尚山司家的近况,闻言,心里有数了。

须臾,她淡淡地说道:"哦。"

司笙知道情况,萧逆却不知道,他犹豫片刻,还是走了过来,问道:"他家出什么事了?"

司笙三言两语地跟他说了一下情况。

萧逆听完后,沉默地看着司笙——合着这一切都是因她而起?

若非司笙直播公开自己就是Zero,就不会导致章姿这般疯狂,从而对司裳出手……这一连串事件的起因都是司笙。

不过事情虽因司笙而起,是非对错却跟司笙无关,她充其量是在司

401

裳踩到她头上来时，没对司裳留情罢了。

司笙打量了一眼他手上提着的食材："晚上吃什么？"

"糖醋小排。"萧逆往厨房走。

司笙交代他："加个粉蒸肉。"

你们姐弟俩就知道吃。

期中考试是全市联考，老师们加班加点地批改试卷，原计划是下周一出成绩的，但周日就有消息接连传出来。

老师们亢奋地统计前面的名次，周日下午，就有消息传出：第一附中的萧逆和司风眠分别拿下市第一、第二。

天黑时，消息得到证实，在班级群里传开了。

"司风眠第二，萧逆第一？"

"一分之差。"

"司风眠是怎么了？发挥失常了吗？"

"好玄幻。姐姐是漫画界的分镜鬼才，兄弟俩是全市第一、第二。能给我们留条活路吗？"

…………

吃了晚饭，萧逆跟往常一样洗了碗筷，想去书房里继续刷题，结果在班级群里得知了成绩的事。他看了看聊天儿记录，不仅没觉得高兴，反而拧了拧眉。

他走出书房。

司笙刚吃了饭，正在偷偷吃零食，冷不防抬眼瞧见萧逆，下意识地想将零食收起来，顿了顿后意识到自己的身份，又一脸坦然地将零食放在茶几上。

萧逆对她偷吃零食的事早已司空见惯，没说一句，只是淡淡地说道："成绩出来了。"

司笙喝了口水，发现他并不高兴，颇为体贴地问："掉了多少名？"

萧逆无言。

微顿，司笙又安慰道："你不用太沮丧……"

萧逆打断她的话："全市第一。"

"啊？"司笙愣了一下，觉得萧逆这人还挺匪夷所思的，"那你怎么一点儿都不高兴？"

"司风眠第二，差一分。"

"不挺好的嘛。"司笙莫名其妙地说，"你嫌差距太小？"

她怎么说得牛头不对马嘴。

萧逆沉默了一下，将情绪稍作整理，拧着眉头道："我是正常发挥，按理司风眠会比我高十分左右，他应该被影响了。另外，他妈一直要求他考第一，现在他家情况又这样，他的处境或许有点儿艰难。"

"担心他啊？"司笙一语戳穿他的心思，然后无语地吐槽，"直说就行，非要绕这么大一个弯子。"

萧逆识趣地不跟她争辩。

司笙想了想，拿起茶几上的薯片，抓了一片塞到嘴里，挑眉问道："想要什么奖励吗？"

"嗯？"萧逆略微惊奇地看着她。

"全市第一，不应该奖励一下？"司笙理所当然地说道。

看出萧逆的心思，司笙轻笑一声，补充说道："司风眠的事另说。"

萧逆一顿："没有。"

"没有？"司笙以为他在客气，直接说道，"什么球鞋、游戏机、电脑……没有想要的？你尽管说，什么都可以买。"

实在没什么欲望的萧逆想了片刻，给出答案："真没有。"

"没意思。"司笙一撇嘴，将薯片扔到茶几上，站起身。

她径自走向衣帽间。

萧逆见状，张了张口，想说点儿什么，但直至司笙走进衣帽间里，他都没有吭声。

他确实没什么想要的。

萧逆戳在原地，回想着司风眠平时和司笙的相处方式，犹豫着是否要"哄一下"司笙，内心天人交战。

衣帽间里传来脚步声。

萧逆抬眼看去，神情很纠结。

这时，司笙走了出来，手里拿着一黑一白两顶同款的棒球帽，看了萧逆一眼,将黑色的棒球帽往萧逆的方向一扔。

萧逆下意识地伸手接住。

"我在安城买的,送给你,就当奖励好了。"司笙说着举起另一顶帽子,在手里晃了晃,"这一顶就送风眠了。"

萧逆垂眸看着手中的棒球帽,冷淡的眼神柔和了几分。

章家。

卧室的窗户开着,清凉的风徐徐吹入。

夜幕降临,司风眠写完一套试卷,搁下笔,想在吃饭前将没看完的机甲大赛视频看完,于是打开笔记本电脑,点击播放。

就在这时,门被敲响。

司风眠奇怪地皱眉,将视频暂停,刚想说"进来",门就被突然推开。门往后一弹,撞在墙上发出剧烈的声响。

"妈。"司风眠从椅子上站起来,看着闯进来的章姿,神情古怪,心里不自觉地多了点儿防备。

章姿表情阴冷,眼神如同利剑,冷冷地扫向司风眠,语气严厉地说道:"你们这次期中考试的成绩出来了,你知道吗?"

"不知道。"司风眠如实回答,不过光看章姿的反应心里就有数了,估计他考得不尽如人意。

司风眠见过章姿这样的状态。

司裳上大学前,每次成绩不如章姿所愿,章姿都是这样,仿佛差几分、差几名天都要塌了似的,只要不是她所想的成绩和排名,就能让她濒临崩溃。

"我刚跟你们班主任打了电话,你全市第二!跟全市第一差一分,你知道全市第一是谁吗?"章姿声音微微压低,看似平静,实则是暴风雨来临的前兆。

司风眠猜到了,但没吭声。

"是萧逆!是你爸念念不忘的那个女人生的儿子!"

章姿在喊出"萧逆"这个名字的那一瞬间忽然爆发,猛地朝司风眠冲过去,一把揪住司风眠的衣领摇晃着。

她红着眼睛崩溃地怒吼："你最近是不是一直在跟他玩？他有没有耽误你学习？那个女人生的儿女也不是好东西，那对姐弟都是来祸害你的，你知不知道？他就是想把你拖垮了，自己踩上去！"

"妈！"一字一字、一句一句入耳，尖锐的声音刺激着司风眠的神经，他终于忍不住喊了一声，将揪着他不放的章姿推开。

"他们没有你想的那么龌龊。"司风眠帮司笙和萧逆辩护了一句，抬眼看到章姿震惊的神情，心一软，声音放缓和了一些，"这次考试是我发挥失常了。"

章姿根本不听他的解释，斩钉截铁地喊道："你就是被他影响了！"

司风眠吸了口气，不知如何跟章姿解释。

他确实受到了一点儿影响，但不是司笙和萧逆，而是章姿。

司尚山不管家里的事，顶多算冷落子女，跟子女不亲近，但章姿不一样，一手造成了家里的压抑氛围，子女谨小慎微，处处都得看她的脸色行事，她的情绪稍有不对，他和司裳在她的面前连大气都不敢出。

以司裳的才艺成绩，本该是大方自信的性格，就是在章姿的管束和批评下，变得自卑敏感。

这么多年，章姿从未反省过自己，甚至都没察觉到她的教育方法是错的。

"没话说了是吧，果然是被他影响的，那个女人生的孩子不是什么好东西！"章姿将司风眠的沉默当作默认，情绪反而更激动了，抬手指着司风眠，"你现在赶紧给你爸打电话，告诉他，那对姐弟故意干扰你学习，其心可诛！"

说着，她冲到书桌前抓起司风眠的手机，跟疯了似的将手机推到司风眠的面前，怒吼道："快！给你爸打电话，说是他们俩的错！快啊！"

司风眠就那么站着，平静地看着章姿发疯一样的举动，没有回应，没有动作，只觉得章姿的所作所为荒唐至极。

"你不肯？"章姿终于察觉出端倪，愣了一下，恍惚几秒后忽然想明白了什么，抓住司风眠的肩膀，"是不是他们俩把你策反了？！风眠！你是我的儿子，我养了你十几年，你跟他们才认识多久啊？！你怎么能站在他们那边呢？"

司风眠低头看着章姿。

他比章姿高半个头,章姿得仰着头看他。此刻的章姿,跟端庄、教养搭不上边,只是一个失控的母亲,为了吸引不爱自己的丈夫的注意不惜将子女当工具人的可怜人。

看着这样的章姿,司风眠没有一丝愤怒,只有怜悯。他冷静地说:"我没有。"

"你没有?那你为什么不肯打电话?!"章姿彻底崩溃了,冲着司风眠咆哮,喊得撕心裂肺。

"因为我没考第一,爸也不会觉得这是一件丢脸的事。"司风眠一字一顿地说,"他根本就不在乎这个。"

"这跟你没关系!"章姿厉声道。

窗口有风吹入,很凉。

司风眠平静地回视章姿,直接挑明:"你想挑拨他和司笙的关系,不需要拿我当借口。"

他轻描淡写的一句话,揭开了章姿一直以来的遮羞布,让章姿最阴暗的想法赤裸裸地暴露出来。

什么为子女好,什么培养他们,这一切不过是她用来讨好司尚山的工具罢了。对章姿来说,他们的爱好不重要,他们的未来也不重要,重要的是能引起司尚山的注意。

"你在胡说什么?!"章姿惊愕了几秒,然后恼羞成怒,情绪彻底失控。

忽地,她的余光瞥见笔记本电脑上暂停的视频,于是像是找到发泄口一般,立马指着电脑,怒不可遏地道:"我不是不让你搞这些机甲吗?你怎么又在看?!好好读书!好好读书!你现在学习比什么都重要,你知不知道?!你是不是还想参加机甲大赛?这次考试发挥失常是不是跟这个有关?!"

她这一番如同密集炮弹般的质问砸下来,司风眠只觉得窒息,像是被她扼住喉咙一样。

他没说话。

章姿更加愤怒,直接冲过去,将笔记本电脑往地上使劲地摔去,然

406

后朝司风眠扑过来,放声哭喊指责他。

章姿在司风眠的房间里上演了一场可笑的闹剧。

她把能砸的都砸了。

最后是司风眠的外公听到动静后赶过来,将陷入疯狂中的章姿制止住,然后找人强行将章姿带走,将他们母子俩分开。

"你先在房间里待着,晚饭给你送上来,不要再刺激她了。"外婆叮嘱司风眠,没有一句安慰的话,说完就离开了。

所有人都散了。

卧室门被关上。

司风眠仍旧站着,神情有些木然。他唇角翕动,牵扯到靠近酒窝的抓痕,有点儿疼。身上被章姿随手抓的东西砸到了,或重或轻,都挺疼的,但他又觉得没那么疼。

他抬手,用手背蹭了蹭脸上的抓伤,触碰后带来一点儿刺痛,他极轻地"嘶"了一声。

司风眠环顾了卧室一圈,走到书桌前,将被打翻的椅子扶起来,然后捡起满地的试卷和资料,捡到最后一张试卷时,忽然听到手机的振动声。

司风眠怔了怔,循着声音在落地灯后面找到了手机。

手机屏幕裂了,但还能用。

电话是萧逆打来的,司风眠犹豫了一下,接了。

司风眠低声开口:"哥?"

电话那边沉默了一瞬,半响才响起萧逆的声音:"成绩出来了。"

司风眠在沙发上坐下,轻声说:"嗯,我知道。"

"你妈找你了吗?"

"刚走。"

萧逆"哦"了一声,就没再说话了。

他想慰问一下司风眠,不过他挑衅别人还成,安慰就不在行了,说了两句就不知道说什么了,于是忽然沉默下来。

司风眠心想:司笙担心萧逆没女孩儿喜欢真的不是没道理的。

停顿须臾,司风眠主动问道:"你这次拿第一,姐有什么表示吗?"

"嗯。"

"是什么?"

"一顶棒球帽。"

"那你明天带学校来看看。"司风眠兴致勃勃地说道。

"哦。"萧逆先是应了一声,过了片刻,忽然问了一句,"你明天还能健全地来学校吗?"

司风眠心想:这天儿是真的会聊死的。

不过萧逆这么直白,司风眠也没藏着掖着的必要了,坦然地说道:"就挨了几下,有点儿破相,四肢还是健全的。"

"哦,"萧逆像是放了心,"那还好。"

萧逆问:"另一件事呢?"

司风眠蒙了一下,反应过来:"我爸妈的事?"

"嗯。"

司风眠笑了笑:"姐应该跟我爸说了这事,我来的那天晚上,我爸就跟我说,让我别管那些事,无论他们说什么,我左耳进右耳出就行。"

这两天他待在章家,章家的人都在做他的思想工作,无外乎让他帮着章姿,在司尚山的面前给章姿说好话之类的,打的是苦情牌。

因为司尚山是被迫跟章姿结婚的,所以司尚山不待见章家,一度将关系闹得很僵。章家除了自家嫁出去的女儿,平时也不给司尚山、司裳、司风眠好脸色看。

每次他们对司裳、司风眠态度好转的时候,都是章姿跟司尚山闹矛盾需要人帮忙协调的时候。

司风眠早就习以为常了。

跟萧逆聊了一会儿后,司风眠挂了电话,看着乱七八糟的卧室,想收拾一下,结果没一会儿手机又振动起来了。

这次是司尚山打来的电话。

司尚山也开始在意他的成绩了?

怀着疑惑的心情,司风眠走到窗前,接通电话:"爸。"

"听说你的考试成绩出来了?"

司风眠怔了一下,点了点头:"嗯。"

司尚山问："没拿第一？"

"嗯。"司风眠轻轻应声。

"'嗯'什么'嗯'，这么没底气。"司尚山忽然拔高音量，嗓音洪亮地说道，"声音大点儿，第几名？！"

司风眠虽然不明所以，但还是抬高了一点儿音量："第二。"

"第二就第二，差一分而已，又不丢人，有什么打紧的？！"司尚山训斥道，"又不是高考！"

拿第一时没得到过司尚山的称赞，拿第二竟然能得到司尚山的安慰，司风眠有些搞不清楚状况，好半晌才"嗯"了一声。

司尚山又说道："别听你妈的，整天第一第一挂在嘴边，搞得一家人都神经兮兮的。"

"嗯。"司风眠舒了口气。

"成绩是姐……"司风眠顿了顿，想起自己有俩姐，改了口，"是大姐跟您说的啊？"

"嗯。"司尚山应声，然后问道，"你妈没发疯吧？"

司风眠抬手碰了碰脸颊上的抓痕，犹豫了一下，没有说实话："还好。"

"他们一家人脑子都有问题，死要面子。"司尚山略一沉吟，然后直截了当地说，"你明天几点起来？我接你去学校。"

司风眠讶然："你来接我？"

"嗯，"司尚山没有多说，只是叮嘱道，"早点儿休息。"

挂了电话，司风眠愣了好半晌，才渐渐缓过神来。

如果他没理解错的话，司尚山来接他，是怕他考了第二后，被章姿过度苛责。司尚山想用行动告诉章姿，儿子有没有拿第一，对他而言根本就不重要。

这时，手机又振动了，微信来了新消息。

司笙发来一张图片。

笙姐：给你买了顶帽子，明天让萧逆带给你。

司风眠点开图片，看到一顶被拍花了的白色棒球帽，当即，心里所有的郁闷、憋屈的小情绪统统跑光，眉眼染笑，喜不自胜。

几天后，司笙回了一趟司家。

这次是司尚山叫她回去的，说是想一起吃个饭，目的是缓和一下她和司裳的关系。

虽然司笙跟司裳之间有点儿恩怨，但至今为止，她都没跟司裳交流过。

司裳虽然抄袭过司笙的作品，但也得到了该有的教训，所以在司笙看来，司裳已经不欠她什么了。不过，在司裳心里，那就说不准了。

司笙觉得司尚山的目的不一定能达到，不过因为司家现在的状况跟她脱不开干系，所以她还是给了司尚山这个面子。

司笙去司家那天，天色灰蒙蒙的，斜风细雨，有点儿冷。

"笙笙。"

司笙一进门，早在家里等候的司尚山就迫不及待地出来迎接。

他往外张望了几眼，问她："不是开车来的？"

"打车。"

"哦。"司尚山又补充道，"打车好，自己开车麻烦。"

司笙惊奇地看了他一眼。

这都能强行夸奖？

司尚山搓着手，有些紧张地说道："你先前问的那几本书我不是没有嘛，前段时间我托人找到了，在书房里，你要不要看看？"

"好。"对司尚山的上心司笙感到有点儿意外，她点了点头。

司尚山悄悄松了口气，立即喜笑颜开地将她带去了书房。

司笙作为创作者，画一部漫画需要查阅很多资料。第一次来司家的书房时，司笙觉得书房里的藏书挺多的。后来她缺建筑方面的书籍，就随口问了司尚山几句，当时他说没有，她就没当回事，没想到他隔了一段时间就帮她找到了。

"你看看是不是这几本。"司尚山将书递给司笙。

司笙接过来，翻了翻："嗯。"

"那就行。"司尚山连忙说道，"你要有什么缺的，还可以跟我说，我都尽量给你找到。"

"好。"司笙低头翻书,随口答应着。

站在一侧的司尚山一时不知该说什么,又开始搓手,绞尽脑汁地想着话题,又怕过于尴尬不敢随意地开口。

看了片刻,司笙抬起头,问:"我在书房里待一会儿?"

"好,好。"司尚山应着,看了她一眼,点头。

怕打扰到司笙,司尚山没有多待,很快就离开了。

司笙看书看得有些入迷,在书房里待了两个小时,脖子有点儿累,抬手摁住后颈,活动了一下脖子,同时抬头看了一眼窗外。天色不知何时暗了下来,庭院里亮起灯光,她愣怔了片刻,拿起手机看时间,发现已经快七点了。

司笙站起身,将桌上的书收起来,打算离开书房。

但是,视线无意间瞥过一个书架,她停下来,走了过去。

司笙随意地浏览了片刻,目光落在最下面一层的收纳箱上,上面贴着一张字条,写了两个字——历史。字迹娟秀漂亮,应该不是出自司尚山和司风眠之手。

这一整个书架都是历史类的书籍。

稍顿,司笙蹲下身,打开收纳箱,拿开上面几本《史记》后,熟悉的漫画书映入眼帘,她一愣,一本一本地拿出来。

全是 Zero 的作品。

此外,里面还有一些画稿,有临摹的《0808》《死亡传说》《小白鸽》的,亦有原创的画稿。

司笙挑选出一份原创画稿,翻看了一下,是个小短篇,画功粗糙、故事稚嫩,功力明显不足,她看完后笑了一下。

司尚山敲了敲书房的门。

门开了,司笙走出来:"开饭了吗?"

"嗯,"司尚山点头,"饭菜都做好了,刚想来叫你。"

"行。"司笙问道,"司裳呢?"

司尚山往餐厅的方向走去:"让阿姨去叫她了。"

"哦。"

"让阿姨做了几样你爱吃的菜,你看看合不合你的胃口。"司尚山一心都在司笙的身上,一举一动都小心翼翼的,生怕惹得司笙不高兴。

司笙看在眼里,没有挑明。

楼上。

司裳坐在卧室的飘窗上,愣愣地看着窗外,从天明到天黑,眼神空洞,没有情绪。

门被敲了几下,阿姨轻唤着"二小姐",让她下楼吃饭。

二小姐。

司裳嗤笑一声,走下飘窗,拉开卧室的门。

阿姨看到司裳,将话重复了一遍。

"她来了吗?"司裳淡淡地问道。

"来了。"阿姨说道,"在楼下。"

"我不去。"司裳说着就要关门。

阿姨担心司裳的身体,用手抵了一下门,连忙说道:"二小姐,你一天都没吃饭了,还是去吃一点儿吧。"说着阿姨犹豫了一下,又补充道,"你要为自己着想啊。"

关门的动作一顿,司裳停顿片刻,抿抿唇:"知道了,我待会儿就下去。"

阿姨"唉"了一声,点点头。

司尚山和司笙在楼下等了几分钟,正当司尚山怕司笙等得不耐烦时,司裳总算走下来了。

"爸。"司裳模样乖顺,轻声跟司尚山打招呼,然后看了一眼司笙,唇角翕动,终究没有开口。

司笙同样没跟司裳打招呼,径自走到餐桌前,落座。

见她们俩都这样,司尚山不好批评谁,只得尴尬地指了指餐桌,对司裳说道:"坐吧。"

司尚山和司笙坐在一起,司裳主动坐在司尚山的对面,尽量避开司笙。

"笙笙,你尝尝这个糖醋鱼。"

"排骨的味道应该不错。"

"这是你爱吃的鸡翅。"

……………

转眼的工夫，司笙的碗就被食物堆满了，成了一座小山，她都不知该如何下筷子了。

司笙拧了拧眉，没说话，看了看司尚山，又暗示地看了一眼司裳。

瞧见司笙的小动作，司尚山反应过来，夹了一块鱼放到司裳的碗里："裳裳，吃鱼。"

一直沉默不语的司裳，看着碗里的那块鱼，鼻尖一酸，捏着筷子的手指紧了紧。她缓缓吸了一口气，然后抬头："爸，我不爱吃鱼。"

话一说完，司裳的眼圈蓦地红了。

司尚山愣住。

气氛瞬间有点儿尴尬。

半晌，司尚山僵硬地笑了一下："这样啊，是我记错了。那你吃别的，挑自己喜欢的吃。"

司裳看着满桌的菜，每一样都是司笙喜欢的，何来她喜欢的？

她含混地"嗯"了一声，低下头，埋头往嘴里扒拉饭。眼泪落到米饭上，被她吃进嘴里，咽下，好像没存在过。

这般模样的司裳让司尚山后知后觉地意识到什么，于是接下来他对司笙的殷勤也适当地减少了一些。

不多时，司裳将一碗饭吃完，吃得干干净净的，连那块糖醋鱼都吃了。

她放下筷子，抬头看向司尚山："爸，我吃好了，先上楼了。"

"去吧。"见她这样，司尚山不好多说，点了点头。

司裳便走上了楼。

司尚山轻轻皱眉，陷入沉思中。

"你可以对我好，但这并不代表你要忽略他们。"司笙也放下筷子，站起身，拿开椅子想走时，忽然一顿，转身交代司尚山，"另外，你最好劝她去看一看心理医生。"

"心理医生？"司尚山不明所以。

司笙淡淡地说道:"在这种家庭环境下长大的人心理都不会很健康。"

司裳看起来很需要心理辅导。

司笙很识趣,看出跟司裳无法化解矛盾后,没有久待,一天后就回了水云间。

午后天气好转,暖阳冲破厚重的云层,在地面上投下一层暖黄。黄昏时分,斜阳染红了半边天,晕红了整座城市。

凌西泽站在楼下,翩翩公子,玉树临风,一眼,便惊艳了时光。

"等我?"司笙走过去,自然而然地揽住他。

"嗯,想着你该到了,就下楼看看。"凌西泽掏出钥匙,"出去吃饭?"

"去哪儿?"

"随你挑。"

跟往常一样,司笙挑了一家路边的馆子,但她显然忘了自直播后她的知名度大大提高,在外出行远不如以前方便,这不,他们刚到门口就引起了围观,好些人围上来要签名。

无奈之下,司笙只得牵着凌西泽走人,选了一家有包间的川菜馆。

司笙吃了口夫妻肺片,辣得她让凌西泽赶紧给她倒一杯水,一饮而尽。她不仅不妥协,反而又夹了一筷子夫妻肺片,同时问凌西泽:"你妈的生日是不是快到了?"

"六月。"

"那应该来得及。"司笙停顿了一下,朝他眨了眨眼,"我找林羿做了一根竹笛,可以给她当生日礼物。"

"林羿?"凌西泽觉得惊奇,"他答应给你做了?"

"嗯。"

林羿是管弦乐大师,曾在国家音乐学院任职,拥有无数家喻户晓的代表作,是圈里的老艺术家。同时,林羿也擅长制作笛箫,手艺一流,是个优秀的手艺人。

学管弦乐的基本都知道林羿。

陆沁也在国家音乐学院工作,是林羿的同事,同时也是林羿的粉丝。她一直想要一根林羿做的竹笛，但林羿脾气古怪，做的竹笛只赠有缘人，没有眼缘的出价再高也不给。

显然，陆沁不是林羿的有缘人。

以前跟凌西泽交往时，司笙就听凌西泽提过这事，记在了心里。

凌西泽又给她倒了一杯水，狐疑地问道："你是怎么办到的？"

"我两年前在阳城玩，听说他退休后在那附近卖烧饼。我打听到地址后就去见他了。"司笙说，"我们还挺聊得来的，后来就一直保持着联系。这次我问他要一根竹笛，他二话没说就答应了。"

"这话你别跟陆同学说。"

"啊？"司笙被辣得有点儿蒙。

"她求了林羿七次都没要到。"凌西泽抽出一张纸巾递给她，慢条斯理地解释，"我怕她受打击。"

司笙接过纸巾，恍然大悟地"哦"了一声。

她说道："竹笛大概六月初能做好，到时候你带给陆同学。"

"你不去？"凌西泽拧眉问道，然后给她夹了一筷子青菜，让她均衡饮食。

"我去做什么？"司笙疑惑地问道。

"见家长。"

"这么快？"司笙下意识地一惊，顿了顿，低头拒绝，"再等等吧。"

凌西泽沉吟了下，没有强迫她，答应了："行。"

这种事急不得，总得一步步来。

一顿饭解决，凌西泽去结账，司笙先去了趟洗手间，然后才下楼。

她刚到楼梯口，就碰上走上来的几个人。

其中一个人司笙觉得有点儿眼熟。

她睨了一眼，没有打招呼的意思，径自往下走，对面的来人却没有放过她。

"司笙！"欧阳秋脸色猛地沉了下来，说话的语气有些刻薄，"见到伯母也不打声招呼，是不是太没礼貌了？"

来人正是上次在司家给司笙做媒的伯母，跟她在一起的是几个贵妇，穿着打扮如出一辙，但气质各不相同。

"原来是司笙啊，我说怎么这么眼熟呢。"

"最近很火的那个漫画家吧？"

"笙笙来这里吃饭？"

几个阿姨都笑着跟司笙打招呼。

司笙神情淡淡地扫过她们，不想理会。

欧阳秋不高兴了，感觉司笙不给她面子，冷着脸训斥道："你傻了吗，阿姨们跟你说话呢。"

"你谁啊？"司笙眉毛往上一扬，唇角挂着冷冷的笑，略带几分讥诮，"乱认亲戚！"

阿姨们脸上的笑容顿时僵了僵。

"你——"欧阳秋当场就想发火。

正在这时，楼梯下传来凌西泽的询问："怎么了？"

司笙的视线越过这帮阿姨，望向凌西泽，她淡淡地说道："没事，认错人了。"

说着她冷漠地绕过她们，径直走下楼，跟凌西泽一起离开了。

气氛有些尴尬。

欧阳秋纵使心里怒火冲天，却还得在一众贵妇面前按捺着，僵硬地笑了笑："最近刚接回司家，说她两句就一直惦记着，小心眼儿记仇，还没什么教养，你们不用放在心上。"

"这倒没什么。"其中一个贵妇搭腔，颇有深意地笑了，"刚刚那个人是她的男朋友吧？嫁得好比什么都好。"

欧阳秋拧了下眉，狐疑地看过去。

那个贵妇见到了，轻描淡写地解释："凌家三少，名门世家，家缠万贯呢。她要是嫁过去，可不见得将司家放在眼里喽。"

怔了三秒，欧阳秋不由得奚落："不就图她长得好看吗，他玩玩而已。就她那种出身和教养，稍微好一点儿的家庭，估计都看不上吧。"

"那可不一定。"那个贵妇又说了，"他们好像交往七年了。网上说他们俩是'神仙爱情'呢，具体怎么样我也不太清楚，你可以上网查查。"

欧阳秋终于绷不住了，神情被阴郁笼罩。

此时的章姿还待在章家。

司尚山一直没松口让章姿回去，章姿心急火燎，但是无可奈何。

这天吃过晚饭，章姿回到卧室里，想给司裳打电话，却意外地接到了欧阳秋的电话。

章姿接通电话，喊道："嫂子。"

"小章啊，尚山让你回家了吗？"欧阳秋和颜悦色地问道。

章姿被戳到痛处，没吭声。

欧阳秋了然，笑着劝慰："你不用太焦急，他正在气头上，等他冷静下来，你再让裳裳帮你说几句好话，这事就能翻篇儿了。"

"嗯。"章姿不好说别的。

欧阳秋跟章姿聊了会儿，然后，好像忽然想到一般，说道："我今天跟几个朋友去一家川菜馆吃饭，你猜怎么着，碰上司笙了。"

"是吗？"章姿反应挺冷淡的，现在她对司笙没兴趣。

"我还看到她的男朋友了，据说是凌西泽，模样俊俏，年轻有为。"欧阳秋颇有深意地道，"跟程家少爷比起来，凌西泽不知要高多少个档次呢。"

"凌西泽？"听到这个名字，章姿猛地一下站起身。

凌家可是真正的名门世家，一代一代传下来的，家族底蕴非同寻常，章家、司家跟凌家比起来，完全不值一提。

"就是那个凌西泽。"欧阳秋一语掐灭了章姿仅剩的一点儿希望，随即说道，"他和司笙的感情在网上传得沸沸扬扬的，什么'交往七年，冷战五年'，不就是分手后又和好嘛，还成了一段佳话。"

章姿焦虑地走了两圈，惴惴不安地道："嫂子，如果她真的傍上凌家……"

"我知道尚山宠她，本来就让她压了你们一筹，现在多了凌家，你们在家里就更没地位了。"欧阳秋一顿，声音忽然压低了几个分贝，说道，"所以，不如……"

章姿静静地听着，神情越发阴冷。

417

司笙回到水云间没几天,《0808》剧组那边来了最新消息,确定司笙七月进组。

还有两个月,司笙在创作漫画之余,又分出一点儿时间来研究剧本。虽然故事是根据她的漫画改编的,可毕竟有改编的成分,剧本相较于原创漫画有较大的改动,还是需要仔细研究的。

是日,天朗气清,碧空如洗。

司笙坐在阳台的躺椅上,一边晒太阳,一边研究剧本,轻松惬意。

凌西泽推门进来,一眼就看到斜躺在阳光里的天仙,阳光被分割成一道一道的,洒落在她的身上。她一只手拿着卷起来的剧本,漫不经心地看着,另一只手拿着竹签插苹果块,慢条斯理地吃着,空气里有尘埃在飞舞跳跃。

见到这一幕,凌西泽觉得整个生活节奏都慢了下来。

司笙听到动静,偏过头:"回来啦?"

"嗯。"凌西泽应了一声,在门口换鞋。

这里是凌西泽家。

司笙前几天来他家,在这里待了一下午,发现他家的阳台更适合晒太阳,所以下午都赖在他家。

今天是周一,但凌西泽下午没工作,所以提前回来了。

司笙将剧本放下,起身趿拉着拖鞋走进客厅里,见到凌西泽手里提着的袋子,伸手去拿,问:"这是什么?"

"无人机。"凌西泽解释道,"打算改装一下。"

"哦。"司笙将无人机拿出来。

出乎意料的是,凌西泽拿回来的无人机不是市场上常见的新款,而是老款,看起来有些年头了,磕磕碰碰的都掉漆了。

司笙打量片刻后,微微拧眉:"我怎么觉得,有点儿眼熟……"

凌西泽伸出手,在她的头上揉了一把,笑道:"就是那一架。"

司笙恍然大悟。

七年前,司笙和凌西泽去西北旅游,带了一架无人机。那时玄方科技还在筹备阶段,无人机是在市场上买的,当年的新款,虽然效果和性能不能跟现在的比,但那时候已经很先进了。

这架无人机陪伴了他们一周，同样，也给他们留下不少回忆。

司笙拿在手里看了看，好奇地问："还能用吗？"

"很久没用了，"凌西泽回答，"要检查，可能得修。"

司笙讶然："新的不好？"

"有纪念意义。"

你开心就好。

司笙无法对他这种执着感同身受，将无人机放回袋子里，然后交到凌西泽手上。想了想，她以一个称职的女朋友的身份给予鼓励："加油。"

"别装了，"凌西泽一眼看穿了她的本质，"怪不自在的。"

"哦，好。"见他如此直接，司笙爽快地应了。

凌西泽不自觉地笑了一下，拿着袋子往书房走去。

司笙见状，拧眉问："你现在就修吗？"

"嗯。"凌西泽止步，回首问道，"怎么了？"

女朋友在身边，他不好好陪着，竟然去修无人机？

注意到司笙不爽的神情，凌西泽后知后觉地回过神来："要不，我陪你聊聊天儿？"

"滚吧。"司笙扔下两个字后，扭头就走。

司笙没走两步，凌西泽就跟了上来，从身后拥住她，埋在她的颈侧蹭了蹭："不修了，陪媳妇要紧。我买了一款新游戏，玩吗？"

睨了一眼一有空就带着她玩物丧志的男朋友，司笙嘴角微抽，抵制住诱惑："我要工作。"

"我给你洗水果。"凌西泽忙说，"鲁管家送了些零食过来，吃吗？"

"吃。"僵持一秒，司笙就向零食诱惑投降了。

虽然七月就要拍戏，要注意上镜时的身材，但司笙习武出身，平时锻炼，身材一直处于最佳状态，所以不需要担心身材问题。

没一会儿，凌西泽就端上水果和零食，成功地哄好了闹脾气的天仙女朋友。

"晚上想吃什么？"司笙盘腿坐在沙发上，将一颗圣女果送入口中，随即抬眼问凌西泽，"要一起逛超市吗？"

凌西泽就坐在她的身侧，屈着一条腿，踩在沙发上，《0808》剧本摆在他的腿上。他正在帮司笙做人物总结。

闻声，他抬眼看向司笙，问："在家里做？"

"嗯，"司笙被伺候得高兴了，不介意当个温柔贤惠的女朋友，"我做。"

"行。"难得见她说要下厨，凌西泽自然一口答应了。

傍晚时分，晚霞染红了天际，为整座城市添了层色彩。客厅里，一抹斜阳从落地窗照进来，在地面上留下一片橘红。

清风徐徐。

依偎着聊天儿的两个人看了一眼时间，突然意识到时间不早了，停下手中的事，整理一下出门逛超市。

出门时，凌西泽将两样物品放在司笙的手上："墨镜、帽子。"

"哦。"司笙撇撇嘴，接过。

今时不同往日，以司笙的身份，在网上的热度持续发酵，认识司笙的人越来越多。现在司笙出门，一个不注意，就会被认出来。

原本被认出也没什么，打声招呼笑一笑就过去了，认识司笙的人，多数是追漫画的而不是追星的。

可是，因为Zero的神秘形象维持了那么多年，大众对她的好奇心实在太强烈了，私下遇见她后总会有人拍照上传到网络，再经媒体一传播，很快就会成为热点。

谁都不希望私生活处处被曝光。

小区附近就有一家超市，不远，走路二十分钟就到。但凌西泽怕司笙购物狂本性发作，到时买一堆东西拿不回来，所以果断地选择开车过去。

他们走进超市，司笙就奔向了二楼的零食区，凌西泽跟在后面，拽住她的手。

"你这目的有点儿明显啊。"凌西泽哭笑不得地说道，"能不能迂回一点儿？"

"可以，"司笙扬眉，正儿八经地说，"从日用品区绕过去吧。"

凌西泽心想：我真是信了你的邪。

总而言之，女朋友的心情最重要，凌西泽无条件地服从她的决定。两分钟后，凌西泽认命地推着购物车跟在司笙的后面，尽职尽责地接收着她递过来的零食。

转眼的工夫，购物车就被装满了。

司笙摆摆手："走吧，去选食材。"

看着堆成小山一样的零食，凌西泽叹了口气，心想：还好把车开过来了。

选择食材的时候，司笙就非常克制了，每一样都要精挑细选，不该买的绝对不买，跟选零食时的状态判若两人。

"买条鱼回去吗？"司笙选了几样蔬菜，问凌西泽，"可以做红烧鱼。"

"嗯。"

司笙说道："那去生鲜区看看。"

走了两步，司笙刚看到生鲜区的指示牌，手机铃声就响了两下，是司风眠发来的微信消息。

司风眠：姐，我遇到点儿事，你能过来一趟吗？

司风眠发来了一个地址。

司风眠：十日，303。

"怎么了？"

凌西泽凑过去，瞥了一眼司笙的手机。

司笙没瞒着凌西泽，敛了敛眉，将手机递给凌西泽："风眠说遇到点儿事，让我过去一趟。"

"今天周三，他不是在学校上课吗？"凌西泽狐疑地问道。

"不知道。"

"打个电话试试。"

"嗯。"

司笙将电话打过去，但对方手机显示关机。她想了想，又打电话给萧逆，没有人接。

她很快做出决定："我过去看看。"

凌西泽想都没想,直接说道:"我跟你一起去。"

"十日,应该是一家酒吧。"司笙睨了他一眼,轻描淡写地说,"这种场合我去得比你多,不会有事的。"

女朋友,挺野啊。

因为司笙的江湖经验和一身武功,凌西泽对司笙很放心,加上潜意识里觉得司风眠这种三好学生惹不出什么事来,所以司笙让凌西泽一个人回去时,凌西泽同意了。

他将车钥匙给了司笙。

他叮嘱:"有什么事打电话。"

司笙"啊"了一声,然后拍拍他的肩膀,笑道:"报警都比打你电话来得方便。"

凌西泽暗自磨牙,积了一口气,却无处发泄。

司笙摆摆手,离开了。

开车过去要半个小时,司笙将车开得又稳又快,将时间压缩到二十分钟。车子直达目的地,她将车停好,下车,抬眼看向十日酒吧的招牌,抬腿走进去。

她直奔303包间。

夜幕降临,街道上霓虹灯闪烁,色彩斑斓,乱了人眼,照亮了街头巷尾的世俗气,角落里纸醉金迷。

酒吧里响着刺耳的音乐,人声鼎沸,摩肩接踵。

司笙找到楼梯上去,径直来到三楼,找到门牌号,抬手敲了敲门。

好一会儿,门才被打开。

出现在门口的是个二十岁出头的青年,一看就是社会人士,跟司风眠这类优等生没有任何关系。

青年看了司笙一眼,两眼发直,哈喇子都要流出来了,连忙回头朝里面喊:"哟,程少,你说的美人儿来了!"

里面的声音渐渐安静下来。

司笙神色凌厉,眸色忽然染了冰霜,一脚将站在门口的青年踹开。

"砰"的一声,青年跌倒在地上,门被甩开。

包间里有十来个人,场面一片混乱。被众人簇拥着的一个青年坐在沙发上，三十来岁，跷着腿，怀里揽着一个女人。

司笙皱了皱眉，冷眼剜向那个被叫程少的人，问："司风眠呢？"

"司风眠？"程少似乎听到好笑的事，嗤笑一声，松开女人，从兜里掏出一个手机，拿在手里晃了晃，"你说这个吗？"

他的话音一落，身边几个人的脸上都露出意味深长的笑，同时有人主动走到门口，将门关上。

司笙垂下眼皮，动了动手腕，不恼不怒，略略压低的嗓音里却透着危险的气息："坑我？"

"就是坑你！"程少站起身，顿时冒了火，怒喝道，"给你脸不要脸，老子愿意找人说媒，那是看得起你！"

司笙不慌不忙地问道："你跟章姿串通好的？"

"是又怎么了？"程少理直气壮地说，然后冷笑道，"过了今天，我倒要看看，有哪个人看得上你这只破鞋！"

"行啊。"司笙无畏无惧，忽然笑了，唇畔挂着浅浅的笑意，不紧不慢地朝他走过去。

她如此淡定从容的姿态，倒是让程少预感不妙，他拧了拧眉。

司笙走到茶几旁，站定，弯下腰，拿起一瓶啤酒。正在众人纳闷儿之际，她脸上的笑意突然消失，眸色一冷，手中那瓶啤酒就迎着程少的脑袋砸了过去。

凌西泽结完账，拎着一堆零食和食材回到家，已经是半个小时后了。

得了空，他有点儿担心司笙，拿出手机拨司笙的电话，但没人接。随后他又拨了司风眠的电话，显示关机。

思索片刻，凌西泽将电话打给萧逆。

这次电话接通了，但接电话的人是司风眠。

"姐夫？"司风眠疑惑地喊了一声，然后说道，"你找萧逆吗？他去食堂了，还没回来。"

凌西泽眉头紧拧，问："你在学校？"

"对啊，今天周三，学校上课。"司风眠被问得糊里糊涂的，像是他不该在学校一样,于是问道,"怎么了?"

"你的手机呢?"

"我周日去了趟章家,应该是落在那边了。反正在学校也不怎么用,打算周末再去拿……"司风眠话说到一半,戛然而止,顿了顿,他察觉到什么,"姐夫,是不是出什么事了?"

"没什么,你安心上课。"凌西泽交代完就挂了电话。

因为司笙的电话没人接,凌西泽干脆出门,打了辆车直接前往十日酒吧。

半个小时后。

出租车抵达十日酒吧外面,凌西泽下车,看到的却是几辆停在路边的警车,以及在酒吧门口看热闹的人。

凌西泽意识到不对劲,心一提,随后赶紧往酒吧里面走。

里面乌烟瘴气,空气不流通,一股怪味。警察来了后,一楼的客人就散得差不多了,工作人员正在收拾残局。

凌西泽走到楼梯附近,警察刚好带着几个年轻人下楼,一个个鼻青脸肿、灰头土脸的。

"你怎么来了?"一道冷淡的声音在队伍的后面响起,凌西泽顺着声音看过去,只见女人踩着高跟鞋往下走,缓慢地出现在他的眼前,神态轻松惬意,看上去毫发无损。

凌西泽登时松了口气,说道:"你的电话打不通。"

"哦,"司笙将手机掏出来,看了一眼未接电话,"路上静音了。"

有个警察见状,笑着问司笙:"美女,你的男朋友?"

"啊。"司笙点点头。

警察便说道:"那一起去趟警局吧。"

"嗯。"凌西泽冲警察点了点头,随后看到司笙走下楼,伸手拉住她,问:"什么情况?"

"章姿和欧阳秋拿司风眠的手机设了局,"司笙轻描淡写地说着,任他牵着往外走,"不过没成功,他们挨了一顿打。"

凌西泽的神情忽然一冷。

司笙没注意到,继续说:"我报的警,我做个笔录就能走,不耽误回家吃饭……"

话还没说完，司笙忽然被凌西泽拽着手往回一拉，一时不防，撞入凌西泽的怀里，迎面而来的是男人温热的气息。

她眼睑微抬，瞧见男人薄削的唇、笔挺的鼻子，黑黝黝的眼眸如一潭深水，隐匿着难以察觉的危险和愤怒。

下一刻，抓住她手腕的手松开，她听到衣服布料摩擦的声音，一阵风掀过，有什么东西罩在她的脑袋上，遮住她的视线。

男人的手掌按在她的头顶上，她想挣扎："你干吗？"

"外面有人拍照录视频。"凌西泽不疾不徐地说，"你就这样出去。"

"我戴了帽子。"墨镜在打架时报废了。

凌西泽直接说道："你太惹眼了，容易被认出来。"

"哦。"司笙思忖了一下，觉得有道理，不再挣扎。

凌西泽重新牵起她的手，他的手掌温热厚实，掌心有茧，他将她的手抓在手里，牵着她避开人群往停车的方向走去。

衣服下面，司笙的唇角轻轻弯起。

警车的座位不够，凌西泽跟警察交流两句，决定带司笙上自己的车，跟在后面去警局。

司笙坐上副驾驶座，赶紧将头顶上的衣服拽下来。

凌西泽拉开驾驶座的车门，坐了进去，系好安全带，却没有立即开车，而是拿出手机拨通了司尚山的电话。

"司叔叔，笙笙这边出了点儿事，可能需要您来一趟警局……"

凌西泽简明扼要地说了一下经过，就挂了电话。

司笙懒散地往后靠着，等凌西泽打完电话，问："你跟他说做什么？"

凌西泽发动了车子，慢条斯理地道："他的妻子对你动歪心思，出了事，就该由他来解决。"

"没对我构成伤害，甭说章姿和欧阳秋了，姓程的都不会有什么事。"司笙跷着腿，对这事倒是看得很开。

凌西泽颇有深意地看了她一眼，说道："所以得从别处入手。"

司笙挑眉："比如……？"

"离婚、破产。"

她差点儿忘了他是个霸道总裁。

司尚山很快就赶到了警局,旁听了程少的口供,当场大发雷霆,若不是有警察压着,司尚山肯定能将程少摁在地上揍残。

当时司笙正在做笔录,没看到这一幕。司笙做完笔录出来的时候,司尚山和凌西泽一起走过来,两个男人眼神交会,似乎达成了某种共识。

"笙笙。"司尚山走到司笙的跟前,低下头,愧疚感油然而生。

原本有千言万语,但真遇上司笙后,他不知该如何开口了。

"我没事。"司笙淡淡地开口,看了凌西泽一眼,说,"我跟西泽先回去了。"

"好。"司尚山重重地点点头。

见司笙和凌西泽转身要走,司尚山欲言又止,最后只得交代:"路上注意安全。"

"嗯。"司笙摆摆手,跟凌西泽走了。

他们俩一走,司尚山就变了模样,温和慈父的模样突然消失,神情阴冷。司尚山拨通了章姿的电话,叫章姿回一趟司家。

还在章家的章姿没得到程少失手的消息,以为司尚山松了口,便赶紧答应。

晚上,九点,章姿急匆匆地赶回司家。

进门后,她整理了一下头发,舒了口气,眉眼舒展,带着温和的笑容往大厅走。可是,她抬眼看到司尚山后,脸上的笑容登时一僵。

司尚山正在等她,神色阴沉,脸黑得能滴出墨来,眉眼间的怒气清晰可见。

"怎……怎么了?"章姿嗫嚅着,声线像在走钢丝似的,心里有种不祥的预感。

"嘭——"

司尚山抬手,将手机往茶几上一摔,发出剧烈的声响。

章姿的身子猛地一缩。

司尚山冷眼扫向章姿,怒火全面爆发,指着那个手机怒道:"看看这是谁的手机!"

那是司风眠的手机。

东窗事发,章姿内心慌乱,跌跌撞撞地跑向司尚山:"不是,尚山,你听我解释,这不是我的主意……"

"是欧阳秋的主意?"

"对对对,是她。"章姿点头如捣蒜。

"但手机是你从风眠那里偷的!"司尚山怒不可遏,"你个蛇蝎心肠的女人,非要毁了司笙才甘心吗?!你利用风眠,倘若司笙真出了事,风眠心里会怎么想?!"

"司尚山,你不要拿风眠说事!"章姿哭着跟他争执,"自从司笙回来后,你一门心思都在她的身上,你有把裳裳和风眠放在眼里吗?!"

章姿深吸一口气:"我就是见不得她好,就是想毁了她!那个女人生的孩子,哪一点能比得过裳裳和风眠,你为什么要处处维护她!"

"啪"的一声,司尚山狠狠地甩了她一记耳光。

章姿的脸猛地往旁一偏,她抬手捂着脸,难以置信地抬起头。

司尚山冷冷地盯着她,眼里没有一丝同情和怜悯。

"章姿,你做的梦,该醒了。

"你欺骗孩子、欺骗别人,制造我们相敬如宾的假象,成天活在自己编造的谎言里。怎么?谎话说多了,到头来连你自己都信了?

"这些年我确实忽略了裳裳和风眠,我有错。但你的教育方式那么病态,把他们当工具一样吸引我的注意力,在外面炫耀他们,你真的配当母亲吗?"

面对司尚山的一番指控,章姿的脸色一点点变得苍白,神情茫然无措。

她的谎言……她的教育……不,她没错,她没错。

章姿精神涣散,嘴里念念有词,不知在说什么。

见她疯疯癫癫的模样,司尚山没心思跟她扯那些陈芝麻烂谷子的事,直接说道:"我上次就跟你提过了,要么当好你的后妈,要么……"

司尚山眸色一冷,一字一顿地道:"准备好,离婚吧。"

离婚?

章姿忽然怔住,茫然了几秒,随后反应过来,心下慌乱,直接朝司尚山扑过去,抓着他的衣服跪下来。

"尚山!尚山!"章姿泪流满面,仰头看着司尚山,"我求你了,不要离婚,不要离婚……"

她哭着,姿态放得很低,尊严、骄傲统统丢掉,恳求道:"我改!我改!以后我会对司笙好的,保证将她当亲生女儿一样看待,不,会比亲生女儿还好。司裳已经没用了,风眠也不听话,我不会再对他们好了,我就对司笙一个人好,好不好?"

章姿近乎哀求。

一旦离婚,她就彻底失去这个男人了。

她自幼钟情于司尚山,爱这个男人爱到骨子里,当年嫁给司尚山亦是不择手段。她串通欧阳秋给易诗词施压,为的就是在易诗词和司尚山离婚后有可乘之机。

她怎么能接受这样的结局?

然而,陷入情绪中的她,并没有察觉到她每说一句话,司尚山的脸色就阴沉一分。

司尚山听不下去了,一把将她推开,难以置信地说道:"你知道你自己在说什么吗?!"

"我说……我说……"章姿茫然地看着他,"尚山……"

司尚山没再听她说,直接将门外的司机叫进来,让司机重新送章姿回章家。

章姿趴在地上哭喊着求原谅,但司尚山完全不予理会,眼睁睁地看着司机将章姿带走,神情漠然,没有一丝留恋。

司尚山送走章姿,耳根终于清静了,他却听到低低的啜泣声,声音是从楼梯的方向传来的。

他愣住了。

几秒后,他走过去,发现司裳坐在台阶上,弯着腰,将脸埋入膝盖间,压抑着哭声。

她身形消瘦,蜷在一起只是小小的一团,穿着一条白裙子,露出来的脚腕纤细，骨节异常明显，瘦到似乎只剩骨架了。

她不知在这里坐了多久。

但方才章姿说的伤人的话，她肯定听到了。

司尚山怔了片刻，整理了一下情绪，放缓了声音："裳裳，你回来了。"

他想上楼。

然而，司裳跟受到惊吓似的，猛然抬头，警惕地看了他一眼，然后匆匆地起身，扭头就跑上了楼。

司尚山僵在原地。

良久，他掏出兜里的一张名片。

那是心理医生的名片。

两天后的傍晚，司风眠回到家里。

"阿姨，我二姐呢？"司风眠将书包一放，就问阿姨。

"在卧室里，几天没出门了。"阿姨面带愁容，往楼上看了一眼，叹气，"少爷，你好好跟小姐聊聊，哄哄她，她最近饭也不吃，话也不说，瘦了好多。"

"嗯。"司风眠点点头，走上楼。

因为手机丢了，他在学校里基本与世隔绝。

今天中午，司尚山通过萧逆联系到他，让他不要去章家拿手机，手机在家里，然后将这周发生的事情简单地跟他说了一下。

司尚山同时告诉他，司裳的情绪很不稳定，让他回家后跟司裳好好聊聊。

别墅区，静谧得很，悄无声息。晚风透过敞开的窗户，徐徐吹来，没有一点儿声响。

空气里一片死寂。

晚霞满天，鲜艳似血。

司裳坐在飘窗上，眼睛无神地望着窗外，直至听到庭院里阿姨喊"少爷"的声音，才回过神。

她心里烦闷，猛地去关窗户。

一个没注意，手指被窗户夹到了，疼得她直抽冷气。她紧紧咬唇，背后沁出细细的冷汗，沾湿了单薄的衬衫。

不多时，门外响起了敲门声。

随后，司风眠的声音传来，透着试探和小心："姐？"

司裳没吭声。

门外静默片刻。

司风眠没有因她的沉默而离开，而是靠在门边，他的声音不轻不重，少年清亮温柔的嗓音很好听。

"你没事吧？我们好像很久没聊过天儿了。我一直知道你心情不好，又不知道跟你说点儿什么。"

司裳鼻子一酸，将脸埋到膝盖间。

"家里的事，我听说了。"司风眠继续说，"你不要把妈的话放在心上，你知道她，着急的时候什么话都能说得出来。"

门外安静了。

过了好半晌，正当司裳以为司风眠已经离开时，他又开口了："姐，爸其实很担心你的，只是不知道该怎么表达。他跟我说，你情绪不稳定，怕你心理出问题，所以联系了很多医生……"

听到这里，司裳忽然抬起头，怒喊道："你们是不是觉得我有病？"

司风眠的声音戛然而止。

几秒后，他才轻声道："姐，我不是这个意思。抱歉啊，我只是想，你可能缺少沟通。不一定要找医生，我不是在嘛。我可以当个很好的情绪垃圾桶。你有什么事别憋着，都可以跟我说啊。你打我骂我都行，只要你心里痛快就好。"

司风眠慢慢地说着，嗓音略微压低，每个字都很温柔。

司裳低声啜泣。

不一会儿，司风眠换了个话题，开始跟她闲聊。

"你喜欢的画家在京城有个画展，就在周末，我弄来了两张门票。你要去看吗？还有，最近有一批新电影上映了，听说有两部挺不错的，你想去看就跟我说一声，我随时陪你。夏季新款的衣服也要上市了，我陪你去逛街，这次陪你逛一整天，我保证不抱怨。你出来走一走，好不好？"

司裳泪流不止，用衣袖抹了把眼泪，走下飘窗，赤着脚踩在木地板上，缓步走向门口。

司裳的手指覆上冰凉的门把手，往下一拧，门应声而开。

"姐！"听到开门的动静，不知该如何是好的司风眠，有些意外地抬眼，他的眼睛登时亮了亮，像照进了一抹光。

然而，迎接他的是一双冰冷的眸子，里面盛满了厌恶和反感。

那眼神如同一盆冷水，将司风眠从头到脚浇了个彻底。

司裳的神情里满是敌意，她一字一顿地开口："知道我为什么讨厌你吗？"

司风眠怔了怔："姐……"

"我讨厌你能做好每一件事，妈的心总是偏向你；我讨厌你总是这么乐观，好像什么事都能解决一样；我讨厌你会卖乖、会说话，谁都喜欢你、包容你……"

司裳泪流不止，一句一句地控诉着司风眠。

"为什么？为什么你们总是做什么都轻轻松松的，我却不行？！我永远达不到妈的要求！我做什么都被否定，我是不是一开始就不该出生？！风眠，我没有病，我不需要看医生，我只是……"

"姐——"司风眠怔住了，见她情绪逐渐崩溃，柔弱的身子摇摇晃晃，心一软，想伸手扶住她。

"啪——"清脆的声音响起，司裳将他的手打开了。

她抬起头，眼里血丝密布，红着眼瞪着他："别碰我！我用不着你管！"说着她就甩上了门，将自己关进了卧室里。

司风眠的手停在半空中，神情怔怔的。

周六，司笙想睡个懒觉，却被电话吵醒了。

她迷迷糊糊地爬起来，接通了司尚山的电话，结果司尚山一开口，她就瞬间清醒了。

司尚山在电话里说，司裳昨晚割腕自杀，幸好阿姨和司风眠发现得及时，送去医院后抢救回来了。

"什么情况?"司笙捏了捏眉心。

"她前两天撞见我和章姿吵架闹离婚,之后就把自己关在房间里一直不出门,不说话,不吃饭。"司尚山疲惫不堪,嗓音还有些沙哑,"昨天风眠想跟她好好聊聊,结果她情绪激动,适得其反。"

司笙凝眉:"哦。"

"医生说她有抑郁症,得接受心理治疗。"司尚山沉声道,"我……我该早点儿给她找心理医生的,不该拖着。"

"人没事就行,你可以多关注一下她。"

"我知道。"司尚山叹息。

稍作沉吟,司笙说:"我明天去一趟医院。"

司尚山怕司裳见到司笙后会受到刺激,想拒绝:"可……"

"我不见她。"司笙微微一顿,说,"我就送点儿东西。"

司笙都这么说了,司尚山自然不可能拒绝,说道:"好。"

挂断电话后,司笙静静地站了一会儿,侧首,看了一眼窗外初升的太阳,收回视线,走向小书房,拿出一本画到一半的分镜稿。

第二天,医院。

天朗气清,病房外有鸟儿在鸣叫,"叽叽喳喳"的。靠窗的一排樟树有些年头了,枝繁叶茂,长得遮天蔽日,偶有风吹过,树叶"簌簌"作响,叶片在阳光下熠熠生辉。

司裳坐在床头输液,歪着头,视线落到窗外,神情怔然,不知在看什么。

"姐,"司风眠敲了两下门,走进来,"我买了粥,你要吃一点儿吗?"

司裳收回视线,没看他,低头抿唇:"不吃。"

司风眠没勉强她,微微点头,将买来的粥放在桌上,说话时小心翼翼的:"那我先放在这儿,等你想吃了,我喂你。"

少顷,司裳张口:"司笙……"

"嗯?"司风眠疑惑地看过来。

司裳想了片刻,轻声问道:"她知道了吗?"

"嗯。"

"哦。"她又沉默了。

司风眠站在旁边，抬手挠了挠头，有点儿不知该说什么。

"我……"司裳一开口便泪眼婆娑，"你的光环太耀眼了，妈的眼里只有你。我只是想让妈知道，我不仅仅是中规中矩地优秀，我也可以变得很耀眼……"

"我知道的。姐，事情都过去了。"司风眠抽了张纸巾递过去，"你不要被妈的话困住，你本来就很耀眼，真的。"

司裳哭了好几分钟，缓缓地将情绪压下来。

最后，她低声开口："我想休息一下。"

"好。"司风眠扶着她躺下来，又将一盒纸巾放在她的床头，叮嘱道，"你有什么事随时叫我。"

"嗯。"司裳侧过身，背对着他。

司风眠站了几秒，然后转过身，轻手轻脚地出了门。

刚一出来，他就看到站在门口的司笙，被吓了一跳，定了定神才喊道："姐。"

司笙看了一眼还没关上的门。

司风眠会意，赶紧将门关紧，然后跟司笙解释："她刚准备休息。"

"我没想见她，就来送点儿东西。"司笙淡淡地说道。

"什么？"司风眠狐疑。

司笙打开手中的袋子，拿出一本分镜稿，递给司风眠："你把这个给她。"

司风眠将分镜稿接过来，迟疑地道："这是……？"

"我随手画的，给她打发时间吧。"司笙说完就转过身，说道，"我先走了。"

司风眠嘴唇翕动，想叫住她，但看到她干脆利落的背影，又将话忍住了。

他低下头，捏着那本分镜稿，犹豫片刻，将其打开。

他愣住了。

司裳一觉醒来，已是下午。

吊针不知何时挂完了，连针都拔掉了，但司裳在这难得安逸的一觉里，毫无察觉。

她睁开眼。

司风眠坐在窗前，十六七岁的少年正是长身体的时候，一天一个样，他比年前长高了些，身形挺拔，气质干净。他微微低着头，一本分镜稿放在腿上，手指无意识地翻到某一页，他正低头浏览着。

窗外阳光灿烂，微风吹来，吹起他额前的碎发。

察觉到动静，他抬头看过来，看到司裳醒了，脸上一喜。

"姐，你醒了。"司风眠站起身，"饿了吗？想吃点儿什么？我去给你买。"

司裳的视线定在分镜稿上，她迟疑地开口："那是……？"

司风眠将分镜稿合上，走过来，说道："大姐送来的，你要看看吗？"

司裳的眼神飘忽了一下。

见状，司风眠没有多言，识趣地转移话题："你肯定饿了，我先去给你买点儿吃的。"

他将分镜稿放在床头柜上，又给司裳披好被子，然后离开了病房。

门被轻轻关上。

司裳微微偏过头，盯着床头柜上的分镜稿半晌，最后坐起身，将分镜稿拿起来，翻开。

《0808》是一个刑侦破案类的故事，以主人公警察复仇为主线，中间穿插着很多小案件。这是 Zero 早期的作品，篇幅不长，但有很多精彩的案件，人物形象生动，至今仍有人将其归为这个题材的经典之作。

Zero 的才华在那个时候就初显端倪。

Zero 的作品里，司裳最喜欢的就是《0808》，因为《0808》第三个案件里的一个女生，是她那时的真实写照。

外人看来完美和谐的家庭，实则布满了裂痕，夫妻貌合神离，父亲在外养女人，母亲性格偏执极端，想打造一个完美的女儿来挽回丈夫。

女儿必须才华出众，样样优秀，一旦出错，就会被母亲批评、打骂，有时候，会被母亲关在外面不准进门。

寒冬腊月，女儿穿着睡衣赤裸着双脚在外面哭喊，母亲充耳不闻。

结局是喜欢女儿的少年杀了那对父母，少年得到了应有的惩罚，可故事末尾没有交代女儿的结局。

高中时，司裳偷偷画过一个番外，幻想着那个跟她同病相怜的女生得到好心人的帮助，在温暖和善意中被治愈，积极地走出困境，痛苦的回忆被淡忘，于是，她彻底放下过去，拥有了幸福的人生。

但是，这本分镜稿画的是一个不一样的结局。

女生的生活并没有因为离开令人窒息的父母而变好，她在新的环境里遇到的亦不是温柔体贴的人，那些人都是好人，却因为流言蜚语而疏远她、针对她。可女生是优秀的，母亲的高压教育让她有着宽松教育下难以养成的品质，比如坚持、自律、勤学。

在新的环境里，她凭借自己高效的学习能力，在日复一日的努力和坚持下，终于在一群平平无奇的人群里发光，实现了自我价值。

漫画的结尾写了一句话。

"一切过往的经历，不管是好的还是坏的，都会融入骨髓里与你一生相伴，它是你成长的肥料和养分，会成为你面对未来的勇气。"

清风徐徐，吹来淡淡的花香，纸张拂动。

一滴泪落下，在纸上晕开，洇湿了笔迹。

"姐，我买了……"司风眠推开病房的门喊道。

他愣住——司裳正抱着那本分镜稿，失声痛哭。

一周后，司笙想出门走走，下楼时却遇见了欧阳秋。

跟上两次见面相比，这次的欧阳秋跟霜打的茄子一样，蔫不唧的，没有了趾高气扬的姿态，也没有了光鲜亮丽的装扮。

欧阳秋不知在楼下等了多久。

看到司笙后，欧阳秋连忙迎上来，神情迫切，嗫嚅地喊："笙笙。"

乌云压顶，遮了烈日，下午两点如同夜幕降临，视野昏暗，有风吹来，在耳侧怒号，天地间一派风雨欲来的气象。

司笙止步，垂眼看着欧阳秋："有事？"

"我错了，笙笙！"欧阳秋犹豫一秒后，膝盖一软，猛地跪了下来，向司笙求饶，"程少的事是我不对，我不该出这种馊主意，我猪狗不如，不是人！我求求你，你跟凌家三少说几句好话，让他放过我们吧！你身上毕竟流着司家的血啊……"

欧阳秋喋喋不休，司笙却莫名其妙。

欧阳秋想伸手抓司笙的腿，司笙后退一步，避开了。欧阳秋抓了个空，顺势趴在地上，一边哭一边说，打感情牌诉说着她家不如意之类的，典型的卖惨求同情。

不明所以的司笙，听着欧阳秋的絮叨，倒是慢慢厘清了前因后果。

事情的大概是伯父的公司本来就遇到资金危机，想求程家出手相助，但因为程少对司笙做的事，程家被凌西泽盯上了，凌西泽搅黄了程家好几笔生意，现在程家自己都举步维艰，自然不会对伯父家施以援手。

伯父原本还寻求了别的合作，但都被凌西泽搅黄了，并且凌西泽利用自己在商业圈里的资源和人脉，阻断了伯父公司的所有生路。

现在若是没有新的转机，伯父家就只能等着破产了。

"闭嘴。"司笙弄明白事情的经过后，叫停了哭喊着撒泼的欧阳秋。

欧阳秋一把鼻涕一把泪，向司笙投去满怀希冀的目光："笙笙……"

"保安，"司笙叫住一个正在巡逻的保安，淡淡地说道，"这人不是我们小区的，在这里发疯撒泼，早点儿送走吧。"

"好。"保安连忙走过来。

然而，原本求饶卖惨倒地不起的欧阳秋听到司笙如此冷血的话，心中一急，猛地一下蹿起来，指着司笙怒骂："司笙，你这个有爹生没娘养的！你这么铁石心肠，今后会遭到报应的！"

"那都是以后的事了。"司笙红唇轻翘，上下睨了欧阳秋一眼，神情冷冷的，"多行不义必自毙，现在遭到报应的人是你。"

欧阳秋想毁了她，现在还想获得她的原谅？欧阳秋以为司笙是圣母呢。

狂风呼啸，吹起司笙的衣摆，她转身，墨发飞扬，优雅从容地离开。

司笙去了一趟超市。

她回来时，大雨突然倾盆而下，乌云密布，狂风席卷，雷声轰鸣，如同天公发怒，整座城市瞬间没入黑暗之中。

司笙提着食材和日用品直接去了凌西泽家。

她走到阳台上，踩着一地的雨水将窗户关上，豆大的雨滴"噼里啪啦"地打在玻璃窗上，转眼就打湿了窗户，雨水蜿蜒流下，模糊了看向外面的视野。

司笙拨通凌西泽的电话："什么时候回来？"

"晚上得加班，应该有点儿晚。"凌西泽如实说道，略微一顿，又开始调侃，"怎么？打雷下雨，一个人在家里害怕？"

"滚。"司笙没好气地骂了一句，"今天欧阳秋来找我了。"

凌西泽的声音忽然转冷："她又做什么了？"

"没什么，哭着求饶，让我放过她。"司笙走进客厅里，顺手把落地窗关上，懒懒地道，"凌霸总，你还真有一套啊。"

"你爸也出了一点儿力。"凌西泽谦虚地道。

司笙笑了一下。

凌西泽低声问道："夫人可还满意？"

"满意。"司笙往软椅上一坐，惬意地跷着腿，视线在提回来的某个塑料袋上停顿一秒，勾了勾唇，"早点儿回来，有赏。"

"遵命。"凌西泽笑道。

跟凌西泽聊完，司笙待在他家里没走，去书房里看了会儿书，七点左右，又给他打了电话，问他什么时候回来。

得到准确的答案后，司笙便去了厨房。

司笙懒，一般是不愿意下厨的，并且不喜欢做步骤麻烦的大菜，不过今天她心情不错，手脚勤快，忙碌了两个小时，准备了一桌子的菜。

她往沙发上一窝，拿出手机拨电话："到哪儿了？"

"路上。"凌西泽说道，"雨下得太大，堵车。吃饭了吗？"

司笙往窗外看了一眼，天幕漆黑，雷声轰鸣。司笙收回视线，声音闷闷地说道："等你。"

凌西泽叮嘱她:"你先吃,我指不定什么时候才能到家。"

"哦。"司笙跟他聊了几句,挂断电话,回头看了一眼满桌的菜,皱了皱眉。

司笙回家洗了个澡。

她忽然有些闲不住,明目张胆地去了萧逆的卧室,把萧逆没收的零食都翻出来,然后装了一套试卷进去。

她溜达到书房,挑了一本萧逆的理综资料书,做了两道题,因为全对,所以在旁边标注了个"good(好)"。想了想,她又附赠了她的亲笔签名。

她跑去阳台给仙人掌浇水,将泥土彻底浇透。在浇水时,有一盆仙人掌没放好,被她不小心碰了一下,摔在地上碎成两半。对着那一地狼藉看了片刻,她偷偷处理了。

把自己家转悠完了,司笙打着哈欠来到隔壁,看到满桌冷掉的菜,不爽地撇撇嘴,然后扭头进了凌西泽的卧室。

上次醉酒时,她在这里睡过一晚。

被褥换了全新的,一整套黑色的,非常柔软的蚕丝被。司笙往床上一趴,能闻到一丝丝清香,跟凌西泽身上的味道一样。

她摸出手机,犹豫着是否要再给凌西泽打电话,可还没有思考出结果,困意就袭了上来,她想着就眯一会儿,结果眼睛一闭就睡了过去。

临近十二点,凌西泽才回到家。

凌西泽推开门,一缕光落入眼里,他微微一怔,以为司笙还在等他,可视线在客厅里扫视一圈,并未看到司笙的影子。

餐桌上是精心准备的菜。

他低头,在玄关处看到一双鞋,是司笙的。

凌西泽勾唇一笑,先去了书房,没有找到人,随后来到卧室。外面忽地亮起一道闪电,照亮了卧室,凌西泽眼帘微垂,便瞧见将被子卷在身上睡得正香的司笙。

凌西泽没有惊扰她,轻手轻脚地进门,拿了套换洗衣物就出来了。

凌西泽洗了个澡后,回到客厅里,没急着吃饭,看了一眼茶几上的零食袋,走过去准备收拾,却注意到一个塑料袋。

他拿起来,挑开,里面是一盒计生用品。

他怔了怔,想起司笙在电话里说:"早点儿回来,有赏。"

她频繁地打电话问他什么时候回来,一桌子的菜,以及……这一切反常的行为,仿佛都在说明什么。

凌西泽的手指猛地收紧。

"轰隆隆——"

外面雷电交加,仍旧在下暴雨,"噼啪"的雨滴敲打在窗户上。

轻微的开关门声在雷电声里被轻易淹没。

睡梦中,司笙隐隐听到"窸窣"声,觉得有点儿扰人,在舒适的被窝里翻了个身,抓着被子往上一拉,将耳朵挡住了。

然而,床上一沉,被子被扯开。

有温热的气息喷洒在她的耳畔:"睡了?"

熟悉的声音令司笙下意识地放松警惕,迷迷糊糊地转过身,将脸埋在男人的颈窝,蹭了蹭,迷糊地"嗯"了一声。

她问:"回来了?"

"嗯。"男人的声音很低。

男人的一只手摸过来,将她身上的睡裙腰带扯开,挑开轻薄的布料,男人温热的手掌覆上她软韧的腰肢,莫名其妙地灼得她皮肤发烫。

滚烫之感落到心尖,司笙猛地一惊,登时睡意全无,睁开了双眼。

男人吻了下来,呼吸滚烫,唇齿交缠,他轻易撬开她的贝齿,干净清冽的气息灌入,她不自觉地迎合着他,在他的温柔中沉沦。

混沌和清醒在迅速地转换,司笙一时分不清这是在梦中还是在现实中。

"你干吗?"司笙轻轻喘息,嗓音低哑。

"你。"简单明了的一个字,司笙被噎住了。

但她的神志很快被他带走。

暴雨的夜里,漆黑的室内,一切环境因素,都似乎扩大了感官的敏锐度,连空气都沾染上暧昧的成分。

司笙喉咙一紧,声音有些飘忽地说道:"我有点儿……"

"不怕。"凌西泽轻声哄着,极其温柔。

窗帘未拉上,外面闪了一道亮光,隐约照亮了漆黑的卧室,一室旖旎。

"轰隆隆——"

紧随而来的声音,将室内的动静全然淹没,悉数吞尽。

"吧嗒吧嗒",暴雨似乎下得更大了,狂风掀起雨水,全敲打在玻璃窗上,洁净的玻璃流下蜿蜒的水流,留下一点点水痕,然后又被雨水覆盖。

…………

外面的暴雨似乎小了些。

司笙侧躺着,整个人缩在被窝里,盯着窗外的景色,在心里默默地数绵羊,但越数越清醒,脑海里将回忆一幕幕重放。

躺在身边的人,呼吸趋于平稳,应该是睡着了。

他睡着了?

想到这一点,司笙心情颇为不忿,不爽地骂了声:"浑蛋。"

忽然身后传来一声低笑,结实的臂膀揽住她的细腰,男人凑近她的耳后低声说:"别以为你背着我又不指名道姓,我就不知道你在骂谁……"

司笙一怔,扭过头:"你没睡?"

"嗯。"凌西泽埋入她的发间,嗅着她松软发丝的清香。

"干吗骂我?"凌西泽轻声问道,然后想到什么,有点儿担心,"不舒服?"

司笙不语。

司笙觉得滚烫的感觉从胸腔里漫出来,往上走,烫到脖颈、脸颊、耳根,然后又扩散到全身。

见她不答,凌西泽有点儿担忧,急着问:"嗯?"

司笙吸了口气,硬邦邦地回答:"没有。"

"那我惹你了?"凌西泽疑惑。

司笙抿唇:"你搞偷袭。"

凌西泽将她扳过来,翻了个身,将她揽在怀中:"我搞偷袭?你明明准备得那么齐全……"

凌西泽的腰被司笙拧了一把,他及时闭嘴,轻轻地吸了口冷气。

"闭上你的嘴。"司笙臊得慌,不想跟他谈论这个话题,转而问道,"我做的饭菜,你吃了吗?"

凌西泽怔了一下,下意识地回答:"没有。"

"我也没有。"司笙推他,"我饿了,你去把菜热一下。"

"行。"吃饱餍足的凌西泽爽快地答应了。

他起身,顺手想打开床头灯,但手指刚触碰到开关,就被司笙叫住:"别开灯。"

凌西泽动作一顿,低头,在昏暗的光线里瞧见被被子包裹得严严实实的司笙,勾唇轻笑。

他又转过身,隔着被子轻压着她,轻声问:"七年前,我卧室里的灯,是你弄坏的吧?"

七年前的那一晚不若今晚的暴雨,一抹圆月高悬于夜空中,银光洒落在城市里,照进每家的窗户里,落下一地银辉,如铺上一层轻纱。

室内没开灯,但并非一片漆黑,视野相对清晰。

二人都是初恋。

第一次,青涩又懵懂。

司笙不舒服,一哭就没止住,感觉女侠的里子面子都碎了个彻底,委屈得不行,一口咬住凌西泽的肩膀,险些咬下一块肉来。

自打认识司笙以后,就从未见过司笙流泪,凌西泽瞧见了,心软得一塌糊涂,任由她咬了,一声没吭。

"别哭了,我会对你负责的。"二十三岁的凌西泽慌成一团,顾不得疼痛,慌慌张张地安抚她。

司笙踹他,又红着眼瞪他,倔强得很:"我没哭。"

凌西泽肩上染血,却顺从地哄她:"没哭没哭,我看错了。"

司笙蜷缩在他的怀里,借着月光,看到从他的伤口里渗出的血珠,有点儿心软。

她轻哼了一声:"以后不准再碰我。"

他连忙答应:"不碰。"

"那你是不是想碰其他女人?"司笙有点儿恼了。

"也不碰。"凌西泽想都没想就保证。

良久,司笙慢腾腾地说:"哦。"

司笙的泪水沾湿了他的肩,又浸湿了枕头,他一动都不敢动。

外面轻缓的夜风撩起轻薄透亮的白色窗帘,薄薄一层纱,在室内翻飞。有一抹月光斜斜地照进来,透过窗帘,照到一个画架上。

画架上面是一张素描,即将完成,画的是一个北方乡村的房屋建筑,厚厚的积雪,那是他们挑明关系那一天的场景。

纱质窗帘的影子落下来,光影被分割开来,影影绰绰。

慢慢地,司笙不流泪了。

她还是说:"我没哭。"

"没有。"凌西泽身子都僵了,但回应她时依旧很迅速,微哑的嗓音里尽是温柔。

"司笙,"他低声喊着,小心翼翼地,轻轻拭去她脸上的泪痕,"我对你负责,好不好?"

"你负责得起吗?"司笙张口就顶了回去。

凌西泽沉吟了一下,说:"再过一年,我们领证。"

"不稀罕。"

"你想要什么我都给你。"

"你给不了。"

"是什么?"

司笙忽然不说话了。

她想要一段人生,潇洒恣意,无拘无束,谁都给不了她,只能她自己一脚一脚地走出来。

沉默中,司笙感觉到他的紧张和担忧,心又一软,说:"我很难养的。"

"我养得起。"

"用你家的钱养吗?"

"不靠家里,靠我自己。"

司笙呼吸一窒,眼睛又酸酸的,心里烦乱不已。

她不想再聊这个话题了,于是开始抱怨:"你好烦啊。"

凌西泽赶紧噤声。

静默几秒,司笙又催他:"说话。"

凌西泽一怔,不知该说什么,又见她不高兴,只能说:"我好烦。"

司笙骂:"榆木疙瘩。"

"嗯。"

"浑球儿。"

"嗯。"

司笙骂的每一句,凌西泽都应了下来。

不知骂了多久,司笙骂累了,声音变得轻飘飘的。

她渐渐闭上眼,像是要睡了,嘴里仍旧念叨着:"凌西泽。"

"我在。"凌西泽永远给她最及时的回应。

司笙躺在他的怀里,轻轻抽泣了一下,一滴泪滴落在他的胸口上。

睡前,她低声警告:"今天的事,你要说出去你就死定了。"

凌西泽一句话都不敢说。

那一晚,他整夜没睡着。

直至临近天明,月光离开了窗户落到远处,室内陷入黑暗中,凌西泽才短暂地眯了一会儿。

在睡梦中,他听到"嘭"的一声,好像有什么东西破裂的声音。

他猛然惊醒。

怀中的人似乎醒了,不待他反应过来,她就推了他一把:"去拉窗帘,晃眼睡不着。"

凌西泽第一反应是担心她,问:"你没事吧?"

"快去!"司笙催促一句后,背过身。

一头乌黑的长发,散在白色的枕头上,对比鲜明。

凌西泽怔怔地看了她片刻,然后老实地去关窗户,并把窗帘拉上。

室内陷入一片漆黑之中。

凌西泽再回来时,从黑暗中扔来一个枕头,迎面砸向他的脸。

他赶紧抓住。

"去书房里睡,不准进来。"司笙说道。

这个时候,凌西泽可不敢违背她的意思,想关心她几句,又怕惹得她不高兴,让她夅毛。凌西泽踌躇片刻,几次张口又把话咽下,最终一言未发,抓着枕头,小心翼翼地离开了卧室。

然而,天亮后,凌西泽回到卧室里,谁料里面空荡荡的,寻不见司笙的身影。

有那么一瞬间,凌西泽恍惚觉得,一切只是一场梦。

窗帘被拉开,窗户开着,有风吹进来,荡起窗帘。画架上的素描不见了,但旁边的小桌子上,放着一支涂抹伤口的软膏。

卧室里的灯碎了,被一颗弹珠砸的,之后半个月灯都没再亮过。

那是他的别墅,卧室在二楼。

司笙没出门。

她是从阳台跳出去的。

"七年前,我卧室里的灯,是你弄坏的吧?"

此时仍旧是夜里,凌西泽早已没有七年前的小心翼翼,没皮没脸地缠着司笙。

司笙将他挪开一些,眨了眨眼,歪头:"不明显吗?"

"你说那是我欺负天仙,遭了报应。"凌西泽正儿八经地说道,"我信了。"

凌西泽想到什么,似乎觉得好笑:"我当时看到卧室里没人,打你的电话你又不接,学校里找不到人,还以为你会跟我分手。"

"慌不慌?"经他一提醒,司笙想到这一茬,逗趣地问他。

"慌。"凌西泽叹息,"少不更事,慌死了。"

"报应。"

"你故意折腾我。"

"嗯,"司笙痛快地承认,"我憋着一口气,不折腾你,不甘心。"

"这就是你吊着我半个月的理由?"

"嗯。"

那天后,司笙虽然觉得哭得很丢脸,但没有直接玩消失。

她正常上课,正常作息,跟普通学生一样,有空了就去图书馆待着。

她只是找人告诉凌西泽,让他每天都来学校,出现在她的视野里,但不准靠近她。她要是有一天没见到他,他们俩就玩完了。

那时的凌西泽老实得很,将司笙的话奉为圣旨,不敢有丝毫违背。

他每天早上天刚亮就守在她的宿舍楼下,跟痴汉似的尾随着她,她去哪儿他就去哪儿,甚至还假装学生陪她上了两周的课,在图书馆里待了两个周末。

当时凌西泽还未创业,没什么名气,但胜在长相气质出挑,到哪儿都惹眼,他在校园里成天晃荡,没少吸引女生的注意。

每天都有女生来问他要联系方式。

司笙全部看在眼里,看似不恼不怒,但眼神里都透着威胁——你要是敢理她们,你就死定了。

他当然不敢。

但是,司笙不会像他一样避嫌。

以司笙的相貌,"校花"都是担得起的,她在学校里很受男生欢迎。

她上课睡觉被老师叫起来回答问题时,会有男生偷偷给她塞答案;有人给她送零食,她照收不误,不过她会拿出来一起分享;课间休息时,她会跟同学聊感兴趣的话题或者学习上的事……

凌西泽全看在眼里,却只能干瞪眼吃酸醋,什么都不能做。

那简直是煎熬。

半个月后,司笙才再次跟凌西泽说话。

那是一节体育课。

她一身运动装,长发扎成高马尾,高挑又美艳,皮肤白皙,哪怕什么都不做,仅仅站在阳光下,都美得像画。

她一到体育场,所有男生的视线都黏在她的身上。

那次,是凌西泽第一次见司笙上体育课,也是第一次意识到——司笙在学校里有多受欢迎。

那节课是学打篮球,男生一个个地凑上前,积极热情地想教她。

男生教她打篮球,就难免有肢体触碰。哪怕男生只是碰了司笙的手背、胳膊一下,并未有逾越的举动,凌西泽都看得火冒三丈。

当时他刚毕业,血气方刚,抄了个篮球就入场了,一个三分球先震慑住他们,之后就一个个地将他们打败了。最后他当着他们的面,宣布对司笙的所有权,一把拉着司笙离开。

然而没心没肺的司笙一出篮球场就乐个不停。

她踮着脚,用手擦了擦他脸上的汗,笑得愉悦又明朗:"你干吗要跟他们较劲?你喊我一声,我就跟你走了。"

凌西泽这才明白过来,她只是想等他主动打破僵持的局面罢了。

回忆以往,凌西泽觉得既心酸又搞笑。

司笙说:"不知道你是怎么想的,我让你看着,你就真的只是看着,让你不准靠近,你就真的不靠近。凌西泽,你脑子缺根筋吗?你要是当天主动来哄我,我能晾你半个月?"

凌西泽任由她骂,等她骂完,轻声喊她:"司笙。"

"嗯?"司笙抬眼。

凌西泽的手指拂过她的眉眼,拇指指腹停留在她的眼角处。

他的吻落下来,熨烫着她的眼角。

司笙的睫毛轻轻颤抖。

"那天晚上,有一滴泪,落在我的胸口上,很疼,比你咬的那口疼多了。"凌西泽的嗓音发涩,像是在极力克制着情绪,他缓了口气,才慢慢地开了口,"我一直疼到现在。"

司笙一下就愣住了。

司笙听着他的话,自己的心忽然被揪起,猛然一疼,似生生被撕扯开一样。

她伸出手指,挑开他的衣领,清凉的手指移过去,覆在曾被她咬过的地方。

伤口早已愈合。

然而,她隐约能摸到一点儿牙印的痕迹。

司笙喊他:"凌西泽。"

"嗯。"

司笙将脸埋在他的怀里，一字一顿地说："你妈妈的生日，要不要带我一起去？"

司笙睡到日上三竿才起来。

睡觉前凌西泽怕暴雨吵到她，给她戴上眼罩和耳塞，这一觉她睡得舒服又安稳。

她起身，趿拉着拖鞋来到窗前，将窗帘拉开，刺目的阳光洒落下来，她闭了闭眼。雨过天晴，空气中的尘埃被冲刷干净，阳光灿烂得耀眼。

司笙打了个哈欠，披头散发地往外走，搂着个抱枕在家里转悠一圈，然后在书房里找到正在拆无人机的凌西泽。

司笙倚着门，睡眼惺忪地问："你不去上班？"

凌西泽抬了抬眼皮："放假。"

行吧，你是老板你说了算。

她走进门，站在凌西泽的身后，盯了一会儿，然后俯身将胳膊搭在他的肩上："你们是怎么把宋清明拐到手的？"

凌西泽轻笑："合法聘用，能叫拐吗？"

司笙轻嗤一声："他去年毕业的时候，是打算当老师的，连学校都找好了，就是第一附中。后来忽然听他说去玄方科技工作了，我当时还以为他被哪个传销组织给洗脑了。"

宋清明是个天才。

宋清明博士毕业，主要研究无人机这一块，年纪轻轻就是这一领域的"大牛"。那时的他，尚未毕业就被各个公司、各个项目争抢，但都被他一句"我要当老师"驳回了。没想到，他最后会选择在凌西泽的公司里工作。

"我跟他说，这个时代需要他。"凌西泽往后一倒，抬眸看着司笙，眼里荡漾着淡淡的笑意，"然后，他来了。"

司笙一怔："就这样？"

"就这样。"凌西泽抓住她放在他的肩上的手，笑了笑，"他属于这个领域拔尖的那批人，才能不该被浪费。一个人有多大能耐，就能创造多少价值，被埋没是一件很可惜的事。我只是给他一个承诺，给他提供尽情施展才能的天地。没有钩心斗角，没有利益纷争。"

"七年前，我问你，你是不是想研究无人机。你说是，也不是。"司笙的手指在他的手心上轻轻一挠，她勾唇一笑，"你说，一个技术人员，改变不了世界，但一个技术团队可以，你想当凝聚这个团队的人。因为有这个资本的人不多，而你正好是其中的一个。"

"嗯。"

司笙问："你现在还这么想吗？"

凌西泽的眼睫微垂，随即抬起，凌西泽弯唇应声："嗯。"

司笙眉眼一弯，笑道："那我大概能理解你为什么能吸引宋清明了。"

因为热爱，因为责任，他们的目标是一致的，而相似的灵魂互相吸引。

这个男人，在成熟稳重的外表下，仍是少年那颗赤诚干净的心。

年少时，我们不管不顾地追逐一样事物，大抵是出于单纯的热爱。长大后，我们仍旧不顾一切地追逐那样事物，理由呢？

热爱不能持久，但责任可以。

跟七年前一样，他一点儿都没变。

司笙的手指张开，跟他的手指相扣，司笙轻声说："有人跟我说，各行各样，看似鱼龙混杂，什么人都有，心怀幻想进入行业的新人往往会失望。其实总有一批赤诚天真的人，有能力、有信仰，站在前沿，永远干净，真正热爱这个行业。他们会被别人辜负，但从不会被自己辜负。"

"你尽管去做你想做的事，"司笙把手放在他的头发上，轻轻地揉了揉，一字一顿地说，"哪怕你的天塌了，还有我呢。"

凌西泽一怔，然后笑了："你也是，尽管闹，背后有我撑腰。"

七年前，他们的世界有恋爱、有梦想、有争执，也有面向未知世界的勇气，却没有面对一切的底气。

七年后，该有的仍旧有，那份底气也被补齐了。

你的天可以塌，反正你还有我。

第八章
理想人生

晚上，十点。

司笙工作完，拿着杯子来客厅接水，却看到平时跟学习死磕的萧逆和司风眠此刻正坐在电视机前玩游戏。

背景音乐有点儿惊悚。

她看了一眼，收回目光，接好水。结果她刚喝了一口水，就听到司风眠的叫喊声。

"啊啊啊——"

司笙愕然回头，看到司风眠惊慌失措地往萧逆的身上扑，又被萧逆嫌弃地推开。

而电视屏幕上，出现了一张恐怖的鬼脸，龇牙咧嘴，鲜血淋漓，连心态一向很稳的司笙都被吓了一跳。

画面很快消失，司笙缓缓呼出一口气，走过去，喝了口水，问："你们在玩什么？"

"最新的一款恐怖游戏，刚开始玩。"司风眠稳下来，跟司笙招呼道，"姐，你要一起玩吗？"

司笙想说"不玩"，但转念一想，陪他们俩玩玩游戏也行，所以"嗯"了一声，走到他们俩身边。

司风眠和萧逆两个人拉开距离,给司笙腾开位置,又在中间加了一个坐垫。

等司笙坐下后,司风眠手臂一伸,从司笙的后面越过,推了一下萧逆的肩膀:"哥,你玩起来太稳了,还是给姐玩吧。"

萧逆侧首看向司笙,似乎在询问她的意思。

司笙拧了拧眉,一把拿过萧逆手中的游戏手柄,对司风眠说道:"小瞧我呢?"

"不是,"司风眠怕她误会,连忙解释,"主要是哥玩得太溜了,心态又稳,没意思。"

司笙轻哼一声,盘着腿坐好,仰头看电视机,开始玩游戏。

据司风眠介绍,这是一款最近爆火的恐怖游戏,故事剧情精彩,背景音乐和游戏体验都是一流的。

当然,他没说谎。

没几分钟,司笙就被故事剧情吸引,玩得很投入,但正因为投入,很多次遇险时都头皮发麻,若不是萧逆和司风眠在旁边坐着,需要顾及姐姐的形象,早就将游戏手柄给摔了。

她一口气玩了两个小时,直至一个篇章结束。

"不玩了。"司笙呼了一口气,将游戏手柄扔到一边。

"行,不玩了。"司风眠还在故事情节里没缓过神来,附和了司笙一句,马上就抓住欲要起身的萧逆的手,"哥,今晚我们一起睡吧。"

"不要。"

"哥!"好好一个"学神"兼"校草",此刻却死皮赖脸地缠着萧逆不放。

萧逆想把手抽出来,司风眠却死死攥着。

尝试了几次,还是无法动弹,萧逆瞪了司风眠一眼,说道:"赶紧去洗澡。"

"哦,好!"司风眠登时喜笑颜开。

这兄弟俩相亲相爱,转眼就从恐惧中脱离而出,司笙就不一样了,洗澡时一闭眼就是恐怖的鬼脸,特别吓人。

凌晨三点,在床上翻来覆去的司笙,终于向恐怖游戏的画面妥协,从床上爬起来。

鬼脸在司笙的脑海里挥之不去,她一闭眼,就感觉门后、床边、窗前都站满了黑影。

这真是可怕至极。

司笙胡乱地抓了把头发,叹了口气,下床,踩着拖鞋走出卧室。

三分钟后,在睡梦中的凌西泽,听到轻微的开门动静,忽然惊醒。

不多时,他听到"吱呀"一声,卧室的门被缓缓推开,一抹黑影溜进来,鬼鬼祟祟的。

三秒后,凌西泽闭上眼。

司笙蹑手蹑脚地走进门。

室内拉着窗帘,遮光效果极佳,屋里一片漆黑。

眼睛适应片刻,司笙看清躺在床上的男人,见他一动不动,似乎睡熟了,才悄悄舒了口气,然后放轻脚步声,缓缓挪到床的另一侧。

人未动。

凌西泽睡相好,不会一睡着就乱滚。凌西泽不知是何时养成的习惯,一个人睡觉,只占据一边,另一边是空出来的。

因此,正好给司笙留了方便。

在黑咕隆咚的卧室里,她盯着床上的人几秒,然后悄悄将手伸过去捏起被子一角,将被子慢慢掀起来,掀到一半时,才轻手轻脚地爬上床,在空出来的那一边躺下。

她侧躺着,面朝凌西泽,将被子往上拉,盖住肩膀。

六月初,气温渐渐上升,但夜间气温偏低,晚上睡觉还是需要盖被子的。

司笙将被子盖好,把手收回去,想闭眼睡觉。

谁料,原本躺着一动不动的人,突然朝司笙这边一翻身,手臂一伸,就将她揽入了怀中。

司笙一惊。

"大半夜的想干吗?"凌西泽嗓音沙哑,带着轻轻的笑意。

司笙被抓了个正着,有点儿心虚:"你没睡?"

"睡了。"凌西泽声音轻柔,勾得人心弦乱拨,"被惊醒了。"

"我……"司笙一顿,双手抵在他的胸膛上,跟他拉开点儿距离,缓解着脖颈、耳根、脸颊上的燥热,嘟囔道,"我怕你太想我,半夜睡不着。"

若非两个小时前司风眠给他发消息,说他们在玩恐怖游戏,他怕是真信了司笙这张口就来的鬼话。

司笙问:"感动吗?"

"不——"

"嗯?"

凌西泽一秒改口:"感动。"

司笙失笑,催促道:"赶紧睡觉。"

凌西泽轻轻吻着她的发丝,笑着问:"这会儿不怕了?"

"嗯。"司笙往他的怀里钻了钻。

有个活人在身边,她有什么好怕的。

也是奇怪得很,刚来时司笙还精神极好,谁承想这才刚躺下,睡意和疲惫感登时涌上来,不到三分钟,就在凌西泽的怀里沉沉地睡了过去,而被她惊醒的凌西泽睡意全无。

翌日,六点。

司笙只睡了两三个小时,但因睡得安稳,醒来时神清气爽的。

倒是凌西泽,后半夜没怎么睡,此刻睡得正香。

凌西泽还在睡梦中,隐约听到身边"窸窣"的声音,微微睁开眼,正巧看到司笙拉开窗帘,清晨明媚的阳光斜斜洒落,被分割的一处亮光覆在眉眼处,刺得凌西泽眯了眯眼。

蒙眬的视野里,映入站在窗前沐浴着阳光的纤细身影,在光里只有轮廓,背影暗得像一道剪影。

窗户被打开,清风掠过,掀起她的睡裙裙摆,薄薄的布料,丝滑轻柔,在空中跃动翻飞,一上一下,似乎拂过凌西泽的心尖。

宁静的清晨,有阳光、清风,以及她,安稳又舒适,凌西泽仿若坠入温柔乡,难以再醒来。

"起床了。"

司笙走回来,抬手去掀凌西泽的被子,结果刚碰到被子,手腕就被凌西泽抓住。他拉着她往下一拽,她便倒了下去,伏在他的身上。

下一刻,凌西泽翻过身,将她压在身下。

凌西泽感受着她娇软的身躯,注视着她,嗓音低沉地说道:"司笙。"

"嗯?"

"要同居吗?"

司笙张了张口,声音却未发出来,她的唇被他的唇封住。

清晨的阳光温暖和煦,清风徐徐,空气中透着静谧美好。

司笙回去时,司风眠和萧逆都起来了。

萧逆正在厨房里忙活,司风眠咬着一支牙刷,倚在门口,念叨着要加两个水煮蛋,如果是温泉蛋更好。萧逆忍无可忍,拎着汤勺过来关门。司风眠做好被攻击前的防御准备。

这时,二人听到开门的动静,视线不约而同地扫过去,正好瞅见司笙从外面进来,那一瞬,二人皆联想到什么,微微一顿,随即对视了一眼。

这情况,大概是她昨晚被吓到,然后跑隔壁睡去了。

司笙扫了一眼戳在厨房门口的两个人,直接跟萧逆交代:"给凌西泽做一份。"

"嗯。"萧逆点点头。

司风眠叼着牙刷,含混不清地喊:"姐。"

"什么?"

"你不考虑一下跟姐夫同居吗?"司风眠真挚地问道。

想到凌西泽的提议,司笙一顿,淡淡地看了司风眠一眼,没有回他。

她进了卧室。

见状,司风眠朝萧逆的方向挪了挪:"哥,我感觉他们俩离同居不远了。"

萧逆睨了司风眠一眼，转身往厨房走。

正当司风眠以为萧逆不会搭理自己之际，萧逆忽然慢悠悠地开口："都七年了，这速度有点儿慢。"

你这种经常被姐担心找不到对象的闷葫芦应该没资格说这种话吧。

两天后，司笙出门跟朋友聚餐，回水云间时有点儿晚，带了一份打包的夜宵。

她没回自己家，而是进了凌西泽的家里。

客厅里没有开灯，司笙进门后，打开玄关处暖黄的照明灯，找到自己的拖鞋换好。然后她的目光往里面一扫，看到主卧门开着，里面是黑的，而紧闭的书房门，隐约透出一丝亮光。

司笙没有开灯，放轻脚步，悄声往书房走。

她来到门前，手指覆在门把手上，轻轻转动，"咔"的一声，门应声而开。

书房里冷白的灯光，伴随着凌西泽的两道视线，一同朝司笙打了过来。

"夜宵。"司笙举起手中的袋子，但没有进去。

地上一堆的无人机零件，零零碎碎的，挡住了她进门的路。凌西泽坐在电脑前，大抵是在写代码。

"马上。"凌西泽应了一声。

他敲着键盘，让司笙在门口等会儿，在她等得快不耐烦时，他才停了下来。

他站起身，将椅子往后一推，用脚踢开挡道的零件来到门前，随后弯腰将司笙手中的夜宵接过去，同时抬手按在司笙的头上，猝不及防地揉了一下她的头发。

司笙拍开他的手："去餐厅里吃。"

"嗯。"

凌西泽应了，拿着夜宵去餐厅，结果打开包装，发现里面是一份南瓜粥和两个包子。

他将夜宵拿出来放到桌上，睨着走过来的司笙，舌尖一抵后槽牙，手指屈起在桌面上敲了敲，笑着问："这就是我的夜宵？"

"嗯。"司笙坦然地点头。

凌西泽"咝"了一声："你不是去吃烧烤了吗？"

"就你这胃……"司笙伸手戳了戳他的腹部，哂笑，"你还想吃烧烤？"

凌西泽沉默了两秒，然后忽然笑了，竟没有跟她争，乖乖地坐下来吃夜宵。

司笙却狐疑了："这么老实？"

凌西泽将衬衫袖子折起来，慢条斯理地说："有人管着也挺不错的。"

司笙哑然。

片刻后，她拉开旁边的椅子，单手支颐，看着凌西泽吃夜宵，半晌后忽然开口："你那个无人机要弄多久？"

"我明天下午出差，争取今晚弄完。"凌西泽微顿，问道，"怎么？"

司笙撇嘴："没什么，怕你太入迷了。"

凌西泽琢磨了一下，回过神来："最近忽略你了？"

"呵。"司笙冷笑。

这男人脑子就一根筋。

那时候他们交往的时间还不长，司笙将一个周末的时间空出来，本想约凌西泽去爬山露营，结果他直接跟她玩消失，直至第二周周末才露面。他还贼奇葩，两个人见面后没意识到她在生气，兴致勃勃地将她拉到一个场地，给她展示几只机器小狗，会叫会跳会跑，说是送给她的。

合着他消失的那一周，就是研究这几只机器小狗去了。

司笙差点儿当场把他捶死。

正在出神之际，她听到凌西泽说道："这次马上就能弄好。"

"哦。"司笙淡淡地应声，继而轻描淡写地来了一句，"我明天搬点儿东西到你屋里，你空点儿空间出来。"

凌西泽咽下一口南瓜粥，又愣怔了片刻，才后知后觉地反应过来，马上说道："等吃完夜宵我就去给你腾空间。"

司笙眉眼微动，咕哝道："那也不用那么急……"

"你一会儿一个主意，我怕你反悔。"凌西泽笑着说道。

司笙登时被噎住，默默地扔了他一个白眼。

司笙说是明天搬过来，但在凌西泽的带动下，她当晚就拿了些应季衣物和日用品过来，准备在这边歇下。

她整理完后，时间有点儿晚。

凌西泽要跟他的无人机过夜，司笙没有等他，洗了个澡就躺下了。

下半夜，司笙被渴醒了。

司笙微微眯着眼，翻了个身，想推醒凌西泽去给她倒水，手一伸却摸了个空，旁边空荡荡的，一片凉，什么都没有。

司笙眼睛忽然睁开，睡意一点点被驱尽。

嗯？

他还没睡？

司笙坐起身，盯着卧室的墙发了会儿呆，片刻后，掀开毛毯起身，走出卧室。

司笙倒了杯水，仰头喝了一口，隐约听到书房里传来敲键盘的声音，犹豫了一下，趿拉着拖鞋走到书房门口，将门推开。

光线通过敞开的门缝落到眼里，司笙下意识地闭了闭眼，随即睁开，看到凌西泽仍坐在电脑前，卷着衣袖，露出线条流畅的手臂，修长的手指敲着键盘，节奏平稳，但在某一刻顿住，他侧首，两道视线打过来。

"还不睡？"司笙抬腿走了进去，沿着一条被清理过的道，一路来到凌西泽的身边。

她将水杯放在桌上。

"还差一点儿。"凌西泽自然地拿起水杯，仰头喝水，下颌弧线绷直，喉结轻轻滚动着，莫名其妙地惹眼。

司笙看得愣了一下，回过神，提醒他："我喝过的。"

凌西泽将空杯放在一边，无所谓地道："我还能嫌弃你？"

这话倒是没错。

司笙挪到凌西泽的身后,双手搭在他两侧的肩上,给他捏了捏:"太晚了,你可以出差回来再弄。"

"一口气弄完比较带劲。"

凌西泽一直在写程序,一夜没说几句话,声音略微沙哑,在静谧的夜里颇有质感。

"哦,"司笙微微俯身,环住他的脖颈,将下颌抵在他的头发上:"你妈妈的生日马上就到了,竹笛在路上,你什么时候能回来?"

"一周左右,离陆同学生日,大概有两三天。"

"哦,"司笙颔首,"到时候一起去买礼物。"

"你不是准备好了吗?"

"那哪儿够?"

陆同学梦寐以求的竹笛都被你弄到手了,你就不用操心那么多了。

但这话司笙肯定不爱听,凌西泽识趣地道:"行,到时候一起去。"

"嗯。"司笙跟他谈妥了,松开他,站直身子。

低头时,她看到凌西泽清澈的眼里漾着笑,浅浅的,一圈一圈地荡开,特别勾人。他卸下防备笑的时候,松散又慵懒,平易近人,一点儿都不像高高在上的总裁。

她想宠他。

司笙忍不住摸了把他的脸。

真是受老天眷顾的人,熬了一夜,皮肤一点儿都不油腻,仍旧是清爽干净的。

凌西泽劝她:"乖,去睡觉。"

"我睡够了。"司笙看了一眼窗外,又瞧了一眼电脑屏幕上的时间,"就差一个小时天就亮了,陪你好了。"

现在不到四点,平时五点左右天亮。司笙熬夜习惯了,没有劝人早睡早起的习惯,但陪人熬夜的事,倒是有一定的经验。

"你怎么陪?"凌西泽问。

凌西泽手头有事,没法儿陪司笙打发时间。

半晌,司笙吐出两个字:"看书。"

457

其实以司笙这种不务正业、半路退学的经历来看，看书跟她真的挺有违和感的。但是，司笙很喜欢看书，有事没事就往图书馆里钻，看的书也杂七杂八的。

不过司笙身为创作者，本来就需要涉及各方面的知识，这跟她的职业倒是挺相符的。

司笙去给凌西泽热了杯牛奶，然后在凌西泽的书房里随便找了一本书，坐在飘窗上翻看。

他们没怎么聊天儿。

一个专心地对着电脑研究程序，另一个坐在窗前认真地翻看书籍。

偶尔，凌西泽会停下动作，懒懒地往后靠着，偏头去看一侧的司笙。

司笙看书时很安静，长腿一屈一伸，书本摊在大腿上，神色淡然，偶尔会皱一皱眉。她的阅读速度很快，没多大一会儿就会翻页，但平静自若的神态，往往让人觉得，她不是一目十行地敷衍，而是真正获取了她想要的知识。

有时司笙看烦了，会歇一下，侧首盯着凌西泽。

这男人不知怎么长的，眉眼鼻唇，每一道线条，都长在她的审美上，每个角度都看不腻。

工作时他一般没有表情，成熟的眉眼透着股凌厉劲，少了些许随和懒散，偶尔会有抿唇、锁眉的小动作，极其轻微。这跟平时比，是截然不同的两种味道，可一举一动都极具魅力，勾人心魂。

他不说司笙也猜得出，公司里肯定有不少喜欢他的姑娘。

凌西泽跟她第一次交往那会儿，哪怕是让他在宿舍楼下等一会儿，都有小姑娘红着脸上前搭讪。

他就是一个祸害。

天色渐亮，有光落进室内，白炽灯的光线被衬得无足轻重。

凌西泽停下手里的动作，活动着僵硬的手指，往后一倒，斜斜地倚着，笑着看过来："盯了快一刻钟了，看不够？"

司笙歪着头，单手撑着下巴，很直接："嗯。"

凌西泽一顿。

随即，他又忍不住笑开，手指一蹭鼻子，笑得无奈又纵容。

司笙将书本一合，一只手将其抱在怀里，跳下飘窗。

她的头发披散着，敞开的窗口有清凉的晨风吹入，吹起她的发梢，在她的身后轻扬。阳光破开云层，落下一道刺眼的晨光，斜斜地洒进来，罩在她的身后，为她染上一层金光。

她美得让人呼吸一窒。

她走到凌西泽的身后，放下书，空出双手，手指按在他两侧的太阳穴上，轻轻揉捏着："你先别急着休息，我叫了早餐外卖，马上就到，吃完再睡。"

"好。"

凌西泽放松地靠在椅背上，享受着她的伺候。

稍作停顿，他问："待会儿一起补觉吗？"

"我要去晨练。"司笙说道。

凌西泽一怔，以为自己听错了："去什么？"

"晨练。"司笙不紧不慢地道，"在小区里跑几圈，锻炼一下。"

原来日夜颠倒赶稿的你还有如此健康的活动。

凌西泽暗自疑惑着，却没说出来，转念一想，说道："对了，我妈最近……"

话没说完，门铃响了。

司笙催促着凌西泽去洗漱，然后去开了门，是她刚下单的早餐外卖到了。

她拎着早餐回来，看到凌西泽走出书房，随口问了句："你妈怎么了？"

"没什么。"凌西泽想了想，没将先前的话说下去，而是改口道，"她听说你要过去很高兴，决定在家里过生日。"

司笙微怔："我破坏了她的计划？"

凌西泽说道："她觉得丈夫和儿子都很无聊，所以决定跟姐妹们一起出国旅游。现在你要过去，加上她姐妹家有点儿事，所以她决定在家里过。"

"哦。"司笙颔首，不再问。

459

吃了早餐后，凌西泽洗洗睡觉，司笙则是换上一身运动装，戴上一顶鸭舌帽，神清气爽地在小区里晨练。

《0808》里有大量的打戏，司笙是武替出身，不允许自己拍打戏时用替身，所以需要在进剧组前将身体素质提升到最佳的状态。

水云间的环境好，占地面积广，近半是园林景观和娱乐设施。这个小区仿佛与世隔绝一般，人少景美，特别适合饭后出来散步，绿植、湖水、亭子、碎石路、小桥流水，让人有一种远离城市喧嚣之感，自然而然地就静了下来。

司笙在小区里跑了大半个小时，想去宽敞的湖边练两套拳，结果跑过曲折的羊肠小道，看到的却是人群拥挤的场面。

行人驻足，小孩儿、青年、老人，各年龄层次的都有。

被人群围着的，是一个中年女人。

外人看不出她的具体年龄，她优雅漂亮，气质温婉，风韵犹存。她保养得不错，肌肤状态极好，精神状态也好。她的鬓发披在一侧，身着一件黑色连衣长裙，身材好得令人艳羡，轻风荡起她的裙摆，伴随着悠扬的笛声而来，美得令众人呼吸一窒。

她手持一根竹笛，横在前方，纤纤玉指轻动，伴随着她的气息奏响，旋律流畅又轻快。

她在举手投足间书香气质尽显。

她的眼里尽是温柔的笑意，太阳暖洋洋地洒在她的眼里，瞳仁似乎能发光。

一首外行人都能听出有难度的曲子，她却表演得游刃有余，仿佛不费吹灰之力。

司笙驻足，觉得这人很眼熟，似乎在哪里见过，但一时想不起来。她站在人群外围思考着，不知不觉间，一曲吹奏完毕，女人径直朝她走过来。

女人笑得温柔含蓄，喊她："笙笙。"

看来这个女人是真的认识她。

虽然想不起对方是谁，但司笙因对方的气质和音乐对对方心生好感，没有冷脸待人，而是礼貌地回应："阿姨好。"

女人注意到司笙浑身是汗,笑着问:"在跑步?"

"嗯。"

"一个人?"

"嗯。"

"可以叫上西泽一起锻炼。"女人笑了笑。

"嗯,改天。"司笙一边和气地回应着,一边在想这个人是不是自来熟。

二人闲聊了一阵,女人接了个电话,离开了。司笙目送女人走远,又绞尽脑汁地想了一会儿,仍然没想出是在哪里见过她。

司笙抬手摁了摁太阳穴,索性作罢,将此事抛到脑后,在湖边选了块空地练拳。

上午,凌西泽还在补觉,迷迷糊糊地被电话吵醒。

他找到手机接听。

结果,他尚未开口说话,就被陆沁劈头盖脸地训斥了一顿,大意是他竟然睡懒觉,让女朋友一个人去跑步,这么懒肯定会被女朋友抛弃的。

凌西泽听得莫名其妙,想到陆沁应该是在说司笙,想辩解两句,但陆沁并不想听他解释,骂完后就挂断了电话。

凌西泽叹息,将手机放下,继续补觉。

他只把这个当作小插曲,没有放在心上,一觉醒来之后,就将此事抛在了脑后,也没跟司笙提及。

凌西泽出差后,司笙又陆陆续续搬来一些物品。不过,她没有把东西都搬过来,只搬来一半,方便跟凌西泽吵架时随时回去住。

而她在工作的时候,也选择在自己家的小书房里工作。

凌西泽出差的这一周,司笙一边画漫画一边看剧本,偶尔还跟在小区里新认识的朋友约着逛街吃饭,忙得不亦乐乎。

时间转瞬即逝。

凌西泽回来那天,司笙不仅没去接他,还在凌西泽打来电话时,交代凌西泽回家时带一份晚餐。

"买特产了吗？"司笙交代完他，又问了一句。

"嗯。"凌西泽被她气笑了，"我出差回来，你关心的是晚饭和特产？"

"我不关心你，你就不回来了？"司笙莫名其妙地说。

没等到凌西泽的反应，司笙就直截了当地道："我现在在外面，晚上回去再说。"

这个人渣。

晚上七点，凌西泽回到家，带了司笙常去的店的饭菜。

他在门口按门铃。

司笙在洗水果，闻声停下动作，跑来开门，瞧见凌西泽后颇为诧异，"你忘记密码了？"

凌西泽拖长声音，说道："给你个提醒。"

"啊？"司笙将拖鞋扔到他的脚边，抬头看着他，不明所以。

凌西泽走到玄关，将手中的几个袋子放下，一只手抵在墙上，将司笙圈在角落里，不紧不慢地说："如果你在家里养野男人的话，不会被我抓个正着。"

司笙哭笑不得，抬手拍拍他的脸："出差一周人都傻了？"

"不然的话，怎么一周就主动打了一通电话，跟男朋友久别重逢态度冷淡，期待的不是男朋友而是各种吃的？"凌西泽眉毛轻拧，一通抱怨。

"黏人精。"司笙惊愕半晌，嘟囔道。

"嗯？"鼻音轻轻上扬，凌西泽伸手轻轻抬起她的下颌，微微眯眼，低沉的嗓音里透着几分威胁，"你说谁？"

司笙挑眉，理直气壮地反问："不是吗？"

"是。"薄削的唇勾勒出好看的弧度，凌西泽干脆地应了她的话。

他低头吻她。

哪怕只有一周，哪怕天天联系，他都想她想到发疯。

司笙洗了个澡，换了睡衣出来时，凌西泽刚把饭菜摆上桌。

她嗔怒地看了凌西泽一眼。

凌西泽勾起唇角，讨好地给她拉开餐椅，伺候她坐下。

"饭菜都要凉了。"司笙吃了口烧茄子，皱了皱眉。

"下次带你去店里吃。"凌西泽很快接话。

司笙吸了口气，不跟他计较。

"司尚山和章姿离婚了，"凌西泽给司笙夹菜，问，"司尚山跟你说了吗？"

"没有。"司笙摇头，还挺意外的，"章姿答应得这么痛快？"

以章姿对司尚山的痴情程度，司笙还以为他们俩还要纠缠一段时间。

"她不想离也没办法。司尚山一直想跟她离婚，早就做好了准备，暗中涉足章家的生意，如果章姿不愿意离婚，结局跟欧阳秋差不多。"凌西泽慢条斯理地说道。

司笙顿了一下，忽然意识到什么："全在你的计划之中？"

凌西泽给她夹了一块排骨，悠然地反问："你说呢？"

司笙无言以对。

"司裳出院了。"凌西泽又说了一句。

"哦。"

"司尚山给她安排了专业的心理辅导，初见成效。"凌西泽看了司笙一眼，轻声道，"她现在这样，有很多因素，章姿占主要部分，你不用放在心上。"

司笙轻哼："我看起来很在意？"

凌西泽笑笑："嘴硬。"

司笙撇了撇嘴。

她并没有强行给自己揽责任，不过，司裳沦落到这般处境，确实是以她进司家为转折点的，她又不是铁石心肠的人，关注一下也很正常。

只是司风眠和司尚山都怕她有压力，默契地不跟她说司裳的事，她只能通过凌西泽了解一点儿。

饭吃到一半时，司笙放在沙发上的手机振动了两下，凌西泽见状，微微拧眉,说:"你洗澡的时候,手机一直在响。"

"哦。"司笙将筷子放下,站起身,走过去拿起手机,踱步回来。

她回了一条信息,将手机放下,又在餐椅上坐下,拿起筷子,注意到凌西泽的视线,笑了笑才说道:"我跟你说了吗,最近我在小区里认识了一个新朋友。"

"男的女的?"凌西泽只关注重点。

"女的。"司笙无奈一笑,随后补充道,"一个阿姨。"

凌西泽这才放心,点点头,说道:"没说。"

"你出差的那天早上,我不是去跑步嘛,在湖边见到了她。当时她在吹竹笛,吹完后跟我打招呼,但我只觉得她眼熟,想不起来在哪里见过她了。后来我每天早上都能在湖边看到她,我们聊了两次就加了微信,这几天还约着出去逛街。"司笙解释道,"我下午就是跟她在外面。"

这一刻,凌西泽怎么看司笙都觉得她像个傻子。

"你问她的名字了吗?"

"没有,"司笙不是很在意,"就说姓陆。"

"那你知道我妈叫什么吗?"

"陆沁。"司笙脱口而出,然后意识到什么,抬眼对上凌西泽别有深意的眼神,愣住了。

凌西泽将筷子放下,看着表情有些异样的司笙,正儿八经地说:"有件事,我忘了跟你说。"

"水云间的开发商是凌家,我们家在这里留了几套房,因为环境好,我爸妈偶尔会在这边住几天。"凌西泽顿了一下,又说道,"陆同学挺喜欢早上去湖边吹竹笛的。"

一周前,凌西泽就想跟司笙说这件事,但中途被送外卖的门铃声打断了。后来他想她们俩很快就要见面,没有说的必要,就没跟司笙说。

司笙还算镇定,低头拿起手机,调出一张照片,把手机递到凌西泽的面前,问:"长这样是吗?"

凌西泽看了一眼。

那是她们俩的合照,初晨的阳光里,她们俩站在湖边自拍,面带笑容,姿态还挺亲密的。

"挺有婆媳相的。"凌西泽由衷地评价。

司笙抓手机的手紧了紧,暗自磨牙,恨不得将手机扔到凌西泽的脑袋上,最后只是忍无可忍地在桌下踢了凌西泽一脚:"凌西泽,有你这么不靠谱儿的吗?"

这一脚踹得实在是狠,凌西泽"嗞"了一声,很无辜地说:"你上次不是跟她视频过吗?"

司笙一直在想究竟在哪里见过那个阿姨,经凌西泽这么一提醒,总算是想起来了。

"那都多久以前的事了?"司笙瞪了他一眼,没好气地说道。

对她的反应,凌西泽表示理解。

距离那一次视频已经很久了,当初视频聊天儿就几分钟,司笙现在能觉得陆沁眼熟已经很不错了。

"那现在是什么情况?"司笙捏着筷子,无意识地用筷子翻着米饭,"她知道我没认出她,然后还对我这么热情?"

他真不知道。

司笙百思不得其解:"可她为什么不跟我直说?"

凌西泽停顿半晌,拿出手机,主动地说道:"我帮你试探一下。"

"嗯。"司笙竟有点儿紧张。

她仔细地回忆了这一周跟陆沁的接触过程,陆沁对她挺好的,她也喜欢陆沁,二人的相处氛围似乎……还不错。

凌西泽将电话打过去,按了免提键,将手机放在桌上。

司笙屏息以待,饭都不吃了,双手托腮等待电话被接听。

"儿子,怎么了?"陆沁接了电话,这声音司笙很熟悉。

司笙挑眉。

这下,她不得不信。

凌西泽漫不经心地道:"我带了点儿特产回来,等你过生日那天,给你送过去。"

"不用,笙笙说她明天见面了给我带。"陆沁声音温柔,带着浅浅的笑意,一听就知道心情极好。

"你跟她见面了?"凌西泽的语气有点儿惊讶。

"对,"陆沁笑道,"我这几天不是住在水云间嘛,她每天晨练都来看我,还陪我逛街、吃饭、到处玩。"

凌西泽古怪地朝司笙挑了挑眉,然后问:"她去看你?"

"是啊,笙笙真是有心了。"

看得出来陆沁是真的喜欢司笙,提到司笙后就滔滔不绝地称赞,亏得凌西泽及时制止,不然她能说上一两个小时。

凌西泽找了个借口挂断电话。

"所以,"司笙有点儿想笑,勾了勾唇,分析道,"我每天去湖边晨练,被你妈当作我是特地去看她的?"

"应该是。"凌西泽现在觉得陆沁才是实打实的"傻白甜"。

他觉得匪夷所思:"你们俩一个不认识对方,另一个觉得对方是冲自己来的,互相误会还能这么和谐地相处,到底是怎么办到的?"

司笙仔细地回想,也觉得这事挺奇葩的:"我们俩可能因为聊得来,所以自动忽略了一些小细节。"

司笙现在一想,就会发现陆沁有些话很突兀,比如一口一个"西泽",但她和凌西泽交往不是秘密,所以只当陆沁知道这件事,下意识地就忽略了。

这样的细节有很多。

但是从陆沁的角度出发,这些突兀的话就很正常了。

凌西泽伸手去揉她的脑袋,笑道:"你们俩都处成好姐妹了,过两天去我家,你应该不紧张了吧?"

"谁紧张了?"司笙抬眼瞪他。

"又嘴硬!"凌西泽直接戳穿她,"你自从改变主意跟我回家后,天天搜阿姨们的喜好。天仙,下次搜完后把词条删干净,好吗?"

司笙嘴角微抽——这都被他发现了。

"来,"凌西泽将一杯水推给司笙,然后举起自己的杯子,"以水代酒,恭喜你在稀里糊涂的情况下提前搞定二老。"

司笙拿起水杯,却没做作地跟他碰杯,自顾自地喝了一口:"我还没见过你爸呢。"

凌西泽轻轻一笑，毫不在意地拆他父亲的台："在我家，搞定我妈，就等于搞定我爸。"

司笙眨了眨眼。

三天后，陆沁的生日。

在知道陆沁是陆阿姨之前，司笙想过跟凌西泽去凌家的场面，还怕表现得不好有点儿拘谨。毕竟她从出生到现在，也没遇到过去谁家看谁脸色的情况。

但是，司笙在知道陆沁是陆阿姨之后，一切顾虑消失得无影无踪。

陆沁大清早就打电话问司笙几点过去，说给她准备了她喜欢吃的菜，她一度觉得自己是去朋友家玩的，而不是去见家长的。

司笙将这感觉如实跟凌西泽说了。

凌西泽听完，乐了一会儿，然后问她："你天不怕地不怕的性子，见我奶奶的时候都不紧张吧，怎么会这么在意见家长的事？"

"可能，"司笙仔细地想了想，抬眸，认真地说道，"不想给你丢脸。"

凌西泽愣住了。

然后，他抬手将人搂在怀里，心里又酸又涩。

司笙这样的脾性，怎么会怕见两个长辈。就连回司家的时候，她都是轻松自在的。

她在乎的只有他。

正因为她特别在乎他，怕家长不满意她从而给他造成压力，才会有所顾虑。

她那么敢爱敢恨、落拓不羁的一个人，却因为他，在这件事上变得小心谨慎。

凌西泽很高兴，却又很心疼。

他吻了吻她的发丝，轻轻抵着她的额头，低声说："不会的。跟你在一起，是我的荣幸。"

凌家。

这是一个宅院，整体建筑颇有复古的韵味，富丽堂皇，长廊曲折，小桥流水，处处透着主人的格调和品位。

走进宅院里，司笙真心实意地感慨："你家真有钱！"

"你才知道？"凌西泽诧异。

"毕竟你那么抠。"

二人闲聊两句后，走进前堂，陆沁早已等候多时，顿时笑着出来迎接。

"阿姨。"

"笙笙，你来了。"陆沁笑容满面，过来牵司笙的手，领着司笙往里走。

停顿几秒，凌西泽跟上去："我爸呢？"

"在书房里。"陆沁回头看了他一眼，不是很欢迎的样子，"你找他去，别在这里碍眼。"

"总得让我爸跟她见见。"凌西泽无奈地道。

"哦，"陆沁心想也是，点点头，使唤儿子，"那你把他叫下来。"

凌西泽叹了口气，将带来的礼物递过去，同时特地挑出司笙准备的那根竹笛，"这是笙笙给你准备的生日礼物，你看看。"

陆沁本想让他全都拿给用人，但听到是司笙送的，一秒变脸，立即将那个袋子拿过来。

"笙笙有心了。"她拉着司笙坐下，然后打开袋子。

袋子里装着一个长木盒，是专门定制的，用的是老红木，雕工细致，雕的是陆沁喜欢的桂花。她光是看木盒就很喜欢，打开后，看到一根竹笛，心想：这未来的儿媳妇可真是太用心了。

"笙笙，你……"

陆沁刚想拉着司笙说几句客套话，结果瞥见竹笛尾端独特的"LY"标志，当即愣住，表情经历了从笑容到震惊再到欣喜的转变，最终她又惊又喜地看向司笙。

"这是林羿做的？"陆沁惊愕地问道。

司笙轻笑："嗯。"

"怎么……？你……"陆沁激动得语无伦次，平复了一下心情后，才说道,"阿姨太开心了。笙笙,你是怎么弄到的?"

就林羿这个级别的艺术家,他亲手做的竹笛,不是有钱有地位就能弄到手的。

能得到这样的一根竹笛是陆沁的夙愿,一直求而不得。对陆沁而言,这是最贵重的礼物。

"认识。"司笙说,想到凌西泽说过怕陆沁受打击,想了想,又补充道,"虽然费了点儿劲,不过,他还是同意了。"

陆沁不知司笙口中的"费了点儿劲"是安慰自己的,只当司笙故作轻松,怜爱地拉起司笙的手:"你这孩子,肯定费了不少功夫吧?就林教授那臭脾气,应该没少为难你。"

"还好。"司笙笑得有点儿僵硬。

陆沁将司笙的话全反着听,对她真是爱极了,没说两句就说要吹竹笛给她听。

凌西泽在一旁静静地看着,看到这架势,心知陆沁是彻底被司笙歪打正着地降服了,笑了笑,然后就去书房找凌宏光。

跟陆沁这种艺术家不一样,凌宏光是个彻头彻尾的理性商人,想搞定他是一件很难的事。但他的命门是陆沁,在家里他事事都听陆沁的,所以只要搞定陆沁,他的意见就不重要了。

不过,凌西泽还是打算探探他的口风。

但是,知子莫若父,凌西泽刚进书房,凌宏光就问:"人来了?"

"嗯。"凌西泽颔首。

"你妈喜欢就行,我没意见。"凌宏光直截了当地给了答案,没有一点儿弯弯绕绕。

凌西泽眼睑轻抬,定定地看了凌宏光两秒,问:"真没意见?"

凌宏光走到书桌前,将手中的书放下,侧首看过来:"七年前,你奶奶找过我。"

凌西泽微微一顿,若有所感。

果不其然,下一刻凌宏光就说道:"她说,如果你带一个叫司笙的女生进门,绝对不能为难她。"

凌西泽哑然。

凌宏光走过来，拍了拍凌西泽的肩："走吧，介绍一下。"

就这样，司笙见家长这件事顺顺利利，没有一点儿波澜。

陆沁对司笙真是喜欢极了，过完生日后非要拉着司笙在家里住几日，哪怕凌西泽不在都没关系。司笙正好过段时间才进剧组，有时间，所以如了陆沁的愿，在凌家待了几天，其间还因为一身武功让凌宏光刮目相看。

几天后，凌西泽过来接司笙时，突然发现司笙和凌宏光在院子里习武，一个教，另一个学。

哦，凌西泽想的是：一个敢教，另一个敢学。

见到凌西泽，司笙冲他摆了摆手，然后跟凌宏光说道："叔叔，我先走了。"

"好，"素来严肃冷静的凌宏光，此刻却露出和颜悦色的神态，朝司笙点点头，"有空常来。"

"行。"司笙跟凌宏光告别，回房里拿了东西，然后就跟凌西泽离开了。

凌西泽拎着司笙的东西出门，忍不住问了一句："你跟我爸，怎么回事？"

"教他两套强身健体的拳啊，他还挺乐意学的。"

凌西泽走到车旁，将后备厢打开，把东西放进去，然后回头看向司笙："他以前练过。"

"我知道，鲁管家教的嘛。"司笙一脸淡定，一只手插兜，泰然自若地说道，"我第一天晨练的时候，他看到了，就跟我过了几招，结果他惨败。我问他要不要学，他答应了。"

凌西泽看了司笙两秒，走过去，抬手揉了揉她的头发。

"干吗？"司笙莫名其妙地问道。

凌西泽轻轻叹了口气，感慨道："你是真虎啊！"

但很快，凌西泽笑了："还好我爸吃这一套，又被你歪打正着了。"

"我看人下菜碟。"司笙决定为自己挽回尊严，"他满眼都写着'佩服'两个字，一看就是没见识过真正武学的人。"

凌西泽无言——这话倒也不假。

毕竟凌宏光身边的人，真要教他，肯定会有所顾虑，只会教他一点儿防身的功夫。估计他没有见过司笙这样的，管你是不是未来的公公，都是真刀真枪地上，一点儿都不玩虚的。

要不凌西泽怎么说司笙虎呢？

离开凌家后，司笙回到水云间没待多久，就按照原计划进组拍戏。

在《0808》里，司笙扮演的是个反派角色，戏份不多，拍摄时间不长，但其中打戏占了三分之一，在正式开拍前司笙要先跟武术指导熟悉动作。

对司笙而言，这些都很简单，容易上手，不过一天训练下来，并不轻松。

有时她太累了，回酒店里洗个澡，往床上一躺，连动都懒得动，更不用说联系凌西泽了。

凌晨四点半，司笙坐在化妆间里准备定妆照的造型。司笙太困了，靠在椅子上直打哈欠，妆发师看着都心疼。

剧组的工作人员来敲门："笙姐，很困吧，昨晚练到十二点才回去。这是给你准备的早餐，还有一杯咖啡。"

"谢了。"司笙将早餐和咖啡接过来，把早餐放到化妆桌上，拿起咖啡喝了两口。

"再忍忍，拍完定妆照后就可以回去休息了。"

"嗯。"

工作人员跟司笙闲聊几句，然后就离开了。

司笙长相美艳，外表带有攻击性，乍一看，是高贵冷艳的高岭之花，可远观而不可亵玩焉。但接触下来后会发现，她其实挺好相处的，所以大家平时都挺照顾她。

何况司笙虽然在娱乐圈里不出名，但在漫画圈里知名度非常高了，加上《0808》就是她的作品，这种自己给自己提供就业机会的戏剧性事件，也是圈里的一大趣谈。

所以，剧组该给她的待遇，一样不缺。

"笙姐,你不找个助理吗?"妆发师笑着问道,"有个人在一边帮忙,好歹方便一点儿。"

司笙淡淡地说道:"用不惯。"

她进剧组之前,凌西泽提过给她找助理的事。她没签公司,没有团队,从未有过助理,自由自在惯了,所以她拒绝了。

凌西泽知道她的脾气,就没有强求。

妆发师在给司笙打理头发,司笙困得不行,喝了咖啡也没效果,脑袋时不时往下垂一下。半晌,司笙抓起桌上的手机,连接蓝牙耳机,将耳机塞到耳朵里,然后拨通凌西泽的电话。

这会儿,凌西泽还在睡觉,铃声响了好几下他才接。

"笙笙?"耳机里传来凌西泽困倦的声音,沙哑而有磁性,很好听。

"唉。"司笙还故意应了一声。

凌西泽低低一笑,非常体贴地帮她找理由:"这是做噩梦,梦到我出轨了,不放心?"

"早起工作。"司笙皱了皱眉,缓缓地道,"不知道为什么,一想到你在安心地睡觉,我就很不爽。"

妆发师没忍住,"扑哧"一下乐出了声。

司笙抬起眼帘,通过镜子看了妆发师一眼。

妆发师立即收敛笑容。

然而,司笙收回视线的那一瞬,自己也笑了一下,笑容浅浅的,藏着不易察觉的温柔。

"行吧,我陪聊。"凌西泽一点儿都不跟她计较。

"嗯。"

凌西泽这个陪聊工具人,被司笙使用了半个多小时。她彻底清醒后,二话不说就让他滚去睡觉了。

"像我这么召之即来挥之即去的男朋友,是不是值得一点儿什么奖励?"凌西泽问道。

"哦,"司笙突然想起一件事,说道,"过两天萧逆学校要开家长会,我没时间去,你抽空过去一趟。好好表现,别给他丢脸。"

"就这？"

司笙又说："风眠马上要参加机甲大赛了，你到时候把他的比赛视频录给我。"

凌西泽沉默了两秒，识趣地说："我睡了。"

司笙笑笑："拜拜。"

司笙这一通电话打完，妆发师哪怕只听到司笙一个人说话，都被甜到了。过了片刻，妆发师问："笙姐，你跟男朋友已经到谈婚论嫁的地步了吧？"

沉吟片刻，司笙"嗯"了一声，说："差不多吧。"

她都已经见过家长了，四舍五入，应该等于谈婚论嫁吧。

尽管，到现在为止，结婚的事，凌西泽一句都没提过。

"恭喜啊，"妆发师停顿了一下，又盯着镜子里的司笙一会儿，颇为不解地说，"你以漫画家的身份进娱乐圈，正是红火的时候，现在还那么年轻，这么早就决定嫁了，不觉得亏吗？"

司笙垂着眼皮摆弄着手机，漫不经心地开口："早晚都得嫁，没什么区别。"

妆发师讶然。

虽然早起很麻烦，但司笙在拍完定妆照后就没事了，可以回去补觉。

因为剧组就在京城拍摄，距离水云间没有多远，司笙本想回家的，但实在太困了，她给凌西泽发了条消息，然后回到酒店里随便吃了点儿东西，便睡得昏天黑地。

七月中旬，气温持续升高，夜间气温都不低于三十摄氏度。

司笙在夏季不爱开空调，喜欢吹自然风，经常敞开窗户睡觉，可夜晚无风时，又闷又热，能热得人发疯。

清晨，房间里有清凉的风徐徐吹入，破晓后的晨光隔着薄薄的一层眼皮刺激着视网膜，将人的意识从深层的睡梦里慢慢往外拉。

司笙听到机械运转的声音。

暖黄的阳光落在她的耳朵上，耳垂白皙，被照得近乎透明，微微染上一层红晕。

司笙眼皮动了动,睁开眼的一瞬,下意识地抬手遮了遮眼,眯着眼,视线透过指缝往外看,突然看到房间里出现了一架熟悉的无人机。

"妈咪,早上好。"机器的声音没有情感的起伏。

司笙突然睁大眼睛,睡意全无。

几秒后,司笙随手抓起抱枕朝无人机扔去,故意扔偏没砸中,吸了口气:"滚出来。"

话音落下,门铃响起。

司笙咬了咬后槽牙,掀开毛毯起身,趿拉着拖鞋走到房间门口,一拉开门,就看到站在门口拿着遥控器的凌西泽。

看到无人机的时候,司笙就料到是凌西泽来了,看到后一点儿都不意外,甚至还因为被扰了睡眠颇为不快:"你来干吗?"

"给你打了十几通电话你都不接,我怕你出事。"凌西泽走进来,心疼地捏捏她的脸,"你从昨天下午一直睡到现在?"

被凌西泽这么一提醒,司笙恍惚了一下,缓了好几秒才想起昨天的事,点点头,不确定地道:"是吧。"

一觉睡了那么久,她现在脑子昏昏沉沉的,有点儿不在状态。

凌西泽将门关上,牵着她的手,扶着她在沙发上坐下,低声叮嘱:"你先缓会儿,等清醒了再吃早餐。"

"哦。"司笙应声,随手拿了个抱枕到怀里,然后就侧着在沙发上躺下来,闭上眼。

凌西泽将早餐放在茶几上,收了无人机,然后环顾了一圈。

剧组给司笙准备的是套间,虽然有人打扫,但仅限于清洁,没人给司笙整理她的东西,她自己又天天累得半死不活,实在没精力整理,于是衣服、鞋袜等随处乱丢,看起来有点儿乱。

凌西泽将衣袖折了两折,眉头都没皱一下,一言不发地给司笙整理衣物。

他将她扔在沙发、桌椅上的衣服捡起来,放到卧室里一一分类,干净的用衣架挂在衣柜里,需要洗的用袋子装好让酒店的服务员去洗,把扔得乱七八糟的鞋子捡起来放到玄关，之后又将她放在盥洗室里的瓶瓶罐罐全部摆好，按照高低顺序排列。

凌西泽收拾完毕，走到客厅窗前，将窗帘拉开。

阳光落入眼里，司笙睁开眼，见到凌西泽挺拔的身影站在光里，心中一动。

司笙手撑着沙发，支着身子坐起来，打了个哈欠，将脸埋入抱枕里，闷闷地开口："婚礼怎么样？"

"嗯？"凌西泽回过身。

"你昨天不是去参加朋友的婚礼了吗？"司笙微微仰头，露出半张脸，一双狭长漆黑的眼睛盯着他，还有些迷糊。

"哦，"凌西泽反应过来，想了两秒后，回答道，"婚礼很顺利。"

她真是跟这块木头聊不下去。

凌西泽又说道："你想参加的话，我下个月还有朋友举行婚礼。"

司笙抬起头，一声不吭地看了凌西泽一眼，将抱枕扔向他，然后站起身，头也不回地去洗漱了。

凌西泽抓住抱枕，不明所以。

他哪里得罪她了？

不多时，司笙洗漱完毕。

她没有化妆，扎着马尾，穿着一件长款白色T恤，踩着拖鞋来到茶几旁，往地上放了个坐垫，直接坐了下去。

凌西泽刚刚将两个装早餐的纸袋打开，司笙就把手伸过来，直接拿出一盒肉包，打开，拿起一个肉包往嘴里塞，咬了一口才说道："饿死了。"

凌西泽轻笑一声，然后将各种食物拿出来，说："够你吃的。"

司笙咽下一口肉包，抬了抬下颌："豆浆。"

凌西泽赶紧拿起豆浆，插上一根吸管，递给她："温的，放心喝。"

司笙接过，喝了两口。

"你昨天结婚的那个朋友，多大了？"吃完一个包子，司笙感觉胃舒服了一点儿，重新挑起了先前那个话题。

"我同学，跟我一样大。"

"哦。"司笙喝了口豆浆，垂下眼帘，轻轻拧着眉。

凌西泽将她的小动作看在眼里，有点儿紧张，怕她跟七年前一样一点就炸，不敢问得太直接，只能在心里暗自衡量。

停顿须臾，凌西泽主动地说道："他们谈了十一年，感情稳定才结婚的。"

司笙咬着吸管，轻轻磨了磨牙。

他们俩算上冷战才七年……对比之下，还差得远呢。

"我二哥还没结婚，现在单身。"凌西泽又说，"陆同学很开明，到现在都没催过他。"

司笙没说话，将一个肉包塞到凌西泽嘴的里："吃吧。"

他闭嘴吧。

她不想听了。

他不结就不结嘛，扯那么多，意图未免太明显了一点儿。

凌西泽咬了一口肉包，狐疑地盯着司笙，有些不放心，但细细一想，自己说得那么明白了，她应该能理解。

接下来，司笙没怎么说话，专心致志地吃了早餐，然后就去卧室里拿衣服洗澡，准备收拾一下去剧组工作。

凌西泽收拾了茶几上的垃圾，起身时，抬眼看向浴室，微微锁眉。

这时，手机铃声响起，有电话打过来。

"凌哥，你定制的戒指，要两个月后才能好。你这边急着用吗？"电话那头的人询问。

他用不用得上还是一回事呢。

凌西泽眼睫微垂，一只手插兜，淡淡地说道："不急。"

司笙在《0808》剧组里度过了整个夏天。

《0808》剧组很认真负责，全体成员一心想着怎么拍好戏，司笙在拍戏之余还会跟导演、编剧交流剧本和角色，算是半个编剧。

剧组氛围很好，闲下来的时候就会各种聚餐。凌西泽也经常来探班，每次来都会带一堆吃的，各种各样的都有，在投喂司笙的同时顺带投喂整个剧组。在这种氛围下，打戏颇多的司笙在杀青时，不仅没有瘦，反而胖了两斤。

总的来说，这次进组拍戏，唯一对司笙造成影响的是她晒黑了一点儿，但不算严重。

《0808》杀青后，司笙又在家里当起了宅女漫画家，在工作之余管理一下仙人掌，只是她过于上心，原本茁壮生长的仙人掌忽然有了颓气，若不是周末回家的萧逆抢救及时，仙人掌怕是迟早葬身于她的精心呵护之下。

"怎么了？"

晚上，凌西泽下班回来，发现司笙盘腿坐在沙发上用平板电脑看视频，表情挺不爽的，一看就是有小情绪了。

司笙皱眉道："萧逆让我不要再碰仙人掌了。"

凌西泽瞥了一眼视频，没忍住，失笑道："那你现在在看什么？"

"看怎么养仙人掌的视频。"司笙用手指摩挲着下巴，话里带着一股咬牙切齿的狠劲，"我打算在你家的阳台上养仙人掌，养好了拿过去吓死他。"

凌西泽顿了一下："我觉得你养好了也不一定能吓到他。"

司笙抬头，冷眼刀子朝凌西泽扫过去。

凌西泽头皮一凉，但他硬气起来了，给萧逆找了个理由："他好好地照顾仙人掌，你至于跟他置气吗？"

"他嘴笨，说话不好听。"司笙撇嘴。

凌西泽哑然失笑，抬手揉了揉司笙的耳朵，嗓音里带了些笑意，说道："你这耳根子被风眠惯坏了吧？"

司笙理直气壮地道："谁不喜欢听好听的话？"

"我让他过来给你道歉。"凌西泽说着就要走。

"哎，"司笙拽住他的手，蹙眉道，"他又没做错事。"

"所以……？"

司笙眉毛一扬，反问："我就不能因为没他会养仙人掌，暗中跟他较个劲？"

您可真是闲得慌。

手机振动了一下，司笙拿起来扫了一眼："萧逆说半个小时后过去吃饭。"

"嗯,"凌西泽将外套脱下扔在沙发上,随手解开两颗衬衫的扣子,说道,"我先去洗个澡,换套衣服。"

"哦。"司笙继续看养仙人掌的教学视频。

没两分钟,手机振动声持续响起,司笙暂停了视频,搜寻了一下,发现是凌西泽放在外套口袋里的手机在响。

她伸手在外套口袋里摸,除了手机还摸到别的,干脆一起拿了出来。

然而,看到两样物品后,司笙突然愣住了。

凌西泽的口袋里除了手机,还有一个戒指盒。

因为两个月前司笙跟凌西泽暗示过,但凌西泽委婉地表示暂时不想结婚,她看到戒指盒的那一瞬,第一反应就是自己的脑袋上被戴了一顶绿帽子。

但想想凌西泽最近的表现,司笙又觉得基本没什么可能。他下班准时回家,闲暇时间都在陪她,生活中对她关怀备至,黏人精的本性发作时随时能跟她卿卿我我……这样都能给她戴绿帽子,那凌西泽就真的太有能耐了。

司笙将戒指盒打开。

里面是一枚钻戒,精致漂亮,在灯光的照耀下闪闪发亮。她拿起那枚钻戒,仔细扫了一圈,而后在里面一圈看到雕刻的字样。

End & Begin。

司笙顿了顿。

这时,手机振动声停了,随即跳出来一条短信消息。

"凌哥,加油!祝你求婚成功。"

司笙的眼睛忽闪了一下。

转眼到了十一月,天气渐渐转冷。

从司笙撞见戒指和短信到现在,差不多两个月的时间了,凌西泽一直没有动静。司笙一开始还有所期待,后来察觉到什么,便干脆放弃了。

一年即将到头。

司笙的小书房里有一本挂历，每年准时换新的，她在家时，都会将昨天的日子画掉，直到某一天，忽然发现凌西泽的生日临近了。

站在挂历前良久，司笙转过身，在书桌的笔筒里一通翻找，找到一支红笔，然后走回日历前，微微弯下腰，在"18"这个数字上画了一个圈。

她勾唇一笑。

"姐，吃饭啦！"司风眠在外面喊她。

"来了。"司笙应了一声，转身将笔一抛，笔在空中划出一道弧线，精准地落入笔筒里。她拍了拍手，眉眼扬笑，走出小书房。

司尚山和章姿离婚后，司裳和司风眠都选择跟着司尚山，司尚山巴不得姐弟三人感情好，所以司风眠每次说要来水云间的时候，司尚山不仅一口答应，还提醒他要好好跟司笙相处，不要惹司笙生气。

每次司风眠过来，他和萧逆都分工明确。萧逆作为大厨，将饭菜做好，司风眠就在一边跑腿，盛饭、端菜以及洗碗。

全程都不用司笙伸手。

吃饭时，司风眠吃了一口米饭，忽然想到什么："姐，姐夫的生日马上就要到了，我们要不要给他准备一个惊喜啊？"

司笙垂下眼皮："准备了。"

"啊？这么快！"司风眠讶然感慨，然后兴致勃勃地打探起八卦消息来，"是什么？"

"保密。"

"求婚吗？"司风眠随口问了一句，笑眯眯的，一点儿都没有道破天机的意识。

司笙忽然抬眼，眼神冷冷的，笔直地打向司风眠的眉心。

司风眠冷不防打了个冷战。

他回过神，渐渐收敛了笑容，随后求助地看向萧逆。

萧逆连眼皮都没抬一下，夹了一筷子青菜吃了，然后懒懒地抬眼，跟司笙说："加油。"

停顿少顷，司风眠总算缓过神来，余光瞧着司笙，悄悄靠近几分，小声说:"姐,你主动求婚的话……"

"闭嘴。"司笙拿起盘子里热好的一个馒头,直接塞到司风眠的嘴里。

司风眠"呜呜"两声,在得到司笙警告的眼神后,眼睛一眨,安静了。他咬了口馒头,将馒头拿下来,随即低头吃饭,装作什么都没发生过。

萧逆也识趣地不再提及。

凌西泽生日前夕,司笙一个人去了一趟凌家,直至凌西泽生日的前一天,她才回来。

"我还以为你忘记了回家的路。"凌西泽听到动静后从书房里走出来,倚着门框,酸溜溜地开口。

司笙动辄往凌家跑,一待就是好几天,还不爱接他的电话,不知道的还以为她在跟陆沁谈恋爱呢。

"差点儿就忘了,这不是有导航嘛。"司笙嘴上一点儿都不肯示弱,淡淡地扫视他一眼,就拎着背包进了卧室。

凌西泽见状,舌尖轻扫后槽牙,犹豫片刻,欲要跟着她进卧室。

但是,他刚走到门口,司笙就后退两步,抬手扶着门:"我换衣服,你别进来。"说完她就将门关上了。

凌西泽碰了一鼻子灰。

半个小时后,司笙走出卧室,穿的还是进门时那套衣服。

凌西泽在客厅里玩游戏,抽空看了她一眼,气笑了:"你花了半个小时,就换了一套一模一样的衣服?"

司笙低头一扫衣服,反应过来,不过她的心理素质好,毫不在意地点头:"嗯。"

沉默了两秒,凌西泽挑眉:"你是不是有什么事瞒着我?"

"没有。"司笙淡淡地说着,慢慢走过去,在他的身边蹲下,问道,"你明天过生日,想怎么过?"

"在家里过吧。"

"哦。"司笙思考须臾,抿了抿唇,说,"零点我有礼物给你,今天晚一点儿睡吧。"

凌西泽笑着调侃:"不打算给个惊喜吗?"

司笙皱眉:"那多费劲。"

好一套人渣言论。

顿了顿,凌西泽又说:"反正不追求仪式感,我就凑合一下吧,现在就给,还可以早点儿睡。"

"不要。"司笙淡定地拒绝,然后瞥了一眼电视,"你死了。"

凌西泽抬眼看向电视,捏着游戏手柄的手微微一僵。

他叹息。

为了满足司笙的仪式感,司笙和凌西泽玩了好几个小时的游戏,最后两个人哈欠连天,想就地坐化的时候,闹铃终于响了。

凌西泽抬手摁了摁眉心,将游戏手柄一放,想问司笙需要他怎么配合,结果一抬眼,就发现司笙起身离开了,只看到司笙走进卧室的背影。

他微微一怔。

很快,司笙拿着一个很小的礼品盒走出来。

她将礼品盒递给凌西泽,闲闲地道:"生日快乐,快拆礼物。"

凌西泽接过礼品盒,乐了:"这么敷衍?"

"仪式感的作用是为了让你看起来没那么敷衍吗?"凌西泽真心实意地发问。

司笙给他一记白眼:"闭嘴。"

凌西泽乖乖地闭嘴。

因为对司笙准备的礼物不抱希望,凌西泽甚至都没有起身,坐在坐垫上就将礼物拆开了。只是,在打开礼品盒的那一瞬,他忽然愣住了,视线落在礼物上,眸中的讶然久久难以平息。

礼品盒里放了三样物品:两个户口簿、一个戒指盒。

司笙蹲下身,双手环膝,仔细地瞧着面前这个男人,声音很轻,一字一顿地问:"凌西泽,你要嫁给我吗?"

她的声音一如既往地平静,没有紧张、期待、娇羞,反而是一切尽在掌控之中的自信,仿佛就是简单地走个流程。

这样淡定自信的女人，简直无时无刻不在发光。

于是，凌西泽忽然就冷静了，看向跟前神情淡定如常的司笙，唇角轻轻弯起。

"好。"凌西泽很顺从地回答她，随后视线扫过那两个户口簿，意识到她这几天去凌家是做什么去了，他的唇角翘起，"今天领证吗？"

司笙扬眉："当然。"

客厅里柔和的灯光落在她的脸上，皮肤瓷白，眼睛黑亮，薄唇红艳，露出浅浅的笑，轻易勾走了他的魂。

凌西泽恍惚了一下，回过神，拿起那个眼熟的戒指盒，打开，面露狐疑之色："这不是我的戒指吗？"

"嗯。"司笙坦然地点头。

凌西泽愕然："你……"

司笙朝他伸出左手，微微抬起中指，手指纤长，骨节分明。司笙勾唇："来，给你一个帮我戴上戒指的机会。"

"我的荣幸。"凌西泽的眉眼沾染了笑意，他拿起那枚戒指。

凌西泽牵起她的手，吸了一口气，戒指触碰到她的指尖时，他的手轻轻颤抖，微顿，稳稳地将戒指套在她的手指上，严丝合缝。

司笙平时不戴戒指，但这枚戒指戴上后，觉得很新奇，仔细地打量了片刻，忽然笑了起来。

她揽着凌西泽的脖子，笑着问："这个生日礼物，满意吗？"

"满意，还觉得不真实。"凌西泽将心情如实说出来，吻了吻她的唇，低声问，"你是怎么发现的？"

司笙坦然地说道："你拿回来那天我就发现了。"

凌西泽一愣。

"等了两个月，你都没动静，只能我来了。"说到这里，司笙笑了一下。

凌西泽低头，心被感动得酸酸的，他哑声说："我怕你不想结婚。"

"我知道。"司笙捧起他的脸，端详着他，一字一顿地说，"但如果是你的话，没关系。"

她确实追求自由，不想被束缚。

这些年,她张扬过,恣意过,热爱她所热爱的,做她想做的事,历尽千帆,早已不是十九岁的那个她。

她喜欢他啊。

她喜欢他的话,是可以适当地妥协一下的。

凌西泽生日那天,司笙和凌西泽去民政局领了证。

他们没有遮遮掩掩的。

她坦然地在微博上晒了结婚照。

之后,凌西泽和司笙分别告知了凌宏光和司尚山,两位老父亲蒙了好半晌,最后心平气和地接受了这个事实。司笙和凌西泽约了两家聚了个餐,其间谈到婚礼的事,两家选了个黄道吉日,定在明年七月。

对司笙和凌西泽而言,结婚是一件很容易的事,一个决定、一顿饭,之后日子又回到从前,跟以往没什么两样。

他们该工作时工作,该消遣时消遣。只是二人空闲之余,偶尔会讨论一下婚礼的事。

日子一天天过去。

转眼入冬,天气越发寒冷。

窗帘"哗啦"一声被拉开,司笙赤脚站在地板上,抬眼往外看,一场冬日初雪染白了整座城市,银装素裹,寒风凛冽,雪花纷飞。

她拉开了一点儿窗户,寒风登时"呼呼"灌入,伴随着雪粒子,拍打在身上,一下让她打了个激灵。她赶紧将窗户关上了。

这时,门被推开,凌西泽走进来:"醒了?"

司笙回过身:"嗯。"

凌西泽说道:"洗漱一下,来吃早餐。"

"几点了?"

"七点。"

"哦。"

司笙洗漱完,趿拉着拖鞋进了客厅里,正好见到凌西泽将一碗面条端上桌。

司笙凑过去,抱着凌西泽的腰,踮脚将头抵在他的肩上,然后才去看他端上桌的碗:"长寿面啊?"

今天是她的生日。

"嗯,"凌西泽很有自信,"今年有长进。"

司笙想到他去年做的那碗面,一时没有接话。

凌西泽将筷子一放,催促她:"快吃。"

"哦。"司笙松开他,将餐椅拉开,坐下,拿起筷子。

一根面条,很长,明显跟去年一样是用尺子和剪刀制作出来的。不过,外观上是真的有长进。

司笙夹起面条,忽然想到什么,似笑非笑地看向凌西泽:"失败了多少次?"

凌西泽面不改色地说道:"没失败过。"

司笙笑了笑,朝厨房看了一眼,挑眉:"垃圾没丢吧?"

"七次。"

"浪费。"司笙嘀咕一句,低下头,将面条送入口中。

但是,仅仅一口,她就愣了一下,眼睛眨了眨,有点儿涩。她抬头,看到凌西泽手撑着桌面,专注而紧张地盯着她。

"怎么了?"凌西泽奇怪地问,"味道不对?"

司笙问:"老易把祖传的菜单给你了?"

凌西泽茫然了一秒,回过神来,松了口气,笑着捏了捏她的脸,点头应声:"嗯。"

司笙夹起一筷子面条,抿着唇,轻声问:"什么时候的事?"

"把你的嫁妆给我的那天。"

那一天,他和易中正聊了很久。

他们没有聊别的,都是易中正在交代司笙的事。

司笙喜欢的、不喜欢的,有哪些习惯,有什么要注意的……太多太多,事无巨细。凌西泽怕忘,全部录了下来,偶尔想起就会听一听,现在已烂熟于心。

司笙吃了几口面条,平复了一下心情,然后问:"我的嫁妆呢?"

"等你吃了面,我把嫁妆给你。"

"真有啊?"司笙诧异。

"嗯。"

本来以为凌西泽当时就是胡诌，司笙没有放在心上，现在一听，倒是有几分兴致，连忙低头吃面条。

静静地看了她一会儿，凌西泽笑了笑，然后转身进了书房。

司笙落筷的那一刻，凌西泽从书房里走出来，拿了两个礼品盒。

"这是我给你的生日礼物。"凌西泽将其中一份放到桌上，然后将另一份递到她面前，"这是老易给你的。"

"嗯？"司笙起身，没反应过来。

"他说，"凌西泽看了她一眼，低声道，"他承诺过你，为你准备生日礼物到三十岁。他教过你信守承诺，他得以身作则。所以，他交代了一个朋友，每年给你寄一份礼物。"

司笙微怔，眼睑抬起的瞬间，睫毛微微颤动着，眸里的光忽明忽暗。

"你是不是说过，生日礼物要给我准备到三十岁的。"

"骗小孩儿的话你也信……"

去年的那通电话，忽然变得清晰。

司笙呼吸一窒。

凌西泽将礼品盒送到她的手上，说："拆开看看。"

"嗯。"司笙垂眼，伸出纤瘦的手，手指捏住礼品带的一端，轻轻一颤，又抬眼看向凌西泽。

凌西泽神情坚定，满眼温柔。

司笙轻轻吐出一口气，用力一扯，礼品带松开了，她将盖子打开。

里面是一块玉质制的长命锁，以及一张贺卡。

司笙鼻子一酸，将贺卡拿起来，翻到另一面。

易中正的字，遒劲有力，潇洒俊逸。

上面只有寥寥数字。

祝：

二十六岁的司笙，生日快乐。

"偷懒，"司笙低低出声，细长的睫毛被沾湿几分，眼里有碎光在闪烁，嘴里却在抱怨，"多一句话都舍不得说。"

凌西泽没说话，伸手搂住她的腰，将她带入自己的怀中。司笙抱住他，将脸埋在他的肩上，咬着唇不再吭声。

许久，凌西泽感觉肩膀湿了一片。

司笙生日这天，萧逆和司风眠都没有住校，晚上请假回来了。

门铃响了，凌西泽去开门，很快就听到司风眠的声音："姐、姐夫！"

司笙回头看去，没看到司风眠的脸，只看到一摞快递盒。萧逆从司风眠的身后出来，手里也是一堆的袋子和盒子。

"怎么回事？"司笙诧异。

萧逆淡淡地看了她一眼："你的快递。"

作为一个人人惯着的祖宗，拿快递这种跑腿的活儿，一般都是萧逆和凌西泽负责的，司笙犯懒的时候连快递都懒得拆。

司笙网购的联系方式直接填了凌西泽的，网购快递都是凌西泽拿的。

偶尔会有人给司笙寄东西，司笙会收到信息，但她一般不好奇，将收货码截图发给萧逆，直接让萧逆周末时一次性拿回来。

这次也是。

"哦，"司笙反应过来，解释道，"应该都是朋友寄的生日礼物。"

司风眠走进来，将手中的快递全部放下，然后挑出其中一个最大的："这个箱子好大，不过还挺轻。"他凑过去看，看到寄件人，蓦地一喜，"姐，是秦哥！"

没心没肺的司笙走过来："哪个秦哥啊？"

司风眠说道："秦凡哥啊！"

司笙愣了一下。然后，她看到凌西泽也愣了一下，二人对视一眼。

"一年没见到秦哥了，他还没回来吗？"对秦凡的病情一无所知的司风眠问了一句，随后一撸袖子，问司笙，"姐，要拆开看看吗？"

486

司笙颔首："嗯。"

司风眠手脚利索地割开胶带，打开，里面是厚厚的一沓春联，压在最上面的是一个信封。

"姐，信。"司风眠拿起那个信封，递给司笙。

司笙接过来，拆开信封，抽出里面的一张纸。

秦凡没写什么重要内容，就两件事：一是给司笙庆生，祝她生日快乐；二是让司笙将春联发给胡同里的街坊邻居，今年他不回来了。

他的笔迹很流畅，但对于熟悉他笔迹的司笙而言，质量直线下滑。

司笙却笑了一下。

那又怎样，他活着就好。

"姐，秦哥今年还回来吗？"司风眠问。

司笙将纸塞回信封里，淡淡地说道："不回。"

"哦。"司风眠点点头，有点儿遗憾。

不过很快，他就想起另一茬儿，脸上一喜，在萧逆拿回来的袋子里找到一个，然后拿出一份礼物："姐，这是二姐给你的生日礼物。"

司笙愣怔了一下，接了过来。

"她最近状态好了很多，靠画画减压解闷儿，这些都是她画的。她挑了她最满意的给你。"司风眠笑着说道，一顿，他仔细地观察了一下司笙的表情，确定司笙不嫌弃后，悄悄松了口气，又说，"她明年就要大学毕业了，想做漫画编辑。"

翻开那本画集，司笙仔细地浏览着，同时肯定地道："挺好。"

在一旁站了片刻，司风眠摸了摸鼻子，小声问："姐，你有什么话要转告吗？"

"没有。"司笙将画集合上，转身，指挥着凌西泽和萧逆拆快递，但很快又看了颇为失望的司风眠一眼，"听说她很喜欢一个画家的画，我最近正好弄到一幅，就在书房里，你回去时拿走。"

司风眠愣了一下，然后笑了，眉飞色舞地应了一声。

司笙的礼物很多，三个人拆了半天，将礼物一一拿出来，然后又将垃圾丢掉，来来回回花了半个小时。

晚上准备饭菜来不及，下雪天出门太麻烦，他们吃的外卖，一家很有名的店，色香味都不错。

吃完饭后，四个人围坐成一桌，拿出两副扑克牌来消遣。

"姐、姐夫，今年你们在哪儿过年啊？"司风眠一边洗牌一边问。

萧逆正打算喝水，听到司风眠的话后，手一抖，不经意地看了司笙和凌西泽一眼，然后垂着眼帘看杯里动荡的波纹，举起杯子喝了一口。

凌西泽本想说还没决定，这时，司笙忽然开口："在家。"

"就在水云间吗？"司风眠诧异。

"嗯。"

"不去四合院？"

"不去。"

这一年，司笙定期找人打扫四合院，但自己很少过去。那里有回忆，有故人，但是一切都成了过去，再去那边待着，她容易想起往事。

何况就她和凌西泽、萧逆三个人，在哪里过年不是过，太宽敞的地方反而会冲淡人气。

司风眠只是随口一问，司笙只是随口一答。

很快这个话题就被翻篇儿了。

牌桌上，萧逆一如既往地话少，司笙和司风眠都没察觉到异样，只有凌西泽偶尔会看萧逆两眼。

晚上十点，四个人玩得差不多了，打算收拾一下，洗洗睡觉。

司风眠回隔壁洗澡，先一步离开，凌西泽趁司笙去了书房，叫住萧逆。

"来，坐。"

凌西泽抬手拍了拍萧逆的肩膀，看了沙发一眼。

萧逆轻轻拧眉，朝沙发走过去。

凌西泽倒了两杯茶，将茶杯放在茶几上，在萧逆的旁边坐下。

气氛蓦地变得凝重起来，萧逆主动开口："我……"

"能请你帮个忙吗？"凌西泽打断他的话。

萧逆讶然抬眼，不明所以。

刚刚司笙回答在水云间过年时，萧逆看到凌西泽的神色有点儿意外，很显然，司笙和凌西泽在这个问题上并未达成共识。

萧逆想：凌西泽留住他，应该是想跟他讨论这个话题。

这是司笙和凌西泽结婚第一年，过年不回家，反而跟一个同母异父的弟弟过，挺不合理的。他俨然是个"拖油瓶"。

顿了顿，萧逆问："什么？"

稍作沉吟，凌西泽说道："我没想在水云间过年。"

萧逆轻轻抿了抿唇。

察觉到萧逆的神态，凌西泽意识到什么，随后轻笑："你不要误会，我不是介意你。"

萧逆沉默地看着凌西泽，没吭声。

于是，凌西泽继续说道："如果在水云间过年，我和你姐在下厨这方面都有些欠缺，到时候负责年夜饭的肯定是你。但是在我的别墅里，有一位管家……你应该见过的，鲁管家。他的厨艺很好。他很喜欢你姐，很早就问我今年要不要过去过年。"

萧逆怔了怔。

"你应该看得出来，你姐说在水云间过年，就是想跟你在一起。她看起来挺嫌弃你的，但她越喜欢的人，她越嫌弃，越爱挑刺，所以你不要有心理压力。"凌西泽说道，"如果我提换地方，她会顾虑你的感受，不一定同意，但你开口，她肯定会答应。"

停顿半晌，萧逆颔首："哦。"

"你放心，我们顾及你，不是因为是你的监护人，不是因为责任，而是因为我们是一家人。"凌西泽抬手搭上萧逆的肩，拍了拍，"就像你给你姐做饭一样，一做就是一年，肯定也不是因为她长得好看。"

萧逆眨了眨眼，有点儿想笑。

于是，他真的笑了一下。少年清俊的眉眼染上浅浅的笑意，看起来有些温柔。

如凌西泽所料，萧逆一跟司笙开口，司笙就同意了去别墅过年。

他们加上鲁管家，好歹热闹一些。她和凌西泽去凌家、司家拜年时，起码鲁管家和萧逆还可以做个伴儿。

年前两天，司笙、凌西泽、萧逆三个人就搬去了别墅，鲁管家笑得合不拢嘴，成天忙前忙后的，买年货、布置别墅，顿顿饭菜都很丰盛，什么事都不用他们仨操心，日子比在水云间过得舒适很多。

司笙还跟凌西泽抱怨，早知道这样该提前过来的。

凌西泽哭笑不得。

除夕的晚上下了一场雪，大年初一的早上，庭院里积了厚厚的一层雪，白雪压弯了树枝，树枝下垂后反弹，积雪簌簌掉落。

跟去年一样，司笙、凌西泽、萧逆守岁到天亮。鲁管家年龄大了，跟他们没法儿比，早早睡下，三四点起床，给他们准备早餐，以便他们补觉的时候不会被饿醒。

"鲁爷爷，我想吃你做的驴打滚。"

丰盛的早餐端上桌，司笙吃着碗里看着锅里，还不忘提要求。

"晚上可以吗？"鲁管家笑眯眯地问。

司笙笑笑："都行。"

"先生和萧少爷有什么想吃的吗？"鲁管家问另外二人。

凌西泽："没有。"

萧逆："没有。"

对他们俩浪费鲁管家这等大厨的手艺的行为，司笙嗤之以鼻。

"先别急着吃，我准备了红包。"鲁管家笑得慈祥温和，从兜里掏出三个红包，朝他们仨递过去，"图个吉利，恭喜发财。"

萧逆疑惑地眨眼。

他听说过雇主给管家发红包的，没听说过管家给雇主发红包的。

偏偏，司笙和凌西泽接得很利索。

司笙弯了弯眼睛，说："谢谢鲁爷爷。"

"谢谢。"凌西泽点点头，接过。

对凌家来说，鲁管家就是他们的亲人，早已不只是雇佣关系。长辈给晚辈红包，是理所当然的事。

"萧少爷。"鲁管家将红包递给萧逆，同时喊了一声。

萧逆犹豫了一下，说了声"谢谢"，然后接过。

鲁管家笑着点头，然后擦了擦手，继续去厨房里忙活了。

吃了早餐后，司笙回屋里洗了个澡，在二楼晃荡了一圈，然后绕到萧逆的房门外，轻轻敲了一下门。

萧逆刚洗完澡准备睡觉，听到敲门声后，神情疑惑地来开门。

他一打开门，就见到披头散发、穿着睡衣、踩着拖鞋的司笙站在门口。只见司笙跟做贼似的环顾了走廊一圈，确定没有人后，鬼鬼祟祟地摸出了一个红包，一只手递过来时，还在关注走廊里的动静。

"什么意思？"萧逆被她的举动搞得糊里糊涂的。

他看了一眼那个红包，就是鲁管家给的那个。

司笙将红包往他的手里一塞，低声叮嘱："我就一个，你别跟你姐夫说。"

说完，司笙就匆匆地离开了。

低头瞧着被硬塞到手里的红包，萧逆戳在门口好半晌，最后挠了挠头，关门回屋了。

但是，没一会儿，门又被敲响了。

萧逆刚躺下，闻声坐起身，叹息，顶着满头问号去开门。

这次出现在门口的不是司笙，而是凌西泽。

跟司笙一样，凌西泽看了一眼走廊，然后往萧逆的手里塞了个一模一样的红包，说："别跟你姐说，她没有会生气的。"

你们小两口儿还挺有默契的。

门又一次被关上。

萧逆回过身，走到床边，微微垂下头，看了一眼手中的红包，又看了一眼床头柜上的另外两个红包，良久，勾唇笑了笑。

这个寒假很短，高三最后一个学期，学校提前开学，学生紧锣密鼓地开始最后的考前复习。

气氛一下子就紧张起来。

司风眠和萧逆都有保送资格，但他们俩都不约而同地推掉了，决定参加高考。

因此，他们俩互相帮助、一起学习，司风眠周末来水云间的次数也多了起来。用司笙的话来说，两个人关系好得能穿一条裤子。

这天上午,萧逆刷完题从书房里走出来,看到盘腿坐在沙发上发呆的司笙,问:"中午吃什么?"

司笙似乎没听到,目视前方,一动不动。

萧逆疑惑地看了她一眼,先去倒了杯水,喝了一口,又瞧了她两眼,察觉到有点儿不对劲,走过去,将他的问题重复了一遍。

这一次,司笙终于有了反应,缓缓抬起头,神情木然地盯着萧逆。

好半天后,她终于开口:"什么?"

"中午吃什么?"

"不想吃。"

萧逆下意识地环顾周围,欲要寻觅零食,没有看到零食,却看到一根验孕棒,上面是两道杠。

他咽了咽口水,转身想走,衣角忽然被拽住。

他回头,看到司笙一眨不眨地盯着他,眼神幽幽的,隐约能看出一丝丝茫然。

他看得出来,这个突如其来的小生命,在司笙的意料之外。

他琢磨半晌,最终挤出两个字:"恭喜。"

他想走,希望司笙找凌西泽,报喜或算账都行,反正跟他没关系。但司笙显然没想放过他,拽着他的衣服,将他往后拉了一步,然后指了指旁边的位置。

萧逆硬着头皮坐下。

"跟姐夫说了吗?"萧逆问。

"没有。"司笙声音闷闷地说道。

"哦。"萧逆慢腾腾地应了一声。

司笙没说话,将腿蜷缩起来,抱着膝盖,微微歪头,打量着萧逆。

萧逆被她看得毛骨悚然,好一会儿,主动地问:"要我帮你说吗?"

司笙:"不用。"

萧逆:"那……"她留他做什么?

"你坐会儿吧,"司笙不紧不慢地说,"我得缓缓。"

"哦。"萧逆便腰板儿笔直地坐在一旁,甚至都不怎么敢动。

"小孩儿好养吗?"司笙不知怎么想的,忽然问了一句。

"我没生过。"萧逆如实回答。

"也是。"司笙叹了口气,然后,又不经意地捅了他一刀,"你连女朋友都没有。"

忽地,司笙抱怨一声,一头栽倒在沙发上,将脸埋在抱枕里。

犹豫了一会儿,萧逆问:"有小孩儿不好吗?"

司笙偏头看他,过了片刻,又坐起来,将散乱的发丝拨到脑后,皱眉问他:"我像是能当妈的样子吗?"

思考几秒后,萧逆点头,"嗯。"

司笙讶然地看着他。

"你负责、细心、周到、开明……"说到这里,萧逆仔细地想了想,说,"你会成为一个很好的母亲。"

"来。"司笙冲他招手。

萧逆狐疑地看着她,没动。

等了两秒,司笙干脆凑过来,伸出手,在他的脸上一阵揉搓:"说话这么好听,你是不是被谁精神控制了?"

萧逆哑巴了。

揉搓完萧逆那张俊脸,司笙松开他,这才笑了笑:"行了,你走吧。我去跟你姐夫说。"

"嗯。"揉了揉被搓疼的脸颊,萧逆轻轻"哒"了一声,站起身。

"等一下。"司笙又叫住他。

萧逆停下,又狐疑地回头。

"你以后不用做饭了,"司笙说,"我昨天跟你姐夫商量好了,以后周末让鲁管家过来做饭,负责你和风眠的高考营养餐。"

顿了顿,司笙又说:"可能还得加上我的。"

沉默了一秒,萧逆没意见:"哦。"

司笙摆摆手,让他走了。

萧逆转身往书房走,心里暗自松了口气。

司笙又在沙发上坐了五分钟。

终于,她收拾好心情,翻出手机,给凌西泽打电话。

"怎么了?"手机听筒里传来凌西泽的声音,低沉有力,浑厚磁性,落在耳里莫名其妙地让人有安全感。

司笙忽然安心不少。

她没说话,听到那边传来纸张翻页的声音,随后,是凌西泽疑惑的鼻音:"嗯?"

司笙轻轻地捏了捏手指骨节,听到"咔"的一声时,乍然开口:"我怀孕了。"

那边没声了。

等候须臾,司笙不耐烦了,蹙眉喊他:"凌西泽?"

"嗯,"凌西泽像是刚回过神,没一点儿慌乱、紧张、欣喜,反而非常镇定地问,"去医院了吗?"

"还没有。"

"我现在回去,陪你去医院。"凌西泽平静地说完,挂了电话。

司笙盯着手机半晌,有点儿摸不透凌西泽对这事的态度是怎样的。

他太冷静了吧?

正常来讲,初为人父,不该欣喜若狂吗?

琢磨到最后,司笙对凌西泽的反应做了总结:这男人是没有心的。

但是,她刚做完总结不到两分钟,就听到手机在振动,是凌西泽打来的电话。

司笙接听。

"我现在在车上,你身体有什么不适吗?"凌西泽问,语气依旧很冷静,但隐约压制着什么。

司笙抓了个兔子抱枕抱在怀里,拨弄着兔子的两只长耳朵,闷声道:"没有。"

"哦。"

电话里沉默片刻。

最后,凌西泽憋出一句:"有什么不适的话随时打电话给我。"

"嗯。"司笙总算是察觉出凌西泽的情绪了,眯了眯眼,有点儿想笑,舒适地往后靠在沙发背上,"紧张吗?"

凌西泽微微一顿,坦白地承认:"有点儿。"

于是,司笙满意了,笑道:"开车慢点儿,注意安全。"

"知道。"

"凌西泽。"司笙又喊他。

"你说。"凌西泽连忙说道。

稍作犹豫,司笙弯了弯唇角,轻声说:"我一开始有点儿迷茫,现在有点儿开心。"

那边静默了一会儿,然后,响起凌西泽隐含着喜悦的声音:"我也是。"

检查结果当天就出来了。

验孕棒没有错,司笙确实怀孕了。

一切都来得那么突然。

四月的暖阳带了点儿温度,司笙和凌西泽走出医院,和煦的阳光落在身上,清风徐来,吹得街道两侧的树叶"簌簌"作响。

两个人对视了一眼,都不知该说什么。

凌西泽牵起司笙的手,自然地跟她十指相扣。他侧首,眼皮微垂,在阳光里沾了温柔和暖意:"饿了吗?"

"嗯。"

凌西泽赶回水云间时,鲁管家刚到,正准备做午饭。他们俩急着来医院,没等吃午饭就来了,现在检查完一圈已经到了下午,司笙老早就饿了。

凌西泽的目光在街道上扫了一圈,想找一家干净整洁的店,最后视线却落在路边一家狭窄破旧的小店里。

他问:"吃粢饭团吗?"

司笙下意识地朝店的方向看去,看到那家熟悉的店面,愣怔了一下,很快就开始调侃凌西泽:"你就请我吃这个?"

凌西泽被噎了一下,想说那就换一家。

然而,下一刻司笙就牵着他往那家店走去。她回头,眉眼染上浅浅的笑意:"就这一次,走吧。"

她笑得明朗又恣意,仿若多年前的少女,没有一丝的改变。

凌西泽嗓子里溢出一丝笑意,弯着唇角,跟上她的步伐。

店里并不忙，店老板在门口抽烟，司笙和凌西泽走到店门时，店老板定定地看了司笙两眼，认出司笙了。

不出意料，店老板在两份粢饭团里加足了料。

店老板将粢饭团递给二人时，忽然问了一句："是路过，还是来医院？"

曾有一段时间，他经常见到司笙。

她总是一个人过来，买一个粢饭团，有时候是直接带走，有时候是在店里吃完。店老板话不多，偶尔跟她聊两句，知道她的外公住院，什么病不知道，但店老板看她的反应，猜想应该不是容易治好的病。

现在她一年多没来了。

司笙回答："医院。"

店老板的表情有点儿异样，他狐疑地看了二人一眼，似乎有点儿担忧和抱歉。

于是，司笙笑了笑，补充道："是喜事。"

店老板的目光又在二人的身上定格，店老板将能在医院里发生的喜事一联系，反应过来，于是和善的脸上再次挂上笑容："恭喜啊。"

司笙勾唇，眼睛弯了一下："谢谢。"

凌西泽拿出手机付款，被店老板挡住了："算我请你们的，当庆祝了。"

凌西泽扫码的动作停了一下，看了司笙一眼，见她微微点头，才将手机收回来，然后跟店老板道了一声谢。

二人拿了粢饭团，告别离开。

跟上次一样，两个人坐在车里将粢饭团吃完了。

吃完后，司笙将垃圾塞给凌西泽，整理了一下安全带，问："要跟妈说吗？"

"嗯，"凌西泽帮她整理了一下散乱的发丝，温和地道，"我回去后给她打电话。"

"那我跟司尚山说一声。"司笙拿出手机。

"好。"凌西泽开着车回家。

司笙给司尚山发完消息没两分钟，就接到了司尚山的电话。跟凌西泽冷静沉稳的反应完全不一样，司尚山激动得不行，问了一堆问题，然后照着百科全书给司笙念注意事项，平时跟司笙说句话都要再三斟酌的他，这一次滔滔不绝地说了一路。

直到他们快到水云间时，司笙才找借口挂了电话。

凌西泽想问司笙，司尚山的反应是不是更符合她的期待，但是一偏头，就看她低垂着眉眼，心不在焉地摆弄着手机。

她的情绪明显不对劲。

"怎么了？"凌西泽疑惑地问道。

司笙轻轻呼出口气，往后靠去，侧头看了一眼窗外的建筑，继而收回视线，轻声说："我叫司笙，谐音私生。"

凌西泽怔住，伸出一只手，抓住司笙的手，力道紧了紧。

"我小时候听说过太多关于私生女的言论，经常因为这个跟别的小孩儿打架。我问老易，易诗词给我取这个名是不是故意的。老易说不知道，我就觉得易诗词是故意的。"司笙不疾不徐地说着，嗓音里似乎没有情绪，平平淡淡的，"我就想，我的出生应该是不被期待的。"

凌西泽的瞳孔猛地缩了一下。

司笙又说："不过，刚刚司尚山翻出了易诗词很多年前的笔记，说是易诗词怀我时自己写的注意事项，一条一条地念给我听。所以我想……"

司笙蓦然抬眼，睫毛微微颤动着，声音轻得发飘："我也是被期待过的。"

凌西泽眼睛一涩，将车停在路边，搂她入怀。

凌西泽嗓音微哑，语气坚定地说道："你一直是我的期待。"

司笙怀孕的事情很快就被两家知道了。

因为是计划之外，所以大家都感到很意外，不过随之而来的是喜悦。

陆沁和司尚山对新生命的到来尤为看重。

在他们俩的劝说下，司笙暂缓了漫画工作，将一周一更改成两周一更，然后待在家里安心养胎。鲁管家就在水云间住了下来，一方面可以给萧逆和司风眠这两个高考生做营养餐,另一方面可以照顾司笙这个孕妇的日常饮食起居。

一向自由惯了的司笙还以为自己会很难适应,不过没想到适应得很快,连作息都调了回来。

其间《0808》顺利地播出,演技为人诟病的司笙,在这部剧里一雪前耻,以高超的演技和漂亮的打戏成功地挽回她做演员的尊严。她在家里闲着没事,跟广大观众一起追剧,偶尔还会画一点儿福利图在微博上做宣传。

日子过得悠闲自在。

转眼就到了六月,高考如期而至。

司笙妊娠反应不严重,精神状态很好,于是拉着凌西泽讨论,是否要跟广大家长一样去考场外等待萧逆和司风眠。

自从司笙当姐姐后,凌西泽就发现,司笙将"别人家孩子有的,我弟弟也不能少"的原则贯彻到底,于是听到她的突发奇想也不感到意外。

"那两天很热。"凌西泽语重心长地劝说,"等在外面多无聊。"

"我又不会傻乎乎地在外面等。"司笙反驳,"就送他们进考场,接他们出考场。"

凌西泽找不到理由否定,揉了揉她的头发,笑道:"想去就去吧。"

司笙睨了他一眼:"你呢?"

"我也去。"凌西泽一秒会意,果断地妥协。

当晚,司笙就将这事告知了司风眠和萧逆,兄弟俩商量了一下,还是担心她的身体,打算拒绝,但司笙只是告知不是商量,他们俩拒绝的话刚到嘴边就被驳回了,两个当事人硬是没有说话的余地。

二人对视一眼,只得作罢。

高考前一天,学校放假让学生自行调整,鲁管家在家里做了一桌饭菜等着兄弟俩,但回来的只有萧逆一个人。

司笙正在吃水果,见到萧逆回来,看了两眼,狐疑地问道:"风眠呢?"

"被章姿接走了。"萧逆回答。

"嗯？"许久没听到过这个名字的司笙，闻言还愣了一下。

"司风眠想报考的专业跟章姿要求的不一样，章姿这一年一直在做他的思想工作，这学期特别频繁。"萧逆将背包放下，继续说，"她应该想在考前再努力一下。她来接司风眠的时候精神状态不怎么好，人也挺憔悴的。司风眠担心她，就跟她一起走了。"

章姿因司风眠的高考志愿填报的问题一直骚扰司风眠的事，司笙略有耳闻，但是司尚山对司风眠的喜好是抱有支持态度的，章姿说什么都不管用，加上司风眠有主见，不会轻易被章姿改变，所以司笙没有放在心上。

司笙思索片刻，慢条斯理地吃完一块苹果，问："他今晚就住在章家？"

"应该是。"

"你晚上问问他的情况，让他不要受影响。"

萧逆"嗯"了一声。

司笙和萧逆都没太在意这件事，毕竟章姿对司风眠的成绩一直很在意，对司风眠的高考成绩抱有很大的期待，所以他们觉得章姿就算说服不了司风眠，也不会在高考前一天对司风眠做什么。

不过，为了以防万一，司笙睡前还是问了萧逆一句："你联系上风眠了吗？"

"嗯，"萧逆看了一眼微信界面，说道，"他发了个笑脸，说没事。"

"那行。"司笙便放了心。

第二天，司笙天刚亮就醒了，顺便推醒了还在睡梦中的凌西泽。

凌西泽睡眼惺忪地拿起床边的闹铃，看了一眼，简直哭笑不得："现在才五点。"

"不得早起准备？"司笙理直气壮地反问。

这话让凌西泽惊了惊："你准备什么？"

"准备心情。"

他无法反驳。

凌西泽将司笙压在身下亲了亲，笑着问："你自己参加高考的时候有这么紧张吗？"

司笙怔了一下,慢腾腾地说:"我睡过头了,差点儿迟到。"

凌西泽失笑。

司笙推开他,坐起身,胡乱地抓了抓头发:"天天看他们俩刷题到凌晨一两点,我都魔怔了,比他们还神经兮兮的。"说完又一笑,"好像也没什么不好的,算是一种新的体验嘛。你赶紧起来。"

凌西泽被司笙强行拖起来,洗漱完,穿戴整齐,解决完早餐,还不到六点。

这会儿萧逆才醒。

他到隔壁吃早餐,看到凌西泽和司笙二人,有些诧异:"你们起得这么早?"

凌西泽扭头,张口想说话,被司笙拽住了。司笙威胁地瞪了凌西泽一眼,朝萧逆挑眉:"早餐准备好了,你先吃。东西都带齐了吗?"

"我刚醒。"萧逆刚洗漱完,有点儿困,说话有点儿迟钝。

"你们老师昨天给我发了注意事项,我发给你了,你仔细地看一遍。"司笙交代道,"不要忘带东西。"

"嗯。"萧逆从容不迫地点头。

凌西泽在一旁看着,忍俊不禁。这姐弟俩像是颠倒过来了,不考试的比考试的还紧张,真正要考试的反倒淡定得很。

萧逆难得听司笙这么唠叨,一个早上说的话比以前一个月说的话都多,他没有生气,安安静静地听着,司笙说什么他应什么,没有一点儿反抗。

七点半,萧逆收拾妥当,跟着凌西泽和司笙出发了。

上车时,司笙一边扣安全带一边交代萧逆:"你再跟风眠联系一下,问他出发了没有。"

"嗯。"在后面坐好后,萧逆拿出手机给司风眠打电话,但手机关机。

他试了几次,预感不对劲,蹙起眉头,跟前面的二人说道:"他的手机关机。"

"关机?"司笙轻轻拧眉,没有轻视这件事,"我让司尚山问问什么情况。"

司尚山在外地出差,接到司笙的电话时,宿醉未醒,但司笙三言两语就让他醒酒了,连忙挂了电话去联系章家。

没多久,司尚山就将电话拨了过来。

"联系不到章姿,章家其他人说章姿和司风眠昨晚没过去,他们应该在章姿外面的房子里。"司尚山的声音里带着几分焦急,"章姿的精神状况有问题,最近越来越疯,笙笙,你能帮……?"

司笙打断他的话:"把地址给我。"

司尚山很快就将地址发了过来。

"你们俩先去考场,我去看看。"凌西泽瞥了一眼地址,沉着冷静地说道。

"我跟你一起。"

凌西泽轻蹙眉头,担心地说道:"别闹,你怀着孕呢。"

"我怀着孕照样能把你打趴下。"司笙想都没想就反驳,之后回过神,看向坐在后面的萧逆。

被司笙看了一眼,萧逆没等司笙开口,就主动说道:"我自己去考场。"

如果他不要考试,肯定会跟凌西泽和司笙一起去的,但是他现在得考试,没必要跟着给他们俩添麻烦。

司笙没有迟疑,果断地点头:"行,你自己注意安全,到了给我发消息。"

"嗯。"

姐弟俩三两句就将事情定下了。

凌西泽头痛不已,只能让萧逆中途下车。凌西泽本想叫人来接萧逆,但萧逆直接在路边拦了辆车,凌西泽一想,便没有多此一举。

"从这里到章姿的住处要半个小时,从那边到考场要四十分钟,还不算路上堵车的时间。"司笙嗓音里压着火,"现在距离考试只剩一个半小时。"

"嗯?"凌西泽听明白了,但不懂她的意思。

司笙挑了挑眉,一记白眼扫过去:"开快点儿!"

"哦。"凌西泽反应过来,瞥了一眼司笙的小腹,适当地踩下油门。

司尚山给的地址是住宅，小区物业管得不严，司笙和凌西泽轻易地蒙混过关，然后按照地址来到门口。

司笙按门铃。

一分钟后，门开了，是个男人。

男人冷着脸，审视了二人一眼，拧起眉："找谁啊？"

"司风眠。"司笙报出名字。

男人脸上闪过一抹异色，僵硬了一秒，抬手就要关门："没这个人，你们找错了。"

门在关的过程中忽然遇到一股阻力，没关上。

凌西泽一只手抵在门上，挡住了男人关门的动作。

"让开。"司笙厉声道，声音冰冷。

男人神色微变，挡在门口放狠话："我警告你们，私闯民宅是犯法的……"

他"的"字还未说完，司笙猛地上前半步，扣住他的肩膀往下一扯，膝盖猛然踢到他的腹部，他顿时疼得失去支撑，被司笙扔在地上。

他倒在地上疼得直冒冷汗。

"这么狠。"凌西泽扫了动作干净利落的司笙一眼，嘀咕了一句，然后在男人欲要去抓司笙脚腕的那一刻，倏地一脚踩下去，将男人的手腕踩在地上，稍稍用力，顿时让男人痛不欲生。

凌西泽低声警告："老实点儿。"

男人登时打了个寒战。

凌西泽在门口看着男人，司笙先一步往里走，一一检查各个房间的情况。

所有的门都可以打开，只有一间卧室的门被锁上了。

"风眠？"司笙喊了一声。

很快，房间里响起司风眠的声音："姐！姐！是你吗？！"

司笙说道："是我。"

司笙推了两下门，司风眠说："门被反锁了，打不开。"

司笙扫了一眼门锁，提醒道："你离门远点儿。"

司风眠愣了一下,不明白她什么意思。下一刻,他听到撞击声,猛地一惊,下意识地往旁边移了两步。他刚想让司笙注意身体,结果下一次撞击声再次传来,门应声而开,门的一侧砸在墙面上发出巨响。

门口,站着神情冷厉的司笙,晨光落在她的身上,风吹动着她的发丝,又美又飒。

司风眠呆住了。

"愣着干什么,还不赶紧出来?"司笙朝他挑眉,一句话将他的注意力拉回。

"哦。"司风眠回过神,赶紧拿起装准考证、身份证的背包,走出来,同时不可思议地打量司笙两眼。

他问:"姐,你的身体……"看了一眼司笙的小腹,"没事吧?"

这时,听到动静的凌西泽也走了过来,拽了一下司笙的手,仔细地将司笙瞧了个遍,最后拧眉叮嘱:"注意一点儿,你是个孕妇。"

"没问题。"司笙揉了揉肩膀,无所谓地说道。

她自幼习武,又在外闯荡过,这种事在她看来,就是小菜一碟。

"你们在做什么?!"忽地,门口爆发出一声叫声。

三个人抬眼看去,只见章姿拎着早餐走过来,见到里面的情况,神情愣怔几秒,但很快就搞清楚了状况,将早餐一扔,直接朝司风眠奔过来。

她推搡着司风眠往里面走:"司风眠,你给我回房间里!"

司风眠被章姿推得跟跄了一下,稳住,刚想说话,就见凌西泽揪住章姿的后衣领,凭借男人力道上的优势将章姿拎到一边。

章姿伸手就去挠凌西泽,被司笙一掌拍开,章姿退后一步。

司笙一把拉住司风眠的手腕,看了凌西泽一眼,交代道:"你留下来善后,我先送风眠去考场。"

凌西泽想了想,虽有顾虑,但不得不先处理章姿,于是将车钥匙交给司笙:"开车注意安全。"

"知道。"

司笙拉着司风眠出门,章姿欲追,被凌西泽挡了回去。

他们走到门口时,那个男人想起身,司笙看了一眼,冷不防又是一脚踹下去,把人踹回地面上。

时间紧急,司笙和司风眠赶紧下楼,坐上车。

司风眠刚将车门关上,司笙就叮嘱他:"系好安全带。"

司风眠"哦"了一声,动作慢了一步,结果安全带还没扣好,就感觉一阵风拂过,下一刻,他见到路边的景色迅速地掠过,眼里只留下残影。

前往考场的路上,司风眠算是真切地感受了一把"生死时速"。

司笙一路疾驰,最终司风眠提前十分钟抵达考场。

学生们已经陆续入场了。

萧逆正在路边等待。

车停在路边,司风眠惊魂未定,缓了一会儿后,才拿起他的背包:"姐,那我走了。"

司笙"嗯"了一声,叮嘱他:"好好考,别受影响。"

司风眠心想什么刺激都不如刚刚的生死时速,不过他没说出来,偏头看着司笙,笑着点头:"嗯,拿个第一给你看。"

他推开车门,走了出去。

灿烂的阳光下,兄弟俩对视一眼,跟司笙摆手告别,然后一同步入考场。

看着他们俩的背影,司笙长长地呼出了口气。

直到下午,凌西泽才再次现身。

这件事并没有闹到报警的地步。

司尚山早上接到司笙的电话后就赶回来了,之后马不停蹄地联系章家解决这件事。

"我问过风眠了,"司笙打了个哈欠,在车里抱着毛毯吹空调,"昨晚他和章姿谈判失败,章姿在他的牛奶里放了安眠药,等他睡着后偷走他的手机,再将房门反锁,他也没想到章姿为了他的高考志愿填报的问题,宁愿不让他高考。"

"章姿的精神状况出了问题,"凌西泽拧开保温杯的盖子,让司笙喝口热水，说道，"章家觉得丢脸，一直不肯承认，不带她去医院。不过司尚山正在向章家施压，为了防止这种事情再次发生，章姿必须接受专业的治疗。"

"啧。"司笙捧着保温杯小口小口地喝着水，觉得这件事有点儿滑稽。

她哂笑："宁愿让'定时炸弹'在外面惹事，也不愿意承认她有病，送去治疗？难怪章姿的教育方式这么病态。"

"在他们的理念里，家族的颜面高于一切。"凌西泽轻描淡写地说道。

"病态的教育，培养出一代又一代病态的人。"

凌西泽不置可否，确实如此。

但是，没有办法。

生活在那样的家庭里，如果不是足够的幸运，想逃都逃不了。

司笙顿了顿，喝了一口热水，看了一眼窗外，说道："幸好没事。"

幸亏他们发现及时，没有酿成大错。

倘若章姿得逞，司风眠一切的努力都会付诸东流。

凌西泽看了一眼时间，第二门科目已经考完了，抬眼，透过车窗望向考场，有学生陆续走出来。

不多时，司笙眼睛亮了亮，冲外面努努嘴："他们出来了。"

凌西泽像是没听到，声音轻轻的："幸好……"

"什么？"司笙闻声，回头看着他。

"没什么，"凌西泽拍了拍她的脑袋，"我在想，他们姐弟俩很幸运，遇上了你。"

司笙怔了一下，然后声音轻快地说道："还是老易教得好。"

凌西泽跟着笑了起来。

两个少年迎着阳光走了过来。

高考第一天发生了意外，虽然有惊无险，但司笙还是吸取教训，当天直接将司风眠和萧逆拉回水云间，让他们俩在自己的眼皮子底下待着，等到第二天，又将他们俩提前半个小时送到考场，确保万无一失。

于是,第二天一切顺利,这一年的高考顺利地落下帷幕。

月底,高考成绩出来,司风眠和萧逆分别拿下市第一、市第二的成绩,他们俩成功地被心仪的学校、心仪的专业录取。

七月。

天还没有亮,司笙就被拖起来化妆、穿婚纱,一堆人手忙脚乱,就她一个人淡定得不行,时不时打个哈欠。

房间里不知何时安静了。

"叮咚——"手机微信消息通知声一响,小憩的司笙猛然睁开眼。

她缓了两秒,拿起桌上的手机,看了一眼消息,怔住了。

良久,门被推开,司尚山探头进来,问:"笙笙,准备好了吗?"

"好了。"司笙站起身,将手机放在桌上,红唇轻勾,"马上来。"

她沐浴在晨光里,一袭白色婚纱,身材玲珑有致,纤细的脖颈舒展着,美如天仙下凡。

她缓步走向门口。

外面,等待她的是带着祝福前来的亲朋好友。

屋内,窗户开着,一阵风徐徐吹入,轻轻地荡起白色的窗帘。

桌上的手机屏幕亮着,上面有一条信息。

楚落:我找到他了。

【全书完】